김우창 金禹昌

1936년 전라남도 함평 출생. 서울대학교 문리과대학 정치학과에 입학해 영문학과로 전과했다. 미국 오하이오 웨슬리언대학교를 거쳐 코넬대학교에서 영문학 석사 학위를, 하버드대학교에서 미국 문명사 박사 학위를 취득했다. 서울대학교 영문학과 전임강사, 고려대학교 영문학과 교수와 이화여자대학교 학술원 석좌교수를 지냈으며 《세계의 문학》 편집위원, 《비평》 편집인이었다. 현재 고려대학교 명예교수, 대한민국예술원 회원으로 있다.

저서로 『궁핍한 시대의 시인』(1977), 『지상의 척도』(1981), 『심미적 이성의 탐구』(1992), 『풍경과 마음』(2002), 『자유와 인간적인 삶』(2007), 『정의와 정의의 조건』(2008), 『깊은 마음의 생태학』(2014) 등이 있으며, 역서 『가을에 부쳐』(1976), 『미메시스』(공역, 1987), 『나, 후안 데 파레하』(2008) 등과 대담집 『세 개의 동그라미』(2008) 등이 있다. 서울문화예술평론상, 팔봉비평문학상, 대산문학상, 금호학술상, 고려대학술상, 한국백상출판문화상 저작상, 인촌상, 경암학술상을 수상했고, 2003년 녹조근정훈장을 받았다.

시대의 흐름과 성찰 1

시대의 흐름과 성찰 1

김우창 전집

16

민음사

간행의 말

1960년대부터 글을 발표하기 시작한 김우창은 문학 평론가이자 영문학자로 글쓰기를 시작하여 2016년 현재까지 50년에 걸쳐 활동해 온 한국의 인문학자이다. 서양 문학과 서구 이론에 대한 광범위한 천착을 한국 문학에 대한 깊은 관심과 현실 진단으로 연결시킨 김우창의 평론은 한국 현대 문학사의 고전으로 읽히고 있다. 우리 사회의 대표적 지성으로서 세계의 석학들과 소통해 온 그의 이력은 개인의 실존적 체험을 사상하지 않은 채, 개인과 사회 정치적 현실을 매개할 지평을 찾아 나간 곤핍한 역정이었다. 전통의 원형은 역사의 파란 속에 흩어지고, 사회는 크고 작은 이념 논쟁으로 흔들리며, 개인은 정보 과잉 속에서 자신을 잃고 부유하는 오늘날, 전체적 비전을 잃지 않으면서 오늘의 구체로부터 삶의 더 넓고 깊은 가능성을 모색하는 김우창의 학문은 우리가 믿고 의지할 수 있는 소중한 자산의 하나가 아닌가 한다. 그리하여 간행 위원들은 그 모든 고민이 담긴 글을 잠정적이나마 하나의 완결된 형태로 묶어 선보여야 할 필요성을 절감했다. 이것이 바로 이번 김우창 전집이 기획된 이유이다.

김우창의 원고는 그 분량에 있어 실로 방대하고, 그 주제에 있어 가히 전면적(全面的)이다. 글의 전체 분량은 새로 선보이는 전집 19권을 기준으로 약 원고지 6만 5000매에 이른다. 새 전집의 각 권은 평균 700~800쪽가량인데, 300쪽 내외로 책을 내는 요즘 기준으로 보면 실제로는 40권에 달한다고 봐야 할 것이다. 이 막대한 분량은 그 자체로 일제 시대와 해방 전후, 6·25 전쟁과 군부 독재기 그리고 세계화 시대에 이르기까지 한국 현대사를 따라온 흔적이다. 김우창의 저작은, 그의 책 제목을 빗대어 말하면, '정치와 삶의 세계'를 성찰하고 '정의와 정의의 조건'을 탐색하면서 '이성적 사회를 향하여' 나아가고자 애쓰는 가운데 '자유와 인간적인 삶'을 갈구해 온 어떤 정신의 행로를 보여 준다. 그것은 '궁핍한 시대'에 한 인간이 '기이한 생각의 바다'를 항해하면서 '보편 이념과 나날의 삶'이 조화되는 '지상의 척도'를 모색한 자취로 요약해도 좋을 것이다.

2014년 1월에 민음사와 전집을 내기로 결정한 후 5월부터 실무진이 구성되어 본격적인 활동을 시작했다. 방대한 원고에 대한 책임 있는 편집 작업은 일관된 원칙 아래 서너 분야, 곧 자료 조사와 기록 그리고 입력, 원문 대조와 교정 교열, 재검토와 확인 등으로 세분화되었고, 각 분야의 성과는 편집 회의에서 끊임없이 확인, 보충을 거쳐 재통합되었다.

편집 회의는 대개 2주마다 한 번씩 열렸고, 2016년 8월 현재까지 42차례 진행되었다. 이 회의에는 김우창 선생을 비롯하여 문광훈 간행 위원, 류한형 간사, 민음사 박향우 차장, 신새벽 대리가 거의 빠짐없이 참석했다. 이 회의에서는 그간의 작업에서 진척된 내용과 보충되어야 할 사항에 대해 서로 의견을 교환했고, 다음 회의까지 무엇을 해야 할지를 결정했다. 일관된 원칙과 유기적인 협업 아래 진행된 편집 회의는 매번 많은 물음과 제안을 낳았고, 이것들은 그때그때 상호 확인 속에서 계속 보완되었다. 그것은 개별 사안에 대한 고도의 집중과 전체 지형에 대한 포괄적 조감 그리고 짜임새 있는 편성력을 요구하는 일이었다. 이렇게 19권의 전체 목록은 점차 뚜렷한 윤곽을 잡아 갔다.

자료의 수집과 입력 그리고 원문 대조는 류한형 간사를 중심으로 서울대학교 국어국문학과 대학원의 천춘화 박사, 김경은, 허선애, 허윤, 노민혜, 김은하 선생이 해 주셨다. 최근 자료는 스캔했지만, 세로쓰기로 된 1970년대 이전 자료는 직접 타자해야 했다. 원문 대조가 끝난 원고의 1차 교정은 조판 후 민음사 편집부의 박향우 차장과 신새벽 대리가 맡았다. 문광훈 위원은 1차로 교정된 이 원고를 그동안 단행본으로 묶이지 않은 글과 함께 모두 검토했다. 단어나 문장의 뜻이 불분명한 경우에는 하나도 남김없이 김우창 선생의 확인을 받고 고쳤다. 이 원고는 다시 편집부로 전해져 박향우 차장의 책임 아래 신새벽 대리와 파주 편집팀의 남선영 차장, 김남희 과장, 박상미 대리, 김정미 대리, 김연정 사원이 교정 교열을 보았다.

최선을 다했으나 여러 미비가 있을 것이다. 독자 여러분들의 관심과 질정을 기대한다.

2016년 8월
김우창 전집 간행 위원회

일러두기

편집상의 큰 원칙은 아래와 같다.

1 민음사판 『김우창 전집』은 1964년부터 2014년까지 한국어로 발표된 김우창의 모든 글을 모은 것이다. 외국어 원고는 제외하되, 『풍경과 마음』의 영문판은 포함했다.(12권)

2 이미 출간된 단행본인 경우에는 원래의 형태를 존중하였다. 그에 따라 기존 『김우창 전집』(전 5권, 민음사)이 이번 전집의 1~5권을 이룬다. 그 외의 단행본은 분량과 주제를 고려하여 서로 관련되는 것끼리 묶었다.(12~16권) 이 책의 저본은 《경향신문》에 연재되었던 칼럼을 묶은 『시대의 흐름에 서서』(생각의나무, 2005)와 『성찰』(한길사, 2011)이다.

3 단행본으로 나온 적이 없는 새로운 원고는 6~11권, 17~19권으로 묶었다.

4 각 권은 모두 발표 연도를 기준으로 배열하였고, 이렇게 배열한 한 권의 분량 안에서 다시 주제별로 묶었다. 훗날 수정, 보충한 글은 마지막 고친 연도에 작성된 것으로 간주하여 실었다. 예외로 자전적 글과 수필을 묶은 10권 5부와 17권 4부가 있다.

5 각 권은 대부분 시, 소설에 대한 비평 등 문학에 대한 논의 이외에 사회, 정치 분석과 철학, 인문 과학론 그리고 문화론을 포함한다.(6~7권, 10~11권) 주제적으로 아주 다른 글들, 예를 들어 도시론과 건축론 그리고 미학은 『예술론: 도시, 주거, 예술』(8권)에 따로 모았고, 미술론은 『사물의 상상력과 미술』(9권)으로 묶었다. 여기에는 대담/인터뷰(18~19권)도 포함된다.

6 기존의 원고는 발표된 상태 그대로 싣는 것을 원칙으로 삼아 탈오자나 인명, 지명이 오래된 표기일 때만 고쳤다. 단어나 문장의 의미가 불분명한 경우에는 저자의 확인을 받은 후 수정하였다. 단락 구분이 잘못되어 있거나 문장이 너무 긴 경우에는 가독성을 위해 행 조절을 했다.

7 각주는 원문의 저자 주이다. 출전에 관해 설명을 덧붙인 경우에는 '편집자 주'로 표시하였다.

8 맞춤법과 외래어 표기는 국립국어원 규정에 따르되, 띄어쓰기는 민음사 자체 규정을 따랐다. 한자어는 처음 1회 병기하는 것을 원칙으로 하고, 문맥상 필요하다고 판단되는 경우 여러 번 병기하였다.

본문에서 쓰인 기호는 다음과 같다.

　　책명, 전집, 단행본, 총서(문고) 이름: 『 』

　　개별 작품, 논문, 기사: 「 」

　　신문, 잡지: 《 》

책머리에[1]

여기에 모은 글들은 원래 《경향신문》에 실린 시사 평론에다 다른 지면에 실렸던 몇 편의 글을 합친 것이다. '시대의 흐름에 서서'라는 제목은 신문사에서 붙인 제목인데, 그것을 그대로 책의 제목으로 정하였다. 여기의 글들이 새로운 것들인 듯한 인상을 주어서는 곤란하다는 생각도 있었지만, 그 말에 뜻이 없는 것이 아니기 때문이다. 모든 것은 시대 흐름 속에 있다. 글이 필요하고 생각이 필요하다면, 그것은 흐르는 것 가운데에도 흐르지 않는 거점이 있어야 하기 때문이다. 그렇다고 여기의 글들이 그러한 부동의 지지점을 보여 준다는 말은 아니다.

너무 익숙하기 때문에 잊어버리는 것은, 사람 사는 일체가 시간의 흐름 속에 있다는 사실이다. 개체의 삶은 물론이려니와 한 사회의 경우도 마찬가지이다. 이 시간의 흐름에 대해서 사람이 할 수 있는 일은 별로 많지 않다. 그러면서도 어떻게 보면 사람 사는 일의 핵심적인 동기는 이 시간을 휘

1 『시대의 흐름에 서서』(생각의나무, 2005) 서문.

어잡으려는 데서 나온다고 할 수도 있다. 그 방법으로 시간을 꼼짝하지 않게 잡아 놓으려는 것도 생각할 수 있고, 시간의 흐름에 몸을 맡기고 그것으로부터 초연할 것을 궁리할 수도 있다. 그러나 흐름을 막는다고 시간이 서는 것도 아니고 시간과 더불어 흘러간다고 하여 흘러가는 자가 흘러 없어짐을 꾀하는 것도 아니다. 초연함은 연속성의 한 방법이다.

모든 생각, 특히 철학적인 생각은 흘러가는 것 가운데 흐르지 않는 것을 생각하려는 노력이다. 한국의 전통 철학에서 가장 중심적인 표현의 하나는 주자의 '주일무적수작만변(主一無適酬酌萬變)'——하나로 으뜸을 삼으며 멈추지 않고 만 가지 바뀌는 것에 대한다는 말이 아닌가 한다. 다만 무엇이 바뀌고 무엇이 머무는가 하는 것을 가려내는 것은 쉽지 않다. 생각한다는 관점에서 보면, 바뀌지 않는 것은 생각하는 마음이다. 이런 마음은 누구나 가진 것이면서도, 참으로 그것을 지니는 일이 쉽지 않음은 물론이다. 여기에 이르려 한 것이 전통적인 '수신'인데 그것이 쉽지 않은 일이라는 것은 누구나 아는 일이다. 아무리 드높은 어떤 것을 표방하는 것이라도 한 가지 생각에 머물러 있는 것이 위에 말한 마음의 상태를 나타내는 것은 아니다. 오히려 고정된 생각이 없어지는 것이 바로 한 가지로 으뜸을 삼으며 하나에 머물지 않는 마음을 지니는 일이다. 그러지 않고서야 만 가지 일과 더불어 움직이는 일이 있을 수가 없다. 이것은 한 가지의 마음을 없애면서 한 가지의 마음으로 남아 있는 것을 말한다.

이것은 철학적인 이야기이지만, 보통 삶의 원리를 말한 것이기도 하다. 세상이 어지럽다는 것은 세상의 흐름이 한 가지로 가닥이 잡히지 않는다는 말이다. 이것을 휘어잡으려는 것은 단지 사람의 마음만이 아니다. 정치야말로 사람 사는 것을 하나로 잡아 보려는 집요한 노력이다. 마음은 세상과 따로 있는 것이 아니다. 옛사람들에게 마음을 한 가지로 안정시키는 데에 중요한 것은 자연이었다. 고개를 들어 별을 보고 하늘을 보고 산과 물을 보는 것은 마음으로 하여금 자연의 유구함을 닮게 하려는 것이었다. 그러나 오늘날 세상을 둘러보면, 보이는 것은 변하는 것뿐이다. 그렇다고 그것이 천지의 이치와 더불어 변하는 것은 아니다. 이렇게 변하는 것들이 바로 우리의 삶의 나날을 지배하고 있는 것들이다. 그 변하는 것을 따르면 살고 따르지 못하면 살지 못하는 것이 요즘의 세상이다. 자기가 사는 땅을 옮기고 뒤집고 해야만 잘살게 되는 것이 오늘의 현실이 아닌가.

오늘의 한국 정치와 사회에서도 흐름과 흐르지 않는 것의 문제는 정치를 생각하는 데서도 핵심이 되는 문제이다. 민주화 운동의 시기에 민주화의 열망은 당대의 정치와 사회를 바꾸려는 열망이면서, 그 열망을 하나의 운동으로 결집시켰다. 그것은 변하면서 하나로 있는 하나의 상태를 나타내었다고 할 수 있다. 모든 정치 운동이 그러하듯이 민주화 운동은 자체 모순을 담고 있다. 이 모순은 감추어져 있다가 때가 지나면 터져 나오기 마련이다. 격렬한 움직임 속에서는 이 모순이 분명하게 의식되지 않을 뿐이다. 민주화 또는 민주주의는 만의 사람들이 만 가지로 다른 삶을 살게 하자는 소망을 담은 것이라고 할 수 있으나, 운동은 만 가지가 아니라 하나의 결집을 통하여 이루어진다. 그리고 모든 것을 힘의 결집이라는 관점에서 파악하는 습관은 계속된다.

명령 체계가 분명하지 않은 자리에서 이것을 쉽사리 할 수 있는 것은 대중적 열광이다. 더 중요하게 운동은 자유의 경험이면서 권력의 경험이다. 지금 정부의 움직임을 보면 이러한 생각을 하지 않을 수 없다. 사람이 없던 땅, 많지 않던 땅에 인구 수백만 명의 도시를 새로 짓고 국토를 송두리째 변경시키려는 계획이 계속적으로 발표되는 것을 본다.(지각 변동이라는 말이 있지만, 이것이야말로 지각 변동이 아니겠는가.) 계획들은 아래로부터, 즉 현실과 경험으로부터 올라가는 것이 아니라 위에서부터 계획되어 내려오는 도상 연습과 비슷하다. 계획은 생각의 표현이다. 사람들로 하여금 어떤 생각을 따르게 하는 것이야말로 내가 선택한 관점에서 사람들을 하나가 되게 하는 간단한 방법이다. 정치와 사회에서 이데올로기의 역할은 여기에 있다. 역사 서술도 비슷한 정치적 의미를 가질 수 있다. 민족주의나 통일의 사명들이 새삼스럽게 강조되는 것도 이러한 맥락에서 생각할 수 있다.

하나로 뭉치는 일이 없이 모든 사람이 뿔뿔이 살아도 좋은 것인가? 아마 물어야 할 것은 그것이 괜찮은 것인가가 아니라 그것이 도대체 가능한 것인가 하는 것이다. 자유 민주주의는 민(民)의 자유로운 삶을 이상으로 한다고 하겠지만, 그것은 삶의 바탕이 완전히 산업화된 지금의 형편에서, 갖가지의 생산 기구 또는 그보다도 돈 버는 기구에 끼어들어 그 속박을 받아들이면서 사는 것을 의미한다. 다만 사람들이 그것을 받아들이는 것은 그것이 자신들의 이익에도 부합할 수 있기 때문이다. 아마 지금의 정부의 노력은 이러한 연계를 조금 더 바르게 하려는 것이라고 볼 수도 있다. 그러나 그것이 그러한 의미를 가질지는 분명치 않다. 가령 국토 개조 계획은 일정한 사회적 사명을 가진 것으로 주장된다. 그러나 그 밑에 들어 있는 것은 부동산 등의 개인 이익의 동기이다. 개인적 이익 추구의 틀이 기업에 의하여 (물론 정부의 지원을 받으면서) 규정되는 것이 자유주의 시장 체제라면, 이 국토 계획에서는 기업의 위치에 정부가 있다는 것이 다를 뿐이다. 물론 어떤 형태의 것이든, 집단과 개인의 연계 속에 이루어지는 구속과 공생이 나쁘다고만 할 수는 없다. 궁극적인 문제는 그것이 살 만한 균형을 이루느냐 하는 문제이고, 다른 한편으로는 그것이 자연과 그리고 인간의 궁극적인 행복과 병존할 수 있느냐 하는 문제이다.

이 후자의 문제는 결국 무엇이 사람으로 하여금 삶의 보람을 느끼게 하느냐는 것에 이어져 있다. 사람이 제가끔 살면서도 하나로 살 수밖에 없는 것이라면, 아무리 자유가 중요하다고 하여도 이 근본적인 물음에서 일치하는 것이 있어야 한다는 말이다. 사람의 삶에서 무엇이 근본적인 것인가.

그것은 커다란 정치적 사명으로 생각할 수도 있고, 종교적·형이상학적 이상이라고 주장할 수도 있다. 그러나 그 경우에도 그것은, 대부분의 사람에게는, 나날의 삶의 보존에 이어져 있는 어떤 것이어야 할 것이다. 먹고, 입고, 거주하고, 태어나고, 아이들이 자라고, 늙고, 병들고, 죽는 것과 같은 기본적인 삶의 조건은 사람들이 져야 하는 멍에이기도 하고 삶의 기쁨의 근본이기도 하다. 물론 그에 더하여 더욱 큰 보람들이 보태어진다면 더할 나위 없을 것이다. 이러한 근본적인 것들도 시대적인 사정에 따라 여러 모습과 수준을 띠게 마련이다. 옳은 정치는 이 삶의 근본을 보살피는 일이 되어 마땅하다. 그리고 그것은 자연과 사회의 복합적인 연관을 통하지 않고는 보장될 수 없기 때문에, 좋은 정치는 이 근본의 시대적 형태를 확인하여 거기에 일정한 질서를 부여하는 노력일 것이다.

　민생의 중요성을 강조하는 주장들을 듣는다. 이것을 전적으로 보수주의의 표현인 것처럼 치부해 버리는 경향이 있다. 그것은 물론 제약 없는 자본주의의 맹위를 위한 변호일 경우가 없지 않다. 그러나 사람의 근본은 보수적일 수밖에 없다. 미국의 진보주의자 폴 굿맨(Paul Goodman)은 일찍이 자신의 입장을 '신석기 시대 보수주의'라는 이름으로 부른 바 있다. 영국의 노동자 문화 연구에 새로운 기원을 획하였던 리처드 호가트(Richard Hoggart)의 책에 보면, 영국 노동자 문화의 보수성에 대한 지적이 나온다. 사실 생명을 온전하게 보전하자는 것만큼 보수적인 생각이 어디에 있는가? 구체적인 정황과 삶의 여러 관련을 살핌이 없이 단순한 싸움의 구호로서의 이름 붙이기처럼 비생산적인 일은 없다. 사회를 살 만한 공간으로 고쳐 가는 것과 삶의 현실을 넘어가는 정치적 정열의 분출이 반드시 일치하는 것은 아니다. 삶이 부과하는 기율이야말로 최소한으로든 최대한으로든 정치 질서의 핵심일 것이다. 생각과 행동의 모든 노력의 핵심은 이 근본을 확인하려는 데 있다. 오늘의 삶의 중심은 어떤 고정된 이념이나 기획에 있는 것이 아니라 삶, 그것 안에 있다. 또 거기에 이르는 것이 시대의 마음이고 생각이다.

여기의 글들이 시대를 생각하는 데에 어느 만큼의 의미를 갖는 것인지 알 수 없다. 결국은 한 묶음으로 책을 만들어 보겠다는 생각이 없지는 않았지만, 책이 나오게 되는 것은 오로지 생각의나무 출판사 박광성 사장의 간곡한 권유와 채근으로 인한 것이다. 글을 제대로 모으지도 않고 교정도 보기를 거부한 사정을 관대히 받아들이며 그것을 바로잡도록 한결같이 노력해 준 출판사의 김수한 선생, 김보경 선생에게 깊이 감사를 드린다. 글 쓸 기회를 마련해 주신《경향신문》여러분께도 감사드린다.

2005년 5월 28일

김우창

칼럼이라는 글쓰기[1]

물결과 긴 흐름

신문에 쓰는 칼럼이란 단명할 수밖에 없는 글이다. 그것들은 그때그때의 시점에서 어떤 사안에 논평을 가한 것이다. 독자의 관심이 있다고 하여도 그 시점에서의 관심일 것이다. 그것을 다시 읽는다면 회고의 의미를 갖는다고 하여야 할지 모른다. 그러나 다른 한편으로 그 글들이 한 사람의 붓에서 나온 만큼, 거기에는 일정한 관점과 필자 나름의 현실 인식이 들어 있을 가능성이 없지 않다. 그 경우 지나간 일들에 대한 지나간 날의 논평들은 이 전체적인 인식을 예시해 준다는 의미를 얻을 수도 있을 것이다. 물론 이 전체적인 인식은 필자 자신이 짧은 글들을 쓰면서 처음부터 분명하게 의식하는 대전제는 아니다. 필자 자신도 새로 확인하여야 하는 일이다. 여기에서 시도하는 것은 이 전체의 틀을 밝혀 보는 일이다. 여기에 모은 칼럼들

---

1 『성찰: 시대의 흐름에 서서』(한길사, 2011) 서문.

을 하나의 통일된 관점으로 보게 하는 데에 조금 더 도움이 되기를 바란다.

삶의 현재와 흐름 처음에 내었던 글 모음의 제목이 '시대의 흐름에 서서'인데 이 제목은 신문사에서 정해 준 것이었다. 생각해 보면 적절한 제목이었다고 할 수 있다. 신문의 칼럼이 무엇인가는 보기에 따라서 여러 가지로 생각될 수 있겠지만, 한편으로는 그때그때 일어나는 사건과 관련하여 어떤 견해나 해석 또는 제안을 내놓는 글이다. 그러나 다른 한편으로 거기에는 시대의 큰 흐름에 비추어 보는 일도 들어가게 된다. 그때그때의 일들의 참의미는 주로 이 큰 흐름과의 관계에서 저울질될 수 있다. 여기에 실린 칼럼 하나에는 "길게 보면 사람은 모두 죽는다."라는 케인스의 말을 인용한 것이 있는데, 그 말은 어떤 사태가 있으면 그 사태에 대한 대응 조처가 우선이라는 이야기이다. 긴 의미가 어떤 것이든지 간에 지금의 일 그 자체의 중요성을 가볍게 볼 수는 없다.

사람의 삶은 현재에서만 진정한 현실성을 갖는다. 그러나 다시 생각하여 보면 현재 속의 삶이라는 것도 삶이라는 크고 지속적인 테두리가 있기 때문에 존중되는 것이라 할 수 있다. 길고 짧은 것을 간단히만 생각할 수는 없다. 이 두 가지는 서로 착잡하게 얽혀 있는 현실의 가닥이다. 여기에 쓴 칼럼들은 그때그때 일어나는 일들로 하여 촉발된 것이다. 그러나 그것들에 대한 직접적인 반응만을 담은 것은 아니다. 물론 일관된 생각이 있다고 하여, 그것이 삶 자체의 일관성에 일치하는 것은 아니다. 그러나 조금이라도 의미 있는 것이 되려면, 둘 사이에 어느 정도의 평행 관계는 있어야 할 것이다. 긴 생각이 정당화될 수 있는 것도 그렇고 또 작은 해석된 견해들도 삶의 흐름 그것에 연유하는 때문일 것이다.

여기에서는 이 글들의 일관된 생각들이 무엇인가를 밝혀 보고 그것이 정당한 것인가를 반성해 보고자 한다. 그것은 불가피하게 여기의 글들을 넘어서는 크고 작은 삶의 얽힘을 생각하는 일이 될 것이다.

크고 지속적인 관점에서의 삶을 생각하는 일은 결국 삶 본연의 모습이라는 관점에서 삶이 무엇이고 어떤 것이어야 하는가를 생각하는 일이다. 그것은 도덕적·윤리적·종교적 가르침의 관점에서 또는 존재론적으로 오늘의 삶을 살피는 일이 될 수 있다. 이와 다르게 길고 큰 흐름이란 당대의 사람들이 받아들이는 평균적인 삶, 그 삶의 이상(理想)을 말하는 것일 수도 있다. 큰 관점에서 오늘의 삶을 살핀다는 것은 이 순간의 삶이 그러한 삶의 관점에서 일정한 수준에 이르는 것인가 아닌가를 헤아리는 일이 될 것이다. 발전되는 경제를 말하고 여러 민주주의의 이상을 말하는 것도 그렇지만, 평등을 척도로 삼는 것은 특히 이러한 평균의 삶 그리고 그 이상(理想)을 생각하는 일이다.

물론 이러한 것들은 사회적인 삶을 하나의 단위로 하여 삶을 말하는 것이지만, 삶의 긴 흐름과 이 순간의 삶의 비교 반성은 개인의 관점에서 문제될 수도 있다. 그때 그것은 한 사람 한 사람의 관점에서 의미 있는 삶이 무엇인가를 생각해 보는 일이 될 것이다. 그러나 이 경우에도 아마 신문에 이야기가 될 만한 것은 개인의 삶이 하나의 전형(典型)을 보여 주는 것으로 간주되는 경우일 것이다.

시대의 흐름/사실과 가치 조금 길게 본 삶에 대하여 물어볼 수 있는 물음들은 앞에서 말한 세 가지의 관점 —— 본연의 의미에서의 삶, 당대적인 기준에서의 삶, 개인의 삶의 독특한 궤적 등의 관점에서 제기될 수 있다. 그러나 앞에서 말한 큰 흐름은 보다 분명하게 사회적인 성격의 큰 흐름을 말하는 것으로 생각된다. '시대의 흐름'이란 이 관점에서의 흐름일 것이다. 그러나 여러 차원에서 나오는 관점들을 완전히 분리하는 것은 삶을 단순화하는 일이고 삶의 진상을 왜곡하는 일이다. 그리하여 시대의 흐름을 생각할 때에도 다른 차원을 잊지 않는 것이 중요하다.

큰 흐름, 특히 시대의 흐름을 말하는 하나의 방법은 여러 사건들을 하나로 연결해 볼 때, 이 사건들의 의미는 이러한 것이라고 말하는 것이다. 이 것은 대체로 예측이 되고 — 또 잘못된 추측이 되는 경우가 많을 터인데, 그렇다고 하더라도 그러한 예측이 조금 더 엄밀한 사물들의 인과 관계 속에서 궁리되는 것이 있고 그러지 못하는 것이 있을 것이다. 물론 이러한 경우에 인과의 논리는 그때그때 일어나는 일들에서 새삼스럽게 추출 구성되기보다는 칼럼의 필자가 가지고 있는 사회 구조의 작용과 변화에 대한 일반적인 이해에서 나온다. 그러나 다시 이러한 이해는 대체로 사실적 추이를 말하는 것이면서 동시에 그것이 어떤 방향으로 진행되는 것이 바람직하다는 가치 판단에 기초한 이상 구도를 반영한다.

현실과 행동 이 사실과 가치의 교차는 새삼스럽게 확인될 필요가 있어 보인다. 그렇다는 것은 자기 자신의 가치관 또는 이상주의에 지나친 무게를 두어 마치 그것에 기초한 행동적 개입이 사회의 진로를 그대로 바꾸어 놓을 거란 생각은, 우리 시대에 너무 많이 보게 되는, 헛된 자만심이기 때문이다. 행동적 개입은 개인적 차원에서 어떻게 하는 것이 유리한가를 전제하는 것일 수도 있고 사회 전체의 공동 이익 또는 공동선을 위한 개입을 말하는 것일 수도 있다. 그리고 개인적인 동기는 은밀한 자기 구제책이 될 수도 있고 집단적인 행동이 될 수도 있다. 물론 이러한 동기들은 서로 얽혀 들어가게 마련이어서 엄격하게 한 가지만이 작용하는 경우는 드물 것이다.

그런데 행동적 개입의 효율에 대한 믿음은 현실 전체가 가지고 있는 그 나름의 관성을 우습게 보고 어떤 특정한 행동에 지나친 희망을 북돋는 일을 한다. 모든 것이 대통령 한 사람의 결단에 의하여 또는 촛불을 밝혀 든 집단 행동에 의하여 달라질 수 있는 것처럼 생각하는 것이 그러한 예이다. 발표되는 정치적 견해도 특정 행동의 가능성을 지나치게 강조하는 오늘의 추세를 반영하는 경우가 많다. 그리하여 시대의 긴 흐름을 놓치는 일이 생겨난다. 이에 대하여 물론 큰 흐름만을 생각하고 오늘의 행동적 가능성을 너무 부정적으로 생각하는 경우도 있다. 그리고 그러한 경우 대체로는 긴 흐름의 포착에도 실패하게 된다.

이성적 성찰

가장 바람직한 것은 어떤 사안에 임하여 그것이 구성하거나 표현하고 있는 흐름에 대하여 보다 객관적인 판단을 얻어 내는 일이다. 이러한 판단이 반드시 과학적 명제의 정확성에 가까이 갈 수 있다고 생각할 수는 없지만, 적어도 합리적이고 이성적인 성찰에서 나오는 것이기를 기대해 볼 수는 있다. 앞에서 말한 사건과 시대의 흐름은 과학적 사고의 두 원리인 사실과 논리 그리고 이론의 관계에 그대로 이어진다고 할 수 있다. 그런데 이렇게 말하는 것은 칼럼들이 사회 문제의 검토에 있어서 그리고 민주주의 사회에 대해서 어떤 기본적인 요건을 전제하고 있다는 말이 된다. 그 전제란 이성적 성찰이 방법적인 필요일 뿐만 아니라 개인적으로나 사회적으로나 인간이 추구하는 여러 가치를 포용할 수 있는 사회 문화의 기초 그리고 민주주의적 사회 제도의 기초가 된다는 것이다. 사실 하버마스(Jürgen Habermas)와 같은 철학자는 이성적 반성 또는 성찰을 서구 근대성의 가장 중요한 계기로 본다. 이것은 다른 사회에서도, 적어도 근대 민주주의를 지향하는 경우, 해당되는 말일 것이다.

반성은 한 사태의 여러 요인들을 전체적인 도안(圖案) 속에서 검토하고 재검토하는 사고와 행동의 절차이다. 어떤 사태를 일시에 바로잡을 수 있는 힘이 있다면, 구태여 그런 절차가 필요하지 않을 것이다. 민주주의는 사회 질서의 원리를 하나의 힘의 원천으로 구성해 내려는 것을 의도적으로 자제하는 제도이다. 수많은 요인들로 이루어진 복합 체계가 현실이라고 한다면, 이것은 현실의 원리에 맞는다고 할 것이다. 여기의 요인에는 물론 창조적 행동자로서의 개체와 집단을 포함한다. 이러한 문제들은 칼럼적 사고의 기본에 관계되지만, 그 자체로도 검토해 볼 필요가 있는 일이다. 그것은 사회 문제 그리고 삶의 문제를 어떻게 생각해야 하는가를 말하여 준다.

　사실과 논리와 이론　우리의 사회에 대한 생각이 반드시 그러하다거나 그러해야 된다는 것은 아니지만, 이성적 성찰은 과학의 방법론에 긴밀하게 이어져 있는 원리이다. 과학의 기초는 말할 것도 없이 객관적 관찰을 통한 사실적 증거의 획득이다. 그러나 과학은 정확한 사실적 기록만을 목표로 하는 것은 아니다. 그것은 자연계 전체 또는 적어도 그 일부에 대한 법칙적 이해를 지향한다. 이 이해에서 논리는 방법론의 일부이고 그것이 목표로 하는 것은 이론이다. 그리하여 어떤 때는 그러한 이해에 들어 있는 논리와 이론이 사실적 관찰보다도 더 중요해진다. 아인슈타인의 상대성 이론 또는 물리적 세계에 대한 큰 이론들은 거의 사실과는 관계없이 구성된 것이다. 그러면서 그것은 오늘날까지도 계속 사실적 관찰에 의하여 확인된다. 상대성 이론이 발표된 지는 이미 100년이 넘었지만, 최근에 과학자들은 지구 주변의 시공간이 상대성 이론에 따라 뒤틀린다는 증거를 발견하고 그것을 다시 확인하였다. 그러나 아인슈타인의 이론은 그 이전의 사실적 관찰의 누적에 관계없는 것이라고 할 수는 없다.

　다른 한편 과학에서 관찰되는 사실의 많은 것은 이론의 관점에서 구성된 것이다. 관찰의 대상이 되는 사실적 증거를 찾아내는 일 자체가 복잡한 실험 시설을 필요로 한다는 점이 벌써 이것을 말하고 있지만, 일상적 경험에서 지각하는 사실에 작용하는 선선택(先選擇)의 조건들을 생각해 보아도 이것은 거의 자명하다. 사실과 이론에 관심이나 이해관계(Interesse)가 선행한다는 현상학적 관찰은 사람에 의한 사실에의 개입을 보다 근본적인 것이 되게 한다. 사회적·정치적 결정에 있어서도 이러한 교환——부분적 사실과 전체적인 현실의 모습과 그것에 작용한 인간적 행동의 교환이 존재한다. 다만 이 교환은 조금 더 지속적이고 심화될 필요가 있다. 그리고 그 것을 전체적으로 파악하는 데에는 다른 자연 과정의 경우보다도 그러한 파악을 시도하는 사고의 모험에 대한 재귀적(再歸的) 반성이 요구된다. 이 재귀적 반성은 단순히 인식론적인 것이 아니다. 그것은 윤리적·도덕적 자 기 정화(淨化)를 의미하기도 한다. 복잡한 이성적 반성이 요구되는 것은 인 간의 사회적 행동에는 더 복잡한 요인들이 작용할 뿐만 아니라 실패의 부 담과 책임은 더욱 막중하기 때문이다. 여기의 문제는 뒤에서 다시 생각해 볼 것이다.

과학 이론의 여러 지도 다시 과학적 사고로 돌아가서 사실과 이론의 교 환 관계가 복잡하다고 하여도 목표로 하는 것은 말할 것도 없이 객관적이 고 정확한 이해이다. 그렇다고 과학이 틀림없는 이론이나 이해를 보장할 수 있는 것은 아니다. 이것은 사실과 이론의 복잡한 관계에서도 이미 짐작 할 수 있는 일이다. 토머스 쿤(Thomas Kuhn)이나 파울 파이어아벤트(Paul Feyerabend)와 같은, 서로 다른 이유에서이지만, 비판적 과학 이론가들은 명확해 보이는 과학 이론들의 가설적 성격을 강조한다. 파이어아벤트가 한 저서에서 이 점을 말하기 위하여 또 다른 저자를 인용하고 있는 것을 여 기에서 다시 인용해 본다.

실재에 대한 단순한 '과학적' 지도는 존재하지 않는다. 그러한 것이 존재 한다고 하더라도 그것은 너무 복잡하고 다루기가 어려운 것이어서 쉽게 사용 할 수 있는 것이 아닐 것이다. 그게 아니라 과학적 관점의 다양성에 따라서 여 러 다른 지도들이 존재한다.[2]

---

2 Paul Feyerabend, *Conquest of Abundance: A Tale of Abstraction versus Richness of Being*(University of Chicago Press, 1999), p. 154.

이 과학적 관점은 "과학을 하는 일"과의 관련에서 성립하게 된다.[3] 이것은 관점의 선택이 그때그때의 방법의 선택과의 현실적 관련에서 결정된다는 말이다. 이것은 정상 과학을 성립하게 하는 우연적 패러다임의 선택을 두고 하는 말이기도 하고, 그 테두리 안에서 실용적 목적 ─ 과학 기술의 동기가 되는 실용적 목적이 그러한 선택에 작용함을 말한다. 이것은 우연적 요소가 과학적 사고의 논리에 간여한다는 것이지만, 그러하더라도 생각하여야 할 것은, 이러한 요인들이 과학의 발견을 철저하게 진리가 되게 하지는 못한다고 하여, 그것이 터무니없는 허구가 되게 하는 것은 아니라는 점이다. 오히려 이것으로 하여 과학은 진리의 이상에 가까이 갈 수 있게 된다. 진리는 하나의 관점에서 포착되는 것이 아니라 끊임없이 접근되면서 접근되지 않는 이상적 목표이다. 중요한 것은 진리를 소유했다는 확신보다도 그것을 향한 쉼 없는 노력이다.

　　진리에의 정진/현실 경과 과학의 모호성 ─ 진리와 가설 그리고 실용적 동기 사이를 진동하면서 포기되지 않는 과학적 진리의 모호성은 사람의 현실적 선택의 한 양상을 나타낸다고 할 수 있다. 현실 선택에서도 바른 선택이 없지는 아니하면서도, 그리고 그것을 위한 끊임없는 노력이 있어야 하는 것이면서도, 모호성은 존재한다. 그러나 보다 중요한 것은 이러한 모호성에도 불구하고 쟁취하여야 하는 현실적 확실성이다.

　　이 확실성은 확실한 것에 가까이 가는 것이면서 또 여러 가설의 가능성 속에 존재한다. 하나의 지도(地圖)는 여러 지도의 가능성의 하나이면서, 그 지도의 조건하에서는 일관성을 갖는다. 막스 베버가 정치에 대한 학문인의 관계를 설명하면서, 어떤 정치적 선택에 따를 수 있는 현실적 결과와 부작용을 밝히는 일이 학문인의 책임이라고 한 것은 이러한 관련을 말한 것

---

3 Ibid., p. 160.

이다. 현실은, 다시 말하여, 여러 가능성을 가지고 있다. 이 가능성의 어느 것을 선택하느냐에 따라서 현실의 구도는 달라진다. 베버는, 말하자면, 선택이 있은 후에 이 구도의 전말 — 현실적 결과의 인과 관계의 전말을 분명히 하는 것이 학문의 소명이라고 생각하였다. 하나의 사안을 두고 그 연관을 생각할 때, 이러한 전후 인과 관계 그리고 총체적인 영향을 밝히는 것은 기본적 요건의 하나이다.

포용의 사고와 포용의 사회 어떤 사안에 대해 말하고 글로 표현할 때, 그것은 현실 행동이라기보다는 사고의 실험이라는 성격을 갖는다. 그때 이 실험은, 실험인 만큼 한 가지 사고와 행동 방식보다도 여러 가지를 가설적으로 포함해야 마땅하다. 그럼으로써 행동 방안은 그 가운데에서 최선의 선택이 될 수 있다. 최선이란 추상적인 의미에서가 아니라 현실의 가능성 속에서 생각할 수 있는 최선을 의미한다. 그리고 그것은 다시 여러 작은 사건과 흐름으로 구성되는 현실에 의하여 수정될 수 있다는 의미에서만, 참으로 최선일 것이다.

현실의 흐름에 대한 판단을 가설적으로 판단하는 것은 또 다른 의미에서 중요한 일이다. 이것은 민주주의를 위하여 중요한 의미를 갖는다. 민주주의는 여러 생각과 여러 행동 양식 또 가치관을 가진 사람들이 함께하는 질서이다. 사고와 행동의 많은 가능성을 생각한다는 것은 여러 다른 사람들의 삶을 이해하고 포용하는 준비 과정이 될 것이다. 그 가운데 현실 선택은 제한될 수밖에 없지만, 그 선택은, 이 포용의 대전제하에서, 설득과 타협으로 수렴될 수 있을 것이다. 물론 다양성의 포용과 선택의 문제는 단순히 민주주의 사회의 문제라기보다는 근본적인 의미에서 사람이 함께 사는 공동체의 전제이다. 모든 사람이 하나가 되어야 한다는 주장을 많이 듣기는 하지만, 서로 다르면서 함께 사는 일에서 관용은 가장 중요한 덕성이다.(물론 하나 됨은 공동체의 위기 대책으로 요구되는 것일 수 있다.)

현실 세계와 윤리

이해의 타협과 윤리 진리와 인과 관계의 현실을 놓치지 않으면서도 그것을 가설화하고 비판적으로 검토하고 또 그러한 검토에서 모든 가능성을 받아들이는 것이 사회를 생각하는 과학적 사고 방법이라고 한다면, 앞에서 말한 바와 같이, 그것은 실천적으로도 다양한 개체들의 다양한 사고와 행동을 포용하는 민주주의 질서의 요구이기도 하다. 실제적인 관점에서 다양성의 수용은 우선 갈등을 피하거나 최소화하고 일정한 타협을 이루어 내는 데에 필요한 일이다. 그럼으로써 나의 이해관계와 다른 사람의 이해관계 그리고 나의 존재의 권리와 다른 사람의 존재의 권리를 조화할 수 있다. 그러나 순전히 현실적인 계산만이 인간 상호 간의 조화된 관계의 기본이 되는 것은 아니다. 여기에는 깊은 윤리적인 요구가 들어 있다.

되풀이 말하건대 베버는, 정치적 선택의 현실적 경과를 최대한으로 엄격하게 밝히는 것이 학문의 소명이라고 말하면서, 선택의 동기에 작용하는 가치의 문제를 언급하지 않았다.(그것은 과학적 엄밀성을 존중하는 태도에서 연유한다. 그러면서 그가 현실 문제에 부딪쳐 바른 가치의 문제를 회피하였다고 할 수는 없다.) 그러나 개인적으로나 사회적으로나 가치의 선택이 없이 인간 행동이 어떤 의미를 가지겠는가? 가치의 문제는 개인으로나 사회로나 가장 중요한 문제가 아닐 수 없다. 다만 민주주의를 원칙으로 받아들인다면, 가치의 선택에 따를 수 있는 하나 됨의 압력은 민주주의에 대한 위협으로 받아들여질 수 있다. 그리고 가치의 쇠퇴는 근대 사회의 일반적 경향이다. 바로 현대 경제가 약속하는 물질적 풍요는 물질적 가치 이외의 모든 가치를 무의미하게 하는 것으로 보인다.

베버의 생각으로 '탈마법화' 또는 세속화는 근대성 ── 서양적 근대성의 특징이다. 자본주의 경제나 과학적 세계관은 세속 문화의 한 양상을 나타낸다. 이것은 여러 면에서 인간 해방을 가능하게 하였다. 그러면서 인간 존재의 정신적 차원이 설 자리를 없애 버린다. 그리고 그것은 인간 존재의 진상을 엄폐(掩蔽)하는 결과를 가져왔다. 그렇다고 정신적 가치에 대한 요구가 사라지는 것은 아니다. 그것은 사람의 깊은 심성에서 나오는 요구이기도 하고 사회가 바르게 성립하기 위한 필요조건이기도 하다.

다만 정신적 차원 —— 그리고 거기에서 유도되어 나오는 가치와 윤리적 요구를 독단론적으로 이해하는 것도 그 진상을 바로 하는 것은 아닐 것이다. 그것은 인간 존재의 사실적 근거에서 확인되는 것이라야 한다. 사람이 부딪치는 현실 문제를 생각한다고 할 때, 그 현실은 인간 존재의 전체성을 말하고 그 정신적 차원을 포함하는 것이어야 한다고 할 수 있다. 그리하여 현실을 생각하는 것은 한편으로 선택의 현실적 인과 관계를 생각하고 다른 한편으로 그것들의 총체가 과연 인간적 가치의 관점에서 선택할 만한 것인가를 저울질하는 행위이다.

정신적 요소가 사회관계에서도 필수적이라는 것을 오늘을 지배하고 있는 현실주의는, 대중 조정의 수단이라는 관점 이외에서는, 철저하게 간과하는 것으로 보인다. 작은 일을 생각하면서 그것이 나타내는 전체를 생각한다는 것은 사회를 생각하는 방법론이고 민주적 사회의 토대이다. 그러나 이때의 전체는 상호 인정의 전체성이다. 이 인정은 다수 인간들의 이익의 총화를 넘어가는 윤리적인 기초를 가져야 한다. 앞에서 말한 타협과 조화를 위한 이해타산은 조금 더 윤리적인 차원에서는 관용의 미덕이 된다. 그러나 관용은 단순히 너그러운 마음이 아니다. 그것은 자기를 넓히고 심화하는 행위이다. 자기의 일이나 마찬가지로 다른 사람의 일을 생각하고 그것을 고려할 수 있게 되는 것은, 마음의 열림을 말한다. 역설적인 것은 윤리적 기초를 가짐으로써 하나가 되는 사회 공간은 상호 경계의 공간이 아니라 자유로운 공간이 된다는 사실이다.

현실 효능성과 존재론적 투명성 마음이 열린다는 것은 마음이 움직이는 공간이 생긴다는 것을 말한다. 그것은 있는 그대로의 사물과 생명과 존재에 열리는 것이다. 그리고 그것에 동의하면서 자유의 공간을 얻는다. 이것을 현실적으로 증명하기는 쉽지 않으나, 인간 행위의 현실적 효능성도 여기에 깊은 관계를 가지고 있다. 객관적 질서 — 결국은 존재의 질서가 될 터인데 — 이 질서에 대한 열림이 없이 사람의 일은 아무것도 이루어질 수 없다. 과학적 관찰의 신뢰성은 관찰자의 정직성에 크게 의존한다. 여기서 정직성은 단순히 도덕적인 마음가짐 — 심리적인 상태를 말하는 것이 아니다. 이 정직성은 객관성에의 열림에 일치한다. 과학적 수련은 집중력과 관찰력을 발전시키고 사람으로 하여금 자신의 주관을 떠나 객관적 세계에 주의할 수 있게 한다. 이 관점에서 정직성은 주의하여 관찰한 사실을 그대로 받아들이고 보고하는 것을 의미할 뿐이다.(이것은 절차탁마(切磋琢磨)하여 마음을 비우고 이(理)에로 나가는 수련으로부터 과히 멀지 않은 일이다.) 이와는 다른 행동에서도 사물의 놓임에 대한 주의가 그 효능을 위한 조건이 됨은 말할 필요도 없다.

사람이 팔다리가 쉽게 움직이는 것은 그 움직임이 공간과 물질세계에 투명하게 맞아 들어가는 상태에 있기 때문이다. 사회적으로 윤리적 태도는 사회적 행위의 효율을 높이고 사회관계를 보장하는 궁극적인 필수 조건이다. 법이 필요해지는 것은 이것이 반드시 쉽게 확보되지 않기 때문일 뿐이다. 그러나 적어도 사람들이 마음속에 지니고 있는 희망은 윤리적 투명성을 잃지 않는 사회 질서 속에 사는 일일 것이다. 이것은 다시 사람이 존재의 투명성에 접하기를 원하는 것에 이어져 있다고 할 수 있다. 윤리에 관련하여 칸트의 말에, 하늘에는 별들이 있고 마음에는 도덕률이 있다고 한 것이 있거니와, 여기에서 도덕률과 별들의 병치는 도덕규범의 엄존(儼存)을 비유로 말하려 한 것이기도 하지만, 둘을 이어 주고 있는 존재론적 바탕 —— 그 투명한 바탕에 대하여 인간이 가지고 있는 자연스러운 느낌을 말한 것이라 할 수도 있다.

잡다한 소감들을 되돌아보고

이성의 질서

단편적 소감과 사실 조사 그때그때의 관찰과 의견을 적은 칼럼이라는 테두리에 들어가는 나의 글들을 되돌아보면, 시대의 흐름을 밝히는 데에 별 도움을 주는 것이 못 되었다는 생각을 갖지 않을 수 없다. 이 흐름을 밝힌다고 할 때, 그것은 이 흐름이 바르게 되는 데에 도움을 주어야 하는 것일 터인데, 거기에 표현된 소감들이 그러한 의미를 가졌다고 할 수는 없다.

이러나저러나 신문에 발표했던 이 잡다한 소감들은 첫째 시대의 문제에 대한 심각한 사실적 조사에 기초한 것이 아니라는 점이 그 이유 중의 하나이다. 지금 돌아볼 때, 해외의 뉴스나 다른 여러 나라에서 연유한 생각들에 언급한 것이 많다는 점이 눈에 띈다. 이것 자체가 한국의 현실적 사실의 분석에 기초한 것이 아니라는 인상을 준다. 다만 변명이 있다면, 한국 외의 사정들에 대한 언급이 우리가 당면한 사건과 사정에 대한 범례나 우화의 성질을 가진다고 할 수는 있을 것이다. 그리고 오늘날의 많은 문제들이 사실 전 지구적인 문맥에서 파악될 수 있다는 것도 하나의 변명이 될지 모른다.

생각과 행동 그런데 도대체 하나의 작은 생각이, 그것이 어떤 것이었든지 간에, 현실 사건이나 그 큰 흐름을 바르게 할 수 있다는 전제 자체가 잘못된 것임은 물론이다. 그러지 못한다는 것이 많은 사람들이 느끼는 좌절감이기 때문에, 생각이나 말보다는 행동이 중요하다는 믿음이 우리의 시대적 신앙이 된 것일 것이다. 그러나 다른 모순의 하나는 현실의 역학(力學)에 대한 깊은 성찰이 없는 행동 또한 현실 효능적인 것이 될 수 없다는 사실이다. 그리고 우리가 지향하는 보다 좋은 사회는 많은 것을 말로—서로 이해할 수 있는, 즉 이성적인 관점에서 서로 토의할 수 있는 방법으로 문제를 해결할 수 있는 사회일 것이다.

관점의 일관성 여기에 모아 놓은 글들을 다시 읽어 보면서 갖게 되는 또 하나의 느낌은 잡다한 사건과 소재에 대한 잡다한 소감을 표현하고 있으면서도 이것들을 관통하고 있는 생각이 없지는 않다는 것이다. 앞에서 정리해 본 것은 이 글들에 들어 있는 이러한 생각의 틀이다. 글 전부를 일관된 질서 속에 재편하는 것은 불가능한 일이고 지루한 일이 되겠지만, 글들에 취급된 구체적인 사건이나 소감을 이러한 질서에 따라 정리해 볼까 한다. 그러나 이러한 일관된 관점이 들어 있다고는 하지만, 다시 한 번 이러한 일관된 관점 자체가 현실 사회의 전개를 반영하는 것인가 하는 데에 대해서는 의문이 간다.

부정적 비판 여기에 모은 글들은 부정적 비판을 많이 담았다는 인상을 준다. 그럼에도 불구하고 한 가지 위로가 되는 것은 한국 사회의 흐름이 대체로 특히 악화되었다고는 할 수 없고 문제가 없지 않은 대로 보다 나아지는 쪽으로 움직여 왔다고 하는 증표들이 많다는 것이다. 제일 간단하게는 국가 발전 지표에 대한 수치들을 찾아보면 우리는 그렇게 생각하지 않을 수 없다. 이 수치들은 희망하는 만큼은 아닐지라도, 상승 곡선을 그려 왔다. 그중에도 가장 뚜렷한 수치의 변화는 국민 총소득이나 개인 소득의 향상이다. 한국이 이른바 G20이라는 경제 강국에 들게 된 것도 이러한 진전의 결과라고 할 것이다. 또는 사회의 발전을 보다 유연하게 측정하려는 인간 개발 지표나 행복 지표에서도 계속적인 상승을 볼 수 있다. 그리고 국내에서는 늘 분규와 갈등의 근원이 되고 있으나 교육이나 의료 문제에 있어서의 국제적인 평가를 얻게 된 것이나 대중 예술이나 그보다는 심각한 차원에서 한국인의 국제적 진출이 두드러지게 된 것도 그러한 지표가 될 것이다.

모아 놓은 글에는 신문이나 방송 매체를 통해 느끼게 되는 한국의 정세는 사람을 격앙하게 하는 위기적인 사건들의 연속으로 보이지만, 더러 그러한 매체의 뉴스를 외면하고 상당 기간을 지내고 보면 사회는 그런대로 지속되었다는 것을 발견했다는 경험을 쓴 것들이 있다. 사실 사람의 삶의 본질적 바탕은 그때그때 일어나는 사건과는 별도로 움직이는 것인지도 모른다. 사람이 느끼는 격정의 파고(波高)에 큰 관계가 없이 삶의 물결 자체는 별도의 무게로서 변동되어 가는 것으로 생각된다.

시달리고 괴로운 한국인 여러 외면적인 발전의 증표 그리고 삶의 깊은 바탕의 느린 움직임에도 불구하고, 우리 사회가 일찍이 볼 수 없었던 대변동 속에 있는 것은 사실이고 그것이 불안의 원인이 되는 것은 피할 수 없는 일이다. 그리고 그러한 변동이 궁극적으로 보다 나은 사회를 가리키고 있는 것이냐에 대하여 의문도 생기게 된다. 영국 역사에서 희귀한 사건인 17세기의 청교도 혁명 이전의 다수 영국인들의 심리 상태를 설명하는 말로 어느 역사학자는 "시달리고 괴롭힘을 당하는 영국인(harried and harrassed Englishmen)"이란 말을 쓴 일이 있지만, 긍정적인 계량적 지표에도 불구하고 그간의 한국인 그리고 오늘의 한국인 심정이 시달리고 괴롭

힘을 당하는 사람들의 심정인 것은 사실일 것이다. 변화의 폭과 속도만으로도 사람들은 자신의 삶의 터전이 늘 흔들리고 있다는 느낌을 갖지 않을 수 없다.

우리의 사회 문제를 말하는 데에 빈부 격차라는 말이 많이 등장하지만, 이것은 여기에 관계되는 불안감의 원인을 지적하는 말이다. 여기에서 빈부 격차란, 경제 지표로도 짐작할 수 있듯이, 절대 빈곤을 가리키기도 하고 올라가고 있는 생활 수준에 비추어 상대적인 빈곤을 말하는 것이기도 하다. 앞의 것은 절대적으로 시정되어야 할 일이지만, 이것을 반드시 상대적인 빈곤과 구분하여 말하기는 쉽지 않은 일이다. 인간적인 삶의 수준이란 절대적인 것이라기보다는 사회적으로 정해지는 면을 많이 가지고 있다. 그리하여 상대적인 관점에서의 생활 수준의 현실적 의미도 부정할 수는 없다. 다만 보다 비판적으로 생각할 때, 사회가 정해 주는 생활 수준이라는 것이 반드시 인간적인 보람을 약속하는 삶의 질의 내실화를 의미하는 것인지 어쩐지는 분명치 않다.

경제 발전의 많은 부분은 허영과 과시를 가치화한다. 생활의 불안은 경제적인 원인으로부터만 생기는 것은 아니다. 지난 수십 년간에 세계에서도 한국인만큼 제집을 지키고 산 사람이 적은 나라도 없을 것이다. 집을 옮긴다는 것은, 그것이 보다 나은 주거로 옮겨 가는 것이라고 하더라도, 사람의 존재의 바탕을 흔들어 놓는 것이다. 그리고 이것은 가장 기본적인 의미에서의 사회적인 연대를 부숴 놓는 일이기도 하다. 삶의 기초로서 주거에 못지않게 중요한 것은 직장의 안정이지만, 자본주의는 직장을 창출하는 동시에 직장의 안정성을 희생하면서 이윤 획득의 능률화를 극대화하려 한다. 오늘의 경제 체제하에서 한없이 풀려나는 탐욕을 보게 되는 이유의 하나는 돈만이 유일한 안정의 보장이기 때문일 것이다.

권력과 돈은 언제나 과대 자기 확인의 수단으로 작용한다. 그러나 여기에는 사회 문화가 조성하는 시대의 분위기도 작용한다고 할 수 있다. 이러한 모든 요인들이 한국인을 시달리고 괴로운 사람이 되게 하고 이러한 것들을 문제 삼으면 저절로 비판적인 입장에 서는 것이 되지 않을 수 없다. 그러면서 다시 한 번 참으로 의미 있는 인간 존재의 모습이 무엇인가 하는 철학적인 문제를 제기하게 된다.

　　환락의 도시, 열광의 시대　오늘날 철학적 반성이나 이성적 성찰 또는 어떤 방법으로든지 사람의 삶에 대하여 또 사회가 부딪친 당면 과제에 대하여 조용하게 생각하는 것은, 어떤 종교적인 또는 정치적인 확신을 가르치는 것이 아니라면, 가장 퇴영적(退嬰的)인 일이 된 것으로 보인다. 철학적인 반성에서도 그러하고 모든 문화 과학에게 주어지는 과제는 이른바 '콘텐츠'를 제공하는 일일 뿐이다. 최근 CNN의 관광 방송에는 서울을 세계의 가장 가 볼 만한 도시라고 지명하면서 거기에 대한 50가지의 이유를 들고 있는 것이 있다. 이것은, 매체에 보도되고 사람들의 관심거리가 되었다. 그러한 지목의 대상이 된 것은, 어떤 면에서든지 한국이 세계 무대에서 주목을 받을 만한 나라가 되었다는 것을 말하지만, 그 50가지의 이유를 살펴보면, 대체로는 먹고 마시고 놀기에 좋고 성 교제가 자유롭고 대중문화계의 스타들의 스캔들이 커다란 화제가 되는 곳이 서울이라는 것을 말하는 것임을 알 수 있다. 조금 다른 것이 있다면, 인터넷이 발달한 곳이라는 것이지만, 그것도 곧 게임의 수단으로서 중요한 것이 되어 있다. 서울이 환락의 도시이기에 관광객이 갈 만한 곳이라는 사실에는 변함이 없다.

　　CNN의 칭찬과 비슷하게 오늘의 시대를 특징짓고 있는 것은 열광하고 열광을 추구하는 일이다. 문화를 기술하는 신문의 용어에 주로 쓰이는 말은 "빠지고", "넋을 잃고", "홀리고" 하는 일들이다. 정치적으로도 격렬한 언어와 몸짓들이 소통의 언어가 되어 있다. 이것들은 한편으로는 삶의 에너지가 고양되어 있다는 것을 말하지만, 다른 한편으로는 그것은, 앞에서 말한 시달리고 괴로워진 삶과 별개의 것이 아니다. 그 관점에서는 열광의 추구는 이러한 삶으로부터 탈출하고자 하는 몸부림의 한 모습이라고 할 수 있다.

군중 행동과 이성적 절차 지금의 시점에서 정치적인 행위에 있어서의 열광적 행동주의도 이러한 복합적 성격을 가진 것이라고 할 수 있다. 그것은, 말할 것도 없이 사태를 바로잡기 위한 현실적 방안일 수도 있고, 또 시대적 열기 — 방금 말한 여러 요소들이 섞여 있는 시대적 열기의 표현이라고 할 수 있다. 쇠고기 수입의 문제가 들어 있는 FTA 반대 촛불 시위나 등록금 '반값'을 요구하는 촛불 시위가 환영받는 것은 이러한 시대적 분위기에 맞아 들어가는 일이다.

그런데 여기에 모아 놓은 글들을 일관하고 있는 생각은 이성적인 방법을 통하여 문제가 해결되어야 한다는 주제일 것이다. 이 관점에서 군중 행동에 대한 열광을 어떻게 생각하여야 할 것인가? 군중 집회로써 현실의 문제를 해결하기가 어렵다는 것은, 쇠고기 집회에 대한 칼럼을 썼을 때나 지금에나 맞는 말이 아닐까 한다. 다만 시위와 군중 집회는 어떤 상황에 문제가 있다는 것을 널리 알리고 그것의 시정을 요구하는 역할을 할 수 있을 것이다. 동시에 그것은 사회 안에 문제 해결을 위한 이성적 절차가 없다는 증표이다. 그것은 더 나아가 이러한 절차를 수립하는 것이 사회의 과제라는 것을 다시 확인하게 한다.

이성적 민주주의와 독일 통일 통일은 많은 사람에게 현실적인 정치 과제이기도 하지만, 모든 한국인의 마음의 깊은 곳에 호소하는 당위적 명령이다. 이와 관련하여서는 2009년 9월의 한 칼럼에서 베를린 장벽 붕괴 10주년을 맞이하여 독일 통일의 경과와 한국의 통일 과제를 비교하는 회의에 대한 보고를 쓴 일이 있다. 이 회의를 참관하고 인상적이었던 것은 이 통일의 문제에 대하여 독일인들이 얼마나 참을성 있고 조심스럽게 그리고 합리적인 고려로써 접근하였는가 알게 된 것이다. 이 칼럼에서도 이것은 민주주의의 현실 합리주의의 문화가 정치와 사회의 문제를 해결하는 데 얼마나 절실한 요구 사항인가를 알게 된다고 썼지만, 과연 그것은 이성적 사실 처리 방법의 모범이 될 만한 것이라 할 수 있다.(그렇다고 정열이 필요 없다는 것은 아니다. 그 근본 동력을 현실적 이성으로 돌릴 수 있는 기율이 중요한 것이다.)

이 회의의 여러 발표는 적어도 이 문제에 있어서 독일에서 배워야 할 것이 얼마나 많은가를 생각하게 하였지만, 그중에도 베를린 대학의 베르너 페니히(Werner Pfennig) 교수의 설명은 특히 인상적이었다. 그의 출발점은 빌리 브란트 수상의 "작은 발걸음의 정치"였다. 브란트 수상은 통일을 크게 내세우지 않고 단순히 긴장 완화 또는 접근을 원한다는 것만을 말하면서 이 통일의 작업을 시작하였다. 페니히 교수가 강조한 것은 이러한 예로부터의 단계적 접근이었다. 이 접근에서 우선 중요한 것은 관계의 정상화였다. 흥미로운 것은, 그것을 실현하는 한 방법으로서, 통일로부터 한 발자국 물러나는 것이 오히려 통일에 더 가까이 가게 하였다는 사실이다. 정상화라는 첫 단계는 오히려 통일이 별로 필요한 것이 아니라는 느낌을 줄 수 있다. 정상화가 된다면, 통일의 당위성은 한발 물러가는 것이 되기 때문이다. 그러나 그것은 통일을 두려워하는 사람들의 두려움을 줄이고 다른 한편으로는 통일을 이룩하는 것은 자신들의 방법대로라야 한다는 사람들의 확신을 누그러지게 하여 협상을 가능하게 하는 분위기를 만드는 데에 도움을 주었다.

또 모든 일을 어디까지나 법적인 절차에 맞는 것이 되도록 노력한 것도 흥미로운 일이었다. 실질은 다르다고 하겠지만, 적어도 형식적으로는, 통일은 동독이 해체되어 서독에 흡수된 것도 아니고 서독이 보다 넓은 국민적 지지를 얻은 정부로 재구성된 것도 아니다. 독일은 연방 국가이다. 동독은 연방을 구성하고 있던 서독의 여러 주(州, Länder)들과 같은 자격으로 독일 연방에 가맹하게 된 것이었다.(물론 독일 연방(Bundesrepublik Deutschland)은 여러 주들이 구성하고 있는 국가로서 다른 주들을 추가로 받아들일 용의가 있는 형태를 가지고 있다.) 실질적으로 그러하지는 아니하였더라도, 이러한 절차는 일의 처리를 법의 형식에 맞추려는 노력의 표현이라고 하겠는데, 이것은 이성적 민주주의 문화에서 나오는 것이라고 할 것이다.

이미 칼럼에서 시사한 것이지만, 여기에 곁들여 말한 것은 이런 합리적이고 민주적인 문화가 통일 이전에도 독일의 어느 쪽에나 상당 정도 자리 잡고 있었다는 사실이다. 동독이나 서독에는 공산과 반공의 대치에도 불구하고 모든 것이 이 대치로써 규정되는 것은 아니었다. 이것은 2005년 이후 계속하여 독일의 수상직을 맡아 온, 기독교민주연합 소속의 앙겔라 메르켈 여사가 동독의 교회 목사의 딸로서 공산주의 훈련도 받으면서 물리화학 학위를 획득한 동독 출신 인물이라는 데에서도 볼 수 있다. 동서독 어디에서나 이데올로기적 충성심이 전부가 아니었다는 사실은 동독의 로타어 데메지에르 수상의 경우에 더욱 뚜렷하다. 데메지에르는 공산 국가 내에 존재했던 기독교민주연합 소속이었다. 그는 동독의 해체 직전에 선거를 통하여 수상직에 선출되었다. 그리고 그는 통일 이후 헬무트 콜 내각에서 연방 정부의 특무 장관(Bundesminister für besondere Aufgaben)을 맡았다. 동독 출신은 아니지만, 현재 독일의 국방 장관은 그의 친척이 되는 토마스 데메지에르이다.

물론 우리나라에서 통일을 위한 시대적 정세가 같은 것일 수는 없다. 말할 것도 없이 역사적으로도 여러 외적인 조건 자체가 훨씬 더 긴장에 찬 것이어서 그 문제를 간단한 합리적 논리로서 정리해 볼 수는 없다. 그러나 어려운 이유의 하나로서 사태를 길고 섬세하게 보는 이성적 정치 사고의 습관이 강하지 못한 것도 여기에 관계된다고 할 수 있다. 한국인을 위하여 독일의 통일 경험을 이야기한 페니히 교수가 한국을 위하여 어떤 구체적인 해결책을 제안할 수 있는 위치에 있지 못하다는 것은 말할 필요도 없다. 그러나 한국에서는 통일이 민족의 성스러운 의무가 되어 있지만, "덜 하는 것이 더 하는 것일 수 있다."라는, 미국에 거주하는 한국 정치학자 새뮤얼 S. 김(Samuel S. Kim)의 말을 인용하여 시사하고 있는 것은 페니히 교수가 한국을 위하여 독일 통일의 교훈을 요약하는 말이다. 엄숙한 목표를 깃발로 내걸고 격정을 불러일으키는 것이 정치의 수단으로 되어 있는 것이 우리 사회의 심리적 습관이다. 독일 통일의 교훈은 다른 정치 사고와 행동에도 그대로 해당되는 것이라고 할 수 있다. 너무 서두르지 않고 급하고 안타까운 마음을 잘 다스리면서 국가와 사회의 미래를 확실한 것이 되게 하는 정치가 우리에게도 가능할까?

장기적 계획과 이데올로기

구호와 현실 여러 칼럼에 들어 있는 생각의 하나는 정부 정책들에 사고의 일관성이 결여되어 있다는 것이다. 일관된 계획의 필요를 말하는 한 칼럼은 고대 희랍의 정치가 데모스테네스의 말이다. 그것은 정치와 주먹 싸움을 비교하면서, 그때그때 쳐들어오는 주먹을 하나씩 막아 내는 식의 정치가 아니라 전체적인 작전을 펴야 하는 것이 제대로 된 정치라고 한 것이다.

정권이 스스로에게 붙인 이름으로 말하건대, 김영삼 대통령 집권 시기의 정부는 문민 정부, 김대중 대통령 시기는 국민의 정부, 노무현 정부의 시기는 참여 정부라는 이름이 있었다. 이러한 이름들은 그 나름으로 정부 정책의 총체적인 방향을 가리킨다. 이명박 대통령의 시기는 그러한 구호가 없지만, 선거 기간 중에 나왔던 구호 '부자 됩시다'는 듣기 거북한 말이면서도 경제 정책이 정부의 주된 관심사가 되겠다는 것을 비친 것이고, 적어도 세계적인 금융 위기를 큰 문제 없이 헤치고 나온 것으로 보아 그 경제 역점이 헛된 것만은 아니었다고 할 수 있다. 그러나 전체적으로 보아 이러한 이름의 구호가 그야말로 구호에 그치는 경우가 많다는 인상을 무시할 수는 없다. 무엇이 정책의 실질적인 내용과 구호적인 표현의 차이를 가져오는 것일까?

한 칼럼은, 지금 와서 보면 맞는 것일지 어쩐지는 알 수 없으나, 노무현 대통령을 베네수엘라의 차베스 대통령에 비교하였다. 두 사람. 다 자유 민주주의를 넘어 사회 정의의 문제에 관심을 가졌다는 점에서 비교할 만하다고 생각하였던 것이다. 차베스 대통령이 주로 관심을 둔 것은, 근대 국가의 인프라를 만들고 사회 불균형을 시정하기 위한 방편으로 토지 소유를 균등하게 하고 주택 점유율을 높이고 교육 혜택을 확산시키는 것과 같은 정책이었다. 그리고 이러한 일을 위한 재정적 자원의 마련을 위하여 베네수엘라의 큰 자연 자원인 석유 생산의 외국 회사에 의한 독점을 제한하여 거기에서 나오는 이익을 정부 수입으로 확보하였다. 노무현 정부에서도 균형 발전을 위한 조처가 없었다고 할 수 없다. 정부 정책의 대표가 된 것은 동북아 경제 중심 지향의 경제 발전, 지방 균형 발전을 위한 수도 이전, 과거사 청산, 햇볕 정책의 지속적 추진과 같은 것이었다고 하여도 크게 틀리지는 아니할 것이다. 한국과 베네수엘라 두 나라의 사정은 아마 같은 것보다는 다른 것이 많을 것이다. 그렇기는 하나 두 정부의 정책을 비교해 볼 때, 한국 측의 정책들이 추상적인 것으로 들리는 것을 어찌할 수 없다.

장기 계획과 이데올로기 어느 쪽이나 목표하는 것은 데모스테네스가 말하는 직격(直擊) 정치가 아니라 장기적인 관점에서의 사회 변화 또는 개혁을 의도하는 것이라고 하겠지만, 이러한 차이가 있는 것이다. 정책에 일관성을 부여하는 방법의 하나는 이데올로기에 의존하는 것이다. 위의 두 대통령의 정책은 어느 쪽이나 정도를 달리하여 사회주의적 이데올로기에서 나오는 정치 발상이라고 할 수 있지만,(그러나 그것이 공산 국가에서 말하는 사회주의라는 것은 아니다.) 한편은 그것을 보다 현실에 연결한 것이고 다른 한편은 그것을 주로 상징적인 문제의 해결에 주력한 것이다. 상징은 정치적 정열을 동원하는 데에 중요한 역할을 한다. 그리고 과거의 정사(正邪)는, 그 현실 관련이 어떤 것이든지 간에, 언제나 사람들의 마음을 흥분하게 하는 사안이다.

정열의 유발 또는 감정의 유발은 지금의 시점에서도 우리의 정치 논쟁들에서 중요한 동기가 되어 있다. 주로 문제되는 것은 좌냐 우냐 하는 것인데, 좌우는 어떤 정책이 현실 정합적이냐 하는 것보다도 이데올로기적 진단의 필요에서 나오는 것이면서 동시에 그에 따라서 식별될 수 있는 파당의 충성심 그리고 그것에 이어져 있는 파당적 대결의 정열에 관계된다. 물론 이러한 정치 정열 유발책을 경시하는 것은 정치 현실을 이해하는 일이 아닐 것이다. 대중의 동원이 없이 근본적인 정치 변화를 기하기는 어렵고 그것을 위하여 다수 대중의 집단 행동을 끌어낼 수 없을 것이다. 한국의 민주화에 있어서 주요한 역할을 했던 것은 대중의 움직임이었다. 그것이 그대로 정치 언어로 굳어지는 것은 충분히 이해할 수 있는 일이다.

사람의 다른 일에서도 그러하지만, 마음의 깊은 곳에 숨어 있는 정열을 움직이지 않는 일이 의미 있는 일이 될 수는 없다. 그러나 그것이 직접적으로 큰 역할을 하는 것은 위기의 정치에서이다. 그러나 거기에서 시작하는 구조적 변화와 구조의 형성은 일상적 삶의 지루한 노동으로 변질된다. 공산주의 체제에서 보는 것은 선전을 강화하여 계속적으로 국민의 정열을 불러일으키려 하는 일이다. 그리하여 이데올로기는 더욱 강하게 되풀이되고 구호는 점점 강한 것이 되지만, 그것들은 점점 공허한 수사가 되어 버리고 만다. 문제는 어떻게 하여 정치적 정열이 참으로 현실적 이해와 행동으로 변주될 수 있는가 하는 것이다.

하여튼 정치의 이데올로기화 ― 대중적 정열의 동원은 여러 문제들을 가져온다. 앞에서 말한 바 현실의 문제를 이성적으로 진지하게 해결하는 것을 불가능하게 하는 것이 된다는 것은 그 하나의 문제점이다. 그러나 더 중요한 것은 인간적 희생이 막대할 수 있다는 것이다. 앞의 문제는 장기적인 의미에서 보다 인간적인 사회 조건의 확보를 연기하는 결과를 가져온다는 것이지만, 그 인간적인 희생은 가장 잔학하고 비극적인 것이 될 수 있다. 얼마 전에 신문에는, 이미 30여 년 전의 일이지만, 국민의 3분의 1을 살해해서라도 공산주의 유토피아를 건설하고자 했던 크메르루즈의 지도자들의 재판이 프놈펜에서 열린다는 보도가 있었다. 이 크메르루즈 사건에 대해서는 여기에 실린 칼럼에서도 언급한 일이 있다. 이것은 다른 혁명에서도 보게 되는 일이고 3000만에서 4000만의 희생을 냈다는 중국의 문화 혁명에서도 볼 수 있는 것이다.

이데올로기 정치의 비인간성 이러한 문제에 대하여 가장 중요한 증언은 아마 그러한 혁명을 경험한 사람들, 그중에도 작가들의 증언일 것이다. 체코의 바츨라프 하벨, 폴란드의 체슬라브 미워시와 같은 작가들은 이미 이데올로기 정치의 비인간성에 대하여 마음을 움직이지 않을 수 없는 증언을 하였다. 여기에 포함된 칼럼에서는 또 하나의 증인으로서 가오싱젠을 언급한 바 있다. 그는 자기 정당성을 주장하는 정치적 이데올로기 일체를 거부한다. 그리고 참으로 정당하고 정의로운 행동의 규범이 있다면, 그것은 구체적인 삶의 현장에서의 도덕적 행위에 관계되는 것이라고 말한다. 이것은 중국의 한 비평가의 견해를 소개한 것이었다. 가오싱젠 씨는 5월 말 서울에서 열렸던 국제문학포럼에 참가하여, 거기에서도 같은 입장을 분명히 하였다. 그리고 문학이란 정치와는 별도로 존재하는 인간적인 세계를 그리는 것이라는 점을 강조하였다. 그에게 정치 이데올로기는 그가 체험한 공산주의 이데올로기를 주로 말하지만, 자유주의적 민주주의나 파시즘도 비인간성의 동인(動因)이 된다는 것도 첨가하였다.

악마와의 협약 정치는 그 비인간적 가능성으로 하여 완전히 가오싱젠을 질리게 한 것으로 보인다. 어떤 형태로든지 정치는 이데올로기로부터 쉽게 분리되지 않는다.(요순(堯舜)의 정치 모델까지도 그러한 성격으로 규정될 수 있다.) 그러나 이데올로기가 정당화하는 잔학성이 아니라도 정치가 인간 생활에서 매우 모호한 의미를 갖는 것은 틀림이 없다. 막스 베버는 정치는 종종 "악마와의 협약"을 필요로 한다고 말하였다.(여기에서 악마와의 협약이란, 의도적인 악을 말하는 것이라기보다는 선(善)의 영역을 넘어서 현실과의 타협을 불가피하게 하는 것이 정치라는 말이라고 이해되어야 한다.) 그러면서도 정치는 인간이 인간으로서의 질서를 사는 데에 빼놓을 수 없는 일이다. 그렇다면 필요한 것은 이 악마적인 요소를 최소화하는 일이다. 또 그것이 불가피한 경우 그것을 그러한 것으로 사실적으로 인식하는 일이다.

그런데 정치를 삶의 가장 중요한 행동 영역으로 생각하는 사람들은 이러한 고뇌의 작업을 안중에 두지 않는다. 그리하여 그들이 믿는 목적을 위한 모든 일이 정당하다고 생각한다. 그런데 이러한 정치적 사고가 일반화되다 보면, 사회 전반에서 모든 것을 자신에게 편리한 전략으로 꾸미는 사고의 부패 현상이 일어난다. 그러한 사회에서 도덕적 가치는 단순히 법술(法術)의 수단일 뿐 그 자체로서의 가치를 잃어버린다.

정치 동력의 다양성

정치의 복합적 동기/공적 행복과 그 변용 정치가들을 움직이는 동기는 무엇인가? 그것은 최선의 경우 보다 인간적인 삶을 실현할 수 있는 가능성에 대한 유토피아적인 이상일 수 있다. 그중에도 가장 강한 동기는 정의일지 모른다. 또는 단순히 여러 사람이 함께 움직이는 데서 오는 고양된 삶의 의식, 한나 아렌트(Hannah Arendt)가 "공적 행복"이라고 부른 특별한 인간성 실현의 느낌일 수 있다. 그러나 그것은 쉽게 다른 동기들과 섞이게 된다. 행복을 공적 척도로 헤아린다는 것은 인간성의 외면화를 가져오기 쉽다. 그리고 본질적인 가치나 내면의 깊이는 삶의 의미를 재는 척도이기를 그치는 것이다. 여기에서 집단과 의례와 물질적 외화(外華)는 유일한 가치가 된다. 부귀영화가 하나의 말 속에 섞인다는 것은 전통적으로 사람들의 통념이다. 이 통념에서 부와 귀가 밀착하는 것은 정치에 부패가 따르는 것이 통상이라는 것을 말한다 할 수 있다. 어떤 이유에서이든지 인간성의 외면화가 우리 사회에서만큼 진화한 사회도 많지는 않을 것이다.

권력 의지 여기에도 관련이 되면서, 조금 더 애매한 것은 정치에 작용하지 않을 수 없는 권력에의 의지이다. 이것은 보다 높은 차원에서의 인간적 자기실현 ─ 사회적인 공간의 고양화를 가져오기도 하는 ─ 이 되기도 하지만, 보다 직접적인 영웅주의로 수렴되는 것이 보통일 것이다. 미국의 중국사가 프레더릭 웨이크먼(Frederic Wakeman)은 그의 한 저서에서 중국의 근대 정치 영웅들, 장개석이나 모택동이 즐겨 읽던 저서가 『삼국지』나 『수호지』였다는 것을 말한 바 있다. 그가 비치고 있는 것은 이들의 의식의 깊은 곳에 움직이고 있는 것은 국가나 사회적 이상의 실현에 못지않게 과대한 자기 확장의 욕망이고 그것을 위한 계략과 전술이라는 것이다.

토건 사업과 구상력 야심에 찬 정치 지도자들이 추진하는 거대 계획들은 이러한 정치 지도자들의 호기에 불가결한 요소이면서 보다 다른 인간적 의미 ─ 세계 개조 또는 구성의 의지에 관계된다고 할 수 있다. 그것은 권력자를 움직이는 동기이면서 동시에 보다 넓게 사람의 본능적인 구상적 충동에 이어져 있는 것으로 보인다. 또는 이 구상적 충동이 다수를 동원하고 토지를 마음대로 할 수 있는 권력을 요구한다고도 할 수 있다. 칼럼에서 언급해 본 헤로데 왕은 이 모델에 해당된다. 여기에서 인용하고 있는 자료에 의하면, 그는 유대의 사회와 국가 그리고 그 인프라를 일정한 구도에 의하여 개혁고자 했던 사람이다. 그러면서 그는 성경에 나오는, 어린아이들을 학살한 폭군이기도 한다. 헤로데가 수행하고자 했던 바와 같은 토건 사업은 간단히 판단할 수 없는 양의성을 가지고 있다. 그것은 토건 사업이면서 국가 건설 사업이고 또 인간의 생존에 대한 폭군적 개입이다. 나는 정치적 관심이 높은 지도급 인사들이 도시의 어떤 부분을 철거한 다음 숲을 조성하고 어떤 거리는 자신들이 가진 아이디어에 의하여 개축하는 것이 당연하다는 의견들을 아무 거리낌 없이 표현하는 것을 듣고 놀란 일이 한두 번이 아니었다. 그러나 이것은 토건 열(熱)이 유달리 강한 우리 사회에서 보통 사람들도 다 가지고 있는 상상력의 발로라는 면을 가지고 있다. 도시나 국토 또는 주거의 어떤 부분을 이렇게 고치고 저렇게 고쳐야 한다는 말은 정치가뿐만 아니라 많은 사람들로부터 일상적으로 듣는 말이다. 다만 사람들은 그러한 의도의 깊은 의미를 — 모든 것을 자기 마음대로 고치고자 했던, 그리하여 많은 사람들의 희생을 초래했던, 전제 군주의 전횡에 연결될 수도 있고 자연과 삶의 근본적인 질서에 대한 참월한 거부를 의미할 수 있다는 것을 생각하지는 않는다.

르상티망 건설적인 의지가 가공할 결과를 가져올 수도 있지만, 정치를 움직이는 것이 작고 큰 부정적인 힘일 수 있다는 것은 많은 사람들이 이미 지적한 일이다. 그가 속물적 인간이라고 생각한 사람들의 선의의 도덕적 행위를 비롯하여 많은 인간 행위에 작용하는 동기를 '르상티망(ressentiment)'으로 돌린 것은 니체의 비판적 사고의 주제의 하나이다. 정치를 움직이는 심리적 동기가 복수심, 증오, 원한, 질시 등이라는 것은 많

은 사상가들이 지적한 사실이지만, 니체는 이것들을 프랑스어 '르상티망'
이라는 말로 뭉뚱그린 것이다.

　이것은, 니체가 비꼬아 말하는 것처럼, 기독교 윤리에 그리고 정의와 분
노의 배경에 스며 있는 심리적 동력일 수도 있다. 화해와 용서를 강조하
는 정치적 움직임은 이러한 인간 심리의 어두운 면 ─ 그 나름으로의 어두
운 면을 의식하고 그것을 완화하려는 동기를 가진 것이라고 할 수 있지만,
이것 자체도 그러한 심리의 다른 표현이 될 수도 있다. 칼럼에서 다루어
본 독일 사상가들, 페터 슬로터다이크(Peter Sloterdijk), 악셀 호네트(Axel
Honneth), 카를 하인츠 보러(Karl Heinz Bohrer)의 논쟁은 이러한 문제에 관
계된다. 세금에 의존하는 오늘의 복지 국가를 부자가 자비를 베푸는 체제
로 바꾸어야 한다는 슬로터다이크의 주장은 호네트가 지적하는 바와 같이
전적으로 비역사적이고 비현실적인 것이지만, 부정적인 것이 아니라 긍정
적 인간 감정이 사회의 기초가 되어야 한다는 주장은 무의미한 것은 아니
라고 할 수 있다.

　낭만적 삶과 삶의 이성적 질서　여기에 대하여 또 하나의 칼럼에서 언급한
것인데, 위에 말한 두 사람의 논쟁을 넘어서 빌레펠트 대학의 보러 교수는
정치적 정열 그 자체가 좌우를 막론하고, 인간성의 확장과 고양을 가져 온
다고 말한다. 여기에서 권력 투쟁은 당연한 인간성의 발현이다. 지나치게
평등을 강조하는 것은 '우둔한 성실성', '좌파 순응주의'를 나타낸다. 다른
한편으로, 그가 시사하는 바로는 사회 민주주의자들이 강조하는 빵에 대
한 인민의 당연한 권리는 그것을 넘어서는 보다 큰 인간적 권리 ─ 고양된
정열의 삶에 참여하는 신성한 권리를 경시하는 것이다.

　권리는 이러한 삶의 정열에 참여할 수 있는 권리로 생각되어야 한다. 아
마 빵의 권리는 여기에 당연히 따르는 것일 것이다. 오늘의 좌우를 넘어가
는 보러 교수의 주장은 인간성의 자기실현의 중요한 양식을 지적하는 것

이라 할 것이다. 그러나 그것은 말할 것도 없이 폭력과 파시즘의 정당화로 나아갈 위험을 가지고 있다. 보통 사람들이 원하는 것은 보통의 수준에서의 안정된 삶—다른 칼럼에서 '안거낙업(安居樂業)'이란 말로 표현한 삶의 정상적 질서일 것이다. 물론 그러한 질서가 삶의 정열에 대한 니체적인 대긍정을 받아들이는 것이 불가능한 것은 아닐 것이다. 그리하여 그것은 이 평상적인 삶을 파괴하는 것이 아니라 그것을 넓은 폭의 질서에로 확장하는 것이 될 수도 있을 것이다. 그러면서 그 삶의 질서는 이성적 일관성을 지녀 가진 현실로 남아 있을 것이다. 물론 이것이 하루아침에 이루어지는 것일 수는 없다.

정치와 윤리 질서

삶의 윤리적 질서 이성적 질서는 무엇인가? 앞에서 잠깐 비쳐 본 것은 그것이 삶의 정열을 억제하거나 억압할 수 있는 가능성이다. 이성에 대한 다른 비판의 하나는 그것이 그 자체로 의미 있는 것이라기보다는 다른 목적에 봉사하는 수단—반드시 인간의 복지에 도움을 주는 것이 아닌 다른 목적에 봉사하는 것이라는 것이다. 이것은 흔히 도구적 이성이라고 불리는 이성의 기능화를 비판하는 것이다. 이성을 도구화하는 것은 산업 기술의 필요이고 자본주의적 이윤 추구이다. 물론 이러한 이성은 정치적인 이데올로기에도 봉사한다. 의도하든 아니하든, 이것은 체계적인 비인간화를 가져온다. 그러나 이성은 보다 숭고한 목적에 봉사하는 것이 될 수도 있다. 또는 이러한 목적과 일치됨으로써 진정한 인간성 실현의 매체가 된다. 이성은 인간의 삶의 근본적 질서의 원리이고 궁극적으로는 우주의 존재론적 진리의 표현이다.

그리고 그것은 윤리의 원천이다. 삶에 근본적 진리가 있다면, 그것이 어떤 것이든지 간에 사람은 그것에 동의하지 않을 수 없을 것이다. 이 원리에서 나오는 질서는, 최선의 상태에서, 윤리에 일치하지 않을 수 없다. 스스로 동의하여 그에 따라 마음과 행동을 규제하려고 결단하게 하는 그것이 바로 윤리적 원리의 존재 방식이다. 한용운이 "남들이 자유를 사랑한다지만, 나는 복종을 좋아하여요."라고 할 때의 복종은 이러한 동의를 말하는 것일 것이다. 그러면서 한용운은 그것이 최고의 원리에 대한 것이지 어떤 인간에 대한 복종일 수는 없다고 말한다.

이것은 매우 높은 경지의 윤리적 원리를 말하는 것이지만, 사실 사람의 마음에는 이러한 윤리적 원리의 유통에 대한 갈구가 있다고 할 수 있다. 갈수록 살벌해지는 경쟁 사회로서의 오늘의 한국에서 일상적인 차원에서도 사람들이 절실하게 원하는 것 하나가 윤리적 인간관계일 것이다. 근래에 와서 자주 듣는 정의와 공정성에 대한 요구도 이러한 윤리 질서에 대한 갈구의 한 부분이다. 타자에 대한 배려, 베풂, 노블레스 오블리주 등은 조금 더 심정적인 차원에서 윤리적 삶의 질서에 대한 소망을 표현한 것이다.

이 후자의 보다 부드러운 심정적 소망과 관련하여 그 윤리적 의미를 인정하면서 하나의 경고로서 생각하게 되는 것은, 이미 앞에서 시사한 대로, 사람을 왜소화하는 것이 덕성이라고 경멸한 니체의 생각이다. 니체에게 그것은 안일한 삶에서 중요한 것으로서 베풂을 받는 사람은 물론 베풂을 주는 사람에게서도 그 위엄을 손상하고 그 영웅적 삶의 의지를 빼앗는 것이 덕성이다.(베풂은 베푸는 자에게 그것이 내적인 의무가 되고 받는 자에게 고마움이 된다면, 이 관계는 개체의 독립성을 덜 손상하는 것이 될 것이다. 고마움이 다시 존재의 질서 자체에 대한 고마움을 포함한다면, 손상은 더욱 줄어질 것이다.) 또 윤리의 형식화도 그 본질을 손상하는 결과를 가져올 수 있다. 우리 근대사에서 많이 볼 수 있는 전통 비판의 하나는 그것이 받들고 있는 허례허식에 대한 것이었다. 거짓이 되었다고 말하여지는 예절과 의식은 사회 윤리의 외적인 표현이다. 그것은 인간관계의 서열화에 기여하고 개인의 자유와 존엄성을 손상할 수 있는 것이다. 한용운이, 그의 복종이 님이 아니라 다른 사람에게 복종하는 것이라면, 그것은 할 수 없는 일이라고 한 것도 이러한 여러 관련을 생각하고 한 말이라고 할 수 있을 것이다.

개인의 자기실현과 윤리 이것은 다시 한 번 윤리의 의미, 한편으로는 그 개인적 의미와 다른 한편으로는 초인간적 의미를 생각하게 한다. 그러한 관련 있음으로써 그것은 사람과 사람의 관계, 다른 사람에 대한 관계로서의 깊은 의미를 갖는다. 윤리는 다른 사람에 대하여 어떻게 행동하느냐 하는 문제이기 이전에 나 자신의 참모습의 문제이다.

자아는 간단히 말하여 나는 나라는 느낌에서 시작한다. 나는 직관적으로 감지되는 나 자신이다. 그러나 실제에 있어서 내가 나로서 파악하고 있는 것은 외면적으로 규정되는 나일 가능성이 크다. 사회가 부과하는 여러 신분과 자격 요건이 나를 규정하는 것이다. 그러나 그러한 환경에서도 사람들은 이것을 넘어 참으로 자기라고 생각하는 것이 따로 있다는 느낌을 버리지는 못할 것이다. 다만 그 실체를 알아내는 것은 쉽지 않은 일이다. 그것은 주어져 있는 것이 아니라 찾아내야 하는 어떤 것이다.

낭만적인 사상가들은 주어진 것이 아니라 이룩해 내야 하는 과제가 개체라고 말한다. 낭만적이라는 것은 비현실적이라는 말이지만, 실제 교육은 대체로 이러한 전제를 포함하는 인간 형성의 이상을 암시한다. 여기에 실린 교육에 관계된 여러 개의 칼럼들에도 다소간 이러한 전제가 들어 있다. 언급된 것 가운데에는 헤르만 헤세의 『수레바퀴 밑에서』가 있지만, 여기에 들어 있는 낭만적인 인간관은 그 나름의 독특한 가능성을 가지고 있고 이 가능성을 발전시켜 독특한 삶의 형태를 이룩해 내는 것이 개인에게 주어진 인간적 운명이라는 것이다. 또 그것은 개체를 넘어가는 존재론적 의미를 가지고 있다. 그것은 완전히 개인적인 것이라기보다는 인간 존재의 총체 ─ 이미 주어진 것이기도 하고 계속적으로 진화해 가는 총체 속에 잠재해 있는 가능성을 구현하는 것이다. 그러니까 이것은 개체성의 새로운 실현이기도 하지만, 우주적 질서 속에 안거(安居)하고자 하는 사람의 원초적인 충동의 일부라고 할 수도 있다. 달리 말하여 진정한 자아는 우주적 질서 속에 자기를 위치 지우는 데에서 완성에 근접한다. 이것은 다시 윤리적 의미를 갖는다. 우주적 질서는 개인의 동의를 요구하고, 그것은 이 동의를 통하여 윤리화되지 않을 수 없기 때문이다.

다른 한편 이것은 다시 어떤 절대적인 도그마에 귀의하는 것이 될 수 있다. 여러 원리주의 신앙 그리고 이데올로기적 주장 등의 인력은 그것들이 쉽게 자아의 불확실성을 해결해 주기 때문이다. 그리고 그러한 초개인적인 범주들은 그것을 빌리는 자에게 다른 사람을 부릴 수 있는 힘을 부여한다. 이러한 것은 사실 큰 범주의 문제에 그치지 않고 일상생활에서도 자주 볼 수 있는 현상이다. 우리 정치 농담에 "우리가 남이가?" 하는 말로써 지역적 단합을 촉진한 사례는 유명한 것이지만, "사람이 그럴 수 있어?"와 같은 표현도 이러한 집단 범주화의 힘을 이용하는 언어 용법이다. 이러한 것 외에도 여러 신분적 인연의 범주들은 다른 사람을 강제하는 어법의 일부로 너무 자주 사용되는 것들이다. 아마 우리 사회에서처럼 이런 숨은 강제력을 한껏 이용하는 관습이 일상화된 경우도 많지 않을 것이다. 이른바 신문의 칼럼이라는 것도 그러한 성질을 띤 언어 사용의 관례를 그대로 답습하기 쉽다. "너희가 ~을 아는가?" 하는 어법이 있지만, 이것은 마땅히 알아야 할 것을 알지 못하는 것에 대한 책망의 어세(語勢)를 담고 있다. 사회의 도처에는 집단적 의무의 어법들이 산재해 있다. 우리가 공적으로 표현하는 견해들이 이것을 이용하는 것은 극히 자연스럽다.

사물의 사물 됨 이러한 강제력을 함축한 언어 사용의 가장 대표적인 예는 이데올로기이고 거기에서 나오는 구호이다. 공산 세계에서 살았던 바츨라프 하벨에게 가게의 창에 붙은 구호, "세계의 노동자들이여, 단결하라."라는 말은 그 세계의 억압 그리고 무엇보다도 언어의 타락—사실과 진심을 벗어나는 언어의 타락을 상징한다. 그가 원한 것은 정치적 자유였지만, 그는 문학인으로서 또 양심의 인간으로서 이러한 거짓으로부터의 자유를 원하였다. 그리하여 "자신과의 조화, 이웃과의 조화"를 유지하면서, 이데올로기적 질서의 강제 없이 하고 싶은 작은 일을 하는 것을 원했다. 앞에서도 폴란드의 시인 체슬라브 미워시에 대하여 말하였지만, 공산 치하에서 살던 그가 "항아리, 접시…… 레몬, 호두, 빵 그리고 구름, 하늘, 배가 있는 바닷가, 스케이트를 타는 사람들"을 말하고자 한 것은 강제의 질서로부터 있는 그대로의 사물과 일상적 행위로 돌아가고 싶은 소망을 표현한 것이었다.

릴케의 시를 이야기하는 데에 있어서, "사물시"라는 말이 있다. 그것은 사물을 있는 그대로 그려 내려는 시를 말한다. 사물의 있음을 있는 대로 인지할 수 있게 하는 것은 시의 한 기능이다. 그러면서 상투적인 개념에 싸여 있는 사물이 아니라 잠시나마 있는 그대로의 사물을 느끼게 하는 시는 사물들이 이루고 있는 어떤 원초적인 질서를 시사한다. 그리고 그것은 다시 사람이 소망하는 원초적인 질서를 그리는 것일 것이다. 미워시가 엮은 시화집에 『빛을 발하는 사물들의 책』이라는 제목의 것이 있지만, 이 제목의 빛은 사물의 빛이면서 정신적인 밝음을 그리고 투명한 질서의 세계를 시사한다. 사람이 원하는 진정한 윤리적 질서는 이러한 사물의 질서에 이어져 있는 것이라고 할 것이다. 사회에 범람하는 의무의 언어들은 거기에 기초한 것이라기보다는 그것을 대신하여 사회에 통용되는 상투적 방안—대안일 경우가 많다.

투명성/제3의 혁명 흔히 윤리는 인간과 인간의 관계로서만 이해된다. 그러나 그것은, 위에서 시사한 대로, 있는 그대로의 우주적인 질서에 대한 존중에 기초한다. 그러면서도 그것은 개체적 자아의 자신에 대한 관계에서 출발한다. 그것이 궁극적으로 우주적인 질서 속에 있기를 원하는 것이다. 이것은 거창하게 큰 것만을 말하는 것은 아니다. 우주적 질서는 일상적 차원에서는 사물의 질서 속에 드러난다. 물론 거기에는 다른 사람과의 공존이 포함된다. 이렇게 이해될 때 사회의 윤리적 질서는 단순히 감정의 문제도 아니고 큰 범주에 의하여 강제되는 외면적 질서도 아니다. 적어도 이렇게 생각함으로써 그것은 사람이 편하게 살 수 있는 사물의 질서와 사회적 질서의 이상을 나타내는 것이 된다. 편안한 질서는 막힘이 없는 질서를 말한다. 그러면서 그것은 삶이 일정한 기율 ─ 내적이고도 외적인 기율 내에 있는 데에서 성립한다. 그리하여 막힘이 없다는 것은 어떤 질서가 사람의 이성과 윤리적 요구와 정신에 짐작이 될 만한 투명함을 가진다는 것을 말한다.

한 칼럼에서 나는 우리가 기다리고 있는 것이 제3의 혁명이라고 조금 과장해서 말한 일이 있다. 이것은 공적 삶에서의 투명성의 성취를 말한 것이다. 어떤 경과를 통해서 그것이 이루어졌든지 간에,(물론 완전하게 이루어졌다고 할 수는 없지만) 산업화와 민주화는 한국이 근대 세계로 진입하는 데에 겪어야 했던 두 혁명이다.(이것은 국내외에서 일반적으로 이야기되는 것이지만, 영국의 역사학자 에릭 홉스봄이 근대성의 혁명으로 일반화한 것이기도 하다.) 그다음에 요구되는 것이 사회 모든 부분에서 취해지는 조처들이 투명한 도덕 윤리 기준에 맞아 들어가야 한다는 것이다. 이것은, 앞에서 말한 바와 같이, 인간의 본성에서 나오는 윤리적 요구이기도 하지만, 공적 기구와 사회관계의 사실적 파악을 위해서 그리고 그 능률과 그 개선을 위해서 확립해야 하는 사실적인 조건이다.

요즘 많이 논의되고 있는 정치 안건의 하나가 학교에서의 무상 급식이다. 이것이 참으로 들고 남이 있는 오늘의 현실에 맞아 들어가는 것인가 그리고 그것이 사회적 발전의 우선순위에서 참으로 긴급한 것인가에 대하여서는 여러 관점에서의 논의가 있을 것이다. 여기에서 말하고자 하는 것은 인도의 어느 소설에 언급되어 있는—그러면서도 허구가 아니라 사실적인 기술이라고 생각되는—무상 급식의 이야기이다. 인도의 신예 작가 아라빈드 아디가(Aravind Adiga)의 부커상 수상작 『백호(The White Tiger)』는 급속한 경제 발전을 이루고 있는 인도의 여러 모순들을 기술하는 작품인데, 이 소설이 주로 그리고 있는 부패된 사회의 모습의 하나로 무상 급식의 이야기가 나온다. 이 소설의 무대의 하나는 사회주의 정권이 들어서 있는 인도의 주(州)인데, 이 주에서 아동들의 무상 급식은 주요한 사회 정책의 하나이다. 그러나 공금으로 지출되는 무상 급식비의 대부분은 실제에 있어서는 교장 선생이 착복하는 자금이 되어 버리고 만다.(이 소설에서 이것은 다시 교장을 비롯하여 교사들이 몇 달씩 봉급을 받지 못한 경우가 많다는 사정으로 설명된다.)

여기에 실은 칼럼에서는 다른 인도 작가 키란 데사이(Kiran Desai)의 소설에 나오는 이야기를 예로 든 일이 있다. 특히 언급한 것은 여러 곳에서 요구하는 증명서—출국을 위한 신원 보증서를 비롯한 여러 서류가 적절한 금액만 내면 얼마든지 받을 수 있는 위조 증명으로 대체된다는 사실이다. 앞에 말한 『백호』에서는 경찰이 행하는 단속이 있지만, 이러한 단속을 위한 규정들은 많으면 많을수록 수뢰의 근거가 늘어나므로 경찰이 좋아한다는 사실도 언급되어 있다.

윤리와 부패 이러한 일들은 급속한 경제 성장으로 인하여 일어나는 부패의 사례들이라고 할 수 있을 것이다. 그러나 그것은 어떤 사회의 경우에도 윤리적 기초가 없이는 제대로 기능할 수 없다는 것을 말하여 주는 것이기도 하다. 투명성은 정치 체제가 어떤 것이든지 간에 차이가 없이 능률을 보장하는 조건이다. 민주주의가 다른 체제에 비하여 나은 정치 체제가 되는 것은 자유로운 언론으로 인하여 이 투명성을 조금 더 보장할 수 있다는 사실 때문이다.

그러나 둘 사이에 필연적이고 자동적인 관계가 있는 것은 아니다. 보도되는 부패 지수를 보면, 우리나라는 대체로 OECD 30개국 중 30위를 기록한다. 부패의 문제를 언급한 칼럼에서 이 점에 대하여 놀라움을 표현한 바 있지만, 정치인들의 상식은, 부패를 옹호하지는 아니하면서도, 자신이나 자신의 소속 정당의 경우 다른 정치인이나 다른 정치 집단에 비하면 문제될 만한 것이 아니라는 것이다. 그리고 정치에 있어서의 부패의 불가피성은 일반 국민들도 당연시하는 것으로 보인다. 부패의 문제는, 다시 말하건대 도덕 윤리의 문제일 뿐만이 아니라, 정치 능률의 문제이고 또 사람이 그 체제 안에서 사는 한은, 사회와 삶의 능률의 문제이다. 부패의 원인에는 여러 가지가 있을 것이다. 부패는 앞에서 언급한 인도의 한 주(州)에서의 무상 급식 문제처럼, 역설적으로 제도의 비능률로 설명될 수도 있다. 전체적인 균형을 이루지 못한 관료 제도가 부패를 낳는 것은 당연하다.

그러나 어느 쪽으로 설명하든지 간에, 부패 또는 투명성의 문제는 단순히 제도의 문제로 환원될 수 없다. 그것을 경시하는 것도 정당한 일이 아니지만, 모든 정치와 사회 문제를 물질과 정치의 힘의 길항(拮抗)으로 보는 것도 인간사를 바르게 보는 것은 아니다.(이러한 마키아벨리즘 또는 법가(法家)의 법술(法術)과 책략의 사상은 우리의 정치 이해의 주류를 이룬다.) 윤리적·도덕적 투명성에 대한 요구는, 앞에서 설명하려 한 바와 같이, 사실적 능률에 연결되어 있으면서도, 인간에 있어서 깊은 바탕으로부터 우러나오는 실존적 요구라고 이해되어야 한다. 산업이 발달하고 민주주의의 정치 제도가 성립하고 능률적인 관료 제도가 있다고 하더라도 삶의 질서가 이러한 근원적 요구를 벗어나게 되면, 그러한 질서는 보람 있는 삶을 가능하게 하는 질서가 되지 못한다.

환경 친화의 경제와 윤리

환경 위기 얼른 받게 되는 인상과는 달리, 현실 세계에서도 물질과 정신은 복합적 상호 교환의 관계에 있다. 앞에서 경제와 정치의 질서가 참으로 만족할 만한 것이 되려면, 그것이 정신적인 욕구도 충족시켜 주는 것이라야 한다는 것을 시사하였다. 물질의 세계는 물론 그 자체의 원리 속에서 파악되어야 한다. 경제는 그것이 인간의 집단적 삶에 편입됨으로써 성립한다. 이 과정을 이성의 원리로써 파악하고자 하는 것이 경제학이다. 그리고 앞에서 말한 바와 같이, 이러한 것들은 다시 인간과 세계의 근본적인 관계—정신적인 차원을 가질 수밖에 없는 총체성에서 파악되어야 한다. 물론 모든 것이 합리적 분석으로 완전히 해명될 것을 기대할 수는 없다. 그러나 그것은 쉬지 않는 정신적 노력—또는 학문적 노력으로 접근될 수 있어야 한다고 사람들은 믿는다.

오늘날의 세계에서 당장에 절박하게 다가오는 경우가 많지는 않지만, 환경의 문제는 세계적인 관점에서 가장 중요한 문제이다. 이것은 물질과 경제 그리고 인간 생존의 총체적인 조건에 관계되는 문제이다. 그것은 가장 직접적으로는 자연 자원, 환경 오염, 기후 변화 등—인간 생존의 물질적 조건에 관계된다. 그것은 일단 물질 자원의 문제이고 경제의 문제이지만, 다른 한편으로 그것들의 한계에 관계되는 문제이기도 하다. 그리하여 결국 그것은 경제가 추구하는 목적이 과연 사람의 삶을 바르게 이해한 것인가 하는 문제가 된다. 그리고 어떤 것이 개인적으로나 집단적으로 행복한 삶, 보람 있는 삶 또는 사람다운 삶인가를 생각하게 되면, 그것은 반드시 물질적인 조건의 확보만으로—특히 사회적·환경적 대가를 크게 지불하면서 이루어지는 물질적 조건의 확보만으로는 이루어질 수 없는 것이라는 결론에 이를 수 있다.

말할 것도 없이 사람은 자연이 제공하는 물질적 자원과 그러한 것들이 총체적으로 구성하는 환경의 뒷받침 없이는 그 생존을 지속할 수 없다. 그런데 그러한 자원과 환경을 산업 발전을 통하여 능률적으로 개발하고 활용한 결과가 자원 고갈과 환경의 오염이다. 그리하여 자원 고갈, 쓰레기, 기후 변화와 같은 산업 개발의 결과가 인간 생존 전체를 위협하는 상태에 이르게 되었다.

그중에 한 가지 에너지의 문제는 지상에 거주해야 하는 모든 인간에게 가장 핵심적인 문제라고 할 수 있다. 산업 경제 체제하에서, 생산 활동, 난방, 교통 등 모든 것이 여기에 달려 있기 때문이다. 문제가 생기는 것은 인간의 경제 활동이 지구 환경이 감당할 수 있는 이상으로 과대한 것이 되었기 때문이다. 폐기물 처리나 방사능 삼출의 위험에도 불구하고 화석 연료를 대신할 수 있다고 생각되어 왔던 핵 발전이 일으킬 수 있는 재난은 최근 후쿠시마 등 발전소의 사고가 극적으로 보여 준 바 있다. 일본의 재난에 자극되어 독일의 메르켈 수상은 독일의 모든 핵 발전 시설을 점진적으로 후퇴시킬 것을 결정하였다. 그러나 줄어들 수 없는 에너지 수요를 어떻게 충당할 것인가에 대하여서는 구체적인 대책이 없는 것으로 보인다. 어떤 해석으로는 독일의 결정은 핵에너지 위험 부담을 주변의 다른 나라들로 전가하는 것에 불과하다는 것이다. 일반적으로 환경 친화적인 에너지에 대한 관심이 높아 가는 것은 당연하다. 우리 정부에서도 이미 오래전에 '녹색 발전'이라는 이름으로 이에 대한 연구 촉진을 정책으로 내건 바 있다. 이 방향에서의 중국의 발전도 세계적으로 주목하는 것이 되었다.

생활과 환경 작은 규모에서의 환경 친화적인 생활 조건의 개발과 실천도 무시할 수는 없다고 할 수 있다. 칼럼에는 독일에서 발전시킨 냉난방의 필요를 최소화하는 '수동 주택(Passivhaus)'을 언급한 바 있고 이와 비슷한 주택을 건설하여 시험하는 미국 콜로라도 주의 애모리 러빈스(Amory Lovins)

의 가옥을 소개하였다.(러빈스는 태양열, 지열, 풍력, 식물 연료, 연료 비율이 높은 하이브리드 차 등 '부드러운 에너지의 길'에 대한 연구로 저명한 학자이다.) 여기 칼럼에서는 언급하지 않았지만, 나는 다른 글에서 오스트리아의 예술가 훈데르트바서(Friedensreich Hundertwasser)의 자연 친화적인 건축 디자인을 논한 일이 있다. 흥미로운 것 중의 하나는 아파트 건물 안의 도처에 나무를 심게 하는 건축 디자인이다. 환경의 문제를 떠나서도 사람은 초목이 있는 자연 친화적인 환경에서만 행복하다고 하지 않을 수 없다. 다른 실험에서는 이것을 공장 환경의 개선으로 보여 준 바 있다. 윌리엄 리스(William Rees)가 이름 지은 '생태 발자국'은 사람이 활용하는 천연자원과 에너지를 측정하는 단위로 발명되었다. 이러한 개념들과 실험은 큰 산업 계획에도 적용되지만, 개인적인 생활에 있어서 생태 문제에 대한 의식을 높이는 역할을 한다고 할 수 있다. 환경에 대한 의식의 향상은 개인 생활에도 물건과 에너지를 아끼고 쓰레기를 최소화하며, 제품들을 재활용하는 습관으로도 정착해 갈 수 있다.

행복과 금욕 경제 발전, 물질 발전은 첫째는 생존의 기본 조건을 튼튼한 것이 되게 하자는 사람의 삶의 기본적인 요구에서 출발하지만, 그다음은 보다 넓은 의미에서의 행복한 삶 — 또는 유복한 삶을 소망하는 데에서 추동된다고 할 수 있다. 어떤 경우나 물질과 경제의 발전이 행복한 삶을 보장해 주는 것은 아니다. 나는 어느 외국 잡지에서 생활의 모든 부분에서 물건을 절약하고 아끼는 생활을 통해서 기쁨을 얻는 보통 사람의 느낌을 소개한 광고를 본 일이 있다. 그러한 삶은 사물과의 관계를 깊이 하고 사물의 질서 속에서 일정한 기율을 얻는 삶이다. 그리하여 정신적인 평화가 있는 삶이 가능하여질 수 있다. 이것은 개인 차원의 삶을 말하는 것이기도 하지만, 집단적 차원에서 느껴질 수 있는 것이다.

러빈스의 한 저작의 제목에 "윤리적 에너지(Ethical Energy)"라는 말이

들어 있는 것은 우연이 아니다. 예로부터 인생의 교사들은 검소한 생활이 행복과 만족을 주는 삶일 수 있다는 것을 말하여 왔다. 개인의 삶에 대한 모든 외적인 제재를 철저히 배제하고자 한 — 적어도 철학적인 의미에서의 극단적인 자유주의자라 할 수 있는 미셸 푸코는 그 말년에 금욕이야말로 가장 바람직한 좋은 삶의 방편이라고 생각하게 되었다. 다만 이러한 절제의 생활 — 근본적으로 환경 문제에까지 이어지는 금욕까지는 아니라도 절제의 생활은 오늘의 경제 그리고 그것이 자극하는 삶 — 특히 한국처럼 눈을 '홀리는' 디자인과 광장의 열광에 들떠 있는 삶을 살고자 하는 사회의 모든 경향에 어긋나는 삶이다.

성장 없는 번영 그러나 이러한 환호와 열광은 일시적인 것인지 모른다. 여기의 포함된 한 칼럼에는 영국에서 나온『성장 없는 번영: 제한된 지구를 위한 경제학』이란 책 — 영국 정부의 지속가능한발전위원회의 후원으로 나온 팀 잭슨(Tim Jackson) 교수의 보고서에 대한 언급이 있다. 잭슨 교수의 목적은 물론 지금의 무한 성장의 경제는 지구의 제한된 자원으로 보아 불가능하다는 사실에서 출발하여 그 경제적 결과를 헤아려 보고 대안을 생각하려는 것이다. 불가피하게 되거나 선택하여 그렇게 되거나 지금의 선진국의 생활 수준이 내려가면 문제는 일단 자연스럽게 해결된다고 할 수 있다. 그렇게 되면 휴가와 축제와 사치가 줄어드는 소비 생활이 불가피해진다. 그러면서도 사람은 소비 생활의 팽창에서가 아니라 다른 면에서, 가족과 공동체 또는 직장의 일에서 그리고 보다 의미 있는 삶을 추구하는 데에서 충분히 행복한 삶을 살 수 있을 것이라는 것이 잭슨 교수의 생각이다. 이것은 좋은 이야기이지만, 참으로 그럴 수가 있을까?

잭슨 교수의 보고서를 언급한 칼럼에서 이야기했던 것은 일정 수준의 경제 성장을 하고 나면, 이른바 행복의 지수가 올라가지 않는다는 사실이었다. 그 기준점은 미국의 현 개인 소득 평균의 반이나 3분의 1이다. 이것으로 비추어 볼 때, 사실 한국은 이미 그 지점에 이르렀다고 할 수 있다. 그러니까 보다 복합적인 발전 — 보다 균형잡힌 사회를 생각하여야 하는 시점이 우리의 상황인 것이다. 그러나 앞에서 말한 바와 같이, 지치고 괴로운 것이 오늘의 한국인이다. 그리고 그 중요한 요인의 하나는 보편화되어 있는 삶의 불안정에서 온다. 이 불안정은 분배의 불균형이 그 근본적 원인이라고 말하여진다. 그것도 틀리지 않은 진단이지만, 그것은 소유의 불평등보다도 그것이 가져오는 삶의 불안정에 연결되어 생각되어야 할 것이다. 그로 인하여 오늘의 조건하에서 발 밟고 사는 토지 기반이 끊임없이 흔들리고 밥벌이의 근거가 불안정하게 되는 것이다. 앞에서 말한 안거낙업(安居樂業)은 바로 이 직업과 주거의 안정을 말하는 것이다. 그런 데다가 개인적으로나 집단적으로 끊임없이 자극되는 것은 무한한 허영의 시장의 경쟁이다.

말할 것도 없이 이러한 것들을 하나의 인간적인 질서로 묶어 낼 수 있는 것은 경제와 사회와 정치의 제도이다. 그러나 여기에서 간과되기 쉬운 것은 다시 말하여, 사회가 가지고 있는 정신적인 자산도 여기에 중요한 역할을 한다는 사실이다. 좋은 삶의 근본이 금욕이라는 것을 앞에서 언급하였다. 이것은 억지로 가난하게 사는 것이 좋다는 말은 아니다. 물질적 요건은 삶의 필수 요건이다. 그렇다 하더라도 그것은 다른 인간적인 소원들과 일정한 균형을 이룰 수 있고 그러한 요구가 절로 생겨나는 경제 성장의 지점이 있다. 이것을 도덕주의적으로 강요 또는 강조하지 않더라도, 앞에서 잭슨 교수의 논지와 관련해서 말한 대로 행복 지수가 평평해지는 지점에서 물질적 조건은 그다지 중요하지 않은 것이 된다.

뿐만 아니라 금욕은, 이것도 앞에서 말하였지만, 그것 자체로 좋은 삶을 사는 방법일 수 있다. 그것은 푸코가 시사하는 바의 적절한 수준의 윤리적인 삶(또는 그의 생각으로는 사회적 존중의 삶)일 수도 있고 더 적극적인 의미에서의 금욕적인 삶일 수도 있다. 『논어』에 나오는 "나물 먹고 물 마시고 팔을 베고 누워 자도 그 안에 즐거움이 있다."라는 말은 유교에서 높이 사는 삶의 한 형식을 말한 것이다. 칼럼에는 독일의 에버바하 승원에서 느낄 수 있던 이보다도 더 엄격한 수도 생활 관광을 적은 것이 있다. 거기에 주의했던 한 가지 사실은 여기의 극단적인 금욕 생활이 결코 강요된 것만은 아니었다는 것이다.

정신의 자유

정신적 추구의 영역 말할 것도 없이 엄격한 금욕의 기율을 사회 일반의 규칙이 되게 하는 것은 심히 어려운 일이다. 또 그것으로써 삶의 가능성의 최고의 형태를 보여 줄 수 있다고 하는 것은 인간 현실에 맞는 말이 아닐 것이다. 아마 말할 수 있는 것은 사회 안에 그러한 것을 존중하는 부분이 있고 그것이 사회적 삶의 테두리를 정하는 데에 일정한 기여를 할 수 있게 하여야 한다는 정도일 것이다. 더 일반화하여 말한다면 오늘날과 같은 세속화된 세계에서 사회 안에 인간의 정신적 추구를 존중하는 부분이 있어야 한다고 하는 것이 더 옳을지 모른다. 그리고 그것은 성장 없는 번영, 환경 존중의 삶에 중요한 역할을 맡는다. 그러한 삶의 가능성에 대한 문제는 단순히 물질 자원의 제한에 관계된 것이 아니라 정신의 자기 인식에 깊이 연루되어 있기 때문이다.(사람은 언제나 사회 안에서 삶의 경계를 말하여 주는 표지들에 주의하면서, 자신의 삶을 계획한다. 오늘날 명품 ─ 상품 가운데 명품 외에 여러 이름난 것들, 스포츠와 연예계의 스타, 정치 지도자, 신문의 표제, 광고, 상투구의 표어, 이데올로기의 구호 등이 그러한 인생의 표지 노릇을 한다.)

대학의 자율 많은 칼럼들은 학문의 존재 방식 또는 대학 제도 입학 전형

등에 관한 것들이다. 내가 대학에 있어 왔기 때문에 관심을 갖게 되는 것들이기도 하지만, 오늘의 사회에서 사회의 존재 방식을 살피는 데에도 대학의 문제는 중요한 것이 아닐 수 없다. 나는 한 칼럼에서 2008년 가을 독일의 마인츠 대학의 마리우스 라이저(Marius Reiser) 교수가 유럽 대학들의 새로운 개혁에 반대하여 사표를 제출한 사건을 논하였다. 그는 유럽의 여러 대학 총장들이 합의한 볼로냐 개혁안이 유럽의 대학들을 획일화하여 산업 역군을 생산하는 직업 훈련소가 되게 하는 것을 대학의 지표로 설정하는 것이라고 생각하였다. 그에게 대학은 이러한 직업 훈련소도 아니고 실용적인 지식을 제작하고 그것을 보급하는 기구가 아니다. 대학은 젊은이들로 하여금 자유로운 탐구의 정신을 기를 수 있게 해 주고, 학문을 학문 자체로 연구하는 기구여야 마땅하다. 그러나 자본주의 문화 풍토에서 대학은 자본주의 체제에 종속되는 지식과 기술 그리고 그에 봉사하는 직업인을 생산하는 곳으로 바뀌었다. 그가 이러한 탐구의 정신이 대학의 참정신이라고 주장한다고 하여, 대학의 사회 효율적 기능을 전적으로 무시하는 것은 아니다. 다만 이것이 대학의 제일차적 기능이 되어서는 아니 된다는 것이다.

라이저 교수가 대학 개혁안의 방향을 시사하기 위하여 들고 있는 총장 회의에 나왔던 말들 ─ 시장 전략, 경쟁력, 과학 기반 경제, 경제 발전, 잠재력 등등의 말은 그대로 우리 대학들에도 당연한 목표로 받아들여지는 것들이다. 또 주목할 것은, 학문적·정신적 성격을 강조한다고 해서, 라이저 교수가 정신적 진리로 생각되는 독단적 교리나 교훈을 가르쳐야 한다는 말을 하는 것은 아니라는 것이다. 그는 독실한 가톨릭 신자이고 신약 성서의 교수이지만, 대학의 테두리 안에서는 자기가 교수하는 신학까지도 교리 교육이 아니라 자유로운 학문 탐구의 일부여야 한다고 말한다. 우리나라의 경우로 옮겨 볼 때, 앞에서 말한 경제 효율성에 못지않게, 지금의 우리 사회에서는 대학 또는 학교 교육이 도덕과 윤리 또는 이데올로기의 주입이어야 한다고 하는 생각이 많은 것을 상기하게 된다. 다른 초등·중등 교육 기관에서도 그렇게 하여야 한다는 주장이 많은 것이 우리 교육계의 형편이다.(독단론적 문화 이해의 극단적인 경우는 사회적 진리를 선전 주입하는 인간 공학이 교육이고 문화 활동이라고 생각하는 공산주의의 이론이다.)

인간의 자유로운 정신이 그러한 독단적 가르침으로써 배양되는 것이 아니라는 것은 라이저 교수의 생각이기도 하지만, 그것은 그가 인용하고 있는, 존 헨리 뉴먼(John Henry Newman)의 생각이고 독일 교육의 기초 이론이 된 빌헬름 폰 훔볼트의 생각이기도 하다. 나는 유학(儒學)의 위기지학(爲己之學)도 기본적으로 같은 생각을 말한다는 것을 지적하였다. 그렇다고, 되풀이하건대 학문과 자유 정신의 강조가 실용 학문과 지식을 경시해야 한다는 말은 아니다. 그리고 정신과 실용 둘 사이에 큰 간격이 있는 것은 아니다. 사람들이 쉽게 잊어버리는 것은 정신이 가지고 있는 변용의 힘이다. 정신의 능력은 인간의 주체성, 사물에 대한 충실성 그리고 사물과 사회와의 관계에서의 자율성을 유지하면서 일의 필요에 적응할 수 있는 힘이다. 그리하여 그것은 사람으로 하여금 하나의 일에서 다른 일로 옮겨 갈 수 있는 유연성을 가질 수 있게 한다. 더 중요한 것은 정신이 유연성을 가지고 사물을 처리할 수 있는 능력을 줄 수 있을 뿐만 아니라 그 처리에 인간다움의 공간을 유지할 수 있게 한다는 점일 것이다. 그리하여 그것은 창조의 힘이 되기도 하고 비판의 힘이 되기도 한다. 먹고사는 것은 가장 절실한 삶의 요구이지만, 그것을 위한 노동은 삶의 의미의 전체성의 공간—너무 도덕적으로, 정치적으로 좁게 파악된 것이 아닌, 삶의 공간 속에서 행해질 수 있어야 한다.

정신의 자유와 사회적 의무 그러니까 자유로운 정신의 함양은 모든 현실 삶에 있어서 중요한 의미를 갖는다. 그것은 독자적이고 전문적인 영역을 구성한다. 그러면서 그것은 사람의 삶 전체에 중요한 기층(基層)을 구성한다. 그러나 별도의 구역이란 민주주의 체제 아래에서 쉽게 허용되지 않는 일이다. 그것은 일부는 전통적으로 지식인이 가지고 있던 사회적 지위로 인한 것이라고 말할 수 있다. 지식인은 많은 사회에서 —— 특히 유교 사회에서 그러하지만 —— 노동으로부터 자유로운 지배 계급 또는 지배 계급에 기생(寄生)하는 계급을 형성했다. 그리고 지식인의 담론은 대체로 당위적 성격을 가지고 있어서 권력 질서를 상정하고 그것에의 순응을 강요하는 것이기 쉽다.

이것은 공적 담론의 행사에서 특히 그러하다. 물론 기술적 전문 지식까지도 권력에 가까이 가면, 절로 그러한 의심의 대상이 된다. 그것은 곧 정책적 집행력에 연결될 수 있기 때문이다. 단순한 의미에서의 민주주의에 가장 가까운 체제를 가지고 있는 미국에서 일반 대중 사이에 퍼져 있는 '반지성주의'는 널리 지적되어 왔던 사실이다. 지금의 오바마 정권에서도, 민주주의적 개혁 지향에도 불구하고 대통령 인사들이 의구심의 대상이 되는 것을 볼 수 있다. 그들은 좋은 학교 나오고 전문가로서의 평판을 확보한 사람으로서 민중을 모른다는 것이다. 이에 대하여 자본주의 체제의 수정 없는 완성을 지향하는 보수주의자들이 복잡한 지적인 전문성을 경멸하는 발언을 통하여 민중의 지지를 얻는 데 성공한다.

옳든 그르든 이러한 의심과 반감은 이해할 수 있는 것인데, 흥미로운 것은 특권과 강제력에 반발하는 '반지성주의' 자체가 다시 자기 정당성의 이론으로 발전하는 것이 보통이라는 것이다. 이 반발에 동의하면서 자기 방어적으로 강조되는 것은 지식 계층이 단순한 방법으로 공공 이익에 봉사해야 한다는 이론이다. 그러면서 그것은 억압적 강제성을 얻는다. 이러한 역전의 결과를 가장 두드러지게 이데올로기화한 것은, 이미 비친 바와 같이 공산주의이다. 여기에서 공적 담론은 당의 전유물이 된다. 그리고 그것은 다른 무엇보다도 높은 강도의 강제성을 갖는다. 그러지 않는 경우라도 집단의 이름 아래 행해지는 담론은 대체로 그러한 성격을 갖는다. 그것은 민족, 국가, 민중 등 집단을 위한 의무를 역설하는 것일 수도 있고 더 일반적으로 경제와 국제 관계에서의 경쟁력, 선진화, 국가 위상의 향상 등의 이름을 내세우는 것일 수도 있다.

이렇게 말하는 것은 이러한 명분과 담론들을 단순히 폄하하자는 것이 아니다. 그것은 그 나름의 공적인 기능을 갖는다. 근대화나 민주화 그리고 민족의 장래에 대한 각성에 그러한 담론들이 중요한 역할을 하는 것은 이미 우리가 경험한 바이다. 다만 강제력에 — 공적 권력에 연결된 것이든 도덕적인 압력에 의존하는 것이든 강제성을 띤 담론들이 문제를 야기할 수 있다는 것, 그 결과 "사로잡힌 마음"의 상태를 가져오고 정신의 자유를 말살할 수 있다는 것은 기억되어야 하는 사실일 것이다. 그리고 지식 계층의 사회적 기여가 어떤 관련에서 이루어지든지 간에 그것은 끊임없는 자기 비판에 의하여 수분됨으로써 비로소 균형을 이룰 수 있는 것이 될 것이다.

정신, 사회, 보편성 어쨌든 자유로운 정신 그것은 이러한 공적 의무의 전유화(專有化)를 경계하는 데에서 성립한다. 다른 사람을 다스리려는 것이면서 자신에게도 구속을 가하는 것이 여기에서 오는 유혹이다. 그러나 자유로운 정신의 경우에도 모순은 존재한다. 모순이 그 존재 방식이라고 할 수도 있다. 앞에서 보호 구역의 필요를 말한 것은 개체의 자유로운 정신이 존재하는 데에도 그것을 위한 사회적 보호가 있어야 한다는 것을 말한 것이다. 그런데 정신은 그 자체로도 사회적 차원을 가지지 아니할 수 없다. 다만 보다 넓은 정신은 자유의 영역을 통하여 사회로 돌아온다.

자유로운 정신이란 경험적으로 주어진 자아를 보편성으로 고양함으로써만 얻어지는 정신의 차원이다. 이것은 스스로의 안에 집단의 존재 방식을 지녀 가진다는 것을 말한다. 적어도 개인의 관점에서, 사회는 보편적 차원의 한 부분 또는 현실적 표현이기 때문이다. 다만 그것은 현실 속에 닫히게 되는 보편성이다. 열림으로서의 보편성과 닫힘으로서의 보편성 — 이 두 차원의 일치와 차이가 정신으로 하여금 사회의 많은 것에 대하여 정신적 저울대가 될 수 있게 한다. 이러한 변증법의 사회적 축적이 그 사회의 문화적 자산을 이룬다.

그러나 또 하나의 역설은 그러한 사회적 성격을 띠게 되는 순간 정신은 사회적 위계 체제의 일부가 된다는 사실이다. 그리하여 자유로운 학문의 원리를 내세우는 사회에서까지도 정신의 기구는 권위와 위엄의 기구가 된다. 그것이 자기비판의 움직임을 잃지 않음으로써 권력과 특권으로부터 어느 정도의 거리를 유지할 수 있지만, 어떤 경우에나 정신과 집단의 의무와 제도는 모순된 긴장 관계에서 존재할 수밖에 없다. 사실 모든 언어 행위는 자기 정당성의 주장일 가능성이 크고, 그러니만큼 권력 행사의 성격을 갖는다. 이러한 모순에도 불구하고 자유로운 정신의 존재는 인간 존재를 완전히 물질적 조건으로 환원하지 않는, 보다 온전한 인간적 사회의 조건이다.

정신과 금욕적 자아 그러나 여기에서 말하고자 하는 것은 구태여 정신의 자유가 중요하고 사회 안에 그것을 옹호하는 부분이 있어야 한다는 사실만은 아니다. 정신의 자유는, 그 나름의 수련을 필요로 한다. 그리고 그것은 저절로 금욕적인 삶에 일치하는 경향을 갖는다. 정신적으로 파악된 자아가 스스로에게 요구하는 것은 자신을 이겨 내는 훈련이다. 예로부터 동양에서는 진정한 자아를 형성하는 기본을 극기(克己)나 허심(虛心) — 자기를 줄이고 이겨 내고, 자신의 마음을 비어 있게 하는 데에 두었다. 이것은 플라톤이나 아우구스티누스와 같은 철인이 대표하는 서양 전통에서도 마찬가지이다.

『논어』에 "박아이문, 약아이례(博我以文, 約我以禮)"라는 말이 있지만, 앞을 격물치지(格物致知), 뒤를 극기복례(克己復禮)로 해석하는 데에서 볼 수 있듯이, 사물의 이치를 배우는 일에서는 자기를 넓히고 예의를 지키는 데에 있어서는, 즉 사회관계에서는 자신을 줄여야 하는 것이 정신 수련의 방법이다. 물론 사물의 이치를 알기 위해서 넓히는 자아도 주어진 대로의 자아일 수는 없다. 그것은 객관성의 기율에 승복하는 자아여야 한다. 어떤 경우에 있어서나, 사람은 자기를 기율함으로써 비로소 사물의 세계 그리고 인간 존재의 넓은 가능성에 자신을 열어 놓을 수 있다. 이것은 권력이나 재화 또는 사회적 지위를 지향하는 것과는 정반대의 일이다.

금욕, 행복, 깊은 생태의 삶 물론 극기의 수련도 명성을 얻고 자신을 확대하는 전략이 될 수도 있다. 이것은 옛날에나 오늘에나 흔히 볼 수 있는 일이다. 그러나 다시 말하여, 그 바른 상태에 있어서 중요한 것은 극기이다. 칼럼에 쓴 김유정 방문기에서 주목한 바 있지만, 그의 휘호에 나오는 '겸허(謙虛)'라는 잠언이 요약하고 있는 것은 그 같은 인생의 지혜라고 할 수 있다. 그것은 삶의 전체를 받아들이는 예비적 수련이다. 그렇기에 그것은 비극적인 긍정이라고 할 요소를 포함한다. 많은 문학적 감동은 이와 비슷한 비극적 성실성에서 온다. 그러나 극기와 금욕의 삶이 반드시 비극과 고행만을 의미하는 것은 아니지 않나 한다. 앞에서 말한 미셸 푸코의 금욕은 결코 억압이나 고행을 말하는 것이 아닐 것이다.

동양적인 의미에서 현자라고 할 수는 없지만, 그가 작고하였을 때에 여기에 모은 한 칼럼에서 언급한 노르웨이의 생태 철학자 아르네 내스(Arne Naess)는 금욕적이면서 행복한 삶의 모범을 보여 준 사람이라고 할 수 있을 것이다. 그가 구현하고 있는 삶은 큰 수행을 요구하는 것이 아니라 태어나면서부터 가까이했던 자연을 좋아하고 그것을 보전하고 그 안에서 물질적 충족과 정신적 보람을 얻게 되는 삶이다. 그것은 그가 지지하였던 '깊은 생태학' —— 인간과 자연의 타고난 그대로의 조화를 존중하는 철학에서 나온다. 그가 사상가로서 또 정치 행동가로서 중요한 인물이었기는 하지만, 그는 특히 보통 사람과 크게 다른 사람은 아니었던 것으로 보인다. 이렇게 내스를 말하는 것은 그를 영웅화하자는 것이 아니라 오늘의 세계가 부추기는 허영의 소비가 반드시 인간에게 절실하게 필요한 것이 아니라는 것을 생각하자는 뜻이다. 팀 잭슨의 '성장 없는 번영'은, 소비 생활의 축소를 요구하지만, 사람의 자연스러운 내적 욕망의 관점에서도, 반드시 불행한 금욕을 강요하는 것이 아니라 자연과 사회 그리고 인성(人性)이 조화될 수 있는 경제와 삶의 방식을 말하는 것이다.

생각의 이상과 삶의 현실

윤리 도덕의 담론 앞에서 정리해 본 것은 여러 해에 걸쳐서 쓰게 된 칼럼들을 다시 돌아보면서 거기에 일관된 것이 있는가 없는가를 살펴보고 그 구도를 추출해 보고자 한 것이다. 그러나 이러한 글을 쓰는 많은 사람들이 느끼는 것이겠지만, 이러한 글들이 얼마나 현실적인 의미를 갖는가를 생각해 보면, 허망한 느낌을 금할 수 없다. 특히 이 칼럼들의 생각들이 반드시 현실에 대한 구체적인 제안을 담고 있는 것이 아니기 때문에 그러한지도 모른다. 그런 데다가 그것을 피하려 하는데도 불구하고, 칼럼에 실린 많은 생각들은 윤리와 도덕적 교훈으로 들린다. 어디 좋은 말씀이 없어서 세상이 나쁜 것인가? 뿐만 아니라 대체로 윤리와 도덕의 말씀은 삶의 현실을 단순화하고 자기를 정당화하고 다른 사람을 얽어매려는 의도를 가진 것이기 쉽다. 이러한 윤리 도덕 담론에 따르는 왜곡을 최소화하더라도 현실 속에서 윤리와 도덕이 무력한 것임은 분명하다.

세상에 어찌하여 윤리와 도덕이 존재하는가에 대하여서는 여러 가지 설이 있다. 그것이 문제가 되는 것은 바로 수없이 되풀이되는 도덕과 윤리의 좋은 말씀에도 불구하고 세상은 여전히 그 반대의 상태에 있기 때문이다. 진화론의 사고는 살아남아 있는 것은 대체로 살아남을 만한 이유가 있다고 한다. 도덕과 윤리의 힘을 설명하려면, 단기적으로는 힘이 없는 것처럼 보이면서도 장기적으로는 적자생존의 버팀목이라는 설명이 가능하다. 이것은 말하자면 물리의 세계에서 강력(强力)에 대하여 약력(弱力)이라고 하는 것이 있지만, 칼럼에서 비친 바와 같이 윤리와 도덕의 힘은 이러한 약력에 해당한다고 할 수 있다.

그러나 사실 물리의 세계에서 두 가지 힘은 다 합쳐서도, 약하다고 말할 수 있을지 모른다. 가령 우리가 몸을 움직이고 공을 던지고 할 때, 그것은 강한 힘인 중력을 거스르는 강한 움직임이다. 그럼에도 불구하고 그 거스름이 오래갈 수는 없다. 집을 짓는 것도 마찬가지이다. 그것은 세계를 버티고 있는 보이지 않는 힘을 거스르는 일이다. 그리하여 그대로 두어 무너져 내려앉지 않는 집은 없다. 윤리와 도덕의 힘도 이러한 것이라는 생각이 든다. 그것을 오랜 진화의 과정 속에서도 지속될 수 있게 한 것도 그것이 약하면서도 강하게 삶을 지탱하는 힘이기 때문이 아닐까 한다.

그렇다고 하더라도 그 힘을 느끼면서 사는 것은, 팔다리에 늘 중력을 의식하면서 사는 것과 같이, 심히 불편한 일일 것이다. 노자가 공자의 윤리 사상을 비판하면서 그것을 물에서 나온 물고기가 서로 물을 뿜어 주는 것에 비유하고, 물속의 고기는 물을 의식하지 않는다고 한 것은, 이와 비슷하게 도덕과 윤리가 억지스러운 일이 되는 상황을 말한 것이다. 좋은 사회란 도덕과 윤리, 사실 법까지도 포함하여 그러한 물을 뿌릴 필요가 없는 물속에 있는 사회이다. 윤리와 도덕이 중요하다고 하더라도 저절로 그것이 행해지는 사회 — 제도적으로 그것이 자연스러운 행동 양식이 되게 하는 사회가 좋은 사회일 것이다.

이 점에서도 노자의 소국과민(小國寡民)의 개념은 맞는 것일 것이다. 이웃 나라를 개 짖고 닭 우는 소리가 들리는 것으로 설명한 것으로 보면, 여기에서 나라는 동네에 가까운 것이다. 참으로 자연과 오랜 시간에 뿌리를 내리고 있는 동네에서는 사실 이웃을 돕는다거나 정직한 거래를 한다거나 하는 일들이 문제가 되지 않을 것이다. 프랑스 혁명의 물결이 밀어닥쳤을 때에, 그것에 강력히 저항한 지방 공동체들이 있었다고 한다. 저항의 이유는 중앙 정부가 혁명의 이름으로 그들이 이미 가지고 있는 자유, 평등, 우애라는 이상을 관료적으로 부과하는 것으로 받아들였기 때문이다. 민주주의가 크게 이야기되는 것도 그것이 자연스럽게 존재하기 어려운 상태에서 일어나는 일이라고 할 수 있다.

도덕과 윤리의 제도　이렇게 볼 때, 필요한 일은 자연스럽게 존재하기 어려운 사회적 덕성들이 저절로 효과를 낼 수 있는 사회적인 제도를 만들어 내는 일이다. 다시 말하여 도덕이나 윤리가 아니라 그것이 존재할 수 있는 제도를 만드는 것이 중요한 것이다. 그렇게 하여 도덕주의의 폐단을 피할 수 있게 된다. 이것을 현실 속에 구현할 수 있는 제도가 어떤 것인가? 그러한 제도들을 생각할 수 있다고 할 때, 어떻게 하여 그것을 현실이 되게 할 수 있을 것인가? 또는 현실로부터 출발하여 현실에 숨어 있는 이성의 변증법에 초점을 맞추어 그러한 사회로 갈 수 있는 것일까? 현실로부터 어떻게 그러한 질서가 출현하고 발전하는가? 그것을 위해서는 현실의 어떤 요소를 신장해야 하는가? 이러한 것들이 설교에 의지하는 것보다 중요한 일이지만, 이러한 질문들이 쉽게 답하여질 수 없는 것임은 말할 필요도 없다.

개인 윤리와 도덕/자발적 사회 조직　그러나 간단한 답변의 하나는 작은 것부터 시작하여야 한다는 것이다. 도덕은 이데올로기로 정의되는 것이 아니라 현장에서의 직접적인 인간관계에 작용하는 것이라야 한다는 가오싱 젠의 말을 앞에서 언급하였다. 인간 행위에 대한 사회 구조적인 이해가 중요한 것을 부정할 수는 없지만, 그로 인하여 윤리가 어디까지나 개인의 양심에서 시작한다는 것을 경시할 수 없다. 이데올로기는 이것을 무시하기 쉽게 할 뿐만 아니라 그것을 정당화한다.

개인적 결단은 도덕 행위의 근본이다. 그러나 그것은 집단의 지원 속에서 힘을 얻는다. 칼럼에서는 인천의 제물포고등학교에서 학생들이 감독 없는 시험을 치르게 하여 정직과 명예를 하나로 하게 하는 시험을 언급하였다. 사실 이것은 육군사관학교에서도 오랫동안 해 왔던 일이다. 하버드 대학 경영대학원의 졸업생들이 사회 도덕을 존중하는 서약 운동을 시작하여 여러 대학의 많은 학생들이 이에 동참한 것을 말한 칼럼도 있다. 조금 더 제도적인 의미가 강한 것으로는 사회와 경제와 윤리를 하나로 하여 윤리적 기업이나 문화 사업에만 융자를 하는 네덜란드의 트리오도스 은행을 생각할 수 있다. 저개발 국가의 생산자들에게 공정한 가격을 지불하면서 기업으로도 성공적으로 버티어 나가는 "공정 무역"의 기업 등 사회적 의도를 가진 기업의 방식은 우리나라에도 상당히 알려져 있고 시험되고 있는 것으로 보인다. 모두를 그렇게 볼 수는 없지만, NGO 운동도 이러한, 반은 개인 의지이고 반은 제도적인 사회의 윤리적 교정을 위한 노력의 표현이다.

정략적 의도와 현실 개인적이면서 쉽지 않는 것은 우리의 사고 자체의 반성적 노력이다. 도덕과 윤리가 문제적인 시대에도, 도덕과 윤리는 존재한다. 그것은 이미 시사한 바와 같이, 다른 때보다도 더 많이 의식되고 회자된다. 그러나 그것은 많은 경우 기이한 형태로 왜곡되기가 쉽다. 그 왜곡의 한 형식은 자신의 동기는 그러한 원칙에 입각한 것으로 생각하면서 타자에 대하여서는 늘 부도덕을 의심하는 것이다. 혼란의 시대에 비록 좋은 것이 있더라도 일단 일체의 것을 의심하는 것은 너무나 당연한 것이 아닌가? 안전한 것은 일체의 것을 정략의 관점에서 대하는 것이다. 그리하여 모든 발언과 행동은 숨은 의도를 가진 것이 된다. 그런데 우리는 세계에 선의의 질서를 존재할 수 있게 하는 것은 선의의 가능성과 현실을 믿는 데에서 시작한다고 생각할 수 있다. 정략적 사고의 보편화는 이러한 최소의 가능성을 없애 버린다.

지난번의 칼럼집에는 칼럼 이외의 글도 실려 있는데, 「의도를 가진 말」이라는 제목의 글이다. 이것은 영국 시인 키츠의 글에서 따온 것으로서, 참다운 시는 다른 사람을 나의 입장으로 돌려놓고자 하는 의도를 숨겨 가진 것이 아니라 있는 그대로의 사물 인식과 감정을 표현해야 한다는 생각을 가리키는 말이다. 칼럼에서도 언급한 노벨상의 문제나 심지어는 칼럼을 쓰는 일까지도 그러한 일들을 영달을 위한 작전의 문제처럼 생각하는 것이 우리의 풍토이다.

특히 우리 사회에서 정치적 발언은 대체로 어떤 의도를 가진 것으로 생각된다. 그리하여 정치인이 어떤 정책적인 발언을 하면 우선 무슨 정략적 의도에서 그 말을 하나 생각하는 것이 우리의 사고의 습관이 되어 있다. 그 자체로 타당성이 있는가 하는 것은 논의의 뒷전으로 물러난다. 인간의 행동에 대한 해석도 이러한 틀을 따른다. 얼마 전 일본에 지진과 쓰나미의 재앙이 닥쳤을 때 한국인들은 크게 동정을 표하고 구조에 쓸 수 있는 많은 성금을 모았다. 이에 대하여, 그것이 한일 관계에서 한국의 우위를 확보하는 데에 도움을 줄 것이라는 해석들이 있었다. 다른 신문에 실린 칼럼에서, 나는 숨은 의도가 없는 순수한 자비의 행동도 있다는 사실도 인정하여야 한다고 쓴 일이 있다. 물론 그러한 행동은 한일 관계에 정치적 영향을 미칠 것이다. 그러나 순수한 자비 행위를 전략적 의도에서 나온다고 보는 것은 그러한 행위의 본연의 의미를, 그리고 인간관계의 윤리적 바탕을 훼손하는 것이다.

정치 지도자들의 발언이나 칼럼니스트의 글에서 정략적 또는 정치적 의도를 완전히 배제하는 것도 현실을 바로 보는 일은 아니다. 논의되는 문제의 사실적이고 객관적인 탐구를 통하여 의도를 가진 정책들의 약점을 들추어 내는 일도 필요하다. 그러나 어떤 의도를 숨겨 가졌든지 정책 자체가 타당한 것이라면, 그것을 수용하는 것이 국가와 사회를 위하여 해가 될 리는 없다고 할 것이다. 여기에 포함된 칼럼 하나에서는 독일에서 사민당의 당수나 당원인 연립 내각의 장관이 자기들의 정책을 기민당 정부가 그대로 자신들의 정책으로 흡수하는 데 대하여 평하는 것을 소개한 것이 있다. 그들은 그것을 환영하였다. 물론 그러한 정책의 채택은 그것이 기민당 정권의 인기를 높일 것이라는 계산에서 행해진 것일 수 있다. 그러나 중요한 것은 어떤 당이 우위를 점하느냐가 아니라 어떤 정책이 사회 현실을 개선할 수 있느냐 하는 것이다. 의도는 참고 사항일 뿐이다. 우리 사회에서 좌우 편가름이 심화되는 것도 이러한 숨은 의도가 아니라 숨은 타당성에 대한 존중이 없기 때문이다. 국제 관계에는 특히 여러 실리적인 계산이 동기로 작용하는 것도 사실이지만, 참으로 바람직한 것 그리고 현실적인 것은 그것을 참고하되 평화와 공존과 선의의 이상에 호소하고 그 길을 함께 갈 수 있게 노력하는 것이다.

마키아벨리즘의 독성은 우리 사회에 철저하게 침투되어 있다. 방금 말한 것처럼, 현실을 걱정하는 관점에서도 그것을 완전히 무시하는 것은 옳은 일이 아니다. 그러나 그것이 건강한 심리, 건강한 사회의 문화의 중심에 놓일 수는 없다. 얼핏 생각하여, 필요한 것은 간단히 마음을 바로잡는 일일 수도 있고 사고 습관을 반성적으로 교정하는 일일 수도 있다. 그러나 정신은 사회의 소산이다. 하부 구조가 상부 구조를 결정한다는 마르크스의 말은 크고 작은 일에 두루 해당된다. 마음을 바로잡는 일도 간단한 일은 아니다.

사회 국가 그러니까 문제는 경제와 사회 전체이다. 문제가 되는 사회란 자본주의 사회이다. 자본주의에 대한 대안은 극단적으로는 공산주의이다. 그러나 그것의 현실적인 실패는 이제 새삼스럽게 말할 필요가 없다. 몇 개의 칼럼에서는 공산주의의 실패 그리고 자본주의의 불가피성을 말하는 구미의 철학자들의 견해를 언급하였다. 우리 경우에는 그것을 이론적으로 수긍하지 않으면서도 사실로는 받아들이는 경우를 많이 볼 수 있는 것으로 생각된다.(어쨌든 다른 원리주의의 경우처럼 어떤 정치 이데올로기의 추종자가 완전히 없어지는 것을 기대할 수는 없다.) 지금의 시점에서는 삶의 고통이 하나의 처방으로 일시에 해결될 수 있는 것처럼 생각하는 것 자체가 실존적 인간 조건을 지나치게 낙관적으로 보는 것이 아닌가 한다.

사회 구조의 문제에 대하여서는 칼 포퍼가 일찍이 주장한 것처럼, 부분 공학의 수법으로 고쳐 나가는 방법밖에 없다는 것이 옳지 않나 하는 생각이 든다. 인정하지 않을 수 없는 것은 칼럼에 인용한 찰스 테일러 교수가 말한 것처럼 자본주의는 그 안에서 살기도 어렵고 그것 없이 살기도 어려운 경제 사회 제도의 현실이라는 사실이다. 테일러 교수는 그 불가피함을 받아들이면서, 거기에 개인적·사회적 도덕과 윤리 그리고 공동체적 규제를 통한 대응책을 생각한다. 그의 제안의 하나는 공동체주의(communtarianism)이지만, 그리고 지금의 시점에서 모든 좋은 생각들은 참고되어서 마땅한 것이지만, 아마 더 적극적인 제도적인 방안은 자본주의도 수용하고 그 대응 방안도 분명히 하고자 하는, 서구의 여러 나라에서 볼 수 있는, 사회 민주주의 체제일 것이다. 칼럼에서는 독일의 기본법에서 국가의 기본 개념으로 채택하고 있는 '사회 국가(Sozialstaat)'를 말한 바 있다. 거기에서 인용한 독일의 한 정치학 사전을 다시 인용한다면, 사회 국가는 "자본주의 시장 경제에 따르는 생계상의 위험과 사회적 부작용을 그 안에서 정치적으로 해결하려 하는 민주주의의 체제 내의 국가 체제"이다.

물론 사회 국가의 이상이 일시적인 선언으로 이루어질 수 있는 것은 아니다. 그것은 점진적으로 그리고 구체적으로 이루어지는 것이라야 한다. 그리고 그 점진적 과정과 수정의 과정을 받아들이는 것이 그 이념의 한 부분이다. 의료, 교육, 실업 수당, 기타 복지 제도는 우리나라에서도 많이 논의되고 있고 실제로 부분적으로나마 시행되는 정책들이다. 칼럼에서는 근년 독일 신문에 보도되는 사건들을 소개한 바 있다. 가령 회사의 의결 과정에 노동조합이 참여하는 일(Mitstimmung), 회사 주식을 노동자가 소유할 수 있게 하는 일 또는 노동조합의 동의하에 임금을 동결하거나 노동 시간을 연장하는 일 같은 것이 그것이다.

자본주의와 사회 정책 반드시 사회 민주주의 체제로의 이행을 말하지 않는 미국에서도 2008년 가을에 시작된 금융 위기는 완전히 굴레를 벗어난 금융업을 통제하고 그 임금이나 보너스를 제한하고 벌칙을 강화하여야 한다는 소리를 높이게 하였다. 그리고 실제 그러한 조처들이 취하여졌다. 물론 정작 사기를 행한 사람 외에는 책임을 지게 하고 형벌을 가한 경우는 드물었고 지금의 대세는 규제 강화를 강하게 밀고 나가지는 못하는 것으로 보인다.

미국 《뉴욕 타임스》의 기고가이고 노벨 경제학상 수상자인 폴 크루그먼은 여전히 강한 어조로 늘어난 국가 부채를 긴축으로 해결하려는 정부 정책에 반대하고 정부의 경제 자극 정책으로 고용을 증대하고 부자에 대한 세금을 늘리는 것과 같은, 케인스적인 정책의 추구를 주장한다. 그러지 않으면 다시 금융 위기가 오고 경기 후퇴를 피할 수 없을 것이라고 그는 말한다. 또 다른 노벨상 수상 경제학자 조지프 스티글리츠(Joseph Stiglitz)는 금융 위기에서는, 칼럼에서 언급한 바와 같이 금융 구제를 반대했지만, 대체적으로는 경제가 자본주의의 길을 간다고 하더라도 정치가 이것을 사회적인 관점에서 적절하게 규제하는 것이 사회나 국가 그리고 경제를 위하여 적절한 일이라고 주장하는 글을 최근에도 쓰고 있다.(다만 정부의 도덕성이 문제일 수 있다. 최근의 부산저축은행 사건은 정부의 규제가 사회에 전혀 플러스가 되지 않는 경우의 예가 된다. 앞에서 말한 인도의 아디가의 소설에 나오는 어떤 기업은 강한 정부 규제에 맞서서 정부 뇌물 매수 전담인을 두고 있다.)

현실 정합성 복합적인 체계가 될 수밖에 없는 인간사를 생각할 때, 계급 독재 또는 일당 독재로 유토피아가 오게 할 수 있다는 생각도 지나치게 단순한 생각이지만, 시장의 무한한 자유가 사회의 번영과 모든 사람의 행복을 가져올 수 있다고 하는 생각도 극히 단순한 생각일 것이다. 필요한 것은 다시 말하여 부분 공학적인 조정이다. 이것도 단순한 조정이나 개혁일 수는 없다. 그것은 현실 정합성 속에 움직이는 공학이라야 한다. 그러면서 물론, 역설적인 것이기는 하지만, 그것은 전체를 고려하고 또 전체적인 전망을 가진 것이라야 한다. 하나를 고치면 그것으로 하여 다른 하나가 고장나기 쉬운 것이 모든 유기적 구조물의 특성이다. 부분적 시정이나 전체적 전망 — 부단히 수정되어야 하는 전체적 전망을 한결같이 뒷받침할 수 있는 것이 사람의 삶에 대한 깊고 섬세한 의미에서의 도덕적 비전이다.

한국적 모델 그리고 또 하나 생각하여야 할 것은 앞에서 말한 것들은 일반론이고 그 사례들은 구미에서 빌려 온 것이 많다는 점이다. 참으로 현실 정합성을 생각한다면, 외부에서 오는 사회 정책의 사례들은 우리에게 전범이 될 뿐 우리의 사정에 그대로 부합하는 것일 수 없다. 그것을 참고하더라도 그것은 사정에 맞추어 점진적으로 적응해 가는 것이 되어야 할 것이다. 그러나 우리에게 적절한 것이 우리 나름의 것이 되어야 한다고 하지만, 사회 국가의 모델인 것은 틀림이 없지 않나 한다. 우리가 원하는 것이 자본주의 국가 그리고 그것이 허용하는 — 어느 정도까지는 — 자유를 가진 국가라고 하더라도, 한국과 같이 작은 영토에 밀집한 인구를 가진 나라에서 사회적 균형과 평화가 없이는 자본주의의 발전도 불가능할 것이다. 또 조선조로부터의 유교 전통은 어디까지나 민생을 제일차적인 정치 목표로 하는 것이었다. 그것을 정당화한 것은, 좋든 나쁘든, 강한 사회적 윤리 의식이었다. 이러한 정치에 대한 기대는 오늘 한국인의 심성에도 그대로 이어지고 있다고 하는 것이 옳을 것이다. 다만 그것이 비민주적인 정치 수단을 통하여 이루어질 수 있다고 생각한 것이 구시대이고 그것을 민주주의적으로 성취하려는 것이 오늘이라는 차이가 있는 것은 사실이다. 이 차이는 인간 정신의 자유를 증대시키는 것이면서 동시에 혼란의 원인이 될 수 있다.

중요한 것은 보다 깊은 곳에 잠겨 있는 마음의 습성이고 삶의 필요이다. 노무현 대통령이 연합 정부를 제안하고 이명박 대통령이 사회 통합을 말한 것은 우연이 아니다. 그것은 우리 사회의 필요와 심층에 있는 마음의 습관을 발굴하려는 시도가 아니었던가 한다. 칼럼의 하나에서는 노무현 대통령의 연합 정부론을 옹호한 바 있다. 이명박 대통령의 시도에는 다른 곳에서 동의를 표현한 일이 있다. 물론 목표를 함께하는 경우에도 그것이 현실적으로 구현되는 방법과 형식에 대한 구상이 다르고 역점이 다르고 목표에 이르는 길이 다르게 되는 것은 불가피하다. 방금 말한 바와 같이, 연합과 통합의 근거가 현실에 그리고 전통적 심성의 습관에 없는 것이 아니지만, 오늘의 정치는 사회 전체의 인간적 발전을 위해서 무엇이 필요한가를 생각하는 것보다는 내가 속하는 어떤 파당이 권력을 쟁취하는가에 더 역점을 둔다. 그것은 물론 권력 투쟁으로만 생각되는 것이 아니라 강력한 이데올로기적 신념에 의하여 뒷받침된다. 이것은 보다 이상적으로 사회를 바라보고자 하는 노력들을 허망한 것이 되게 한다. 그러면서도 필요한 것은 주어진 현실에서 보다 나은 현실에로 나아갈 수 있는 실마리를 찾는 일을 쉬지 않는 일일 것이다.

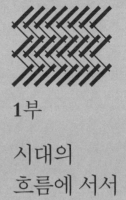

1부

시대의
흐름에 서서

1장

정치와
실용주의

기업의 사회적 책임과 그 주체화

얼마 전 고려대학교에서 데모 학생들의 저지로 삼성 이건희 회장의 명예 학위 수여식이 제대로 거행되지 못했다는 뉴스가 있었다. 유감스러운 일이다. 그러나 그것을 도저히 있을 수 없는 일이라고 한 것보다는 이해할 수 있다고 한 이 회장의 발언은 너그러운 것일 뿐만 아니라 현실적인 것이라고 할 것이다. 삼성이 아니라도 우리 사회에는 반기업 정서가 많이 퍼져 있다. 그것은 기업 행태의 많은 부분을 반사회적이라고 보기 때문이다. 그것이 더러 표현되는 것은 그야말로 이해해 줄 수밖에 없는 일일 것이다.

그러나 그러한 생각이 전적으로 정당하다는 말은 아니다. 오늘날 막중한 사회적 기능을 떠맡고 있는 것이 기업이라는 것은 부정할 수 없는 사실이다. 다만 기업이 그러한 사회적 기능을 그 자체의 사회 윤리 의식으로 승화하여 인식하고 있다고 하기는 어렵다. 사회적으로 떠맡은 책임을, 자기도 모르게, 또는 마지못하여 수행하는 것과 그러한 책임을 주체적으로 인식하고 일하는 것 사이에는 천지 차이가 있게 마련이다. 지금 기업들이 할 수 있는 일의 하나는 이 책임을 주체화하는 일이다. 그것은 같은 일을 하면서 의식만을 달리하는 것이지만, 궁극적으로는 큰 차이를 가져오는 일이 된다.

기업의 사회적 책임이 문제가 되는 것은 물론 한국의 일만이 아니다. 지난 4월 중순 독일 사회민주당의 기본 정책 심의 회의에서 행한 프란츠 뮌터페링(Franz Münterfering) 당수의 자본주의 비판은 그 후에 커다란 논쟁을 불러일으켰다. 그의 비판은 그다지 새로운 것이 아니다. 공산주의 체제가 몰락한 후, 자본주의는 세계 어디에서나 유일무이한 삶의 방식이 되었지만, 그렇다고 자본주의의 문제점들이 없어진 것은 아니다. 다만 그 문제점들을 말하는 것은 부질없는 일 또는 금기가 되었다. 그런데 뮌터페링 당수의 비판이 문제들을 터놓고 말할 수 있는 계기를 만든 것이다.

이윤만을 추구하는 자본주의 기업들의 행태가 사회와 삶을 비인간화한다는 것은 이미 예로부터의 비판이면서 뮌터페링 당수의 비판의 핵심이다. 그것은 이념적 일반론이면서, 지금 독일의 상황에 이어져 있다. 도이체방크는 그의 발언 1주일 전에 수익률이 강한 상승세를 보이고 있음에도 불구하고 수천 명을 감원하는 구조 조정 계획을 발표했다. 뮌터페링의 생각으로는 이러한 일은 일하는 사람들이나 은행의 입지로 보아 막아 내는 것이 마땅하다. 독일 회사들의 저임금 국가 이전도 그의 비판 대상이었다. 또 그는 너무나 쉽게 들어오고 나가는 외국 금융 투자가들을 비난하면서, 이들을 먹을 것을 다 먹어 치우고 떠나는 메뚜기 떼에 비교했다. 그의 발언은 이 비교의 극단성 때문에도 논란의 대상이 되었다.

뮌터페링 당수의 비판이 자본주의 비판인 것은 틀림없지만, 그것은 반드시 자본주의 체제의 기업 자체를 부정하는 것은 아니다. 그가 강조하는 것은 기업의 사회적 책임이다. 그러나 그것은 이미 기업이 하고 있는 일이기도 하다. 자국 기업의 외국 이전이 문제가 되는 것은 그것이 기업이 수행하고 있던 일 —즉 직장 창출과 유지를 그만두는 일이 되기 때문이다. 신문의 인터뷰에서도 그는 중소기업 육성책과 함께 세금 부담 경감을 통한 기업 일반에 대한 장려책을 언급했다.

뮌터페링 당수가 말하는 기업의 사회적 책임이란 기업이 하는 당연한 일들을 넘어서 국가의 사회 정책에 동조해야 한다는 것이다. 그는 경제 만능이 되어 국가가 무력화된 것은 잘못된 일이라고 생각한다. 기업의 초국가적 행태에 그 나름의 이유가 없는 것은 아니다. 세계화는 모든 기업이 국경을 자유롭게 넘어서 보다 나은 기업 환경을 찾아 떠날 수 있게 하였다. 이것은 이익 추구 때문만이 아니라 기업이 국제적 경쟁 속에서 살아남기 위해서도 불가피한 일이다. 그런데 역설적으로 살아남지 못하는 기업은 그 기본적인 사회적 임무도 수행할 수 없게 된다.

뮌터페링 당수의 자본주의 비판이 대중적 지지를 받으면서도 그에 못지않게 비판의 대상이 되는 것은 이해할 만한 일이다. 현실 정치를 책임지고 있는 사람들로부터도 비판이 많은 것으로 보인다. 그들은 집권당 당수의 이러한 비판적 발언이 기업 의욕을 위축시키는 결과를 가져올 것을 우려한다. 특히 그의 '메뚜기' 비유에 들어 있는 외국 금융 자본에 대한 혐오감은 외국 투자자들의 독일에 대한 투자를 감소하게 할 원인이 될 수 있다.

지금 벌어지는 자본주의 논쟁의 잘잘못을 바르게 평가하는 일이 쉽지 않은 것임은 분명하다. 세계화의 문제에 대하여 국내적인 관점이 아니라 세계적인 관점을 취하면 문제는 또 달라진다. 오늘날 경이와 두려움의 대상이 되고 있는 중국의 경제 성장과 같은 것은 세계화된 경제 환경으로 가능한 것이다. 뮌터페링 당수가 걱정하는 독일 기업들의 동유럽 이전은 동유럽 경제에 기여하는 효과를 낳는다. 사실 국민 국가의 테두리를 넘어서 생각하면, 궁극적으로 문제는 전 지구라는 관점에서 풀어 나가야 한다는 것이 확실해진다.

그러나 그렇게 하여 세계가 두루 번영을 누린다고 할 때, 문제는 더 큰 것이 될 수도 있다. 그에 따르는 환경 파괴를 지구가 견딜 수 있을 것인가?

또는 소비주의 생활 양식의 보편화에 따르는 인간성의 황폐화는 어떻게 할 것인가? 이번 독일의 자본주의 논란에 부쳐 소개된 캐나다 철학자 찰스 테일러(Charles Taylor) 교수의 글에 의하면, 사람들은 이제 자본주의 없이는 살 수 없고 자본주의와 더불어도 살 수 없는 처지에 놓이게 되었다. 신보수주의자들은 자본주의의 철저한 발달이 모든 문제를 해결해 주리라고 믿는다. 마르크스는 공산주의가 모든 문제를 해결해 준다는 생각을 가지고 있었지만, 테일러는, 어느 쪽이든지 간에, 유토피아적 환상으로는 문제를 해결할 수 없다고 생각한다. 문화적 비판자들은 부정의 연속으로써만 자본주의를 극복할 수 있다고 생각한다. 그것은 세계를 더욱 황폐하게 할 것이다.

해결책은 없는 것인가? 그는 종국에 가서 인간이 삶의 보다 깊은 의미를 깨닫게 되는 데에 한 가닥의 희망이 있다고 생각한다. 그때 사람들은 삶의 윤리적 의미를 깨우치고 자본주의의 폐해를 넘어설 수 있게 될 것이다. 그런데 비슷하게 기업 자체가 이러한 깨달음을 가질 것을 기대하는 것은 황당무계한 일일까. 테일러 교수는 치러야 할 사회적 대가——환경 오염이나 안정된 사회관계의 파괴 등에 대한 대가를 성공적으로 전가하는 것이 기업 경영의 요체가 되어 있다고 말한다. 그러나 개인이 삶의 깊은 의미와 윤리적 의무를 깨달을 수 있다면, 기업의 경우에도 이것이 전혀 불가능하지는 않을지도 모른다.

기업이 보다 적극적으로 사회적 책임을 떠맡고, 기업에 복지부나 문화부가 생기는 것을 기대할 수 있을까? 그 보람은 이윤 못지않게 큰 것이 될 것이다. 역사적으로 막대한 힘과 부를 가진 자가 사회적 책임을 기피하고도 오래 살아남은 경우는 많지 않다. 기업들만이 예외가 되지는 못할 것이라고 한다면, 사회적 책임에 대한 기업의 주체적 인식이 필요한 이유는 여기에도 있다.

(2005년 5월 12일)

책 읽기와 책 읽는 마음

책의 날을 기하여 책을 읽는 국민이 되어야 한다는 말을 많이 듣는다. 이것이 가능하기 위해서는 사회 분위기와 제도 개선이 필요하다. 그러나 외적인 조건을 만드는 일은 그에 따르는 마음 — 책 읽기의 마음을 만들어 냄으로써 완성될 것이다.

프랑크푸르트 도서전 주빈국 행사의 중요한 항목의 하나로서 한국 문학 낭독회가 있다. 이 한국 문학 낭독회는 지난 3월 15일 라이프치히에서 시작되어 지난주 쾰른 낭독회를 비롯하여 독일 각지에서 계속되고 오는 10월에 가서 프랑크푸르트에서 끝나게 될 것이다. 나는 지난 3월의 라이프치히 낭독회를 참관할 기회가 있었다. 그러면서 그런 낭독회가 어떤 의미를 가질 수 있는가를 생각해 보지 않을 수 없었다. 그것은 절로 책 읽기에 작용하는 마음이 무엇인가를 생각하는 일이 되었다.

우리는 작품과 독자가 이어지는 방식으로 공중 장소에서 작품을 낭독하는 것이 효과적인 방법일까 하는 의심을 가질 수 있다. 낭독은 작가에게도 간단할 일이 아니지만, 청중의 입장에서 볼 때 낭독회장에 가서 가만히 앉아 시나 소설의 한 부분을 듣는다는 것은 그렇게 재미있는 일이 아니기 쉽다. 이런 판단이 우리 사회에 문학 낭독의 행사가 별로 많지 않은 이유일 것이다. 그러나 독일의 사정은 우리나라와 사뭇 달라서 낭독은 널리 행해 지고 제도화된 문화 행사의 방식으로 보인다. 한국 문학 낭독회가 성공적 이었다면, 우리 작가들의 노력 못지않게 독일의 문학 낭독의 제도로 인하 여 가능한 것이었다.

낭독회가 의미 있는 것이 되려면 청중이 사람의 말에 귀를 기울일 수 있 는 준비가 되어 있어야 한다. 남의 말에 귀를 기울인다는 것은 얼마나 어려 운 일인가. 특히 문학 낭독회에서 청자는 메시지의 요지만이 아니라 말들 의 섬세한 뉘앙스까지도 예민하게 그 자리에서 감지해야 한다. 이것은 우 선 마음을 비움으로써만 가능하다. 그래서 들리는 말이 그대로 내 마음 안 으로 들어올 수 있게 하여야 한다. 다른 사람의 말을 귀담아듣기 위하여 내 마음을 비우는 것은 어느 시대에나 쉬운 일이 아니지만, 오늘 같은 소음의 시대에는 특히 어려운 일이다. 이 소음은 밖에서도 나고 내 안에서도 인다. 내 마음의 소음은 검토되지 아니한 주장들이기도 하고 단순한 마음의 설 렘이기도 하다. 고정하지 못하는 마음은 끊임없이 자극을 찾아서 자극에 서 자극으로 옮겨 간다. 여기에 대응하는 것이 영상물이나 자극적인 이야 기 또는 마구 흡수되는 정보의 단편들이다.

그러니까 역설적으로 자극을 추구하는 마음은 위에서 말한 것과는 다 른 의미에서 공허하고 수동적인 상태에 있다. 그것은 밖에서 오는 자극에 끌려 다닌다. 그러나 이것은 스스로가 원하는 것이기도 하다. 이에 대하여 작품을 읽는 작가의 말에 귀를 기울이는 것은 마음을 수동 상태에 두면서 동시에 마음을 가장 유연하게 스스로의 힘으로 움직이게 한다는 것을 의 미한다. 낭독을 듣는 마음은 말의 하나하나에 주의하면서, 동시에 그것을 전체의 의미 속에서 파악해야 한다. 이러한 마음의 주의와 구성의 작용은 성급한 움직임 속에서는 일어나지 않는다. 그것은 문학 작품의 경우에 특히 그러하다. 문학 작품은 독자에게 직접 말을 걸어오지 아니한다. 작가는 말로써 나를 겨냥하는 것이 아니라 하나의 세계를 만들어 나간다. 독자는 이 건축 작업을 넘겨 보면서, 거기에서 메시지를 읽어 낸다. 들려오는 말에 귀 기울이면서 그것이 그리는 궤적을 전체적으로 하나로 보아야 하는 것이다.

이 과정에서 마음이 전체를 그려 본다는 것은 멈추어 서는 여유를 갖는다는 것을 말한다. 많은 시는 이미지를 그 어휘로 한다. 이미지는 상상으로 재생되기 전에는 독자에게 큰 의미를 갖지 못한다. 또 여러 이미지들은 하나의 통일된 공간에 놓여야 한다. 이미지가 없는 글의 경우에도 독자는 단어나 문자의 의미를 이해하고 그것을 마음의 공간에 병치하여 그것들 사이의 의미 관계를 하나로 보아야 한다. 이때 마음의 공간은 단순히 듣거나 읽는 말의 의미가 만들어 내는 공간이 아니다. 그것은 거기에 들어 있지 않은 의미의 가능성들을 포함하는 마음 그 자체이다. 이러한 마음의 공간에 스스로를 맡기는 것은, 조금 거창하게 말하면 마음의 바탕으로 또 마음과 세계가 일치하는 어떤 바탕으로 돌아가는 일이다. 얼마 전까지도 사람들 사이에 애송되던 「성불사의 밤」은 산사에 머무는 나그네가 한밤에 홀로 깨어 풍경 소리를 듣고 있는 것을 주제로 삼고 있다. 그런데 가사는 "저 손아, 마저 잠들어 혼자 울게 하여라" 하며, 나그네에게 아무도 듣지 않는 상태에서 풍경이 울리게 할 것을 요청한다. 이 요청의 깊은 의미를 이해하기 위해서는 독자는 (적어도 가사의 경우) 잠깐 멈추어 듣는 사람이 없는 공간으로 퍼져 나가는 소리가 어떤 것일까를 상상해 보아야 한다.(이 노산 이은상의 시조의 메시지도 객관적이고 엄정한 진리의 과정에 필요한 사무사(思無邪)의 경지에 관한 것이다. 그렇다고 이것이 반드시 보통 사람은 알 수 없는 심오한 경지만을 말하는 것은 아니다.)

이러한 복잡한, 그러나 저절로 일어나는 마음의 움직임이 개입되는 것이 낭독의 현장이다. 이러한 마음의 움직임은 낭독에서나 독서에서나 비슷한 것이지만, 아마 낭독의 경우에 이것은 더 집중적으로 일어나는 것일 것이다. 말하여지는 말과 듣는 일이 더욱 정확하게 맞아떨어져야 할 것이기 때문이다. 이에 대하여 책에 쓰인 다른 사람의 말은 이미 내 자의의 영역에 들어와 있어서 그러한 정확한 동시성을 요구하지 않는다고 할 수 있다. 그렇기는 하나 어느 경우에나 필요한 것은 마음을 수용의 상태에 두면서 동시에 그 구성 작용을 자유롭게 하는 일이다. 그런데 이것은 갈수록 어려운 일이 되어 간다.

이 며칠 사이 책을 읽어야 한다는 말을 많이 듣지만, 되새겨야 할 중요한 사항의 하나는 자유롭고 여유 있는 마음이 의미 있는 책 읽기의 전제라는 사실이다. 또 그것이 교육적 독서의 중요한 목표이다. 독서는 시험과 효용에 의하여 검증되고 엄숙한 의무로 부과되어서 의미 있는 일이 되는 것은 아니다. 미국의 저술가 모티머 아들러(Mortimer Adler)는 아동들로 하여금 책을 읽고 그것을 좋아하게 하는 방법은 책이 가득한 장소에 그들을 그대로 풀어 놓는 것이라고 말한 일이 있다. 물론 그 공간은 조용한 공간이라야 한다. 그리고 책 읽는 마음이 되려면 시간이 자유롭고 마음이 자유로워야 한다. 이러한 책 읽는 환경은 사회 전체의 삶의 조건으로서만 성립한다.

라이프치히의 한국 문학 낭독회는 골리셔 슐로쉔(골리스 소성(小城))에서 열렸다. 그것은 18세기 세워진 바로크 정원이 있는 바로크 건축물이다. 건물이 서 있는 거리는 극히 한적한 곳이었다. 낭독회는 이 성의 우아한 그러면서 소박한, 너무 크지도 작지도 않은 객실에서 개최되었다. 청중들은 방에 놓인 의자에 조용히 앉아서 우리 작가들의 낭독과 거문고와 칠현금과 생황으로 구성된 트리오의 연주에 귀를 기울였다. 낭독의 공간은 쾌적했다. 그러나 물리적 환경과 진지한 청중보다도 낭독의 의미를 살리는 데

더 중요한 것은 독일 사회가 (아직은) 나지막하게 들려오는 귀중한 말에 귀 기울일 수 있는 마음을 지닌 사회라는 사실일 것이다.

(2005년 4월 28일)

여행 유감

최근에 나는 여러 일로 비행기 해외여행을 자주 했다. 젊은 시절에 먼 해외여행은 어디로 어떻게 떠나는 것이든 사람을 흥분시키는 모험의 의미를 갖는다. 그러다가 나이가 들어 가면서, 길 떠나면 고생이라는 느낌도 늘어난다. 그러나 최근의 여행에서 부정적인 인상을 받는 부분이 많았던 것은 단순히 여행이 고생이기 때문만은 아니었다.

내가 처음 해외로 나가는 비행기를 타 본 것은 1950년대 말이었는데, 그때의 비행기 여행은 극히 호화스러운 일이었다. 호화스러운 것보다 인상적이었던 것은, 항공사 운영의 모든 부분에 스며 있는 듯한, 승객의 필요에 대한 섬세한 주의와 배려였다. 비행기 회사는 최첨단의 기술 기구였지만, 섬세하고 자상스럽기 그지없었다. 기술과 거대한 조직과 인간적 섬세함, 이러한 것들이 이렇게 종합될 수 있다니! 그 운영 방식은 이러한 감탄을 마음에 일게 했다.

물론 비행기 여행이 극히 특권적인 행위였던 만큼 그것은 그렇게 놀라운 일이 아니었을 것이다. 지금도 비행기를 타고 해외로 나간다는 것은 특권적인 행위이지만, 옛날에 비하면 오늘의 비행기는 버스와 크게 다르지 않은 서민적인 교통수단이 되었다고도 할 수 있다. 단일 회사가 큰 것도 큰 것이지만, 항공 여행 체제 전체의 거대화와 복잡화는 옛날에 비할 수 없는 것이 되었다. 서비스 수준이 저하되는 것은 당연하다.

많은 것이 달라졌지만, 나쁜 쪽으로 달라진 것 가운데 두드러진 것은 승객에 대한 효율적이고 섬세한 배려가 없어진 것이다. 비행기가 대중교통 수단과 같이 되기 전, 초행의 여행자도 모든 것을 비행기 회사에 맡겨 두고 안심하고 있어도 무사했다. 세상 물정 모르는 아이들도 과히 큰 불안을 겪지 않고 혼자 부모의 손을 떠나 비행기 회사의 친절한 안내로 친척이 사는 먼 나라로 여행할 수 있었다. 그러나 오늘날 대부분의 여행자에게 미로와 같은 통로들이 얽혀 있는 매머드 공항에서 타야 할 비행기를 제대로 찾아가는 일만도 쉽지 않은 일이 되었다. 중요 간선 항로가 아닌 경우 항공기의 연발과 교체, 그리고 출발구의 변경 등은 여행자를 더욱 당황하게 할 수 있다. 이번의 여로에서 나는, 옛날 시골 정류장에서 버스가 그러하듯이 대체된 항공기를 소제하고 급유하고 하는 것을 옆으로 지켜보면서 그 항공기의 출발을 기다려야 하는 경우도 보았다. 대합실에는 기다림에 지친 사람들이 늘어져 앉아 있거나 졸고 있고, 의자에는 떨어진 비닐 씌우개가 방치되어 있었다. 이러한 일들의 관리에 일일이 손이 미치지 못하는 것이 분명했다. 손이 부족한 것은 표와 짐을 받아 수속하는 카운터에서도 마찬가지였다. 미국의 항공사들은 인건비 절약을 목적으로 자동 개찰기를 설치하고 있지만, 많은 승객들은 여전히 제한된 숫자의 담당 직원 앞에 장사진을 이루며 차례를 기다렸다.

참을성이 가장 필요한 곳은 까다롭고 지루한 보안 검사 장소이다. 미국의 공항에서는 어떤 여행자들은 이중의 정밀 검사 대상이 된다. 이것은 무작위 추출에 의한 것이라고도 하고, 보안 당국자들이 준비하여 가지고 있는 블랙리스트에 의한 것이라고도 한다. 대상자 명단이 어떻게 작성되는지는 분명치 않다. 어떤 이유로든지 명단에 끼이게 되면, 빠져나오기가 쉽지 않다고 한다. 작년에는 에드워드 케네디(Edward Kennedy) 미국 상원 의원이 공항에서 정밀 보안 검사 대상이 되었다고 하여 신문에 크게 보도된 일이 있었다. 흥미로운 것은 케네디 의원이 항의하고 장관을 포함한 당국자들로부터 시정을 약속받았지만, 그 후에도 여러 차례 같은 일을 당했다는 점이다. 거대 조직의 명단에 등재되면, 케네디 같은 인물도 거기에서 쉽게 빠져나오지 못하는 것이다.

이것은 미국이 오웰(George Orwell)의 정치 소설에 나오는 것과 같은 무서운 감시 체제를 만들어 가고 있다는 것을 나타낸다고 하겠지만, 대체로 거대 기술 관리 체제는 비슷한 문제점을 만들어 내게 마련이다. 오늘날 사람의 많은 일들은 자동화된 거대 관리 기술 체제에 편입되어 간다. 그러한 체제는 능률적이 되는 것처럼 보이면서, 구체적 상황에 대처하는 유연성을 상실하게 되고, 결국은 기능 장애를 일으키고 사람과 사람의 구체적인 필요와 동떨어진 소외 기구로 전락한다.

물론 거대화나 대량화는 일단은 경제성을 향상해 주는 것으로 받아들여질 수 있다. 항공 여행의 경우, 경제성은 여행자에게도 혜택을 가져온다. 아직도 서민 수준에까지 내려왔다고 할 수는 없지만, 항공료는 다른 물가에 비해 계속 하락해 왔다고 말할 수 있다. 그리하여 비행기 여행은 현저하게 대중화되고 민주화됐다. 다만 그것이 진정한 의미에 있어서 사람의 삶을 풍요롭게 했는가 하는 문제는 더 자세하게 따져 보아야 할 것이다. 먼 해외여행이 참으로 늘 필요한 것인가? 불요불급의 일임에도 쉽게 가능하다는 이유만으로 떠나는 여행이 의미 있는 것인가? 일 때문이 아니라 그 즐거움을 위하여 여행을 하는 경우에도 기계화되고 관료화된, 그리하여 삶의 많은 것이 추상화되어 버린 여행이 그 전의 여행에 비해 보다 많은 보람을 가져다줄 것인가? 미국의, 등산과 도보 여행의 시인 게리 스나이더(Gary Snyder)는 길을 잃은 산에서 잡목림 밑을 기어서 헤쳐 나갈 때 그가 발견했던 자연의 새로운 경이에 대하여 이야기한 일이 있다. 거대 기구는 그 구체적 적응력에 있어서도 문제를 가진 것이지만, 인간의 행복을 위하여서도 별로 도움을 주는 것이 아닐 경우가 많다. 사람은 작은 환경에서 행복하다. 금년의 여행에서 나는 거대한 고층 호텔에도 머물고 개인 주택 규모의 여관에도 머물렀지만, 제집과 같은 편안한 느낌을 주는 것은 작은 규모의 여관이었다.

앞에 말한 것은 거대화한 항공 여행 기구의 문제점들이지만, 날로 늘어가고 커져 가는 항공 여행의 더 직접적인 문제점은 그로 인하여 늘어나는 유류 소비와 환경 오염에 있다. 여기에 대하여 사람들이 의식을 가지고 있지 않은 것은 아니다. 영국 정부는 지난 3월 초에 정부의 고급 관리가 비행기 여행을 하는 경우, 일정한 액수를 적립하고, 그것을 해외 원조에 사용하기로 했다. 정부가 벌금처럼 스스로 내야 하는 금액은 비행기의 거리와 고도에 따라 정한다. 거리가 멀수록, 높이가 높을수록 비행기가 가져오는 환경 공해가 크기 때문이다. 징수하여 모이는 돈은 인도에서의 태양열 조리 기구 연구 또는 남아프리카의 주택 단열 시설 등에 사용할 계획이라고 한다. 이것은 고무적인 이야기이다. 금년의 해외여행 중 보게 된 또 다른 고무적인 광경의 하나는 독일 라이프치히 교외의 광활한 밀밭 가운데 서 있는 풍력 발전 터빈들이었다.

이와 같이 기구의 거대화와 그에 따르는 경직성과 비인간화와 환경 파괴에 대항하는 노력들이 없는 것은 아니지만, 그 실질적인 효과는 아직 장래를 기약할 만한 것은 아니다. 대체 과학 기술 발전보다도 더 절실한 것은 '작은 것이 아름답다'는 깨우침의 확산일 것이다.

(2005년 4월 14일)

정치와 실용주의

요즘에도 더러 실용주의란 말이 들린다. 되풀이하건대 실용주의의 출발은 미국의 철학자 찰스 퍼스(Charles Peirce)의 글 「우리의 생각을 어떻게 분명히 할 것인가?」에서 찾아진다. 그에 의하면, 어떤 개념의 의미는 그 개념이 지칭하는 대상이 가져올 수 있는 실제적 결과와 동일하다는 것이다. 이 정의는 그것이 비판적으로 사용될 때 쉽게 이해될 수 있다. 가령 어떤 물건이 '단단하다'는 것은 웬만한 물건으로 긁어서는 긁히지 않는다는 뜻이다. 그러니까 그러한 실제적 효과가 없는 사물에 그 말을 사용하는 것은 의미가 없는 일이다. 이러한 관점에서 보면, 실제적 실험이 불가능한 대부분의 형이상학적 명제들은 말을 무의미하게 사용하는 예가 된다.

물론 퍼스 이후 실용주의란 말은 여러 의미를 가지게 되었다. 우리나라에서 그 말이 정치에 사용되는 경우 그것은 대체로 경직된 원칙보다는 현실을 중시하고, 그와 타협하여 실리를 추구하는 입장을 지칭한다. 이것도 반드시 틀린 용법이라고 할 수는 없지만, 어쨌든 원래의 뜻을 살려 '실용'이란 말을 생각하여 보면, 참다운 의미에서의 모든 정치 행위는 실용적인 또는 실용주의적인 것이라고 할 수 있다. 정치 행위의 의미는 그것이 사람의 삶의 현실에 도움이 되는가, 아니 되는가를 묻는 실용적 효과의 시험에서 찾아야 마땅하기 때문이다.

정치 행위의 실제적 또는 실용적 결과에 대한 실험은 물론 보는 관점과 이해관계에 따라 달라질 수 있다. 가령 어떤 정치 행위가 행위자의 목적 ― 극히 사적이고 파당적인 것일 수도 있는 목적 ― 에 봉사하는 것이기 때문에, 그 행위자에게는 실용적 유효성을 갖는 것으로 생각될 수 있을 것이다. 보다 본래적인 뜻에서의 실용적 효과도 쉽게 시험할 수 있는 것은 아니다. 사람의 삶의 현실에 도움이 되어야 한다고 할 때, 그 '사람'은 구체적으로 어떤 사람을 지칭하는 것인가. 또는 효과에 대한 평가는 평가의 시점에 따라 다를 수 있다. 한때 의미 없는 일로 보이던 것이 시간이 지남에 따라 커다란 과실을 가져오는 일이 될 수도 있고, 잘한 일로 생각되었던 것이 큰 재앙의 원인이 될 수도 있다. 또는 실제적인 일이 아닌 것으로 보이는 것이 사실은 실제를 받들고 있는 토대의 하나가 되는 경우도 있다. 사람은 물질적 존재이면서 상징적 존재이고, 사회는 물질적 구조이면서 동시에 상징적 구조이기도 하기 때문이다. 이 점에서 상징의 실용적 의미를 완전히 배제하는 것도 옳지는 않다.

이러한 모든 우회의 가능성에도 불구하고 정치 행위의 궁극적 시험은 실용성에 있다. 바른 정치는 삶의 현실로써 검증된다. 이념이나 상징도, 정치적 의미를 가지려면, 그것은 반드시 현실 효과의 검증을 통과할 수 있어야 한다. 그런데 근년에 우리의 정치는 너무 자주 상징의 정치에 사로잡히게 되는 것으로 보인다. 그리하여 정치의 실용적 핵심을 보이지 않게 하는 일이 많다. 광화문의 현판 문제라든가 서울을 한성(漢城)이라 부르는 중국의 관행을 고치게 한다든가 하는 문제들은 가장 기초적인 차원에서 상징의 정치 영역에 속하는 문제들이다. 중국의 동북 공정 과정에서의 고구려사 처리도 근본적으로는 같은 상징 정치의 영역에 속한다. 다만 정치에서 상징이란 그 자체로보다도 그 뒤에 숨은 의도 때문에 중요한 것이 될 수 있다. 고구려사도 현실적 의미를 갖는다면, 그것은 이러한 의도로 인한 것일 것이다. 커다란 논란의 대상이 되었던 과거사 처리 문제도 상당 부분 상징의 영역에 속하는 문제라고 할 수 있다.

삶의 장은 과거가 아니라 오늘과 미래이고 삶의 현장은 시간의 흐름 속에서 끊임없이 바뀌어 간다. 현실 정치의 장은 현실의 시간이다. 과거가 의미를 갖는다면, 그것은 과거가 현재나 미래에 관계되는 한도에서 그러하다. 적어도 긴급한 정치 과제라는 관점에서는 그렇다는 말이다. 물론 오늘과 미래의 실천 영역으로서의 정치를 상징 영역으로부터 분리해 내는 것이 용이한 일은 아니다. 그러나 정치에 관한 우리의 생각과 당면 과제를 단순하고 명확하게 하는 데에 실용 시험은 중요한 일이라고 할 수 있다.

최근에 크게 국민적 감정을 자극하고 있는 독도 문제도, 적어도 독도가 사실상 한국의 통치권이 미치고 있는 곳이어서 당장에 그것이 일본으로 넘어갈 위험이 없는 한, 일단은 상징적 차원을 강하게 포함하고 있는 문제라고 볼 수 있다. 그리고 이 점을 의식하면, 대처 방안을 고려함에 있어서 우리는 보다 많은 통로와 관련들을 생각할 수 있는 여유를 가질 것이다. 도쿄 대학의 와다 하루키(和田春樹) 교수의 한 신문 기고(《한겨레》 3월 21일자)는 이러한 점에서 사려 깊은 고찰들을 담고 있는 것으로 평가될 수 있다. 그는 독도 문제가 단순한 영토 분쟁의 문제가 아니라 한국에 대한 일본의 식민 지배 청산 문제에 속한다고 말한다. 그의 생각으로는 일본이 독도에 대한 영유권을 포기하는 것은 과거의 식민지 지배를 포기하고 이를 보상하는 일의 일부로서 간주되어 마땅하다.(사실 일본은 폴란드령으로 편입된 독일 영토에 대한 전후 독일의 처리를 참조해 볼 만하다.) 또 와다 교수는, 독도 문제의 평화적 해결이 중요한 것은 한·일 두 나라가 "동북아 평화와 안전을 위한 동반자"가 되어야 한다는 현실 때문이라고 말한다. 이렇게 볼 때, 일본의 양보는 일본을 위해서도 도움이 되는 일이다. 와다 교수의 논평은 역사에 대한 심도 있는 고려를 배경으로 하고 있으면서, 한국과 일본이 근린 국가로서 함께 추구하여야 할 미래에 대한 확실한 의식의 표현에 기초해 있다. 근본적으로는 이 의식이 반한도 아니고 반일도 아닌 합리적 해결책에 대한 그의 모색을 가능케 한다.

사람의 마음에 격정을 불러일으키는 데에 크게 작용하는 것은 사람들이 중요하다고 생각하는 상징물들인 경우가 많다. 이것은 일상생활에서도 흔히 보는 일이다. 예의를 벗어난 거친 언어나 행동이 실속이 없는 일에서도 격정과 폭력을 불러일으키는 것과 같은 것이 그 예이다. 바로 이 때문에 이데올로기적 상징물은 쉽게 정치 전략의 수단이 된다. 부시 대통령의 보수급진주의 정책을 비판하면서, 나치 정부의 이데올로기를 연구해 온 미국의 역사학자 프리츠 스턴(Fritz Stern)은 그의 정권하에서 미국의 정치가 '리펜슈탈화'한다고 말한 일이 있다. 리펜슈탈(Leni Riefenstahl)은 나치의 대중 집회나 베를린 올림픽을 소재로 하는 영화를 제작하여 나치의 선동 정치에 공헌한 인물이다. 반드시 나치 정권과 같은 독재 정권이 아니더라도 상징물을 통하여 격발되는 대중적 감정은 모든 정치 행위에서 커다란 유혹이 된다. 대중 행동을 수단으로 할 수밖에 없는 혁명과 같은 다른 여러 정치 행동의 경우에도 그러하다. 그러나 혁명은 그러한 정열로 삶의 현실을 대체한 것으로 착각함으로써 실패하게 된다. 정치에서 상징의 행위들을 무시할 수는 없지만, 정치의 의미는 결국 실용의 테스트로써 정해지게 마련이다.

(2005년 3월 31일)

문화 교류의 깊이

최근 보도되는 한류 현상은 우리 모두에게 뿌듯한 느낌을 주는 일이다. 그것은 문화적으로, 경제적으로 중요한 현상이고 궁극적으로는 국제 정치에도 적지 않은 힘으로 작용하게 될 것이다. 그러나 모든 문화의 교류가 그러한 차원에서만 생각될 수 있는 것은 아니다.

프랑크푸르트 도서전과 관련하여 한국 문화의 소개를 위한 전시나 공연들이 준비되고 있지만, 그러한 문화나 문학 행사 중 상당 부분은 한류와 같은 대중적 인기를 얻지는 못할 것이다. 그렇다고 그러한 행사가 덜 중요한 것은 아니다. 이러한 일들은 간단히 손익으로 계산될 수 없다. 문화의 국제적 소통의 한 소득은 그 과정에서 우리 자신의 문화에 대한 심화된 인식이 생겨날 수 있다는 점인데, 그것은 더욱 쉽게 가늠할 수 있는 것이 아니다.

가령 이번 독일 공연 계획에 들어 있는 판소리 「심청가」를 생각해 보는 것은 문화 교류의 복잡성과 심각성을 가려보는 데에 도움을 줄 수 있을 것이다. 번역이 붙는다고는 하지만, 한국어의 리듬과 한국의 서사 전통에 고유한 연상들을 가지고 있는 「심청가」가 독일인에게 쉽게 전달되리라고 생각할 수는 없다. 「심청가」는 음악이기도 하기 때문에 적어도 음악으로 전달될 것으로 생각해 볼 수도 있지만, 음악이 독특한 전통의 어휘와 문법에 기초하여 가능해지는 소리의 형상화라고 한다면, 그것도 오랜 준비와 매개 없이 쉽게 전달될 수 있는 것은 아니다.

심청의 이야기 자체도 독일인이나 또는 서양인에게는 이질적인 것일지 모른다. 아버지를 위하여 딸이 목숨을 희생하는 이야기는 있을 수 있는 이야기이다. 그러나 심청의 이야기는 서구의 감성이 쉽게 받아들이기 어려운 요소를 가지고 있다. 이 이야기에서 딸의 희생은 당연한 것으로 받아들여진다. 그것이 애통한 일이라는 사실이 간과되는 것은 아니나, 딸의 희생은 효의 윤리에 의하여 정당화된다. 서구인의 감성에 이것은 너무 안이한 일로 비칠 가능성이 크다. 수긍할 수 없는 윤리에 기초한 이야기는 처음부터 공감의 가능성을 줄이고 들어가는 일이다.

아버지와 딸, 그리고 딸의 희생이라는 세 요소를 기준으로 하여 보면, 「심청가」의 이야기는 트로이 전쟁의 한 에피소드에 비교될 수 있다. 아르고스의 왕 아가멤논은 희랍의 연합 함대를 지휘하여 트로이로 향한다. 그러나 순풍을 얻지 못한 항해는 어려움에 부딪히게 된다. 아가멤논은 신탁에 따라 그의 딸 이피게네이아를 제물로 바침으로써 그 어려움을 풀어 나가게 된다. 그러나 이 사건은 뒤쫓아 일어나는 참혹한 일들의 원인이 된다. 이러한 일들이 일어나는 데에는, 희랍인들이 가지고 있는바 혈육 간에 그러한 일이 있을 수가 없다는 생각이 들어 있다. 그리고 더 심층적으로는 거기에 개체의 생명은 의무에 우선한다는 직관이 작용한다고 할 수 있다.

아이스킬로스와 에우리피데스에서 소재가 된 아가멤논과 이피게네이아의 이야기는 괴테의 연극이나 리하르트 슈트라우스의 오페라에서도 다루어지는 이야기이다. 어느 것에나 들어 있는 것은 이피게네이아의 희생이 가져오는 비극적 갈등이다. 이들 연극에서 딸의 생명은 궁극적으로 조국이나 아버지에 대한 의무에 의하여 쉽게 규정될 수 없는 것으로 생각된다. 물론 이러한 연극들이나 「심청가」에서 생명 존중의 문제가 있다고 한다면, 그것은 시각의 차이에 따라 달리 보게 되는 문제라고 할 수 있다. 아이스킬로스에서와는 달리 에우리피데스 그리고 괴테의 연극에서 이피게네이아는 아르테미스 여신에 의하여 구출되어 이방의 신전에서 여사제가 된다. 그런데 여사제의 일의 하나는 희랍의 포로들을 아르테미스 신에게 제물로 바치는 일이다. 이 제례 의식에서 포로들의 개체적 생명은 전적으로 무시된다.

그렇기는 하나 오늘의 관점에서 심청의 이야기에 비하여 이피게네이아의 이야기는 그래도 보다 보편적인 성격을 갖는다고 할 수 있다. 이들 연극에서 개체적 생명의 희생은 쉽게 정당화되지 아니한다. 그러한 희생이 일어나는 인간 조건의 비극적 모순이 감추어지지 않는 것만도, 이들 연극을 보다 보편적인 차원으로 끌어올린다 할 수 있다. 서구인에게 심청의 이야기는 이런 점에서 보편성을 결하고 있는 것으로 보이고 이질적 세계에서 온 작품으로 느껴질 가능성이 크다.

그렇다 하더라도 나는 판소리로 공연되는 심청의 이야기가 한 사회와 문화의 깊이로부터 나온, 또 오랜 시간 속에 승화된 예술 표현이라는 점은 전달되리라고 생각한다. 그것은 존경할 만한 구전 설화의 전통에서 나오는 것으로 받아들여질 것이다. 전혀 다른 전통 속에 있던 한 나라의 예술적·문화적 표현이 다른 나라의 감성에 쉽게 큰 공감을 일으킬 수는 없다. 문화 교류에서 우리가 얻을 수 있는 것은, 적어도 지금 당장에는, 한국이 존경할 만한 예술적 표현의 전통을 가지고 있다는 것을 알게 하는 것일 것이다. 안이한 이해 또는 쉬운 열광보다 중요한 것은 존경이고 그것을 바탕으로 한 상호 존중이다.

오래전 학술 대회와 관련하여 독일을 방문했을 때, 나는 주최 측 인사들과 말을 나누면서 괴테나 다른 독일의 옛 작가들을 언급한 일이 있었다. 이에 대하여 한 독일인은 그러한 작가들의 책을 지금의 독일의 젊은 학생들은 전혀 읽지 않는다고 말했다. 과장된 감이 있지만, 어느 정도는 맞는 말일 것이다. 나는 얼마 전 독문학 연구가 독일에서 일반 독자와의 소통이 없는 학자들만의 학문이 되어 가고 있다는 것을 개탄하는 글을 본 일이 있다. 아마 독일의 젊은이들에게 호소력을 가지고 있는 것은, 문학의 고전보다도 국제적인 베스트셀러가 되는 가벼운 읽을거리일 것이다. 그러나 이러한 사정에도 불구하고 독일 문학의 고전들이 독일의 문화와 독일인의 삶에서 중요하지 않은 것은 아닐 것이다. 외국으로부터 독일을 이해하고자 할 때, 또 독일인이 자기 이해를 심화하려 할 때, 그러한 기획에서 독문학의 고전들은 중요한 위치를 차지할 것이다. 한 문화에서 고전의 무게는 반드시 대중적인 인기에 의하여 지탱되는 것은 아니다. 많은 경우 고전은, 뜻을 지닌 사람들에 의하여 가끔 참조됨만으로도 그 사회의 마음의 중심에 자리하게 되는, 사회의 내면에 숨어 있는 비밀이라고 할 수도 있다. 물론 너무 읽히지 않게 되면 문제가 생기겠지만, 고전이 문화의 내면에 존재하는 방식은 읽힌다는 사실보다는 복잡한 변증법 속에 있다.

　나는 얼마 전 한 심포지엄에서 일본의 한류에 대한 발표를 들었다. 한류의 전파는 한국의 국제적인 '소프트 파워'가 커져 간다는 것을 뜻한다. 그 힘은 사람의 마음을 매료시키는 힘이다. 그러나 이 '소프트 파워'는 자기의 이익을 위하여 다른 사람의 마음을 휘어잡으려는 힘이라는 면을 가지고 있다. 이 발표에서 나를 새삼스럽게 일깨워 준 것은 한류의 힘이 윤리적 차원에서 문제를 가질 수도 있다는 지적이었다. '소프트 파워'는 추구될 수밖에 없다. 그것은 현실 세계의 중요한 힘이다. 그러나 그 윤리성을 고민할 수 있는 판별력을 긴장 속에서나마 유지하는 것은 더 중요한 일이다. 그리고 진정한 '소프트 파워'는 인간 존재의 깊이로 이어지는 문화에서 나온다.

(2005년 3월 17일)

한국인에게 부동산은 무엇인가

    한동안 토지 공개념이 논의되던 때가 있었다. 사유 재산을 존중하는 사회라고 할지라도 토지는 개인의 자의에만 맡기기에는 너무나 중요하고 너무나 한정되어 있는 삶의 공동 자산이기 때문이다. 그럼에도 소유를 정당화하는 것은 무엇인가.

    근대 자유주의 정치 이론의 초석을 놓은 존 로크도 그 근거를 쉽게 찾지 못하고 개간 또는 경작에 의하여 토지의 형질을 개선하는 데에서 자연이 만들어 놓은 토지에 대한 소유권의 도덕적 정당성이 생기는 것처럼 생각했다. 그러나 19세기 말 미국의 사상가인 헨리 조지는 토지 소유와 투기는 그대로 커다란 사회적 피해를 가져온다고 생각했다.(현재 우리나라에도 헨리 조지 학회가 있다.) 그의 토지관에도 토지는 사람이 만든 것이 아니라 신이 주신 것이기 때문에 공동체에 대한 정당한 기여 없이 그것을 독점하는 것은 옳지 않다는 생각이 들어 있다. 더 중요한 것은 인구의 증가, 기술적 발전——또 모든 경제력의 증대가 가져오는 지가와 지대의 상승을 차지하는 것이 토지 투기자라는 점이다. 사회적 성장의 결과물을 노력이나 기여 없이 차지해 버리는 것이다. 게다가 높아진 지가나 지대의 부담은 결국 근로자에게 돌아가서 사회의 빈곤화를 촉진한다. 따라서 보다 도덕적이고 보다 번영한 사회를 위해서는 토지 투기나 소유에서 생겨나는 부당 이득을 '단일 세금' 제도를 통해 국가에 환수해야 한다. 조지의 이러한 생각은 사회와 경제를 지나치게 단순하게 진단한 것일 것이다. 그래도 당대에 그것은 상당한 설득력을 가진 것으로 받아들여졌다.

나는 오래전에 한 스웨덴의 도시학자가 한국의 주택 문제에 대한 발표에서, 한국을 지목하여 이윤의 동기에만 의지하여 사회 전체의 주택 문제를 해결하려는 매우 특이한 나라라고 하는 말을 들은 일이 있다. 이 도시학자의 진단은 비판적이면서도 모호한 의미를 갖는 것이었다. 왜냐하면 근대적 주택과 건물을 갖추고 도시를 발전시켜 나가는 데에, 다른 경제 활동에서와 마찬가지로 이윤의 동기는 중요한 동력으로 작용할 수도 있는 것이기 때문이다. 그런데 그후 이윤의 동기는 점점 투기로 바뀌었다고 할 수 있다.

이윤 또는 투기, 어느 것을 동기로 했든지 한국의 근대적 발전의 한 결과는 거대 아파트 단지로 특징되는 우리의 도시들이다. 우리의 느낌이 어떤 것이든지 간에, 외국 학자들의 한국의 도시들에 대한 평가는 그다지 높지 않은 것으로 보인다. 한 프랑스의 도시학자는 한국인이 전통적 주거지를 보존하면서 그를 근대화하는 데에는 별 관심이 없다는 점에 주목한다. 그 대신 한국인은 그것을 가차 없이 철거하고 그 자리에 색상, 크기 그리고 흉해 보이는 모양에 있어서 획일적이고, 숫자의 호수가 없으면 두 번 다시 찾아갈 수 없는 무지막지한 건축물을 빈틈없이 짓는다. 그러한 건축물 단지들은 다른 곳에서는 "사회적 연대성의 파괴, 무질서, 범죄 등"에 이어지는 것으로 생각된다. 그런데 이러한 도시 발전이 한국에서 추구되는 이유가 무엇인가. 이러한 관찰과 질문은 책의 서문에 나와 있는데, 책의 다른 부분의 연구 결과는 서구인의 관점에서 한국의 현실을 저울질할 수는 없고 그것은 그 나름의 논리 속에서 이해되어야 한다는 판단을 내보인다. 그러면서도 대규모 아파트 단지의 문제들에 대한 미심쩍은 마음은 이 연구서에서 사라지지 않는다.

거대 권력과 기업의 연결 없이는 거대 단지의 건설은 불가능하다. 그 결과가 거대 단지이다. 어떤 형태이든 주거 형태는 삶의 양식과 질을 규정하는 근본을 이룬다. 대규모 고층 아파트 주거 단지의 한 의미는 두 개의 '탈맥락화'로 설명할 수 있다. 그것은 지형적으로, 상징적으로 토지의 유기적형태와 도시의 심리적·정치적 일체성으로부터 주거민을 유리한다. 그리하여 삶의 맥락이 단절된다. 이 연구서에 나오는 진단의 하나는 이러하다.

물론 고층 아파트 단지는 그 나름으로 사회의 문제를 기능적으로 해결하는 방법이 될 수도 있다. 그러나 많은 경우 그 동기에 크게 작용하는 것은 사회적 목적보다 이윤과 투기이다. 그리고 사실 삶의 탈맥락화는 주거형태에 못지않게 투기의 효과이다. 토지의 부동산화, 투기화는 인간의 토지와 삶에 대한 관계를 왜곡하게 마련이다. 부동산이 된 토지나 집은 언제나 시장에 나와 있는 것이나 다름이 없고 거주자는 보다 나은 또는 보다 이익이 되는 토지와 집으로 하시라도 떠나갈 준비가 되어 있다. 이러한 토지와 집은 구체적인 사물로서의 독자적 의미를 갖지 못한다. 이웃이나 동네에 대한 관계도 똑같이 추상화된다. 정치적 존재로서의 인간의 바탕은 구체적으로 느낄 수 있는 공동체에 있다. 토지와 주택의 부동산화는 공동체를 파괴한다. 그 결과 사람들은 보다 더 쉽게 이름 없는 군중이 된다. 아마더 깊은 문제는 땅과의 유기적 관계에서 생겨나는, 인간 생존에 대한 어떤정신적 지향을 뒤틀어 놓는다는 점일 것이다.

노무현 대통령은 국회에서 행한 국정 연설에서 투기 억제에 대한 강한의지를 표명했다. 민생의 안정은 땅과 집의 안정을 바탕으로 하여 가능하다. 그러나 정부의 의지가 쉽게 현실이 될 것 같지는 않다. 경제의 움직임이 강한 의지나 몇 개의 정책으로 조정되기 어렵다는 뜻에서만은 아니다. 이제 토지 투기와 그와 유사한 심리는 우리에게 의식의 차원을 넘어 무의식의 기층이 되어 있다. 정신 분석에서 성이 무의식 속에 작용하는 힘이라면 우리에게는 이제 부동산 투기가 그러한 무의식의 힘이 된 것이 아닌가 하는 느낌이 든다. 최근에 보도된 공직자의 재산 변동에서 가장 큰 수익을 올린 것이 부동산 투자였다. 그러나 그것은 개인적인 차원에서 일어난 일이라 할 수도 있다. 더 심각한 문제는 공공 정책 속에 스며 있는 부동산 사상이다. 정부가 가지고 있던 수도 이전 계획에도 그것이 깊이 스며 있음을 부정하기는 쉽지 않을 것이다. 그 계획은 지방의 지형과 정치와 삶의 유기적 형태를 보존·발전시키려는 것이기보다는 중앙의 큰 힘과 그에 맞먹는 도시 형태를 지방에 이전하려는 계획인 것으로 보인다. 이러한 계획이 환영받는 주된 이유가 지가의 상승 효과에 있음은 수도 이전 위헌 판결에 대한 사람들의 저항에서도 드러난다. 그에 앞서 계획 추진의 동기에는 이 효과를 정치적으로 이용하자는 생각이 크게 작용했을 것이다.

수도 이전 계획은 위헌 판결이 난 바 있지만, 정부는 다시 서울 밖으로 많은 정부 기구를 옮기는 계획을 추진한다고 한다. 서로 멀리 떨어져 있는 정부 기구들의 효과적인 조율이 용이할까 —— 이것은 의문의 하나에 불과하다. 안 된다고 판결되었던 일을 거의 비슷하게, 그러나 법을 우회하면서 추진하려는 것이 정당한 일일까, 또 국민에게 보여 주는 모범으로서 그것은 어떤 효과를 갖는 것일까. 그러나 더 근본적인 차원에서 문제가 되는 것은 이러한 정치 전략에 스며들어 있는 부동산 사상이다. 국가 발전의 근본 비전이 그것에 의하여 결정되어도 괜찮은 것일까. 그러나 현재 이러한 것을 가려내 생각하기에는 우리의 부동산 무의식은 너무 깊은 기층 속에 잠복해 들어가 있는 것으로 보인다.

(2005년 3월 3일)

과거사 논쟁 매듭 풀기

　미국 프린스턴 대학이 최근 내놓은 한 출판물은 학술지 《뉴런》에 게재된 심리학 연구 보고를 비롯해 프린스턴에서 진행 중인 심리학 연구에 관한 보도를 싣고 있다. 이 연구들은 인간의 윤리적 행동을 윤리학이나 철학적 분석보다 심리학, 생물학, 특히 최근에 급속히 성장하고 있는 뇌에 관한 인지 과학을 통해 규명하려 한다. 가령 길거리에 피를 흘리고 쓰러져 있는 사람을 도와야 한다는 것을 자연스럽게 받아들이는 사람도 먼 나라에 있는 굶주리는 사람을 돕자는 원조 단체들의 호소에는 별로 반응을 보이지 않을 수 있다. 이것은 사람의 뇌가 진화하는 과정에서 먼 나라의 고통이 실재하는 것이 아니었다는 사실에 관계되어 있다. —— 이렇게 이 연구는 사람들이 먼 나라의 일에 둔감한 현상을 설명한다.

　그러나 내가 여기에서 생각하고자 하는 것은 이러한 윤리 행동에 대한 과학적 연구가 아니라 연구 과정에 사용된 심리 테스트의 한 문제다. 이 문제는 사람이 사는 상황에 대해 여러 가지를 생각하게 한다. "어머니가 자신의 형편에 따라서 아이를 죽이는 것은 받아들일 수 있는 일인가?" 이 질문에 대한 많은 사람들의 부정적 반응은 인간성에 어떤 공통된 윤리적 토대가 있다는 것을 말해 준다.

그런데 프린스턴의 심리 테스트는 조금 더 복잡한 상황과 관련하여 이 문제를 묻는다. 마을에 적군의 병사들이 들어왔다. 이들은 눈에 띄는 마을 사람을 모조리 죽여 없애려는 흉포한 자들이다. 이들을 피하여 마을 사람들이 어느 지하실에 숨어 들어갔다. 그런데 숨어 있는 사람 가운데 아이를 가진 엄마가 있고, 그 아이가 울기 시작한다. 엄마는 아이의 입을 막아 울음 소리가 밖에 새어 나가지 않게 하려 한다. 그러나 아이는 울음을 그치지 않는다. 문제는 이런 경우에 엄마가 목을 눌러 아이를 죽이는 것을 옳은 일이라고 할 수 있는가 하는 것이다.

여기에 대한 간단한 답변은 한 아이의 목숨을 희생하여 다수의 목숨을 살리는 것이 옳다는 것일지도 모른다. 이 질문을 받은 심리 테스트 대상자의 반은 어머니가 아이를 죽이는 것은 절대로 있을 수 없다는 것이었고 반은 그럴 수도 있다는 것이었다. 후자의 경우 결론에 이르는 경위는 극히 합리적이다. 아이를 죽이지 않고 숨어 있는 사람들이 발견된다면, 그 사람들도 죽고 물론 아이도 죽게 될 것이다. 그러니까 아이는 어느 경우에나 죽을 수밖에 없다. 그렇다면 아이를 죽여 여러 사람의 목숨을 구하는 것이 가장 합리적일 것이라는 얘기다.(아마 또 하나 상상할 수 있는 것은 엄마가 숨어 있는 사람들의 압력에 못 견디어 아이를 죽이게 되는 경우일 것이다.)

이러한 문제를 가지고 연구자들이 밝히고자 하는 것은 반드시, 그러한 결론이 윤리적으로 정당한가, 그렇지 않은가가 아니다. 위에 제시된 행동의 문제를 생각함에 있어서 사람들은 합리적 답변에 이르는 데 시간이 더 걸린다. 그것은 상황에 대한 검토가 필요한 때문이기도 하지만, 인간 두뇌의 두 부분 — 보다 원시적인 감정의 부분과 보다 후대에 진화 발전된 합리적 사고의 부분 — 이 갈등을 일으키고 그 해결에 시간이 걸리기 때문이다. 이것은 MRI 등의 기기를 동원해 두뇌 부위를 촬영한 결과 확인되는 사실이다.

이러한 과학적 연구는 그 자체로도 흥미있는 것이지만, 이 테스트에 사용된 문제가 윤리적 행동에 있어서 상황의 복합성을 생각하게 한다는 점에서 흥미롭다. 어떤 결정에 이르렀든지 간에, 막다른 현실에서 결정의 과정은 극히 괴로운 것일 수밖에 없다. 이론적 연습에서도 그 괴로움은 판단상의 딜레마를 가져온다. 이 괴로움으로 인해 사람들은 절대로 아이를 죽일 수는 없다고 결론을 내리는 것인지 모른다.

그런데 앞에서 말한 합리적 결론이 참으로 합리적이거나 이성적인 것일까. 아이를 죽이는 도리밖에 없다는 결론은 그것 나름으로 윤리적 결정이다. 그러나 그것은 하나의 생명의 희생으로 다수의 생명을 구하는 것이 옳다는 수량적 사고의 문제성을 드러낸다. 그것은 모든 생명이 그 자체로서 존귀한 것이라는 명제에 위반된다. 뿐만 아니라 진정한 의미에서의 공동체의 토대를 파괴한다. 나의 생명이 다른 사람의 생명에 대하여 투쟁적 관계에 있다는 것을 드러낸다.

몸을 숨긴 사람이 어머니와 아이만이었다면, 어머니가 살기 위하여 아이를 죽이는 일은 일어나지 않을 가능성이 크다. 어머니와 아이 사이에는 합리적 계산으로 환원될 수 없는 일체성이 있다. 다른 경우에도 사람과 사람의 관계에는 이러한 일체성은 아니라고 하더라도 합리적 계산을 초월하는 상호 긍정의 유대가 있다. 어머니와 아이의 관계가 사람들의 마음에 영원한 호소력을 갖는 것은 그것이 이러한 유대의 원형이 되기 때문이다. 어머니와 아이를 넘어선 넓은 의미의 인간 공동체에 있어서도 숫자로 환원할 수 없는 개체적 생명의 절대성과 그것에 기초한 유대는 존재론적 이상이라 할 수 있다.

물론 이러한 이상이 현실에 실현되지는 아니한다. 앞에서 말한 침공받은 마을에서 사람들의 생존을 위하여 아이가 희생되게 되는 것은 흔히 일어날 수 있는 일이다. 그런 상황에서 아이를 죽인 어머니는 단순한 윤리로써 쉽게 재단될 수 없을 것이다. 반드시 이와 비슷한 극한적 상황이 아닐지라도 다수의 사람의 삶이 관련된 일에서 — 가령 정치 행동의 장에서 — 윤리적이라거나 비윤리적이라고 한쪽으로만 말할 수 없는 결정이 일어나는 것은 드문 일이 아니다. 말할 것도 없이 최선의 길은 최선의 양심의 관점에서 행동하는 것이다. 그러나 이와 함께 현실 상황에 복잡한 차원이 있다고 인정하는 것은 인간의 실존적 조건을 이해하는 데에 필수적인 일이다. 인간적인 사회는, 이 복합성에 대한 충분한 성찰적 깊이를 유지하는 사회이다.

과거사 문제가 정치계의 의제가 되고 있다. 이것이 정쟁의 도구로 전락하는 것을 피하려면, 역사의 상황에는 서로 모순되는 여러 요인들이 있고 이것들이 간단히 해소되지 못하는 것일 수 있다는 것을 인정하여야 한다. 어떤 사람들은 박정희 대통령 치하에서 이루어진 경제 발전이 막중한 역사적 업적을 나타낸다고 생각한다. 다른 어떤 사람들은 그의 독재 아래에서 일어난 여러 희생과 왜곡에 대한 철저한 규명과 구상 조치가 있어야 한다고 생각한다.

한국이 세계 국가 공동체의 일원이 되는 데에 반드시 필요한 조건의 하나가 경제 발전이었고, 그것이 박정희 대통령 치하에서 이루어졌다는 것을 부정하기는 어렵다. 그러나 그것이 그의 독재에 저항한 사람들의 투쟁과 희생의 고귀함을 부정하지는 못한다. 진정한 양심으로부터의 행동은, 그것이 역사의 진로에 반대되는 것일 경우에도 그 자체로 의미를 갖는다. 그런데 우리의 과거사에서 이러한 행동은 다음 단계의 발전을 준비하는 것이기도 하였다.

역사와 양심의 행위는 일치하기도 하고 일치하지 않기도 한다. 역사는 인간의 윤리적 또는 비윤리적 행동을 넘어서 진행된다. 가장 큰 윤리는 그 비극적 모순 앞에 겸허해지는 것으로부터 시작한다.

(2005년 2월 17일)

한류와 문화의 산업화

　근년에 자주 듣는 말에 문화 산업이란 말이 있다. 이 말이 우리 사회에서 어떻게 쓰이게 되었는지는 분명하지 않지만, 서구에서 그것은 한때 문화의 타락 상태를 비판하는 말로 많이 사용되었다. 그것은 자본주의 체제의 가치 전도를 나타내는 것이 문화의 산업화라는 것을 지적하는 데 자주 등장했던 말이다. 그러나 요즘에 와서 이러한 비판은 자취를 감추었고 문화의 산업화는 당연한 것이 되었다. 그뿐 아니라 문화 자체도 한시바삐 산업으로서의 명분을 확립함으로써만 존재를 정당화할 수 있다고 생각하게 되었다.

　이것은 비판이 일던 서구에서도 그러하지만 한국에서 특히 그러하다. '한류'라는 말로 표현되는 한국 문화 해외 진출의 의의를 간단히 헤아릴 수는 없지만, 이를 환영하는 것은 그것이 경제적 진출과 민족적·국가적 위신의 선양에 관계되기 때문이다. 같은 심리는 해외에서 이름을 떨치는 기업들에 대한 국민적 태도 밑에도 놓여 있다. 민족은 많은 일에 있어 정당성의 근거가 되지만, 한류에 대한 자랑스러운 마음의 밑에는 경제 민족주의가 들어 있다.

한류와 같은 현상에서 느끼는 자부심에 이의를 달 수는 없다. 싫든 좋든 국제적 경쟁 속에 휩쓸리지 않을 수 없는 오늘의 상황에서, 수입 일변도로 밖으로부터 기술과 제도, 상품과 문화를 받아들이고, 알게 모르게 열등한 위치를 강요당하였던 나라가 이제 문화 수출국이 된다는 생각은 긍지를 되살리는 데 중요하게 작용할 수밖에 없다. 다만 걱정스러운 것은 문화 일반을 전적으로 경제와 정치 그리고 국제적 경쟁력의 관점에서만 생각하는 일이다.

문화 산업을 비판하는 사회 이론가들의 핵심은 문화의 산업화가 그 자율성을 말살한다는 것이었다. 문화가 다른 목적에 의하여 정당화될 필요가 없이 독자적인 영역으로 존재하는 일이 중요한 것은, 문화의 자율성이 스스로 느끼고 생각하고 행동하는 인간의 자율성에 대한 중요한 증언이기 때문이었다. 자연의 아름다움이나 예술 작품은 칸트식으로 말하여 "목적이 없는 목적성"을 나타낸다. 윤리적으로 이것은 인간이 그 자체로 목적이 되는 존재라는 생각으로 이어진다. 이러나저러나 일체 경제나 정치, 민족이나 국가라는 틀 속에서만 존재 의의를 얻게 되어 있는 삶이 행복한 삶일 수는 없다.

그러나 아무리 독자적인 영역으로 존재해야 하는 것이 문화라고 하더라도 사람의 삶에 기여하는 바가 없다면, 그것을 존중할 이유는 없다고 할 수 있다. 또 전통적으로 문화의 자율성은 삶의 물질적 구속을 벗어날 만한 특권적 위치로 인하여 가능했다고 할 수 있다. 그러면서 비로소 그것은 사람의 활동의 어떤 부분, 어떤 국면 그리고 궁극적으로 사람의 존재의 이유 없는 목적성을 확인하는 데에 중요한 역할을 하였다. 그러나 사람의 많은 다른 일이나 마찬가지로 그 존재 방식의 모순이 바로 문화가 현실에 작용하는 방식이라고 할 수도 있다. 문화와 경제의 관계에 있어서도 이것은 마찬가지다. 문화 또는 인간의 정신적 가치는 반드시 경제에 종속됨으로써만 경제에 기여하는 것이 아니다. 최근에 와서 많이 이야기되는 미국과 유럽 사회의 대조는 이 관계의 복잡성을 예시해 준다.

　미국은 아마 오늘날 가장 순수하게 경제 논리가 지배하는 사회라고 할 수 있을 것이다. 경제 논리는 국가적 이데올로기의 일부다. 이에 대하여 문화는 정치와 경제 밖에 있는 중요한 삶의 구역으로 생각되지 않는다. 그것이 적극적으로 삶의 일부가 되는 것은 오락 산업의 일부가 됨으로써이다. 상대적인 말이기는 하지만, 유럽에서 문화는 조금 더 그 나름의 무게를 가진 자율적인 존재로서의 위치를 인정받고 있는 것으로 보인다. 정치나 경제적 의의가 없는 문화에 대한 국가적 지원이 정당한 지출로 인정된다는 점에서도 그러하지만, 적어도 문화적인 고려 또는 그것에 밀접하게 관련되어 있는 사회·윤리적 고려가 정치와 경제에 반영된다는 점에서 그러하다. 그런데 놀라운 것은 경제나 정치 이외의 보다 복합적인 가치와 목표를 체제 속에 수용하는 유럽 여러 나라들의 경제 성적이 미국을 앞지른다는 보고들이다. 뉴욕 대학의 정치학자 토니 주트(Tony Judt)의 최근의 한 서평은 이러한 보고를 잘 요약하고 있다.(서평의 대상에는 최근에 우리나라를 다녀간 제러미 리프킨(Jeremy Rifkin)의 저서가 포함되어 있다.)

　유럽 여러 나라가 복지 혜택 — 실업 수당, 연금, 유아 보육비, 의료비 등의 이른바 복지 혜택에 있어서 미국에 앞서 있다는 것은 잘 알려져 있다. 노동 시간이나 휴가에 있어서도 유럽인들은 더 많은 것을 누린다. 사회적 부의 분배는 훨씬 평등하다. 소득 격차에 있어 제조업 부문의 최고 경영자와 평균 노동자의 수입 격차는 미국이 475 대 1이고 스웨덴이 13 대 1이다. 놀라운 것은 이러한 사회 정책에도 대부분의 경제 지표들에서 유럽이 미국에 앞선다는 사실이다. 유럽 여러 나라들의 개인 국민 소득이 미국보다 높다는 것은 자주 보도되는 사실이다. 유럽의 시간당 국내 국민 총생산은 미국 수준을 7퍼센트쯤 밑도는 나라도 있지만 아일랜드, 네덜란드, 노르웨이, 벨기에, 룩셈부르크, 독일과 프랑스의 경우 미국을 앞지른다. 유럽의 경제 풍토는 중소기업을 창업하고 유지하는 데에 더 우호적이고, 그런 만큼 중소기업은 고용을 높이는 데에 크게 기여한다. 실업 수준은 유럽이 높지만, 임금 수준과 실업 보상의 관점에서 고용의 사회 조건이 반드시 미국만 못하다고 할 수는 없다. 의료와 교육에 있어서 투자되는 총액으로 볼 때, 미국은 훨씬 많은 돈을 지출하고 있지만, 결과는 유럽에 미치지 못한다.(미국의 사립 명문대의 모델에서 배워야 한다는 논의는 교육의 총체적인 결과보다는 일부 효과에 대한 것이다.) 유럽의 사회 지출은 경제 성장에 장애가 되는 것으로 알려져 있지만, 현실은 그 정반대다. 윈스턴 처칠까지도 "아이의 입에 우유를 들어가게 하는 것보다 나은 사회적 투자는 없다."라고 말한 바 있거니와, 사회 복지는 최선의 투자가 된다는 것이 증명된 것이다.

그러나 이렇게 말하는 것은 다시 한 번 경제 만능주의에 굴복하는 것일 수 있다. 아이의 입에 우유를 들어가게 하는 것은 경제적 투자로서가 아니라 그 자체로서 의미가 있는 일이기 때문이다. 토니 주트는 이 서평에서 미국인이 부와 크기와 풍요를 추구하는 것은 행복을 모르기 때문이라는 유럽인들의 생각을 전하고 있다. 경제나 정치는 행복의 구조적 조건은 되지만, 그것을 창조하지는 못한다. 행복은 보통의 삶에 있고, 조금 더 큰 행복은 문화가 만들어 내는 인간과 세계에 대한 긍정에서 온다. 이 긍정이 보통의 삶의 의미를 뒷받침한다. 문화는 삶의 바른 균형의 유지를 위한 힘이고, 경제를 포함하여 삶의 경영은 삶의 조건 전체와 당면한 과업을 조정하는 행위이다. 문화와 경제는 대등하면서도 서로 도울 수 있는 관계에 있다. 유럽이 말해 주는 이야기의 하나는 이러한 가능성에 관한 것이다.

(2005년 2월 3일)

노벨 문학상과 보편성

그 전에도 더러 받은 질문이지만, 프랑크푸르트 도서전시회 일에 참여하면서 다시 한 번 자주 받는 질문이 노벨 문학상 수상의 가능성에 대한 것이다. 도서전의 주요 행사를 통해 한국 문학이 독일과 유럽에 크게 진출할 것이고 그와 관련해 노벨상 수상의 가능성이 크게 커지는 것이 아닌가 하는 기대감 때문일 것이다. 그 배경에 있는 것은 이제 한국도 세계 국가 공동체의 떳떳한 일원이 되었고, 그 사실에 대해 세계적인 인정이 있어야 마땅하다는 느낌일 것이다.

노벨상에 관한 질문을 받을 때면, 나는 농담 비슷하게 "도대체 그것이 받을 만한 상인가 하고 거리를 두고 생각할 정도로 여유가 생길 때 받을 것"이라고 말해 왔다. 또는 시카고 대학의 심리학자 칙센트미하이(Mihaly Csikszentmihalyi) 교수가 노벨상 수상자에 대한 연구서에서, 노벨상 수상자들이 상보다는 계속되는 연구를 보람 있고 의미 있는 것으로 생각한다고 전한 보고를 들어, 중요한 것은 외적인 인정이 아니라 자기 충실이라고 말하기도 했다. 한국의 여러 정황으로 보아 노벨 문학상 수상자는 불원간에 나오고 말 것이다. 여기에 대해 조급하게 묻고 답할 필요가 없을 것으로 보이지만, 그 문제를 잠깐 생각해 보는 것은 우리의 문화적 상황을 되돌아보는 의미는 가질 것이다.

노벨상을 수상할 만한 문학 작품은 세계 여러 사회 여러 층의 독자에게 또는 여러 배경의 심사원에게 호소력을 가져야 하는 만큼, 세계 문학으로서의 보편성을 지녀야 한다. ── 흔히 말하여지는 이러한 생각은 과히 틀린 말이 아닐 것이다. 다만 이 보편성은 여러 가지로 생각될 수 있는 것이다. 우선 현실에 기초하지 않은 보편성은 존재하지 않는다는 현실주의적 입장이 있다. 그 관점에서 보편성이란 오늘 세계의 패권적 질서를 반영하는 어떤 기준을 말할 뿐이다. 수상에 로비와 판촉의 중요성을 말하는 것은 이 현실주의를 조금 더 냉소적으로 취하는 또 다른 하나의 입장을 나타낸다. 그렇게까지 생각하지 않아도 현대적 세계를 만들어 낸 것이 서구라고 할 때, 문학에서도 서구 전통에 서 있거나 서구적 모범을 채택한 작품들이 문학의 보다 보편적인 기준에 맞는다고 생각되기 쉬운 것은 틀림없는 사실이다.

그러나 다른 한편으로 현실에 있어서 비슷하게 높은 평가를 받는 작품이나 작가가 경합하는 경우 더 유리한 것은 서구나 미국의 작가이기보다는 비서구의 작가일 가능성이 크다. 이것은 보다 넓은 시각으로 오늘의 문학을 바라보려는 노력이 패권의 세계에도 존재한다는 증거라고 할 수 있다. 그러나 이 시각 안에서도 무엇이 중요한가에 대한 문제의식은 구미의 관점에서 정리된 것일 수 있다. 그것은 그 나름의 세계 의제를 가지고 있다. 보편적이란 그 의제에 맞아 들어간다는 것을 말한다.

물론 문학의 우열이 반드시 어떤 의제의 범위 안에 있는 주제에 의하여서만 결정된다는 말은 아니다. 많은 것은 이야기와 표현의 절실함으로 결정된다. 그러나 표현의 수범에도 서구적 관점은 작용한다. 이러한 의제에 관계되는 것일 때 보다 보편적 내용이 있는 것으로 판단되기 쉽다. 인권의 문제나, 인종적·정치적·종교적 분쟁 등을 주제로 가진 작가들이 상을 받은 예를 우리는 상당수 떠올릴 수 있다. 오늘날 어떤 사회가 부딪친 문제를 분석하는 데에 흔히 사용되는 개념적 도구인 계급, 인종, 성, 종교, 빈곤, 환경 파괴 등의 개념들도 서구적 발상에 이어져 있다. 이러한 개념들의 힘은 그 보편적 타당성에서 온다. 그리고 우리 사회에서도 타당한 사회 이해의 수단이 되어 있다. 그러면서도 그것이 서구적인 가치 체계 속에서 쉽게 공명한다는 사실은 부정할 수 없다. 그러나 이렇게 말하는 것은, 시대적 편향성을 피하기는 어렵지만, 문학의 세계적 평가 기준에 참다운 보편성이 작용한다는 것을 말하는 것이라고 할 수 있다. 그렇기는 하나 보편성의 처방에 따라 쓰인 작품이 좋은 작품이 될 것이라고 말할 수는 없다. 문학의 진정성은 처방이나 의식적 고안을 넘어가는 데에서 발견되는 것이기 때문이다. 문학은 인위적 구성을 넘어가는 인간 존재의 자발성을 보여줌으로써 참다운 호소력을 갖는다. 자폐적 심성이 천재의 특징의 하나라는 심리학의 연구가 있지만, 진정한 작가도 대체로 자신만의 관심과 표현에 자폐적으로 집착하는 면이 있다.

이것은 옹고집의 자기중심주의를 말하는 것은 아니다. 이 집착이란 주어진 주제에 집중하는 능력과 훈련을 말하는 것 이외의 다른 것이 아니다. 그러면서 필요한 것은, 자신만의 주제를 보다 넓고 많은 가능성 속에서 검토하는 일이다. 작가가 사회적인 문제를 다루는 경우 그는 보편적인 세계의 문제를 다루는 것이 아니라 자신이 사는 사회의 문제에 전념하지만, 단지 그것을 보다 보편적인 문제의 지평에서 살피는 것이다. 이 지평은 오늘의 세계에서 찾아볼 수 있는 많은 범례들이 구성하고 동시에, 골똘한 생각 또는 창조적 상상력이 열어 놓을 수 있는 삶의 가능성 일체를 말한다. 그리고 이것은 우리의 주어진 삶의 현실 속에 그대로 들어 있는 가능성이다.

이것은 작가가 적어도 그 마음의 한쪽에서 사유의 보편성에 스스로를 맡기고 그 위험을 무릅써야 한다는 것을 말한다. 정해진 선악의 구도나 이념의 틀에 사로잡힌 작품이 진정한 보편성을 가진 작품으로서 성공하기 어려운 것은 그것이 이러한 사유의 모험을 피하는 일이기 때문이다. 작품에서 일체의 선악의 기준, 현실 이해의 추상적 체계가 없어야 한다는 말은 아니다. 다만 그러한 것이 있다고 해도 그것은 구체적인 상황의 열린 가능성에 부딪칠 때, 해체되고 재구성됨으로써 다시 태어난다. 물론 이러한 재구성의 실험이 성공한다는 보장은 없다. 세상에는 관점에 따라서 얼마나 많은 선이 있을 수 있는가. 또 관점은 얼마나 많을 수 있는가. 헤겔은 두 개의 선이 양립할 수 없는 모순 속에서 갈등을 일으키는 상황을 비극의 정의로 삼았다. 또는 그의 생각을 다시 빌려, 구체적인 현실의 과정에서, "최대의 정의는 최대의 해"를 의미할 수도 있다. 그러나 이러한 경우에도 관용과 동정 그리고 결단의 필요에 대한 실존적 진리는 확인된다.

이러한 생각의 모험은 모든 깊은 사상에는 물론 문학적 성취에도 들어 있는 것이지만, 이것을 유독 서구와 현대의 산물로 볼 수도 있다. 서구의 근대적 발달이 가져온 사회의 다원화가 삶과 그 표현의 다원성을 생각할 수 있게 했기 때문이다. 앞에서 말한 바와 같이 한국에도 노벨상이 돌아올 때가 됐다는 느낌은 우리가 서양이 만들어 놓은 현대 세계에 진입하였다는 느낌에 병행하는 것일 것이다.

그러나 우리는 아직도 당면한 문제들을 현실의 넓은 변증법 속에서 생각하는 것을 두려워한다. 이것은 사회와 정치에서도 그러하지만, 문학에 있어서도 그러하다. 이런 점으로 판단하건대, 노벨상이 우리 차례에 돌아오는 것은 조금은 더, 그러나 너무 오래는 아니게, 기다려야 할 것이다.

(2005년 1월 20일)

새해 소원 성취를 위하여

정월은 복을 기원하고 소원 성취를 말하는 때다. 소원과 관계하여 나의 기억에 남는 말의 하나는, 20여 년 전 인도의 작가 라자 라오(Raja Rao)와의 만남에서 들었던 것이다. 우연히 만나게 된 사람의 우연한 말이, 아주 구체적으로 현실을 사는 지혜를 담고 있기에 머리에 남는 수가 있다. 하지만 라자 라오의 말이 잊혀지지 않는 것은 그것이 그러한 지혜를 담은 듯하면서도 너무나 엉뚱한 말이었기 때문이다.

그를 만난 것은 하와이의 어떤 작은 문학 모임에서였다. 우리는 모임이 끝난 다음 하와이 대학의 정원에 앉아 이런저런 이야기를 나누게 됐다. 그는 인도에서 태어나 유럽과 미국을 떠돌며 문학 수업을 하면서 앙드레 지드나 헤르만 헤세 등 20세기 초의 서구의 문인들을 만난 얘기를 했다. 그러던 중 그는 자신의 일생을 전체적으로 요약하려는 듯 "내가 원하는 것은 다 이루어졌다."라고 말했다. 그때 그는 일흔이 조금 넘은 나이였다. 그의 말에 대해 느끼는 나의 놀라움을 알아차렸는지, 그는 이어 "원하는 것이 실현되는 것은 기다림의 문제"라고 덧붙였다.

원하는 것이 다 실현된다는 게 가능한 일일까? 그러나 후에 그의 말을 생각하게 되면서, 나는 그것이 전혀 틀린 말은 아닌 듯한 느낌을 갖곤 했다. 내가 본 사람들 가운데에도 어떤 일을 꼭 해 보겠다는 사람은 언젠가는 그 일이나 그것과 비슷한 일을 하고 있는 것 같았고, 어디를 꼭 가 봐야겠다는 사람은 여행이 쉽지 않은 그 시절에도 거기에 가 있는 것을 발견했다. 어떤 사람이 자기가 원하는 곳이 아닌 곳에 있다면, 그것은 스스로도 깨닫지 못한 자신의 소원 때문에 그렇게 된 것이라고 설명할 수도 있을 것이 아닌가 했다. 토마스 만은 프로이트에 관한 수필에서 사람의 의지 ― 무의식 안의 의지를 포함한 의지 ― 가 사람의 운명이라는 말을 하고 있지만, 운명은 내가 모르던 나의 의지의 표현일 수도 있을 것이었다.

그런데 참으로 내 소원이 다 성취되는 일이 좋은 일일까? 더구나 요즘 세상에서는 소원이 그것의 한결 사나운 형태인 욕망이 됐는데, 그 추구는 참으로 좋은 결과를 가져오는 것일까? 진정한 행복과 보람이 욕망 달성에 있는가 하는 문제를 떠나서, 사회적으로 나의 욕망 추구는 다른 사람들과의 격렬한 충돌을 가져올 가능성이 크다. 또 만일 모든 사람이 나와 같은 욕망을 갖는다면, 사회는 만인 전쟁의 소용돌이에 휩쓸릴 것이다. 또 설령 모든 사람의 모든 욕망의 달성이 가능하다고 하더라도 그것은 궁극적으로 지구 환경의 황폐화를 가져올 것이다. 그렇기는 하나 이러한 객관적 제약이 있다는 것을 접어 둔다면, 욕망을 조금 더 너그럽게 생각하지 못할 이유가 없다는 견해도 있을 수 있다. 억압적 기제와 도덕주의를 버린다면, 사람의 마음에 일어나는 욕망은 충족될 만한 것이기 때문에 일어나는 것이고 그 모든 욕망이 실현돼서 나쁠 것이 없다고도 할 수 있다. 마치 마르크스가 역사는 해결할 수 있는 문제만을 인간에게 제기한다고 한 것처럼.

그러나 마르크스의 이 말을 욕망에 적용하면, 그것은 조금 특이한 의미를 갖게 될 것이다. 즉 그것은 욕망이 현실이 될 수 있다는 말이기도 하지만 반대로 현실이 욕망을 만들어 낸다는 말이 되기도 한다. 그렇다면 사실 내가 그렇게 실현하고자 하는 나의 욕망은 나의 것이 아니라 현실이 나에게 준 남의 욕망일 뿐이다. 이것은 소비주의 사회의 욕망을 논하는 사람들이 계속적으로 지적해 온 사실이다. 욕망의 실현이 자아의 실현에 일치하는 것일 수는 없다. 예로부터 삶의 교사들이 참다운 삶이란 욕망을 버리는 것을 배워 가는 과정이라고 말한 데에는 이러한 뜻도 있을 것이다. 욕망을 버리는 것은 반드시 밖에서 오는 압력으로 인한 것이 아니라 진정한 자기로 돌아가기 위한 일이 되는 것이다.

라자 라오가 자신의 소원이 모두 이뤄졌다고 한 것은 어쩌면 그의 소원이 많지 않기 때문인지 모른다. 그러나 욕망은 기다림을 필요로 하는 것이라면, 다른 욕망들을 단순화하는 역설을 스스로 안에 지니고 있다. 오랜 기다림을 필요로 하는 소원 또는 욕망은 그 실현을 위해 지속적인 노력을 요구한다. 그래서 그것 외의 다른 소원이나 욕망을 줄여야 하는 금욕이 불가피해진다. 인생을 배우고 쓰는 데 정진하는 작가의 삶도 다른 욕망의 삶을 희생함으로써 가능해진다. 이렇게 하여 라자 라오의 욕망은 단순해진 것이었을까.

그가 말한 기다림은 다른 의미를 가질 수도 있다. 하나의 욕망에 정진하는 사람은 욕망의 현실 조건을 받아들이고, 그러면서 현실로 하여금 나의 욕망에 답하게 하는 법을 배워야 한다. 욕망의 과정은 현실에 대한 학습의 과정이다. 이 학습 과정에서 사람은 자기를 창조하고 자기를 실현한다. 그래서 욕망은 진정한 자기실현의 욕망으로 바뀌게 된다. 이때 그의 처음 욕망은 하나의 방편이라는 의미를 가질 뿐이다.

라자 라오는 그때의 문학 모임에서 또 다른 기억할 만한 말을 했다. 서양 소설의 심리 묘사에서 보는 바와 같은 심리란 서양이 만들어 낸 도착증이며, 인간의 모든 것은 오직 형이상학적으로만 이해될 수 있다는 것이었다. 그렇다면 인간의 욕망도 형이상학적으로 이해되어야 할 어떤 것이다. 그 형이상학적 의미는 무엇인가? 그것이 무엇이든지 적어도 그것을 생각해 본다는 것은 사회가 감염시킨 부질없는 욕망이나 또는 인간의 욕망 일체로부터 거리를 유지하면서 사물을 보다 넓은 틀 안에서 생각한다는 것을 뜻할 수 있다. 여기에서 생겨나는 넓은 관점은 형이상의 세계가 아니라 형이하의 세계에서 살아가는 데도 도움이 되는 일일지 모른다. 욕망은 이와 같이 착잡한 진로를 가지고 있다. 그중 착잡한 것은 욕망의 사회적 진로다. 욕망의 대부분이 사회로부터 오는 것이라면, 사회는 그 실현의 방도를 가지고 있다고 말할 수 있다. 방도는 비교적 환하게 보이는 것일 수도 있고 그렇지 않을 수도 있다. 방도가 있다고 해서 모든 사람의 모든 욕망의 실현이 당장에 가능한 것은 아니다. 많은 경우 욕망의 실현은 기다림을 요구할 것이다. 이 기다림에서 노력과 성취가 인과 관계를 이루는 것은 삶의 보람을 더하는 일이다.

어쨌든 사회를 욕망의 기구로 본다면, 규칙의 명징성과 기구로서의 투명성은 그 특징을 이루어 마땅하다. 많은 사회적·정치적 노력은 이 기구의 명징성과 투명성을 위한 노력이다. 그러나 욕망의 기구에서 가장 중요한 것은 어떤 종류의 욕망이 달성될 만한 것인가를 결정하는 일이다. 물론 이것을 완전히 정치적으로 정하는 것은 전체주의적 사회에서나 가능한 일이다. 자유로운 사회에서 이것은 문화적으로 형성돼야 마땅하다. 그러나 문화는 형이상학적 깊이를 가진 것일 수도 있고 그러지 못한 것일 수도 있다.

새해의 소원이 달성된다면 그 이상 좋은 일이 없겠지만, 그 소원은 그 사회 기구 그리고 궁극적으로 그 형이상학의 테두리 속에 거두어들여짐으로써 참으로 삶의 보람을 높이는 소원이어야 할 것이다.

(2005년 1월 6일)

2장

이념과 현실

저무는 2004년을 돌아보며

이 칼럼을 쓰기 시작한 지도 1년이 넘었다. 첫 한두 칼럼을 쓰고 난 후 몇달 동안은 미국의 한 대학에서 강의할 일이 있어서 그곳에서 글을 써 보낼 수밖에 없었다. 가 있던 대학이 마침 한국계 주민이 많은 미국의 서해안이어서, 방송을 통해 한국의 뉴스를 대강은 접할 수 있었다. 그러나 충분한 것은 아니어서 답답한 느낌이 드는 것을 어찌할 수 없었다. 전에도 다른 나라 다른 곳에서, 국내 뉴스를 거의 접하지 못하면서 상당 기간 지낸 일이 있었다. 이런 경우 급한 마음이 생기다가도 소식을 못 듣는다고 큰일이 나는 것은 아니라는 것을 되풀이하여 깨닫는다. 정치 밖에 서 있는 사람에게 당연한 일이기도 하지만, 뉴스의 사건 보도에는 그런 면이 있다고 할 수도 있다. 어떤 사건이 일어나고 그에 대한 뉴스가 터져 나올 때에는 급해 보이다가도, 일단 지나고 나면 초조하게 여길 일이 아니었는데 하는 느낌을 갖는 것이다.

올해 초의 큰 사건은 대통령 탄핵이었다. 그러나 그것은 큰 정치적·사회적 재난을 가져오는 일이 없이 마감됐다. 정치적으로 큰 사건임에는 틀림이 없었지만, 그 일은 없었던 일처럼 되었다. 그 후로도 사안들이 있었지만, 큰일이 없이 마감됐거나 흐지부지된 것이 많았던 것 같다.

나라는 깨어져도 산하는 여전하고 성 안에 봄은 온다는 식으로 유장하게 생각하는 것이 늘 옳다는 말은 아니다. 나라와 세상에 큰일이 날 수 있는 것은 물론이다. 또 나라에는 관계없더라도 어떤 개인에게 하늘이 무너지는 듯한 일이 잠깐 사이에도 일어날 수 있다. 그러나 올 한 해를 되돌아보면 다사다난이라는 말을 생각하지 아니할 수 없지만, 대체적으로는 다른 해와 다름없이 '대과 없이' 헤쳐 나온 한 해라는 느낌이 든다. 나라에 큰 정치적 과제가 있고 경제가 어렵고 그에 따라 살림이 편치 못한 부분이 있는 것은 사실이지만, 더러 듣듯이 나라의 이른바 '펀더멘털(기반)'은 괜찮을 것이다. 그렇다면 우리가 신경을 써야 할 일도 그때그때 우리를 흥분하게 하는 사건이 아니라 사회의 근본에 관계되는 일이어야 마땅할 것이다.

최근에 볼 수 있었던 흥밋거리 뉴스 가운데 미국 보스턴 시에서 330년 전에 제정된 '인디언 구금법'을 폐기하기로 했다는 뉴스가 있었다. 이것은 1675년 인디언의 무장 봉기와 관련해 인디언의 보스턴 출입을 통제하려는 목적의 법이다. 폐지하겠다는 것이 흥미로운 것은 그 법의 실효가 없어진 것도 벌써 수백 년이기 때문이다.

법은 아니지만 대학의 규정으로 하버드 대학에도 비슷한 것이 있다. 대학의 중심부에는 아직도 옛 교정의 자취가 남아 있는데, 하버드의 교수는 이 교정의 풀밭에 가축을 놓아먹일 권리가 있다는 학교의 규정이 있다. 하지만 그 규정에 따라 그곳에 가축을 기르는 교수는 없다는 사실을 대학의 한 소개 책자는 농담 삼아 지적하고 있다. 느슨한 법체계를 가지고 있는 영미법의 나라에는 이와 비슷하게 실효는 없으면서 폐기되지 않은 법들이 많이 있을 것이다.

하버드의 교정에 관한 규정이나 보스턴 시의 '인디언 구금법'은 폐지와 존속이 긴박한 현실적 의미를 갖지 않는 것들이다. 그리하여 그것은 흥밋거리의 사건이 된다. 그러나 이러한 사례는 단순히 웃음을 자아내는 이상의 흥미의 대상이 될 수도 있다. 이 오래된 법의 문제는 영미법 국가들에서의 법률 행위의 유장함, 체계의 비형식성 등을 생각하게 한다. 그리고 그것은 사람의 사는 환경으로서 중요한 것이 법이나 정치의 형식적 체계보다는 사회라는 사실을 상기하게 한다. 법이 사람의 삶의 조건을 규정하는 것은 사실이지만, 더 중요한 것은 사회이고, 이것은 그 나름의 원리를 가지고 있다. 그리하여 그것은 공식적인 제도를 뒷받침하기도 하고 무력화하기도 한다. 여러 나라에서 법은 사회를 앞질러 나가는 것보다는 이미 이룩된 사회적 성취를 형식적으로 추인하는 의미를 갖는 경우가 많다.

우리는 대체로 사회생활 일체를 정치 행위로 바로잡아야 한다고 생각하는 경향이 강하다. 우리나라 사람들이 크게 관심을 가지고 있는 것이 한글 맞춤법을 포함하여 바른 국어 사용의 문제이다.(지금도 국회에 국어 기본법안이 상정되어 있다.) 나는 우리말 로마자 표기 개정을 다루는 정부 주도의 회의에 참석한 일이 있지만, 그러한 회의에서 나를 놀라게 하는 것은 그 논의의 열기다. 논의에는 단지 언어학의 이론만이 아니고 민주화의 필요나 민족정기론까지 등장해 열기를 북돋운다. 프랑스처럼 국어를 국가 기관에서 관장하고 있는 나라도 있기는 하지만, 영미의 경우 이것은 완전히 사회적 관습에 맡겨져 있다. 그러나 그 때문에 영어에 큰 문제가 있다는 소식은 별로 듣지 못한다.

우리는 사회 현상에서도 일반적으로 정치와 법 또는 권력에 의한 규정이 모든 것을 결정할 수 있다고 생각한다. 사회의 삶은 그것 나름대로의 움직임이 있고 사람들이 그 움직임의 지속 속에서 합의나 협약에 도달할 수도 있다는 것을 믿지 않는다. 물론 삶의 바탕으로서의 사회가 그 자체적인 원리만으로 돌아가도록 내버려 둘 수는 없는 일이다. 다시 보스턴 시의 문제로 돌아가서, 현실에 직접적인 의미를 갖지 않는 듯한, '인디언 구금법'도 현실에 전혀 관계가 없는 것은 아니다. 보스턴 시장은 폐기를 제안하면서 "증오와 차별은 보스턴 시에 설 자리가 없으며, 관용과 평등 그리고 상호 존중— 이러한 것만이 우리 시의 중요 특징"이라고 폐기의 이유를 설명하고 있다. '인디언 구금법' 폐기는 이러한 민주 사회의 근본 원칙을 다시 한 번 확인하는 일이 될 것이다. 그리고 이것을 재확인할 필요가 있는 것이 지금의 보스턴의 실정이고 미국의 실정일 것이다.

사회는 그 스스로의 원리로 움직여 가는 것이되, 그 원리는 민주주의와 정의의 인도주의적 원칙에 맞는 것이어야 한다. 이것을 잊지 않게 하는 노력은 필요한 것이다. 그것을 모두가 준수하여야 할 현실 행위의 규범이 되게 하는 것은 정치와 법률이다. 그러나 정치와 법의 일직선적인 힘으로 사회적 삶을 쉽게 움직일 수 있다고 생각하는 것은 그 점착성과 유체성을 잘못 이해하는 것이다.

해럴드 라스웰(Harold Lasswell)이라는 정치학자는 나라의 통치자를 바다를 가는 배의 선장에 비유해 말한 일이 있다. 그러나 이 선장은 아무 데도 가지 않는 배를 지휘하는 선장이다. 나는 옛날에 이러한 비유에 접하면서, 이것은 선진국에 해당하는 말일지 모르나 한국처럼 해야 할 일이 많은 나라에는 해당될 수 없다고 생각하였다. 한국은 가야 할 곳이 있는 배이다. 그렇기는 하나 나라라는 배가 앞으로 나아가는 데에는 늘 서둘러 가서만 좋은 것은 아니다. 단순히 배를 떠 있게 하고 배에 탄 사람들이 고루 편안한가를 살피는 일이 중요한 때도 있다. 그것이 먼 순항에 도움을 준다.

한국이라는 배가 가야 할 곳이 있는 것은 분명하지만, 나라의 근본을 돌아보면서 조금 느긋하게 숨을 고르는 시간을 갖는 것도 필요한 일이 아닌가한다. 이것이 금년이 지는 지금의 시점에서 마음에 일어나는 생각의 하나다.

(2004년 12월 23일)

수능 부정 그리고 양심 교육

이번 수능 시험 부정은 입시 관할이 소홀해서 일어난 것이겠으나, 사회 전체의 도덕적 위기의 한 증상을 드러내 주는 사건이라고 할 수도 있다. 우리 청소년들이 스스로의 양심에 따라 행동할 수 있는 인간으로 자라나지 못하고, 우리 사회가 정상적인 성장을 뒷받침해 주지 못한 결과라고도 할 수 있기 때문이다.

사람을 규칙에 따라 행동하게 하는 방법의 하나는 감시와 처벌을 무섭게 하는 것이다. 그러나 강제되는 규칙이 반드시 만족할 만한 질서가 있는 사회를 만들지는 못한다. 감시와 처벌이 이완되면 규칙 위반은 다시 일어나게 된다. 또 사람 사는 일에는 한정된 규칙으로만 단속할 수 없는 부분이 너무나 많다. 예상하지 못한 수많은 일들은 현장에서의 판단을 요구한다. 이것이 뛰어난 판단력을 가진 사람이 필요한 이유다. 그래서 무서운 규칙의 사회는 능률적이고 전향적인 사회가 되기 어렵다.

좋은 사회는 무서운 규칙의 사회보다는 성숙한 도덕적 판단력을 가진 사람들이 사는 사회다. 교육에 있어서도 감시와 처벌을 엄격하게 하여 규칙을 엄수하게 할 수 있다. 그러나 교육에서는 사회의 경우와는 달리 대처 방안에 있어서 자율적인 도덕의식이 우선하는 것이 옳다고 할 것이다. 교육의 중요한 목적의 하나가 바로 개인적으로나 사회적으로나 스스로의 양심에 따라 행동할 수 있는 인간을 기르는 일이기 때문이다. 자라나는 청소년이 어떻게 양심적인 사람으로 성장하는가? 도덕의 문제에 있어서 가장 중요한 것은 일상적 생활에서의 실제적인 모범이다. 적어도 아직까지는 우리 사회가 그러한 모범을 쉽게 볼 수 있는 사회라고 할 수는 없다. 제도적으로, 책임은 물론 교육에 있다. 지금의 교육이 인간 교육을 등한히 하고 있다는 것은 흔히 지적되는 사실이다. 그 대신 지식의 전달이 그 핵심을 차지하고 있다. 그러나 지식도 인간적 성취와 보람에 참여하는 기회보다는 세간적 이점 획득을 위한 수단으로서만 간주된다. 지식의 산업화는 이것을 한층 보편화한다.

그러나 사회의 도덕적 상황을 지나치게 비관적으로 보는 것은 성급할지 모른다. 수능 부정이 널리 퍼진 상황에서도 인천의 제물포고등학교를 비롯한 몇몇 학교에서는 수십 년간 감독 없는 시험을 큰 차질 없이 실시해 왔다고 한다. 이러한 사례는 우리에게 양심이 어떻게 길러지는가 하는 문제에 대한 좋은 반성의 자료가 된다.

제물포고등학교에서 무감독 시험을 설명하면서 내세운 "양심은 내 영혼의 소리"라는 표어는 문제의 핵심을 나타내는 말이다. 양심은 밖에서 투입되는 것이 아니라 사람의 내면에서 스스로 다져 내는 마음의 원리다. 양심을 기르고 다지는 일은 한 사람 한 사람이 스스로 해내는 도리밖에 없다. 모든 문제에 행정적·제도적 대응, 즉 외면적 대응을 생각하는 관점에서는 이것은 무책임한 일이다. 감독 없는 상황에서 시험을 치르는 것은 위험한 일이다. 부정이 저질러지고 규칙을 지키는 학생이 손해를 볼 수도 있다. 그리고 무엇보다도 양심적인 학생도 부정행위의 유혹에 노출될 수 있다.

각자가 스스로의 길을 홀로 가는 데 따르는 위험과 유혹에 어떻게 대처할 것인가. 거기에 대한 한 방어책은 공동체의 힘을 빌리는 것이다. 모든 학생이 같이 참여하고 있다는 의식은 중요한 정신적 압력으로 작용한다. 이것을 공식화하는 것은 시험 전의 맹세라는 의식 절차다. 이 의식을 통해 학생들은 명예 공동체에 속하게 된다. 그리하여 명예롭게 행동하는 것은 공동체적 존경의 대상이 된다.

그러나 양심의 형성 과정에 더 중요한 것은 그것이, 공동체의 테두리 속에 있기는 하지만, 궁극적으로 학생 개개인의 자유의사 속에서 이루어진다는 사실이다. 앞에서 말한 위험은 학생 하나하나가 스스로의 자유를 행사하는 데에 따르는 위험이다. 이 자유 속에서 개개인에게 규칙은 자신의 일부가 된다. 그리하여 양심에 따라 행동한다는 것은 공동체의 규칙에 순응한다는 것 이상으로 자신에 충실하고 자신의 긍지 속에 산다는 것을 의미한다. 제물포고등학교 학생들이 부정으로 얻은 100점에 의해 높이 평가되는 것보다는 스스로의 명예 속에 얻어진 1점을 존중하는 것은 자신에 대한 높은 프라이드다. 중요한 것은 외부적인 척도보다는 자신이 정하는 높은 자기실현의 이상이다.

양심의 내면적 과정에는 또 하나의 중요한 심리적 역학이 있다. 자신의 내면으로 돌아간다는 것은 내면의 여러 개인적인 필요와 충동, 그리고 욕망과 대결한다는 것을 말한다. 이것은 참으로 위험한 것일 수도 있다. 그러나 이 위험은 개인이 스스로의 안에 숨어 있는 요구들을 더 높은 원리에 의하여 순치하고 통일하는 기회가 된다. 이 통일을 통하여 높은 가치를 지향하는 깊은 내면의 자아가 탄생한다. 이 자아를 지닌 사람은 경직된 도덕적 양심 이상의 높은 인간성 ─나의 다양한 인간적 가능성과 함께 나오는 다를 수밖에 없는 다른 사람의 가능성을 이해하고, 그리고 궁극적으로 나의 존귀함과 함께 다른 사람의 존귀함을 아는 사람이다.

우리 교육과 사회에서 발견하기 쉽지 않은 것이 이러한 자아 형성의 기회이고 그것을 뒷받침해 줄 수 있는 사회 기구다. 우리의 사회적 편견의 하나는 양심을 대체로 커다란 명분으로 표현되는 공동체적 명령으로만 생각한다는 것이다. 그리하여 그 외 부분에서의 행동은 방편적인 의미 — 어떤 때는 공동체적 명분의 달성을 위한 전략의 의미만을 갖는다. 그래서 일상적 삶에서의 양심은 중요한 것이 아니게 된다. 외면적으로 이해된 양심은 무서운 규칙과 구분이 되지 않는 강제력이다.

여기에서 양심이 개인의 자유와 존귀함에 기초한 삶의 원리라는 면은 소거돼 버린다. 이러한 양심이 지배하는 사회도 양심이 없는 사회보다는 나을지 모른다. 그러나 그것은 참으로 인간적인 사회는 아니다. 그리고 무서운 규칙과 처벌의 사회처럼, 그것은 능률적이고 전향적인 사회일 수는 없다.

싫든 좋든 그 이름으로 도덕적 의무를 강요할 수 있는 공동체가 사라져 가고 있는 것이 오늘의 현실이다. 적어도 그 구속력은 도처에서 새어 나가고 있다. 경제 팽창과 세계화는 경계선들이 무너진다는 것을 의미한다. 앞으로의 세계에서 사람의 삶을 사람답게 유지해 줄 수 있는 유일한 버팀목은 개인의 양심밖에 없다고 할 수도 있다. 그것은 작은 집단 속에서 또는 거의 자습으로만 다져질 수 있는 것일른지 모른다. 그것은 어지러운 사회에서 개인이 자신의 삶을 뜻있게 살아가는 데에 필수적인 도구다. 그러나 건전한 도덕적 판단력은 세계화 속에서 번영하는 사회에서도 번영을 지탱해 주는 근본 토대다. 도덕의 와해와 필요는 세계화의 역설의 하나이다.

(2004년 12월 9일)

자격증과 실력

최근 대학 교수의 가짜 박사 학위에 대한 보도가 몇 건 있었다. 박사 학위가 교수 채용에 중요한 요건이 되기 시작할 무렵에는 가짜 학위 사건이 요즘보다 더 자주 등장했다. 그럴 때면 나는 왜 그것이 문제가 되는가를 나 나름으로 궁리해 보곤 했다. 가짜 박사 학위를 가진 사람이 대학에 취직했을 때 그가 참으로 가짜라면 교육이나 연구에서, 가짜라는 게 드러나게 될 것이다. 만약에 그것이 드러나지 않으면 그것은 학위야 어찌 됐든 그가 진짜라는 것을 말하는 것이 아닌가. 그 경우 학위증의 진위는 별 의미가 없는 사실이 될 것이다. 이러한 생각이 가능하지 않을까 한 것이다.

물론 이러한 생각은 대학의 교수를 단순히 전문 분야 지식의 전달자나 생산자라고 규정한 다음에 가능한 것이다. 교수를 도덕적 모범이라고 보게 되면, 가짜 학위 소지자는 도덕성에 결함이 있는 것이다. 그런데 박사 학위의 진위를 문제 삼는 것은 대체로 그 사람의 학문의 진정성을 문제 삼는 것으로 생각하는 경향이 있다. 적어도 이 점에서는 조금 다시 생각해 볼 여지가 있다고 할 수 있다. 물론 사표(師表)로서의 교수라는 문제를 떠나서도 학문의 윤리와 삶의 윤리 사이에는 일정한 연속성이 있다. 도덕의 관점에서 기본적인 정직성이 없는 곳에 학문이 요구하는 사실과 논리의 엄밀성의 기준이 지켜지기를 기대하기는 어려울 수밖에 없다. 그렇기는 하나 학위와 학문의 관계만을 볼 때 둘 사이에 필연적인 관계가 있는 것은 아니다. 학문 세계에서의 진위는 자격증이 아니라 계속적인 수행으로 결정된다. 한 번의 학업에 대한 증명이 이 수행의 수월성을 보장할 수는 없다. 도덕성 또는 사람 됨됨이가 문제라면, 그것은 더욱 자격증으로 보증될 수는 없는 것이다.

대학 교수의 학위뿐만 아니라 졸업증을 포함한 다른 형식적인 인증의 경우도 그것과 실력 그리고 사람 됨됨이 사이에 확실한 보증의 관계가 있는 것은 아니다. 일을 해내는 능력으로 본다면 학교에서 일정한 과정을 학습한 사람보다는 현장에서 일을 배운 사람이 대체로 더 낫다. —— 이러한 사실 조사의 결과에 근거해 미국의 개혁 사상가 폴 굿맨은 1960년대에 미국 교육 제도의 대혁신을 주장한 일이 있다. 초·중·고 교육을 마친 모든 젊은이들에게 현장 수련의 기회를 주고, 대학은 이론적인 지적 욕구를 갖는 직장 경험자를 위해 순수 학문의 전당이 되게 하자는 것이었다. 이것은 비현실적인 제안임에 틀림없다. 그러나 적어도 이러한 제도하에서는 사람들의 능력이 증명서 그리고 그것의 근거가 되는 짧은 시간의 시험으로 측정되지는 않을 것이다.

사람들의 능력은 상당 기간 동안 지켜본 결과와 성실성 그리고 사람 됨됨이의 총화를 의미한다. 이러한 총체적인 능력은 확연하게 정의될 수 있는 공동체 내에서만 평가될 수 있다. 물론 그 신빙성은 공동체의 진정성을 전제한다. 관여된 공동체 자체가 일정한 도덕과 지식의 기준을 가진 것이 아니라면 평가가 믿을 만한 것이 될 수는 없다. 물론 거기에도 한계는 있을 수 있다. 공동체는 대부분의 경우 개인의 자유와 창의성에 억압적인 제어 장치의 역할을 할 수 있는 것이기 때문이다.

그러나 간단히 생각하면, 공동체의 요건은 신뢰와 인간 능력의 우발성에 대한 낙천적 믿음으로 족하다고 할 수도 있다. 19세기 말~20세기 초의 프랑스 소설가 폴 부르제(Paul Bourget)의 미국 여행담에는 출신이나 학교 등의 배경을 확인하지도 않은 채 본인의 말만 듣고 기차에서 만난 사람을 자신의 사업장에 채용하는 사업가를 보고 놀라워하는 대목이 있다. 이것은 신뢰의 모험을 감당할 수 있는 여유 있는 사회의 이야기라고 하겠지만, 사실 사람이 하는 일의 많은 부분은 기회와 모험과 우연 그리고 능력과 성실한 수행, 이러한 것들이 예측할 수 없는 방식으로 한데 엮어져 일어나는 기적이다. 부르제가 본 미국 사회는 이러한 능력과 우연의 놀이를 낙관적으로 받아들인 것이다.

인간의 능력이 참으로 몇 시간의 서면 시험의 성적으로 평가될 수 있을까. 오랜 과학적 실험으로 확립된 듯한 이른바 지능 검사에 대해서도 여러 가지 좋지 못한 사회적 효과를 가진 '인간의 오측(誤測)'에 불과하다는 비판이 존재한다. 시험 성적의 경우 오측의 확률이 더욱 클 것이다. 그것이 하나의 지표임에는 틀림이 없지만, 가장 믿을 만한 지표는 아닐 가능성이 크다. 다만 믿을 만한 공동체가 존재하지 않을 때 시험 성적의 중요성은 커질 수밖에 없다. 그리고 계량화된 성적은 경쟁의 장에서 싸움을 방지하는 데 중요한 수단으로 일정한 역할을 맡는다.

그러나 그것이 마치 절대적 의미를 가진 것처럼 생각하고 모든 평가의 문제를 거기에 수렴시키는 것은 인간 능력의 사회적 동력학을 잘못 이해하는 일이다. 인간 능력의 평가는 보다 총체적으로 그리고 다양하게 이루어지는 것이 마땅하다. 이와 더불어 인정해야 할 것은 사람의 일에는——물론 대학 입시의 경우에도——엄밀한 보장이 존재하기 어렵고 우연과 모험이 따르게 마련이라는 사실이다. 이러한 이야기는 지금의 시점에서 대학에 입학 원서를 내야 하는 학생들이나 학부모에게는 도움이 안 되는 한가한 이야기밖에 되지 않겠다. 하지만 사회 전체로서 지나친 학교의 서열화나 그로 인한 교육과 사회의 비정화를 완화하기 위해 가끔은 상기해야 하는 이야기다.

다시 가짜 학위의 문제로 돌아가자. 요즘 대학에 근무하는 사람들은 진짜 학위를 가졌더라도 계속 업적 심사를 받지 않으면 안 되게 돼 있다. 이 사실은 바로 학위가 학문의 보증이 되지 못한다는 것을 나타내는 것이라고 할 수 있다. 그러나 지금 시행되고 있는 제도는 자격증 제도를 강화하는 것에 불과하다는 인상을 준다. 평가는 평가의 범주를 한정하고 기준을 정할 것을 필요로 한다. 그리고 요즘 우리 대학들에서 평가의 결과는 대체로 수량적 측정의 형태로 집계된다. 그런데 미리 정해 놓은 범주와 기준 그리고 계량화가 사람의 정신의 업적을 헤아리는 가장 좋은 척도는 되지 아니한다. 그리고 미리 정해 놓은 측정의 기준들은 참다운 창의적 업적을 바르게 알아보지 못하게 할 가능성을 가지고 있다.

우리의 평가 제도들이 가지고 있는 문제의 하나는 객관적 평가에 대한 허망한 믿음이다. 진정으로 객관적인 것은 깊고 넓은 주관적 평가다. 그것은 온전한 학문의 공동체 안에서만 형성된다. 대학 입시와 같은 데에 이러한 이상을 현실화하기는 어렵다. 그러나 이러한 이상을 되돌아보고 현실을 그에 견주어 평가해 보는 것이 부질없는 일만은 아니다.

(2004년 11월 25일)

부시 재선과 미美 민주 제도

이번 미국 대통령 선거는 막중한 세계적 이슈들이 관계돼 있는 것이었던 만큼 선거 뒤에도 수많은 분석과 해석의 대상이 되고 있다. 반대 의견을 표명한 사람들에게 부시 대통령의 잘못은 너무나 분명했다. 명분없는 이라크 전쟁, 국제 관계에 있어서 미국을 고립시킨 일방주의. 국내 정책에 있어서 고용, 의료, 교육, 사회, 문화 정책의 후퇴. 아부 그라이브의 고문에 드러난 바와 같은 인권과 기본 질서의 손상. 또 환경과 과학 정책에 있어서의 무관심과 왜곡 등. 그가 저지른 잘못은 국민에게 새삼스럽게 열거해 보일 필요도 없는 것이었다. 또 이라크 전쟁은 제쳐 둔다 하더라도 부시 대통령의 정책이 실업과 불평등의 심화를 가져왔다는 것은 국민 다수에게 일상적 현실로 체험되는 것이었다. 이 관점에서 볼 때 부시 대통령의 재선은 국민에 의한, 국민의 이익에 반하는 선택을 의미했다.

해설가들이 풀고자 하는 것은 이 이해하기 어려운 국민의 선택이다. 가장 설득력 있는 설명으로 제시된 것은 유권자의 선택이 정책과 사실의 냉철한 검토에 의해서가 아니라 믿음과 감정에 의해 결정됐다는 것이다. 즉

동성 결혼이나 낙태의 문제 등에 있어서 보수적 도덕규범의 옹호, 기독교 원리주의의 신앙, 전시 상황의 애국심과 같은 게 크게 작용했다고 보는 것이다. 또 감정과 이성의 대립으로 설명하기도 한다. 멘켄(H. L. Mencken)은 일찍이 "미국민의 지능 지수를 얕잡아 보아 한푼이라도 손해 본 사람은 없다."라고 독설한 일이 있다. 이번 선거를 감정과 이성의 대립의 관점에서 본다면, 멘켄의 독설이 지적하는 미국의 전통적 반지성주의가 다시 한 번 위력을 발휘한 것이다.

그러나 미국 사회의 지적 수준의 문제는 조금 더 복잡하다. 국가 전체로 미국의 지적 능력을 낮게 볼 수는 없다. 지금 과학 기술의 분야에서 어느 나라보다 앞서 있는 것이 미국이라는 것은 많은 사람이 인정하는 사실이다. 미국의 지적 능력이 과학 기술에만 한정된다고 보는 것도 옳지는 않다. 그리고 미국의 사회적·인문적 지식인들이 정치적으로 무관심하다고 말할 수도 없다. 이번 선거에서처럼 다수 지식인이 반(反)부시의 입장을 분명히 하고, 선거에 적극적으로 개입하고자 했던 일은 일찍이 찾아볼 수 없었다. 대중 매체들도 다수가 어느 때보다 분명하게 입장을 밝혀 부시 반대, 케리 지지를 천명했다. 그러나 분명한 것은 이러한 공적 지식인의 영향력이 정치에서 중요한 변수로 작용하지 않았다는 사실이다. 이것은 미국의 지적 수준보다도 미국 사회에서의 지식인과 지식의 사회에 대한 관계, 소외된 관계로써 설명돼야 할 것으로 보인다.

앞에서 말한 반지성주의의 한 뿌리는 민주주의의 성격에서 나온다. 미국에서 돈은 불평등의 가장 중요한 요인이지만, 돈을 버는 일은 적어도 이론에 있어서는 모든 사람에게 열려 있는 길로 생각된다. 이에 반대로 지적 능력은 세습적 특권과 비슷하게 모든 사람에게 열려 있을 수 없는 특권으로 보이는 데가 있다. 더 중요한 것은 미국의 지식인이 대체로 살고 있는 지역 사회와 유기적 관계를 가지고 있지 않다는 사실이다. 캘리포니아 대학 교수의 지위나 명성은 버클리 시나 샌프란시스코 시 또는 캘리포니아 주에서 공적인 의미를 갖지 아니한다. 학문적 우수성은 공동체적인 지위나 존경과 별 관계가 없다. 그것은 사회 속으로 삼투돼 들어가지 아니한다. 지식인의 모든 지적·사회적·인간적 관계는 전적으로 대학과 학계 안에서만 의미를 갖는다.

이것은 다분히 미국 학계를 지배하고 있는 기능주의적 조직과 이념의 결과다. 학문은 정해진 목적에 봉사하는 전략적 사고로서 기능하는 한도에서만 사회와 관계된다. 더 많은 경우 기능주의의 이념은 학문을 순수한 전문성에 국한시킨다. 가령 구미의 여러 나라에서 마르크스주의 이론이 가장 정치하게 발달한 나라는 미국일 것이다. 어느 유럽 학자의 지적으로는 그 정치함은 학문의 사회적 소외에 대한 한 증표다. 사회 이론만이 아니라 문학이나 인문 과학의 이론의 경우에도 사정은 비슷하다. 여기에 날로 정치해지는 이론들이 있지만 그것은 전문 학도들 사이에서만 통용되는 이론들이다. 그러니까 보통 사람의 경우 그들의 정신생활이 원리주의적 기독교 신앙 또는 시골 생활의 무반성적 관행에 맡겨지는 것은 극히 자연스러운 일이다.

지식인 또는 지식 자체가 공동체로부터 소외된 데는 미국이라는 나라의 물리적 거대성에도 원인이 있다. 이 물리적 조건은 지적 풍토와 기이한 연계 관계를 갖는다. 이번 선거에 대한 흥미로운 분석의 하나는 미국의 다른 지역과 뉴욕 시의 투표 경향을 대비시킨 《뉴욕 타임스》의 한 칼럼이다. 9·11 테러의 희생지인 뉴욕 시는 압도적으로 케리 후보를 지지했다. 시의 중심부인 맨해튼과 브롱크스에서의 부시 지지표는 16.7퍼센트에 불과했다. 원인을 생각하면, 뉴욕과 같이 인구 밀도가 높은 지역에서는 사람들이 저절로 의견과 삶의 방식의 다양성을 받아들일 수밖에 없게 된다. 이것이 그들로 하여금 부시 대통령의 '나쁜 놈은 없애라'는 흑백 논리에 넘어가지

않게 했을 것이라는 것이다.

그런데 이것은 바로 가치와 믿음이 아니라, 정책과 사실을 중시하는 이성적 태도에 상통하는 것이다. 상황을 미리 재단하고 나서는 게 아니라, 복합적인 사실들의 인과 관계를 해부 분석한 다음 총체적인 이해에 입각해 가장 적절한 해결책을 찾으려는 것이 이성의 방법이기 때문이다. 이러한 이성적 태도의 발전에 도시적 환경은 자연스러운 기반이 된다고 할 수 있다. 사회 일반의 합리적 상식은 공부보다는 복합적 현실의 체험을 통해서 생겨난다. 그것이 지적인 설득에 귀를 기울일 마음의 상태를 준비하는 것이다.

그러나 중요한 것은 인구 밀도가 아니라 사고의 밀도이다. 하나의 원리, 또는 범할 수 없는 몇 개의 개념으로 만사를 풀어내는 이데올로기가 사고의 밀도를 낮추는 역할을 한다는 것은 새삼스럽게 말할 필요도 없다. 부시 대통령과 그 주변의 인사들이 사실에 대한 면밀한 검토보다는 신념과 그에 입각한 굽힘 없는 추진력을 중요시하는 사람들이라는 것은 자주 지적된 바 있다. 그들에게서 신념과 사회적 조건은 상호 상승 작용을 일으킨 것으로 말할 수도 있다.

현명한 민주주의는 정치 제도로서만 보장되지 아니한다. 밀도 있는 사고와 그것을 뒷받침하는 사회와 문화가 없이는 현명한 사회적 선택은 불가능하다. 미국의 선거가 끝나고 난 다음 여러 분석을 접하면서 멀리서 도출할 수 있는 교훈의 하나는 이 점에 관한 것이다.

(2004년 11월 11일)

노무현 정부의 위상과 비전

    모든 나라는 그 나름의 특성이 있고, 그에 맞는 정부를 가지고 있다. 따라서 어떤 나라나 정부를 한 가지로 규정하는 것은 사실에 맞지 않는 단순화이다. 그러나 동시에 나라 그리고 특히 정부는 대체적으로 일반화할 수 있는 성격이나 방향을 가지고 있다. 그리고 정부의 구성에 국민적 선택이 있어야 하는 현대에 와서 그 성격에 대한 일반적 이해는 정치 과정의 요건이기도 하다.

    원시 공동체가 사라진 지금의 시점에서 세계의 정부들은 사실 그 성격 또는 총체적 정책 지향의 관점에서 간단히 분류될 수 있는 면이 있다. 단순한 분류로 오늘날 가능한 정치 체제와 그 성격은 위로부터의 전제 또는 독재, 자유 민주주의, 사회 민주주의 그리고 공산주의라는 말들로 규정될 수 있다. 그러나 이 시점에서 대부분 사회에서의 현실적 선택이 자유 민주주의와 사회 민주주의 정부에 한정되는 것으로 보인다. 군주, 지도자 또는 어떤 특정 집단에 의한 전제 정치가 계속적으로 국민 주권 체제로 대체되어 온 것이 현대의 세계사이고, 그 결과 특수한 조건하에서가 아니면 이러한 전제 체제가 유지되기 어려운 것이 오늘의 현실이 된 것으로 보인다. 공산주의는 소련권의 사회주의 체제의 붕괴로, 정치 조직의 원리로서 그 현실성에 치명타를 입었다. 대체로 그 체제가 국민적 열망의 목표가 되는 상황을 생각하기는 어렵다고 할 수밖에 없다.

지난 수십 년간 우리의 정치사는 민주주의를 향해 앞으로 나아간 것이었다. 그러나 민주주의도 여러 가지의 민주주의가 가능하다고 하겠다. 민주주의를 향한 움직임에서 처음에 중요한 것은 신체나 표현의 자유 또는 정치적 기본권 —공정한 선거를 통한 정치 참여의 권리 등 —을 확보하는 것이었으나, 곧 사회적 권리에 대한 요구가 민주화의 내용적 요구로서 등장하였다. 김대중 정부에서 민주주의와 시장 경제를 다 같이 발전시키겠다고 말한 것은 이러한 이중의 요구를 정책의 방향으로 삼겠다는 의지를 표명한 것이다. 그러나 사회적 권리에 대한 요구는 노무현 정부의 등장과 더불어 더욱 강해진 것으로 보인다. 적어도 이러한 흐름에 있어서 우리 사회의 그동안의 움직임은 일종의 사회 민주주의를 지향했던 것으로 해석된다.

우리나라에서 사회 민주주의가 합리적 토의의 대상이 되는 일은 그렇게 많지 않다. 물론 그 전 정부로부터 계승된 건강 보험이나 국민연금 등의 제도가 있고, 여러 가지 사회적 요구 —특히 분배와 신분 상승의 평등 —를 향한 분노와 원한의 외침이 분출되고 있다. 노무현 정부는 여기에 격려와 지지를 보낸다는 인상을 준다. 그러나 그러한 요구를 하나의 합리적이고 체계화된 정치적 사고로, 그리고 물론 그에 따른 제도로서 생각해 보자는 제안은 사회 내에 별로 보이지 않는다. 정부의 경우도 그렇다.

어쩌면 그 이유 중의 하나는 사회 민주주의에 첨가되는 사회주의란 말이 하나의 금기어가 된 것과도 관계가 있을 것이다. 우리나라에서는 그것이 폭력 혁명을 연상시킬 수 있다. 그러나 이름과 내용은 조금씩 다르지만,

유럽의 많은 국가들은 사회 민주주의 또는 민주 사회주의를 표방한다. 그렇다고 스웨덴, 영국, 독일 등을 혁명적 사회주의 국가라고 부를 사람은 없을 것이다.

논의야 어쨌든 되풀이해 우리 정부가 말하지는 않지만 사회 민주주의 또는 통합적 사회 정책이 실현되고 있는가? 박노승《경향신문》논설위원이 얼마 전의 논설에서 "분배 정책 있기나 한 건가?" 하고 큰 의문을 제기한 것은 많은 사람들의 공감을 의문문으로 표현한 것일 것이다. 물론 분배가 사회 민주주의의 전부는 아니다. 그러나 그 일부임에 틀림없다. 정부가 명운을 걸고 내놓는다는 수도 이전 그리고 4대 개혁 법안은, 그 당위성 여부를 떠나서 아마 그 내용에 있어서 대부분 다른 사회 민주 국가에서 사회 민주주의 정책을 위한 것으로 이해할 법안이라 할 수 없다.

10월 초에 사회 민주주의 정당이라고 할 수 있는 영국의 집권당인 노동당의 당 대회가 있었다. 이 기회에 신문에 블레어 정권에 대한 여러 가지 평가가 나왔지만, 적어도 국내 정책에서는 크게 성공을 거둔 블레어 정부의 재집권의 확실성을 말하는 평가들이 있었다. 그것은 경제 성장, 고용, 복지 대책에서의 성공을 두고 말한 것이다. 정치 제도나 교육 부분에서 새로 고친 것이 적지 않지만, 아마 국민에게 가장 직접적인 호소력을 가진 것은 의료 제도의 개선과 같은 것일 것이다. 영국의 사회 의료 보험 제도하에서 수술을 받으려면, 1997년에는 대기 기간이 18개월이었다. 그러나 블레어 정부는 이것을 18주로 단축했고, 2008년까지는 6주로 단축하겠다고 했다. 생활의 현실에 관계되는 것은 거창한 구호보다 이러한 것이다.

분배와 성장이 절대적으로 모순 관계에 있는 것처럼 말한다. 분배가 성장에 맞물려 있는 것은 새삼스럽게 말할 필요도 없다. 분배 없는 성장이 가능할까? 반대쪽으로부터 말하여, 자유 시장 경제의 국가적·사회적 정당성은 시장의 이윤 추구가 결국 나라의 부를 증대한다는 가정에서 온다. 궁극적으로 그렇다는 것이지만, 단기적으로도 사회적 분규로 영일이 없는 나라에는 자유 시장이 있을 수가 없다. 미국과 같은 나라의 경우에도 그러하다. 독일은 자본주의 세계에서 세 번째 부국이지만, 그 기본법은 독일 연방의 성격을 '사회 국가'로 규정해 놓고 있다. 한 독일의 정치학 사전의 정의를 인용해 보면, 그 말은 "자본주의 시장 경제에 따르는 생계상의 위험과 사회적 부작용을 그 안에서 정치적으로 해결하려 하는 민주주의 제도 내의…… '국가 제도' 일체를 말한다."

좌나 우에서 다 같이 경제 살리기를 말하고, 정부에서는 우리 식의 '뉴딜' 정책을 계획한다고 한다. 임기응변의 대책만으로는 정부의 정책에 대한 신뢰가 생겨날 수 없다. 정책은 일관된 철학으로 뒷받침돼야만 사람들 — 관료나 국민이나 기업인 — 에게 자신의 할 일을 기획할 수 있는 준거가 된다. 일관된 사회적 비전이 없이는 무엇보다도 국민 전체의 화해와 합의의 근거가 마련될 수 없다. 이런 경우 극한적인 대립과 긴장 속에서 정부의 일은 일진일퇴를 반복할 것이다. 사회 민주주의를 구태여 말할 필요도 없다. 유교의 민본 사상에도 그러한 이상은 들어 있다.

말해야 할 것은 모두 함께 사는 사회 비전이다. 그 실현에 긴장이 없을 수 없다. 그러나 긴장을 갈등과 투쟁으로 확대하는 분통의 정치는 별 도움이 될 수 없다. 긴장과 갈등의 문제에 대한 평화적 해결을 찾으려는 것이 화해의 비전에 기초한 일체적 합리성의 정책이다. 이것을 추구하는 것은 정부의 책임이다.

(2004년 10월 28일)

장미의 이름

11월의 미국 대통령 선거는 미국만의 일이 아니고 세계의 일이다. 미국 대통령은 세계 정세에 결정적인 영향을 미친다. 최근에 영국 《가디언》의 한 논평자는 미국의 대통령 선거에는 다른 나라 사람들도 투표할 수 있어야 한다고 주장한 바 있다. 현 미국 정부는 여기에 동의하지 않을 것이다. 유럽의 한 여론 조사 기구의 발표에 의하면, 부시에 대한 지지율은 독일에서 6퍼센트, 스페인에서 5퍼센트, 프랑스에서 4퍼센트에 불과하여, 유럽에서 투표한다면 케리 후보가 6 대 1의 표차로 당선될 것이기 때문이다. 물론 이 논평은 반농담의 논평이다. 지금의 세계에서 미국이든 유럽이든 자기 나라 선거에 다른 나라 국민의 투표를 허용할 나라는 없을 것이다.

그러나 농담이라도 이러한 주장은 바야흐로 세계 정부를 필요로 하는 시대가 도래하고 있다는 것을 말한다고 할 수 있다. 물론 그것이 가능하다고 하더라도, 사람이 살아야 하는 구체적인 틀로서 국가나 다른 지역 공동체가 무의미해지지는 아니할 것이다. 과제는 두 가지를 어떻게 병존시키느냐 하는 것이다. 그러나 세계 정부의 과제가 현실 문제가 되기 전에 우리는 미국의 대통령 선거전에서는 관전하는 데에 만족할 수밖에 없고, 할 수 있는 일이란 거기에서 어떤 정치나 도덕에 대한 교훈을 얻는 정도일 것이다.

미국 대통령 선거가 몇 주일 앞으로 다가오면서 지금 초점이 되어 있는 것은 두 후보의 텔레비전 토론인데, 토론의 기록을 가지고 국외자가 두 후보의 정책에 관한 여러 주장들을 정확히 평가할 수는 없다. 그러나 그러한 주장들의 주된 향방과 두 사람의 성격 차이는 비교적 쉽게 드러난다. 이것은 첫 토론이 있은 다음에, 세계적으로 유명한 셰익스피어 학자인 하버드 대학의 스티븐 그린블랫(Stephen Greenblatt) 교수가 《뉴욕 타임스》에 기고한 글에 흥미롭게 요약되어 있다. 그는 두 후보의 토론을 셰익스피어의 연극 「줄리어스 시저」에서 시저가 살해된 다음, 브루투스와 안토니우스가 행한 대중 연설에 비교한다.

이 연설에서 브루투스는 사태를 복잡하게 설명하면서, 시저를 죽여야 했던 자신의 행위를 합리적으로 정당화한다. 이에 대하여, 안토니우스는 시저의 죽음의 무참함과 자신의 감정의 진지함을 강조하면서 청중의 격정을 유발하고자 한다. 두 사람의 대결은 이성과 감정의 대결이라고 할 수 있는데, 결국 승리하는 것은 대중의 감정을 격발하는 데 성공한 안토니우스이다. 그의 승리는 전쟁과 유혈 그리고 로마 공화 정치의 붕괴로 이어지게 된다. 그린블랫 교수의 비교에서 안토니우스는 부시이고 브루투스는 케리이다. 그러나 그의 생각으로는 로마 역사에서와는 달리 결국 이성이 이기고 케리가 당선될 것이라고 시사한다.

미국 대통령 선거에서 민주당의 케리 후보에 대한 공격은 그의 정치적 입장이 과거에도 그렇고 지금에도 ─ 특히 이라크 전쟁과 관련하여 ─ 일관성이 없다는 것이다. 그린블랫의 생각으로는 복잡한 사태를 복잡하게 이해하는 데에 복잡한 견해가 있게 되는 것은 당연한 일이다. 케리의 견해가 우왕좌왕하는 것처럼 보이는 것은 현실에 정확히 대처하려 하기 때문이다. 부시가 되풀이하여 표명한 것은 전쟁 추진을 위한 강한 투지이다. 반대편에서 볼 때, 그것은 사태의 현실적 추이를 무시한 어리석은 아집에 불과하다. 그러나 그의 전략은 집단적 격정에 호소하자는 것이다. 물론 이 감정은 단순한 것이 아니라 애국이라는 배타적 명분에 연결되어 있다. 이러한 격정과 명분이 현실의 진상에 맞아 들어가는가 어떤가는 중요치 않다.

브루투스와 안토니우스 또는 케리와 부시의 대비에서 누구의 태도가 옳은 것인가를 떠나서 이러한 대비는 감정과 명분 그리고 명분이 불러일으키는 공적 격정이 정치 현장에서의 매우 중요한 구성 원소라는 사실을 상기시킨다. 그것은 위험한 화학 물질이 되지만, 아마 좋은 정치를 위해서도 이것 없이는 집단적 동력을 얻어 내기는 쉽지 않을 것이다. 그러나 이러한 감정적 동기에 추가하여 사실의 움직임에 대한 이성적 판단 없이는 정치는 사람이 살 만한 질서를 만들어 내는 것이 되지 못할 것이다.

사태에 정확히 대처함에 있어서 장해가 되기 쉬운 것은, 다시 말하여 감정 그 자체보다 감정을 유발하는 명분이다. 격정을 숨기고 있는 명분은 쉽게 정치 전략의 수단이 된다. 그것이 위험한 것은 사실을 정확히 검토하고 생각을 엄밀히 하여야 할 자리에서, 사실과 사고의 작업은 이미 끝났다는 확신을 주기 때문이다. 그린블랫 교수의 견해로는 케리의 말이 복잡한 것은 사실에 충실하려 한 결과이지만, 그것이 전부는 아니다. 거기에도 명분적 원인이 있다. 그도 벗어날 수 없는 배타적 애국주의의 명분이다. 다짐을 되풀이하여야 하는 애국주의가 그로 하여금 총체적으로 합리적인 중동 분쟁의 해결 방책을 제시하지 못하게 하는 것이다.

오늘의 미국 정치 현실에서 충성 맹세는 불가피한 일일 것이다. 물론 집단에 대한 충성심의 왜곡 효과는 어디에나 있다. 미국 대통령 선거에 세계 인민의 참가를 주장한 《가디언》의 농담 섞인 주장에도 그것은 들어 있다.

거기에서 말하는 세계란 문맥으로 보아 유럽을 의미한다. 자신도 모르게 집단의식을 수사의 전략으로 채택하게 되는 것이 모든 정치 담론의 숙명인지 모른다. 그러나 그에 대한 비판적 자기 점검은 문제를 바르게 보는 데 필수적인 사항이다.

미국이나 유럽은 그만두고, 감정과 명분이 현실에 대한 유연하고 합리적인 이해로부터 겉도는 예는 우리 정치에서 너무나 많이 보아 온 일이다. 사실 우리나라에서 정치적 수사는 전적으로 좋은 명분들을 중심으로 돌아간다. 격정의 전략을 숨겨 가진 명분의 정치 수사는 오늘의 사회적·정치적 긴장에 대하여 상당한 책임이 있다. 물론 명분, 그것이 나쁜 것은 아니다. 참명분은 수사의 전략의 일부로 동원되는 것이 아니라 숨어 있는 것이 보통이다. 「줄리어스 시저」에서, 브루투스도 명분의 인간이다. 그는 공적인 양심의 부름에 따라 행동한다. 안토니우스는 그의 연설에서 브루투스가 양심적 인간이라는 것을 무수히 반복하여 그것을 야유의 대상이 되게 한다. 이 되풀이로 마음속에 있던 양심은 정치적 도구라는 인상을 주게 된다. 브루투스가 로마 시민들의 신망을 잃게 되는 원인의 하나는 이 안토니우스에 의한 양심의 전략화에 있다.

셰익스피어의 연극에 나오는 유명한 말에 "이름이란 무엇인가? 우리가 장미라 부르는 것은 다른 어떤 이름으로 부르든 똑같이 향기롭다."라는 말이 있다. 이것은 「로미오와 줄리엣」에 나오는 말이지만, 사랑에서나 정치에서나 중요한 것은 이름보다 실질이다.

(2004년 10월 14일)

입시 제도의 반시대적 고찰

　대학 입시 제도는 지난 수십 년간 계속 고쳐 왔지만, 만족할 만한 제도를 지금까지 만들어 내지 못했다. 많은 사람들에게 그것을 고치거나 논하는 것은 무의미하다는 생각이 들지 모른다. 그렇기는 하지만, 이번 교육부가 내어놓은 개혁안은 조금 더 발전적인 것으로 평가할 만하다. 그렇다는 것은 좋은 성적, 좋은 학교라는 공식을 떠나 교육과 사회에 대한 조금 더 넓은 이해를 드러내 보이는 것으로 생각되기 때문이다.

　서울대에서 입시생을 과별로 선발할 때 과에 따라서는, 지원자는 정원을 초과했는데도 합격자 수는 정원 미달이 되는 경우가 있었다. 학교 측에서 지원자의 성적이 일정 기준에 미달한다고 판단하여 입학을 허가하지 않았던 것이다. 나는 오래전에 이를 비판하여 성적이 좋지 않은 학생이 서울대에서 공부하는 것이 왜 잘못된 일인가를 묻는 글을 쓴 일이 있었다.

　대학에서 학생의 입학을 거부하는 데에는 여러 가지 이유가 있을 수 있다. 이유들을 생각함에 있어서 옳은 방법은 원하는 학생 모두를 입학하게 해서 잘못될 것이 없다는 가정으로부터 출발하는 것이다. 이유는 이 가정에 비추어 정당화될 수 있는 것이라야 한다. 수용 능력의 부족은 정당한 이유가 될 수 있다. 격차가 있는 학생들이 함께 수업하는 것은 우수한 학생의 학습을 방해하는 것이 될지 모른다. 그리하여 그것은 입학을 제한하는 다른 이유가 될 수 있다.

그러나 이것은 학교의 수업 지도 능력에 얼마나 여유가 있는가 하는 문제에 연결되어 있다. 여러 층의 학생에게 여러 가지 학습 지도를 시행할 여유가 학교에 있다면 입학의 폭은 더 넓어질 수 있을 것이다. 하여튼 대전제는 사정이 허락하면, 원하는 학생들을 다 수용하여서 나쁠 것이 없다는 것이다. 이것은 국민의 세금으로 경영되는 국립대의 경우에 더욱 그러하다.

재능이 있고 열심히 공부한 학생이 보상을 받지 못한다는 것은 부당한 것이 아닌가? 이러한 의문이 있겠지만, 성적순 입학이 반드시 학생의 우수성을 바르게 반영한다고 할 수는 없다. 1~2점 차이로 또는 5점, 10점 차이로 합격, 불합격이 결정될 때 그것이 참으로 엄밀하게 자질과 성취도를 반영한다고 할 수 있을까? 그러한 점수 차이는 말하자면 운수와 우연의 소산일 가능성이 크다. 수치는 이 우연적 요소가 가져올 수 있는 분규를 피하는 수단에 불과하다. 그것이 참으로 수월성의 엄밀한 지표가 된다고 한다면, 이른바 사회의 지도층은 두고두고 수능 시험의 고득점자들로 채워져야 할 것이다.

자질과 준비의 우열이 없다는 것은 아니다. 그것을 측정한다고 할 때 그 방법은, 적어도 출발점에서는 100점 단위 또는 400점 단위의 숫자보다는 우·양·가와 같은, 또는 다른 대략적인 등급을 사용하는 것이 적절할 것이다. 또 비교 대상도 작은 규모의 단위 — 가령 지금 교육부에서 요구하는 것처럼 개별 학교를 단위로 하는 것이 합당할 것이다. 대체로 우수한 인재란 동네에서 출발하여 보다 넓은 세계로 단계적으로 나아가면서 드러나게 마련이다.

우수한 성취는 여러 복합적인 요인들의 결합으로 이루어진다. 우수해서 기회가 주어지기도 하지만, 기회가 주어져서 우수성을 드러내게 되는 경우도 많다. 얼마 전 나는 미국인 학부모와 이야기하면서, 그 어린 자녀가 악기를 배우고 있는가 하고 물은 일이 있다. 답은 이제 학교 오케스트라에 들어가면 배우게 될 것이라는 거였다. 이 대답으로 나는 내가 가진 경직된 전제가, 잘한 다음에야 뽑혀 들어가는 것이라는 사실을 깨닫게 되었다. 오케스트라에 들어가 음악에 접하면서 악기에 흥미를 가지게 되고, 거기에서 출발하여 아이의 마음에 악기를 잘해 볼 생각이 들 가능성이 생긴다는——그 학부모의 생각에는 이러한 보다 자연스러운 교육 과정의 이념이 들어 있었다.

뛰어난 과학자의 어린 시절이 별로 뛰어난 것이 아니었다는 것은 우리가 더러 듣는 이야기이다. 경우는 다르지만, 내년이면 아인슈타인의 상대성 이론 논문이 발표된 100주년이 되어 그를 기념하는 행사들이 세계 각처에서 준비되고 있다. 아인슈타인이 취리히 대학에 처음 제출한 논문은 불합격이 되었고, 다시 제출한 특수 상대성 이론을 주제로 한 논문도 환영을 받지 못하였다. 그의 고등학교 성적이 어떠했던지는 잘 모르지만, 이것은 적어도 진정한 성취의 평가가 세간의 기준에 쉽게 맞아 들어갈 수 없다는 예는 될 것이다.

우수하다는 것은 무엇을 말하는가? 그것은 세 가지의 기준에서 말할 수 있다. 어떤 우수성의 증표는 출세의 관문을 통과하는 데 필요하다. 보다 합리적인 것은 사회가 요구하는 일을 처리할 수 있는 능력의 우수성이다. 또는 우수하다는 것은 인간 능력의 완전하고 아름다운 발전을 말하는 것일 수도 있다. 이러한 우수성은 독자적 능력의 발휘를 요구하는 일이기 때문에 획일적인 측정을 쉽게 허용하지 않는다. 경쟁이 심해지고, 획일적이고 엄밀한 서열이 필수 사항이 되는 것은 출세가 절대적으로 중요한 경우이다. 사회가 요구하는 우수성은 다양할 수밖에 없다. 조선 회사가 잘되려면 우수한 경영자, 공학자, 용접공 등이 두루 필요하다.

사회적 기능의 수행에서, 또 자신의 능력의 완성에서 성실한 수행 능력을 가진 사람이 모두 그 나름으로 존중되고, 생활이나 사회적 인정이나 인생의 행복의 면에서 부당한 차별을 받지 않는다면, 인생의 출발 단계에서부터 경쟁적 싸움이 치열할 필요는 없을 것이다. 구소련 시대에 소련을 방문한 서방 방문자의 보고에 이러한 것이 있었다. 소련에서 구급차가 나가면 거기에는 의사와 간호사와 운전사가 있게 마련인데, 월급의 서열은 운전사, 간호사, 의사의 순이었다. 이것은 소련 사회의 불합리성을 지적한 것이지만, 이 세 신분에 대한 격차와 시새움이 비인간화를 낳는 사회도 좋은 사회일 수는 없다.

사회의 어떤 문제는 간단한 것처럼 보인다. 그러나 해결은 쉽지 않을 수 있다. 그것은 그 문제가 집단적 삶의 전체에 깊이 관계되어 있기 때문이다. 궁극적인 해결은 — 물론 사람의 일에 궁극적인 해결이란 없다고 해야겠지만 — 사회 전체의 유기적인 발전을 기다려야 한다. 그렇다고 그때그때 할 수 있는 일이 없는 것은 아니다. 그것은 그때그때의 상황에 대처하는 것이면서도, 근본적인 문제의 바탕을 바로잡는 데 기여하는 것이라야 한다. 교육 제도의 경우도 그러하다.

(2004년 9월 30일)

예술은 말 없는 세계인가

시인 성찬경 선생의 「중독」이라는 최근작은 "자나 깨나 음악 속에서 숨 쉬지 않고는" 살 수 없는 '소리 중독'을 말하고 있다. 중독의 정도에 차이는 있겠지만, 이것은 많은 사람들이 가지고 있는 병일 것이다. 이 병이 어디에 서 오는지에 대해서는 별로 좋은 설명이 없다. 음악은 다른 비슷한 행위, 가령 말을 주고받는 것과 마찬가지로 소통 행위라고 할 수 있다. 그러나 음악에서 말이 너무 앞서면 음악은 사라져 버리고 만다. 요즘 음악을 접하는 가장 손쉬운 통로는 라디오의 음악 방송이다. 그런데 이 방송 음악을 듣는 사람들은 음악에 붙는 잡담 또는 해설을 방송 공해로 여긴다. 그럼에도 해 설류의 잡담은 늘어 가고 음악회에까지 해설이 등장하는 것을 보게 된다.

모든 예술은 무언의 소통 행위라는 면을 가지고 있다. 다만 음악이 그것 을 가장 순수하게 구현하고 있을 뿐이다. 그리하여 모든 예술은 음악의 상 태를 지향한다는 말이 나온다. 문학은 말로 이루어지는 예술이다. 전달하 는 내용이 없을 수가 없다. 그러나 그것도 반드시 우리가 사는 현실에서 쓰 는 말과 같은 의미를 전달하는 것은 아니다. 이야기는 꾸며 낸 것이다. 어떤 의미론자는 보통의 의미 맥락이나 문법을 벗어나면서 이루어지는 말이 시라고 한다. 그림은 무엇을 말하려는 것일까? 화폭에 재현된 "항아리, 접시, 껍질을 반쯤 벗겨 놓은 레몬, 호두, 빵"—이러한 것들이 전달하려 하는 것은 무엇인가? 세상에 존재하는 많은 것은 그러한 물건이다. 그림에 그려졌든 그러지 않았든 무엇인가 의미가 없는 것은 아니겠지만, 그것을 분명하게 밝히기는 쉽지 않다.

예술이 주는 위안의 큰 부분은 그것이 무언의 전달이며 침묵의 세계를 가리킨다는 데에 있다. 이것은 말들이 차고 넘치는 정보와 소통의 시대인 현대에 와서 특히 그러하다. 그러나 '예술의 종말', '예술사의 종말'이라는 표현이 있지만, 말이 없는 예술은 역사 속으로 사라지는 것으로 보인다. 예술은 이제 정보 전달 매체의 일부가 되어 간다. 예술도 이제는 고고하게 홀로 있는 것이 아니라 관객에게 말을 걸고 충격을 주어야 한다. 설치 미술이 등장한 것은 이러한 사정과 관련이 있다. 관객을 끌어들여 거기에 작용을 가하는 데에는, 벽에 조용히 걸려 있거나 홀로 서 있는 예술 작품이 아니라 설치 미술의 현장 공간이 필요한 것이다. 지금 광주에서 비엔날레가 열리고 있지만 여기에서 주류를 이루고 있는 것은 그림이나 조각이 아니라 설치이다. 전시의 주요 의도는 이용우 예술총감독이 말하고 있듯이 관객의 참여다. 작품들은 처음부터 비엔날레 측에서 정해 준 '참여자'와의 대화를 거쳐서 제작되게 고안되었다. 그러니까 소통을 바탕으로 한 작품들이 출품된 것이다.

출품된 작품들이 대부분 강한 메시지를 가지고 있는 것은 당연하다. 그리고 그 메시지는 주로 정치적 성격의 것이다. 많은 메시지는 전쟁, 군사 독재, 폭력, 산업주의, 환경 파괴의 부정적 결과에 대한 것이다. 대중 전달의 경우에 그래야 하듯이, 이러한 것들은 많은 사람들이 이미 의식하고 있는 것들일 것이다. 그러나 전시회를 보면서 관객들은 이에 대하여 의식을 새로이 할 것임에 틀림없다.

내가 참석한 수상작 심사 위원회에서도 의도된 것은 아니었겠지만 정치적 작품들이 가장 큰 관심의 대상이 되었다. 그러나 정치적 메시지가 예술 작품의 존재를 완전히 결정하지는 아니하였다. 오늘의 세계정세로 보아 가장 중요한 메시지는 최초의 원자탄 제작에 사용된 기계 장치들을 수집하여 전시한 짐 샌본(Jin Sanborn)의 설치에 들어 있다고 할 수 있다. 설치되어 있는 기기들을 보면서 우리는 지극히 정상적으로 보이는 기계 장치와 가공할 폭탄의 파괴력 사이에 존재하는 간극의 엄청남에 전율하지 아니할 수 없다. 그러나 이 장치들은 상상적 변용을 거치지 않은 자료에 그친 감이 없지 않다. 수상작이 되지 못한 것은 여기에 관계될 것이다.

상상력의 한 기능은 체험적 진실을 밝히는 수단이 되는 데에 있다. 정치적 사건을 다룬 설치에 광주 사태를 주제로 한 것과 부안 원전 폐기물 처리장 반대 운동을 주제로 한 것이 있는데, 외국에서 온 심사원들에게 앞의 것은 주의를 끈 데 반하여 뒤의 것은 그러지 못하였다. 그것은 반드시 광주 사태가 국제적으로 알려진 데 비해 부안의 문제는 잘 알려지지 않은 때문만은 아니었을 것이다. 광주 사태의 설치는 소박한 대로 관계되어 있는 인간적 고통의 기억을 다시 살리려는 것인데, 부안을 다룬 작품은 문제의 체험적 차원보다 투쟁에 관계된 집단적 행동주의를 강조한다는 인상을 주었다.

이러한 차이가 의미를 갖는다면 그것은, 메시지가 중요하더라도 적어도 예술의 메시지는 동정적으로 재현되는 삶의 체험적 현실에 근거하는 메시지여야 한다는 것을 뜻하는 것일 것이다. 그런데 참으로 예술이 무언의 소통으로 삶의 진실을 전달하는 시대는 가 버린 것일까. 앞에서 그림의 소재로 나열한 "항아리, 접시……" 등의 물건은 폴란드의 노벨상 수상 시인 체슬라브 미워시(Czeslaw Milosz)가 17세기 네덜란드의 사실주의 그림을 찬양하면서 예로 든 것이다. 이 사실주의는 이러한 물건들을 통하여 '여기 이곳'의 삶에 충실하고자 하였다고 그는 말한다. 미워시는 17세기 네덜란드의 그림에서 나온 것과 같은 목록을 정치적 이데올로기에 대항하여 만들 수도 있었을 것이다. 그의 최초의 중요한 저작 『묶여 있는 마음』은 공산주의 체제하에서의 그의 경험을 말한 책이다. 공산주의의 예술론은 그 도덕적 당위성이나 논리적 타당성에 있어서 지당하다고 할 수밖에 없는 이론이다. 그런데도 예술가가 거기에 승복하기가 용이하지 않다. 예술가의 본능은 강조되는 이데올로기의 진리가 삶의 구체적인 현실에 맞아 들어가지 않는다는 것을 알려 온다. 이러한 모순에 고민하던 미워시는 결국 공산주의 폴란드로부터의 망명을 택하였다. 이 망명에서 중요한 동기는 물론 이데올로기보다는 그 이름으로 이루어지는 정치적 잔학 행위였다.

그러나 이데올로기가 펼치는 유토피아와 그 역사 지도가 시인으로서의 그의 삶의 느낌에 맞지 아니한 것도 동기로 작용하였다고 할 수 있다. 또 이 어긋남의 느낌으로 하여 그는 이데올로기적 정당성과 정치적 잔학성 사이에 존재하는 깊은 연관을 감지할 수 있었을 것이다. 미워시의 시에서 주된 관심이 되는 것은 사물과 풍경, 그리고 사람들의 덧없으면서 불변하는 — 적어도 그의 관점에서는 영원한 인간의 진실에 대한 긍정이다. 그에게 바른 사회와 도덕에 대한 관심이 없는 것은 아니다. 그러나 그 도덕은 구체적인 사물과 고장, 그리고 거기에 사는 사람들의 나날의 삶 속에 움직이는 도덕이다.

예술의 진실은 소통의 시대에도 적어도 그 한 발은 "항아리, 접시, 껍질을 반쯤 벗겨 놓은 레몬, 호두, 빵" 그리고 더 보태건대 "구름 낀 하늘 아래의 풍경", "작은 집들, 배가 있는 바닷가, 노란색의 얼음판 위에 스케이트를 타는 사람들의 조그마한 모습들" — 이러한 사실들에 딛고 있어야 한다. 아니면 있는 그대로의 고통의 사실에 발을 딛고 있어야 한다. 미워시는 이 「리얼리즘」이라는 시에서 이러한 삶의 구체적 사물들의 합창에 목소리를 합치는 일이 자신의 일생의 작업이었다고 말한다.

　예술과 삶 그리고 정치적 이념과 격동을 가장 깊이 체험한 시인이며 지식인의 한 사람인 그는 지난 8월 초 고국의 도시 크라쿠프에서 사망하였다.

(2004년 9월 16일)

노무현과 차베스

오늘의 사회 개혁

더러 마주치게 되는 외국인이 당신들 나라의 대통령은 어떤 사람인가 하고 물어보는 경우가 있었지만, 그럴 때 나는 브라질의 룰라 다 실바 대통령이나 베네수엘라의 우고 차베스 대통령을 생각해 보면 조금은 짐작이 될 것이라고 답한 일들이 있다. 그것은 두 대통령이 똑같이 시장 경제의 방종에 고삐를 매고자 하는 진보적 정책을 추진할 정치적 위치에 있다고 생각한 때문이었다. 그리고 그 진보 정책은 공산주의는 물론 사회주의적 사회 개혁 방안까지도 쉽게 차용할 수 없는 새로운 세계적 상황 속에서 생각해야 하는 진보 정책이다. 최근에는 베네수엘라의 차베스 대통령이 야당이 발의한 대통령 소환 국민 투표를 겪어야 했는데, 이것까지도 노무현 대통령의 경우와 비슷한 것이 되었다. 물론 노무현 대통령에 대한 탄핵안을 버텨 낸 것처럼 차베스 대통령도 지난 8월 15일의 국민 투표에서 58.25퍼센트라는 강력한 지지를 받고 자신의 지위를 다시 한 번 확인하게 되었다.

물론 두 대통령 사이에는 유사점과 동시에 차이점도 있다. 한 나라의 사정이란 그것을 전문적으로 연구하고 또 그곳에서 살아 보기 전에는 알 수 없는 것이지만, 국민 투표 전후의 외지들의 보도는 대체로 차베스 대통령에 대한 국민적 지지가 그의 탄탄한 업적에 근거한 것임을 인정하는 것으로 보인다. 5년여의 집권 기간 중 그가 추구한 것은 사회 개혁이었다. 대지주 독점 농지 소유제의 형평화, 주택 환경과 의료 환경의 개선, 문맹 퇴치 운동을 중심으로 한 교육 혜택의 확산 ── 이러한 것들이 그의 정부의 주된 목표들이었다. 여기에서 혜택을 입은 사람들의 광범위한 지지가 있었던 것은 극히 당연한 일이다.(어떤 통계에 의하면 베네수엘라의 빈곤층은 인구의 70퍼센트에 이른다.)

그러나 핵심은 사회 발전에 두면서도 차베스 정책은 더 넓은 의미에서의 국가의 균형 발전을 생각하는 것이기도 하였다. 수력 발전을 위한 댐의 건설, 철도 시설의 개선과 확장, 새로운 국영 항공사 설립과 같은 기반 시설에 대한 투자도 정부 정책의 중요한 한 부분이었다. 직접적으로 사회적 위상과 생활 수준의 향상을 경험한 빈곤층은 물론 그 외에도 국가의 조화된 발전을 생각하고 또 그 장애물의 하나로 사회적 불균형을 걱정했던 사람들 사이에서도 그를 지지하는 자들이 많았을 것은 쉽게 짐작할 수 있다.

어느 쪽이 되었든 차베스 정부가 실질적인 업적을 낼 수 있었던 것은 그를 뒷받침할 만한 재원을 확보할 수 있었기 때문이다. 어떤 냉소적 관찰은 그간 세계를 휩쓴 석유 값의 폭등이 그것을 가능하게 하였다고 설명한다. 베네수엘라는 중동이나 러시아에 비교되는 산유 국가로서, 그 석유 매장량은 중동 최대의 산유국인 사우디아라비아에 맞먹는다고 한다. 이러한 나라에 그간 치솟은 석유 값이 거대한 세수 잉여를 가져다준 것이다.

그러나 찾아온 행운을 국가와 사회를 위하여 포착할 수 있는 능력이 누구에게나 주어지는 것은 아니다. 차베스 정부는 처음부터 사회 발전을 위한 자원이 석유와 같은 국가 기간 산업에 의존한다는 것을 잘 알고 있었다고 할 수 있다. 정책은 출발부터 석유 수입의 막대한 부분을 독점하던 미국, 프랑스, 노르웨이 등 외국 석유 회사의 전횡을 견제하고 수입의 보다 많은 부분이 베네수엘라 정부의 통제하에 있는 페트롤레오스 데 베네수엘라 회사로 넘어오게 하고 그것을 사회 정책의 자금으로 활용할 것을 겨냥했다. 그러면서도 국가 발전을 위하여서는 계속적인 투자가 필요하다는 것을 인정하고 외국 회사들을 완전히 소외시키지 않도록 노력하였을 뿐만 아니라 해외 투자자들의 계속적인 투자를 호소하였다. 이러한 준비가 석유가의 상승과 맞아떨어진 것이다.

말할 것도 없이 사회의 모든 문제가 얼마간의 사회 정책으로 다 해결될 수 있는 것은 아니다. 베네수엘라의 현상에 대한 보도는 부패, 실업, 치안불안 등의 문제가 아직도 해결되지 못하고 있음을 지적한다. 또 베네수엘라가 완전히 자유롭고 민주적인 사회라고 말하기는 어려울지 모른다. 민주주의는 제도이면서 사회 기풍이다. 사법 제도의 조종 그리고 격렬한 선동적 언어에 의한 위협 분위기의 조성 등이 정치 공작의 일부가 되어 있다는 것도 지적되고, 차베스 대통령의 인품은 대체적으로 '거친' 사람으로 평가되는 것으로 보인다. 그러나 일반적으로 차베스 정부의 민주주의를 향한 의지는 확실하다고 말하여진다. 지난번의 국민 투표 직전에는 영국의 정치인 토니 벤(Tony Benn, 노동당 전 의원)과 켄 리빙스턴(Ken Livingstone, 런던 시장), 그리고 지식인 해럴드 핀터(Harold Pinter)와 에릭 홉스봄(Eric Hobsbawm)을 포함한 국제적인 인사들이 지지 성명을 발표하였고, 국민 투표 이후에는 지미 카터가 이끄는 국제 감시단이 투표의 공정성을 확인하였다.

우리나라의 형편으로 돌아와 볼 때, 우리는 차베스 정부와 노무현 정부의 비슷한 점과 함께 차이점을 생각하지 않을 수 없게 된다. 되풀이하여 말하건대, 두 정부는 두 나라의 역사적 궤적에서 기묘하게 비슷한 자리에 있었다. 그러나 그것은 출발점에서 그랬다는 것이다. 노무현 대통령이나 그 주변의 인사들도 사회 정책에 대한 의지를 엿보이게 하는 발언들을 많이 하였지만, 엿보일 뿐인 정서는 하나의 정치적 비전으로 통합되지 않았고,

일관된 정책으로 추구되지도 아니하였다. 지금의 정부가 서민 생활을 위한 시책을 펴지 않고 있다고 말할 수는 없으나, 그것이 어떤 종합적 삶의 이상으로 또는 오늘의 시점에서 현실적으로 달성 가능한 방안으로 제시된 바는 없다고 할 수밖에 없다.

일정한 간격으로 발표된 거대 계획들 —— 국민 개인 소득 2만 달러 달성, 수도 이전, 동북아 경제 거점 건설, 과거사 청산 등과 같은 것들이 이 정부가 생각하는 주요 과제들이었다. 이러한 추상적으로 들리는 과제들은 그 나름의 의미를 가지고 있을지 모른다. 그러나 알기 어려운 것은 이것들이 종합적으로 어떻게 오늘의 삶에 관계되고 또 미래로 이어지는가 하는 점이다. 결여되어 있는 것은 정부의 일들을 하나의 사회 투시도로서 납득할 수 있게 해 주고 우선순위를 알 수 있게 하는 일관된 비전이다. 물론 이것은 현실에 밀착되고 그 관점에서 타당성을 가진 것이라야 한다.

베네수엘라와 한국의 처지가 같을 수는 없다. 두 나라 사이의 역사적·사회적 조건의 차이는 크고 두 나라의 국민이 원하는 삶의 이상도 매우 다를 것이다. 그러니 해야 할 일도 전혀 다른 것일 가능성이 크다. 베네수엘라에서 이루어지는 일이 한국에서 이루어질 수 없고, 아마 그렇게 되어도 아니 될 것이다. 그러나 미래나 이념보다는 오늘의 현실에 작용하는 것이 정치라는 점에서는 두 정부가 해야 할 일은 같다고 할 것이다. 이번의 베네수엘라 국민 투표와 관련하여 나온 보도들을 보면서 느끼는 것은, 진보적 성향을 가졌다는 점에서는 차베스 정권과 노무현 정권이 유사하지만, 차베스 정권이 나라의 현실을 일정한 장래로 묶어 주는 총체적인 계획을 가지고 있는 데 비하여, 우리 정부는 집권 2년에 가까이 가는 지금의 시점에서도 그러한 현실적 계획을 제시 또는 실천하지 못하고 있다는 점에서 서로 다르다고 생각된다.

(2004년 9월 2일)

세계와 우리의 변증법적 지평

　8월 7일부터 15일까지 홍콩에서 국제 비교 문학 대회가 있었다. 이 학회와 대회가 학문적 관점에서 얼마만큼의 중요성을 가진 것인지를 쉽게 평가할 수는 없지만, 이러한 모임이 문학 연구자가 국제적인 접촉을 가질 수 있는 드문 기회를 제공하는 역할을 한다고는 할 수 있다. 이번 홍콩 대회의 중요성을 어떻게 평가하든, 문학 연구 지평의 국제적 확대는 국가 발전의 한 부분으로서 반드시 필요한 일임에 틀림이 없다. 오늘의 상황에서 문학의 연구는 물론 문학의 창작도 국제적인 지평과 일정한 관계의 설정이 없이는 객관적 타당성의 지평에 이를 수 없다는 것은 분명하다. 그리고 이 보편적 지평에 기초해서만 분명한 자기 정체성을 확립할 수 있다. 물론 이것은 문학뿐 아니라 사회의 다른 여러 분야에 있어서도 마찬가지이다.

　내가 가 본 홍콩은 예상했던 것보다 훨씬 부유해 보이는 도시였다. 이것은 세계 어느 도시에 못지않게 가장 현대적으로 정리되어 있는 도심부의 건물, 거리 그리고 시설에서 느낄 수 있었다. 미국이나 유럽에서 온 사람들도 무계획 속에 버려진 곳이 전혀 없는 것처럼 보이는 이 도시를 보면서 홍콩이야말로 세계 도시의 미래를 대표하는 것이 아닌가 하는 의견을 말하기도 했다.

물론 이러한 인상이 반드시 긍정적인 찬탄만을 나타내는 것은 아니다. 홍콩은 내가 찾아 본 도시 중 가장 빈틈없이 콘크리트의 인공물로 뒤덮여 있는 땅이었다. 60층, 80층의 건물들이 바늘처럼 꽂혀 있는 시멘트의 땅 위에는 공원이 있고 수목과 화단이 있으나 빌딩들 사이에 조성된 이러한 자연의 상징들조차도 차라리 종이나 플라스틱의 조화 같은 느낌을 주었다. 고온다습의 여름 날씨 때문이기도 하겠으나 하늘을 찌르는 고층 건물들 사이의 협곡을 거닐다 보면 폐쇄 공포증이 일어나기에 안성맞춤이었다. 이것이 세계의 미래라면, 그것은 인공의 체제 속에 인간이 그 복역수가 되는 그러한 미래일 것으로 생각되었다.

지표상으로 홍콩 경제는 침체 상태에 있는 것이라고 했다. 도심 지대는 도시의 부유한 외면에 불과하다. 그 뒤에 얼마든지 비참한 삶이 숨어 있을 수 있다. 그러나 버스로부터 살펴본 서민 아파트들에서의 서민의 생활도 빈곤의 수렁을 헤매고 있는 것으로는 보이지 아니하였다. 고삐 풀린 자본주의 아수라장이 홍콩이라는 견해가 없는 것은 아니나, 여러 자료로 보아 홍콩은 주택, 의료, 교육 등에 있어서 상당 정도의 사회 보장을 자랑하는 사회였다. 더 자세히 살펴보면 문제가 없지는 아니할 것이나 대체적으로 홍콩이 세계 수준의 부유한 경제를 이룩하고 또 상당한 정도의 사회적 균형을 확보한 곳이라는 것은 부인할 수 없다.

홍콩의 부는 지리와 역사의 복합적 연결망 위의 그 미묘한 위치에 관계되어 있다. 저임금 노동 집약의 산업 기지로서 출발한 경제는 지금은 금융 경영, 기타 서비스업의 중심지로서의 역할에 의하여 유지되는 것으로 보인다. 거대한 중국 대륙을 배경에 가지고 바다로 열려 있는 위치가 홍콩으로 하여금 이러한 역할에 최적의 도시가 되게 한 것이다. 물론 그것은 홍콩 자체에 그러한 역할을 맡을 만한 준비가 있었기 때문이다. 거기에 중요한 것은 좋고 나쁜 역사적 유산들을 하나의 균형 속에 건설적으로 지양할 수 있는 힘이다.

오늘의 홍콩의 위상은 1997년의 중국 복귀의 시점에서 영국 식민주의와 중국의 민족주의의 기묘한 결합으로 보장된 것이다. 또 이 타협된 보장에는 영국 식민주의에 역설적으로 기식한 민주주의와 시장 경제 그리고 중국 공산주의와 민족주의에 깃들어 있는 중국인 특유의 현실주의 등의 요인들이 착잡하게 얽혀 있다. '하나의 국가, 두 체제'라는 기묘한 공식이 이 착잡한 요소를 하나로 수합하려 한 중국적인 사고방식의 표현이다. 놀라운 것은 이 공식 속에서 영국으로부터 중국에로의 주권 이양이라는 엄청난 정치적 격변이 혼란이나 단절이 없이 이루어졌다는 점이다. 정치적 격변에 흔히 따르는 엄청난 대가—내란, 유혈, 폭력, 범죄, 생활 세계 파괴 등으로 지불되는 대가를 생각할 때, 이것은 참으로 유례를 볼 수 없는 일이라 아니할 수 없다.

홍콩 이야기가 길어졌지만, 비교 문학 대회에서의 중국 학자들의 여러 발표도 이러한 중국의 복합적 성숙성을 반영하는 것으로 보였다. 나는 그 전에도 중국의 비교 문학계를 참관한 일이 있지만, 이제 중국의 문학 연구는 중국의 역사적 체험을 구성하는 다양한 줄기 또 그것을 바라보는 여러 갈래의 눈길을 포용하고 새로운 종합으로 나아가는 도정에 들어선 것으로 보였다. 한 나라의 문학은 쉽게 성스러운 경전의 위치에 떠받들어 올려진다. 그리고 그것은 오로지 민족 문학의 정통성의 선양이라는 관점에서만 해석된다. 나는 어느 외국 학자가 한국에서의 문화 연구가 객관적인 관점보다는 주로 경전 해석의 관점에서 이루어지고 있다는 인상을 받는다고 말하는 것을 들은 일이 있지만, 중국의 중국학 연구는 이제 이와 비슷한 민족 문화 정통성 수호의 좁은 사명을 벗어나고 있는 듯하였다.

베이징 대학 웨다이원(樂黛雲) 교수의 중국의 비교 문학 연구를 개관하는 기조 연설이 시사한 것도 중국의 문학 연구가 어떻게 외국과의 관계 그리고 거기에서 오는 시각을 비교 수용하면서 참으로 포괄적인 것이 되어가고 있는가 하는 것이었다. 중국의 특별 자치 구역에서 열리고 있는 까닭도 있어, 이번 대회에는 유달리 중국의 학자들이 많이 참가하였다. 비교 문학이라는 학문의 성격이 그러한 것이지만, 토의의 주제들은 중국과 다른 나라 문화의 이종 교배(異種交配)의 결과에 집중되었다. 그중에 한 토의 그룹의 대상은 중국의 고전에 대한 외국 학자들의 해석을 다루는 것이었다. 우리의 고전이기도 한 중국의 고전에 대한 서양 학자들의 해석을 긍정적으로 보아 온 바 있는 나로서는 이러한 국제적인, 그리고 보편적인 해석을 통해서 중국의 문화유산이 오늘의 인류에게 참으로 의미 있는 것이 되고 있다는 것에 쉽게 동의할 수 있었다.

이번 비교 문학 대회에서 흥미로운 발표 중 하나는 2000년에 노벨상을 수상한 가오싱젠(高行健)에 관한 것이었다. 중국인들도 한국인과 비슷하게 '노벨상 콤플렉스'를 가지고 있던 중 마침 가오싱젠이 노벨상을 타게 된 것인데, 이것은 중국인에게는 아이러니한 의미를 가진 것이라는 것이 그 취지였다.

가오싱젠은 중국을 등진 작가이다. 그것은 그가 중국을 떠나 프랑스로 망명하고 프랑스 시민이 된 작가라는 뜻에서만은 아니다. 그는 "민족주의나 애국주의를 포함한 모든 주의를 거부한다."라고 말한 바 있지만, 그가 추구하는 것은 "정치적·상업적 전략…… 국가, 민족, 인민을 초월"하는 "차가운 문학(冷的文學)"이다. 그러나 그가 중국을 완전히 버린 것은 아니다. 논문의 발표자인 장잉진 교수의 요약에 의하면, "그는 중국을 떠났으면서도 근대화와 도시화의 광증을 벗어난 중국 고유의 문화와 생태학적 가치를 재발견했고", "세계에 범람하는 상업적 문화 생산에 대항하여 정신적 추구로서의 삶의 방법을 고집하였다."

하필이면 비중국적인 작가가 중국의 첫 노벨상 작가가 된 데에는 서구의 문화 패권주의가 작용한 점이 없지 않을 것이다. 그러나 확실한 것은 세계적인 것일 수밖에 없는 오늘의 삶의 포괄적인 지평과의 관계에서만, 자기 자신을 되찾는 문학이 가능하다는 사실이다. 이것은 문화와 사회 그리고 국가의 바른 존립의 문제에도 해당된다. 우리 사회를 휩쓰는 각종의 원리주의를 볼 때, 이러한 복합적 변증법은 다시 한 번 상기해 볼 만한 것으로 생각된다.

(2004년 8월 19일)

큰 정치와 인간의 존엄성

8월 1일은 유럽의 2차 대전사에서 중요한 날이다. 60년 전 이날 독일 점령하의 폴란드 바르샤바에서 가장 규모가 큰 무장 봉기가 시작되었다. 두 달 동안 계속된 이 봉기에서 독일군의 잔학한 진압은 바르샤바 시민 18만 명이 죽고 시의 70퍼센트가 파괴되는 결과를 가져왔다. 보도된 바와 같이, 8월 1일에 슈뢰더 총리는 독일의 총리로서는 처음으로 폴란드 정부의 공식 초청으로 바르샤바에서 열린 바르샤바 봉기 60주년 기념식에 참석하고 과거의 잘못에 대하여 사과하였다.

이보다 열흘 전 슈뢰더 총리는 베를린에서 독일의 현대사에서 또 하나의 중요한 사건을 기념하는 행사에 참석하였다. 바르샤바 봉기가 있었던 1944년의 7월 20일은 쿠데타 음모의 주동자 중 한 사람인 클라우스 슈타우펜베르크(Claus Stauffenberg) 대령이 히틀러의 벙커에 폭탄을 설치하고 히틀러 살해를 기도한 날이다. 이 기도는 실패하고 관계자 158명은 체포되어 사형에 처해졌다. 나치는 관련자의 가족들에게도 같은 처벌을 가할 계획이었으나 종전으로 인하여 실천에 옮기지는 못하였다. 그러나 슈타우펜베르크의 거사는 독일인들의 대(對)나치 투쟁의 중요한 상징의 하나가 되었다. 슈뢰더 총리는 기념 연설에서 이 의거를 국가주의와 바꿀 수 없는 인간의 존엄성을 확인케 한 숭고한 행위라고 평가하였다.

그러나 많은 역사적 사건이 그러하듯 7월 20일 사건에 대해서도 여러 가지의 그리고 서로 엇갈리는 방식의 해석이 존재한다. 그 하나는 이 사건을 보수 반동의 복고주의 음모로 보는 것이다. 독일 역사가 오늘의 모습으로 자리 잡히기 이전이기는 하지만, 미국에 망명 중이던 브레히트는 쿠데타 소식을 들은 다음 날, "히틀러와 토호 귀족 장군들 사이에 무엇인가 유혈 사건이 터진 것으로 보이는데, 나는 지금으로는 히틀러의 편을 들겠다. 그가 아니라면 누가 이 범죄 집단을 절멸하게 할 수 있을 것인가?"라고 적었다. 그에게는 히틀러도 타도되어야 하지만, 히틀러에 맞서 일어선 독일군 장교들의 뿌리인 귀족 계급도 사라져야 할 독일 사회의 한 부분이었고, 히틀러가 이 계급을 박살 내는 일은 미래의 역사를 위하여 좋은 일이라고 볼 수도 있는 일이었다.

7월 20일 사건에 대한 이러한 견해가 옳든 그르든 브레히트의 견해는, 사회주의적 역사 읽기의 한 사례는 되지만, 당대에 현실적 의미를 갖는 것은 아니었다. 그러나 사건에 대한 일정한 해석은 무서운 결과를 가져올 수도 있다. 참담한 패배로 끝난 8월 1일의 바르샤바 봉기의 성패에 중요했던 것은 소련의 태도였다. 봉기의 동기에 크게 작용한 것이 소련군의 바르샤바 입성에 대한 기대였다고 말하여진다. 이 기대는 빗나갔다. 모스크바 방송은 8월 1일 직전까지도 바르샤바 시민의 무장 봉기를 촉구하는 방송을 내보내고 있었다. 그러나 봉기 직전에 바르샤바 40마일 이내까지 접근하였던 소련군은 비스툴라 강가에 멈추어 서서 6주일 동안 진군을 보류하고 괴멸되어 가는 봉기군의 구조 요청에 응하지 아니하였다. 소련은 봉기군 지원을 위하여 우크라이나의 공군 기지를 사용하고자 한 다른 연합군의 요청도 거부하였다. 소련의 태도에는 여러 가지 이유가 있었을 것이다. 그러나 결정적인 것은, 한 폴란드 역사가의 말대로 "비공산계 저항 세력 가운데 가장 적극적인 분자들을 스스로 파멸케 하려는" 스탈린의 전략적 고려였던 것으로 보인다. 물론 이 전략은 공산주의 이데올로기에 의하여 정당화되었다.

우리는 1944년의 바르샤바 봉기에 대한 소련 또는 스탈린의 태도에서 신의와 인간적 희생을 도외시하는 정치적 냉소주의를 읽을 수 있다. 그러나 사태는 조금 더 복잡하게 생각될 수도 있다. 어떤 평자는 봉기군이 모스크바와 확실한 합의를 이룬 다음에 행동을 개시했어야 한다고 말한다. 연합국은 테헤란 회담 등에서 일정한 틀의 전후 처리 방안에 합의했다. 이것은 폴란드의 국민적 소망에 배치되는 양보를 요구하는 내용을 가지고 있었다. 그런 만큼 모스크바와의 합의에 이르는 데에는 복잡한 협의 과정이 필요했다. 이러한 사정을 잘 알지 못한 상태에서 봉기를 결정한 것은 봉기 지도부의 불찰이었다.

그러나 여기에서 우리가 주목하고자 하는 것은 해석의 테두리의 크고 작음에 의하여 그 의미가 크게 달라질 수 있는, 그리고 그에 따라 커다란 비극적 모순을 포함할 수 있는, 정치 행동의 일반적인 특징이다. 큰 테두리의 정치 읽기는 작은 정치적 행동의 의미를 바꾸고, 그 도덕적 의미를 해체할 수 있다. 그리고 거기에 따르는 부도덕한 또는 비인간적인 행위를 큰 도덕의 이름으로 정당화할 수 있다. 큰 정치 읽기의 전형의 하나가 이데올로기다. 이데올로기의 오만과 허위는 20세기의 가장 중요한 정치 체험의 하나이다. 그러나 다른 한편으로 정치 행위의 큰 것과 작은 것의 모순은, 그 비극적 함축에도 불구하고, 정치 행위에 내재하는 본질에 속하는 것이라고 할 수도 있다. 사회의 미래에 대한 비전과 희망에서 나오는 것이 큰 정치 읽기일 수 있기 때문이다.

7월 20일 사건의 주동자 슈타우펜베르크는 백작의 작위를 가지고 있던 남부 독일의 귀족 가문 출신이었다. 그는 시인 슈테판 게오르게(Stefan George)를 사숙하고 음악을 좋아한 이상주의적 청년이었다. 2차 대전에 참전할 때에 그를 움직인 것은 애국심이었다. 그러나 히틀러 정권의 야만성을 깨닫게 되면서 그는 쿠데타 음모에 적극 가담하게 되었다. 그와 함께 행동한 사람들도 대개 보수적인 융커 계급 출신의 장군들이었다. 그러나 그들이 중산 계급, 노동조합, 노동 계급과의 연대 가능성을 완전히 배제한 것은 아니었다. 슈타우펜베르크 자신은 여러 저항 세력들 가운데 사회주의자들을 가깝게 느끼고 있었다.

베를린 대학의 하겐 슐체(Hagen Schulze) 교수는, 저항 운동에 참여한 사람들을 두고, 나치 당원까지를 포함하여 "독재 체제 조건하에서의 사람들의 행동을 단순히 흑백의 잣대로 재는 것은 심히 어려운 일"이라고 말한다. 그의 생각으로는 7월 20일 사건은 많은 계층의 연대에 기초한 것이었다. 그 존귀한 유산은 독일인으로 하여금 "인간의 존엄성 옹호가 인간 공존의 최고 윤리 기준"이라는 사실을 깨닫게 하고, "독일의 모든 계급과 계층의 목표를 포괄하는 이러한 합의에 이르게 한 것"이라고 그는 말한다. 베를린의 '독일 저항 기념관'에서 행한 슈뢰더 총리의 연설에 강조된 것도 인간의 존엄성 — 한 사람 한 사람의 삶의 존귀함을 독일의 고통스러운 현대사의 유산으로 다짐하는 것이었다.(이 기념관을 방문한 사람은 한편으로 그 소박하고 겸허한 규모에서 저항 운동의 진지성을 느끼고, 다른 한편으로 전시된 사실 자료들에서, 저항과 희생의, 단순한 역사 서술을 넘어가는 다양함을 실감한다.)

한 사람 한 사람의 존귀함, 즉 인권은 오늘날 세계가 두루 받아들이고 있는 현대사의 비극적 유산이다. 정치와 역사에서 미래를 향한 어떤 총체적인 지향을 무시할 수는 없다. 그것은 삶의 상황을 전체적으로 그리고 미래의 희망이라는 관점에서 파악하려는 인간 노력의 표현이다. 그러나 그것은 쉽게 무지와 오만과 냉소와 술수와 비인간적 정치 행위의 구실이 될 수도 있다. 거기에서 정치적 행동의 구체적 현장에서의 도덕성은 쉽게 무시된다. 20세기의 교훈은 작은 도덕성을 참으로 고민하는 큰 정치 계획만이 유일하게 참다운 미래를 만드는 길이라는 것이다. 우리의 정치는 우리의 비극적 역사에도 불구하고 아직도 이러한 교훈을 내면화하고 있지 못한 것으로 보인다.

(2004년 8월 5일)

미술, 건축, 거주의 공간

10여 일 전 문예진흥원의 마로니에 미술관에서 미술가와 건축가를 한 자리에 초대하는 전람회와 심포지엄이 있었다. 참여 작가의 제한된 수나 성과에 관계없이, 미술가와 건축가가 한자리에 모이고 '미술과 건축 사이' 라는 제목으로 두 분야의 관계를 논의한 것은 여러 가지로 의의 있는 일이 었다.

얼핏 생각하기에 미술과 건축은 서로 밀접하게 연결되어 있는 인간 활동 분야라는 인상을 준다. 물론 집을 짓는 일차적 목적은 사람을 비바람과 추위로부터 지켜 주는 거주의 장소를 만드는 것이다. 미술은 주거나 다른 실용적인 목적에 직접적인 관계를 갖지 않는 표현 활동의 소산이다. 그러나 집을 짓는 일에서 최소한도의 요건을 충족시킨 다음에는 곧 그의 집이 조금 더 쾌적하고 아름다운 것이 되기를 원한다. 그림도 보통 집 안에 놓거나 벽에 걸어서 사는 공간을 아름답게 하는 역할을 하는 소품이다. 그리하여 미술과 건축의 두 분야는 다 같이 아름다운 생활 공간을 창조하는 데 그리고 더 나아가 일반적으로 사람의 삶에 아름다움을 만들어 내는 데 기여하는 것으로 생각된다.

그러나 심포지엄에서 문제로 의식된 것은 이 두 가지 분야가 지금까지 우리 사회에서 따로따로 존재하여 왔다는 사실이다. 다른 전통에서도 건축이나 미술이 언제나 아름다움의 창조에 관계되는 것으로 이해된 것은 아니고, 건축과 미술의 협동도 시대에 따라서 가까워지기도 멀어지기도 하면서 달라질 수밖에 없는 것이었다. 그러나 결론적으로 심포지엄에서 표현된 공통의 소망은 앞으로 두 활동 사이에 더 긴밀한 협동이 이루어졌으면 하는 것이었다.

미술은 아름다움의 창조에 관계되거나 또는 동어 반복적이기는 하지만, 미술적 가치를 창조하는 데 관계된다고 할 수 있기 때문에 문제는 건축에 있다. 앞에서 말한 것처럼 건축의 일차적인 의미는 실용에 있다. 그러나 세계에서도 드물게 많은 건축 활동이 있었던 것이 지난 수십 년간의 한국이라고 한다면, 그 가운데 아름다운 건축물이라고 할 수 있는 것이 조금은 있어야 하는 것이 아닌가 하고 여겨진다. 십오륙 년 전에 나는 스리랑카 출신의 유네스코 관계자를 안내하여 시내 구경을 시켜 준 일이 있었다. 남산에 올라가서 서울을 내려다보면서, 그는 "서울에 건축은 넘치지만 건축가는 없는 것 같군요." 하고 의견을 말하였다. 이것은 나에게는 기억할 만한 서울에 대한 총평이었다. 그간 사정이 바뀌었다고 하겠지만, 대체적으로는 이것은 지금도 서울의 건축과 도시에 대한 평이 될 수 있지 않을까 한다.

건축이 아름다워지지 못하는 데는 여러 가지 원인과 이유가 있을 것이다. 앞에 말한 심포지엄에서 지적된 대로 미술과 건축 사이에 교류가 부족했던 것도 그 원인의 하나일 수 있다. 건축은 실용성으로 인해 공학과 기술로 생각되고 그 심미적 차원은 쉽게 이차적인 것이 될 수 있다. 건축가의 양성 과정을 미술과 디자인, 미술사 또는 도시 계획 등을 종합하는 과정이 아니라 공학의 일부로 생각하여 건축과를 공과대학에 두는 우리 대학들의 관례는 이것을 잘 나타내고 있다. 물론 더 중요한 것은 건축과 미술이 별도로 존재하는 건축의 현실일 것이다. 그러나 다른 한편으로 미술과 건축의 교류가 전혀 없었다고는 말할 수 없다. 가령 서울시는 대형 건물들의 건축에는 조형물을 설치할 것을 요구해 왔고, 지금 그 결과는 시내 도처에서 볼 수 있는 것이 되었다. 적어도 행정 차원에서는 건축과 미술의 만남이 적극적으로 권장되어 왔다고 할 것이다. 그러나 문제는 그러한 피상적인 교류가 아니라 건축의 내면에서 움직이는 심미 의식이다.

되풀이하건대 의식주의 기본이 확보된 다음에야 아름다움이 문제가 될 수 있다. 그러나 지금 우리의 건축이 아름다움으로부터 멀리 있다고 한다면, 그것은 반드시 너무나 각박한 삶의 조건 때문이라고만은 말할 수 없다. 경제가 나아지면서도 그 경제가 아름다움을 포괄할 정도의 여유를 갖지 못하는 것이다. 문제는 궁핍의 경제를 벗어나고도 좁은 의미의 경제적 강박을 벗어나지 못하는 데 또 그에 완전히 종속되는 데 있다고 할 수도 있다. 근년에 올수록 건물들의 규모와 시설, 외장과 내장이 화려해진 것은 틀림없는 사실이다. 볼만한 건물이 없는 것도 아니다. 그러나 그러한 건물들이 모여 아름다운 시가지를 이루는 곳이 있느냐 묻는다면, 그에 대한 긍정적인 답이 쉽게 나오지는 아니할 것이다.

사실 문제는 아름다운 건물보다도 아름다운 거리나 동네가 없다는 것이다. 아름다운 주거 환경의 창조에 있어서 하나하나의 건물에 얼마나 심미적인 창의성이 표현되어 있느냐 하는 것은 중요한 것이 아니다. 어느 시대에나 건물들은 개인적인 창의성에 못지않게 시대적인 스타일의 규제하에 있게 마련이다. 그러나 이 스타일의 횡포는 건물이나 도시의 아름다움에 큰 장애물이 되지 아니할 뿐만 아니라, 오히려 아름다움의 보조 요소가 되기도 한다. 어떤 경우 이 스타일의 대강은, 가령 우리의 전통 건물에서 보는 바와 같이, 장구한 세월 동안 거의 변화하지 않는 것일 수도 있다. 아름다움은 화려한 건축물보다는 적절한 공간 환경에서 나온다. 산과 들을 배경으로 제자리에 자리해 있는 오두막도 그 나름의 아름다움을 가질 수 있다. 그리고 궁극적으로 거주 공간의 아름다움은 조화된 삶의 암시에서 나온다. 이것은 특히 큰 건축물보다도 보통 사람들의 주거의 경우에 그러하다.

우리에게 아름다운 건축이 없다면, 그것은 우리에게 조화된 삶의 공간이 없고 조화된 삶의 비전이 없었기 때문이다. 여기에 큰 작용을 한 것이 거주 공간의 부동산화다. 가차 없는 부동산의 유통 시장에 노출된 건축과 공간은 삶의 터전이기를 그칠 수밖에 없다.

부동산 의식은 오늘날 우리의 공간 의식을 완전히 지배한다. 수도 이전 계획의 경우, 누구보다도 그것을 환영하는 것은 충청도민이라고 한다. 산과 들이 도시로 바뀌게 되는 것을 그렇게 환영하는 것일까. 땅이 부동산 시장에 편입되고, 그로 인하여 약간의 부가 생긴다고 하더라도, 삶 전체가 쉼 없는 유동성에 의하여 황폐화할지 모른다는 가능성을 계산해 본 것일까. 충청도민 가운데에도 자신의 고장에 수도가 전입해 오는 것을 반대하는 사람이 없지 않다고 한다. 자신의 거주지를 도시적 발전과 부동산의 관점으로만 생각하지 않는 사람들이 있는 것은 너무나 당연한 것인데, 이것은 우리 사회에서는 오히려 예외적인 일이 되었다. 물론 침체한 지방의 생활 환경에 적극적인 개선의 노력이 있어야 한다는 느낌이 틀린 것은 아니다. 그러나 그것이 농촌이나 소도시의 대도시화, 토지의 부동산화로 이루어질 수 있는 것은 아닐 것이다.

아름다움의 요체는 조화다. 그것은 편안한 쉼의 느낌을 준다. 아름다움의 조화의 범위는 독립된 구조물과 아울러 그 주변 환경 그리고 그를 통하여 흐르고 있는 지속적인 역사의 시간을 포함한다. 우리의 삶으로 하여금

이 넓은 시공간의 조화 안에서 제자리를 마련할 수 있도록 도와주는 인간 활동이 건축이다.

(2004년 7월 22일)

이념과 현실

부시 대통령의 이라크 전쟁 동기에 대하여는 해석이 분분하다. 패권주의 전략, 석유 자원의 독점적 확보, 숨은 개인적 이해 등이 그 동기로 말하여진다. 그러나 그가 내건 명분은 대(對)테러리즘 전쟁과 이라크의 민주화였다. 이 기준으로 보면, 이 목표의 추구는 적어도 지금의 시점에서는 완전히 실패로 끝난 것으로 보인다. 《뉴욕 타임스》 칼럼에 의하면, 실패의 주된 원인을 경제학자 폴 크루그먼(Paul Krugman)은 부시의 이데올로기적 경제 정책과 개인적 연고 위주 인사에서 찾는다. 삶의 기본적인 조건도 무너진 전후의 혼란 속에서 미국의 이라크 점령 당국은 이른바 '공급 측면 경제학'의 이론에 입각한 경제 개혁 ─ 국유 산업 사유화, 감세, 관세 인하, 외국 자본 투자 규제 완화 등의 개혁 ─ 을 추진하였다. 이 같은 '공급 측면의 경제학'은 공산 정권 몰락 후의 소련이나 아르헨티나에서도 실험된 바 있지만, 크루그먼의 생각으로는, 이 경우에는 적어도 정책 수행이 전문가의 손에 맡겨졌던 데 비하여, 이라크에서의 그것은 부시 정권의 친구들의 전유물이 되었다. 그 결과 부시의 이라크 정책은 "국가를 다스리는 데에 있어서 하지 않아야 하는 것이 무엇인가를 보여 주는" 사례가 되고 만 것이다.

이 외에도 실패의 원인은 많이 있을 것이다. 가령 포로 고문 사건과 같은 것도 결정적인 부정 요인의 하나일 것이다. 그러나 정책의 측면에서 실패 요인의 핵심이 이데올로기적 경직성에 있다는 것은 정당한 지적일 것이다. 시기의 조정이나 전문가의 필요 등을 무시한 것도 이데올로기적 자신감에서 나온 것이라고 할 수 있다. 사실 크루그먼의 시사와는 달리 '공급 측면의 경제학'에 입각한 경제 정책의 실패는 보리스 옐친 대통령 시절 러시아의 혼란을 말할 때에도 널리 지적된 바 있는 일이다.

그런데 경직된 이데올로기는 자유 시장 도입 이전의 공산주의 체제하에서 더욱 큰 문제였다. 공산권이 붕괴한 것이 계획 경제의 경직성과 그에 따른 비능률 때문이라는 것은 흔히 말하여지는 일이다. 더 크게 보면, 붕괴의 원인은 경제만이 아니라 인간과 사회 그리고 역사를 하나의 경직된 틀속에서 이해하고 또 통제할 수 있다고 보는 이데올로기에서 찾을 수 있다. 그것이 전반적으로 삶의 자연스러운 자발성을 압살한 것이다.

이데올로기적 정치 계획으로서 가장 극단적인 것 중의 하나는 캄보디아 크메르루즈의 개혁 정책이었다. 대표적인 예가 혁명 전쟁에 승리한 후 곧 강행된 수도 철거 정책이다. 크메르루즈는 수도를 점령한 날인 1975년 4월 17일에 모든 프놈펜 시민에게 24시간 내의 퇴거를 명령하였다. 팔에 주사를 꽂은 병원의 환자를 태운 침대를 밀고 피난민 사이를 헤쳐 가는 가족들의 사진을 지금도 기억하는 사람들이 있을 것이다. 퇴거가 끝나는 데에는 24시간이 더 걸렸지만, 초특급의 속도로 프놈펜을 완전히 비우게 한 것은 틀림이 없다. 프놈펜은 1970년대 초까지 인구 60만 정도의 도시였지만, 전쟁의 혼란 속에서 200만이 넘는 도시로 급작스러운 비대화를 경험하였다. 프놈펜에 입성한 크메르루즈군에게 이 인구를 먹여 살리는 일은 가장 큰 난제 중의 하나였다. 그들의 시민 퇴거 결정은 식량을 도시민에게 공급하는 대신, 수요자로 하여금 식량의 현장으로 가게 하자는 계산에서 나온 것이기도 하지만, 더 근본적으로는 서양 과학 기술과 산업 문명을 거부하고 행복한 농업 공동체를 건설하겠다는 그들의 정치적 이상에 근거한 것이었다. 크메르루즈는 사실 프놈펜과 함께 모든 도시에서 주민들을 농촌으로 이동시키는 계획을 계속 추진하였다. 그것은 막대한 희생이 따를 수밖에 없는 일이었지만, 그들의 생각으로는 혁명 과정에서 600만 명의 캄보디아 인구 중젊고 건강한 인민 150만 명이 살아남아 새 사회를 건설할 수 있다면, 그것은 해 볼 만한 일이었다. 그러나 당시 현장에 있었던 한 프랑스인의 표현으로는 그들의 이상적 계획은 "인간을 위한다기보다는, 인간적 요인들에 대한 아무런 고려 없이 추상적으로 만들어 낸 이론을 증명하려는 것"이었다.

미국의 이라크 정책의 실패 원인에 대한 크루그먼의 진단은 이러한 추상적 기획이 공산주의 이데올로기의 전유물이 아니라는 것을 말하여 준다. '이데올로기적 강박과 패거리 주의(cronyism)의 독성 화합'은 대체로 경제만이 아니라 이라크와 관련하여 미국이 내건 정치적 목표 ─ 민주주의에도 해당된다. 사람이 함께 사는 방식으로서의 민주주의라는 것을 하나로 정의하는 것은 쉬운 일일 수가 없지만, 그것을 어떻게 정의하든지, 실질적인 내용을 가진 민주주의의 실현이 얼마나 어려운 것인가는 한국 근대사에서 우리가 절실하게 체험한 일이다. 우리가 이제야 민주주의 제도의 기초를 어느 정도 확보하였다지만, 그것은 수십 년 또는 100년 이상에 걸친 투쟁과 역사적 자기 변용을 통해서 가능했던 것이다. 내부로부터 변화를 거치지 않고 한 번의 외적인 충격으로 민주주의를 이라크에 정착시킨다는 생각은 적어도 한국인에게는 출발부터 현실성이 없는 것이었다.

그러나 이상적 계획이 정치에 있어서는 아니 된다는 말은 아니다. 문제는 그것의 존재 방식에 있다. 여러 폐해에도 불구하고, 복잡한 인간 현실을 하나의 이상 속에 휘어잡아 보려는 것은 모든 정치적 기획의 근본이다. 오늘날에 있어서 정치적 행위는 그것 없이는 정당성을 부여받지 못할 것이다. 다만 사회적 삶에 대한 큰 계획들은 삶의 구체적인 현실에 의하여 끊임없이 검증되고 재조정되는 것이라야 한다. 큰 계획이 중요한 것은 바로 사람의 삶의 많은 것이 그 큰 테두리에 의하여 결정되기 때문이다. 그러나 삶의 핵심은 어디까지나 삶의 미시적인 현실에 있다. 큰 테두리는 그것과의 변증법적 교환 관계를 통하여서만 의미 있는 것이 된다.

우리 사회의 형편이 오랫동안 큰 규모의 개혁을 요청할 수밖에 없는 것이었다는 사실을 우리는 부정할 수 없다. 그러나 그것을 받아들인다고 하더라도 망각해서는 아니 될 것은, 경험을 통하여 시험될 수밖에 없는 삶의 유기적 복합성이다. 최근에 서울시에서 교통 문제를 해결하겠다고 시행한 정책과 같은 것이 바로 그러한 점을 등한히 한 예로 들어질 수 있다. 그러나 지금 비판이 높음에도 불구하고, 이 계획은 그런대로 수정해 나가면서 받아들일 만한 것이 될는지 모른다. 여기에 비할 수 없는 부작용과 혼란이 우려되는 것은 수도 이전 기획이다. 그 이외에도 오늘날 많은 사람들의 정열을 불러일으키고 있는 크고 작은 추상적 기획들이 발의되는 것을 보지만, 반드시 검토되어야 할 것은 삶의 미시적 현실에 대한 그러한 계획들의 복합적인 관련이다.

사회주의 진영의 붕괴 직후, 독일의 비판적 지식인 한스 마그누스 엔첸스베르거(Hans Magnus Enzensberger)는 지구에 널리 퍼져 있는 '세 가지 소원'이란 동화를 언급하면서, 삶의 역동적 자발성을 무시하는 유토피아 기획은 이 동화에서 배울 것이 있다고 말한 일이 있다. 이 동화에서, 세 가지 소원을 들어주겠다는 천사의 말대로, 두 가지 소원이 말하여지고 성취되지만, 마지막 소원은 으레 별 생각 없이 말한, 소원들의 효과를 소급 취소하는 것이 된다.

(2004년 7월 8일)

3장

큰 정치,
작은 삶

수도 이전과 외침이 없는 사람들

"인민이 정부의 신뢰를 잃었다면…… 인민을 해산하고 새로이 선출하는 것이 좋지 않을까." 옛 동독의 시인, 극작가 브레히트는 동독 정부의 고자세를 이렇게 야유한 일이 있다. 수도 이전 문제에 '정부의 명운'을 걸고 수도 이전 계획을 추진하겠다는 대통령의 발언은 이러한 브레히트의 시 구절을 생각나게 한다. 그러나 국민 투표에 부쳐야 한다는 주장에 대하여 국회에서 논의하는 것이 좋겠다는 의견은 이러한 주장을 완화하는 것이라 할 수 있다. 그것은 적어도 여러 각도에서의 논의를 요구하는 것이기 때문이다.

서울은 되풀이하여 말하여지듯이 600년 이상 나라의 수도였다. 이것은 조선조의 안정성이 컸다는 말이기도 하지만, 수도를 옮기는 일이 간단한 일이 아니라는 말일 것이다. 이것이 간단한 일이 될 수 없음은 세계의 대부분 나라에서 보는 일이다. 서울의 역사와 그 의미를 생각할 때, 수도 이전은 5년 임기의 대통령 선거의 몇십 배로 심각한 일로서, 결론이 무엇이 되든, 오랜 시간의 토의와 검토 그리고 상당 정도의 국민적 합의가 없이 밀어붙일 수 있는 성질의 일이 아니다. 다른 정치적인 것과 관련해서 말하여진 브레히트를 다시 한 번 인용하면, 그의 시에는 군중의 환호 속에서 지나가는 정치 행렬에 대하여 다음과 같이 쓴 것이 있다. "귀로 듣기만 하는 사람들은 외침 소리 외에는 다른 아무것도 듣지 아니하였다. 그러나 눈으로 보는 사람은 외치지 않는 사람들을 보았다." 크게 말하는 사람들만이 아니라 보고만 있는 사람들의 합의도 필요한 것이 수도 이전과 같은 문제이다. 사람이 밟고 있는 땅은 삶의 가장 중요한 조건이다. 사람은 나무에 못지않게 거기에 뿌리를 내리고 그것과 유기적 일체성을 이루며 산다. 이것은 오랜 거주의 역사가 있는 땅일수록 그렇다.

수도 이전의 문제를 생각할 때, 이유와 효과가 충분히 납득할 만한 것인가를 묻는 것은 당연하다. 그러나 더 중요한 것은 국가 계획으로서의 우선순위이다. 우리 형편에 막대한 국력의 투입을 요구하는 이 일이 과연 그렇게 중요한가 하는 의문이 아니 일어날 수 없다. 대체로 고르게 펴지 못한 형편에 민감한 것이 진보주의 정치이다. 새 정치를 말하는 정치인들이 정치 권력의 중심에 들어서면서, 사람들은 이 형편을 펴 나가는 일이 가장 중요한 정치적 과제가 될 것으로 생각했을 것이다. 간단하게 독일식 표현으로 '사회 국가'가 핵심 과제가 될 것으로 예상한 것이다. 수도 이전은 여기에 어떤 연결을 가지고 있는가? 비전의 일관성은 정치적 소통의 기본 조건이다. 수도 이전의 이유로서 수도 집중과 균형 발전의 필요가 말하여진다. 인구 집중이 교통, 주거, 환경, 기타 도시 서비스에 여러 문제를 야기하고 사회적으로 비인간화의 온상이 된다는 것은 새삼스럽게 말할 필요도 없다. 또 여기에서 집중이 부와 기회의 편중, 특히 문화와 교육의 불균형을 가져온다는 것도 이미 우리가 절실하게 경험한 바이다.

그런데 수도 이전으로 서울의 도시 문제가 해결될 수 있을까? 브라질에서 수도의 브라질리아 이전이 리우데자네이루나 상파울루 같은 거대 도시의 문제를 얼마나 해결했는가? 뉴욕은 미국의 수도가 아니지만, 서울에 비교될 만한 거대 도시이다. 뉴욕의 문제는 그것이 정치 수도인가 아닌가 하는 점에 관계된 것은 아니다. 거대 수도 런던이나 도쿄가 수도 이전으로 문제를 해결하지 않는 것은 무슨 이유에서인가? 도쿄 시장은 널리 알려진 우파이지만, 지금의 런던 시장은 도시 문제 등에 있어서 가장 진보적인 정치적 입장을 가진 사람이다.

지방의 균형 발전 문제가 수도 이전으로 해결될 수 있을까? 수도로 선정된 곳에 변화가 있을 것은 틀림이 없지만, 그러한 변화가 발전을 의미할지 어떨지는 더 자세한 검토를 요하는 일이다. 충청도에서 수도 이전을 크게 환영한다고 전해진다. 환영의 이유에는, 수도가 줄 수 있는 막연한 의미의 자부심도 있겠지만, 현실적인 이익에 대한 기대가 있을 것이다. 수도 건설에는 도로망과 같은 인프라 건설이 따를 것이다. 건설과 인구 유입에 따른 취업과 산업 활동의 기회 확대에 대한 기대도 있을 것이다. 정치, 문화, 상업 활동에 대한 접근도 쉬워질지 모른다. 또 땅값이 오를 것이다.

그러나 이 모든 기대가 참으로 충족되고, 궁극적으로 새 계획이 국토의 균형 발전에 기여하는 일이 될까? 도로 등 인프라의 상당 부분은 새로운 인구 유입이 없었더라면, 별 필요가 없었을지 모른다. 산업체가 아니라 정부가 옮겨 가는 것이라고 한다면, 그것은 고용과 산업의 기회를 크게 늘리지 않을 것이다. 정치 중심과 함께 문화 중심이 옮겨 간다면, 서울의 문제를 다시 만드는 일이 될 것이고 균형 발전의 목적을 허망하게 하는 일이다.

모든 기대 요인 중에서 부동산 가격의 상승이 큰 것임은 부정하기 어렵다. 이것을 통제하겠다는 것이 정부의 방침이지만, 시장의 압력하에서 상승은 불가피할 가능성이 크다. 열린우리당의 수도 이전 구상도, 이 기대 요인을 계산한 것인지 모른다. 이것이 사실이라면, 사회 정의를 말하는 정당으로서 그것은 자가당착의 극치가 될 것이다. 전 국토의 부동산화야말로 국민 생활의 도덕적 기반을 무너뜨리는 가장 큰 요인의 하나이다. 이것은 수도 이전이 목표로 한다는 균형 발전도 알게 모르게 모든 토지의 경쟁적 시장 투입을 촉진하는 것이 될 수 있다. 지금까지 우리나라에서 진행되어 온 토지의 부동산화가 그러한 발전의 일부였다. 이것을 촉진하는 쉬운 방법은 도시화이다. 도시화만이 발전이라는 공식 속에서, 시골이 시골로 남아 있으면서 보다 살 만한 곳이 되는 것은 생각조차 할 수 없게 된 것이 우리 사회의 추세이다.

서울에서 과히 멀지 않은 지역으로 수도를 옮기는 것은 두 지역을 하나의 넓은 도시적 연결망 속에 묶는 일이 될 것이다. 오늘날 분산은 교통과 통신에 의한 통합을 의미한다. 다른 문제들을 빼고라도 교통량의 증대는 필연적이다. 그것은 공기 오염과 지구 온난화에 크게 기여하는 일이 될 것이다. 통합이 진행 중인 유럽에서 지난 몇 년 동안 항공 교통량이 두 배로 증가했다는 보고가 있다. 물론 상공에 방출되는 오염 가스량도 두 배로 늘었다. 광범위한 도시화는 자연과 환경 파괴를 가져올 가능성이 있다. 보호되어야 할 자연환경은 새만금뿐인가? 여기에서 이러한 문제를 제기하는 것은 전문가적 식견이 있어서 그러는 것은 아니다. 단지 문제의 중요성에 비추어 조금 더 자세하고 확실한 설명을 바라기 때문이다. 다른 많은 사람들의 경우에도 그러할 것으로 믿는다.

놀라운 것은 수도 이전에 반대하거나 의문을 제기하는 것을 수구 반동의 책동으로 몰아붙이는 일이다. 최근에 미국의 단순화된 정치 판도와 담론을 풍자하며, 소설가 커트 보네거트(Kurt Vonnegut)는 모든 인간을 진보주의자와 보수주의자 두 가지 종자로 나누어 탄생하게 한 조화옹(造化翁)의 조화에 감탄을 표한 일이 있다. 아마 우리가 감탄해야 할 것은 한 걸음 더 나아가 세상만사를 수구 반동과 개혁 두 가지로 확연하게 분리해 놓은 조화옹의 신묘한 이치일 것이다. 그러나 조화옹의 세계가 아니라 인간계에는 이 편리한 구분을 넘어가는 일이 너무나 많다. 그중의 하나는 수도 이전과 같은 문제이다. 그것은 아마 복잡하게 생각하고 토의하고 동의를 구해야 할 인간계의 일임이 틀림없을 것이다.

(2004년 6월 24일)

에너지 위기와 그 대책

사회에는 그 사회의 현재와 미래를 좌우하는 커다란 문제들이 있다. 그러나 대부분의 사람들은 그날그날의 삶에 얽매여 그러한 문제를 돌볼 여유가 없다. 정당이나 정부 또 정치 일반이 하여야 할 일의 하나는 이러한 문제들에 대한 생각들을 준비해 두는 일이다. 그것은 작은 싸움으로부터 한숨을 돌릴 수 있는 여유를 버는 일이기도 하다. 우리 사회는 다른 어느 나라보다도 생각하여야 할 앞일이 많은 나라이지만, 그러한 일 중에 하나가 이미 많이 지적되었듯이 환경의 문제, 그중에도 에너지 문제이다.

6월 1일부터 4일까지 독일의 본에서 '재생 가능한 에너지 자원 2004'라는 회의가 열렸다. 이번 회의는 2002년 남아공 요하네스버그에서 있었던 '지속 가능한 발전을 위한 정상 회담'을 이은 것인데, 비슷한 국제 회의는 리우데자네이루나 교토, 그리고 그 밖의 장소에서도 있었다. 150여 개국 3600명의 대표가 참석한 회의는 슈뢰더 독일 총리가 주최하고 여러 나라에서 장관급의 정부 대표들이 참석하기는 하였지만, 회의 규모와 성격상 분명한 현실 정치적 의미를 가진 결정을 내릴 수 있는 종류의 회의는 아니었을 것으로 생각된다. 그러나 이번 회의는 환경 문제가 민간 차원의 걱정거리에서 정부와 기타 공공 기구 내의 의제로 변화되어 가고 있다는 것을 보여 주는 의미를 갖는다고 할 수 있다. 적어도 에너지 관련 연구 기관, 시민 단체, 국제 기구 등에서 온 참석자들의 수만으로도 문제들이 광범위하게, 그리고 철저하게 논의될 기회가 된 것은 사실일 것이다.

지구 전체의 기후 변화, 환경 악화, 지하자원이나 수자원의 고갈, 산림의 소멸과 사막화, 어류를 비롯한 동식물의 멸종 위기 등 지구 생태계를 변화시키고 있는 환경 악화에 대한 위기의식은 이미 널리 퍼져 있다고 할 수 있다. 그런데 그중에도 우선 급박한 위기로 다가올 것은 에너지 문제로 보인다.

최근의 석유가 상승은 산업은 물론 보통 사람의 일상생활에도 상당한 영향을 갖는 경제 변수의 하나이다. 하지만 석유 자원 문제의 악화는 오늘날처럼 완전히 석유에 목을 매고 있는 현대 산업 사회의 경우에 그 종말을 의미할 수도 있다. 지금의 석유가 상승이 일시적인 것이 아니라 장기적 추세의 한 증후라고 미국 경제학자 폴 크루그먼은 최근 《뉴욕 타임스》 칼럼에서 전망했다. 그에 따르면 석유 생산은 대체로 2006년에서 2010년 사이에 정점에 이르렀다가 하강 일로가 될 것이라고 한다. 이것과 합쳐서 1976년 이후에 새로운 유전이 발견된 일이 없고, 신생 공업 국가에서의 계속적인 수요 상승이 있고, 세계 석유 소비량의 6퍼센트를 차지하는 중국의 수요가 최근의 세계적 수요 상승률의 37퍼센트를 차지했다는 점들을 아울러 보면 석유 에너지 위기가 어떤 속도, 어떤 규모로 다가올 것인가를 짐작해 볼 수 있다. 다른 비관론자에 의하면 이 위기는 결국 자원의 확보를 위한 세계 전쟁의 시대를 열게 될 것이라고 한다.

앞에서 환경 문제에 대한 국제적인 회의가 있었어도 실질적인 조처는 별로 없었던 것처럼 말하였지만, 이것은 괄목할 만한 진전이 없었다는 말이지, 정책의 조정이 없었다는 말은 아니다. 가령 영국은 2010년까지 총에너지 수요량의 10퍼센트 그리고 2020년까지는 20퍼센트를 석유가 아닌 대체 에너지로 바꾸겠다는 계획을 추진하고 있다. 이 대체 에너지의 가장 중요한 부분은 풍력 발전을 통해서 얻어지는 에너지이다. 이 풍력 발전 시설은 이미 상당히 많이 설치되어 가동하고 있다. 다만 그것이 그것대로 문제를 가지고 있어서 더 많은 진전을 보고 있지는 못하다.

그런데 이러한 문제는 물론 전문가의 의견을 들어 보아야지 함부로 말할 문제는 아니다. 독일 본에서 열린 재생 가능 에너지 회의의 뉴스를 접하고 내가 생각한 것은 더 작은 규모의 일, 즉 영국 옥스퍼드 대학의 에너지 정책과 같은 것이다. 옥스퍼드에서 추진하고 있는 대학 자체의 에너지 정책을 보면서 나는 이러한 일들이 반드시 정부의 정책만이 아니라 여러 민간 부문과 시민들의 각성된 노력이 합쳐서 실질적 열매를 얻을 수 있다는 점에 강한 인상을 받은 바 있다. 옥스퍼드는 2002년 초에 환경 정책 방침을 선언하고 에너지와 물의 사용, 쓰레기 처리는 물론 기타 대학의 시설과 활동 그리고 재정 운영에 있어서 환경적 고려를 필수 사항으로 할 것을 결정하였다. 대학 신축 건물의 에너지 소비 총량 계산 요구는 옥스퍼드의 환경 사고의 면밀성을 잘 보여 주는 예이다. 콘크리트와 철강은 벽돌이나 목재보다도 그 제조 과정에서 에너지 소비가 많다. 이것이 건축에 투입되는 에너지 소비 총량 계산에 합산되어야 하고 이 총량이 억제되어야 하는 것이다.

이러한 에너지 정책의 결과 대학 본부는 그해 후반에 벌써 그 총에너지 소비의 25퍼센트를 녹색 에너지로 전환하게 되었다. 옥스퍼드 내의 리나커 칼리지의 증축 설계는 이산화 탄소의 방출량을 3분의 1로 줄이는 데 성공했다. 키블 칼리지의 새 건물은 땅 밑의 열에 연결된 열 교환 장치를 설치하여 온도를 조절할 수 있게 되었다. 상온을 유지하는 지하 열을 배관 파이프로 마루나 천장에 연결하여 겨울에는 난방, 여름에는 냉방을 할 수 있게 한 것이다.(내가 가진 정보는 2년 전의 것으로서 그 후에도 큰 진전이 있을 것으로 생각한다.)

대학의 환경 정책은 원래 리우, 교토, 요하네스버그 등의 국제 환경 회의에 의하여 자극된 것이나 그러한 회의에서 천명된 환경 가이드라인이 옥스퍼드의 공식적인 정책으로 채용된 것은 학생들의 환경 운동 그리고 그에 대한 교직원들의 동조를 통하여 가능하게 된 것이다. 흥미로운 것은 이러한 집단적 운동이 있었음에도 불구하고 정책의 채택과 수행은 옥스퍼드의 대학 조직과 재정 운영이 그러하듯이, 구성 대학들과 학과의 자유로운 결정에 맡겨졌다는 것이다. 하여튼 환경 친화적인 미래를 지향하는 것은 이제 옥스퍼드 전체의 확실한 정책이 되어 있다.

이러한 예는 환경 문제를 비롯한 공동체의 문제가 개인이나 작은 그룹의 자발적인 각성과 참여로 진전을 볼 수 있다는 것을 증명해 주는 것이다. 또는 그러한 참여 없이는 깊은 의미에서 사회 문제의 해결은 기대할 수 없다고 할 수도 있다. 이러한 참여에도 불구하고 정부나 공공 부문의 기구들이 그에 대한 전체적인 비전을 제시하고 그에 따른 행동을 진흥하는 것이 중요한 일임은 말할 필요도 없다. 우리의 경우 이제 새 정권이 선 지도 1년이 넘고 또 그에 대한 새로운 확인이 있은 지도 두 달이 가깝지만, 정부의 관심은 대체로 그때그때의 파당적 논쟁에 몰입되어 미래를 설계하는 일에 사용할 에너지는 별로 없는 것으로 보인다. 이제 정부와 정당들은 작은 싸움을 거두고 에너지 문제를 비롯한 큰 문제들을 생각할 때가 아닌가 한다.

(2004년 6월 10일)

대학의 평준화와 정예화

최근에 우리는 서울대학 또는 대학이 평준화되어야 한다는 논의가 이는 것을 본다. 이것은 서울대학 또는 일반적으로 유명 대학의 존재 방식에 문제가 있다는 것을 말하고, 이 문제는 해답을 요구하는 것일 것이다. 그러나 선행하여야 할 것은 쉬운 해답의 발견이 아니라 근본을 확실히 하는 일이다.

서울대학의 문제와 관련하여 학벌의 문제가 나오는 것을 보면, 이러한 논의의 중요한 근거의 하나는 서울대학이 우리 사회에 특권과 이익의 조직을 구성하고 있다는 느낌인 것으로 보인다. 이것이 사실이라면, 그것은 중요한 사회적인 문제임에 틀림없다. 그러나 그 배경에 있을 수 있는 사회적 경쟁의 문제를 너무 일면적으로 의식할 때, 그것은 대학에 대한 우리의 이해를 적지 않게 왜곡할 것이다. (과외 문제나 입시 제도의 문제도 주로 사회적 경쟁의 관점에서 접근되어 왔다. 과외의 경우, 그 교육적 득실보다 가계부상의 불평등한 부담을 먼저 따지는 일이 그러한 것이다. 극단적으로 말하여 과외가 진정으로 청소년의 교육 또는 장래에 위대한 과학자나 작가를 양성해 내는 데 도움이 된다면, 거기에 지불하여야 하는 상당한 대가도 치를 만한 것이 될 것이다. 물론 그렇지 않은 것이 문제이다.)

　대학이 주로 출세의 관문이라면, 민주 사회에서 출세의 기회가 더 고르게 주어져야 한다는 주장은 정당하다 할 수 있다. 그런데 이 경우에도 서울대 출신이 출세 가도를 쉽게 달린다고 한다면, 그것은 형성되어 있는 학벌 때문이 아니라 실력으로 인한 것이라는 변호가 있을 수 있다. 이에 대한 반론은 서울대 출신의 실력이 참으로 믿을 만한 것인가를 묻는 것이다. 이러한 반론과 재반론은 어느 쪽이 옳든지 여기에 관련되어 있는 것이 단순한 기회 배분의 문제가 아니라 실력의 문제라는 것을 말하여 준다. 그렇다면 필요한 것은 취업 등에서 선발의 기준이 참으로 공정한가를 검토하는 일이다. 이러한 선발에서 특정 대학의 출신이 미리 점수를 얻고 들어간다고 한다면, 그것은 공정한 일이라 할 수 없다. 출신 대학의 인맥이나 외면적 명성에 좌우되는 것이 아닌, 참으로 개인 실력의 차를 가려낼 수 있는 신중하고 섬세한 선발 기준을 국가적으로 강화하도록 하는 일은 중요한 일이다.

　그러나 이것은 서울대학의 평준화로 해결될 수 있는 것은 아니다. 또 요구되는 국가적 대책은 많은 대학의 발전을 적극 지원하여 실력 있는 인재가 여러 대학에서 고르게 배출될 수 있도록 하는 것이다.

　그런데 사회에서 요구하는 실력은 대학 졸업자의 평균적인 실력만을 의미할 수는 없다. 수행해야 할 어떤 일들은 특별한 재능과 훈련을 요구한다. 또 이 실력은 오늘의 상황에서는 세계적인 수준에서 경쟁할 수 있는 것이어야 하는 경우도 있다. 그리고 그 가운데에는 개인이나 제한된 집단의 필요를 넘는, 그러면서도 그것의 생존과 번영을 위하여 반드시 수행되어야 하는 일들이 있다. 그리하여 평준화된 대학 제도를 만든다고 하더라도 그와는 다른 정예화된 교육 기구의 창설이 불가피할 공산이 크다. 엘리트 교육이나 연구 기관은 개인의 요구 이전에 국가적인 필요다. 대학이 평준화되어 있는 프랑스나 독일에서 보는 현상이 이러한 것이다.(독일에는 이미 고급 연구 기능을 수행하는 기구들이 있지만, 대학 자체의 엘리트화 필요성이 최근에 큰 논의의 대상이 되고 있다.) 이런 문제와 관련하여 우리 사회에서도 이미 학부 대학의 평준화와 대학원의 정예화라는 방안들이 논의된 바 있다.

물론 엘리트 교육 연구 기구에서도 평등의 이상이 완전히 배제되어야 하는 것은 아니다. 접근의 기회에 공정성을 확보하는 것은 그러한 기구를 강화하기 위해서라도 필요한 일이다. 또 그에 따를 수 있는 사회적 특권에 대한 제한도 기회 평등의 관점에서만이 아니라 기구의 투명성 유지와 능률을 위하여 필요한 일이 될 것이다.

이것은 국가적 필요와 세계 시장이 요구하는, 어떤 부분에서의 교육과 연구의 엘리트화를 말하는 것인데, 교육을 국가나 집단의 관점으로만 보는 것이 반드시 옳은 것은 아니다. 개인의 발전은 민주 사회의 중요한 이상이다. 주어진 능력을 한껏 발전시키는 개인들의 모습은 자신들에게만이 아니라 공동체 전부의 기쁨이 될 수 있다. 그리고 그들의 성취가 가져오는 발전은 직접적인 의미에서 국가의 요청에 답하는 것이 아니라고 하더라도, 궁극적으로 국가에 기여하고 인류 공동체에 기여하는 일이 될 것이다. 국가의 관점에서 중요한 것은 재능의 발굴을 위한 적극적인 노력이다. 그것이 잘못된 기준에 의한 것이고 폐쇄적인 것이 된다면, 그것은 개인의 손실일 뿐만 아니라 국가적인 손실이 된다. 이것은 지금의 입시·진학·채용 제도가 참으로 재능의 낭비를 가져오는 것인가, 아닌가에 대한 섬세한 검토를 요구한다.

그런데 여기에서 말하는 손실이나 이익은 좁은 의미에서의 국가나 개인의 이해득실만을 의미하는 것은 아니다. 우리는 개인을 단순히 이익의 주체로 또는 국가 이익의 한 요인으로만 생각하는 경향이 있다. 한 사람 한 사람의 재능과 능력은 모든 사람을 위하여 존재하는 삶의 가능성이다. 한 사람이 꽃피우는 업적은 모든 사람의 삶의 보람이다. 그러나 이러한 재능과 능력의 발굴과 계발은 특출한 개인에게만 해당되는 것은 아니다.

민주 사회는 그가 누구이든지, 그의 사회적 중요성이 무엇이든지, 모든 개인의 인권을 지켜 주는 사회다. 마찬가지로 좋은 민주 사회는, 그것이 어떤 종류의 것이든지, 개인에게 주어진 능력의 신장을 도와주는 사회일 것이다. 그것은 교육의 내용이 그에 맞는 것이어야 한다는 걸 의미하기도 하지만, 국가가 박탈된 사회적·경제적 기회의 보완에 고르게 힘쓴다는 것을 의미하는 일이기도 하다.

서울대학 또는 어떤 특정 대학이 평준화의 대상이 되는 것은 있을 수 있는 일일지 모른다. 그러나 평준화는 또 다른 정예화된 대체 기구의 창설을 불가피하게 할 것이다. 어떤 경우에나 대학 제도의 개혁은 교육의 근본을 널리 살피면서 연구되는 것이라야 한다. 사회에서 일어나는 한두 가지 요청만으로 설계되는 개혁은 많은 것을 왜곡하게 될 것이다. 학교 제도가 사회적 기회균등을 위한 수단이 되는 것은 정당하다. 그러나 사회에는 평등한 개인들의 연합을 넘어가는 공공 분야가 있다. 교육과 연구는 이 분야의 창조, 유지, 발전에서 수행하여야 할 중요한 역할을 지닌다. 그러면서 그것은 사람의 삶에서 쉬운 쓸모를 넘어가는 보다 본질적인 의미의 인간 활동이 될 수도 있다. 그러나 이렇게 말하면서 교육과 연구 그리고 학문의 보상은 궁극적으로 이익과 특권이 아니라 봉사와 참여라는 점을 다시 한 번 상기할 필요가 있다. 많은 문제가 이 점을 망각하는 데서 일어난다.

(2004년 5월 27일)

실용주의 정치에 대한 변론

새로운 정치 판도가 짜여지면서, 여야 협조의 분위기를 조성하려는 노력이 더러 '실용주의'라는 말로 설명된다. 우리 사회에 갈등이 없는 것은 아니나 모든 것을 개변하여야 한다는 느낌이 많다고 생각되지는 않는다. 큰 테두리에서는 합의가 존재하는 것이 지금의 우리 사회라고 하는 것은 지나치게 낙관적인 견해는 아닐 것이다. 싸워야 할 절대적인 이유가 없는 일에서 싸우지 않고, 협조할 수 있는 일에서 협조하는 것은 실용주의적 입장에서 당장에 유도될 수 있는 좋은 결과의 하나이다.

우리가 말하는 실용주의는 영어의 프래그머티즘(pragmatism)의 번역이겠지만 이용후생, 실사구시, 실학과 같은 전통적 연상도 가진 말일 것이다. 그렇기는 하나 프래그머티즘을 생각할 때, 그 남상은 찰스 퍼스의 말, "어떤 대상을 생각할 때, 그것이 가질 수 있는 결과, 실제적인 결과는 우리가 그 대상에 대하여 생각할 수 있는 전부이다."라는 명제이다. 여기에서 말하는 결과는 반드시 현실적인 결과를 말한 것은 아니다. 퍼스가 문제 삼는 것은, 논문의 제목 「우리의 개념을 어떻게 분명히 할 것인가?」에 나와 있듯이, 사고에 있어서의 명증성의 기준이다. 퍼스의 유머러스한 예를 들면, 다이아몬드는 단단한 물질이지만, 사람이 만지지 않을 때 그것은 물렁물렁한지도 모른다.

그러나 다이아몬드를 사용할 때는 물론 생각할 때에도 그러한 상정은 현실적인 차이를 가져올 수 없다. 그러므로 그것은 우리의 생각을 분명히 하는 데는 아무런 도움을 줄 수 없다. 퍼스의 생각을 인생과 사회의 현실에 적용 확장한 것이 윌리엄 제임스(William James)를 비롯한 다른 후속의 사상가들이다. 논리학자인 퍼스를 비롯하여 그 의미의 확대에 불만을 느낀 사상가도 있었지만, 좁은 의미나 넓은 의미에서의 '프래그머틱 테스트(실용성의 시험)'는 정치에 있어서 필수 사항이라고 할 것이다. 정치 행동과 기획의 궁극적인 기준은 그것이 사람 사는 데에 도움이 되느냐 하는 것이기 때문이다.

넓은 의미의 프래그머틱 테스트는 가장 간단한 차원에서도 현실 정치에 대한 우리의 생각과 관심을 분명히 해 줄 수 있다. 최근에 미국과 중국 중 어느 나라가 한국에 중요한 나라냐 하는 것이 여론 조사에서 질문의 하나로 등장한 일이 있다. 중국을 우위에 놓는 답이 크게 눈을 끌었지만, 어느 쪽이든 사람들이 느끼는 만큼 답은 현실 정치적 의미를 크게 갖지 아니할 것이다. 친하고 싫어하고 하는 것으로 바뀔 수 없는 것이 한국의 미국이나 중국과의 현실적 관계 — 경제적·외교적·문화적 관계의 현주소일 것이다.

물론 이러한 태도의 변화는 지나치게 미국 편향의 대외 정책을 수정하여야 한다는 것을 암시하는 것이라고 할 수 있다. 그러나 친미냐, 친중이냐에 관계없이 우리의 대외 관계가 자주성을 가지고 있어야 한다는 것은 우리의 당위이다. 국가의 이익과 우리의 정의감이 그것을 요구하는 것이다. 그리고 큰 문제가 없는 한 모든 국제 관계에서 선의의 입장을 지켜야 한다는 것은 당연한 원칙이다.

다른 예를 들면 친일 문제를 포함한 과거 청산의 문제 그리고 이념의 문제에서도 현실성은 중요한 시험 항목이 될 수 있다. 실용성의 테스트를 적용한다면, 지금의 시점에서 현실적 작용이 불가능한 과거의 일이나 이념의 문제는 정치 의제가 아니라 학문적 연구의 과제가 되는 것이 마땅할 것이다.

경제는 많은 사람의 생각에 오늘의 가장 중요한 현실 문제이다. 이 문제를 풀어 나가는 데 중요한 사고의 범주가 되는 것은 성장이냐, 분배냐 하는 것이다. 그런데 경제의 수행 성적과 분배가 밀접한 연관 관계에 있다는 것은 모두 다 동의하는 것일 것이다. 갈등을 완전히 배제할 수는 없지만, 문제의 핵심은 타협점의 발견에 있다. 그러나 이것은 아마 현실 자체에서 발견될 수밖에 없는 것일 것이다. 기업의 활성화를 위해서는 오늘의 조건하에서 무엇을 할 수 있을 것인가, 분배는 아무래도 고용, 의료, 교육, 연금 등 사회 보장 제도의 형식을 띨 터인데, 이러한 부분에서 어느 정도가 오늘의 형편에서 가능한 것인가 — 이러한 질문에 대한 답변은 현실이 허용하는 범위 한도에서 주어지는 것일 것이다.

사회 복지 제도는 담세 능력과의 연계 없이는 현실이 될 수 없다. 기업에 대한 규제의 완화나 철폐가 말하여지지만, 일정한 규칙과 투명성 없이 믿을 만한 시장 질서가 성립할 수 있겠는가. 기업 활동의 조건으로 노동의 유연성이 거론되지만, 노동자의 생존권을 전적으로 무시하는 노동 유연성이 기업을 위한 사회적 조건의 조성에 도움이 될 수 있겠는가. 이러한 문제들을 생각하는 데 정치적 견해와 입장의 차이가 있는 것은 당연하지만, 그것이 합리적 논의의 범위를 벗어나는 것은 아닐 것이다.

그러나 가장 중요한 것은, 그것이 어느 쪽에서 요구되든, 이루어져야 할 작업을 될 수 있는 대로 작은 실용적인 단위로 쪼개어 그에 접근하는 것일 것이다.

우리 전통은 정치를 지나치게 신념이나 이념 그리고 그것에 따른 용기 있는 행동에 결부시키는 경향이 있다. 대체로 유연한 사고가 아니라 대쪽 같은 소신만이 고귀한 것으로 생각되는 것이다. 그러나 소신 있는 행동만 지나치게 강조하는 것은 정치의 궁극적인 의미가 사람 사는 일에 관계된 다는 것을 망각하는 것이 될 수 있다. 삶을 넘어가는 숭고한 이념이나 이상 이 없는 것은 아니다. 그러나 그러한 이념이 삶의 희생을 요구할 때, 그것 은 개인에 해당되는 일일 수 있으나, 집단의 삶 전체에 요구될 수는 없는 것이다. 그럴 때 그것은 자기 오만의 표현에 불과하다. 정치에서 최종적인 덕성은 삶의 현실에 대한 겸허이다. 이 겸허, 거기에서 나오는 강인함이 참 다운 정치적 소신의 토대다.

물론 정치의 의의는 현실을 이상적인 구상에 따라서 바꾼다는 데에 있 다. 일관된 생각 없이 신뢰할 수 있는 생활의 질서를 만들어 내는 것은 불 가능하다. 그러나 이상적 구상의 실천은 디자이너의 책상 위에서가 아니 라 삶의 구체적인 현실에서 이루어진다. 일관된 기획이 있다고 하여도, 그 것은 끊임없이 삶의 현실에 적응하여야 한다.(이 적응을 거부하는 것이 원리주 의이다.) 우리의 전통은 지행일치를 강조한다. 이것은 존중될 만한 윤리적 삶의 원리다. 그러나 정치에서의 이념과 현실의 일체성에 대한 지나친 집 착은 삶의 현실을 왜곡한다. 그것은 하나의 모터에 해야 할 모든 작업을 직 접 연결시키려는 것과 같다. 섬세한 작업을 위해서는 속도와 방향과 정밀 도를 바꾸는 기어 장치가 필요하다. 프래그머틱 테스트는 생각의 기어 박 스에서 핵심적인 장치다. 이 시험은 쓸데없는 싸움의 낭비를 피하는 데 빼 놓을 수 없다.

(2004년 5월 13일)

개혁과 섬세한 사고

남캘리포니아는 상하(常夏)의 나라이다. 그러나 지구의 공전에 따른 온도의 변화가 전혀 없는 것은 아니다. 금년은 다른 곳 같으면 봄이 지나고 여름에 해당하는 따뜻한 날씨가 다른 해보다도 빨리 왔다는 것이 현지 대중 매체들의 보도였다. 그러면서 매체들은 독사와 독충에 주의하여야 한다는 경고를 실었다. 들판이나 숲에 별 생각 없이 발을 들여놓는 사람은 절기보다 일찍 동면에서 깨어난 독을 지닌 동물이나 독충을 조심해야 한다는 것이다. 본래 사막 지대였던 이 지역의 수자원 고갈이나 지진 등은 보이지 않으면서도 근본적인 이 지역의 불안 요인이지만, 독을 가진 동물들은 더 단적으로 상하의 나라 이곳이 완전한 낙원은 아니라는 것을 상기하게 한다.

지진은 몰라도 수자원 문제는 날씨가 더운 미국의 서남부 사막 지방에 잠재하여 있는 큰 문제의 하나이다. 야생 동물의 문제도 두루 존재한다. 애리조나 주에도 방울뱀이라든가 전갈과 같은 독을 가진 동물들이 있다. 또 하나의 그러한 동물인 독도마뱀 힐라몬스터(hilamonster)는 애리조나 서남부의 소노라 사막 지대에 많이 서식한다.

나는 캘리포니아를 떠나 애리조나 투산에 갔다가 힐라몬스터에 대한 다음과 같은 이야기를 들었다. 한번은 힐라몬스터가 집에 붙어 있는 차고에서 발견되었다. 그리하여 시청에 연락을 하고 시청에서 담당관들이 나와 이놈을 잡았다. 스스로 처리하는 것이 아니라 시에 신고를 하는 것이 정당한 절차이기 때문이다. 거기에도 전문성이 필요한 것이다. 소방대원처럼 차린 덩치 큰 사람들이 손바닥만 한 동물을 처리하려고 출동하는 광경을 상상하면 저절로 웃음이 나올 만한데, 더 우스운 것은 포획한 동물을 처리하는 방식이었다. 야단이 난 듯 달려온 사람들이 기껏 한 일은 그놈을 잡아 뒤뜰 밖에 버리는 일이었다. 담장 밖으로 버려진 힐라몬스터가 다시 집 안으로 침범해 들어올 수 있을 게 아닌가. 그러나 다른 도리는 없다는 것이다.

나에게 깊은 인상을 준 것은 이 우스꽝스러운 크고도 작은 행동이었다. 힐라몬스터를 담장 밖에 버리는 것으로 그치는 것은 그럴 이유가 있는 것이다. 법에 규정된 절차가 해로운 동물의 자리를 옮기는 경우에도 그 옮기는 범위를 50미터 이내로 제한하고 있는 것이다. 동물에게는 익숙한 서식지가 있게 마련인데, 이동 거리의 제한은 이동의 범위를 서식지에 제한하기 위한 것이다. 힐라몬스터는 이빨에 독을 가지고 있는 위험스러운 동물이다. 그러면서도 그것은 애리조나가 보호하고자 하는 동물의 하나이다. 사람이 살고 아이들을 기르고 하는 곳이기에, 말할 것도 없이 그 피해로부터 사람을 보호하는 조처도 필요하다. 두 가지의 모순된 보호의 필요를 조화시켜 보려는 것이 위에서 말한 힐라몬스터의 처리 절차에 표현되어 있는 것이다.

독을 지니고 있는 동물들도 각도를 달리하여 보면, 그 나름으로 창조와 진화의 신비를 나타내고 있다고 할 수 있다. 내가 본 힐라몬스터는 그 비늘의 정교함이며 비늘들이 교차하면서 이루는 색깔의 문양으로 하여 유기체의 신비한 아름다움을 느끼게 할 만한 작은 동물이었다. 그거야 어쨌든 이러한 동물도 살 권리가 있다는 것은 부정할 수 없는 일이다. 이것을 인정하면, 물론 그 생존의 조건을 보장해 주려는 노력이 필요해진다. 그러나 사람이 살고 아이를 기르는 곳에서, 그것이 사람에게 불편한 일이 되는 것도 사실이다. 이러한 불편하거나 불쾌한 야생 동물과의 공존의 문제를 한 번에 속 시원하게 해결하는 방법은 없다. 경계하고, 일정한 거리를 유지하고 그러면서도 그들의 삶의 터를 인정하는—끊임없는 되풀이를 필요로 하는 이러한 작업을 그대로 받아들이는—것이 유일하게 합리적인 대처 방법인 것이다.

법과 제도는 구체적인 삶의 현실을 섬세하게 다루지 못하는 것이 보통이다. 법대로 한다는 말이 무서운 말이 되는 것은 불법 행위자에게만 그러한 것이 아니다. 그러나 애리조나 투산 시의 독성 동물에 대한 처리 절차는 법이나 공공 제도가 요구하는 획일적 사고의 경직성을 넘어 삶의 구체적인 조건을 섬세하게 반영하는 것으로 보인다. 그것은 한편으로 문제의 근본과 전체를 부여잡고 있으면서, 다른 한편으로 전체의 구성 요소와 그 변화에 섬세한 주의를 기울인다.

새로 구성되는 국회는 개혁 국회가 될 가능성이 크다. 그것은 새로운 입법 행위를 통하여 이루어질 것이다. 그러나 그 개혁 입법들은 일시적인 문제의식에 의하여 좌우되는 것이 아니라 근본적이면서도 정치한 현실 이해를 담아야만 진정한 사회 발전을 가져올 수 있을 것이다. 그러나 그러한 우리의 희망이 쉽게 현실이 되지 않을지도 모른다. 우리를 불안하게 하는 예를 들건대, 가령 국회 의원 면책 특권을 철폐하자는 주장이 있다. 그런 주장이 나오게 된 경위를 이해할 수 없는 것은 아니지만, 지나치게 간단한 면책 특권의 제거는 독재 체제로부터 민주화 과정으로 넘어오는 과정에서 국회에서나마 유지되었던 최소한도의 비판의 공간을 없애 버리는 결과가 될지도 모른다.

근본적이고 정치한 고려의 필요는 정부 정책의 경우에도 요구된다. 최근에 나오는 서울대학 평준화 논의도 그러한 경우이다. 역대 정부는 대학의 문제를 입시 제도라는 열쇠를 통하여 풀어 보려 시도한 일이 많았다. 사회 평등 또는 특권 배분의 균등을 향하려는 압력이 강했기 때문이었을 것이다. 서울대학 평준화의 논의도 같은 맥락에서 일어난다고 할 수 있다. 대학 평준화의 경우 우리가 모범으로 삼을 만한 대표적인 나라는 독일이다. 그러나 최근에 사민당이 그 평등주의 정책의 수정을 시도하면서, 독일의 평준화된 대학 제도를 개편하여 대학들을 정예화하여야 한다는 논의가 강하게 대두되고 있다는 점을 참고할 필요가 있다. 그 이유의 하나는 지금의 독일 대학들이, 가령 미국이나 유럽의 다른 나라에 비하여, 사회가 필요로 하는 과학과 기술을 창출해 내지 못한다는 것이다. 이것도 대학의 문제를 지나치게 실용적인 관점에서 접근한 것이라고 하여야 하겠지만, 이러한 요구가 있다는 것을 생각해 보는 것은 중요한 일이다. 대학 교육 기회의 평등화에 대한 요구는 정당한 요구이다. 그러나 대학과 학문은 국가의 어떤 요구에 봉사하고, 개인들의 재능과 기회를 서열화하고, 또는 평등화의 조건하에서 그것을 균등화하는 외에 보다 본질적인 다른 여러 기능들을 가지고 있다. 개혁이 어떤 것이든지 간에 이 여러 기능 — 서로 모순되기도 하는 여러 기능 — 을 전체적으로 섬세하게 생각하는 것이라야 할 것이다.

앞에서 말한 것은 비근한 예를 들어 본 것이다. 총체적이고 섬세한 검토는 더 중요한 많은 개혁안들의 발의에서 더욱 절실한 것이 될 것이다. 일시적이고 단편적인 문제의식에서 출발하여 일도양단의 단호함으로 문제를 해결하려는 시도는 삶의 현실을 쉽게 왜곡할 수 있다. 문제의 총체를 이루는 많은 사항들이 때로는 서로 모순의 관계에 있고, 이 모순을 제거하면 삶의 질서 자체가 깨어질 수도 있다. 낙원이 아닌 인간 사회에서 문제의 해결은 모순의 해소가 아니라 균형에서 찾아지는 경우도 비일비재하다. 앞으로 제시될 개혁의 방안들이 근본적이면서 정치한 생각을 거쳐 나오는 것이 되기를 희망해 본다.

(2004년 4월 29일)

총선 이후의 정치적 과제

　그간 혼미를 더해 온 것이 우리 정치의 상황이라고 할 수밖에 없다. 정치가 우리 사회의 당면한 문제가 무엇이며, 그것을 어떻게 풀어 나가며, 또 나은 미래를 위하여 무엇을 해야 하는지를 대충이라도 느낄 수 있게 해 주지 못했다는 말이다. 사회의 중요 과제가 지나치게 일목요연한 것은 그 사회가 독재 체제이거나 위기에 처해 있다는 것을 말해 준다. 그러나 어떤 경우에나 정치의 중요한 과제, 특히 우리 사회처럼 지향해 가야 할 곳이 없을 수 없는 사회에서 정치의 제일 중요한 과제는 사회의 현재와 미래의 방향을 지시해 주는 일이다. 방향의 혼미는 민주화라는 대과제가 사라진 때문이기도 하지만, 우리 정치의 중요한 실패라고 말할 수밖에 없다. 이러한 상황은 총선 이후에도 크게 달라질 것으로 보이지 않는다.

　물론 설령 우리 사회에 대한 분명한 정치적 비전이 있다고 하더라도 지금과 같은 정치 불신의 풍토에서 그것이 현실적인 의미를 갖기는 심히 어려운 일이다. 선거에서 사람들의 면면이 바뀐다고 한들 새로운 국회 의원들이, 그들의 소속 정당이 지고 있는 불신의 부채를 벗고 국민들의 마음에 나라의 일을 떠맡고 나갈 믿을 만한 국민의 대변자로 비치기는 어려울 것이다.

정치 불신의 근저에 있는 것은 그간 여러 가지 크고 작은 사건들 속에 잦아들어 버린 것으로 보이면서도 우리 정치의 원죄가 되어 있는 불법 정치 자금 등 여러 비리나 부패의 문제다. 부패의 가장 큰 책임은 한나라당에 있다고 할 것이다. 그러나 열린우리당을 한나라당의 부패를 대체할 수 있는 정당으로 쉽게 생각할 수 있는가. 그렇지 못한 것이 아마 많은 국민이 이번 선거의 정당 평가에서 부닥치게 된 가장 큰 고민이었을 것이다.

사람들로 하여금 우리의 정치 상황을 혼미한 것으로 느끼게 하는 다른 원인은 우리 정치계에 설득력 있는 사회적 비전을 만들어 내려는 노력이 없다는 것이다. 이 점에서 우리 정치를 특징짓고 있는 것은 사고의 부패 또는 적어도 빈곤이나 빈약화라 할 수 있다. 정치적 사고의 빈약화에 대한 가장 큰 책임은 정부와 여당에 돌리지 않을 수 없다. 지금의 정부는 과거 어느 때의 정부보다도 논쟁적인 정부였지만, 그 논쟁이 현실 상황을 분명히 정의하고 미래를 설정하는 노력의 일부라는 느낌을 주는 경우는 많지 않았다. 정책 수행의 기본적인 기구를 장악하고 있는 사람들이 합리적 설득이 아니라 적대적 논쟁을 즐겨 펼친다는 것 자체가 문제였다고 할 수 있지만, 더 중요한 것은 대체적으로 즉흥적인 대응으로 펼쳐지는 논쟁들이 철학의 빈곤을 느끼게 하는 경우가 많았다는 점이다.

정치가 갈등과 투쟁의 장이라는 것은 부정할 수 없다. 그러나 그것은 단순한 싸움판이 아니라 주어진 사회 현실에 대한 더 총체적이고, 더 명징한 정의에 이르려고 하는 투쟁의 장이기도 하다. 그 투쟁은 현실을 더 넓고 높은 차원에서 파악하려는 사회 전체의 노력의 표현일 수 있다. 더 정확한 사고와 언어를 위한 투쟁은 이 노력의 일부다.

그런데 정확한 사고와 언어를 파괴하는 데 큰 몫을 해 온 것이 여당이다. 가령 아무리 잘못된 것이라고 하더라도 정상적인 국회 절차를 통해 통과된 대통령 탄핵안을 의회 쿠데타라 부르고 그러한 이해에 입각하여 즉물적으로 사태를 번복하려 하는 것 같은 것은 그 작은 한 예에 불과하다. 이러한 표현과 행동이 민주주의나 법치주의, 논리나 사실 표현에 대한 존중을 보여 주는 것이 아님은 분명하다.

더 중요한 것으로 여당이 사용하는 개혁이라는 말이 있다. 이것은 현 정권과 여권의 주요 슬로건이었다. 그러나 개혁이라는 수사가 무엇을 개혁하겠다는 것인가를 일관성 있게 보여 준 일이 없다. 불분명한 형태로 구호화한 개혁은 —— 계층과 계층, 세대와 세대, 지역과 지역, 심리적 불행 의식, 이념의 차이, 사회에 존재하게 마련인 권위 인정의 경쟁 —— 이러한 틈들에 존재하는 부정적인 힘들을 총동원하는 방편일 수는 있으나 적극적으로 정치의 비전을 보여 주는 슬로건은 아니다.

개혁이란 말은 결국 싸움판의 표어나 협박어가 되면서 그 이상의 의미를 가지지 않는 공허한 말이 되었다. 개혁의 의미를 분명히 하면 그 대결적 의미의 수정이 불가피할 것이기 때문인가. 개혁은 아마 세계사의 현시점에서, 자본주의 체제 타도의 혁명을 의미하는 것은 아닐 것이다. 그렇다면 그것은 두 가지를 의미할 수밖에 없다.

하나는 더 합리적인 시장 경제 체제를 확립하자는 것일 수 있다. 이 경우 개혁은 더 공정한 시장의 원칙의 관점에서 정치와의 야합을 포함한 부패 경영 관행의 척결을 뜻할 것이기 때문에, 어떤 기득권 세력들과의 마찰을 가져올 수 있으나, 이른바 보수주의자라고 불리는 사람들이 반대할 성질의 정책들을 의미하지는 아니할 것이다.

둘째로 개혁은 부의 보다 공평한 분배를 목표하는 정책들을 의미할 수 있다. 그러나 이것은 현시점에서 자본주의 경제 체제와의 타협을 조건으로 한다. 대체로 복지의 형태를 취하는 분배 정책은 자본주의 경제의 과실에 의존하는 것이 되기 때문이다. 복지 정책은 많은 자본주의 국가에서 받아들이고 있는 것이다. 이것은 단순히 사회와 정치의 기본적인 안전판이라는 관점에서라도 자본주의자들이라고 반드시 거부하기만 할 정책은 아니다. 다만 그 정도에 대한 갈등과 타협이 있을 수는 있을 것이다.

현시점에서 자본주의 체제에 대한 가장 비판적인 또는 개혁적인 입장은 민주노동당의 정책들에 일관성 있게 표현되어 있다. 그 사회 정책은 사회 형평의 원리에 따른 세금 조정을 통해 마련되는 재원을 활용하여 직업 안정과 복지의 극대화를 꾀하겠다는 것이다. 여기에 대하여 견해를 달리하는 사람들이 있을 것이다. 그러나 그것은 적어도 사실적이고 논리적인 관점 — 계급적 입장, 경제의 현실적 가능성, 사회적 이상 등의 차원 — 에서 논의될 수가 있고, 그것을 부정하거나 수정을 말하는 경우도 그 논의는 사실적이고 합리적 논의를 근거로 하지 않을 수 없을 것이다. 그런 의미에서 그러한 논의의 심화는 우리의 상황에 대한 구체적인 이해를 증진시킬 것이다.

이 글을 쓰고 있는 시점에서 이번 총선거의 결과가 어떻게 될지 알 수는 없다. 어떠한 경우에나 남는 과제는 첫째, 부패된 정치 토양을 새로이 하는 것이다. 그리고 그다음은 현실을 이성적으로 정의하고 포착하는 능력을 정치가 회복하는 일이다. 그리하여 정치는 우리 사회가 지향할 바가 무엇인가를 — 그 지향은 여러 가지일 수 있다. — 지시해 주는 공공의 장이 될 것이다. 그럼으로써 정치는 파당적 전략을 넘어서 또는 부정적 감정의 발산을 위한 잔치 마당이라는 기능을 넘어서 보편적 의미를 갖는 공동의 관심사가 될 것이다.

(2004년 4월 15일)

계획도시 어바인의 공공 문화

미국 남캘리포니아의 해안 지대에 사는 사람들은 자신들이 사는 곳이 바다에도 가깝고 산에도 가까운, 변화 있는 지형을 가졌다고 생각한다. 그러나 바다와 산의 중간 지대는 한국인의 눈으로는 대체로 매우 지루한 평원이거나 사막이고, 그곳에서 가건물처럼 낮게 늘어선 집들이 이루는 작은 도시들도 대체로 산만하고 단조로운 인상을 준다. 로스앤젤레스에서 남쪽으로 자동차로 한 시간 반 정도의 거리에 있는 어바인도 이 지대의 다른 도시와 별로 다르지 않다. 그러나 자세히 살펴보면 조금 다른 것이 있기는 하지만 중요한 차이는 눈에 보이는 작은 외형보다 이 도시의 계획도시로서의 역사에 있다.

눈여겨본 어바인은 다른 곳에 비해 길가에 잘 자란 나무와 잔디가 많다. 그리하여 도시는 일부 지역을 빼놓고는 잘 가꾸어 놓은 공원과 같은 인상을 준다. 주택가나 산업 시설 지대, 상업 지대의 길가 모두가 그러하다. 그중에도 상업 구역이 그러한 것은 특이하다. 처음 온 사람은 일용품을 구하려 할 때 상점들이 쉽게 눈에 띄지 않아서 당황할 수도 있다. 식료품점을 비롯하여 모든 상점들은 나무의 울타리 뒤에 숨어 있다. 상점들이 한 구역에 몰려 있는 것은 쇼핑몰이라는 상가 단지들이 발달한 데서는 어디에서나 볼 수 있는 일이다. 어바인에서 다른 것은 이러한 단지가 숲 뒤에 숨어 있다는 것이다. 그 존재를 알리는 것은 단지의 모서리에 서 있는 콘크리트 축조물에 새겨 있는 단지의 이름뿐이다. 단지 안에도 과장된 광고물이나 표지판은 눈에 띄지 않는다. 그래서 단지의 분위기는 상업적인 번화함보다는 단순한 기능성을 강조하는 것으로 느껴진다.

이것은 이곳 사람들의 침착한 기질 또는 미국의 삭막한 기능주의의 표현이라고 할 수 있다. 그러나 그것은 더 근본적으로 어바인 시의 정책에 관계된다. 간판이나 표지가 상업 지대는 물론 길거리에도 없는 것처럼, 주택가에서의 주택 모양이나 색깔까지도 단순하다. 적어도 주택의 색상까지는 시의 조례에 의하여 통제되어 있기 때문이다. 주택 지구에 여유 있는 공간이나 잔디 운동장 그리고 공원이 많고 마을에 수영장이나 놀이터가 많은 것도 단순히 주민의 취향을 넘어선 시의 공간 계획으로 인한 것이다. 사실 어바인은 미국에서도 보기 드문 계획도시이다. 거주, 교육, 휴식, 자연 공간의 배분, 여러 구역들 간의 상호 관계와 연결망 등이 완전히 포괄적 계획에 의하여 다스려지고 있는 것이다.

세계의 중요한 도시치고 계획이 없는 곳이 없지만, 어바인처럼 백지로부터 출발하여 그것을 현실에 옮긴 도시는 많지 않다. 더 특이한 것은 그 계획이 한 토지 회사로부터 출발했다는 점이다. 현재의 어바인 시는 원래 어바인 농장이었다. 농장을 운영하던 어바인 회사는 로스앤젤레스의 남쪽으로 도시 지역이 확대되어 가자 1957년부터 회사 소유의 농업 지대를 도시로 재편할 계획을 구상하기 시작하였다.

그러나 이 계획이 단기적 부동산 이익을 극대화하자는 것은 아니었던 것으로 보인다. 이것은 도시 내에 여섯 개의 공원을 조성하고, 하천변의 늪

지나 초원 등의 자연 보존지, 녹지 그리고 개발 금지의 공터를 널리 할애한 것에서도 볼 수 있다.(어바인은 인구 16만의 중소 도시이다.) 여기에는 시에서 공채를 발행하여 대가를 지불한 부분도 있지만, 당초에 어바인 회사에서 기증한 부분도 있다. 지금도 회사는 녹지 환경의 관리 유지에 일정 액수를 지출한다.

어바인 지역에서 가장 중요한 기관은 캘리포니아 주립 대학이다. 대학은 어바인 회사가 기증한 1000에이커(122만 평)의 대지 위에 서 있다. 대학은 어바인 일대에 문화 도시의 성격을 부여하였을 뿐만 아니라 정보 기술(IT) 산업을 비롯한 많은 현대적 기업을 들어서게 하는 계기가 되었다. 그러니 대학에 토지를 기증한 것은 현명한 장기 투자를 한 셈이다. 이 회사는 아직도 원 소유지의 거의 반을 소유하고, 그 위에 건립된 많은 회사 건물과 아파트들을 소유 관리하고 있다. 이것이 시민의 이익이나 공공 이익에 어떻게 관련되어 있는가 하는 것은 자세히 연구할 가치가 있는 일일 것이다.

우리는 어바인에서 토지나 부동산 소유의 다양한 의미를 생각하게 된다. 대학의 많은 교수나 직원들은 학교에 근접한 지대의 주택에서 살고 있는데, 이들은 지상의 건물만을 소유하고 토지는 대학의 소유로 남아 있다. 어바인 회사의 경우, 회사 관리의 부동산은 매매가 아니라 임대만을 허용한다. 이것은 대지주로서의 위치를 유지하려는 전략으로 볼 수도 있지만, 의도가 어찌 되었든 이 방침은 토지를 부동산 투기의 대상이 되지 않게 하는 결과를 낳는다.

흥미로운 것은 어바인 시의 많은 부분을 소유하고 있는 어바인 회사와 시의 관계이다. 회사는 그 토지 계획에 대한 모든 문제에 있어서 시 및 시의회와 밀접한 관계를 유지하는 것으로 보인다. 이것은 정경 유착이라고 할 수도 있지만, 공개적인 책임의 관계라고 하는 것이 옳을 것이다. 어바인 회사는 도시가 형성되기 전부터 거시적 공간 구상을 가지고 있었다. 시 당국은 이를 대체로 계승하였다. 시로서는 그 공간 계획의 수행에 있어서 수많은 작은 개인 소유자를 상대로 하는 것보다는 하나의 거대 소유자를 상대로 하는 것이 용이했을 것이다. 도시 계획은 수많은 작은 소유주들의 작은 이해관계에 의하여 지리멸렬한 것이 됐을 수도 있었기 때문이다.

이것은 좋은 공동체의 실현에는 직접적인 의미에서의 공동체 성원 낱낱의 이익 또는 그것의 집합을 넘어가는 관점이 필요하다는 것을 생각하게 한다. 이 관점을 나타내고 있는 것이 어바인 회사의 도시 계획 구상이었다. 물론 이 관점이 아무래도 특수 이익을 대표하게 마련인 회사가 아니라, 공동체 전체에 의하여 얻어졌더라면 더 좋았을 것이다. 민주주의는 낱낱의 이익을 종합하는 제도이기도 하지만, 그것을 넘어가는 공공 영역의 과제에 대한 합리적인 논의와 결론을 보장하고 공공의 관점을 만들어 내는 제도이다.

그러나 조금 더 추상적으로 말한다면 필요한 것은 합리적인 공공 문화의 창출이다. 좋은 민주주의는 인간의 삶에 관한 넓은 이해와 삶의 현실적 문제에 대한 합리적 답변을 추구할 수 있는 문화에 의하여 뒷받침되어야 한다. 어바인의 도시 계획에서 어바인 회사의 일방적인 결정이, 적어도 그 출발 지점에서 통할 수 있었던 것은 그것이 여러 사람이 수긍할 수 있는 합리성을 가진 것이었기 때문이었을 것이다. 그리고 그 이후에도 시와 시의회 그리고 시민들과 어바인 회사가 협조할 수 있었던 것은 관계된 모든 사람이 합리적 문화 내지 공공 정신의 문화에 참여하고 있었기 때문이라고 할 수 있다.

어바인은 쾌적한 도시이기는 하지만 이상적인 도시라고 할 수는 없다. 그것은 미국 서부와 미국 문화의 삭막성을 그대로 가지고 있다. 그리고 지금의 쾌적한 조건도 미국이라는, 풍요로우면서 또 낭비적인 경제에 의하여 만들어진 것이다. 이러한 조건을 다른 곳에 옮길 수는 없는 일이다.

그러나 어바인은 계획된 도시 발전에 대하여, 그리고 일반적으로 사람의 집단적 삶의 여러 필요와 가능성이란 점에서 연구될 만한 도시임에 틀림 없다.

(2004년 4월 1일)

신붕당론

민주주의와 절차

성호(星湖) 이익(李瀷)은 붕당의 폐를 논하면서 이렇게 말한 일이 있다. 한 그릇에서 밥을 같이 먹는 사람들이 싸움을 벌이는 이유를 그들에게 물어보면, 어떤 경우는 옳지 않은 언사 때문에, 또 다른 어떤 때는 옳지 않은 표정 때문에, 또 다른 때는 옳지 않은 행동 때문에 다툼이 일어날 수밖에 없다는 설명이 나온다. 그러나 그러한 설명에 관계없이 정황을 따져 보면, 이들의 싸움은 한 그릇의 음식을 다투어 먹으려 한다는 사실에서 연유하는 것이다.

세상에서 벌어지는 일은 대체로 몇 겹의 원인들이 겹쳐서 일어난다. 우선 주목되는 것은 입에 오르내리는 시빗거리이지만, 그 시비에는 배경이 되는 일들이 있게 마련이다. 그리고 중요한 원인은 거기에 있기가 쉽다.

지금 한국 정치계를 흔들고 있는 대갈등은 일차적으로는 국회에서 통과시킨 탄핵안 정당성 여부의 논란으로 인한 것이지만, 그 격렬도로 보아 그것은 매우 다각적으로 — 관계된 사람들의 심리적 동기, 이해관계, 가치의 구조 그리고 아마 결국은 밥그릇과 성호의 논설에서도 그러하듯이, 관직 또는 부귀와 특권 배분의 문제 등 —— 해석될 때 비로소 이해될 수 있을 것이다.

그러나 자세한 이해를 떠나서 이 사건을 생각하는 쉬운 방법은 그것이 한국 사회의 발전을 위해 무엇을 뜻하는가를 가늠해 보는 일이다. 이 물음의 관점에서, 이번 탄핵 사건은 일어나지 않았던 것이 가장 좋았다고 간단히 말할 수 있을 듯하다. 우리 사회의 정치·사회·경제의 문제들을 해결하는 데 대통령을 탄핵하여 도움이 될 일이 있을 것으로 보이지 않기 때문이다. 그러한 의미에서 탄핵은 무책임한 일이라고 말할 수밖에 없다.

그러나 일이 여기에까지 이른 데에는 그럴 수밖에 없는 사정이 있었다는 것을 인정하는 것도 필요한 일이다. 탄핵안이 발의되기 전에 야당 측이 요구한 대통령의 사과가 거부된 것이 그 발의에 하나의 계기를 제공한 것은 사실일 것이다. 그 요구가 그렇게 수용하기 어려운 것이었을까. 대통령의 개인적 자존심 또는 그 직책의 권위가 관계되어 있다고 할 수는 있지만, 그것이 나라의 현실보다 중요할 수는 없을 것이다.

현실을 다룬다는 것은 그것을 내 마음대로 부린다는 것이 아니라 현실의 논리를 따르면서 그것을 목표하는 방향으로 유도한다는 것을 말한다. 베이컨은 "부리기 위하여 순응한다."라는 말로 과학과 현실의 관계를 설명했다. 이것은 물리적 사실의 세계에나, 사회적 사실에나 다 같이 해당되는 말이다. 국회는 존중되어야 마땅하다는 당위의 명제를 떠나서도, 야당이 다수인 국회를 적어도 두려워하는 것은 정치 현실의 논리가 요구하는 것이다. 민주당을 쪼개어 여당 세력을 더욱 소수화하였을 때, 현실의 어려움은 이미 각오되었어야 한다.

명분의 관점에서, 국회가 어떻게 국민이 선출한 대통령을 퇴출시킬 수 있는가 하는 주장이 있다. 이것은 일방적인 관점에 불과하다. 국민이 선출했다는 점에서는 국회도 마찬가지이고, 국회에서 야당이 다수라는 것은 각도를 달리하여 보면, 국민적 지지에 기초한 정당성의 비교론이 그렇게 단순할 수 없다는 것을 말한다.

탄핵안 규탄 구호에 표현된 명분의 하나는 국회가 민주주의를 파괴하였다는 것이다. 나는 이 글을 지금 미국에서 쓰고 있지만, 대통령의 탄핵안 상정의 국회 내 광경이 여기에서 방영된 것과 관련하여, 이곳에서 받는 지배적 반응은 물리적 힘에 의한 국회 의사 진행 방해야말로 민주주의를 파괴하는 행위라는 것이다. 많은 나라의 사람에게 민주주의는 무엇보다도 합리적 절차이다. 그것의 핵심은 사회적 갈등의 해결 방법을 합리적이고 평화적인 절차로 찾아야 한다는 것이다. 외국의 눈을 빌리지 않더라도, 절차적 의미의 민주주의에 손상을 가져온 것은 여당이라고 하는 것이 옳다.

절차의 문제를 떠나서, 노무현 대통령이 탄핵의 대상이 될 만한가. 여기에 대한 답변은 헌재가 제시할 것이다. 주요 쟁점은 선거관리위원회에서 지적한 선거법 위반 행위일 것이다. 대통령이 여당 지지를 호소한 정도의 일이 탄핵의 근거가 될 수 있는가. 여기에 그렇다고 답할 사람은 많지 않을 것이다. 사람들은 이와 관련하여 과거의 관권 선거를 비교하여 기억할 것이다.

노 대통령의 그간 다른 정치 행위 등은 탄핵의 대상이 될 만한가. 여기에 대한 대답도 비교적인 성격의 것이 될 가능성이 크다. 가령 불법 정치 자금 문제에 노 대통령이 완전히 깨끗하지 못하다고 하더라도 야당의 불법 자금이나 부패에 견준다면, 그것이 특히 탄핵의 근거가 될 만한 일이 아니라는 느낌은 자연스러운 것이다. 지금 탄핵안에 대한 규탄의 소리가 높은 것은 탄핵안이 불법 자금의 문제에 있어서 더 많은 잘못을 저지른 것으로 생각되는 사람들의 손에서 나왔기 때문이다.

그러나 가장 나쁜 사람에 비하여 덜 나쁜 사람은 불법 행위가 있어도 나쁘지 않은 사람이 되고, 또는 좋은 사람이 되고 정의의 인간이 되는 사회가 좋은 사회일까. 사람의 심리가 그렇게 돌아간다고 하더라도 대통령을 비롯한 정부 당국자가 그러한 기준으로 행동할 때, 공공 제도의 유지가 가능할까. 비교의 심리가 없다면, 이번의 선거법 위반이 아니라 지난번 선거의 불법으로도 ─ 우리보다도 나은 수준의 민주 제도를 가진 사회에서라면 ─ 탄핵안은 성립하고도 남았을 것이다.

탄핵 사건의 가장 큰 불행은 그것이 불법 정치 자금의 문제를 뒷전으로 물러가게 하였다는 사실이다. 불법 정치 자금 규명은 한국의 민주주의 제도 발전을 위하여 대통령 탄핵 여부보다도 더 중요한 역사적 과제였다. 노무현 대통령은 이 과제를 수행할 수 있는 지도자일까. 그 자신이 피고석에 앉아 있는 사람이라고 말한 바 있듯이, 그는 해결의 제공자가 아니라 문제의 일부라고 할 수 있다. 그러나 그렇다고 다른 대안이 없는 마당에 그 사실 자체가 그를 실격자가 되게 하는 것은 아닐지 모른다. 아마 더 중요한 것은 많은 사람들이 느끼고 있는 그에 대한 불안감일 것이다.

이것은 다른 정치적 과제와 관련하여서도 말할 수 있는 일이다. 대통령은 탄핵안 상정 이전에 기자 회견을 하였다. 그의 많은 발언이 그러하듯이 그는 분명한 공적 입장의 천명보다는 개인적 사정의 토로와 하소연으로 시종하였다. 자신의 형이 뇌물을 받았던 일에 대한 질문에 답하면서 그가 말한, 좋은 학교 나온 사람이 그러지 못한 사람에게 뇌물을 주고 청탁을 하는 일은 없어야 한다는 설명은 어떻게 해석되어야 하는 것일까. 그에게서 "뇌물과 청탁은 무조건 법대로 처리되어야 한다."라는 답변은 기대할 수 없는 것으로 보인다. 이러한 일에 따르는 미묘한 불안과 불신은 탄핵안과 같은 데에도 작용하였을 것이다.

그러나 노무현 대통령을 대신할 다른 정치 지도자를 쉽게 떠올릴 수 없는 것이 우리의 형편이다. 지금의 우리 정치 상태는, 탄핵안 때문이 아니라 그 밑에 놓인 더 근본적인 상황으로 인하여, 혼미할 수밖에 없다. 이 혼미를 벗어나는 데 도움이 되지 않는 문제를 일으키지 않는 것이 중요하다. 나는 헌법재판소에서 우리 사회의 민주적 발전에 도움이 되지 않는 이 문제를 한시바삐 잠재우는 답변이 나오기를 기대한다.

(2004년 3월 18일)

줄기세포 연구와 응원단 정치

최근 황우석·문신용 교수 연구 팀이 인간 배아 줄기세포 배양에 성공한 이야기는 순전히 한국에서 이루어진 문화적인 업적으로는 세계적으로 가장 크게 보도된 뉴스일 것이다. 그런데 외국의 주요 신문들에 보도된 내용을 보면 그 업적의 중요성 외에도 생각하게 하는 것들이 있다. 미국의《뉴욕 타임스》나 프랑스의《르몽드》는 연구 결과를 과학 발전에 있어서의 중요한 사건으로 사실대로 보도하고 해설하였다.

흥미로운 것은 이러한 보도들이 동시에 자국의 과학 발전에 대해 걱정을 표현했다는 점이다.《뉴욕 타임스》의 사설은 미국의 보수파들이 모든 줄기세포 연구를 금지하고자 시도함으로써 생명 공학 연구에 있어서 미국으로 하여금 그 전진적 위치를 놓치게 한다고 언급하였다.

프랑스의《르몽드》와 인터뷰를 한 프랑스의 과학자도 한국 과학자들의 연구가 생명 공학의 발전에 신단계를 획하는 것이라고 높이 평가하면서 같은 걱정을 표현하였다. 프랑스는 1994년 이후 통과되지 않고 있는 생명 윤리 법안을 빨리 통과시킴으로써 연구의 앞길에 놓여 있는 장애를 제거해야 한다고 그 과학자는 주장했다. 그 인터뷰에는 연구 결과의 발표가 신뢰할 만한 것이라는 근거로 그것이 미국의 과학지에 발표된 것이라는 부분이 있는데, 이른바 선진국 사람들의 이상 심리를 엿보게 하는 것이라 할 수 있다. 이것은 영국의 한 신문이 연구자를 한·미 과학자 팀이라고 표제에 내세운 것에서도 느낄 수 있었다.

내가 살펴본 독일 신문들은 이 일의 보도에 가장 소극적이었다. 한 신문에 실린 기고 논평은 줄기세포 연구의 성과에 큰 기대를 거는 것은 '미몽'에 불과하고, 한국 과학자들의 연구 결과는 일등을 한다는 외에는 과학의 발전이나 의학적 치료의 관점에서 아무런 의의가 없는 일이라고 주장했다. 한 시사 주간지의 해설은 이보다는 중립적인 입장에서 연구 결과를 논하였지만, 한국 과학의 윤리성에 대하여 냉소적인 태도를 드러내는 것으로 보였다. 이러한 태도들은 다시 세계 질서에서의 선·후진 관계가 만들어 내는 이상 심리를 보여 주는 것이기도 하지만, 그 매체들의 생명 윤리에 대한 일정한 입장에 연유하는 것으로 조금 더 심각하게 받아들일 수 있는 것으로 생각될 수도 있었다.

그런데 그 후 같은 시사 주간지는 처음 논평보다는 객관적인 또는 더 긍정적인 조사 자료들을 실었다. 그것은 한국의 생명 과학과 관련된 것이면서 아시아 여러 나라들의 과학 발전과 정책들을 조감하는 것이었다. 중국의 각 지역에서 추진되고 있는 과학 연구는 현재 더할 나위 없이 활발하다. 태국이나 대만도 과학과 기술의 발전과 연구에 많은 투자를 하고 있다. 그중에도 가장 활발한 곳은 싱가포르인데, 연구비, 장학금 등 투자를 늘리면서 '바이오폴리스'라는 생명 과학 연구 단지도 건설하고 있다. 이러한 투자는 이미 국제적으로 저명한 학자들을 싱가포르로 끌어들이고 있는데, 영국에서 복제 양 '돌리'를 만든 연구자의 한 사람인 앨런 콜먼(Alan Colman)이 싱가포르로 옮겨 앉은 것이 그 한 예다. 이 보도에 따르면 싱가

포르는 도시 환경에서도 "청결하고, 자신감에 넘치고, 세계주의적인" 인상을 줌으로써 국제적인 인재들을 모으는 데 매력 있는 곳이 되고 있다.

한국의 경우 과학 각 분야의 투자는 국내 총생산(GDP)의 3퍼센트에 이르는데, 이 비율은 세계 최고에 해당하는 것이다. 한국은 이미 2001년에 생명 과학의 해를 선포한 바가 있다. 한국과학기술연구원(KIST)은 세계 10대 연구소의 위치에 나아가기 위해 총력을 기울이고 있고, 독일의 자르브뤼켄에 유럽 연구소를 운영 중이다. 《프랑크푸르터 알게마이네》는 이 연구소에 대해 "세계인의 몸체에 한국의 정신"을 보는 것 같다는 말로 표현한 바 있다. 황·문 교수의 연구 성과는 이러한 전반적인 배경과 관련해서 이해될 만한 것이다. 아시아가 지금 세계의 과학 판도에서 강대 세력이라고 할 수는 없지만, 그러한 날이 다가오고 있는 것이라는 것이 그 해설자의 견해였다.

과학의 발달, 특히 그 기술의 발달이 무엇을 뜻하는지는 쉽게 판단하기 어려운 점이 있다. 지금의 시점에서 환경이나 삶의 여러 가지 균형 문제 등을 가볍게 볼 수만은 없기 때문이다. 그러나 이 테두리 안에서 과학의 발전을 희망적으로 받아들이지 않는 사람은 없다고 할 것이다. 그런데 황·문 교수의 업적에 관한 보도를 보면서 느끼는 것은 과학 발전과 국가의 긴밀한 관계다. 과학은 국가를 초월하여 인류 전체에 봉사하는 것이라고 믿고 싶은 마음이 우리에게는 있지만, 그 현실적 테두리가 되는 것이 국가라는 사실을 간과할 수 없는 것이다.

그러나 국가의 방향 설정과 정책 그리고 그 수행력이 중요한 것이 하필이면 과학의 발전에만 한정된 것이겠는가. 과학과 기술의 발전을 말하면 우리는 또 문화와 예술 그리고 학문의 발전을 생각한다. 그러나 이러한 인간의 정신적 발전을 뒷받침하기 위해서는 경제와 사회와 정치의 총체적 발전이 있어야 한다. 또 이 모든 발전은 그 자체로 중요한 것이 아니라 사람의 삶을 풍부하게 하고, 그러한 삶을 두루 고르게 돌아갈 수 있게 한다는 데서 의의를 갖는다. 현실적 토대를 축조하면서, 그것을 인간의 삶에 대한 윤리적 비전으로 아우를 수 있는 사회 전체의 능력이 모든 것을 가능하게 한다. 지금의 시점에서 이러한 힘을 만들어 내는 것이 국가이고, 그 운영에 참여하는 인간 활동이 정치다.

우리의 정치는 주로 작은 싸움들과 소란으로 가득하다. 물론 정치의 싸움은 바로 국가의 일을 수행하기 위한 기구를 바르게 구성하기 위한 절차의 일부라고 할 수 있다. 그러나 그것이 지금 우리의 삶의 넓이와 깊이를 더하게 하는 국가적인 작업에 대한 비전으로 이어지고 있다는 느낌을 갖기는 어려워 보인다. 민주주의는 많은 사람의 정치 참여를 통하여 다수 의견을 집약해 내는 제도다. 이 과정에서 싸움과 소란이 있다고 하더라도 이 참여의 과정은 그 자체로서 의미 있는 일이다.

그러나 그것은 국가의 의사 결정 기구를 조직하는 절차다. 그리고 중요한 것은 사회가 나아갈 중요한 방향을 생각하고 결정하고 수행하는 이 기구의 임무다. 유니폼 입고 깃발을 흔들며 축제적 홍분을 즐기고, 또는 축적된 미움을 발산하고 하는 것도 민주주의의 재미라고 할 수 있지만, 그것은 말하자면 응원단의 재미와 같은 것이다. 언제까지 응원단 정치가 최고의 정치 이상인가. 과학과 문화, 사회와 경제 그리고 삶의 이상과 기본에 대한 궁리는 실천에서나 담론에서나 지금의 우리 정치로부터는 멀리 있어 보인다.

(2004년 3월 4일)

미美 캘리포니아 주의 참여 정치

이번 미국 여행에서 캘리포니아의 어바인에 도착하여 숙소를 정한 다음에 내가 처음에 가야 했던 곳의 하나는 슈퍼마켓이었다. 한국과 같이 인구가 조밀한 나라에서 온 사람에게는 미국의 공공 시설이나 상점은 비어 있는 듯한 느낌을 주는 경우가 많지만, 내가 찾아간 대학 근처의 가게는 참으로 텅 비어 있는 듯 한적했다. 나중에 대학에서 한 교수와 만났다가 식료품 가게 이야기가 나왔다. 그는 내가 갔던 슈퍼마켓에는 가지 않는다고 했다. 그곳에서 노동자들이 쟁의를 벌이고 있기 때문이라는 것이다. 그 말을 듣고 보니 시장 입구에 두 사람이 피켓을 들고 서 있던 사유가 해명되었다. 대학 근처에는 다른 식료품점들이 있다. 그중 하나에 가 보니 그곳은 드물게 사람들이 붐비고 있었다. 그곳이 유기 농산물을 구비해 놓은 데다 값도 저렴한 까닭이기도 하지만, 근처의 슈퍼마켓을 보이콧하는 사람들이 그쪽으로 쏠리기 때문인 것 같았다.

그러니까 슈퍼마켓 앞에 서 있던 노동자들의 움직임은 극히 조용하였지만, 노동 분규에는 당사자들만이 아니라 일반 시민들도 참여하고 있는 것이었다. 쟁점이 되고 있는 것은 주로 피고용자의 의료 혜택을 축소하기로 한 회사의 결정이었다. 이번 항의는 같은 계열의 슈퍼마켓 연쇄점 전체에 걸쳐서 일어나고 있는 것인데, 시민의 참여가 어바인 이외의 다른 곳에서도 일고 있었다. 텔레비전에 비친 한 곳의 항의 대열은 상당히 많은 사람들이 모인 것이었다. 취재하던 기자의 질문에 대답하는 한 시민은 쟁의의 장기화에 좀 지치기는 했지만, 자기도 그 계열의 슈퍼마켓에 시장 보러 가는 것을 삼가고 있다고 말했다.

이러한 시민들의 동참에 동기가 되는 것은 무엇일까. 개인적인 원한이나 계급적 유대감이 중요한 원인이 될 수 있을 것이다. 이미 시작된 차기 대통령 선거전에서 빈부 격차의 문제는 중요한 이슈의 하나가 되어 있다. 지금 민주당 후보 지망자로 선두를 달리고 있는 존 케리 상원 의원의 연설에 자주 등장하는 것도 조지 W. 부시 대통령 정부의 정책이 국민의 상위 10퍼센트를 위하여 나머지 국민의 복지를 짓밟아 버린다는 주장이다. 이 숫자로 보면, 최고 소득자를 제외하고는 많은 사람들이 지금의 미국 사회의 방향에 대하여 불안을 느낄 것이었다. 이러한 불안감은 노동자들의 항의에 동참하는 사람들의 마음에도 들어 있을 것이다.

그런데 항의든 동참이든 이번 정치적 표현의 특징은 그것이 지극히 조용하다는 것이다. 이것도 선거와 관련하여 볼 수 있다. 민주당 후보 선출전과 관련하여 흥미로운 것은 하워드 딘 전 버몬트 주지사가 뒤로 처지게 된 경위이다. 그는 처음에는 가장 선두를 달리는 후보자였지만 아이오와 코커스(당원 대회)에서 참패하고 말았다. 그 이유 중 큰 것은 그가 신경질적으로 소리를 지르면서 연설을 하는 장면이 방영된 때문이라는 관측들이 있었다.(나중에 이 연설 장면은 기술적 오류로 인하여 과장되어 전달되었던 것으로 알려졌다.) 소리 지르는 딘을 보고 많은 사람들이 그가 냉정한 이성을 가지고 국정을 처리할 수 있는 인물이냐 하는 점에 대하여 의문을 가지게 되었다는 것이다. 한국에서라면 아마 소리를 지르는 사람보다는 못 지르는 사람이 탈락할 가능성이 클 터이다. 슈퍼마켓 데모 노동자들의 행동이 조용한 것은 이러한 정치 풍토에 대한 전략적 고려일 수도 있다. 그러나 그것이 전략이라고 말하는 것은 지나친 해석일 것이다. 정상적인 사회에서는 정치가 조용한 것이 당연한 일이다. 제대로 가고 있는 사회에서라면, 아우성을 하지 않아도 정당한 주장은 사람들의 동참을 유발할 것이고 거기에서 일어나는 사회적 압력은 절로 해결의 실마리를 마련할 것이다. 캘리포니아 주 식료품 체인의 쟁의에서 동참한 일반 시민들을 움직인 것은 그들의 사회 윤리 의식이었다고 할 수 있다. 물론 이러한 윤리 의식의 밑바탕에 있는 것은 사회가 바른 원칙으로 움직이고 있다는, 전체 사회에 대한 믿음일 것이다. 그것 없이는 그러한 의식이 오래 지속될 수가 없다. 또 그 믿음은 사회의 현실에 견주어지게 마련이다.

그런데 미국 사회를 두고 그렇게 믿는 것은 근거가 있는 일일까. 그 미국의 현실을 비판적으로 보는 관점에서는 그러한 믿음은 정당화되지 못하는 것으로 비칠 것이다. 그러나 진실이 어떠한 것이든 대부분의 미국인들에게 미국 사회는 정당성을 가지고 있는 것으로 받아들여진다. 그리고 현실이 어떻든지 그러한 정당성의 물음에 열려 있는 것이 민주주의 절차이고, 미국은 민주주의를 표방하는 나라이다.

근거가 어찌 되었든지 일상생활에서의 규범적 행동은 그 나름으로 우리를 감동하게 한다. 얼마 전에 본 일이다. 아침 매우 바쁜 시간에 정전이 되어 어바인 시내의 한 사거리의 교통 신호가 작동되지 않았다. 그러나 자동차들은 서로 뒤엉킴이 없이 그대로 빠져나갔다. 자동차들은 사거리에 일단 멈추어 서고 바퀴 돌아가듯 순차적으로 돌아가며 하나씩 앞으로 진행했다. 앞차가 나간다고 해서 다른 쪽에 서 있는 차를 제치고 앞차의 꽁무니를 따라 그대로 나아가는 차는 없었다.

어바인은 완전히 일관된 토지 개발 계획에 따라서 세워진 도시로서 난개발로 국토가 결딴이 난 한국에는 깊은 연구의 대상이 될 만한 곳이다. 그러나 지나치게 잘 짜여진 개발은 가난한 사람들이 발붙일 만한 곳을 완전히 없애 버린다는 문제점을 갖기 쉽다. 어바인은 빈민이 없는 중산 계급의 도시이다. 그러나 사회의식이 죽어 버린 도시는 아닌 것 같다.

슈퍼마켓 분규 이후에 붐비고 있는 식료품점 옆으로 주차 공간을 겸하는 공지가 있다. 여기에는 1주일에 한 번씩 장이 선다. 휘장을 친 임시 가게에서 수공예품과 농산물이 판매된다. 부근의 수공업자나 자영 농가들이 그 제품과 산물을 가지고 오는 것이다. 거기에는 '공정 거래 장터'라는 푯말을 붙인 곳도 있다. 제3 세계의 농산물을 지나치게 싼값으로 후려쳐 파는 것에 대항하여 공정한 값을 지불하여야 한다는 운동이 유럽에 있지만, 여기에도 그러한 운동이 있는 것으로 보인다. 1주일에 한 번 열리는 이곳의 시장에 오는 사람들도 단지 싱싱한 것을 싸게 사자는 뜻으로만 오는 것은 아닐 것이다. 슈퍼마켓 연쇄점의 노동 분규에 대한 일반 시민의 참여도 정당한 요구를 지지하는 외에 무슨 다른 뜻을 부여할 필요는 없지 않나 한다.

(2004년 2월 19일)

정치 공간의 투명성
제3의 혁명

몇달 전부터 우리 정치에 가장 큰 관심이 되어 온 것은 불법 정치 자금 문제이다. 이것은 이전투구의 정쟁 때문인 듯하면서 한국 사회가 거쳐 지나가지 않으면 아니 될 하나의 역사적 단계로 인한 것으로도 생각된다.

역사학자들은 근대적 사회의 성립에 거쳐야 하는 두 개의 혁명으로 산업 혁명과 민주주의 혁명을 지적한다. 이것은 전통적인 사회가 근대 국가로 재편성되는 데에 필요했던 두 계기를 말한 것인데 혁명이라는 말은 이러한 변화가 하루아침의 대사건으로 끝나는 일이라는 인상을 줄 수 있다. 그러나 정권과 권력자의 교체 이상의 것을 의미하는 혁명적 변화란 새로운 현실의 탄생을 말하고 이 탄생은 어떻게 시작이 되든, 긴 과정 ─ 사회가 일관성 있는 제도로 정비되는 쉼 없는 과정 ─ 을 통하여 가능해진다. 그리하여 이 과정은 혁명적 변화를 현실화하는 또 하나의 혁명이 된다고 할 수 있다.

우리가 겪은 지난 몇십 년 동안의 변화는 분명 산업화와 민주화의 두 계기를 포함하는 근대 사회로의 이행 과정으로 이해될 수 있다. 이러한 변화가 반드시 바람직한지 어떤지에 대해서는 논란이 있을 수 있다. 산업화는 근대화의 세계적인 흐름에 합류하는 데 필요한 조건이기는 하지만, 여러 가지 문제를 가지고 있는 변화이다. 민주주의 혁명은 산업화에 병행하는 현상이면서 그 문제점들에 대한 답변으로 생각할 수 있다. 어쨌든 그간의 우리 사회 변화들은 역사의 진로를 새로 규정하는 혁명적 변화였음에도 불구하고 그것이 제도적 안정성을 가진 현실로 정착하였다고 할 수는 없다.

유토피아를 생각하는 사람들은 사회를 완전히 합리적인 규칙에 의하여 움직이는 능률적인 기구로 생각하는 경향이 있다. 극단적으로 말하여 여러 기능이 하나의 목적을 위해서 빈틈없이 움직이는 기계로서, 사회를 생각하는 것이다. 인간의 삶의 요구와 표현이 다양하고 예측할 수 없는 창조적 계기들을 포함한다고 할 때, 기능과 능률의 기계가 된 사회에서 산다는 것은 숨막히는 일일 것이다. 민주적 사회란 그러한 기계화로부터 자유로울 수 있는 사회를 말한다.

그러나 사회 속에 사는 인간의 자유는 제도 속의 자유이다. 그리고 그것은 사회의 제도적 질서의 보장이 없이는 존재할 수 없다. 사람이 살 수 있는 사회란 적어도 이해될 수 있는 것이어야 하고, 그 안에서의 여러 인간적 계획은 예측될 수 있는 것이라야 한다. 투명성은 사회 제도의 기본이다. 이 투명성은 법과 도덕과 합리적 문화로 뒷받침된다.

사람의 삶을 제도로 — 살아 움직이는 제도로 — 구성하는 작업이 정치이다. 사회 제도의 투명성은 정치 과정의 투명성에 크게 의존할 수밖에 없다. 지금 문제되고 있는 정치 자금의 불법 거래는 투명성에 대한 시대의 요구에서 나오는 문제라고 할 수 있다. 불법 정치 자금 문제는 특정한 정파나 개인의 문제가 아니다. 또 그것은 범법자를 처벌하는 것만으로 끝나지 아니한다. 원인을 바르게 규명하고, 역사적 소명 의식을 새로이 하면서, 새로운 제도를 마련하는 것이 필요하다.

또 문제는 제도만이 아니라 우리 사회 문화 전체라고 할 수도 있다. 선거 자금은 정치 자금이 사용되는 중요한 한 부분이다. 정치와 돈의 관계가 크게 문제되고, 돈을 받는 유권자도 처벌의 대상이 된다고 하는 판에, 아직도 돈이 배포되고 이를 받는 사람이 있는 것이 신문에 보도된다. 원인의 한 가닥이 유권자 또는 국민 일반에도 있다는 사실을 부인할 수 없다. 그러나 문화 전체를 바로잡는 길도 정치 제도를 바로잡는 데에 이어져 있다.

유권자의 문제는 여러 가지로 설명될 수 있을 것이다. 길고 큰 공익보다는 짧은 작은 이익이 중요한 것이 우리 사회라는 것이 한 원인일 것이다. 신문에 보도된 것을 보면, 배포된 돈은 30만 원과 같이 처벌의 대상이 될 만한 수준의 것도 있지만, 3만 원과 같이 비교적 작은 액수의 경우도 있다. 대수롭지 않은 작은 액수도 효과를 발휘한다고 한다면, 그것은 우리의 선물 문화와도 관계가 있는 것으로 생각된다. 선물은 인간관계를 만들어 내는 한 방법이다. 그것을 통하여 사람은 하나의 교환의 망에 짜여 들어간다. 이렇게 만들어지는 인간관계가 투표 행위에 작용하게 된다.

선물의 교환이 만들어 내는 관계는 정서적인 의미를 갖는다. 정서 또는 감정은 우리 사회에서 인간 유대의 가장 중요한 끄나풀이다. 물론 이것은 사회를 인간적이게 하는 한 중요한 요소이다. 우리 정치도 다분히 감정의 문화에 뿌리내리고 있다. 정치에서 여러 정서적 감정이 공적 판단에 우선하거나 인적 조직이 중요한 것은 이 점에 관계된다.

그러나 감정이라고 사람을 작은 인간적 테두리에 매어 두는 역할만을 하는 것은 아니다. 감정은 바로 그러한 테두리를 뛰어넘게 하는 일도 한다. 군중 대회와 집단 행위의 흥분이 수행하는 역할이 바로 그러한 것이다. 그리하여 그것은 정치 동원의 필수적인 매체가 된다. 그러나 정치에서 대체적으로 감정적 요소의 지나친 강조는, 그것이 어떤 종류의 것이든지 간에,

정치의 바탕에 있는 다른 더 중요한 요소를 보이지 않게 하기 쉽다. 정치의 참의미는 삶의 작은 테두리를 넘어가면서도 그것으로 끝나는 것이 아니라 다시 삶으로 돌아오고, 그것을 보다 충실하게 하는 현실성에 있기 때문이다. 이것은 반드시 감정이 감당할 수 있는 것이 아니다.

정치를 직업으로 하는 사람들을 움직이는 동기는 무엇인가? 나라와 원칙에 대한 헌신 또는 양심의 실천 ── 이상주의적으로 볼 때, 정치의 동기는 이러한 것으로 설명될 수 있을 것이다. 그러나 낮은 차원에서 야심, 명예, 욕심 ── 이러한 것을 동기로 말할 수도 있다. 이 두 가지 측면에 공통된 것은 무엇인가? 간단히 말하여 그러한 것들이, 사람을 큰 것으로 이어 준다는 점이다. 그것이 정치의 매력이다. 거룩한 동기와 함께 야심이나 명예까지도, 보다 넓은 세계를 향한 소망을 그 나름으로 표현한다.

정치는 착잡한 동기와 선악의 힘이 어울려지는 복합적인 행동의 장이지만, 우리의 삶에 나날의 걱정거리를 넘어가는 트인 공간이 있다는 것을 보여 줄 수 있는 인간 행위의 영역이기도 하다. 이것은 단순히 공동체의 공간이라고 할 수도 있다. 물론 그것은 단순히 정치적 야심의 영역으로 생각될 수도 있다. 그러나 그것만은 아니다. 명분을 내세우지 않는 정치가 없는 것이 그것을 말하여 준다. 정치는 알게 모르게 이 순수한 공공의 공간 안에서 움직이게 되어 있다. 좋은 정치는 이러한 공간을 살려 나가고 그것을 마음의 트인 공간으로 존재하게 하는 정치이다. 그러한 정치는 우리의 삶을 한 단계 높은 차원에 올려놓는다. 정치 공간의 투명성은 사람다운 삶의 한 중요한 기초이다. 정치 자금 문제는 이 기초를 다지는 일에 관계되어 있다.

(2004년 2월 5일)

미美 지문 채취 차별의 상처

미국과 한국의 관계는 밀접하면서도 원활한 것만은 아니다. 근본 원인은 비대칭적인 관계에 있다고 할 수도 있지만, 역사와 사회 조건 그리고 문화와 가치관의 엄청난 거리로 보아서 그 관계가 원활하다면 오히려 이상할지도 모른다.

보도된 바와 같이 미국을 여행하는 한국인에게 요구되는 입국 절차에 지문 채취와 사진 촬영이 추가되었다. 그러나 그 절차는 입국 수속에 수십 초를 추가하는 것에 불과하다고 한다. 사실만을 떼어 내어 본다면 그것은 전혀 문제될 만한 것이 못 된다고 할 수 있다. 도장 대신 지장 찍고, 사진 한번 찍는 것이야 별문제가 되지 않을 수도 있다. 문제가 되는 것은 그 의미이고 그에 관련된 자존심일 것이다.

자존심은 많은 경우 세상일에 대한 자기 중심적이고 속 좁은 반응의 한 표현일 수 있다. 그러면서도 어떤 경우 속 좁은 자존심에는 보다 큰 원리들이 관계되어 있을 수 있다. 나는 지금 이 글을 미국에서 쓰고 있지만, 내가 미국에 도착한 것은 마침 새 조치 실시 직전이었다. 1년 전 미국 여행 시에 나는 안전 검사를 여러 번 받아야 하는 경우가 있어서 그렇게 선정된 이유를 따져 물은 일이 있다. 기계의 무작위 표본 추출로 인한 것이지 특별한 차별 때문은 아니라는 것이 대답이었다.

이번 조치는 무작위 표본 추출의 원칙이 아니라 분명한 차별의 원칙을 적용하는 것이다. 미국과 비자 면제 협정을 체결하고 있는 27개국은 여기에서 면제되었다. 이 나라들은 이른바 선진국들이다. 그러니까 지문을 채취당하는 한국인은 분명하게 선진국의 인간이 아닌 것으로 —— 부국과 빈국, 준법국과 우범국의 이등분 체계에서 이류 국가의 국민으로 낙인이 찍히는 것이다. 여기에서 받는 심리적 상처는 작지 않다. 이것은 개인적 열패감으로 인한 것만은 아니다. 손상되는 것은 개인적인 자존심이면서 정의감이다. 사람은 정당한 이유 없이 차별 대우를 받아서는 아니 된다는 생각 —— 공정성의 느낌이 손상되는 것이다. 이번 일은 작은 절차상의 일인 듯하면서도 당하는 사람의 마음에 미국이 요구하는 국제 질서의 정당성에 대한 회의를 각인한다.

우리와 같은 입장에 있는 브라질은, 중앙 정부가 아니라 지방의 한 법원의 결정이라는 형식을 취하였지만, 브라질에 입국하는 미국인에게 같은 조치를 취하기로 하였다. 당연한 대응 조치인 것 같은데, 미국은 이에 대하여 항의를 표명하였다. 미국의 지문·사진 절차는 몇 초로 끝나는데 브라질의 경우 미국인 입국 절차가 아홉 시간에 이를 정도로 길어지는 경우도 있고 또 브라질은 여권 관리 체제 등에 있어서 테러리스트들의 피신처가 될 요인을 가지고 있어서 미국과 다르다는 점 등이 미국 국무부의 항의에 들어 있었다. 브라질의 주장은 브라질이 테러리스트의 은신처가 아니고, 이번의 조치에서 면제된 27개국에 브라질도 끼어야 마땅하다는 것이다.

미국 신문에 보도된 미국과 브라질 사이에 오고간 논쟁은 사실적 증거가 없이는 어느 쪽이 옳고 그르다고 판단하기가 어려운 점이 있다. 그러나 브라질 외무 장관의 발언에서 핵심은 브라질 국민이 정당한 대접을 받아야 한다는 주장이다. 이것은 사실 관계를 떠나서 정당한 원칙을 천명한 것이다.

미국은 법치주의 국가이다. 국내에서라면 어떤 특정인이나 특정 집단이 정당한 이유가 없이 범죄자로서 또는 범죄 가능자로서 지목된다는 것은 있을 수 없는 일이라고 할 것이다. 그것은 당연히 저항 운동을 불러일으켰을 것이고 그것을 그르다고 말하지는 못하였을 것이다.

사람들은 어디까지나 이해관계와 힘에 의하여 지배되는 것이 국제 관계이며, 거기에 보편적 정의의 원칙은 적용되지 않는다고 할지 모른다. 힘만이 국제 관계의 지배 요인이라면 부당한 일은 힘으로 맞서는 도리밖에 없을 것이다. 그렇다면 이번의 문제에서 한국은 미국에 힘으로 맞서야 할 것인가. 그것은 쉽게 주장될 수 있는 일도 아니고 지금의 시점에서 국익의 관점으로 볼 때 바른 대응 태도라고 할 수도 없을 것이다. 사안 자체가 그렇게 중요한 것이라고 할 수도 없다. 그러나 장기적으로 볼 때, 힘이 있어야 한다는 것은 부정할 수 없다. 이 힘을 군사력에 일치시키는 것은 자가당착에 빠지는 일일 것이다. 힘을 갖추게 된다는 것은 선진국이 된다는 것을 의미할 수 있다.

선진국이 된다면, 이번과 같은 조치에서 27개국의 대열에 낄 수 있을지 모른다. 그러나 그러한 특전을 가지게 되는 것이 보편적 세계 질서를 위한 길에 일치하는 것은 아니다. 세계 질서가 여전히 차별과 수모의 질서라는 사실에는 변화가 없을 것이다. 참다운 의미에서 힘을 갖춘다는 것은 미국이든 또는 다른 어떤 나라이든 그러한 나라의 부당한 정책에 대하여 보다 보편적인 원칙을 택할 수 있게 한다는 것을 말한다. 바른 질서에 대한 요구는 도덕적 당위이면서 행복한 삶의 조건이다.

나는 여러 해 전에 미국의 한 학술 단체의 연구 의제를 논의하는 회의에서 의제가 보편적 원칙이 아니라 미국 중심으로 짜여지고 있다는 것을 지적한 일이 있었는데, 그때 그것이 세계의 현실이라는 미국 정치학자의 답변을 들었다. 힘에 의하여 왜곡된 세계 속에 산다는 느낌을 가진 그 학자는 행복한 사람이 아니었을 것이다.

보다 바른 길을 선택할 수 있는 힘을 갖춘다는 것은 오늘날 생각되는 이른바 선진국의 길과는 전혀 다른 길을 가는 것일 수도 있다. 그것에 경제적 기초를 빼놓을 수는 없지만, 그것은 보다 넓게 인간성과 자연의 요구에 맞게 살려는 노력이 사회를 움직이는 힘이 되게 한다는 것을 말한다. 그러나 그러한 보다 나은 미래의 선택을 위하여 우리 사회가 얼마나 준비가 되어 있다고 할 수 있을까? 우리의 정치와 사회는 참으로 자랑할 만한, 또는 존경할 만한 정의롭고 인간적인 미래를 바라볼 수 있게 해 주는 것인가? 지금의 현실에서 그렇다는 답변을 할 수 있는 사람은 많지 않을 것이다. 이것이 우리의 자존심을 상하게 하는 진정한 이유이다.

(2004년 1월 15일)

큰 정치, 작은 삶

체코슬로바키아의 자유화 이후에 첫 대통령이 된 바츨라프 하벨이 민주화 운동 중에 쓴 「힘없는 사람의 힘」이란 글을 보면 이러한 대목이 있다. 공산정권하 체코 도시의 가게를 가면, 양파나 당근이 있는 진열대 위의 유리창에 "세계의 노동자여, 단결하라!"라는 표어가 붙어 있다. 그러나 그것은 식료품 가게의 현실이나 그 운영자의 믿음과는 관계가 없는 표어이다.

그러한 표어를 붙여 놓는 참뜻은 당국자에게 자신의 충성심을 내보이려는 것이다. 이데올로기란 세계에 대한 관계를 설정하는 방법으로는 거짓된 것이지만, 개인을 넘어가는 객관적인 진리의 환상을 통해서 사람들에게 정체성, 존엄성과 도덕성의 느낌을 북돋아 주는 역할도 한다. 그러면서 슬그머니 이러한 것들에 대한 개인적인 책임을 면제해 준다. 이러한 이데올로기적 체제의 간섭을 벗어나 자기 자신의 삶으로 돌아가는 것이 민주화 운동이라고 하벨은 생각하였다. 그것이 '진리 안에 사는 것'이다.

이제 공산 정권이 붕괴되고 민주 정부가 선 것도 14년이 지났고, 작년

봄에는 하벨도 대통령직에서 물러났다. 정치에 대한 그의 생각이 지금도 같은지는 들어 보고 싶은 일의 하나다. 큰 차원의 정치와 사람의 구체적인 삶 사이에는 간격이 있게 마련이다. 이 간격은 어쩌면 정치와 삶 사이의 본질적인 모순으로 인한 것일는지 모른다. 큰 정치를 만드는 것은 삶의 필요에서 나온다. 그리고 그것은 곧 삶으로부터 유리된다. 그러나 어떻게 보면, 어느 한쪽도 없을 수는 없다.

나날의 일에 종사하는 자가 자신의 일을 넘어 나가는 것이 반드시 행복한 일이라 할 수는 없다. 그러나 일 자체가 불행의 원인을 많이 가진 것이라면, 이를 바로잡기 위해서는 자신의 일을 넘어가는 일의 조건들을 생각하고 그 조건들을 개선하기 위하여 다른 사람과 연대하는 일들이 필요하다. 이것이 우리가 흔히 듣는 노동 계급의 계급 의식 형성 경위의 설명이다. 이러한 경우가 아니라도 자신의 삶을 넘어가는 사회 전체의 문제들에 관심을 가지고 그 관심에서 나오는 집단 행동에 참여할 필요는 생기게 마련이다. 삶의 많은 것이 밖에 있는 여러 요인과 큰 틀에 의하여 결정되기 때문이다.

흔히 이야기되듯이 정치는 큰 뜻을 가진 사람이 그 뜻을 펼치는 사회 공간이다. 그 공간에서 부귀영화가 추구되고 명성이 얻어진다. 여기에도 물론 정치는 백성을 위한 것이라는 명분을 가질 수 있다. 그러나 정치의 존재 이유를 전적으로 인민의 삶에 두려고 한 것은 근대의 민주 혁명이다. 그렇기는 하나 정치는 여전히 보통 사람의 나날의 삶을 넘어가는 면을 그대로 가지고 있다. 보통 사람이 보통 사람의 삶을 위하여 정치의 마당에 들어선다고 하더라도 그것은 자신의 나날의 일과 삶을 떠나는 일이 된다. 일에 대한 궁리와 일의 분담이 이것을 불가피하게 한다. 그리하여 이러한 일을 떠맡는 사람이 따로 있게 된다. 그리하여 그것이 정치가 된다면, 삶을 위하여 출발하는 정치도 그 자체의 목적을 획득한다.

국가의 독립, 주권의 수호, 근대적 경제의 발달, 민주주의 제도의 수립 그리고 지금도 가장 미흡한 부분으로 통일 ─ 이러한 것들은 우리의 삶을 결정하는 큰 틀의 일부다. 우리의 현대사의 정치적 투쟁의 대상이 되었던 것들은 이러한 큰 틀을 확립하는 것이었다. 그리고 이러한 목표들은 아직도 우리 사회에 유효하다. 그러나 이러한 목표라고 하여 정치의 본질적 모순을 오랫동안 완전하게 초월할 수 있는 것은 아니다. 그것들도 삶의 구체적 현실과의 관련에서 끊임없이 검토되고 재정립됨으로써만, 의미 있게 정치 기획의 일부로서 살아남을 수 있다.

우리 사회에서 정치가 내거는 목표는 거의 전적으로 추상적인 차원에서만 정당화되는 것으로 보인다. 이것은 우리가 처해 있던 정치적 상황이 너무나 전체적인 위기의 성질을 띠었기 때문에 생겨난 관성이라고 할 수는 있다. 그리하여 거창한 구호와 그에 맞는 흥분과 열광만이 정치 행동의 핵심으로 생각된다. 월드컵의 붉은 악마의 집단적 흥분과 같은 것이 정치적 행동의 전형으로서 선망의 대상이 된다. 개혁이나 그에 대한 반대나, 대체로 정치를 이러한 모델로 생각하는 데에는 차이가 크지 않은 것으로 보인다. 외치는 개혁의 구호에도 불구하고 보통 사람은 그것이 자신들의 구체적인 삶에 대하여 무엇을 뜻하는지 분명하게 알기 어렵다. 이런 사정에 비추어 지금의 정부가 주의를 기울여야 하는 것이 민생의 문제라는 지적들은 타당한 것으로 들린다.

그러나 그 민생이 거시적인 경제만을 의미한다면 그것도 구체적인 삶을 말하는 것은 아니다. 국민 총생산이나 시설 투자 증대나 무역 수지와 같은 것으로 말하여지는 경제는 몇 단계의 정책적 절차를 거쳐서만 구체적인 생활에 연결된다. 바로 새로운 정치가 필요한 부분은 여기에 관계돼 있고, 격렬한 구호와 흥분의 깊은 동기도 여기에 들어 있다고 할 수 있다.

하벨은 정치 체제와 별도로 존재하는 진리 속에 있는 삶의 목표는 "자신과의 조화, 이웃과의 조화를 유지하면서 사는 것, 경찰의 감시를 받지 않는 일, 상사나 관료들로부터 수모를 겪지 않는 것, 자신의 생각을 자유롭게 표현하는 것" 등으로 정의하였다. 이렇게 말한 것은 스스로의 삶을 살 자유가 제한된 공산 치하에서 살고 있었기 때문일 것이다. 민생의 문제도 이에 못지않게 중요한 것은 사람다운 수준에서 먹고살고 자식을 기르고 하는, 더 기본적인 인간적 생존이다. 경제는 여기에 연결될 때에 비로소 참으로 의미 있는 것이 된다.

최근 국회에서 있었던 여야 대결은 국회 의원 선거 제도에 관련된 것이었다. 그것은 정당 관계자들에게는 생사의 문제가 될는지 모르지만, 국민 대다수는 그들의 삶에 직접적인 관련을 갖는 초미의 문제로 생각하지는 아니할 것이다. 새해에는 우리의 정치가 거창한 구호와 흥분 그리고 지엽적인 당리 투쟁이 아니라 조금 더 구체적인 삶의 연관을 느끼게 하는 정치로 돌아가기를 기대할 수 있을까. 지금의 느낌으로는 그러한 전망이 그렇게 밝은 것 같지는 않다.

(2004년 1월 1일)

짧은 싸움, 긴 싸움

옛날 아테네의 웅변가 데모스테네스는 "한 군데를 맞으면 손이 그곳으로 올라가고, 또 다른 곳을 얻어맞으면 그 다른 곳으로 손이 올라가는" 싸움의 방식을 야만인들의 일이라 하고 그것을 아테네인들의 합리적 사고방식에 대조한 일이 있다. 이것은 물론 이방인들에 관하여 한 말이라기보다는 외침의 위협에도 불구하고 권력과 부패의 노름터가 되어 가는 아테네를 바라보면서 한 말이었다. 우리의 정치도 목전의 싸움에 끌려 다니며 긴 안목의 싸움 ── 보다 나은 사회를 위한 싸움 ──을 잊어버린 듯하다는 점에서 비슷한 경우가 아닌가 한다.

이러한 생각이 들게 하는 일 중의 하나는 최근에 많이 보도된 수렁과 같은 정치 자금의 문제이다. 정치의 급격한 변화에 익숙해 온 것이 우리 사회인데도 우리는 여기에 관련된 정치 상황을 왜 어둡게 느끼는가. 적어도 일부 원인은 이런 상황이 무엇을 의미하며 어디로 가는 것인가를 짐작하기 어려운 데에 있다.

날이 갈수록 깊은 정치의 수렁을 드러내고 있는 듯한 정치 자금의 추문들은 사실 생각해 보면, 역사의 한 단계를 넘어가는 시련을 나타낼 수도 있다. 싸움이 어떤 방식으로 전개되든, 결과적으로 수렁은 밑을 드러내고 개운하게 씻기게 될지 모른다. 다만 의식으로 선점되지 아니한 역사의 우연한 긍정적인 결과는 진전과 반전의 순환에서 하나의 우연한 고비일 가능성이 크다. 완전히 야만으로 후퇴한 사회의 경우가 아니라면, 정치에는 명분으로라도 사회와 국민의 전체적인 발전에 대한 기획이 없을 수가 없다. 그리고 저절로 일어나는 사건들의 추이는 이 기획을 위한 계기가 된다. 무르익는 형세가 이(理)와 도를 실현할 계기를 마련한다는 것은 중국의 정치 사상이 되풀이하여 말하는 것이지만, 상황이 이루어 놓은 계기를 비유적으로 전용하는 것이 역사적 실천의 방법이라는 현대적인 사회 변화의 논리도 있다. 그러나 우리의 많은 정치가나 정당은 이러한 계기를 포착하려는 생각이 없어 보인다.

미리 천명된 정책 방향은 국지적인 분쟁과 혼란을 정당한 정책의 큰 테두리에서 이해할 수 있게 함으로써 그것을 발전적 계기로 받아들일 수 있게 한다. 이번의 정치 자금 폭로 싸움도 정치 현장의 투명성을 위한 어떤 분명한 정책의 지침하에 일어났더라면 환멸이나 냉소주의가 아니라 희망을 불러일으키는 계기가 되었을 것이다. 어두운 부패를 밝히는 것은 깨끗한 정치를 향해 가는 전진적 단계가 아니겠는가. 다만 어두운 일들을 들추어내는 일이 그러한 원대한 기획의 일부인지 어쩐지 알 수가 없는 것이다.

현 정부가 표방한 것은 개혁이었다. 그러나 분명하게 그려진 정치 정화의 방안이 있었던 것 같지는 않다. 여 측의 부정 선거 자금이 한나라당의 10분의 1에 미치지 못할 것이라는 것을 내기하는 노무현 대통령의 발언은 즉흥적인 성격의 발언으로서 지나치게 문제 삼을 것이 못 될지 모른다. 그러나 그것이 정치 과제의 대국적인 이해와 결의를 표명하는 발언이라고 느끼는 사람은 별로 없을 것이다. 그것은 작은 싸움의 작은 시비의 말이지, 법질서의 옹호나 바른 정치 자금 제도 확립의 대의를 표현하는 말은 아니다.

현 정부의 긴 안목의 부재는 그간 핵 폐기장, 노사 갈등, 교육 등 여러 분야의 문제 처리에서 드러난 바 있지만 현실을 대국적으로 파악하려는 노력은 우리 정치에서 대체로 뒷전으로 물러난 것으로 보인다. 정치가 싸움이라면 그것은 갈라선 진영들의 싸움이면서 사회 전체의 미래를 위한 싸움이고 그것으로의 이행의 방책을 위한 싸움이다. 그러나 지금의 싸움들은 일시적이고 일방적인 문제에 집중되는 듯한 인상을 주는 경우가 많다.

얼마 전 한나라당의 최병렬 대표가 단식을 중단하면서 발표한 성명에 정부의 안보 문제 처리에 대한 비판이 있었다. 정부가 안보 문제를 등한시한다는 것이다. 문제는 이 지적의 옳고 그름이 아니라 안보를 에워싼 다른 연관들을 단순화한다는 점에 있다. 안보는 그 자체로 문제가 되면서 남북의 통일과 화합의 문제에 이어져 있다. 긴장과 모순을 가질 수 있는 그 두 가지 과제가 어떤 경로로 서로 연결되는가 하는 것이 문제의 핵심이다. 이에 대한 적절한 답이 없이 한 가지만을 말하는 것은 매우 일방적이라는 느낌을 준다. 그런가 하면 정부의 경우 통일과 화합으로 나아가는 데에 강온의 양면이 모두 포함된다는 것을 인정하는 일은 정부의 운신의 폭을 넓히는 일이 될 것이나, 그 점에 대한 설명은 별로 듣지 못한다.

또 하나의 단편적 견해로 들리는 것은 노 대통령의 경제 성장 예찬이나 국민 개인 소득 2만 달러 논의이다. 2만 달러의 소득이 바람직한 것이라면 거기에 이르는 길은 어떤 것이어야 하는가. 또는 경제 성장이 중요하다고 한다면 개혁 정부로서의 사회 복지 정책은 그러한 목표에 어떻게 이어지는가. 이러한 질문에 대한 고려가 없이는 성장의 이상은 공허하게 들린다. 물론 하나의 답변은 성장과 복지를 양립해 나가야 한다는 간단한 것일 수 있다. 그렇다면 그것은 이른바 보수로 불리는 사람들의 생각과 크게 다르지 아니할 가능성이 있다. 어떤 경우에나 사회적 삶의 안정이 완전히 방치된 상태에서 경제 발전을 생각할 수는 없을 것이기 때문이다.

그런데 현실과 미래의 전망을 조금 합리적으로 그리고 전방위적으로 생각한다면 지금의 우리 사회에는 어떤 근본적인 합의를 이룩하고 정책을 토의할 수 있는 기본 상황이 성립해 있다고 할 수 있을 성싶다. 물론 우리 사회가 긴장과 갈등의 요소로 가득한 사회라는 것을 부정하자는 것이 아니다. 그러나 그것은 극한적인 정치적 대결보다는 정책적 대결 속에 수용될 수 있는 범위에 있다.

지금 벌어지고 있는 상황과 관련하여 부패가 해결을 요구하는 긴급한 과제라는 사실에 이의를 제기할 사람은 없을 것이다. 권력이나 금력에 의한 왜곡 없이 국민의 의사를 투명하게 반영할 수 있는 선거 제도는 민주주의의 기본 조건이다. 그리고 그것은 모든 차원에서의 공정한 사회 질서의 모범이 된다. 정치 절차의 투명성 없이는 최소한도의 인간적인 삶이 가능할 수가 없다. 그러나 정략적 대결을 넘어서 정치적 질서를 명증하게 하려는 정치적 프로그램으로 들고 나서는 정치 세력을 볼 수 없는 것이 오늘의 정치 상황인 것 같다.

(2003년 12월 18일)

정의, 용서, 화해의 사회

며칠 전 광주 비엔날레를 준비하는 심포지엄에 갔다가 전남 장성의 백양사를 찾아가게 되었다. 1960년대 초 두 친구와 함께 몇 주를 그곳에서 지낸 일이 있는데 그 후 40년 만이었다. 그간 국토도 변하고 사찰들도 변했다. 새로 단장하고 증축한 사찰들은 옛 모습을 간직한 것이 드물어졌고, 그렇지 않은 경우에도 분위기는 옛날과는 사뭇 다른 것으로 바뀌어 버린 곳이 많다. 백양사도 달라지기는 하였지만 복원한 건조물, 새로 선 강원, 포석을 깐 비자나무 숲길 등은 정숙한 절의 분위기를 크게 손상한 것 같지는 않았다.

관광객을 위한 시설도 절에서 비껴 서 있어서 절을 저자로 만들지는 아니한 것으로 보였다. 무엇보다도 백양사를 지키는 것은 백암산의 수려함이다. 절의 뒷면으로 깎아지른 바위 봉우리는 심원하고 고고한 아름다움을 느끼게 한다. 흐려지는 기억에도 사물의 정기와 같은 것은 남아 있을 수 있다. 백양사에 관해서 나의 마음에 남아 있던 가장 중요한 부분도 이 바위였는지 모른다.

그런데 내 기억으로는 새 건물을 제외하고도 백양사는 훨씬 더 작았던 것 같았다. 그것은 그 전에 들었던, 6·25 때 건물들이 소실되었다는 이야기 때문인지도 몰랐다. 그러나 설명에 의하면 근년에 지은 부분들을 빼고는 본당 근처의 건축물로서 1985년에 다시 지은 것은 쌍계루라고 하니 불에 탄 것은 쌍계루만이었던 모양이다. 소실된 부분에 대한 나의 기억은 같이 찾아간 이들과 저절로 이야기의 실마리가 되었다. 백양사가 주요 전략 지역에 있는 것도 아닌데 무슨 전투가 있어서 불에 타게 되었던지는 알 수 없었다. 전투가 있었다면, 아마 그것은 게릴라 전투와 같은 것이었으리라.

백양사가 위치하고 있는 백암산은 지리산까지 이어지는 노령산맥의 줄기에 닿아 있는 산이다. 백양사가 불타게 된 사연은 40년 전에 나와 함께 백양사에 왔던 친구는 알고 있을지 몰랐다. 그는 장성 출신으로 6·25 직후에는 중학교의 3~4학년에 불과했지만, 총을 메고 공산 게릴라 토벌에 동원되었다. 그러나 그는 이제 고인이 되어 이러한 일을 물어볼 수가 없게 되었다.

고인이 된 내 친구는 대한민국 측에서 게릴라전에 동원된 것이었지만, 요즘에 와서 많이 듣게 되는 이야기는 공산 측에 섰던 사람들의 참혹한 경험이다. 우리 일행의 화제로도 그러한 것들이 더 많이 등장했다. 그리고 우리 일행 가운데에는 지리산 빨치산에 가담했다가 고생한 일이 있는 어머니를 가진 사람도 있었다. 그러나 좌우의 투쟁 사이에서 일어난 고통과 원한의 이야기는 백양사에만 한정된 이야기는 아니다. 그것은 버려진 시신들처럼 한국의 산하 어디에나 흩어져 있다.

우리 이야기는 어떻게 괴로웠던 옛일을 넘어서 새로운 세상이 열릴 수 있는가 하는 데에 미쳤다. 우리의 현대사처럼 곡절 많은 역사도 많지는 아니할 것이기 때문에, 이 곡절의 역사를 한 번에 더욱 순탄한 것으로 옮겨 가게 하는 데 필요한 것은 무엇보다도 과거의 잘못에 대한 용서가 아닐까.

그러나 우리 사회에서 용서는 아직 쉽게 말할 수 있는 것이 아닌 것으로 보인다. 우리가 주고받은 논의에서도 그것은 마찬가지였다.

잘못에 대한 시인이 없이 용서가 있는 것이 옳은가. 잘못을 무조건 용서한다면, 정의는 어떻게 되는 것인가. 잘못이 처벌될 때에만 바른 세상이 되는 것이 아닌가. 용서를 주장하는 데 대해 이러한 질문들이 제기되었다. 이러한 주장에는 복수의 심리도 있고 남을 꺾고 넘으려는 의식도 작용한다고 할 수 있다. 그러나 정의가 정사(正邪)의 인과응보의 명료화를 포함하는 것이라고 한다면, 이러한 마음까지도 정의의 요구에서 일어나는 것이라고 할 수 있다. 용서가 도덕적 행위라고 한다면, 그것을 거부하는 일에도 정의의 도덕적 원리가 들어 있다.

사람 사는 일에서 도덕의 원리들은 늘 일관된 체계를 이루지는 아니한다. 그것들은 종종 서로 마찰을 일으킨다. 비극은 두 개의 도덕적 요구의 갈등을 주제로 하는 경우가 적지 않다. 그러나 용서와 정의의 문제는 서로 상충하는 도덕적 원리의 문제가 아니라 순서의 문제로도 생각된다. 어떤 사람이 잘못한 사람을 용서한다고 하더라도 그것이 정의를 요구할 수 없기 때문에 행하는 비겁의 표현이라면, 그것은 도덕적 의미를 갖는다고 할 수 없다.

용서는 힘이 있는 경우에만 용서로서 의미를 갖는다. 그리고 그 힘이 정의의 것일 때 용서는 도덕적 행위가 된다. 여기서 정의의 힘은 행사되는 것일 필요는 없다. 그것은 사용될 수도 있는 힘으로 존재함으로써 족한 것이다. 사실 도덕적 의미의 용서는 정의의 힘의 유보로 인하여 가능해진다. 정의의 힘은 잘못을 시정하고자 하는 개인의 힘일 수도 있고 사회의 힘일 수도 있다. 여기에서 개인의 힘이란 잘못된 것을 시정할 수 있는 물리적인, 법적인 힘을 말할 수도 있지만, 철저하게 도덕적으로 단련된 개인적 인격의 힘일 수도 있다. 그러나 보통 사람의 경우 용서할 수 있는 도덕적 힘은 사회에서 빌려 오는 것일 수밖에 없을 것이다. 용서를 가능하게 하는 것은 정의의 사회이다.

그러나 정의 그 자체가 그렇게 중요한 것이라고 할 수는 없다. 그것은 삶을 위해서 존재한다. 다만 그것은 삶의 기초적인 조건일 뿐이다. 용서는 어제의 잘못보다 오늘의 삶을 긍정하는 일이다. 그러기 위해서는 사회의 질서가 살 만한 것이라야 한다. 살 만한 것이기 위해서 그것은 정의로운 것이라야 한다. 역사는 정의가 비인간적인 사회를 만들 수 있다는 것을 보여 준다. 정의가 삶에 봉사하는 것이라는 것을 잊어버리고 지나치게 가혹한 논리가 될 때 그러한 결과가 생겨난다. 너그러운 이해와 용서가 없이 화해가 있는 사회를 만들어 나갈 수는 없다. 정의는 강한 성질의 도덕이고 사람의 삶을 참으로 살 만한 것이게 하는 것은 부드러운 도덕 ─ 자비심이나 사랑이나 인(仁) 또는 겸양, 예의 그리고 용서와 같은 것이다. 그러나 역설은 정의의 질서 속에서만 그것을 포용하는 사회 질서가 존재할 수 있다는 것이다.

삶의 질서라는 점에서 이 정의는 반드시 애국이나 정치적 이념의 투쟁에 있어서의 정당한 인과응보만을 말하는 것은 아니다. 이념적 정치 투쟁은 어떻게 보면 화해의 질서를 포기하고 그것의 갈등의 삶을 일시적으로나마 받아들인 결과다. 그렇기 때문에 거기에서 생겨난 잘못 ─ 또는 패배는 원한으로 남을 수밖에 없다고 할 수 있다. 용서를 가능하게 하는 정의의 질서는 삶을 널리 수용하는 질서다. 그 안에서 사회 규범은 공평하고 일관된 관행으로 성립하고 삶은 자연스럽게 향수된다. 이러한 정의의 질서 속에서 용서는 가능해진다. 부패와 부정, 권모술수가 난무하는 사회는, 정의는 물론 더 너그러운 삶의 실천으로부터도 멀리 있는 사회다.

어느 절에나 부도가 있다. 부도는 고승의 사리를 모신 곳인데, 종 모양의 부도는 부처의 진리가 종소리처럼 사바세계에 퍼지라는 뜻이라고 한다. 백양사에서 우리를 안내한 분의 설명에 의하면 석종형 부도의 아랫부분에 뱀, 용, 개구리, 원숭이, 게 등을 새긴 것은 남쪽 고유의 것이라 한다. 그것은 부처의 자비심이 이러한 미물에까지 고루 퍼짐을 상징하는 것이다. 삶의 원리는 모든 생명체와 존재를 있는 대로 수용하는 데 있다. 용서는 그 한 표현이다. 그러나 그것은 정의로운 사회에서만 가능하다. 물론 용서를 포함하는 너그러운 삶은 정의가 삶에 확실하게 근거할 것을 요구한다. 그런 연후에 법은 불법(佛法)과 일치한다. 지난 수십 년간 한국은 여러 가지로 크게 발전하였다. 그러나 정의롭고 살 만한 사회로 가는 길은 아직도 먼 것으로 보인다.

(2003년 12월 4일)

2부

성찰

1장

나라의 대의와
작은 것들의
세계

학생의 대학 선택은 가능한가

지금 크게 논란의 대상이 되고 있는 일의 하나가 대학 입시 제도인데, 아마 속 시원한 해결책은 쉽게 나오기 어려울 것이다. 그간 수없이 논의되고 시험된 것이 입시 제도 아닌가. 하나를 고치면, 그에 따라서 다른 문제가 일어나고 한 것이 그간의 사정이었다. 그렇다고 문제가 있는 것을 그대로 놓아둘 수는 없는 일일 것이다. 그러나 방책들은 그것이 궁극적으로 어떤 이상적인 상태를 실현하는 데 기여할 것인가로 평가되어야 할 것이다.

최근 일부 대학들에서 주장하는 것은 학생 선발에서 대학이 자율권을 가져야 한다는 것이다. 그것도 생각해야 할 문제이지만, 생각의 범위를 넓히기 위해서 그와는 달리 문제를 학생의 대학 선택이라는 관점에서 살펴보면 어떨까. 하나하나의 대학을 보면 그렇지 않다고 할지 모르지만, 대학 체제 전체를 보면, 학생을 뽑는 것은 지금 대학의 전권이 되어 있다고 해도 틀리지 않는다. 대부분의 학생에게 서울의 ㄱ대학과 ㄴ대학 또는 서울의 ㄷ대학과 광주의 ㄹ대학 어느 쪽을 선택할 것인가를 두고 심각하게 저울질하는 것은 별로 없는 일일 것이다.

고민이 없다는 것은 아니다. 그러나 그 고민은 가고 싶은 대학이 어느 대학인가를 정하려는 고민이 아니라 나를 뽑아 줄 대학이 어디인가를 알아맞히려는 고민이다. 말하자면 고민하는 것은 피선택의 가능성이지 스스로 저울질하고 선택하는 일이 아닌 것이다.

물론 학생의 뜻대로만 대학의 선택이 가능한 것이 될 수는 없을 것이다. 그러나 학생의 선택이 거의 완전히 배제된 학생과 대학 간의 관계도 정상적인 것은 아니다. 자신의 의사에 따른 선택과 결정은 인격적 존재로서의 인간의 기본 요건이다. 오래전의 이야기이지만, 장관을 임명할 때 장관직을 제의받은 사람이 수락 여부를 생각해 볼 만한 시간적 여유를 갖도록 해야 하지 않겠느냐는 기자의 질문에, 장관 임명을 싫다고 한 사람은 지금까지 한 사람도 없었다는 당시 대통령의 답변이 신문에 보도된 일이 있었다. 높은 자리라면 두 번 생각하지 않고 받아들이는 사람이 존경할 만한 사람이 아닐 가능성은 상당히 높다. 대학에 가는 일이 같은 종류의 일이라고 할 수는 없지만, 대학의 선택에서도 세상에서 좋다는 것을 무조건 자기의 선택으로 하는 일이 좋은 일은 아니다. 그러한 학생을 생각하는 사람으로 성장할 길에 들어서 있는 학생이라고 할 수는 없을 것이다.

그런데 중요한 것은 우리 교육 제도가 학생에게 자기 생각을 가지며 그것을 다듬어 갈 기회를 주지 않는다는 사실이다. 자기가 무엇을 원하고, 해야 하고, 잘할 수 있는가 — 이런 것을 생각하며 자기 발견을 해 나갈 여유도 허용하지 않는다. 학과목 수업과 대학 입시 준비에 모든 것을 바쳐야 하는 고등학교 교육에다가 과외 수업에까지 모든 시간을 바쳐야 하는 고등학생에게 그러한 여유가 있을 수 없다. 자기 발견은 궁극적으로는 학생 하나하나가 스스로 이룩해 내야 할 일이다. 그러나 그것도 제도적 뒷받침이 있어야 가능하다. 이 점에서 필요한 것은 학교 교육의 강화가 아니라 학과목에서 해방되어 스스로 읽고 사색하고 쉴 수 있는 시간과 자유라고 할 수도 있다. 그러나 무엇을 하지 않는다는 것도 제도의 일부이다. 고등학교뿐만 아니라 대학의 제도도 자발적인 선택을 뒷받침할 수 있어야 한다. 지금의 대학에서 전공의 문제는 많이 느슨해졌지만, 진로에 대한 대체적인 윤곽은 대학 입학 전에 정해져 있어야 한다.

학생이 대학을 선택한다고 할 때, 맨 먼저 고려할 사항은, 어떤 삶을 살 것인가 하는 것을 궁리하면서 윤곽이 잡혀 가는 삶의 진로이다. 그다음의 일이 어느 대학 어느 계열이 가장 적절한가를 생각하는 일이다. 그 이외에도 넓은 지적 성장의 기회, 관심 분야 교수진 또는 도서관, 연구 시설, 기숙사 시설의 적절성, 학풍과 분위기에서의 적합성 등등의 사항들이 고려의 대상이 될 것이다. 그러나 이것은 대학들이 고르게 이러한 점에서 비교 평가될 만한 상태에 있다는 것을 전제하는 것이다. 지금의 시점에서 대학들이 이러한 상태에 있는가는 분명치 않다.

또 학생의 대학 선택을 어렵게 하는 것은 실질적인 평가보다는 외면적이고 피상적인 명성 그리고 출세의 관문으로서의 의미에서 대학을 바라보는 사회 분위기이다. 이런 점에서 바른 바탕이 마련되고서야 학생의 대학 선택은 현실이 될 것이다. 물어보아야 할 것은 우리 사회가 그것을 가능하게 할 방향으로 나아가고 있는가 하는 것이다. 학생이 학교를 선택한다고 해서 대학이 학생 선택권을 갖지 않게 된다는 것은 아니다. 그리고 대학 간 또는 대학 지망생 간의 우열이 완전히 없어지지도 아니할 것이다. 그러나 대학 그 우열이 경직되고 획일적인 기준으로 정해지는 것이어서는 곤란하다. 대학의 학생 선발 기준에서도 유연성이 필요하다.

우리 사회에는 모든 재능과 능력을 하나의 기준 또는 몇 개의 기준으로, 또는 어떤 단기간의 성취 결과로 줄 세워 판정할 수 있다는 생각이 있다. 단일화된 계량적 척도는 사회 갈등을 피하는 방편에 불과하다. 인간에 대한 모든 평가는 대략적인 것이고 거기에서 우연을 배제할 수는 없다. 고등학교에 순위를 매겨서 내신 성적을 엄밀한 척도가 되게 하여야 한다는 논의들이 있지만, 그것은 부작용을 무시해도 좋을 만큼 중요한 사항일 것 같지는 않다. 통계에서 채용되는 표본 조사라는 것을 생각해 보아도 학교 단위로 성취도를 평가하여서 가히 틀리는 것은 아닐 것이다. 엄밀한 성적의 기준 없이는 우수한 인재를 골라내기 어렵다는 견해도 있다. 발군의 인재는 여러 복합적인 요인들의 우연적 결합이 베푸는 선물과 같은 것이다. 학교가 천재를 만든다면, 어찌하여 이름이 하늘의 재능〔天才〕이겠는가. 학교가 길러 내는 것은 사회가 필요로 하는 여러 층의 일꾼이다. 그것이 교육으로 가능한 것이라면, 그것은 모든 대학에서 해낼 수 있는 일이어야 마땅하다. 자기의 발견 또는 발견까지는 아니더라도 발견을 위한 모색은 개인의 자기 정체성의 확립이나 자기실현을 위해서도 필요한 것이지만, 결국 사회에 공헌하게 될 높은 성취를 위해서도 필요한 일이다.

성취에서 큰 부분을 차지하는 것은 자발적인 동기이다. 해야 하는 일에 있어서 스스로 즐겁게 생각하고 보람을 느끼는 것이야말로 일을 잘 해내는 데에 가장 중요한 요인이다. 그러한 일들이 유기적 균형을 이루고 있는 사회는 행복한 사회이다. 교육에서 자기 발견의 기회와 공간을 마련하는 것은 인간적인 사회 제도가 갖추어야 하는 조건의 하나이다. 대학의 입시 제도는 이러한 사회적 이상에 부응하는 것이 되어 마땅하다.

문제가 있는 대로 지금의 추세는 한편으로 학생 선발의 기준을 다양하게 하고 다른 한편으로는 대학들의 수준 향상을 위한 전체적이고 고른 투자가 강조되는 쪽으로 가고 있는 것으로 보인다. 대학으로나 학생으로나 선택의 실질적인 가능성을 다양하게 하면서, 자신과 사회의 일에 충실한 인재들, 그리고 탁월한 성취를 보여 줄 인재들을 배출하게 되는 제도가 준비되는 데에는 시행착오와 시간이 필요할 것이다. 목전의 문제에 대하여서는 절충과 타협이 불가피하다. 그러나 그것들이 어떤 장기적인 목표와 이상에 기여하는가도 생각해 보아야 한다. 그러나 궁극적인 해결은 입시 제도가 아니라 교육 제도 전반 그리고 그 사회적 기반의 바른 방향의 변화에 있을 것이다.

(2005년 5월 26일)

과過계획의 무질서

최근에 논란의 대상이 된 대통령 측근 관련의 일들은 지금의 시점에서 정부에 대한 국민적 신뢰를 크게 떨어뜨리는 요인이 되고 있다. S프로젝트나 행담도 계획에서 우선 문제가 되는 것은 대통령 측근의 비전문 인사들이 전문 기구를 제치고 자의적으로 거대 계획을 추진했다는 것이고, 그다음은 그러한 사업 방식에 따르기 쉬운 부패에 대한 의혹이다. 이것은 모두 비판의 대상이 될 만한 일이라고 할 수 있다. 그러나 물의가 일어난 것은 정책 수행 방법이나 부패 의혹만이 아니라 사업의 성격 때문일 것이다. 문제의 사업들은 환경과 국토 그리고 공동체 존재 방식의 근본적 변혁과 수백만의 인구 이동을 요구하는, 정치 혁명을 넘어가는, 엄청난 국토 혁명의 사업들이다. 중요한 물음은 이러한 대혁명이 몇몇 사람들만의 협의와 결정으로 성급하게 추진되는 것이 과연 옳은가 하는 것이다.

민주 정치는 국가의 일을 비전문가에게 맡기는 정치 체제이다. 국민이 선출하는 대통령이나 국회 의원이나 나라 살림을 맡아야 할 권력의 관리자들이 모든 분야의 전문가일 수는 없다. 또 보좌하는 사람들도 전문적인 능력을 완전히 갖춘 사람이 아닐 수 있다. 결국 민주 체제하에서 의존할 수 있는 것은, 요즘 말해지고 있듯이 그야말로 원활한 시스템 운영일 것이다. 여기에서 시스템 운영이란 어떤 정해진 기구, 관료 기구가 정책 집행을 전담해야 한다는 것보다도 그런 일정한 운영 방식을 말하는 것일 것이다. 중요한 것은 어떤 사업이 최선의 합리성과 전문성을 동원, 결집할 수 있는 방법으로 운영되느냐 하는 것이다. 여기에는 비선 조직보다는 밖으로 열려 있는 공적 조직이 적합하다.

모든 문제에 대중적 참여가 있어야 한다는 말은 아니다. 중요한 것은 단순한 중론보다는 전문성과 합리성의 제고이고 그것의 공적 성격을 유지하는 일이다. 공개성, 합리성, 책임 등을 제도적으로 표현하고 있는 것이 정부의 공식 기구라고 할 수 있다. 물론 제도만으로의 그것은 최소한도의 것이 되겠지만, 그래도 정부의 정식 기구 밖에서 추진되는 사업은 이 최소한도의 보장도 갖기가 어려운 경우가 있기 때문에 이번에 문제가 생긴 것이다.

물론 최종 심판은 국민이 맡게 되는 것이 민주주의이다. 그러나 이 심판도 간단하게 이루어질 수는 없다. 일시적인 흥분에 의해 지배되고 또 대체로 한정된 시간과 공간에서 나오는 경험으로 일을 판단하는 것이 사람이다. 어떤 사안에 대한 판단이 보다 넓은 이해에 입각한 것이 되려면, 거기에는 여러 예비적 장치들이 있어야 한다. 그 조건하에서만 사람들의 판단은 넓은 사회 공간과 미래를 포용하는 것일 수 있다. 그러나 단순한 삶의 느낌도 일정한 넓이의 공간적·시간적인 지평을 포함하게 마련이다. 민주주의는 이러한 넓이의 가능성을 전제로 한다. 그러나 어떤 경우에도 최종 기준은 국민 생활의 현실 그리고 거기에서 나오는 느낌 이외의 다른 것일 수는 없다.

이야기가 조금 주제에서 빗나갔지만, 대통령 측근에서 일어난 최근의 일과 관련해 의구심을 갖게 되는 보다 깊은 이유는, 문제의 프로젝트들이 이 삶의 느낌에 어떻게 맞아 들어가는가 ── 이 점이 불분명하기 때문이다. 그것들이 의미하는 바 국토와 환경의 대변혁은 납득할 만하게 구체적으로 설명된 것인가. 수백만 인구의 도시 건설이 요구하는, 인구 이동의 여러 문제가 고려된 것일까. 새 도시 건설이 요구하는 인구 이동에 작용할, 부동산 이익 등을 포함한 투기적 이윤 추구의 동기는 어떤 의미를 갖는가. 그것이 가장 중요한 동기 부여의 수단이 된다고 할 때, 표방하는 균형 발전이 참으로 건전한 사회 발전을 의미하는 것일까. 이러한 문제들은 충분히 고려되지 않은 것으로 보인다.

정부는 그간 경제, 사회, 교육, 문화에 있어서의 초대형 계획들을 연속적으로 발표해 왔다. 그런데 그중의 많은 것들은, 적어도 지금의 시점에서는 허공에 떠 있는 듯한 느낌을 준다. 한편으로는 국민의 삶에 구체적으로 밀착되어 있지 않고, 또 다른 한편으로는 삶의 전체에 대한 통일된 느낌 또는 비전에 이어져 있는 것으로 보이지 않기 때문이다. 계획은 현재의 삶보다는 미래의 삶에 관계된 것이기 때문에 딱히 구체적인 느낌으로 이어지기 어려울 수는 있다. 그래도 그것은 현재와 미래의 삶의 전체에 대한 비전을 느낄 수 있게 하는 것이라야 한다.

그간의 많은 국토 개발 계획에 대해서는 얼마 전 세종대 변창흠 교수가 《경향신문》 칼럼(6월 2일자)에서 그 문제점들을 적절하게 지적한 바 있다. 변 교수가 예거하는 개발 계획은 행정 중심 도시, 혁신 도시, 산업 교역형·관광 레저형 등의 기업 도시, 지역 특화 발전 특구 등이 있다. 또 이 이외에도 개발 목적을 위해서 전례 없는 많은 토지에서 규제를 풀고자 하는 계획들이 있다. 총체적인 국토 발전 계획을 훼손하고 사회적 합의와 개발 이익의 귀속에 대해 자세한 고려를 담고 있지 않다는 것이 이들 계획에 대한 변 교수의 진단이다. 지금 학계에는 정부가 '개발 중독증'에 걸려 있다는 말이 있다고 하지만, 정부가 토지뿐만 아니라 다른 문제에 있어서도 초대형 계획들에 강박되고 있다는 인상을 주는 것은 틀림없다.

얼마 전까지 우리가 겪은 중요한 경험의 하나는 거대 계획들이 견디기 어려운 인간적 희생을 요구할 수 있다는 사실이다. 그런데 또 계획들의 정당성 문제를 떠나 생각할 것은 그 계획들이 소기의 효과를 가져올 것인가 하는 것이다. 공산주의 실험에서 국가 기능을 마비 상태에 빠지게 한 요인 중의 하나는 경제 그리고 모든 영역에서의 거대 계획 만능주의였다. 스탈린 시대의 사회 계획의 하나는 황무지에 새로운 산업 도시를 건설하는 것이었다. 필요한 노동력의 투입을 위해서는 강제력 그리고 혁명적 열기가 이용되었다. 어느 쪽이든지 대규모 인구의 성급한 이동과 집중은 유기적 공동체의 구성 요인들 — 가족, 이웃 등의 기본적인 관계, 토지와 자연에 대한 원초적인 관계 등을 파괴했다. 공동체의 기반은 혁명적 이데올로기만으로 이루어질 수 있는 것이 아니다. 그것은 보다 깊은 존재론적 뿌리를 가지고 있다. 황무지의 신도시들은 소련이 몰락한 다음 다시 황무지로 돌아가고 있다.

몰락한 사회주의 국가에서 또 배울 것이 있다면, 현실을 일정한 의도에 따라 통제하려고 하는 계획의 남발은 결국 무통제와 무계획의 혼란을 가져온다는 사실이다. 그것은 상호 모순과 자체 모순을 양산하게 되고 이를 교정하려는 노력은 다시 그러한 모순을 더 심화시킨다. 그리하여 결국 사회는 무통제의 상태에 빠지거나 자의적인 권력 체제로 옮겨 간다. 과계획과 과통제는 무질서를 낳는다. — 이것은 동구권 몰락 후에 나온 한 헝가리 학자의 진단이다.

칼 포퍼는 사회를 고쳐 나가는 방법은 '보완적 사회 공학(piecemeal social engineering)'밖에 없다고 말한 바 있다. 고칠 것이 많을 수밖에 없는 우리 사회와 관련하여 다시 한 번 생각하게 하는 말이다. 고쳐야 할 것들은 삶의 현실 그리고 그 근본과의 단절 없는 교감 속에서 꼼꼼하게 조금씩 고쳐 나가야 한다. 신(神)은 세부(細部)에 계시다는 말은 참으로 맞는 말이다.

(2005년 6월 9일)

문화와 문화 상품의 회로

프랑크푸르트 도서전 관계 일을 하다 보니, 문화 교류의 문제들을 생각하지 아니할 수 없게 된다. 인류학에서 쓰던 말로 '문화의 양식'이란 말이 있지만, 이것은 한 사회 집단의 행동과 사고방식에는 형식이 있고, 이것이 하나의 통일된 질서를 가지고 있다는 생각을 나타낸 말이다. 문화를 이렇게 이해하면, 단편적인 의미에서의 문화 교류는 쉽게 이루어질 수가 없는 것이 될 것이다. 그러나 사회와 사회 사이에 일어나는 상품의 교역도 문화 교류를 뜻한다고 할 수 있다. 오고 가는 상품은 어떤 문화적인 연상을 일으키고 그것은 급기야 다른 사회의 문화 양식에 또는 그 사회가 스스로의 질서를 파악하는 원리에 영향을 끼칠 수 있기 때문이다.

상품 교역은 일단 심각한 의미에서의 문화 교류보다도 가볍게 생각될 수 있는 일이다. 상품은 단순한 소비의 대상으로 볼 수 있기 때문에, 그것이 문화의 주체적 질서에 영향을 줄 것으로 생각할 필요가 없다. 그런 데다가 오늘날 세계의 많은 사회는 이미 하나의 질서 ──상품의 질서 속에 편입되어 있어서 상품으로 들어오는 모든 것을 받아들일 용의를 갖추고 있다. 문화가 외국에 진출하는 경우에도 그것은 우선 상품의 관점에서 생각된다. 영화나 음악이나 미술은 물론 정보라는 품목을 공급하는 학문까지도 상품화될 수 있을 때, 그것은 쉽게 교류의 대상이 된다. 우리가 독일에서 펼치는 문화 행사들이 한류에 비교되고 이러한 관점에서 말하여지는 것은 시대 흐름의 한 양상을 나타낸다.

화이트헤드는 희랍 철학이 유럽에 확산되는 데 교역이 얼마나 중요한 일을 했는가를 말한 적이 있다. 이것이 문화의 상품화를 말한 것은 아니지만, 문화와 상품의 교류에는 밀접한 관계가 있다. 그러나 그 관계의 의미를 정확히 생각해 보는 것은 필요한 일이다. 문화나 예술이 사회 체제에 얽혀 있는 것은 예로부터의 현상이지만, 지금처럼 그것이 상품 유통의 경로에 완전히 편입된 일은 많지 않았다고 할 것이다. 이것은 반드시 문화와 예술이 상업적 목적에 봉사한다는 뜻만은 아니다. 상업의 언어는 오늘날 공적인 담론의 언어다. 사람들은 문화를 포함한 모든 것은 상업의 관점에서 또는 ── 상업적 목적은 곧 자기 확대와 권력으로서의 의미를 갖는 것이기 때문에 ── 명성과 힘의 확대라는 관점에서 정당화되어야 한다고 느낀다. 더 중요한 것은 문화와 예술 자체가 상업적 세계가 만들어 내는 정보와 상징과 기호의 그물 속에 사로잡혀 있다는 사실이다.

프랑스의 철학자 보드리야르(Jean Baudrillard)가 되풀이하는 주제는, 오늘에 존재하는 것은 가상 현실뿐이며, 그 밖의 현실이 없다는 사실이다. 이 가상 현실은 기호와 상징의 소산이다. 그런데 그중의 많은 것은 상업과 정치적 힘이 만들어 낸다. 광고와 선전이야말로 오늘날 기호 세계의 전형적 증표라고 할 수 있다. 더 나아가 그 심리 조종의 습관은 가상 세계를 움직이는 숨은 힘이 되어 있다. 가상의 세계는 단순한 허구의 창조물이 아니라 조종과 권력의 세계이다. 오늘의 문화와 예술의 과제는 이 현실을 딛고 서면서 어떻게 그것을 넘어가는 현실을 가리킬 수 있는가 하는 것이다. 사람이

하는 일은 어떤 것이든지 간에 현실로부터 출발할 수밖에 없기 때문이다.

나는 이번에 프랑크푸르트를 방문하면서, 그곳의 현대 미술관을 찾을 기회가 있었다. 그곳에서는 새로 구입한 작품들을 위한 미술 전시회가 열리고 있었다. 전시는 설치 미술이거나 설치 미술적이라고 할 수 있는 작품이 주종이 되는 최근의 작품들이었다. 설치 미술은 출구 없는 현대 사회의 소비와 소통의 단일 구조에 깊이 뿌리내리고 있는 예술이다. 그 매체는 붓이나 물감처럼 다른 어떤 것을 재현하는 도구가 아니다. 그 자료는 오늘의 일상적 도구와 배경에서 취해진다. 자료의 성격이 벌써 예술의 자율성과 항구성을 부정하는 것으로 보인다. 설치 미술에서 예술은 또 하나의 초월적 차원을 구성하지 아니한다. 다만 작가는 그의 독자적인 관점과 관념의 힘으로 일상성을 예술로 전환할 수 있다고 생각한다. 그러나 그것도 대체로는 오늘의 세계 기호의 회로를 벗어나지는 아니하는 듯하다.

설치 미술의 1차원적 즉물성을 가지고 있으면서도 나에게 감명을 준 것은 스코틀랜드 출신의 더글러스 고든(Douglas Gorden, 1966년생)의 「죽은 체하기」라는 코끼리 영상물이었다. 고든은 코끼리를 미술관에 끌고 와서 걷는 동작을 반복하게 하면서 사진을 찍었다고 한다. 클로즈업으로 찍은 동영상 속에서 우리는 코끼리 육체의 작은 움직임들을 직감한다. 코끼리의 다리 그리고 다른 몸 부분에서의 작은 주름살과 근육의 들먹임은 그 육체로서의 성격을 실감하게 하고 미술관의 흰 벽과 마룻바닥에서 그 육체가 얼마나 소외적 존재인가를 느끼게 한다. 코끼리 몸은 흙바닥이나 풀밭 위 또는 더 원초적인 삶의 공간에 있어야 할 것이었다.

또 하나의 감명 깊은 작품은 독일의 한스페터 펠트만(Hans-Peter Feldmann, 1941년생)의 「죽은 사람들」이라는 제목의 사진들이었다. 이것은 1967년부터 1993년까지 정치적인 이유로 살해된 사람들 — 테러와 폭력, 특히 '적군파(RAF)'와 관련된 사람들의 죽음을 취재한 여러 사람의 사진

90장을 모아 놓은 것이다. 이 사진들의 느낌은 보는 사람과 정치적 입장에 따라서 다를 수 있을 것이다. 그러나 대부분의 사건 — 특히 독일의 적군파에 관련된 사건들은 대체로 참혹함과 공허함이 섞인 슬픔을 느끼게 한다고 할 수 있다. 그들의 동기에는 이상주의적 요소가 있었겠지만, 그 결과는 아무것에도 도움이 되지 않는 인명 피해와 파괴 행위였다. 그들이 죽인 사람 외에 경찰이나 군에 의하여 목숨을 잃은 사람도 있었다. 적군파의 지도자들이었던 바더(Andreas Baader)와 마인호프(Ulrike Meinhof)도 스스로 목숨을 끊었다.

사진은 다른 예술 작품과는 달리 그 자체를 넘어서 객관적인 사건을 가리키는 매체이다. 동시에 그것은 사건의 현실에 대한 작가의 견해를 지칭할 수 있다. 이 사진들의 모음에 견해가 있다면, 그것에 해당하는 것은 바더·마인호프파의 정치 이데올로기 계획이다. 작가 펠트만은 우리에게 그것을 상기하게 하고 동시에 그 한계를 넘어 인간 현실의 비참함을 보여 준다. 그리하여 우리는 당대의 정치적 언술 뒤의 인간 현실을 넘겨보게 된다.

설치 미술은 앞에서 말한 것처럼 오늘의 인위적인 세계와 그 기호 작용의 일부를 이룬다. 그것은 작가가 만들어 낸 '콘셉트'의 기호이면서 오늘의 기호 체계 내에 허용되는 견해와 세계를 재확인한다. 그러나 뛰어난 작가는 그것을 넘어서 다른 사실을 지칭할 수 있다. 프랑크푸르트의 현대 미술관에는 앤디 워홀(Andy Warhol)의 캠벨 수프 깡통의 그림이나 로이 릭턴스타인(Roy Lichtenstein)의 통속 만화의 재현들이 전시되어 있었다. 이러한 작품들은 소비 문화나 대중 문화를 긍정적으로 재현하는 것에 불과한가? 어쩌면 그것들도 당대의 기호 속에 갇혀 있는 현대인들의 삶에 대한 풍자이며 탈출의 암시인지 모른다.

프랑크푸르트 도서전의 주빈국으로서 한국이 보여 주는 문화는 다분히 오늘의 소비 문화 유통과 소통의 경로 속에서 움직이고 있는 것으로 보인다. 좋든 싫든 그것은 오늘의 유일 기호 체계가 가하는 제약이라고 할지 모른다. 그러면서도 나는 그것이 언어를 잃어버린 큰 현실에로의 해방적 기능을 가질 수 있기를 희망한다. 그러나 문화 하면 문화 마케팅이 반드시 말하여져야 하는 우리 문화의 현시점에서 그것이 가능할지는 분명치 않다.

(2005년 6월 23일)

유럽 연합의 사회·경제 질서

지난 5월 유럽 연합 헌법의 승인 여부를 묻는 국민 투표가 프랑스와 네덜란드에서 부정적으로 결말이 난 후, 유럽의 매체들은 유럽 연합의 위기에 관한 논의들을 전한다. 그러나 위기론은 유럽 연합 해체와 같은 극단적인 사태보다는 궁극적인 통합의 시기가 일시적으로 지연되는 사태를 두고 일어나는 것일 것이다. 물론 통합을 향한 충동이 일단 손상이 된 이상, 회원 국가들의 움직임이 당분간 독자성을 강화하는 방향으로 나아갈 수는 있을 것이다.

유럽 연합의 모체가 된 유럽 경제 공동체(EEC)의 목표는 이름이 표현하고 있는 대로 주로 경제 발전을 위하여 공동 경제 구역을 창조하자는 것이었다. 그러나 출발을 할 때부터 그 경제는 '사회 헌장'을 통하여 노동자들의 사회권을 보장한다는 이념을 포용하는 것이었다. 그것은 사회 민주주의적 경제 체제 또는 전후 독일 경제의 토대를 놓은, 보수적인 기독교 민주 연합의 에르하르트의 표현으로는, '사회적 시장 경제'를 지향하였다.

더 중요한 이상주의적 동기는 국가 간 갈등과 전쟁으로 점철된 역사를 지양하고 평화의 공영 질서를 창조한다는 것이었다. 이러한 목표와 동기가 현실로 구현되었는가를 평가하는 것은 쉽지 않은 일이겠지만 유럽 연합은 경제적 번영, 모든 사람의 인간적 삶 그리고 평화를 내용으로 하는 세계 질서의 한 모범을 보여 주는 듯한 인상을 주었다. 이 관점에서 유럽 연합의 위기는 그 현실적 의미를 넘어 이러한 세계 질서의 현실적 가능성을 시험하는 중요한 고비로 생각해 볼 수 있다.

해외의 시사 해설 기사들은 이번에 프랑스와 네덜란드의 국민 투표에서 유럽 헌법이 거부된 단적인 이유는 경제 침체에 있는 것으로 말한다. 거기로부터 오는 유권자들의 불만이 정부가 제안한 유럽 헌법안을 거부하게 한 것이다. 여기에는 착잡한 연계 관계가 있겠지만, 그것이 유럽 연합과 그 사회 이상에 의문을 제기한 것은 분명하다. 어쩌면 유럽이 보여 주는 것과 같은 정치 질서의 이상은 현실의 모순 속에서 좌초할 수밖에 없는 것인지도 모른다.

유럽 연합의 위기론에서 흥미로운 것은 프랑스나 독일의 곤경에 대한 영국의 보다 유연한 사회 경제 체제의 대비이다. 이 대비에서 나오는 진단들은 영국 경제가 비교적 호황을 누리는 것은 대륙 국가들이 고수하는 사회권을 상당 정도 희생하고, 노동에 신자유주의적 유연성을 도입할 수 있었고, 유럽의 통화 통합에 가입하지 않음으로써 그때그때의 형편에 맞게 움직일 수 있는 금융 정책의 신축성을 유지했기 때문이라는 것이다. 역설적인 것은 이러한 현실 타협이 경제를 부양할 수 있었을 뿐만 아니라 실업률을 낮추는 사회적 효과를 낳았다는 것이다.

유럽 헌법에 대한 국민 투표는 없었지만, 독일의 경우는 더욱 분명하게 유럽의 이상이 부딪친 문제를 드러낸다고 말하여진다. 경제 불황과 실업 증가의 문제에 당면한 독일의 슈뢰더 정부가 시도했던 것도 복지 혜택의 축소와 함께 노동 유연성의 확대였다. 말하자면 뒤늦게 영국적인 모델을 추구하려 하는 것이었다고 할 수 있다. 그러나 그러한 전환의 노력이 쉽지는 아니하였다. 슈뢰더 총리는 그의 정책에 대한 여러 비판, 특히 좌파의 비판에 반응하면서, 신자유주의적 시장으로부터의 압력에 대항하여 국가의 사회적 성격을 방어하겠다는 의도를 천명하지 않을 수 없었다. 그의 정책은 그 결과 좌우 어느 쪽의 이해관계에도 충돌할 수밖에 없는 정책이 되었다. 이런 문제들과 관련하여 곧 새로운 선거가 실시될 것인데, 여기에서 모든 예측은, 이 선거에서 슈뢰더가 패배하리라는 것이다.

그렇다고 독·불과의 대비에서 영국의 성공을 — 비슷한 정책으로 가장 성공한 경우는 아일랜드이다. — 지나치게 단순하게 긍정적으로 받아들일 수는 없다. 얼마 전에 슈뢰더 총리가 사민당 회의에서 다시 강조한 바와 같이 경제를 위하여 인간이 존재하는 것이 아니라 인간을 위하여 경제가 존재한다는 것은 윤리적 당위임에 틀림없다.

경제의 국제적 경쟁을 이유로 하여, 직업 안정을 포함한 사회권을 포기하는 것이 옳은가? 그러한 목표를 내세우지 않는 시장에 참으로 고용 확대나 사회권의 확대를 위임할 수 있는 것일까? 물론 일단 영국적인 유연성이 현실 경제에 도움을 주었다는 사실을 무시할 수는 없다.(블레어 정부는 사회적 목표를 포기한 것이 아니라 그 실현을 위한 우회적 방법을 채택했다고 하는 것이 옳다.) 그런데 경제 번영의 국제적 환경 전체를 생각할 때, 신자유주의 시장도 사실 인간적 경제의 궁극적인 실현을 위한 한 방편으로서의 의미를 갖는다고 볼 수 있는 면이 있다.

유럽의 여러 나라들로 하여금 그 경제와 사회 정책의 궤도 수정을 불가피하게 하는 압력의 많은 부분은 개발 도상국의 도전에서 온다. 독일의 경우 압력의 한 요소는 자본주의적 발달을 향하여 발돋움하고 있는 폴란드와 같은 구동구권의 싼 임금이다. 그러나 더 큰 압력은 중국과 같은 신흥 산업 국가들의 등장에서 온다. 이렇게 볼 때, 유럽 사회 이상의 위기 밑에는 그 원인으로서 세계 경제의 불균형 발달이 놓여 있다. 그리고 그 위기는 그 불균형의 시정을 향한 움직임의 한 표현이라고 할 수 있다.

원래 유럽 연합의 회원국들이 경쟁과 공조의 조건에 합의할 수 있었던 것은 그 연합의 범위가 비슷한 발달 단계의 국가에 한정되었던 까닭이었다. 같은 논리로서 세계의 모든 나라 또는 지역이 선진 경제의 수준에 이르게 된다면, 모든 사람의 인간적 삶의 실현에 합의하는 세계가 가능할지도 모른다. 그러나 지구의 자원과 환경이 그것을 허용할 것인가? 또 하나의 물음은 오늘날 생각하는 높은 수준의 소비 생활이 인간의 행복과 자기실현에 이르는 옳은 길인가 하는 것이다. 지금까지 나와 있는 바른 답변은 그렇지 않다는 것일 것이다.

오늘날 사람들이 취하는 집단적 행동은 몇 가지 영역에 관계되어 효력을 가짐으로써 비로소 의미 있는 것이 된다. 그중 하나는 신자유주의 세계 시장을 포함한 경제이다. 여기에서 나오는 에너지에 반응하고 대응하지 않는 행동은 현실성을 갖지 못한다. 그러나 경제가 삶의 조건임에 틀림없다고 하더라도 인간의 생태적 환경은 어느 정도의 경제를 허용할 수 있는가? 이 물음은 단순히 경제적 자원의 제한에 대한 것이 아니다. 보람 있는 삶은 궁극적으로는 인간과 그 환경에 대한 보다 깊은 이해에 기초하는 것일 수밖에 없다. 어떤 경우에나 인간적인 삶의 구현은 그에 관계된 윤리적 이상에 의하여 인도되어 비로소 일정한 균형에 이를 것이다. 경제와 환경 그리고 인간의 삶에 대한 일정한 이상 — 인간의 행동을 규정하는 이러한 여러 테두리 가운데 가장 중요한 것은 모든 사람을 위한 인간적 삶의 구현이다.

집단적 삶에 작용하는 에너지는 여러 영역들 — 특히 경제에서 온다. 이러한 에너지들은 서로 다른 속도로 움직이는 회전축들을 구성하면서 삶을 움직인다. 좋은 국가 정책은 이 축들을 연결, 적절한 속도의 에너지로 전환하고 그것을 인간적 삶의 축으로 전달하는 정책이다. 그러면서 그것은 전 지구적으로 삶의 균형을 향하여 옮겨 갈 수 있어야 한다. 유럽 연합의 위기는 현실 세계를 움직이는 여러 힘들에 적절하게 반응하면서, 인간적 질서로 나아가는 종합적 노력의 어려움을 다시 한 번 생각하게 한다.

(2005년 7월 7일)

세계화 시대의 복지 국가와 그 위기

10여 년 전 독일 여행 중 나는 공항 대합실에 비치된 신문에서 미국의 정치 철학자 세일라 벤하비브(Seyla Benhabib)가 독일의 한 대학에서 행한 연설문을 읽은 일이 있다. 그것은 건전한 도덕과 윤리의 뒷받침 없이는 존립할 수 없으면서도 그 법제화를 삼가야 하는 민주 사회의 고민을 논한 글이었다. 주제가 반드시 새로운 것은 아니었지만, 그 연설문은 문제의식을 깊이 느끼게 하는 것이었다. 그런데 놀라운 것은 신문에서 전면에 걸쳐 이러한 정치 철학의 근본 문제를 다루는 글을 싣는다는 사실이었다.

이번 여행 중에도 장문의 심각한 글들이 독일 신문에 실리는 것을 볼 수 있었다. 그중의 하나는 앙드레 지드의 1925년 콩고 여행을 그의 일기를 중심으로 해설한 것이었다. 이러한 글이 나온 것은 최근 독역된 지드 전집의 출판이 있었기 때문이기도 하지만, 그보다는 지난 2월 프랑스 국회와 정부가 교과서에 프랑스의 식민지 지배의 긍정적인 면을 강조해야 한다는 것을 법제화한 사실에 관계되는 일일 것이다. 지드가 콩고에서 본 것은 식민주의의 참상이었다.

그러나 여기에서 내가 잠깐 언급해 보고자 하는 것은《남독일신문》(6월 15일자)에 전재된 영국의 사회학자 — 영국에 귀화하고 영국의 귀족원 의원이 된 — 랄프 다렌도르프(Ralf Dahrendorf)가 뮌헨에서 행한 연설문 축약이다. 유럽 연합의 위기는 전번의 칼럼에서도 논의한 바 있지만, 다렌도르프의 연설문도 여기에 관계된 것이었다. 이 위기감은 특히 독일에서 높은 것으로 보인다. 그것은 다가오는 선거로 인한 것이기도 하고, 이웃 나라들보다 더 철저하게 '사회 모델'을 지향했던 것이 독일이었기 때문이기도 하다.

《남독일신문》에 나온 또 다른 최근 기사 가운데에는 페터 콘라디(Peter Conradi) 전 연방 의회 의원 회견기가 있었다. 콘라디가 회견 대상이 된 것은 그가 최근에 사회민주당(SPD) 당원 신분의 정권(停權) 결정을 발표한 때문이었다.(즉 당비 납부를 중단하고 당원 활동을 유보하기로 한 것이다.) 동기는 슈뢰더 정권이 신자유주의에 굴복하여 비사회적인(unsoziale) 경제 정책을 추구한 때문이라 했다. 그렇다면 왜 사민당 이탈 분자들이 공산당 후신인 민사당(PDS)과 연합하여 결성한 '좌파 정당'에 참여하지 않는가 — 기자의 이러한 질문에, 그의 대답은 신당의 정책이 과거 복지 국가로서의 후퇴를 의미하기 때문이라는 것이었다. 이 답은 일견 신자유주의에 반대하는 입장과 모순되는 것으로 보이지만, 그가 원하는 것은 단순한 복지 국가라기보다는, 신자유주의의 시장에 타협하면서 국민의 복지를 기할 수 있는 어떤 정책이 아닌가 생각되었다.

콘라디 회견기는 경제 침체 속에서의 복지 국가의 고민을 단적으로 엿보게 하지만, 다렌도르프의 강연 주제도 복지 국가의 문제점과 관련된다. 다만 그의 진단은 콘라디와는 달리 중도 우파적인 자유주의에 입각한 것이다. 그것은 정치 논쟁의 성격을 가지고 있다. 그러는 한 그것은 완전히 객관적이고 총체적인 분석이랄 수는 없을지 모른다. 그러나 그것은 그 나름대로 오늘의 문제에 대한 중요한 통찰을 담고 있는 것으로 생각되었다.

얼마 전 프랑스의 국민 투표에서 부결된 유럽 연합 헌법이 나타내고 있는 것은 유럽 통합의 이상이다. 다렌도르프는 여기에 상정되는 바 단일화된 유럽 연합국의 탄생이 참으로 바람직한 것인가를 묻는다. 그가 우려하는 것은 그것이 강화하게 될 유럽의 배타적 성격이다. 이 배타성은 유럽이 이룩한 정치적·사회적 업적을 보수하려 하는 데에 관계되어 있다. 가령 막대한 보조금으로 제3세계의 위협으로부터 농업을 보호하는 것은 그 단적인 예의 하나이다. 유럽 연합의 가입 조건을 너무 까다롭게 하려는 것도 기득권을 보호하려는 의지의 표현이다. 대체로 여러 도전으로부터 유럽적 '사회 모델'을 지키려는 것은 바로 기득권 수호를 위한 노력에 다름 아니다. 유럽 문화의 고유 가치, 세계 정신 또는 사물의 논리나 역사적 사명이 말하여지는 것도 이러한 보수 정책과 하나의 고리를 이룬다.

다렌도르프는 유럽 연합이 보다 바깥을 향하여 개방되어 있어야 한다고 주장한다. 그는 경제적인 세계화 — 노동력, 물자, 서비스 그리고 자본의 자유 이동을 요구하는 세계화를 긍정적으로 받아들인다. 경제적으로 유럽 연합은 그 자유주의 시장 경제 질서에 열려 있어야 한다. 그리고 이 질서가 요구하는 교정 — 사회적으로 잔혹할 수도 있는 교정에 따라야 한다. 다른 한편 정치적 개방성은 민주주의와 자유의 이상이 유럽의 경계를 넘어 모든 인간에게 보편적인 의미를 갖는다는 것을 인정할 것을 요구한다.

이러한 다렌도르프의 견해는 다분히 미국과의 연대를 호소하려는 동기가 있는 것으로 보인다. 그러나 세계화의 의미가, 보편주의적 입장에서 해석될 때 조금 더 복잡한 것이 된다는 것도 사실이다. 지금 시점에서 세계화는 유럽이 이루어 낸 사회 복지에 위협이 되고 그 고유한 문화를 훼손하는 면을 가지고 있음에 틀림이 없다. 또 그것은 흔히 지적되듯이 저개발 국가에서 노동 착취와 사회 혼란의 근본 원인이 된다. 그러나 다른 한편으로 그것은 저개발 국가를 위한 경제 성장의 기회가 되기도 한다. 이 기회가 유럽에 위협이 되는 것이다.

유럽인들이 민주주의 또는 인간적 사회가 서구의 독특한 전통의 기반에서만 성립할 수 있다고 한다면 그것은 보편적 인간성을 부정하는 오만한 발언이라 할 수 있다. 그러나 동시에 민주주의의 보편성에 대한 다렌도르프의 강조는 지나치면 바로 오늘날 미국의 부시 정부가 표방하는 민주주의 원리주의로 환원될 수 있다. 또 그것이 모든 정치 체제의 유일한 표준이 되어야 한다는 것은 인간의 삶의 다양한 요구를 지나치게 단순화하는 것이다. 사실 민주주의를 보편적 이상으로 받아들이는 경우에도 그것은 문화와 사회에 따라 내용을 달리할 수 있다. 평등한 삶의 실현에 대한 관심은 미국에서보다도 유럽에서 크다고 할 수 있다 이것은 한국의 형편에서도 비슷하다.

유럽의 진보적 사회 모델의 역설적 보수성에 대한 다렌도르프의 관찰은 그 나름으로 이념의 현실적·다의적 관련을 생각하게 한다. 그가 유럽이 이룩한 민주와 복지와 평화의 이상을 가볍게 보는 것은 아니다. 그는 다른 글에서 국가의 정치적 규제를 벗어나 세계화 속에 자유로워진 자본──그의 표현으로 "노동 없는 자본"의 위험성을 지적한 일이 있다. 그의 주장의 핵심은, 유럽 통합이나 복지의 이상들을 버리지는 아니하면서도 그것을 절대화하지 않고 미래의 가능성을 열어 놓아야 한다는 것이다. 그 미래에 보편적 인류 공동체가 있다. 개방성과 지나치게 하나가 되지 않는 협력 관계의 발전은 거기에 이르는 길의 조건이다.

다렌도르프는 경제협력개발기구(OECD)와 비슷한 국제적인 정치 협력 기구의 설치가 필요하다는 것을 주장한다. 이것은 경제와 함께 민주주의 발전을 위한 국제적 협력 기구이겠지만, 그것은 동시에 사회적 이상도 수용하는 것일 것이다. 그러나 이를 더 확실히 하기 위하여 우리는 국제 사회 복지 협력 기구 그리고 어떠한 발전도 궁극적으로는 자연의 제한 속에서 이루어져야 하기 때문에, 현실성을 갖는 국제 환경 협력 기구를 생각해 볼 수 있다.

한국의 민주주의와 사회 이상은 어떻게 추구되어야 하는가? 간단한 답변이 있을 수 없지만, 그에 관계된 변수들의 바로미터를 생각하려 할 때, 다른 사회의 문제들을 살펴보는 것은 중요한 자료가 될 수 있을 것이다.

(2005년 7월 21일)

정치와 짐승스러운 세계

토머스 홉스의 국가 이론의 유명한 출발점은 만인이 만인에 대하여 전쟁을 벌이는 야만 상태이다. 그리하여 이 상태를 어떻게 벗어나느냐 하는 것이 정치의 근본 문제가 된다. 물론 사람이 사람에 대하여 이리가 되는 것이 자연 상태라고 해서, 사람이 그것을 좋은 것으로 받아들이는 것은 아니다. 휴전을 협정하고 자신의 삶을 평화롭게 영위하기를 원하는 것은 인지상정이다. 그런데 어느 한 사람이 싸움을 그만두고 무장 해제를 하더라도 다른 사람이 그럴 의사가 없다면, 대체로는 그에게 손해가 돌아오게 마련이다. 그러니까 어떻게 하여 모든 사람이 평화 협정을 체결하고 동시에 무장 해제를 하느냐 하는 것은 여간 까다로운 문제가 아닐 수 없다.

사회 상태에 대한 전쟁의 비유는 조금 지나치게 거창하여, 비유적인 뜻이라면 몰라도, 우리 일상생활로부터는 조금 먼 감이 있다. 근년에 홉스 해설서를 낸 케임브리지 대학의 로스 해리슨(Ross Harrison) 교수는 이것을 설명하면서 조금 더 일상적인 예들을 들고 있다. 가령 우리는 다른 사람이 표를 사서 기차를 탄다는 것을 전제할 수 있을 때에, 나도 당연히 표를 사 가지고 기차를 타고, 사람들이 말을 정직하게 한다는 것을 전제할 수 있을 때에 나도 정직하게 말하게 된다. 그렇게 하는 것이 사회 전체만이 아니라 나에게도 이로운 것이라고 하는 경우에도 그렇다. 그러니까 규범적으로 행동할 의사가 있다고 하더라도 규범 일반을 보장할 국가 권력이 필요하다.

그러나 이렇게 말하는 것은 국가 권력 자체가 만인 전쟁을 종식시키려는 투명한 의지를 가지고 있다는 것을 전제하는 것이다. 많은 경우 국가 권력의 세계 자체가 다른 어느 부분보다도 만인 전쟁의 야만 상태에 있기 쉬운 것이 인간 현실이다. 그러나 이러한 현실에도 정도의 차이는 있다. 완전한 사회는 없다고 하여도 비교적 투명한 규범 속에 움직이는 사회가 있고, 그러지 못하는 사회가 있다. 정치는 물론 정치를 벗어날 수 없는 일상적 삶도 조금 더 규범적이거나 조금 더 야만적이거나, 차이가 있게 마련이다. 그것이 선진과 후진의 차이이다.

최근 신문에 교통 기관에 무임승차하는 사람의 숫자에 대한 보도가 있었지만, 무임승차는 유럽의 도시들에서도 문제가 된다. 이와 같은 문제를 지나치게 도덕적으로 또는 사회 윤리의 관점에서 말할 필요는 없을지 모른다. 그러나 최근의 이른바 X파일 사건은 국가와 사회의 기본적인 질서 그리고 그 도덕적 기초에 대한 우리의 신뢰를 근본부터 흔들리게 하기에 충분하다. 그것은 김영삼 정부 때의 일이었을 뿐이라고 할지 모르지만, 국민의 의심이 우리의 정치 질서 일반을 향하게 되는 것은 불가피하다.

기업과 정치인의 불법 거래, 그것을 탐지한 국가 기관의 불법 도청 그리고 결코 공공 의무감이 동기가 되었다고 할 수 없는, 그러니까 복무 규정을 위반한 것으로 간주해야 할, 도청 테이프의 대외 유출 등 — 몇 겹의 불법이 얽히고설킨 이번 사건은 분명하게 가닥을 가려내어 생각하기조차 어려운 인상을 준다. 이번 일에서 가장 핵심적인 것은 정경 유착과 정치 자금 거래의 불법성이지만, 그것을 법적으로 문제 삼을 경우, 거기에 불법 도청의 자료가 증거 효력을 가질 수 있을까? 또는 그 자료의 적법성 여부를 떠나서라도 자료 유출의 불법적 경위는 또 어떻게 처리되어야 하는 것일까? 그러나 이러한 문제들에도 불구하고 여전히 핵심적인 문제는 선거와 관련된 정경 상호 간의 밀거래의 문제임에 틀림이 없다.

그런데 선거와 관련하여 거액의 자금이 오고 간 것이나 도청은 적어도 당사자들의 입장에서는 불법이나 부도덕이라고만 부를 수 없는, 초법 세계의 일로 생각되었을지 모른다. 선거 자금의 경우, 기업이 대통령 후보에게 은밀한 방법으로 자금을 배분하였다고 한다면, 기업이 살아남기 위하여 불가피한 일이었다는 변명이 있을 수 있을 것이다. 그렇다고 그것이 용서될 수는 없는 일이지만, 궁극적인 책임은 정치 쪽에 있다. 법을 공정하게 운영하고 진정한 민주주의를 옹호하는 책임을 맡겠다는 것이 정부와 정치인이 아닌가. 그런데 정부 관련자나 정치인들도 더 커다란 변명을 내놓을 수 있을 것이다. 자신의 정치적 사명에 대하여 과대한 자신을 가진 사람에게는 이 모든 일이 정치의 안정된 경영을 도모하고 국가의 진로를 바르게 유도하는 데에 불가피한 정치적 당위로 생각될 수 있었을 것이다.

많은 정치적 행동은 큰 명분으로 정당화되어 법이나 도덕의 작은 규범들을 넘어갈 수 있는 것으로 생각되는 경우가 많다. 큰 명분이 작은 초법적 행동을 감싸 주는 것으로 생각하는 것이다. 그러한 정치적 인간이 상정하고 있는 사회는 홉스의 자연의 야만적 상태이다. 거기에서 규범을 지키는 것은 어리석은 일이다. 그것은 손해와 패배를 자초하는 일에 불과하다. 그것은 나의 손해나 패배만이 아니라 큰 명분에 대한 배반을 의미한다. 어떻게 보든지 힘과 술수는 필수적인 행동 방식일 수밖에 없다. 그렇다면 그러한 상태는 언제나 끝날 것인가? 힘과 술수의 놀이에 빠져 있는 사람은 그가 원하는 것이 바로 그러한 상태이고, 그것은 그의 절대적인 승리를 통하여 가능하게 될 것이라고 말할 것이다.

홉스는 인간성을 냉혹한 눈으로 보면서 국가 질서의 문제를 생각하였다. 그는 현실주의적 확실성을 가진 결론에 도달하고자 하였다. 그런데 절대 권력은 아니라고 하더라도 사실적 이해관계의 상호 조정만을 통하여 성립하게 되는 사회가 참으로 좋은 사회일까? 설사 그렇다고 하더라도 사실적 경로를 통하여 법률적 규범의 질서가 일반화하는 것은 오랜 역사적 발전을 요한다. 야만 상태의 극복이 인간의 자발적인 결단으로부터 출발하여 가능해질 수는 없을까? 홉스도 평화를 향한 내적인 의지와 희망이 정치 질서를 만드는 데에 하나의 중요한 계기라는 점을 지적하였다. 그것이 사람들이 절대적인 보장으로서의 국가 권력을 요구하게 되는 내적인 근거이다. 그러니까 사람이 어떤 규범적 행동을 희망하는 것은 반드시 외적인 강요로 인한 것이 아니다. 그것은 스스로 내린 결정의 소산이다. 스스로 결정하고 받아들인 사회 도덕의 규범을 따르는 것은 자신에 충실한 삶을 추구한다는 것을 뜻한다. 그것은 이해득실의 결과를 넘어서 자기를 ─ 이성적·도덕적 자아를 신장하는 일에 일치한다.

정치에 관심을 가지고 입문하는 사람은 다른 누구보다도 자존심이 강하고 다른 사람의 신망을 존중하는 사람들일 것이다. 위험을 무릅쓴 도덕적 결단은 그들에게 극히 자연스러운 것일 수 있다. 그러한 사람들이 움직이고 있는 정치에는 스포츠에서 보는 바와 같은 ─ 물론 속임수가 없는 진정한 스포츠에서 보는 바와 같은 흥분과 열광 그리고 고양감이 있을 수 있다. 물론 이러한 영웅적인 스포츠로의 정치는 고대 희랍에서나 볼 수 있는 것이라 하겠지만, 공공성에 시원하게 열린 정치는 불가능한 것일까?

하여튼 지금 시점에서 우리에게 필요한 것은 도덕과 법의 관점에서 투명하게 들여다보이는 정치이다. 그것이 이루어지지 않는 한 우리의 삶은, 홉스가 말한 대로 "외롭고, 궁색하고, 고약하고, 짐승 같고, 단명한" 상태를 면치 못한다. 이왕에 드러난 X파일을 계기로 정치의 대혁신이 있었으면 하는 바람은 크지만, 정치에서나 일상생활에서나 힘과 술수의 지혜는 우리의 삶에 너무 깊이 내장되어 있는 것이 아닌가 한다.

(2005년 8월 4일)

나라의 대의와 작은 것들의 세계

　나라 안이 떠들썩하다. 물론 그것은 나쁜 일 때문만은 아니다. 여기에는 광복 60주년 행사 같은 일도 있다. 그러나 신문에 나는 기사들만 보고 있노라면, 나라의 기본 질서에 끊임없이 큰 태풍이 일고 좋은 일까지 포함해 무엇인가 큰일이 벌어지는 듯한 인상을 받기 쉽다. 그중에 하나는 최근의 도청이라고 하겠는데, 권력과 경제의 은밀한 거래나 불법 도청도 놀라운 일이지만, 법을 책임져야 할 사람들이 법을 지키지 않은 것은 고사하고 그것에 대하여 계속 거짓 설명을 해 왔다는 것은 더욱 놀라운 일이 아닐 수 없다. 그러나 다시 생각해 보면, 그것들은 이미 지나간 세월의 일이고 서민 생활에 크게 관계되는 일도 아니라고 하는 것이 옳을지도 모른다. 이렇게 생각해 보면, 사람의 삶의 진정한 바탕은 작은 구체적인 현실에 있지 어떤 상징 질서 속에 있는 것은 아니라는 사실을 재확인하게 된다. 이 현실의 범위는 과히 넓은 것이 아니다.

　물론 우리의 작은 삶도 나라 안에서 일어나는 큰일 또는 더 넓게는 세계 어느 구석에서 일어나는 일에도 흔들리게 되어 있는 것이 오늘의 삶의 모습이다. 그러니까 큰일에 관심을 가지고 큰 것 속에서 행동하는 것은 바로 나 자신의 일이다. 그것은 또 국민으로서 또 사람으로서의 의무라고 말하여진다.

스탈린은 마르크스주의 교과서에서 의식 없는 노동자가 프롤레타리아의 역사적 사명을 깨닫는 과정을 설명하기 위하여 트빌리시의 신기료 장수의 예를 들어, 어렵게 살아가다가 그의 삶의 어려움이 그 개인의 문제가 아니라 사회 전체의 계급 구조의 문제라는 것을 깨닫게 되는 것과 같은 것이 그것이라고 했다. 소련의 실패한 혁명의 역사를 돌이켜 볼 때, 그 신기료 장수도 자기 고장에서 자기의 직업에 충실하면서 살기를 도모하는 편이 나았을 것이라고 말할 수 있을지 모른다. 토머스 하디의 「나라가 깨어진다는 시절에」라는 시에는 한 농부가 조는 듯한 걸음으로 늙은 말을 부려 밭을 가는 모습을 그리고 나서, "왕조는 몇 번을 바뀌어도/이것은 변함없이 지속되리니"라고 쓴 것이 있다. 사람의 일상적 삶이 정치를 초월하여 영속한다는 것을 말한 것이다. 하디가 몰랐던 것은 왕조가 바뀌는 것보다 더 근본적으로 사람 사는 일이 바뀔 수 있다는 사실이었다. 지난 수십 년간 우리나라에 일어난 변화는 밭 가는 일의 의미를 크게 다른 것이 되게 하였다.

이 변화는 하디와 같은 사람의 심정으로는 도저히 예측하지 못한 큰 변화──사회의 테두리만이 아니라 그 안에서 영위되는 삶을 구석구석 바꾸어 놓는 변화였다. 농업 사회에서 산업 사회로 바뀐 것은 물론이려니와 생활과 주거 일체에 있어서 우리는 전래의 것을 버리고 새것을 받아들이게 되었다. 이에 대하여 대부분의 사람은 이의가 없었다. 그중에도 주거지와 주택을 완전히 바꾸는 것은 모든 사람의 열망이 되었다. 농토의 한가운데에 고층 아파트가 솟고 국민의 45퍼센트 이상이 아파트에 거주하고, 새 도시 건설을 선포하는 것은 선거에서 지지율을 높이는 일이 되었다.

이것은 최근까지 그랬다는 말이다. 최근 뉴스 가운데 놀라운 것은 이른바 뉴타운이란 이름의 개발 계획을 반대하는 주민들이 있다는 것이다. 지난달 말 신문에는 진관내동 주민들이 뉴타운 지정을 반대하고 마을을 지켜 나갈 것을 결의한다는 보도가 있었다. 거기에는 30년 가까이 산 사람이 있고,(우리나라에서는 모든 사람이 이것을 희귀한 일로 생각한다.) 10년 전에 이사해 온 주민은 아이들은 물론 손자까지 그곳에서 기르고 싶다고 말했다. 비슷한 개발 반대는 중화동, 묵동 등에서도 있었다고 한다.

　새것, 큰 것에 대한 국민적 열망이 역전하기 시작하는 것일까? 우연의 일치인지 작가 조경란 씨는 그러한 보도가 있던 날《경향신문》칼럼에서 자신의 봉천동 거주 내력을 이야기하면서, 그곳에 사는 이유를, 그곳이 자신과 부모와 자매들의 성장지, 결혼과 작가 수련의 땅, "가장 불행했던 시간과 가장 행복했던 순간이 남아 있는 특별한 장소"이기 때문이라고 설명하고 있다. 지난달 말, 사진 작가 김기찬 씨와 시인 황인숙 씨가『그 골목이 품고 있는 것들』이라는 제목의 산문과 시를 곁들인 사진집을 출간하였다. 이것은 1980년대로부터의 산동네의 골목과 골목 안의 삶의 정경을 담은 것이다.

　이 책의 사진들은 사진 하나하나 거기에 기록된 삶이 가볍게 버릴 수 없는, 깊은 인간적 의미를 가진 삶이라는 것을 느끼게 한다. 그러나 이 사진집의 작가들이 가난한 주거지를 감상적 낭만으로만 보는 것은 아니다. 골목의 정경을 바라보는 황인숙 씨의 눈은 극히 사실적이다. 시「채춘(採春)」은 그 점에서 대표적인 시이다. 이 시에서 시인은 골목의 계단에 붉은 페인트처럼 묻어 있는 핏자국, 대낮에도 켜 있는 보안등, 개똥 등을 담담하게 기술한다. 흔히 시에서 기대하는 낭만적인 요소는 시의 끝에, 담 너머로 내다보고 있는 목련에서나 볼 수 있다. 채춘이라는 제목은 도연명의 전원시에 나오는 "울타리 밑의 국화를 꺾다/멀리 남산을 바라본다"라는 구절의 채국

(埰菊)이란 말을 연상하게 하거니와, 사진에 보면 가난이 역력한 이런 곳에도 기르는 꽃이 많은 것이 눈에 띈다. 물론 어떤 마을이 사람 사는 곳이 되는 것은 반드시 그 아름다움 때문만은 아니다. 이웃과 가족의 어울림이 있다는 것도 중요하지만, 더 중요한 것은 동네와 사람, 거기에 있는 물건들이 사람들의 기억의 일부를 이루게 된다는 단순하면서 중요한 사실이다.

김기찬 씨는 서울이 고향이라고 한다. 그러나 그는 자신은 고향을 떠난 일이 없지만, "고향이 점점 나로부터 떠나고 있다."라고 말한다. 고향의 의미는 기억과 역사가 산과 들과 집과 물건과 사람들에 의탁되어 보존된다는 데에 있다. 그 도움이 없이는 사람들의 삶은 허공에 뜬 것과 같이 된다. 사회 불안의 하나도 여기에서 온다.

크고 새로운 것을 쫓아가는 것이 전적으로 잘못된 것이라고 할 수는 없지만, 그것만을 쫓다 보면 잃어버리게 되는 다른 소중한 것도 많다. 정든 골목이 바뀌지 말아야 한다고 황인숙 씨가 말하는 것 같지는 않다. 그러나 바뀌는 것이 불가피하다면, 그것은 조심스러워야 한다. 사회학자들의 말에 '도시의 촌 주민'이라는 말이 있지만, "정상적인 대도시의 진면목은 시민들이 얼크러져 사는 골목에 있다."라고 황인숙 씨는 말한다. 삶은 골목 안에 있다.

정치하는 사람들은 대의, 큰 주제, 큰 계획, 큰 축제의 흥분을 좋아한다. 큰 주제는 지식인도 좋아한다. 나는 얼마 전 낯선 책방에 들렀다가 점두에 진열되어 있는 책들이 대부분 거대하고 심오한 문제를 다룬 책들이 아니라, 오락과 흥미 그리고 실용적인 책들인 것을 보고 지식인이 사는 세계와 일반 독자들의 세계의 차이를 겸허하게 실감하였다.

점두에 나와 있는 책에는 『돈을 벌려면 땅에 미쳐야 한다』라는 제목의 책도 있었다. 부동산이 우리의 가장 큰 사회적 질병임에는 틀림이 없다. 그러나 이것도 한국인 삶의 일부인 것도 부정하지 못한다. 이것은 나라의 큰 흐름 속에서 일어나는 일이다. 이것이야말로 큰일들이 작은 일들을 결정한다는 것을 보여 주는 일이다. 그러니 이것은 크게 고치는 도리밖에 없을 것이다. 그러나 그것도 현실과 더불어 움직이는 — 작은 골목의 삶에 맞닿는 그리고 그것을 최대한 살려 나가는 방향에서 바로잡아 나가는 것이 되어야 하지 않을까. 작은 것만이 아름답다고 할 수는 없을지라도, 삶의 핵심은 작은 것 안에 있다. 큰 정치는 작은 삶에 안정과 여유를 마련해 주는 정치이다.

(2005년 8월 18일)

대통령의 연정안

노무현 대통령이 되풀이해 내놓은 연정안은 엉뚱한 제안처럼 들린다. 오늘의 정치적 과제에 어떻게 맞아 들어가는 것인지 분명치 않기 때문이다. 그러나 조금 넓게 생각해 보면, 현실적 의미가 클 수도 있는 제안이라 할 수 있다. 노 대통령이 생각하는 것은 지역 화합이고 선거 제도의 변혁인 듯하지만, 그것을 확대하여 일반적인 정치적 합의를 위한 제안으로 본다면, 그것은 바로 오늘의 현실이 요구하는 것이 아닌가 한다.

오늘의 정치 출발은 1980년대 말에 일어난 민주 혁명이었다. 많은 경우 혁명 이후의 새 출발은 사회 전체가 동의하는 새 사회 협약으로써 공식화된다. 새로운 헌법을 제정하는 국민 회의와 같은 것이 그 상징적 출발을 위한 기구이다. 물론 이미 우리 정치도 민주 정부의 수립과 헌법의 개정 등으로 분명한 새 출발을 그었다고 할 수는 있다. 그러나 출발의 대원칙에 대한 국민적 합의가 좀 더 분명한 형태로 확인되었더라면 좋았을 것이다.

혁명이 있었다는 것은 사회 제도에 고쳐야 할 것들이 있었고, 그러한 요소의 제거가 필요했다는 것을 말한다. 그러나 기성 세력까지도 장해 요소를 제거하는 제도의 변화에 동의했다고 할 수 있는 것이 1980년대 한국의 민주 혁명이었다. 다른 한편으로 그것은 전 시대의 제도 변화를 요구하면서도 그 성취를 수용하는 것이었다. 그리하여 결과는 역사의 혁명적 단절이라기보다는 혁명적 발전이었다. 변화에 대한 저항이 있는 것도 사실이지만, 새 출발에 전반적인 국민적 동의가 있었던 것은 틀림이 없다. 그러나 이 혁명이면서 타협인 변화가 어떤 성격의 것이어야 하는가에 대한 분명한 원칙의 천명은 이루어지지 않았다.

국민적 합의 또는 정당 간의 합의가 이루어진다고 해서 모든 정치 노선이 하나가 되고, 서로의 정책적 차이가 없어진다는 것은 아니다. 또 그렇게 되어도 곤란하다. 정치가 참으로 우리의 미래에 대한 포괄적인 전망과 실천의 공간이 되기 위해서는 적절한 노선과 정책의 차이가 필요하다. 그러나 그것이 원칙적인 합의를 불가능하게 하지는 않는다.

지금 국민적 합의의 대상이 될 수 있는 항목들은 상당히 많다고 할 수 있다. 인권, 법치, 양심과 언론의 자유 등을 내용으로 하는 민주주의가 수호되어야 한다는 것에 이의를 달 사람은 별로 없을 것이다. 경제적 번영을 위한 노력이 계속되어야 한다는 데에도 대부분의 국민은 동의할 것이다. 다만 그것이 무엇을 위한 것이냐에 대해서는 다른 의견들이 있을 것이다. 성장과 분배의 우선순위에 대한 논의에서 보는 대립이 여기에 관계된다. 그러나 그것이 경제의 전체적인 성장에 연결되어 있다는 사실이 이 대립에 한계를 부여한다.

기업과 정부의 관계 또는 기업의 자유와 노동의 권리, 이윤과 부의 추구와 복지와 평등 — 이러한 문제들에 있어서 대립이 불가피하지만, 그 대립도 방금 말한 전체적인 조건에 의하여 한계를 갖는다. 통일의 과제에 있어서도 그것을 주요한 역사적 과제로 생각지 않는 국민은 아마 한 사람도 없을 것이다. 차이는 구체적인 방법, 수단, 속도 등에 관한 것일 것이다. 이 문제에 접근하는 데 있어서 우리의 주체적인 판단과 함께 국제적 환경에 대한 고려가 중요하다는 데에도 많은 사람이 동의할 것이다.

앞에 말한 것은 이미 이루어진 것과 그에 관련된 과제에 대한 확인의 필요이지만, 이에 못지않게 중요한 것은 앞으로 무엇을 해야 할 것인가 하는 것에 대한 국민적 합의이다. 이미 앞에 말한 일들에도 미래는 전제되어 있다. 새로운 다짐이 필요한 것은 보다 구체적이면서 보다 포괄적일 수 있는 미래로 나아가는 방편에 대해서이다.

여기에서도 합의할 공동 기반은 이미 준비되어 있다고 할 것이다. 이것이 어떤 것인가는 오늘의 시점에서 우리나라가 어디에 있는가를 생각하면 알 수 있다. 지금 시점에서 한국이 국가적으로 중요한 분기점에 서 있는 것은 분명하다. 선진국 진입 직전에 머물러 있는 것이 한국이라는 진단은 오래된 것이다. 급속한 변화 가운데에 있는 세계에서 이 단계에 오래 머무는 것은 아마 허용되는 것이 아닐 것이다. 지금 필요한 것은 서로 갈등을 일으킬 수 있는 앞의 여러 문제들을 수시로 조정하면서 모든 국가 역량이 선진국의 수준에 이르게 하는 것이다.

그것이 바람직한 것인가 하는 질문이 있을 것이다. 이것은 반드시 물어야 하는 물음이다. 선진국이 되어도, 저절로 해결되지 않는 문제는 얼마든지 있다. 나라가 어떤 단계에 있든지 간에, 세계사적으로 앞으로의 시기는 문제들의 시기가 된다고 하는 것이 맞을지 모른다. 그런데 이 문제들에 대처해 나가는 데에 유리한 고지를 점한 것이 선진국일 가능성이 크다. 다른 것은 접어 두고 환경의 문제를 보면, 환경 파괴가 가장 크게 일어나는 것은 발전의 초기 단계에서이고 일정한 성숙 단계에 이르면, 그것은 다시 줄어들기 시작한다는 관찰들이 있다.

어쨌든 선진국의 환경적 조건이 후진국보다 나은 것이 오늘의 현실이다. 자원 소비까지를 포함하면, 지표는 많이 달라질 것이다. 그러나 자원

활용의 새 방향에 대한 연구도, 오늘의 삶의 양식을 완전히 포기하고 거기에 따르는 고통을 감수하려는 것이 아니라면, 선진국의 여유가 없이는 그 추진이 어려울 것이다. 앞으로 세계의 여러 다른 문제들 —— 인구 증가 또는 감소, 빈부 격차 해소, 생태적 균형 발전 등의 문제의 경우도 마찬가지이다. 지금의 시점에서 선진국이 된다는 의미는 보다 여유를 가지고 문제를 해결할 수 있게 된다는 데에 있다. 이것이 발전의 성숙을 중대한 국가적 과제가 되게 한다. 그것은 단순한 의미에서 잘살자는 것만은 아니다.

국민적 합의의 대상이 있다고 하더라도, 합의의 절차가 어떤 것이 되어야 하는지는 불분명하다. 하나의 큰 제안으로 합의를 도출할 수 있는 격정적 혁명의 시기는 지나갔다. 구체적인 협상과 절충을 통하지 않고는 합의의 천명은 불가능할 것이다. 또 그것을 위해서는 그 이전에 현실적 바탕이 마련되어야 한다. 이것을 마련하는 것은 정부의 일이다. 많은 사람들은 정부가 과거와 씨름하겠다고 하는 것은 알지만, 국가의 미래에 대한 비전으로 어떤 것을 생각하는지에 대하여는 아직도 궁금해하고 있는 상태라고 할 수 있다. 주로 도시에 관계된 도면상의 거대 기획의 연속적인 발표가 있었지만, 그것은 앞으로 올 삶 전체의 비전을 투사해 준다는 느낌을 주지는 않는다.

비전은 삶 전체의 큰 그림을 말하는 것이면서, 동시에 오늘의 삶의 문제에 대한 섬세한 배려를 포함하는 것이라야 한다. 그리고 생각해야 할 것은 민주 정부의 비전은 도면에 따라 우격다짐으로 뜯어고치는 방식이 되기 어렵다는 사실이다. 큰 비전이 있어도 현실에 있어서 그것은 조금씩 실현될 수밖에 없다.

대통령의 연정 제안은 그 현실적 의미가 모호한 대로 일단 국민 모두가 합의할 수 있는 접합점을 확인하고 거기로부터 국가적 의제를 풀어 나가도록 해 보자는 제안으로 해석할 수 있는 것이 아닌가 한다. 어쨌든 국가의 현재와 미래에 대한 국민적 합의를 분명하게 하는 것은 중요한 일이다. 그런 다음에 차이를 다시 가리는 것은 나쁜 일이 아니다. 지금까지 우리 사회는 합의점을 다지는 데에 힘을 기울였다고 할 수 없다. 우리는 그럴 필요가 없는 부분에서까지 대립과 차이를 지나치게 추구해 온 것이 아닌가 한다. 이것을 역전해 보려는 노력은 필요한 일이다.

(2005년 9월 1일)

갈림길의 지구 그리고 한국

미국의 대중 과학 잡지 《사이언티픽 아메리칸》은 이번 9월호에 '떠돌이 별 지구의 갈림길'이라는 제목의 특별 호를 내어 21세기 첫 10년의 절반인 지금 시점으로부터 세기의 중반까지 지구와 인류가 부딪치게 될 여러 문제를 조망하는 글들을 실었다. 이 글들은 이 기간이 일찍이 유례가 없었던 위기와 기회의 시기가 된다는 느낌을 전한다. 여기의 글들이 들고 있는 문제 항목들은 인구, 에너지와 기후 변화, 환경과 생물 다양성 보전, 물, 빈곤, 의료 위생 등이다. 이 글들은 이러한 문제들을 인류 공동의 과제로 풀어 나가야 하는 것이 오늘날 세계의 상황이라고 말한다. 그러나 이러한 문제들은 우리의 처지를 돌아보는 데에도 도움을 줄 수 있다.

문제들은 선진국이나 후진국이라는 구분에 따라 성격이 달라진다. 우리의 문제들은 대체로 선진국들의 문제에 일치한다. 다만 우리가 그것을 해결하는 데 있어서 선진국으로서의 성숙성을 가지고 있는지는 자신 있게 말하기 어렵다. 한국은 대체적 절대 빈곤이나 의료 위생, 물이나 생물 다양성의 보전과 같은 문제에 있어서는 세계적인 걱정거리가 될 만한 것은 없다고 할 수 있다. 그러나 인구나 에너지 그리고 지구 온난화에 관계된 환경의 문제는 우리 안에서 또 다른 나라들과 보조를 같이하여 해결해야 한다. 여기에 대한 관심은 국가의 장래에도 큰 변화를 가져올 것이다.

20세기와 21세기의 인구 상황은 인류 역사상 극히 이례적인 것이었다. 세계 인구가 10억 명이 되는 데에는 태초로부터 19세기 초까지의 장구한 세월이 걸렸다. 그러나 지금은 13년 내지 14년이면 10억 명의 인구가 불어난다. 2005년의 세계 인구는 65억 명이라고 하는데 2050년에는 91억 명에 이른다. 그러나 그것을 정점으로 평형 상태를 이룰 것으로 추산된다. 이러한 추세 가운데에도 대체로 인구는 가난한 나라에서는 계속 늘어나고 미국을 제외한 잘사는 나라에서는 줄어든다. 독일, 이탈리아, 일본, 러시아 등의 인구가 현재보다 줄고 대체적으로 인류 역사상 처음으로 아이들보다도 늙은이가 많은 세계가 된다.

우리의 걱정도 인구가 감소하는 것이다. 성장하는 경제에서 노동력, 자원, 생산성은 3대 요소가 된다고 할 것이다. 이 가운데 자원도 그렇지만, 노동력에 문제가 생기는 것이다. 더 시급한 문제는 줄어드는 젊은 노동력이 어떻게 늙은이를 부양하겠느냐 하는 것이다. 지금 독일이나 일본에서 복지 축소가 정치·사회적인 이슈가 되는 것은 이러한 인구 구성의 역사적인 전환과 관련되어 있다. 이제 바야흐로 복지 제도를 시작하려는 단계의 한국에서, 인구의 문제는 더욱 큰 걱정거리가 될 수밖에 없다.

균형 사회에서의 핵심은 에너지 문제이다. 그것은 자원, 기후 변화, 환경 문제에 얽혀 있다. 오늘날 지구 온난화의 주범은 화석 연료에서 배출되는 탄소 혼합물이다. 지금 그대로는 현대의 경제 활동이나 생활 습관이 부지될 수 없다. 대체 에너지가 세계 각처에서 모색되고 있지만, 흥미로운 것은 큰 계획보다도 수많은 작은 개선으로 이룰 수 있는 것이 많다는 것이다. 이것은 물리학자이면서 환경론자인 애모리 러빈스의 주장이다. 우선 현재 사용되고 있는 에너지의 효율성을 높이는 '효율성 혁명'이야말로 문제 해결 — 또는 그 시작의 왕도라는 것이다. 겨울 온도가 섭씨 영하 44도에 이르는 콜로라도에 지은 그의 집은 보통의 난방 시설이 없다. 지붕, 벽, 창문의 철저한 단열 시공으로 집으로 들어오는 태양열은 손실률 1퍼센트 정도로 완전 보존된다. 심지어 환기되는 공기, 가전 제품, 사람의 체열, 뛰어노는 개의 체열까지도 환수된다. 난방 시설이 없기 때문에 건축비는 오히려 절감된다.

자동차의 경우에도 최대 효율의 자동차를 만들어야 한다. 미국에서 교통수단은 석유의 70퍼센트를 사용하고 탄소 가스의 3분의 1을 배출한다. 지금 자동차의 경우 러빈스의 계산으로는 에너지의 대부분은 차체, 기계 장치, 열과 소음, 타이어나 노면이나 공기 가열 등에 소비되고 실제 운전자를 앞으로 나아가게 하는 것은 전체 에너지의 1퍼센트에 불과하다.

자동차 디자인에서 가장 중요한 것은 탄소 복합 신소재를 사용하여 자동차를 가볍게 하는 것이다. 그러면 엔진이 작아지고, 페인트가 필요 없고 공장 시설이 작아진다. 그 결과 자동차 제조 비용이 40퍼센트 절감된다. 휘발유 사용량은 지금의 절반 이상 줄어든다. 경량 자동차의 등장은 전기와 수소 연료 차의 주행 거리를 늘려 준다. 연료를 천연가스 또는 식물에서 추출하는 에탄올로 대체하는 것도 용이해진다. 석유를 안 쓰게 되면 공기 오염은 지금의 26퍼센트 이하로 줄어든다.

또 러빈스의 효율화 계획에는 대도시 주민의 위성 도시 건설 중지도 들어 있다. 작은 동네를 살려서 삶의 모든 필요를 동네 안에서 해결하면, 에너지 절약에 큰 효과가 있을 것이고, 거주지의 인간화에 도움이 될 것이다. 이 외에도 풍력 발전이나 태양열 발전과 같은 환경 친화적인 에너지 대안들을 생각해야 한다. 덴마크는 그 에너지 수요의 5분의 1을 풍력 발전에서 얻고 있다. 매년 풍력 발전량을 2000메가와트씩 늘려 가고 있는 독일과 스페인을 비롯하여, 유럽 각국은 2010년까지 전기의 22퍼센트, 에너지 전체의 12퍼센트를 재생 가능한 자료에서 얻을 것을 목표로 하고 있다. 러빈스의 계산으로, 미국은 다코타 주의 일부 토지를 풍력 발전에 전용하면 전국 전기 수요를 충당할 만한 전력을 생산할 수 있다.

이러한 에너지 절약 정책은 국가로나 기업으로나 돈이 드는 것이 아니라 절감되는 효과를 갖는다. 지난 10년간, 뒤퐁 회사는 생산을 30퍼센트 확장했지만, 에너지 사용은 7퍼센트, 가스 배출은 72퍼센트를 줄이고 총 20억 달러의 경비를 절감했다. 비슷한 결과는 다른 회사에서도 볼 수 있다. 주목할 것은 이러한 발전이 선진 산업국에만 한정된 것이 아니고, 중국이나 인도와 같은 나라에서도 국가 정책으로 이미 진행되기 시작했다는 점이다.

자원 절감은 다른 부분에서도 앞으로 인간의 삶을 크게 다르게 할 것으로 예상할 수 있다. 메릴랜드 대학의 허먼 데일리(Herman E. Daly) 교수는 자원의 문제를 고려하는 경제학을 '가득한 세계의 경제학(Economics in a Full World)'이라 부른다. 이것은 자원의 소비로 세계를 비워 버리는 경제학에 대하여 하는 말이다. 그의 미래 경제에 대한 생각은 경제 논리 이외에 삶의 윤리에 대한 고려를 포함한다.

그는 앞으로 경제는 노동력이나 자원이 아니라 생산성의 증가만으로 '성장'이라기보다는 '발전'해야 한다고 말한다. 그것은 생산의 효율을 높이고 제품과 기술의 질을 향상할 것을 요구한다. 그러나 그것이 정보 기술(IT) 산업의 발전을 의미하는 것은 아니다. 사람이, 특히 가난한 사람들이 필요로 하는 것은 의식주이지 인터넷에 뜨는 1000가지의 조리법이 아니다.(다른 필자의 말로는 "사회를 풍요하게 하는 것은 컴퓨터나 DVD가 아니라 하수관, 편한 잠자리, 신체와 경제의 안정이다.") '가득한 세계의 경제학'의 관점에서는 물건은 오래 쓸 수 있는 것이라야 한다. 그것을 수선·유지할 수 있는 수

선업도 북돋워야 한다. 저성장의 경제에서도 올라가야 하는 세금은 소득세보다는 자원 추출세의 형태가 되고 그것은 또한 소비자들의 소유 참여로서 되돌아오는 것이 될 것이다.

이러한 새 세기에 대한 지혜로운 전망들이 현실이 될 수 있을까? 다만 세계가 경제나 인구나 모든 문제에서 균형을 향하여 갈 수밖에 없다는 것은 확실하다. 어쨌든 나라의 미래를 생각하는 정치에는 이러한 장기적 비전이 움직이고 있어야 한다. 지금의 우리 정치를 움직이는 것은 말초적 갈등, 공허한 관념 그리고 시행착오의 거대 계획들뿐인 것으로 보인다.

(2005년 9월 15일)

집 짓기와 동네 짓기

하이데거가 '공간과 인간'이라는 주제의 회의에서 행한 연설의 원고가 되었던 「짓기, 살기, 생각하기」는 집을 짓고 산다는 것의 의미가 무엇인지를 생각하게 한다. 그의 철학의 특유한 언어들이 섞여 쓰이고 있기는 하지만 그것은 쉬운 일상사를 말하는 수필처럼 평이하다. 사람이 짓는 건물의 의미는 그 자체로보다는 그것을 통하여 여러 가지 요소를 합하여 하나의 살 만한 공간을 이룩해 낸다는 데에 있다. 그의 요지는 다리〔橋梁〕 놓는 일로 대표될 수 있다. 다리란 이미 있는 두 개의 둑을 연결하는 것이 아니다. 다리가 둑을 드러나게 한다. 그리고 둑과 더불어 다리는 둑의 뒤로 펼쳐지는 땅을 냇물로 가져오고, 이를 합쳐 하나의 이웃이 되게 한다. 그리고 그것은 도시의 성으로, 사원으로 그리고 집들로 이어지고, 사람들의 오고 감과 수레들의 왕래로 이어진다.

하이데거가 그리는 이러한 평범한 시골 도시의 여러 모습에서 중요한 것은 그것들이 하나의 유기적인 관계를 가지고 있다는 점이다. 그것은 서로서로를 드러내는 역할을 한다. 드러낸다는 것은 집이나 땅이나 사람이나 그 참모습이 무엇인가를 보여 준다는 말이다. 그것들은 하나하나 의미가 있으면서 전체 속에서 하나하나의 의미를 획득한다.

다리가 표현하는 것도 기능적으로 그리고 미적으로 건축된 이 유기적인 보임의 관계이다. 물론 도시의 다른 모습들 또는 집들도 도시의 유기적인 삶의 전체에 이어져 있다. 이것을 조금 더 차원을 높여서 말하면, 하이데거의 생각으로는, 하나의 조화된 공간 속으로 인간의 삶의 네 개의 요소— 땅과 하늘, 사람과 신 —를 모아들이는 것이 다리의 역할이다. 집을 짓고 사는 일은 이렇게 삶과 천지 그리고 신명과 조화를 만들어 가는 핵심적인 인간의 역사(役事)인 것이다.

우리는 그동안 세계에서 가장 많이 집을 지어 온 나라이다. 그리고 국민이 적어도 비바람을 피할 만한 주거들을 마련하고, 빈곤의 문제에 시달리는 나라들에서 보는 바와 같은 판자촌의 문제를 많이 해결했다는 점에서는 세계에 내놓을 만한 업적을 이룩했다. 그러나 우리의 집 짓기가 참으로 사람 사는 터전을 마련하는 데에 성공했는지는 알 수 없다. 대부분의 관찰자들은 그간 지은 집들이나 다리가 참으로 사람이 땅과 하늘, 신들을 알게 하는 그러한 동네를 만들었다고 하지는 않을 것이다. 우리는 집 짓기나 동네 짓기를 앞에서 말한 네 개의 요소가 아니라 부동산으로 단순화했다.

요즘도 민생의 안정이라는 말이 쓰이는 것을 듣지만, '국민을 편안하게 한다는 것(安百姓)'은 요즘의 문제가 아니라 동아시아에서는 모든 시대에서 정치의 기본적인 목적으로 생각되어 왔다. '편안하게 한다'는 것은 우선 대체적으로 먹고사는 일을 말한다고 해야겠다. 하지만 사람이 선 자리, 정하고 사는 자리를 흔들리지 않게 하는 것 —집과 동네를 편하게 하는 것 —도 그에 못지않게 중요한 일이다. 어쩌면 사람이란 몸을 움직여서 일을 하지 않을 수 없는 존재이고 먹고 사는 일은 한시를 그대로 놓아둘 수 없는 화급한 일이다. 때문에 적절한 조건이 있다면, 조만간에 어떻게 해서든지 먹고 살게는 되어 있다고 할 수도 있다. 그러나 집을 짓는 일은 이보다는 쉽지 않은 일이다. 또 집을 짓되 그것이 하나의 짜임새 있는 동네가 되게 하는 것은 더욱 힘든 일이다.

거기에다 신들 — 사람이 공경하는 것들 — 이 저절로 삶의 터전에 배어 있게 하는 것은 누구나 아무렇게나 할 수 있는 일은 아니다. 이것은 사는 것이 무엇인가를 생각하면서 살아 온 사람들에 의해서만 오랜 시간에 걸쳐 이루어지는 일일 것이다. 또는 거꾸로 그러한 생각이 저절로 배어들어 있는 터전에서 살아야 자기도 모르게 그러한 생각을 하고 좋은 동네를 지을 수 있다고 할 수도 있다.

나는 최근 내가 하고 있는 일로 인하여 독일인들과 이런저런 의견을 주고받는 일이 많다. 한국을 간단히 살펴본 외국인들은 대부분 한국에 대해 '매우 활력에 넘치는 나라'라는 인상을 갖는다. 이러한 인상 때문인지 독일의 한 기자는 한국이나 독일이나 — 사실은 온 세계가 그러한 것이지만 — 천지개벽과 같은 큰 변화 속에 있는 것이 오늘의 시대의 특징이라고 말했다. 그는 삶의 방식 전체가 어디에서나 걷잡을 수 없이 변화하고 있다는 것은 두 나라에서 다 확인할 수 있다고 말했다.

그렇기는 하지만 내가 보기에는 독일에서는 시골이나 농촌의 집들이나 동네가 우리에 비할 수 없이 예로부터의 모양새들을 유지하고 있다는 인상이다. 한 독일의 텔레비전의 기자는 한국의 여러 사정에 대하여 물어보다가 독일의 뮌헨 시에는 뮌헨 사원보다 높은 건물을 지을 수 없다는 건축 조례가 있다며 이것을 어떻게 생각하느냐고 물었다. 그것은 이것을 고쳐야 한다는 사람들이 있기 때문이었다. 사실 어떤 사람들은 한국의 고층 건물들을 보고 우리도 저렇게 해야 하지 않는가 하는 불안감을 표현하기도 한다. 그러나 대부분의 유럽인에게 우리의 고층 빌딩들은 수상쩍게 보일 것이다. 그들은 그들의 정치적 입장이 어떠한 것이든지 간에 전래의 것들을 아끼는 것을 당연한 것으로 받아들인다. 여러 해 전 독일의 한 교수에게서 들은 것이지만, 그는 자기 집이 18세기 말 작자 장 파울(Jean Paul)이 시를 읽던 나무 곁에 있다는 사실을 매우 만족스럽게 이야기했다.

사람은 집에 못지않게 동네에 산다. 그리고 동네의 사람도 중요하지만, 동네를 만드는 것은 익숙한 지형지물이다. 그것은 기억과 역사가 만드는 것이다. 물론 여러 가지 이유로 하여 — 그것도 역사에서 나오는 것이라고 하겠지만 — 기억과 역사에만 집착할 수는 없는 것이 우리 형편인 것도 사실이다. 그러니만큼 다른 많은 것과 더불어 집과 동네도 새로 지어야 하는 일이 불가피하다. 그러나 그것이 앞으로 만들어지는 역사의 주춧돌을 놓는 것이 될 수 없을까 생각할 필요도 있다.

정부에서 부동산 문제를 해결하겠다고 나서는 일은 적어도 방향은 바른 것이라고 생각된다. 그러나 하루아침에 그려지고 세워지는 신도시들이 참으로 사람을 안정케 하는 삶의 터전 — 땅과 하늘과 사람과 신들 — 을 하나로 모이게 하는 삶의 터전을 만들어 낼 수 있을까?

나는 지금 이 글을 유럽의 한 구석에서 초하고 있다. 인천 공항을 출발하면서 얻어 본 신문에 의하면, 북한 핵무기와 관련하여 여섯 나라가 합의했다는 뉴스가 있었다. 이 합의의 뉴스가 있은 후 또 어떤 장해물들이 드러날지는 알 수 없는 일이다. 하지만 지금까지의 행적으로 보아 작은 일들을 수없이 풀어 나가는 참을성을 견지하면 결국은 큰 문제도 든든하게 풀리지 않을까 생각한다. 사람의 일에서 그것을 지배하는 큰 틀이 중요하지 않다고 할 수는 없다. 많은 경우 작은 것들이 모여 큰 틀의 문제를 풀고, 또 큰 틀을 이루고는 한다.

나라의 일에서와 같이 집을 짓는 일이나 동네를 짓는 일에서도 작은 것들이 많이 모여 큰 조화를 이룰 수도 있다. 참으로 사람 사는 터전은 그렇게 만들어진다고 말할 수 있다. 동네는 급조의 거대 계획이 아니라 오랜 작은 계획으로만 만들어질 수 있다. 다시 하이데거를 인용한다. 집을 짓고 산다는 것은 이웃과 가까이 산다는 것을 말한다. 그러나 이것은 단순히 사람이 이웃을 이루고 산다는 것만을 말하지는 아니한다. 그것은 먼 것을 가깝게 한다는 것이다. 여기의 먼 것은 삶의 근본에 있는 땅과 하늘과 사람 그리고 신명들을 말한다.

(2005년 9월 29일)

청계천과 역사

청계천 복원에 대한 평가는 대체로 긍정적인 것으로 보인다. 긍정적 평가에는 그것이 복원을 하는 공사라는 점이 적잖게 작용하는 것이 아닌가 하는 생각이 든다. 경제 발전이 지상 목표가 되어 있는 동안, 우리는 자연이나 역사의 유적 같은 것을 돌아볼 여유를 별로 갖지 못했다. 그러나 사람의 삶을 넉넉하게 하는 데에는 경제적 풍요에 못지않게 자연과 역사와 그것을 포괄하는 공동체가 필요하다. 이번의 청계천 복원을 환영하는 사람들의 마음에는 이러한 것들에 대한 굶주림이 조금은 풀렸다는 느낌이 섞여 있을 것이다. 이제 한국은 이 굶주림을 채워야 할 단계에 들어선 것이라 해야 할지 모른다.

복원이란 말과 관련하여, 되찾아지는 것은 무엇일까? 나는 서울 태생이 아니라서, 해방 전의 청계천이 어떠한 것이었는지는 알지 못한다. 하지만 박태원의 『천변 풍경』은 대체로 그 무렵의 청계천 분위기를 전달해 준다. 그것은 자동차로 스쳐 지나가는 곳도 아니고, 관광이나 산보를 위해서 천변을 일부러 거닐어 보는 그런 곳도 아니고, 여자들이 둑 아래로 내려가서

빨래를 하는 친숙한 생활의 일부였다.

6·25 이후에는 개천 위에까지 위태롭게 뻗쳐 매달린 판잣집들이 몰려 있었다. 그러나 그 안에 그 나름의 삶이 없는 것은 아니었다. 전쟁 후 혼란에도 불구하고 내가 서양 고전 음악이 주는 위안을 느낄 수 있게 된 것은 그곳에 있는 판잣집, 요즘 기준으로 보면 초라하기 짝이 없는 헌 레코드 가게에서였다. 가게 주인은 낡은 전축에다 레코드들을 틀어 주곤 하였다. 그는 점잖고 상냥한 중년의 신사였는데 늘 정장을 하고 나비넥타이를 매고 있었다. 그는 나에게 베토벤이나 쇼팽 등을 설명하고 자크 티보(Jacques Thibaud)나 알프레드 코르토(Alfred Cortot) 같은 옛 명장들을 소개하였다.

청계천이 복개되고 고가 도로가 설치되었을 때에는 청계천은 보통 사람이 머물고 사는 곳과는 거리가 먼 곳이 되었다. 장사하고 물건을 만드는 외에는, 사람들이 살더라도 생활하는 곳이라기보다는, 최소한도로 먹고 자는 필요조건을 충족해 주는 곳이었다. 조선조 말기 이사벨라 비숍(Isabella Bishop)의 여행기는 하수 시설의 부재와 악취 나는 골목길들을 서울의 인상으로 들고 있다. 빨래는 했을망정 청계천이 과히 깨끗한 곳은 아니었을지 모른다. 그러나 조선조 초의 청계천은 정녕코, 그 이름이 나타내는 대로, 자연을 그대로 느끼게 하는 깨끗한 개울이었을 것이다.

이번의 복원으로 청계천에는 자연과 풍경이 조금은 되돌아왔지만, 자연과 인간의 유기적 공동체의 일부로서의 생활도 돌아온 것일까? 이제는 자연과 역사 또는 기억과 생활 — 이러한 것들이 유기적 통합이 아니라 느슨한 연계 속에라도 존재한다면, 고맙게 생각하여야 하는 시대가 됐을 것이다. 그렇기는 하나 쉼 없이 진행되는 국토 변경 계획에 있어서 이러한 것들의 통합이 조화된 삶의 이상의 하나라는 것을 잊지 않는 것은 중요한 일이다. 그리고 관광거리로라도 자연이 보존되고 회복된다면 다행한 일일 것이다. 서울의 자연의 가장 중요한 부분이 산인데, 우선 산을 허물고 산을 가리는 것을 금지하는 시 조례라도 만들었으면 하는 생각이 든다.

이 글의 제목을 '청계천과 역사'라고 했지만, 여기에서 말하려고 하는 것은 청계천의 역사보다는 다른 역사이다. 나는 처음에 청계천 복원 공사 계획이 발표되었을 때, 그 계획을 지지할 생각이 전혀 없었다. 정치의 제1 차적 임무는 삶의 기본적인 필요를 돌보는 것일 터인데, 고용, 실업, 복지, 주택, 주거지 정비 등 생활의 문제가 산적한 마당에 그쪽으로 가야 할 예산을 도시 경관 향상을 위하여 전용한다는 것은 잘못이라고 생각하였기 때문이다. 물론 밥 먹고 난 다음 금강산 구경은 좋은 일이다. 구경을 넘어, 아름다운 주거 환경은 행복의 조건의 하나이다. 그러한 환경이 있느냐 없느냐 하는 것은 사람의 심성에도 커다란 영향을 미친다. 그러나 먹고사는 일이 두루두루 편하게 되기까지는 흉물스러운 주변의 광경은 참는 것이 마땅하다. ── 이렇게 생각한 것이다.

청계천 공사도, 작은 대로 역사적인 일의 하나이다. 이것은 잘한 일인가 아닌가? 역사에 대한 논의가 끊임없다. 역사의 진로는 한때의 판단과 선택으로 판단할 수 없는 일이 많다. 많은 경우 우리는 일이 되고 나서야, 그 일의 참의미를 알게 된다. 그리고 그것은 그럴 수밖에 없는 필연의 길이었던 것처럼 보인다. 그러나 일이 끝나기 전에 여러 갈래의 길이 없었던 것은 아니다. 그것은 보이지 않게 되었을 뿐이다. 그러나 이루어진 일을 가지고 다른 선택을 따져 보는 것은 부질없는 일이다. 개인의 일도 그러하지만, 집단의 역사에서도 그러하다. 과거가 어떤 것이었든지 해야 할 일은 이미 일어난 것을 받아들이고 그것에 기초하여 현재와 미래를 궁리하는 것이다. 잘 못이 있으면서도 근대화의 업적이 없다고 할 수 없는 군사 정권 시대를 어떻게 평가할 것인가? 일도양단으로 답하는 것은 부질없는 일이다. 이렇게 말하는 것은 이 어려운 질문을 피하는 방법이랄 수 있지만 현실은 그렇게 답하게 마련이다. 역사 바로잡기라는 말이 많이 쓰이지만, 바로잡을 수 있는 것은 사실로서의 역사가 아니고 서술로서의 역사일 뿐이다.

현실의 삶의 시간은 현재와 미래이다. 과거는 이 삶의 시간에 관계되는 한에서만 현실적 의미를 갖는다. 산업화가 군사 독재 시대의 큰 업적인 것은 틀림이 없다. 오늘의 삶은 그것을 딛고 서 있다. 우리의 삶의 현재와 미래의 계획은 그것을 사실적 기반으로 받아들이면서 이루어질 수밖에 없다.

그렇다면 역사의 잘잘못을 따지는 것은 전적으로 부질없는 일인가? 여기에서도 말할 수 있는 것은 현재의 삶의 절대성이다. 사람은 현재 보이는 가능성과 당위 이외에 먼 미래가 가져올 결과들을 내다보지 못한다. 주어진 시점에서 최선을 다하여 판단하고 행동하는 도리밖에 없는 것이다. 당대의 여러 압력하에서 이루어진 바른 선택은 도덕적 선택일 뿐이다. 그때그때의 행동적 선택의 정의로움과 역사의 추이는 별개의 문제이다. 여기에서 선택의 기준은 정의이다.

역사의 여러 갈래의 선택을 생각하는 것은 필요한 일이다. 그것을 되돌아보는 일은 현재와 미래를 설계하는 데에 하지 않아야 할 것이 무엇인가를 알게 한다. 그러나 그것은 현실의 문제가 아니라 생각의 문제이다. 만리장성은 중국의 중요한 문화유산이다. 그러나 축성의 대가는 백성의 고혈이었을 것이다. 그러나 지금 만리장성은 중국의 문화적 자랑거리의 하나이고 관광 수입의 큰 원천이다. 유럽의 여러 문화적 건축물이나 미술품들을 볼 때에도 우리는 그것이 나타내고 있는 역사적 모순의 미로에서 길을 잃는다.

이러한 것을 생각해 본다고 하여 청계천 복원이 다른 거창한 역사의 전환에 비교된다는 말은 아니다. 그리고 그 작업이 어쩔 수 없는 과거지사니까 받아들여야 한다고 말하려는 것도 아니다. 그것은 좋은 일로 보인다. 그러나 지금도 경관에 선행하여 생활의 문제를 풀어 나가야 한다는 것은 옳다고 나는 생각한다. 자연의 복원도 우리의 살림을 보다 인간적인 것이 되게 하는 데에 중요하다. 물론 독재 시대의 문제들을 포함하여 역사가 내어놓는 모순은 더 심각하게 생각해 볼 수밖에 없다. 모순 없는 해답을 찾는 것은 현재에 사는 사람들의 의무이다. 하지만 지나간 역사의 모순은 우선 복잡하게 생각하는 것이 마땅하다.

(2005년 10월 13일)

문화 홍보와 문화의 내실

　독일에서 한국에 대한 강의를 했던 한 교수가 전하는 말로는 처음 나온 질문의 하나는, 한국에서 사용하는 언어가 중국어인가, 일본어인가 하는 것이었다고 한다. 이러한 무지는 섭섭한 일이지만, 그것을 크게 개탄할 필요는 없다. 우리 학생에게, 가령 벨기에의 언어가 무엇인가 묻는다면, 쉽게 정답을 내놓을 수 있는 학생이 흔하지는 않을 것이다. 스칸디나비아 여러 나라들의 언어 또는 더 나아가 문학에 대해 물어도 바르게 답할 사람이 많지는 않을지 모른다. 나는 10여 년 전, 영국의 케임브리지 대학의 어느 식당에서 스칸디나비아 문학 교수를 만난 일이 있는데, 그는 등록하는 학생이 하나도 없어서 하는 일 없이 월급만 받는다고 했다. 그렇다고 여기에서 말한 벨기에나 스칸디나비아 여러 나라들을 낮추어 보는 사람은 세계의 어디를 가나 많지 않을 것이다.

　얼마 전 프랑크푸르트 도서전과 관련해 독일의 지식인들과 이야기하는 사이에, 현재 독일이 처해 있는 불투명한 정치 상황에 관하여 말할 기회가 있었다. 독일의 한 언론인은 앞으로 독일의 국가적 진로는 스웨덴에 더 비슷해지는 것이 될 것이라고 했다. 즉 독일의 사회 민주주의에 자본주의적인 수정이 있되, 그것이 그렇게 큰 것은 아닐 것이라는 이야기이다. 사회 민주주의자인 그는 이 점에 희망을 걸고 있는 것 같았다. 여기에서 말하려는 것은 앞으로 독일의 정치 향방이나 세계화 시대에 있어서 사회 민주주의의 향방에 대한 것이 아니라 스웨덴의 국제적인 성가(聲價)에 대한 것이다. 오늘날 독일인까지도 모델로 우러러볼 만한 나라로서 스웨덴의 성가는 그 문화나 문학보다도 스웨덴이라는 나라의 도덕적 품격으로 인한 것이라 할 수 있다.

이 도덕적 품격이란 스웨덴이 어떤 원리주의적 율법에 따라서 다스려지는 나라인가, 아닌가 하는 것이 아니라 간단하게 좋은 사람들이 좋게 살고 있는 나라인가, 아닌가를 두고 말한 것이다. 적어도 스웨덴의 인상은 성실과 신뢰와 협동과 같은 가치가 통용되는 사회라는 것이지만, 더 중요한 것은, 거기에는 물질적 조건이 적절해야 하기 때문에, 그 정치나 경제가 도덕적 품격을 갖추고 있다는 것이라고 할 수도 있다.

이렇게 생각하여 보면, 한국에서는 한국어를 쓴다거나, 한국의 문학이나 문화가 볼만한 것을 많이 가지고 있다거나 하는 사실을 세계 사람들에게 널리 선전하는 것은 그다지 중요한 일이 아니라 할 수 있다. 중요한 것은 우리 안에서 사람답게 사는 것이고, 밖에서 알아주든 알아주지 않든 그것은 크게 신경 쓸 것이 없는 일이다. 아마 그러한 사실은 조만간 알려지게 마련이고, 그러한 나라가 도대체 어떠한 나라인가를 더 알아보고자 하는 사람들이 나라의 문 앞에 줄을 서게 될 것이다.

이것은 물론 요순 세상의 이야기일 수 있다. 그것은 힘과 경제 그리고 이에 덧붙여 그를 뒷받침하는 홍보의 세계를 모르는 이야기라 할 것이다. 무엇보다도 이러한 세계를 무시하고는 자기들만의 이상 사회도 부지할 도리가 없을 것이다. 이러한 현실 세계에 적절한 전략을 계획하는 것은 불가피하다. 다만 전략은 궁극적으로 그것 자체로가 아니라 보다 큰 삶의 내실과의 관점에서 평가되어야 할 것이다.

23일 막을 내린 프랑크푸르트 도서전에서, 한국은 주빈국의 행사에 전례 없는 노력과 비용을 투입했다. 그 성패를 생각하는 것도 지금 시점에서의 효과에 못지않게 보다 큰 의미와 관련을 짚어 보는 것이라야 할 것이다. 성패라고 했지만, 대체적으로 이 행사는 일정한 성공을 거두었다고 말할 수 있지 않나 하는 것이 이 행사의 조직에 참여했던 나의 느낌이다. 우리의 문화 행사를 찾아온 관람객들의 수나 표정이나 의견, 독일 언론들의 보도 내용 등으로 보아 그렇게 판단하여도 아전인수는 아니지 않나 하는 것이다.

독일 측 조직 위원회는 한국의 주빈국 행사가 지금까지의 어느 나라 행사보다도 좋은 것이었다는 것을 우리 측에 여러 번 전달해 왔다. 대체적으로 독일인 사이에서 한국에 대한 의식 — 오랜 문화적 전통을 가지고 있고 문화적 소망을 가지고 있는 나라로서의 한국에 대한 의식이 높아진 것은 부인할 수 없는 사실로 보인다.

여러 행사장을 돌아보면서 인상적이었던 것은, 별로 관람객이 많은 것 같지는 않았지만, 프랑크푸르트 공예박물관의 백자와 불화 전시였다. 관장은 되풀이하여 전시에 대하여 만족을 표현했다. 그의 박물관이 소장하고 있는 한국의 미술품에 어떤 것이 있는가 하고 묻는 데 답하면서, 아무것도 가지고 있지 않은 것을 부끄럽게 생각한다고 말하는 것도 진정으로 들렸다. 그는 앞으로 이번의 전시를 통하여 가지게 된 한국의 전문가들과의 관계를 지속적인 것으로 발전시키고 싶다는 의사를 강하게 표현했다. 나로서도 이러한 미술품들을 한자리에서 이렇게 보는 것은 처음이었다.

전시품들은 삶의 얼마나 많은 것이 하나의 상징적 세계 속에 통합되어서 비로소 한 문화의 그 온전함을 나타내게 되는가를 생각하게 했다. 태를 묻는 데 쓴 항아리에서 일상 용품을 거쳐 죽음의 의식에 쓰던 명기(明器)에 이르기까지 전시된 백자들 그리고 삶과 죽음의 여러 사연을 하나의 신화로 엮는 불화들은 한국의 전통이 이룩했던 통일된 삶의 비전을 느끼게 했다.

이번에 프랑크푸르트에서 공연된 국악원의 종묘 제례악도 비슷한 느낌을 주었다. 현대인의 감각으로는 한국의 고전 음악은 이해하기 어려울 정도로 단조롭고 반복적이다. 음악과 양식화된 무용의 이 단조로움 또는 단순성은 사람의 어지러운 심성과 감정을 정화하여 우주적인 장중함으로 이끌어 가려는 의도를 가진 것이라고 할 수 있다. 이것은 아마 프랑크푸르트의 청중들에게도 느껴지는 것이었을 것이다. 이 음악은 제례를 위한 것으로서, 종교적 의미를 가진 것이지만, 거기에는 정치적인 의미도 있었다고 할 것이다. 세속의 삶에서는 정치나 사회의 공적 공간도 우리의 작은 삶을 넘어가는 초월적 차원의 성격을 갖는다. 전통적 통치자들은 장중함 속에 단순화된 음악을 통하여 엄숙하고 겸허하게 일을 처리하는 심성을 기를 수 있었을 것이다.

물론 삶의 지나친 상징화나 의식화가 가져오는 피해는 역사를 통하여 우리가 너무 잘 알고 있는 일이다. 지금 다수가 원하는 삶은 가볍고 자유로운 삶이다. 오늘의 예술과 문화는 세속적인 삶의 자유분방한 에너지의 분출에서 나온다. 그리하여 그것은—또 우리의 공적인 삶은—비속성 속에 뒹굴고 있는 듯한 인상을 준다. 이것은 불가피하다. 해외 홍보의 경우에도 마찬가지이다. 그것은 가볍게 접근되어야 한다. 그러다 보면 우리는 현대 예술과 문화의 고민이 삶의 잡다함을 수용하면서 어떻게 그것을 넘어가는 세계를 시사할 수 있는가 하는 데에 있다는 점을 놓치게 된다.

사회적으로 예술 또는 적어도 문화의 사명은 예나 오늘이나 삶의 비속성의 핵심에 높은 공적인 삶의 공간을 구성하는 일이다. 이번 프랑크푸르트 도서전 사업에 가벼운 의미에서 사람들의 주목을 끌고 호기심을 자극할 수 있는 것들이 포함되어 있는 것은 사실이다. 문화를 홍보 전략의 일부로 생각할 때 그것은 필요한 방편이라 할 수 있다. 그러나 문화를 바라보는 우리의 눈이 홍보 효과 너머를 보지 못한다면, 그것은 우려할 만한 일이고, 큰 의미에서의 홍보를 망치는 일이기도 하다.

(2005년 10월 27일)

도시와 살림살이 경제

프랑크푸르트 도서전의 중요 행사에 평화상 수여가 있다. 독일 서적상이 수여하는 이 상의 금년 수상자는 터키의 오르한 파묵(Orhan Pamuk)이었다. 이 수상식은 상당히 엄숙하고 거창한 것이었다. 프랑크푸르트 시장그리고 연방 국회의 의장 등이 참석한 수상식은 정치계 인사, 문학 관계자그리고 수상자의 긴 연설에 이어서 리셉션 — 이 모든 것을 포함하여 네시간이나 계속되었다. 그것은 독일인들이 공식 행사들을 단순히 요식 행위로만 취급하지 않고 또 문화를 존중한다는 증표로 생각되었다.

물론 수상식의 엄숙성은 이 상이 단순히 문학적 업적을 기리는 상이 아니라는 것과도 관계되는 일일지 모른다. 평화상은, 그 이름에도 이미 시사되어 있지만, 문학상이면서도 중요한 정치적 의미를 가진 문학적 업적에수여되는 상이다. 파묵의 수상은 그의 문학적 업적 외에 터키에서 일어났던 아르메니아인 학살 사건 또는 지금도 계속되고 있는 쿠르드족에 대한박해들에 대하여 발언을 서슴지 않았던 때문이었다. 나중에 깨달은 것이지만, 수상식이 거행된 곳이 도서전의 어느 공간이 아니라 바울 교회인 것도 우연이 아니었다. 바울 교회는 독일에서 민주주의 혁명 운동이 폭발한 1848년에 최초로 국민 회의가 열리고 헌법이 기초된 곳이다. 바울 교회는 2차 대전 중에 파괴되었지만, 전후 원형대로 재건되고, 이제 교회로가 아니라 역사 유적으로 보존되어 있다.

그런데 여기에서 말하려는 것은 평화상의 의미보다는 그것과 바울 교회의 관계에서 보는 바와 같은 장소와 그 장소의 의미에 관한 것이다. 현대 도시는 그저 사람이 모여 사는 곳이라고 할 수 있지만, 원래 옛 도시들은 그 나름의 분명한 이유가 있어서 사람이 모이는 곳이었다. 바울 교회가 특별한 의미를 가진 곳이라면, 프랑크푸르트 시는 어떤 의미를 가지고 있다고 할 수 있을까? 바울 교회를 존중하고 그것을 중요한 행사 공간으로 사용하는 것 자체가 그것이 시의 정체성 구성에 그 나름의 의미를 가지고 있기 때문일 것이다. 시의 의도는 스스로를 독일 민주주의의 남상으로 보려는 것일 것이다. 민주주의보다도 정치 중심이라는 자기의식이 프랑크푸르트 시에 필요한 것이라고 할 수도 있다. 통독 이후 프랑크푸르트는 잠깐 통일 독일의 수도가 될지 모른다는 희망을 가지고 있었다. 그 전에는 신성 로마 황제가 선출되고 등극을 하는 곳이었다. 그때 시는 은근히 독일의 상징적인 수도라는 자긍심을 가지고 있었을 것이다. 지금도 시청 건물에는 '황제들의 방'이라고 해서 그곳에서 등극한 신성 로마 황제들의 초상화를 걸어 놓은 방이 있다.

그러나 프랑크푸르트의 정체성은 정치보다는 경제에 의하여 정의된다고 하는 것이 옳을 것이다. 사람들은 대체로 이 시가 금융이나 항공 교통의 중심지임을 말한다. 이것은 단순히 오늘의 일이 아니고 시의 역사에서 자라 나온 사실이다. 그곳은, 이름에 암시되어 있듯이, 왕래가 잦은 마인 강의 건널목이었다. 그로 인하여 절로 경제가 중요한 도시가 된 것이지만, 그 사실은 시가지의 꾸밈새에 절로 표현되어 있다. 유럽의 도시들은 도시의 의미를 시각적으로 표현하고 있는 경우가 많은데, 이 점에서 프랑크푸르트는 전형적인 도시라고 할 수는 없지만, 그래도 구시가지의 도심은 어찌하여 여기에 사람들이 이와 같이 모여 살게 되었는가를 느낄 수 있게 한다.

구도심 지역에서 가장 중요한 것은 시청 건물이다. 시청이 도심에 있는 것은 정치의 중요성을 나타낸 것이지만, 그것이 시민의 왕래가 많은 광장에 있다는 것은 그 정치가 시민의 생활과 유기적인 관계를 가지고 있었다는 것을 말한다. 그리고 사람이 모여 사는 데에 중요한 것은 정치만은 아니기 때문에, 광장에 다른 건물 ─ 공적인 의미를 가진 다른 건물이 있는 것은 당연하다. 유럽의 많은 도시에서, 시 광장으로부터 멀지 않은 곳에 교회가 있기도 하지만, 대체로는 더 분명하게 상공인들의 연합회나 그것의 연장선상에서 생각되던 시 의회의 건물들이 있다. 이러한 것은 많은 유럽 도시의 정치 공간이 시민 사회적 성격을 띠고 있었다는 것을 말하려는 것일 것이다. 이것은 프랑크푸르트 시의 경우에도 마찬가지이다.

프랑크푸르트 시 중심부의 이름은 뢰머베르크이다. 여기에서 뢰머는 로마에서 온 사람들이라는 말로, 중세 이후 이탈리아 상인들이 묵던 장소를 가리키는 말이다. 이탈리아 상인뿐만 아니라 그 외의 외국 또는 독일의 다른 도시에서 온 상인들이 옷감이나 책 등 여러 방물들을 팔고 사던 곳이 시 중심의 광장이었다. 지금도 그들의 흔적이 남아 있다. 사실 벌써 11세기에 뢰머베르크에 장이 섰고, 13세기에는 장터에서의 상인들 거래가 황제의 특별한 보호 대상이 되는 등 역사를 통하여 장터의 성장과 거기에서 이루어지는 교역은 프랑크푸르트 시의 존재 이유였다.

지금도 물론 상품 교역을 위한 장터 또는 전시는 프랑크푸르트 시 경제의 중축을 이루고 있다. 나는 서울을 방문한 프랑크푸르트 시장으로부터 상품 교역을 위한 전시 활동에서 들어오는 수입이 시 수입의 30퍼센트에 이른다는 말을 들은 일이 있다. 그렇기는 하나 지금의 시점에서 프랑크푸르트 시의 경제는 장터의 상거래보다는 시 전역에 퍼져 있는 금융 산업을 비롯한 여러 기업들의 활동에 의하여 지탱되는 것일 것이다.

그러나 전통적으로 경제를 가시화하는 경관이 시의 복판에 있었다는 것은 의미심장한 일이다. 그것은 프랑크푸르트가 독립된 경제 없이는 불가능한, 그 나름의 독자성을 가진 자치 지역이라는 것을 말한다. 이러한 독자성은 독일의 다른 도시나 지방에도 해당되는 이야기이다. 내가 이야기할 기회를 가졌던 한 언론인은 자신의 근거지인 함부르크를 말하면서 그것이 독일만이 아니라 동부 유럽과 스칸디나비아를 그 배경으로 가진 유럽 제2의 항만 도시라는 것을 강조했다. 함부르크는 역사적으로 한 동맹의 대표적 도시로서 지금도 그 공식 명칭은 '자유 한자(Hansa) 도시 함부르크'이다.

그런데 프랑크푸르트에서 그 경제적 독자성 이외에 더욱 인상적인 사실은, 다시 말하여 도시 삶의 기반으로서의 경제 활동이 (적어도 옛날에는) 시가지의 물리적 형태에 표현되어 있었다는 것이다. 이것은 경제가 저 멀리 다른 세상에 존재하는 추상적인 어떤 것이 아니라 시민의 삶의 뿌리를 이룬다는 것을 공식적으로 인정하는 것에 관계되어 있다. 경제는 국민 소득, 총생산, 부국강병 등에 수렴되는 추상적인 활동이 아니라, 독일어나 서양의 많은 말들에서 경제라는 말의 원뜻이 그러하듯이, 집안의 살림살이, 사람의 먹고사는 일을 말한다. 그 사실이 눈에 보이게 되어 있는 것이다.

이 경제의 가시적인 존재는 정치적 안정에 중요한 역할을 한다는 생각이 든다. 백성의 먹고사는 살림을 꾸리는 일이 정치의 핵심이라는 것을 눈으로 보는 것은 정치를 삶의 현실에 붙들어 두는 데에 도움을 줄 것이기 때문이다. 지금 독일은 정부가 공백 상태에 있고, 진보와 보수의 정당이 연립 정부를 세우기 위하여 여러 협상을 벌이고 있다. 다른 쟁점들도 있지만, 가장 큰 쟁점은 세금이나 정부 예산의 증감에 대한 의견 조정인 것으로 보인다. 결국 국민의 살림을 어떻게 꾸릴 것인가에 대한 의견의 차이가 문제인 것이다. 앞에 말한 함부르크의 언론인은 지금 난항을 겪고 있는 새 정부 구성에 낙관을 표현했다. 방법과 공정성 원리의 이해에는 차이가 있지만, 먹고사는 일을 걱정하는 것이 정치라는 점에는 어길 수 없는 합의가 있기 때문일 것이다. 프랑크푸르트를 비롯하여 독일 도시들의 옛 경관은 그 나름으로 여기에 기여하는 것이 아닌가 한다.

(2005년 11월 10일)

포스트모더니즘 시대의 현실

민주화 이후 언론의 자유가 극도로 확대된 때문인지, 언어의 사용에 필수적인 것으로 생각되던 모든 규율이 폐기된 것이 오늘의 언어 환경이 되었다. 공적 공간에도 거칠고 감정적으로 과장된 언어가 범람한다. 언어의 여러 기능 가운데 가장 중요한 것은 사실을 정확히 기술하는 것이겠는데,(무엇보다도 우리의 상황을 정확히 판단하고 그것에 적절하게 대처하는 데 필요한 일이기 때문에) 요즘 우리가 많이 듣는 언어는 주로 표현적 기능에 봉사한다고 할 수 있다. 우리가 듣게 되는 많은 말들은 자기표현을 한껏 시도하는 것이거나, 아니면 알게 모르게 억압된 심정을 표출하려는 것으로 생각되는 것이다.

부산에서 열린 아·태 정상 회의의 보도를 접하면, 지엽적인 것이기는 하지만, 참석자들이 우리의 전통 의상을 보고 한국의 미에 흠뻑 빠졌다든지, 또는 차려 놓은 음식의 맛에 완전히 사로잡혔다든지 하는 표현들이 보인다. 이번 회의의 참석자들이 특히 감격하기 쉬운 감성의 소유자인지는 알 수 없으나, 보통 사람들은 남의 나라에서 우연히 보게 되는 의상이나 음식에 그렇게 쉽게 정신을 빼앗기지 않을 것이라는 생각을 하지 않을 수 없다.

프랑크푸르트 도서전과 관련된 한국 작가 낭독회에 관한 홍보 자료를 점검하면서 나는 "한국 문학 독일을 휩쓸다."라는 표현을 "한국 작가 독일 도시를 순방하다." 정도로 고칠 것을 종용한 일이 있다. 그러나 요즘의 감수성으로 보아 그것이 사정을 바르게 판단한 일이라고 말할 수는 없을지 모른다. 도서전 행사의 홍보나 보도에 등장하는 언어가 나타내는 열기와 흥분의 도가니에 휩쓸려 들기에는 독일 사람들은 자신들의 삶을 살아가는 일에 너무 바쁘지 않겠는가 하는 것이 나의 판단이었지만, 홍보와 보도의 열광의 언어들은 막을 수가 없었다.

사실이 어떻게 되었든지 간에 오늘날 사람들은 강한 언어를 원한다. 또 사람들은 사실보다는 언어를 비롯한 여러 가지 상징물에 쉽게 반응하고 흥분한다. 최근에는 숭례문 또는 남대문이 국보 1호인 것이 옳은 것인가를 놓고 여론이 비등했다가 조금 잠잠해진 일이 있었지만, 광화문이나 현충사의 현판을 두고 벌어졌던 논쟁은 더욱 뜨거운 것이었다. 나는 여러 해 전에 한글의 로마자 표기에 관한 회의에 갔다가 그 개정의 필요 근거로서 민족주의나 민주주의가 열렬하게 주장되는 것을 보고 놀란 일이 있다.(한 주장은, 미군정이나 군사 정권이 만든 표기법은 개정하는 것이 마땅하다는 것이다.)

얼마 전 러시아에서는 방부 처리되어 유리관에 보존되어 있는 레닌의 시신을 매장해야 한다는 논의가 있었다. 영국의 한 신문은 이 문제가 제기된 것은 푸틴 대통령의 실정에 대한 공격을 피하자는 정부 측의 계책이라는 음모설을 보도한 바 있다. 이 음모설이 사실이든 아니든 적어도 흥분제로서의 상징의 역할이 큰 것은 부정할 수 없다.

최근의 아·태 정상 회의의 여러 행사 보도를 보면, 오늘의 국제 정치가 언어와 이미지 또 기타의 상징물로 이루어지는 공연 예술의 성격을 띠어 간다는 인상을 준다. 보도된 것으로는 이 거대한 공연 행사에서 합의된 것은 비교적 간단한 것으로 보인다. 이미 다른 회의들에서도 선언된 바 있는 자유 무역의 확대를 포함하여 세계화의 기획을 계속 추진한다는 점에 합의한 것이다. 합의는 정상들이 선언문에 서명하기 전 정부 간의 실무적 합의를 거친 것이었을 것이다. 그리고 보도된 것만으로는 헤아려 볼 수 없는 세부 사항들이 있었을 것이고, 그 의미도 비전문가가 간단히 짐작할 수 없는 복잡한 것들이 있을 것이다. 그러나 그것이 국제 관계의 현실로 확인되기 위해서는 정상 회의라는 이벤트가 되고 공연이 될 필요가 있었을 것이다. 오늘의 대중 정치는 시각화와 이벤트화를 요구한다. 그것을 통하여 보다 논리적으로 그리고 구체적으로 설명되어야 할 것들이 실감나는 현실이 되는 것이다. 그러나 그러는 사이에 현실은 가상의 현실로 바뀌게 된다. 오늘의 정치는 이러한 가상 현실 안에서 움직일 수밖에 없다.

시각화나 공연화는 예로부터 중요한 정치의 수단이었다. 거대한 건축물이나 군중 집회는 정치를 북돋는 장치들이다. 또 이와 함께 더욱 적극적으로 대중 동원에 작용하는 것은 격렬한 감정의 촉발이었다. 사회주의 체제에서 사람들에게 사회 개혁을 위한 동기로서 혁명적 정열을 강조한 이른바 '혁명적 낭만주의'와 같은 것이 그 대표적 예이다. 사르트르는『감정론』이란 책에서 감정을 말하면서 그것은 "우리가 세계에 부딪쳐서 '그것이 요구하는 과제를 감당할 수 없음으로 하여 유발되는' 의식의 퇴화 현상"이라고 말한 바 있다. 이것은 반드시 맞는 말이라고 할 수는 없다. 혁명적 낭만주의는 바로 어려운 과제를 수행하는 데에 필요한 정열을 공급했다. 그러나 장기적으로 볼 때, 그것이 지탱하기 어려운 것이고 또 현실의 구체적인 사실에 부딪혀 좌절할 가능성이 큰 것은 틀림이 없다. 그런 의미에서 사르트르의 생각은 완전히 맞는 것도 완전히 틀린 것도 아니다. 이러한 양의성은 이데올로기에 의한 대중 동원 또는 추상적으로 발상되는 유토피아적인 거대 계획들에서도 볼 수 있다. 사실 모든 계획은 그것이 현재

보다 미래에 관계되는 한 허구적 성격을 갖는다. 그러나 결국 그것의 최종적인 결산은 지극히 범속한 구체적인 삶의 총계로서 완성된다. 오늘의 가상 현실의 정치도 비슷한 가능성과 문제점을 갖는다. 삶의 긴급한 필요를 위한 생산보다는 현실적인 소비가 중요해진 사회에서 가상 현실은 삶의 구체적 현실을 대체한다. 그러니까 구체적인 현실이 그다지 급박하지는 않다는 것을 말한다. 그러나 궁극적으로는 가상 현실을 시험하는 것은 삶의 구체적 현실이다.

세계화의 경우, 그것은 가상 현실이라기보다는 미래를 향한 하나의 비전이라고 하는 것이 옳을 것이다. 그것을 향한 움직임은 이미 일정한 경제적 효과를 낳고 있고 사람들에게 그 혜택을 베풀고 있다. 우리가 수긍하든 아니하든 그것은 어쩌면 세계가 향하여 가는 불가피한 미래일 가능성이 크다. 그러나 그것은 조만간 인간 공동체에 불러일으킬 여러 문제에 답할 수 있어야 한다. 그것들에 답하고 그것을 수용함으로써 그것은 내용이 있는 삶의 현실이 될 것이다. 세계화가 농업과 농촌의 몰락을 촉진하고, 거기에 따르는 노동 유연성의 요구가 사람들의 삶으로부터 직업 안정성을 빼앗아 갈 것이라는 것은 이미 많이 지적된 바 있다. 또 그것은 (이미 그러한 안전망이 구축되어 있는 곳에서는) 사회 안전망의 축소 그리고 대체적으로 사람들의 일상적인 삶을 지탱해 주는 사회적 그물의 해체를 가져올 수 있을 것이다. 세계화를 기다리고 있는 것은 경제 발전에 못지않게 이러한 문제들을 어떻게 대처하고 수용하느냐 하는 현실의 시험이다.

이러한 구체적 문제와 씨름하지 않는 거대 기획보다도 더 우려되는 것은 일반적 현실의 가상화이다. 오늘날 우리 사회는 유달리 집단적 흥분을 필요로 하는 것으로 보인다. 여기에 반응하여 강한 언어와 분노와 열광의 상징들이 등장한다. 오늘의 정치의 가상 현실을 만들어 낸다. 그러나 궁극적으로 사람 사는 일의 구체적인 현실의 문제는 가상 현실의 정치에 의하여 해결될 수 없다. 사람의 현실은 흥분으로부터 다시 일상으로 돌아가지 아니하면 아니 된다.

최근 신문에 보도된 열린우리당의 조사에서 드러난 바와 같이 국민들이 말의 과다와 실수, 즉흥적인 정책, 경제보다는 정치 편중 ─ 이러한 것들이 지금 정부의 특징이라고 느낀다면 그것은 정부가 말과 상징의 잔치를 통한 흥분의 기회를 마련해 주지 않은 때문은 아닐 것이다.

(2005년 11월 24일)

교원 평가의 의미

교원 평가제의 문제는 오르고 내린 몇 번의 고비가 있었지만, 일단 소강 상태에 들어간 것으로 보인다. 그러잖아도 도처에 갈등과 분규가 잠복해 있는 우리 사회에서 이것을 거론하는 것 자체가 옳은 일인가 하는 의문이 있지만, 여기에서 그것을 새삼스럽게 언급하는 것은 무슨 뾰족한 해결 방안이 있어서가 아니라 그것이 우리 교육 환경과 사회의 어떤 면모를 생각하게 하기 때문이다.

찬반 의론이 첨예하게 교차되었을 때에, 그 일에 못지않게 뉴스가 된 것은 김용옥 교수의 반대 의견이었다. 신문에는 자신이 교사라면, 평가를 받느니 차라리 죽는 것이 낫다는 격렬한 표현이 크게 보도되었다. 그러나 중요한 것은 그의 견해에 들어 있는 관찰들이다. 그중에 핵심은 교사의 본질이 인격의 권위에 있고, 피교육자에 의한 평가는 이 본질을 파괴하는 것이라는 것이다. 이로부터 차라리 죽음으로써 평가를 거부할 것이라는 말이 나온 것이다.

김용옥 교수의 주장에 대하여 반론이 있기는 할 것이다. 우선 인격이든 무엇이든 권위를 말하는 것은 전근대적이고 비민주적이라는 생각이 있을 것이다. 교사 평가의 주장에는 오늘과 같은 민주주의 시대에 교사만이 도전받지 않는 일방적 권위를 행사하게 할 수는 없고, 교사도 여러 사람의 객관적인 평가를 받는 것이 당연하다는 생각이 스며 있을 것이다. 교사의 존재를 인격으로 규정하려는 것이 벌써 시대착오라는 생각도 있을 수 있다. 오늘 우리 사회의 정서로 보아 교사는 인격자가 아니라 정보의 전달자라고 정의될 가능성이 크다.

그렇다면 그 점에서 교사가 얼마나 효율적인 전달자인가를 측정하는 것은 당연한 일이 될 것이다. 사람의 값은 그가 수행하는 기능에 있지 인격에 있지 않다는 것이 오늘 사회의 보이지 않는 전제이다. 교사에 있어서 인격의 문제가 중요하다고 하는 경우에도 평가의 주장은 있을 수 있다. 즉 오늘 교사들의 인격이 별로 신뢰할 수 없는 것이기 때문에 바로 평가가 필요하다고 말할 수도 있을 것이기 때문이다. 인격을 말하는 것은 특별히 고매한 교사의 경우이지, 보통 사람과 별로 다를 바가 없는 직장인으로서의 교사에 해당될 수는 없는 것이라고 생각되는 것이다.

그러나 누구에게나 인격이 없을 수가 없다. 직장인으로서 일반인에게 요구되는 인격은 스스로의 책무에 충실하면서 기본적인 인간성을 잃지 않는 사람됨에 있다. 물론 교사의 경우 인격은 이보다 중요한 것일 것이다. 인간 형성의 요소가 없을 수 없는 교육에 있어서 인격은 조금 더 중요한 자격 요건이 될 수밖에 없다고 할 것이기 때문이다. 그러나 그것이 다른 건전한 직장인의 경우와 크게 다른 것일 수는 없다.

그런데 쉽게 외적인 기준으로 평가될 수 없는 것이 인격이다. 가령 어떤 사람이 제재나 보상 때문에 인격이 있는 사람으로 행동한다면, 그것은 인격을 꾸미는 것이지 진짜로 인격을 가진 것으로는 말할 수 없다. 인격과 도덕성은 자율을 바탕으로 해서만 존재한다.(우리 사회에는 도덕이 강제될 수 있다고 생각하는 사람들이 많지만, 그것은 궁극적으로 진정한 도덕의 근거를 파괴하는 엔트로피의 상태를 가져온다. 바로 이 엔트로피가 우리 사회의 도덕적 위기의 한 국면을 이룬다.)

물론 현실에 있어서 사람의 행동에는 대체로 손익 계산을 포함하여 인간관계의 여러 배려들이 작용하게 마련이다. 이것은 도덕적 행동의 경우에도 마찬가지이다. 그러나 작은 공동체의 자연스러운 인간관계 속에서는 이러한 것을 가로질러 인격이나 도덕적 품성은 알려지게 마련이다. 사람의 됨됨이는 객관화된 채점을 통해서보다는 언행 일체를 통하여 막연한 느낌으로 전해져 온다.

어떤 경우에나 인간의 주체로서 가지고 있는 품성이나 자질은 계량화에 의하여 포착되지 않는다. 또 그것은 그러한 주체성을 손상한다. 학생의 경우에도 그렇다. 이것이 사람들로 하여금 시험 성적 일변도의 학생 평가에 문제가 있다는 것을 지적하게 하는 이유이다. 미국에서도 좋은 대학에 들어가는 데에 가장 중요한 것은 우리의 수능 고사에 해당하는 SAT이다. 그러나 이것만으로 학생의 자질을 평가하는 것은 넓은 의미에서의 인간 능력을 무시하는 결과를 낳는다는 비판이 있다.(지능과 학력의 경우에도, SAT는 객관식 문제를 빠른 속도로 풀어 나갈 수 있는 능력만을 중요시하고 다른 능력, 가령 길고 느리게 생각하는 능력은 참작되지 않는다는 비판을 받는다.) 그리하여 많은 대학은 학교 성적, 추천장, 과외 활동 기록, 글쓰기 표본과 같은 것을 추가로 고려하고자 한다. 그러나 최근의 보고들이 지적하는 바와 같이, 유명 대학에 지원자가 몰리게 됨에 따라 이들 대학은 점점 더 계량적 평가에 의존하게 되어 가고 있다. 다만 여기에 대한 비판과 고민이 존재한다는 것은 계량적 평가와 전체적 인간의 가능성의 인지 사이에 간격이 있다는 것을 문제로서 인정한다는 증거라고 할 수는 있다.

앞에서 말한 바와 같이, 사람을 바르게 평가하는 것 또는 평가라기보다는 알게 되는 것은 건전한 공동체에서의 자연스러운 소통을 통해서이다. 작고 구체적인 공동체에서 사람들은 서로 누가 어떤 사람인가를 안다. 교사도 그러한 공동체에서는 계량화된 평가 없이도 자연스럽게 그 인격과 학식이 저절로 알려지게 마련이다. 그러면서 교사의 인격의 자율성은 저절로 유지된다. 이것은 학생의 경우도 마찬가지이다.

물론 공동체는 어느 정도는 압력의 발원지이지만, 그보다는 도덕과 자율성을 이어 주는 매체가 된다. 계량적 평가에 대한 요구는 사람들이 서로 알아볼 수 있는 공동체적 관계를 상실했다는 사실에 관계된다. 그러나 공동체의 상실이 오늘의 현실이다. 사람들은 인격체로서가 아니라 기능자로서 존재한다. 기능은 주로 사회의 경제 체제에 의하여 정의된다. 또 하나의 체제인 국가는 사람들을 국가가 내놓은 집단적 도덕에 의하여 정의하려 한다. 국가의 도덕적 요청은 그 자체로는 사람들의 인격적 자율성을 허용할 만한 여유를 가지고 있지 않다. 그러나 민주 국가에서 국가의 법과 사회 규범은 오히려 이 자율성을 보장하는 기능을 한다고 주장될 수도 있다. 그러나 그 경우에도 인격과 도덕적 자율성은 작은 공동체에서처럼 구체적이고 자연스러운 상호 신뢰에 기초한 것은 아닐 것이다.

그러나 현대 국가의 테두리 안에서라도 작은 공동체가 사라져야 할 필연적인 이유는 없다. 많은 것은 사람들이 국가를 통하여 무엇을 원하는가에 달려 있다. 오늘의 사회에서 작든 크든 인격은 거의 사회적 의미를 갖지 못하는 것으로 보인다. 교사들 자신도 인격이나 자율에 대한 높은 신념을 가진 것으로 보이지 않는다. 가령 자율적 판단을 할 수 없는 미성년의 학생들에게 강요하는 정치 교육은 바로 교사 자신이 인격의 귀중함에 무관심하다는 것을 말하는 것으로 볼 수 있다.

지금 시점에서 교사 평가가 정당화될 수 있느냐, 또는 더 나아가 모든 인간의 사회적 활동 영역에서 계량적 척도가 얼마나 작용하여야 하느냐에 대하여 간단한 답변을 찾을 수는 없다. 그러나 그에 대한 잠정적인 답이 무엇이 되든지 간에, 사회의 보다 큰 목표는 계량적 평가가 절대시될 필요가 없는 신뢰 사회를 만들어 가는 일이다. 교사 평가의 문제도 이 목표와의 관련에서 생각되는 것이 마땅하다.

(2005년 12월 8일)

개인 윤리와 집단 열기

　황우석 교수의 줄기세포를 둘러싼 논란은 가까운 시일 안에는 해명되기 어려울 것이다. 논리적으로 그럴 수밖에 없다. 지금 문제되고 있는 것은 황 교수의 연구와 그 보고의 신뢰성이다. 새로운 보고가 있더라도 그것은 보통 사람이 아니라 다른 전문가들만이 평가할 수 있는 것일 것이다. 또는 전문가도 쉽게 평가할 수 없다고 하는 것이 옳을지 모른다. 줄기세포 배양이 쉽게 반복될 수 있고 평가될 수 있는 것이라면, 당초에 세계적인 반향을 일으킬 만한 과학적 업적이 되지 못했을 것이다. 그 외에도 오늘의 시점에서 공적인 판단을 어렵게 하는 다른 요인들이 있다. 획기적인 발견에는 발견자의 강한 독점 의식이 작용한다는 점도 있지만, 오늘날 과학은 인류의 지적 자산을 위한 공헌이라는 면에 못지않게 사적인 이익 창출의 수단이 되어 있다. 그리하여 어떤 지적인 발견은 공개되지 아니한다.

　황 교수의 연구에 대한 평가는 이런저런 여러 이유로 극히 제한된 소수 전문가들의 의견에 의존하는 도리밖에 없는데, 그의 연구에 대하여 갖는 의심을 다른 사람들의 평가에 대해서는 갖지 말라는 법이 없다. 황 교수의 연구에 참여한 다른 연구자들의 발언이 서로 어긋나고 있다는 사실도 전문가들의 의견에 의한 신뢰 회복이 쉽지 않을 것이라는 것을 말해 준다.

과학적 발견은 실험적으로 되풀이될 수 있을 때 확실한 것이 된다. 별도의 독자적인 실험 없이 단시일에 나오는 평가나 연구 보고의 경우 그것을 어떻게 신뢰할 수 있을 것인가 하는 질문은 계속될 것이다. 연구에서 파생하는 이익 독점을 목표로 하는 발견이나 발명의 경우 그것의 확실성은 현실에 있어서의 실용적 결과로 확인되는 수밖에 없다. 어느 쪽이든 황우석 교수의 연구의 재확인은 오랜 시간을 기다려 비로소 이루어질 것이다.

물론 이것은 논리적으로 그렇다는 것이다. 전 사회와 세계의 압력이 강한 만큼, 새로운 확인은 그 전에 비하여 보다 신뢰할 만한 것이 될 가능성이 크다고 할 수는 있다. 그러나 우리가 주목하려는 것은 결국 사람 일의 진실성은, 그것이 어떤 것이든지, 한 사람 한 사람의 윤리적 염결성에 의지하고 있다는 사실이다. 이것이 없을 때 개인의 신뢰성은 보장될 수 없고, 사회 전체의 신뢰의 고리는 끊어질 수밖에 없다. 과학적 절차 — 이론과 실험의 엄밀성을 생명으로 하는 과학의 절차도 과학자에 대한 신뢰에 의지하고 이 신뢰성은 과학자 스스로 지키는 윤리적 규범에 의지한다. 과학자가 취하는 모든 단계의 동작과 사고를 일일이 검증한다는 것은, 설령 그것이 가능하다고 하더라도, 과학 전체의 진전을 거의 마비 상태에 떨어지게 하는 결과를 낳을 것이다. 이것은 과학뿐만 아니라 모든 사회 행위에 두루 해당되는 일이다. 아무리 사회적 규제와 감시를 엄하게 한다고 하여도 사람의 일은 한 사람 한 사람에 의하여 수행되어야 하는 경우가 많고, 그럴 때, 행위의 감시자는 수행자 스스로일 수밖에 없다. 이것이 기능하지 못할 때, 사회는 결국 도덕의 마비 상태에 떨어지게 마련이다. 아이로니컬한 것은 이러한 스스로에 대한 도덕적 의무를 등한시하는 것은, 많은 경우 보다 큰 — 또는 보다 큰 것으로 보이는 도덕적 의무에 의하여 강박되기 때문이라는 사실이다.

황 교수 연구의 어디에 어떤 흠집이 있는지 보통 사람으로서는 판단할 수 없는 일이지만, 지금까지 드러난 것으로는 적어도 그가 실험과 논문의 세부 하나하나에 충분히 주의를 기울이지 않은 것은 분명한 것으로 보인다. 이번 사건 전후의 여론에 드러난 것과 같은 열기에 스스로 휩싸였던 때문이었을까? 한국이 축구 열강에 낀다는 사실이 붉은 악마들을 흥분하게 한 것처럼, 황 교수의 연구는 한국의 생명 과학이 세계를 앞질러 간다는 약속으로 사람들을 흥분하게 하는 연구였다. 이러한 집단적 열기는 애국심의 표현이라는 점에서 스스로 정당성을 찾은 것인 만큼 더욱 뜨거운 것이 될 수 있다. 황 교수의 연구에 개인적인 명예욕이 작용했을 수도 있지만, 그것은 이 애국주의 열기의 일부로서 존재했을 것이다. 이러한 것들이 연구의 여러 측면에 대한 세심한 주의를 등한히 하게 한 것인지 모른다.

황 교수의 경우가 그러한 것인지는 알 수 없지만, 우리는 개인적인 기율과 집단적 요청 ── 결국은 도덕과 윤리적 명령이 되는 집단적 요청 사이의 괴리를 자주 발견한다. 우리 사회는 다른 어느 사회에 비하여도 강한 윤리적·도덕적인 분위기가 지배하는 사회이다. 그러나 이 도덕과 윤리는 대체로 지나치게 외면적인 성격을 가지고 있다. 우리의 윤리나 도덕적 명령은 전적으로 집단적인 필요를 말하는 것이어서, 그것을 벗어난 사사로운 영역에는 해당되지 않는 것일 경우가 많다. 뿐만 아니라 그것은 개인적인 영역에서의 느슨한 행위를 허용하는 구실이 된다. 그 결과 우리 사회에서 쉽게 볼 수 없는 것이 스스로를 엄격하게 갖는 자세이다. 이것은 집단의 열기가 아니라 개인의 외로운 결정에 기초한다.

개인적 행위에서의 엄격성은 집단적 명령에 대한 복종보다도 자신의 삶을 온전하게 ── 말하자면 장인적인 완벽함으로 온전하게 살겠다는 것에 초점을 맞추는 개인적 행동 규범 또는 삶의 기술에서 나온다. 그것은 자기 일치의 한 원리이다. 자기를 한결같게 가지려면 큰 것에서나 작은 일에서나 한결같이 행동하는 것이 필요하다. 이 자기 일치에 있어서 집단적 명령도 이 사사로운 삶의 기술에 굴절 반사되어 집단의 의무와 자신의 삶을 동시에 완전하게 하는 기율이 된다. 그러나 대체로는 집단이 발하는 도덕적 명령 ── 가령 민족이나 국가나 이념적 집단의 이름으로 발하여지는 도덕적 명령은 개인적인 행동의 차원에 직접 연결되지 아니한다. 거짓이나 폭력은 부도덕에 속하는 것이지만, 그것은 집단을 위한 것이 될 때 정당한 것이 된다.

큰 명분의 인간은 흔히 작은 일에서의 도덕적·윤리적 세심함을 소시민의 소심함으로 본다. 그러나 개인적 차원에서의 도덕적 엄격성이야말로 크고 작은 인간적 상황의 인간적 성격을 보장한다. 그러니만큼 그것은 모든 사람에게 주어진 보편적인 도덕적·윤리적 요청인 것이다. 물론 그것으로 모든 상황의 도덕적 문제가 해결될 수 있는 것은 아니다. 집단의 요청과 개인적 도덕 사이에는 건너기 어려운 모순이 있을 수 있다. 그러나 이 모순을 아는 것 자체가 도덕의식의 일부로 중요한 것이다. 그것이 우리의 선택을 숙고의 대상이 되게 한다.

이번 황 교수 문제를 두고 나라의 수치라고 한 견해가 있는가 하면, 그의 연구를 문제화한 것이 한국의 젊은 과학자라는 사실에 비추어 오히려 이번의 일을 나라의 자랑으로 생각하여야 할 일이라는 의견도 있다. 이것은 이번 일의 전말을 여러 차례에 걸쳐 비교적 자세히 보도한《뉴욕 타임스》에도 시사된 바 있다. 두 가지 견해가 동시에 있다는 것은 우리가 전환기에 있다는 것을 말한다. 이제 사회 분위기는 집단 중심으로부터 개인과 이성으로 옮겨 가고, 윤리와 도덕도 집단의 명령으로부터 개인적이고 동시에 보편적인 규범으로 옮겨 가고 있지 않나 한다. 도덕과 윤리는 대체로 일이 있고 난 후에 일어나는 반성을 통하여 보다 심화된다.

이번의 줄기세포 연구는 과학적 성과 이외에 과학 윤리의 섬세화와 엄밀화의 효과를 가질 것으로 생각해 볼 수 있다.

(2005년 12월 22일)

2장

공동체의
정신적 기초

계획, 꿈, 작은 공학

간단없는 시간의 흐름에 매듭을 만들어 보려는 것은 인간의 부질없는 제스처에 불과하다고 하겠지만, 신년을 획하는 행사의 하나는 동서고금을 통하여 새로운 결심을 다짐하는 일이다. 정치 지도자들도 개인이나 마찬가지로 신년사를 발표하고 새해의 결의와 계획을 말한다. 그런데 개인적이든 집단적이든 인생에 반드시 결의와 계획이 필요한 것일까?

올해 고교 3년생이 되는 학생이 생각할 수 있는 결의와 계획의 하나는 올해 말의 수능 고사에서 높은 점수를 얻어 원하는 대학에 진학하는 것이고, 그것에 대비하여 계획을 세우고 그에 정진하는 것이다. 이것은 대체로 가상한 일이라고 하겠지만, 입시 경쟁을 떠나서 조금 더 초연한 눈으로 본다면, 그러한 신년 결심의 실천은 1년의 삶의 가능성을 더없이 하나로 조여 매는 것으로 보일 수도 있다.

대학 진학의 계획은, 진학 지망자가 의식하든 아니하든 어떤 살 만한 삶 또는 보람 있는 삶에 대한 생각에서 나온 것이다. 그런데 그러한 삶이란 어떤 것인가? 통상적 해석을 그대로 받아들이는 것이 아니라면 이 물음은 아마 시험 준비생에게는 분명한 대답으로 풀리기보다는 심화된 고민만을 늘어나게 하는 물음일 것이다. 그러나 그것은 그로 하여금 보다 원초적인 삶의 꿈에 맞부딪치게 하고 종국에는 그의 삶을 넓고 깊은 가능성으로 열어 놓는 일이 될 수도 있을 것이다. 그리고 이 물음과 이 꿈의 관점에서는, 대학 진학은 살 만한 삶의 실현에 있어서 한 작은 부분에 불과한 것이 될 것이다.

더욱 간단히 말하여도 하나의 결의, 하나의 계획의 선택과 삶의 열린 가능성 사이에는 늘 이러한 갈등이 있기가 쉽다. 앙드레 지드의 젊은 날의 글에, 인생의 진로를 선택하는 것은 제한된 돈으로 시장에서 물건을 사려는 데 하나를 사면 다른 것을 사지 못하는 것과 같아서, 그에게 한없는 망설임을 주었다는 것이 있다. 삶의 선택은 불가피하다. 그러나 동시에 그것이 삶의 가능성을 좁히는 의미도 가지고 있음을 잊지 않는 것은 중요한 일이다.

이것은 특히 정치적으로 선택되는 프로젝트에서 그러하다. 앞에서 말한 바와 같이 정치 지도자들은 신년사에서 그들의 새 계획들을 말한다. 사실 신년사에 포함되지 않더라도 정치 지도자들은 새해에도 여러 가지 정치적인 계획들을 발표하고 실현하려 할 것이다. 옛날이라면 정치 지도자가 시간의 흐름을 매듭하는 일은 천지의 이치의 일부인 세월의 되풀이에 삶의 흐름을 맞추어 보는 제의(祭儀) 정도로 표현되었을 것이다. 그러나 오늘의 정치 지도자들은 이것보다는 훨씬 더 적극적인 의미에서의 계획을 보여 주어야 한다. 그것은 정치 지도자의 존재 이유가 되었다. 군사 정권의 정당성을 위하여 필요한 것은 경제 발전 계획이었다. 민주 정권들도 또 그 나름으로 여러 경쟁 세력들 가운데 국가적인 계획을 통하여 그들의 독특한 대표성을 분명히 하려고 했다. 참여 정부가 발표한 계획도 적지 않다. 프로젝트 다산성은 이 정부의 특징 중 하나이다. 그리하여 그것들은 거의 개발 독재 시대의 계획에 비견될 만하다고 말하여지기도 한다. 발표되는 계획들에 도시 개발과 건설에 관한 것이 많고 역사 바로잡기 등에서 보는 바와 같이 이념적 성격이 강한 것들이 많아 특히 그러한 인상을 준다.

정치 권력이 스스로 정당성을 확립해야 한다는 것은 인간 사회가 최소한도일망정 어떤 윤리적 근거를 가져야 한다는 것을 의미한다. 그러나 그 정당성의 근거가 사회 전체를 위한 그리고 실질적 의미의 여러 계획에서 찾아지게 된 것은 근대적 발전의 소산이다. 그러나 정치 지도자들이 내세우는 거대 계획들이 늘 사람들의 생활에 곧 좋은 효과만을 갖는 것은 아니다. 그것은 다른 원인으로 인한 것일 수도 있지만, 모든 복합적 체계에 내재하는 전체와 부분의 모순으로 인한 것이기도 하다.

지구 온난화는 지구의 평균 온도가 전체적으로 올라간다는 것을 말한다. 그러나 그 기이한 효과의 하나는 그것이 국부적으로 빙하 시대를 방불케 하는 기온의 저하를 가져올 수도 있다는 것이다. 지금 북유럽의 겨울을 따뜻하게 해 주는 것은 멕시코 만에서 발원하는 난류이다. 그런데 온난화로 인한 대서양 해류의 남북 간 온도 차의 감소는 이 난류의 흐름을 느리게 하고 북유럽에 혹한을 가져오는 원인이 될 수 있다고 한다. 지구 온난화는 남극의 얼음을 빠른 속도로 녹게 하고 생물들의 생활 환경을 변화하게 한다. 그런데 역설적인 것은 얼음과 눈의 덮개가 사라짐으로써 바다의 온도가 너무 차가워져 어떤 물고기들은 살아 부지하기가 어렵게 되리라는 것이다. 전체적인 체계와 부분적인 것 사이에는 이러한 차이가 있고, 유기체는 이러한 차이 사이에 서식하면서 생명을 유지한다. 참여 정부에는 행정 수도 이전을 비롯하여 인간 생활의 가장 중요한 바탕인 토지 환경의 총체적인 변경을 가져오게 할 계획이 많다. 이런 계획이 전체와 부분의 모순을 얼마나 극복할 수 있을지는 두고 볼 일이다.

사회에 대한 지나치게 전체적인 접근 또는 이념적이고 외적인 계획들은 그 의도에도 불구하고 삶의 실질적 내용을 크게 왜곡할 수 있다. 큰 계획들의 현실적 불가능성을 세계사적 체험이 되게 한 것이 여러 공산주의 혁명들이었다. 공산주의 체제의 붕괴가 있기 전에 전체적 사회 개조 계획의 불합리성을 논하면서 칼 포퍼는 그에 대조되는 사회 개혁의 방법으로서 '부분의 공학(piecemeal engineering)'을 말한 바 있다. 그에게 중요한 것은 궁극적으로 폭력과 고통의 모순에 빠지게 마련인 이상 사회의 건설이 아니라 고통의 현실적 문제에 대처하는 작은 규모의 사회적 장치를 만들어 내는 것이다. 고통의 문제가 아니라도 삶의 작은 현실들은 작은 규모의 공학에 의해서만 존중될 수 있다. 삶에 관계된 모든 개혁은, 어떤 규모의 것이든지 간에, 부분의 공학에 충실한 것이어야 한다.

그러나 작은 공학은 또 그 나름의 모순에 빠질 수 있다. 고통에 대한 대처는 사회 정책의 출발점이어야 마땅하다. 그러나 부분의 공학은 삶의 큰 문제들을 거대 공학에 맡겨 두면서 거기에서 생겨나는 문제를 보수해 나가는 보조 수단에 그칠 가능성이 있다. 그리하여 부분 공학의 헛된 노력은 다시 한 번 전체 공학을 필연적인 것으로 보이게 할 수 있다. 이것은 당초 거대 공학의 모순으로 되돌아가는 것이다. 이것을 피하기 위해서는 부분의 공학은 부분의 공학으로 남아 있어야 한다. 그리고 전체는 말하자면 작은 공학 행위의 누적을 통하여 새로운 질서로 — 완전하기보다는 일단의 균형에 이른 질서로 스스로를 조직화할 것으로 기대하는 도리밖에 없다.

그렇다고 이 자기 조직화가 참으로 인간적인 질서가 되는 데에는 그것을 향한 의도적인 노력이 없을 수가 있겠는가? 큰 공학의 모순을 피하려면 이 질서의 가능성은 계획보다는 어떤 좋은 삶에 대한 비전이나 꿈으로 제시되어야 할 것이다. 그러나 그러한 것이 정치적 동원의 방법이 될 수 있을까? 개인의 삶에서는 결의나 계획보다는 어쩌면 분명하게 짐작하기도 어려운 넓고 깊은 꿈이 더 중요할 수도 있다. 그러나 집단의 인간적 성취를 위해서 그러한 꿈이 의미를 가질 수 있을까? 우리의 희망은, 인간의 깊은 진실에 맞닿아 있는 꿈은 멀리 있으면서도 우리의 작은 행동들에 삼투하는 성질을 가지고 있다는 사실이다. 작은 사회 공학의 행위 속에 그러한 꿈이 배어 있게 한다면, 그것은 좋은 삶의 질서의 자기 조직에의 주된 통로가 될 수도 있을 것이다. 이상 조건하에서는 작은 공학은 삶의 작은 현실에 충실하면서도 그 하나하나의 실천에 큰 꿈을 향한 촉각을 달고 있을 것으로 생각할 수도 있지 않나 한다.

(2006년 1월 5일)

공동체 문화 만들기

연초 문화계의 밝은 소식 하나는 정명훈 음악 감독의 지휘하에 서울시립교향악단이 중랑구민회관과 은평구예술문화관에서 연주회를 가졌다는 것이다. 서울시향은 앞으로도 계속 서울시의 다른 구민 회관이나 병원 또는 복지 시설에서 연주 활동을 계속할 것이라고 한다. 정명훈 씨와 같은 지휘자가 존재한다는 것 자체가 오늘날 세계의 관점에서 한국에 높은 수준의 문화가 존재한다는 증거라고 할 수 있겠지만, 그러한 문화가 국민들의 생활 속에 얼마나 깊이 스며 있는 것인가 하고 묻는다면 거기에 선뜻 긍정적인 대답을 내놓기는 어렵다고 할 수밖에 없다. 구민 회관에서의 연주는 이것을 바꾸는 데에 작으면서도 중요한 시작이 될 수 있을 것이다. 지방의 균형 발전이라든가 시민이 참여하는 도시 만들기에 대한 논의가 있지만, 서울과 같은 대도시와 다른 지역 또는 서울의 도심 지대와 주변 지역의 차별을 만들어 내는 원인의 하나는 문화 향수 기회의 불균등이다. 이것을 보다 고르게 하는 데에도 보다 적극적인 노력이 있을 수 있을 것이다.

오늘날 세계 어디에서나 시향이 연주하는 베토벤의 음악과 같은 것이 대중적인 향수의 대상이 되는 일은 별로 없다고 할 수 있다. 그러나 베토벤의 음악이 고급 문화에 속한다고 하더라도 그러한 음악에 대한 대중적인 열림을 유지하는 것은 중요한 일이다. 그리고 다른 나라의 사정이야 어떻든지 간에 우리 사회에서 전반적으로 대중문화와 고급 문화가 하나의 연속성 속에 존재하고 보다 높은 혼융의 상태에 있지 말란 법은 없다.

그렇더라도 정명훈 씨가 지휘하는 교향악단의 음악을 어디에서나 쉽게 들을 수 있기를 기대할 수는 없을 것이다. 물론 이것은 연주회에서 듣는 것을 말한다. 다른 문화적 혜택과 아울러 음악도 여러 가지 복제 기술을 통하여 어디에서든지 쉽게 접하게 되어 있는 것이 오늘의 현실이다. 좋은 스테레오가 있고 좋은 음반만 있으면 또는 라디오만 청취하여도 음악을 들을 수 있다. 그러나 아무리 좋은 기기를 갖춘다고 하여도 복제된 음악은 현장에서 연주되는 음악과 같은 것일 수 없다. 이것은 음악의 질이라는 면에서만 이야기하는 것은 아니다. 음악 공연에 참여한다는 것은 음악을 듣는다는 것 이외에 깊은 사회적 의미를 갖는다. 공동체 단위의 문화 활동은 공동체 형성의 핵을 만들어 내고 공동체에 대한 마음으로부터의 애착을 가지게 하는 데에 중요한 역할을 한다. 공동체는 단합을 위한 일정한 의례들을 필요로 한다. 단합 대회와 같은 것은 가장 조야한 결속의 방법이다. 얼마나 보편적으로 행해졌는지는 모르지만, 옛날 우리의 전통에는 향촌의 화목을 도모하기 위하여 향사들이 모여 술을 같이하는 향음주의(鄕飮酒儀)라는 의례가 있었고, 활을 쏘는 사의(射儀)가 여기에 더하여지기도 했다. 지역 단위의 음악회 같은 것은 비슷한 의례의 성격을 가질 수 있다.

크고 작은 공동체가 두루 서울시향의 규모나 정명훈 씨와 같은 국제적인 지휘자의 음악 공연을 즐길 수는 없다고 할 때, 할 수 있는 일의 하나는 작은 규모의 여러 음악 그룹의 공연 기회를 마련하는 것이다. 지역 공동체 하나하나에 음악의 거점을 만드는 것은 지금의 형편으로는 쉬운 일일 수가 없다. 그러나 계획과 지원이 있다면, 역량 있는 젊은 연주가들이 여러 형태의 그룹을 이루어 작은 도시들을 순회 연주하게 하는 것은 어려운 일이 아닐 것이다. 현시점에서 우리 사회의 특징의 하나는 유휴 상태에 있는 고급 인력들이 많이 있다는 것이라고 할 수도 있는데, 이것은 음악의 분야에서도 마찬가지이다. 순회 연주 계획에는 다른 계획들이 수반될 수 있을 것이다. 가령 전국적으로 공연장을 정비하는 일과 같은 것이 필요할 것이다. 지자체들의 문화 회관 또는 학교 강당들의 건립에, 적절한 음향 효과 시설을 할 것을 고려한다든가, 또는 그러한 시설을 마련하는 데에 일정한 보조를 해 준다든가 하는 일도 가능할 것이다. 전국을 순회하는 작은 음악회의 회로를 만든다거나 음악인들의 동기를 유발한다거나 사람들의 관심을 유도한다거나 하는 일들도 필요할 것이다. 지금 정부에는 문화 예술의 진흥 계획들이 있지만, 정부나 지자체에서 이러한 일들을 조직화할 수 있을 것이다.

물론 문화의 지역적 기반을 다진다거나 문화의 유통 회로를 만드는 일이 하필 음악의 경우에만 한정되어야 하는 것은 아니다. 작년의 프랑크푸르트 도서전 주빈국 행사에서 중요한 것의 하나는 우리 작가들의 독일 각지 순회 낭독회였다. 비슷한 낭독회가 국내에서 되풀이되고 정례화될 수 있을 것이다. 공동체 단위의 문학 동인회의 활동은 이미 많이 개발되어 있는 것으로 보인다. 일본의 단시형인 센류(川柳)나 하이쿠(俳句)는 쉽게 동호인들이 즐길 수 있는 시 형식인데, 이것의 영향으로 미국과 같은 데에도 영어로 쓰이는 하이쿠 동호회가 수백 개 있다. 영국의 중요한 미술관들은 교환 순회 전시 체제를 구성하여 보다 많은 사람들이 미술을 감상할 수 있게 하고 있다.(어떤 조사에 의하면 영국에서 미술관을 가장 많이 찾는 계층은 노동자 계층이다. 많은 여가 시간을 가질 수 없는 이들에게는 교환 순회 전시가 더욱 의미 있는 일이 된다.) 영국에서 지역 문화 육성의 예로서 가장 실속 있는 것은 마을에 있는 서점들에 대한 국가적인 보조이다. 서점은 책을 팔고 책에 대한 관심을 살리는 일을 할 뿐만 아니라, 작은 낭독회와 같은 문화 행사의 중심이 되기도 한다. 이러한 것들은 우리나라에서도 쉽게 행해질 수 있는 작은 지역적 문화 활동의 예들이다.

우리는 삶의 모든 문제를 경제나 정치로만 풀려는 경향이 있다. 여기에 추가하여 집단적 도덕과 윤리에 대한 강조도 우리의 특징이다. 사람이 사는 데에 가장 중요한 것이 경제와 정치의 문제이고 여기에 집단 윤리의 조정이 필요한 것은 틀림이 없다. 그러나 이것은 그야말로 문제가 큰 경우의 이야기이고 삶의 내실은 이러한 큰 그물로써만 포착될 수 없는 작은 것들로써 이루어진다. 그러면서도 그것들은 정치와 경제의 바탕이 된다. 그리하여 정치와 경제의 문제도 거기에서 나오고 그것들의 총체가 그러한 문제의 성격을 규정하고 문제 해결의 방향을 결정한다. 이 작으면서 큰 것들의 영역에 문화가 있다.

문화 기능의 하나는 심성적 차원에서의 사회 통합의 기능이다. 사회의 존립에 심성적 일체감이 필요하다는 느낌이 우리 사회에 없는 것은 아니다. 그러나 그것은 운동 경기 등에서의 집단적 열기 또는 국제적 명성에 관계되는 문화 학술 활동에 대한 국민적 응원 등으로 표현되고 다져진다고 생각된다. 또는 문화의 진흥은 — 지역 문화의 경우에도 — 관광객 유치 등의 상업적인 목적에 의해 정당화되는 것으로 생각된다. 그 결과의 하나는 문화의 정치화이다. 정치화된 문화는 단기간에는 효과를 가질지 모르지만, 삶을 피곤하게 만들고 결국은 그것을 피폐하게 한다. 문화는 다양한 삶의 표현을 하나로 조화시키는 것을 이상으로 한다. 그것은 그 자체가 삶의 핵심적 가치이다. 그러면서 그것은 좋은 사회의 기반이 된다.

모든 음악이 그러한 것은 아니지만, 좋은 음악은 여러 심성과 규율, 내면과 외면, 개인과 전체를 하나로 아우르고자 하는 삶을 위한 상징 연습이다. 이것이 전부는 아니면서도, 이것보다도 더 좋은 시민적 훈련의 방편은 없다. 동양의 전통에서 예악(禮樂)을 나라 질서의 지주라고 생각한 것은 공연한 일이 아니다. 음악 그리고 다른 여러 문화 행위들을 위한 넓은 국민적 기반의 조성은 좋은 사회의 토대를 다지는 일이다.

(2006년 1월 19일)

과학과 정치, 기획의 검증

　황우석 교수 사건은 진리 또는 진실이 무엇인가를 여러 가지로 새로 생각해 보게 한다. 진상이 아직 완전히 해명되었다고 할 수 없지만, 사건의 중요한 부분은 실험 보고가 사실인가 아닌가를 확인하는 일이었다. 거기에 어려움이 있다면, 그것은 부정직과 은폐가 있었기 때문이다. 그러나 다른 중요한 교훈은, 정직성이라는 도덕에 더하여, 정확한 사실 파악이 연구 기획을 검증할 수 있게 해 준다는 점이다. 기초적인 사실성은 보다 큰 계획의 성패에 대한 열쇠가 된다. 그런데 기획과 약속과 희망이 주어졌다가 그것이 무산이 되는 경우는 첨단 과학의 분야보다 오히려 다른 분야 — 인문 과학이나 사회 과학, 특히 정치에 많다고 할 터인데, 그러한 경우에 기획의 신뢰성을 검증할 방도는 없는가?

　과학적 지식은 두 가지 준거점 — 바른 논리와 사실적 증거라는 두 준거점에 기초하여 옳은 것이 된다. 물론 이것은 문제를 조금 단순화하여 표현한 것이다. 눈에 보이는 사실을 의심하는 것이 과학의 시작이라는 계몽 철학자 퐁트넬의 말은 아직도 타당성이 있는 말이다. 물리적 세계의 참모습은 경험적 사실보다는 오히려 수학적 논리를 통하여 구성되는 이론이 드러내 보여 주는 것으로 생각된다. 그러나 동시에 과학 이론은, 고도의 수학적 논리를 요구하는 것까지도, 실험적으로 관측되어서 비로소 정당한 것으로 확인된다. 이때의 실험은 이론의 요구에 따라 복잡하게 설계된 것이다. 이렇게 볼 때 논리와 사실은 하나이다. 논리는 사실의 논리를 말한다. 사실은 논리에 의하여 선택되고 해석되고 구성된 사실을 말한다. 실험은 이 하나의 과정에서 사실을 기점으로 논리를 재확인하는 작업이다.

정치에도 이러한 검증의 절차가 적용될 수 있을까? 정치의 영역은 줄기세포의 경우 못지않게 희망과 기획의 영역이다. 그러나 정치의 세계 또는 인간 세계는 엄격한 방법적인 통제를 허락할 만큼 법칙적인 구조를 가지고 있지 않다. 정치적 희망과 기획의 확실성은 실험으로써 미리 보여 줄 수 없고 변화된 현실만이 그 타당성을 증명한다.

그렇다고 어떤 기획의 현실적 가능성이 대략적으로나마 평가될 수 없는 것은 아니다. 평가의 기준은 역시 사실과 논리이다. 물론 사실과 논리는 과학에서나 마찬가지로 서로 얼크러져 있다. 어떤 정치적 목적이 있다면 우선 확인해야 할 것은 그것을 이룩할 만한 현실적인 수단이 있는가 하는 것이다. 이 수단은 직접적인 경로가 아니라 복잡한 연쇄를 통하여 목적에 이어지는 것일 수 있다. 그 경우에 이 기제의 논리적인 해명과 제시는 목적의 실천 가능성에 대한 논변이 된다. 이와 아울러 선택된 수단의 고려에서는 그것이 가져올 수 있는 여러 다른 효과 또는 부작용도 고려되어야 한다. 의도되지 않은 효과는 목적 자체를 부정하는 것일 수도 있고, 이것은 다시 목적으로 되돌아가 그것을 재고하게 하는 결과를 가져올 수도 있다. 사실들의 논리적 관련에 대한 고려는 실천적 선택의 근거가 된다. 물론 최종적 테스트는 실천의 결과이다.

이것은 목적이 선정된 다음의 문제를 말하지만, 목적은 다시 보다 포괄적인 정치적 희망이나 비전에 비추어 정당화될 수 있는 것이라야 한다. 이것은 특정한 과학의 연구 계획이 보다 큰 과학적 담론 체계에 그리고 그 기저의 철학에 자리하고 있는 것과 같다. 정치 기획의 기본이 되는 희망 또는 비전은 오늘날의 시점에서는 모든 사람을 위한 좋은 삶의 구현이라고 할 수 있다.

모든 사람이란 인간 전체일 수도 있지만, 국내의 정치 담론에서는 한국인 또는 한국 민족 전체를 의미한다고 하는 것이 현실적일 것이다. 그러나 그 안에서의 개인은 인간 전체 보편성의 담지자이다. 그것은 다시 인간 전체에로의 통로가 된다. 우리의 목적은 이러한 범위, 이러한 삶을 포괄하는 보다 큰 정치적 비전 속에서 한 부분을 이룬다. 이 큰 비전에는 그 이외에도 여러 목적이 있다. 좋은 삶의 구현에 필요한 조건이나 목적이 하나가 아니라 다수라는 것을 아는 것은 중요한 일이다. 그 하나에 치우치는 것은 좋은 삶의 구현을 그르치는 일이다. 남북통일은 모든 한국 사람들이 민족적 과업으로 받아들이는 것이지만, 그것은 좋은 삶을 위하여 충족되어야 하는 다른 조건들과 달성되어야 하는 다른 목표들 ─ 가령 평화라든가 민주주의라든가 경제적 번영이라든가 하는 소망의 덩어리 속에 있는 목표의 하나이다. 그리고 그것은 이러한 목표들과 긴장과 갈등 상태에 있을 수 있다.

정치의 과제는 이것을 어떻게 조화시켜 나가느냐 하는 것이다. 그리고 어쩌면 그 방법의 하나는 이 목표들과 현실과의 관계에서 순위를 조정하는 것일 수도 있다. 이 경우가 아니라도 일반적으로 좋은 삶을 위한 여러 조건들이 실현의 순서에 있어서 일정한 순위를 가지고 있다. 이것은 소망의 순위이면서 사실적 인과 관계의 순위이다.

사람들이 오늘날 정부 또는 정당들이 발표하는 여러 정책에 대해서 어리둥절한 느낌을 가질 때가 많은 것은 거기에서 총체적인 비전과 삶의 현실의 일관되고 복합적인 연계를 보기 어렵다고 느끼기 때문이다. 선택된 목적은 완급과 순위 그리고 경중에 있어서 시의에 맞는 것인지, 수단은 과연 적절한 것인지, 또 그것은 믿을 만한 삶의 총체 속에 거두어질 수 있는 것인지 ─ 정책의 복합적인 콘텍스트에 대한 이러한 의문들이 잘 풀리지 않는 것이다. 빈부 격차나 이념적 양극화가 완화되어야 한다는 것은 대부분의 사람들이 동의할 수 있는 과제이지만, 그 현실적 방안은 무엇인가? 복지냐 직장 창출이냐 하는 논쟁을 떠나서, 그것은 시혜보다는 자신의 일에 의하여 얻어지는 삶의 위엄에는 어떻게 관계되는가? 연속적으로 발표되는 도시 건설 계획들은 참으로 국토의 환경 친화적 발전에 기여하는 것인가? 위치와 각도가 고증된 것과 약간 틀린다 하여 광화문 같은 건조물을 다시 옮겨 짓는다는 것은 어떤 절실한 삶의 목적에 봉사하는 것인가?

의미 있는 정책은 좋은 삶의 큰 비전, 현실적 수단, 삶의 현실과의 연계에서 일관성을 느낄 수 있게 하는 것이라야 한다. 과학에서나 마찬가지로 정치 기획에서도 사실과 논리는 다른 방식으로 표현되기는 하지만, 검증 기준이라고 할 수 있다.

(2006년 2월 2일)

정치인의 도덕 수업

장관 임명 절차에 청문회가 있게 되었지만, 그리고 보도되는 바로는 청문회는 상당히 꼼꼼하게 진행되는 것 같기는 하였지만, 그 결과가 임명 자체를 좌우할 수는 없는 것이기 때문에 그 실질적인 의미가 무엇인지는 분명치 않다. 의미가 있다면, 그것은 도덕적인 데에 있는 것으로 보인다. 대체로 청문회 결과는 등장한 공직 후보자는 크든 작든 흠집이 없는 인물이 없다는 것이다. 참으로 흠 없는 인물이 없는 것인가 하고 한탄할 수도 있고, 크고 작은 흠집을 입지 않고는 정치인으로서 살아가기 어려운 것이 우리 사회의 실상이라고 생각할 수도 있다.

공직을 엄격하게 기능적으로 생각한다면, 중요한 것은 직무 수행의 능력이지, 법률적으로 문제가 될 만한 잘못이 없는 한, 그 밖의 다른 인간적 장단점이 아니라는 관점도 있을 수 있다. 장시간 진행되는 질문과 답변의 청문 과정으로 보면, 주로 시험되는 것은 다른 사람의 말을 경청하고 그것에 차분히 답하는 능력으로 보인다. 그러나 결국 청문회를 지배하는 것은 고위 공직자는 도덕적인 인간이어야 한다는 생각이다.

정치에서 부패나 사사로운 권력의 추구가 없어져야 한다는 요구는 정당한 일이라 하겠지만, 단순화된 도덕주의는 그 나름의 문제를 갖는다. 그럼에도 불구하고 도덕성에 대한 요구는, 보다 근원적인 차원에서 어떤 이상적 사회 질서에 대한 사람의 깊은 갈구를 나타낸다고 할 수 있다. 정(政)이 정(正)이란 생각은 동양의 정치사상에 뿌리 깊은 것이지만, 인간 역사에서 많은 유토피아의 꿈의 밑에는 이러한 생각이 들어 있다. 도덕적 유토피아가 바로 도덕의 근거를 파괴하는 무서운 결과를 가져올 수 있다는 역사적 체험은, 세계의 일반적인 세속화와 더불어, 그러한 꿈을 위험한 것이 되게 했다. 그럼에도 불구하고 비록 숨어 있는 형태로일망정, 정치에는 도덕적 비전이 숨어 있게 마련이고 또 극단에 흐르지 않는 한 그것은 정치를 높은 차원의 인간 활동이 되게 하는 데 중요한 역할을 한다.

다른 어떤 사회에서보다 우리 전통 ── 주로 유교적 전통을 말하는 것이지만 ── 에서 정치는 도덕과 윤리의 정치를 의미했다. 전통적 정치 사상에서도 민생의 안정과 같은 문제는 중요한 통치의 과제였으나, 정치의 역점은 도덕적 질서의 수호에 놓이는 경우가 많았다. 이상적으로는 나라의 일을 바르게 움직이게 하는 것은 통치자의 높은 덕의 힘이었다. 윗사람의 바른 몸가짐은 영을 내리지 않아도 사람들로 하여금 스스로 행하게 하는 힘을 가지고 있다고 생각되었다. 정치의 본령은 사회에 우주의 조화된 질서를 구현하는 것이었고, 통치자의 의무는 자기를 닦아 이 질서의 구심점이 되는 것이었다. 덕치(德治)의 이상은 덕이 높은 통치자가 남면하고 자리에 앉아 있기만 하여도 모든 것이 제대로 돌아간다는 것이었다. 또 덕의 마술적 효율성은 그가 현자를 써야 하는, 용현(用賢)하는 이유이기도 하다.

이것은 정치 현실에 비추어, 도덕의 힘에 대한 과도한 마술적 믿음을 나타낸다고 할 것이다. 그러나 거기에서 오늘에도 작용하는 정치 과정의 기본 원리를 볼 수 없는 것은 아니다. 정치는 사회적 합의를 도출해 내는 과정이다. 이것은 두 가지의 바탕 위에서 가능하다. 정치 권력의 주체는 우선 여러 사람의 목소리에 널리 열려 있어야 한다. 그리고 이 목소리에서 하나의 합의를 이끌어 낼 수 있어야 한다. 그런데 그것을 위해서는 합의의 근거로서의 원칙이 있어야 한다. 유교의 경우, 통치자는 유교의 가르침을 익혀야 한다. 그런데 이 가르침의 핵심은, 적어도 그 원리에 있어서는, 어떤 독단론이 아니라 사심 없는 마음을 기르는 일이다. 통치자가 사람들의 목소리와 정황에 스스로를 열어 놓은 것도 이 마음의 바탕이 있을 때에 가능하다.

율곡(栗谷)은 유교의 통치 철학을 성인(聖人)의 학문,『성학집요(聖學輯要)』라는 이름으로 집성하여 그것을 임금에게 바치면서, 임금이 수양을 통하여 그의 기질을 바꾸어야 함을 말하고 동시에 당대의 임금인 선조의 잘못을 다음과 같은 말로 지적했다. "영특한 기질이 너무 드러나오며, 착한 것을 받아들이는 도량이 넓지 못하시고, 노기(怒氣)를 쉽게 발하여 남에게 이기기를 좋아하는 사사로움을 버리지 못하십니다."──이것이 선조의 흠집이라는 것이다. 임금이 스스로를 수양한다는 것은 다른 사람에게 그리고 우주론에 뒷받침되는 유교 윤리에 스스로를 열어 놓는 마음을 갖는다는 것을 말한다.

이러한 도덕적 정치학은 사람들이 인간에 대한 일정한 윤리적 이해에 기초하여 합의에 이를 수 있다는 것을 가정한다. 그러나 현대의 정치 철학과 현실에 스며 있는 것은, 적나라한 힘과 힘, 이익과 이익의 대립의 공간이 정치의 공간이라는 인간관이다. 도덕과 윤리를 말하는 것은 이것을 호도하고 기득권을 옹호하려는 술책에 불과하다.(이것은 유교의 정치사상에 대한 비판이 될 수도 있다.) 사람들이 합의에 이른다면 그것은 도덕을 통해서가 아니라 힘과 이익을 추구하는 투쟁을 통해서이다. 그러나 이러한 경우에도 사회적 합의의 가능성이 없이는 정치는 존재할 이유를 상실한다. 현실주의 정치사상이 힘과 이익의 갈등을 말하는 데에도 이상적인 화해의 질서는 전제된다.

다시 말하여 그 호소력의 큰 부분은 이 궁극적인 화해의 가능성에서 온다. 자유 민주주의는 사람들로 하여금 적절한 절차를 통하여 (궁극적인 것은 아니라도) 일단의 사회적 합의에 이르게 할 수 있다는 것을 전제하는, 타협의 정치 형태이다. 물론 이것은 힘과 힘, 이익과 이익, 견해와 견해의 팽팽한 균형을 의미할 뿐이라고 할 수 있다. 그러면서도 다른 사람의 말과 입장을 참작할 준비가 없이는 타협이나 균형도 불가능하다. 더 나아가 사람들의 편차를 넘어 인간 존재의 밑에 가로놓여 있는 보편성 그리고 그것이 요구하는 윤리적 의무를 인정할 때 이러한 것들은 용이해진다. 전통 사상은 이것에 형이상학적인 근거를 마련하려고 한 것이라고 할 수 있다.

개방된 정치 절차는 이러한 근거가 없이도 대체적인 합의를 이끌어 내는 기제를 가지고 있다. 이번 청문회를 보아도, 사람들은 주어진 질문을 경청하고 그에 차분하게 답하는 장관 내정자들의 능력에 감탄했을 것이다. 선거는 이보다 더 크고 긴 과정에서 같은 능력의 발휘를 요구한다. 이러한 자기 초월 능력은 진정한 것이 아니라 전략적 수단에 불과하다고 볼 수도 있으나, 그러면서도 그것은, 정치인의 역정에서 보다 높은 윤리 의식으로 나아가는 계기가 될 수 있다. 어쨌든 정치에는, 전략과 투쟁을 넘어, 모든 인간에 대한 그리고 자기 자신에 대한 근원적 윤리를 상기하게 하는 형이상학적 차원이 있을 수 있다. 정치에 이러한 차원이 서려 있는 사회는 좋은 사회이다. 이런 사회에서는 이번 청문회에서 보는 바와 같이, 작으면서도 당사자의 도덕적 품격을 의심하게 하는 흠집이 쉽게 발견되지는 아니할 것이다.

어쨌든 정치와 정치인에게서 보편적 인간 이상에 대한 깊은 헌신을 기대하는 것은 어찌할 수 없는 인간 소망의 표현이다. 얼마 전에 요하네스 라우 전 독일 대통령이 작고했다. 독일의 신문 보도에 의하면, 추도사에서 그를 기리는 말들은 "독실한 기독교인", "인간의 친구", "평화의 인간"과 같은 것들로서 그의 정치 역량보다는 넓은 인간성을 높이는 말이었다. 이 신문은 그가 철학자 헤겔, 피히테, 조각가 다니엘 라우흐, 극작가 베르톨트 브레히트, 하이너 뮐러 등이 묻혀 있는 베를린의 한 교회 묘지에 묻혔다는 것을 보도하고 있다. 뛰어난 정치가는 이러한 철학자, 예술가, 문인들과 마찬가지로 인간의 보편적 가능성에 대한 큰 비전에 이른 사람이다.

(2006년 2월 16일)

공동체의 정신적 기초

오스트리아의 시인 잉에보르크 바흐만(Ingeborg Bachmann)은 「영국을 떠나다」라는 시에서, "나는 너의 땅을 밟았다고/ 돌 하나라도 만져 보았다고 할 수 없구나/ 너 말 없는 땅이여"라고 쓰고 있다. 그 이유는 "구름과 어둠과 더욱 먼 것"에 의하여 자신이 영국의 현실로부터 격리되어 있었던 까닭이다. 이 시적인 설명의 뜻은 아마 — 그의 다른 시들에 미루어 — 자신의 관심사에 휩싸여서 타국의 현실을 볼 수 없었다는 것일 것이다. 시의 나머지 부분을 읽어 보면, 그의 개인적 심정에는 또 제2차 대전의 승전국 영국과 패전국 오스트리아의 차이에서 오는 국가 간의 간격의 느낌도 있었다. 개인적인 또는 국가적인 이유로 바흐만이 느꼈던 소외감은 아마 외국을 방문한 많은 사람들이 경험하는 심정일 것이다.

나는 일과 관련하여 작년에 독일 프랑크푸르트 시를 여러 차례 방문했다. 도시의 이곳저곳을 찾아가고 공식 행사에 참석하고 그곳 길거리의 사람들을 보았지만, 결국은 나의 느낌도 영국을 찾은 바흐만의 심정과 비슷한 것이었다. 그렇기는 하나 그런대로 나에게 어떤 감흥을 준 것은 프랑크푸르트를 마지막 떠나면서 반나절의 남은 시간을 이용하여 찾아갔던 에버바흐 수도원이었다. 수도원은 프랑크푸르트에서 자동차로 한 시간 거리의 라인강 지역, 산과 숲에 에워싸인 분지에 자리해 있었다. 겨울인데도 수도원 경내의 뜰에는 잔디가 푸르고 아름드리 전나무들이 오래된 시간을 느끼게 하는, 어두운 푸름을 그대로 지니고 있었다.

넓은 경내의 건물들은 상당히 거대한 규모의 것이었지만, 화려한 느낌을 주는 것은 아니었다. 수도원 건물의 어떤 부분은 비뚤어지고 기울어, 정확한 기하학적 균형을 가지고 있지 않은 것으로 보였다. 에버바흐 수도원이 화려하지 않은 것은 그 시작이 유럽의 건축들이 화려해지기 시작하기 이전의 로마네스크 또는 초기 고딕 양식의 시대에 있었기 때문이기도 하지만, 수도원을 세운 시토 수도회의 본래의 정신으로 인한 것이기도 하다. 그것은 12세기에 시토 수도회의 사람들이 세운 수도자 공동체로서, 그들이 원한 것은 옛 성 베네딕트의 엄격한 계율 —— 가난, 순결, 복종, 노동, 기도 의식 엄수 등 —— 을 지키며 영적 생활에 정진하는 터전을 속세로부터 멀리 떨어진 산간의 숲에 마련하는 것이었다. 수도원의 건축이 첨탑, 스테인드글라스, 모자이크 또는 정교한 조각의 장식이 없는 단순한 양식을 가지게 된 것은 당연한 일이었다.

그러면서도 흰 회를 깨끗이 칠하고 청결하게 유지되어 있는 수도원 건물은 엄숙한 아름다움을 가지고 있었다. 거기에 약간의 삭막함이 있는 것은 불가피했지만, 그것은 수도원이 이제는 수도사가 없는 역사 유물이 되어 문화재로서만 유지되어 있기 때문이기도 했다. 건물 본체들에서 떨어져 있는 식당이나 관리 사무실들을 제외하고는 넓은 수도원에서 볼 수 있는 사람은 두서너 안내인뿐이었다. 우리는 안내 표지를 따라 유물 전시장, 수도승의 숙소, 식당, 성당 등을 둘러보았다.

가장 인상적인 방은 극히 삭막해 보이는 수도승의 침소였다. 이것은 고르지 않은 석판 마루의, 학교 강당 크기의 휑뎅그렁하게 넓기만 한 방이었다. 수도승들은 한겨울에도 난방이 없는 이 방에서 잠을 잤다고 했다. 수도원 부엌의 바로 위에 조그마한 방이 하나 있었는데, 부엌에서 올라오는 열기가 있는 이 방에서 수도승들은 하루에 30분 정도의 시간을 보내는 것이 허용되었다고 했다. 또 흥미로운 곳은 '파를라토리움'이라는 방으로서, 그곳은 수도 생활 중 말을 주고받는 것이 허용되는 유일한 공간이었다. 이러한 환경에서 수도승들의 하루는 자정을 조금 지나 시작하여 이른 저녁에 끝났다. 거친 빵과 채소만의 첫 식사는 정오였고, 또 한 번의 식사는 저녁 기도 후에야 있었다. 하루의 일과는 여덟 번의 기도 시간을 준수하는 것 외에 정신적·육체적 노동으로 채워졌다.

놀라운 것은 이러한 금욕 생활이 강요된 것이 아니라 스스로 선택한 것이라는 사실이다. 12세기에 에버바흐 수도원을 창시한 클레르보의 베른하르트는 귀족 출신이었고, 수도사가 된 사람 중에는 그러한 신분의 사람들이 많았다. 물론 자유의사라고는 해도 동기에는 착잡한 것이 있었을 것이다. 베른하르트는 법황과 유럽의 통치자들에게 막대한 영향력을 행사했다. 수도원은 대지주가 되고 포도주 생산업자가 되었다. 또 수도원은 늘 화목한 공동체가 되지는 못했다. 신앙 생활에 정진하는 성직 수사와 노동을 맡은 평수사 사이에도 긴장과 갈등이 있었다. 그러나 이 시토 수도원의 엄격한 삶이 근본적으로 자유로운 선택이었던 것은 틀림없다.

에버바흐 수도원은 19세기 초에 문을 닫았다. 거기에는 여러 가지 원인이 있었으나, 근본 원인은 세속화하는 세계와 수도원의 혹독한 금욕의 생활이 양립할 수 없었던 데 있었을 것이다. 대체적으로 말하여 이제 유럽은 베네딕트 시토 수도원은 물론이려니와 기독교도 쇠퇴해 가는 완전한 세속 사회가 되었다. 그러나 에버바흐 수도원을 보면서 생각하게 되는 것은 그것이 나타내고 있는 것과 같은 정신의 기율이 유럽인의 삶 또는 독일인의 삶으로부터 완전히 사라졌다고 할 수는 없다는 사실이다. 그것은 아직도 보이지 않게 유럽 문명의 기층을 이루고 있는 것이 아닌가 하는 생각이 드는 것이다.

사회학자 노르베르트 엘리아스(Norbert Elias)는 『문명화의 과정』이라는 책에서 유럽 사회에 일정한 문명적 행동 기준이 생겨난 것은 무서운 전제 군주제에 힘입은 것이라는 사실을 보여 주려 한 바 있다. 문명화의 과정에 대한 그의 관찰이 전부 맞는 것이 아니라고 하더라도, 한 사회의 문명된 행위 기준의 아래에는 엄격한 정신적 기율의 역사가 잠겨 있는 것은 사실이 아닌가 한다. 스스로의 정신을 깊고 넓게 천착하며 그 가능성과 한계를 확인하고자 하는 노력은 개인의 삶에 있어서도 의미 있는 삶을 위한 필요조건이라 할 수 있지만, 문명된 역사 공동체에 사는 데 있어서도 이것은 크게 다른 것이 아닐 것이다.

물론 정신의 기율이 지나치게 삶의 전경을 차지하는 경우, 그것은 바로 전체주의적 억압이 될 것이다. 정신의 기율은 삶을 떠받치는 기층으로 존재함으로써 오히려 삶에 의미 있는 풍부함을 부여한다. 또 그것이 반드시 종교적인 성격의 것일 필요는 없다. 헤르만 헤세는 프랑크푸르트의 남쪽 마울브론의 또 다른 시토 수도원에 자리 잡은 신학 고등학교를 다녔다. 그의 만년의 저작 『유리알 유희』는 음악과 수학 정신의 끝없는 추구가 사회의 핵심이 되는 이상 사회를 그린다. 비현실적인 이야기이면서도 이것은 사회를 지탱하는 정신의 엄격성에 대한 일반적 비유로 읽힐 수 있다. 문명된 사회가 정치적 계획이나 소비주의적 경제의 발전만으로 이루어질 수 있는 것은 아니다.

보이지 않는 정신의 통일성은 경치나 마을에도 있다. 에버바흐의 수도원이 그 주변의 산과 숲의 아름다움의 밑바탕이 된 것임은 분명하다. 작년에는 여러 명의 독일 기자가 한국을 방문했다. 한국을 자기 나름으로 널리 돌아본 한 독일 기자는 자기에게 가장 깊은 인상을 준 곳이 송광사라고 말했다. 물론 그것은 절 자체만이 아니라 송광사 일대를 말하는 것일 것이다. 도시는 이러한 사원처럼 정신의 깊이에 관련된 아름다움을 느끼게 할 수는 없다. 그러나 도시 또는 나라에도, 쉽게는 포착할 수 없는 그러나 깊은 통일성을 느끼게 하는 것이 있다. 그리고 그것이 산천의 아름다움이 된다. 그것은 모든 것의 밑에 있는 정신적 기율에 관계된다. 바흐만이 영국을 방문하며 돌을 만지듯 느끼고자 했던 것도 이와 비슷한 통일된 정신의 아름다움이었는지 모른다.

(2006년 3월 2일)

정치인 투명성, 자본 시장 투명성

미국의 심리학자 브루스 매즐리시(Bruce Mazlish)는 개인적인 욕망을 일체 초월하고 공공 목적에만 헌신하는 '혁명적 금욕주의자'를 혁명의 시기에 등장하는 현대적 지도자의 한 유형으로 말한 일이 있다. 동아시아에서도 금욕적인 인간이 정치 지도자로 이상화됐다. 전통적으로 이상적 정치는 덕의 정치이고, 지도자는 덕을 쌓은 사람이다. 그는 사사로운 마음 없이 하늘의 도리를 따르고 백성의 소리에 귀를 기울인다. 그의 마음가짐을 나타내는 적절한 비유는 "광명하고 투명한 청천백일"과 같은 것이다. 그러나 몸가짐에 있어서는 통쾌하고 활달하기보다는 "흙으로 빚은 사람(泥塑人)"과 같다. 그만큼 육체의 유혹에 무감각한 것이다.

매즐리시의 혁명적 금욕주의는 어떤 사회 조건에서는 효과적인 정치 원리가 되지만, 동시에 그것은 인간성의 어떤 부분의 억압을 대가로 성립한다. 혁명적 금욕주의자가 추구하는 것은 추상화된 정치 이상으로서의 혁명이다. 그에게 있어서 리비도는 구체적인 인간으로부터 추상적인 이상으로 이행한다. 이로써 구체적인 인간이 수단화되는 위험이 발생한다. 사람은 혁명적 이상의 구현을 위한 수단이면서 지도자의 자아 확대의 수단이 된다. 흥미로운 것은 지도자의 금욕적 행동주의가 그를 따르게 하는 카리스마의 원천이 된다는 것이다. 그리고 지도자와 그의 추종자 사이에는, 외부자에 대한 배타적 적대 의식과 병행하여, 강한 당파적 유대가 성립한다. 그러나 대체로 인간관계를 규정하는 것은 냉혹한 지배욕이다.(매즐리시의 모델의 하나는 중국의 마오쩌둥이다. 그의 사후에 밝혀지는 사실들을 보면, 그의 금욕주의는 곧 퇴폐로 이어진다고 할 수 있다. 그것은 인격적 과정에서 이루어진 성취가 아니라 분열된 심리의 일방적인 억압의 결과였다고 할 수 있다.)

혁명적 금욕주의에 비하여, 동아시아의 정치 이상은 조금 더 온화한 인간을 말하는 것으로 생각된다. 나를 없애고 사람들의 말에 귀 기울이는 것은 천지의 이치에 통하는 것에 못지않게 중요하다. 앞에서 말한 "흙으로 빚은 사람"이라는 비유는 성리학자 정명도(程明道)의 말에서 나온 것인데, 그는 이 비유 다음에 곧 그러한 사람도 다른 사람을 대할 때에는 화기의 덩어리, '화기일단(和氣一團)'이 되어야 한다고 말한다. 성리학의 정치사상에서는 지도자의 인격에서 중요한 것은 강인함에 못지않게 온후함이다. 그럼에도 불구하고 금욕적 인간을 최고의 인간상으로 내세운 성리학적 세계에는 그 나름의 인간적 대가가 있다. 조선 시대 정치의 폐쇄성이나 인간성의 자유로운 표현에 대한 억압은 근대 이후의 비판적 사유에서 으뜸가는 주제의 하나였다. 정치 지도자에게 금욕이 요구되는 것은 불가피한 것이면서도, 그것을 지나치게 좁게 적용하는 것도 위험스러운 일이다.

이해찬 총리의 골프를 지나치게 엄격하게 단죄하는 것은 이 위험을 무릅쓰는 일이다. 시비는 상징적인 차원에서 시작한다. 골프의 시기가 3·1절이었다는 것이 문제가 되는데, 아마 조선 시대의 재상이었더라면, 국가적 의례의 날에 유희나 도락을 삼가는 것이 당연한 일이었을 것이다. 또 하나의 비판은 골프라는 스포츠의 사회적 의미를 생각하는 관점에서 제기된다. 골프는 아직 등산과 같은 서민의 스포츠가 아니다. 그것이 일부 국민에게 위화감을 일으킬 가능성을 무시할 수는 없다. 이해찬 총리의 골프를 문제 삼는 또 하나의 관점은 상징과 현실의 중간에 위치한다. 황제 골프라든지, 똑같이 황제적 사우나라고 부를 수도 있는 사우나라든가, 향응성 내기 골프라든가──보도가 정확한 것이라면, 이러한 것들은 적어도 보다 민주적이고 정의로운 사회를 지향하는 정부의 최고 지도자의 행동 방식으로는 '적절한' 것이라고 할 수는 없을 것이다. 그러나 이러한 것들이 적절한가 아니한가 하는 판단은 사람마다 다를 수 있는 의미 해석의 문제로 돌릴 수 있다.

개인의 해석에 맡길 수 없는 부분은 상징보다는 현실에 관계되는 부분이다. 신문 보도는, 이해찬 총리의 골프에 상대가 되었던 사람들이 도덕적으로나 법률적으로 문제를 가지고 있는 사람들이라고 한다. 그 동반 골퍼들이 주가 조작 또는 그에 더한 사건들에 관련되어 있다면, 총리가 공적으로 이들과 함께 골프를 즐기는 것은 그러한 것들에 면죄부를 주는 일로 보일 수도 있고, 앞으로의 법적인 과정에 압력으로 작용할 수도 있다. 그러나 이것도 어느 정도는 상징적인 영역의 행위에 속하는 일이다. 골프 회동을 면죄부나 압력으로 받아들인다면, 그것은 심약한 해석자의 책임이라 할 수 있기 때문이다.

이번 일에서 가장 걱정해야 할 부분은 주식 시장 문제이다. 총리 골프 동반자들의 비정상적인 주식 매매 행위가 반드시 총리와의 회동에 연쇄되어 있다는 증거가 있다고 할 수는 없다. 그러나 이번 일은 지금의 주식 시장이, 정치를 포함하여 사회의 거대 세력들에 의한, 여러 가지 조작에 무방비 상태로 노출되어 있다는 사실을 새삼스럽게 생각하게 한다.

주식 시장은 자본주의 경제를 뒷받침하는 기둥의 하나이다. 모든 선진 산업 국가는 그 공정성 또는 투명성을 보장하기 위한 엄격하고도 면밀한 법률적·제도적 장치를 가지고 있다. 한때 미국과 같은 곳에서는 주식과 증권 시장을 통한 주식 소유의 확산은 경제 민주화의 과정으로 말하여지기도 했다. 이것은 뉴딜 시대의 이야기이지만, 주식 시장이 거대 자본들의 놀이터가 되어 있는 지금 그렇게 말하기는 어려울 것이다. 그러나 주식 거래의 공정성은 단순히 거대 자본으로부터 다수의 소액 주주를 보호하기 위하여서만 필요한 것은 아니다. 내부 거래나 담합과 조작은 그러잖아도 투기에 휘말리기 쉬운 주식 시장을 극도로 불안정하게 하고 국가의 금융 체제 전체를 위기로 몰아갈 수가 있다. (정경 암거래를 위한 것이 아니라) 공공성을 위한 공권력의 개입은 불가피하다.

이번 사건의 보도에 한국교직원공제회가 등장한다. 그것은 또 다른 종류의 사회 세력의 주식 시장 개입 — 공적 목적을 위한 개입을 생각하게 한다. 그러한 큰 세력 중의 하나가 퇴직 연금 자금들이다. 제러미 리프킨은 한때 이러한 자금 때문에 미국의 노동 계급이 자산 계급이 되었으며, 그러니만큼 그 힘을 그들 자신의 사회적 목적을 위하여 사용할 수 있을 것이라고 보았다. 이것이 현실을 바르게 말한 것은 아니지만, 그러한 자금이 사회적 목적을 위하여 운영될 여지가 전혀 없는 것은 아니다. 독일, 프랑스, 스웨덴 등에서 퇴직 연금은 노동조합 등의 노력으로 일반적인 수익 사업보다도 저소득층을 위한 주택 건설과 같은 일에 투자된다. 이에 대조되는 것이 이번 화제에 오른 교직원공제회의 자금의 운영이다. 사회 정의는 지금 정부의 기치가 되어 있지만, 우리는 공공 기금이 사회적 목적에 동원된다는 이야기는 별로 듣지 못한다.

어쨌든 이번 사건과 관련하여 가장 우려되는 것은 투기 이윤 창출에 정치 권력의 개입 가능성이 존재한다는 사실이다. 그것은 국가 경제, 민주적 정치 질서 또는 사회의 도덕적 기강, 그 어느 관점에서도 그대로 방치될 수 있는 일이 아니다. 우리 사회에서 투기적 이윤과 정치 권력이 서로 섞일 수 있는 영역은 이 외에도 — 특히 국토 개발과 운영의 부분에서 — 널리 존재한다. 이것을 규제하는 법과 제도가 없는 것은 아니나, 그 운영의 현실이 별로 눈에 띄지는 않는다.

이번 일에서 기이한 것은 상징적인 부적절성에 대한 논란이 우리 사회 현실의 위험 지역을 밝혀 주었다는 것이다. 둘 사이에는 필연적인 관계가 없다고 할 수도 있다. 그러나 이번 일은 지나친 듯한 도덕주의도, 삶의 너그러움과 함께 기율을 확보해 주는 제도가 제대로 갖추어지기까지는 유효한 것이 아닌가 하는 생각을 하게 한다.

(2006년 3월 16일)

정치의 행복

이해찬 전 국무총리의 골프에 이어 이명박 시장의 테니스가 논란의 대상이 되고 있다. 나는 지난번 칼럼에서 이해찬 전 총리의 골프를 언급하면서, 문제는 골프보다도 권력과 돈의 불투명한 관계라는 점을 말한 바 있다. 그러나 다시 이명박 시장의 테니스가 문제가 되는 것을 보면, 정치인들의 스포츠나 여가 활동도 간단히 보아 넘길 수 없다는 것이 사람들의 일반적인 심정이 아닌가 한다. 물론 문제가 되는 것은 단순한 여가 활동으로서의 스포츠라기보다는 그것의 의미 그리고 그것을 즐기는 방식일 터인데, 지금의 시점에서, 정치인들의 스포츠는 정경 유착이나 마찬가지로 정치 권력의 남용 또는 오용으로 비치는 것이다.

정치는 두 모순된 부분으로 이루어진 인간 활동의 영역이다. 간단히 말하여 나라의 살림살이를 떠맡는 것이 정치이다. 살림살이란, 목숨을 부지하는 일에서부터 살 만한 삶을 살려고 애쓰는 일에 이르기까지 삶의 이해관계를 챙기는 일이다. 이해가 개입되는 만큼 갈등이 일어나는 것은 불가피하다. 정치의 명분은 일어날 수 있는 갈등을 정의로운 질서로 승화한다는 데에서 찾아진다. 그런데 이해의 각축장에서 공평하고 정의로운 질서가 쉽게 생겨날 수는 없다. 정치를 도맡겠다는 정치인도 자기대로 삶의 이해관계를 가지고 있는 것일 터인데, 어떻게 하여 정치인이 그것을 넘어서서 공평하고 정의로운 질서의 보증자가 될 수 있겠는가?

플라톤은 정치의 모순을 푸는 이상적인 방안으로 보통 사람들의 이해관계를 초월한 수호자들의 존재를 상정하였다. 특별한 정신 훈련을 받고, 가족도 만들지 않고, 재산도 보유하지 않으면서 국가의 정의로운 질서 수호에만 헌신하는 사람들이 있어야 한다고 생각한 것이다. 당대의 권력자가 받는 보상에는, 『공화국』에 열거되어 있는 것들을 들건대, 토지, 저택, 금은보화, 호화로운 연회와 의례 등이 있다. 금욕적인 나라의 수호자들은 그러한 보상과는 아주 무관한 삶을 사는 사람들이다. 그들은 일의 대가로 돈을 청구할 수도 없고, 여행을 마음대로 할 수도 없고, 애첩에게 큰 선물을 줄 수도 없다. 그렇다면 수호자들은 무슨 보람 또는 재미를 위하여 그러한 삼엄한 삶을 감내할 것인가?

일체의 세속적 보상을 버린 그들은 행복한 사람들일까? 『공화국』에서 한 대화자가 제기한 이 질문은 그 사람들의 '웰빙'을 걱정한 것이기도 하지만, 그런 불행한 사람들이 이끄는 정치가 좋은 정치일까 하는 우려를 표현한 것일 것이다. 여기에 대한 플라톤의 답은 극히 비현실적이다. 나라의 목적은 어떤 특정한 사람들을 행복하게 하려는 것이 아니라 모든 사람을 두루 행복하게 하려는 것이다. 수호자들은 나라의 모든 사람들이 응분의 행복을 누리게 되는 것을 보는 데에서 행복을 얻을 것이다. 또 궁극적으로는 사람이 누릴 수 있는 최고의 행복은 심신을 닦아 지선과 지고의 진리에 이르는 것이다. 금욕의 수호자들은 이 최고의 행복을 얻고 또 그것이 자신의 사회에서 실현되는 데에서 큰 보람을 느낄 것이다.

이러한 답은 사람의 영혼이 세 요소로 이루어진 것이라는 생각에 기초한 것이다. 영혼에서 가장 높은 위치에 있는 것이 이성이다. 수호자들의 행복은 이성의 행복이다. 그러나 영혼 안에는 이성 이외에 물질에 대한 탐욕이 있고 명예욕이 있다. 플라톤도 당대의 현실에서 이것이야말로 세상을 움직이는 힘이라는 것을 잘 알고 있었다. 그의 생애에서 큰 고민은 물질과 명예를 위한 투쟁의 장으로서의 정치와, 선과 진리의 실천의 장으로서의 정치의 두 갈래에서 어느 쪽을 선택하느냐 하는 문제였다. 그는 후자를 선택하고자 하였으나 그것은 정치가 아니라 철학을 택하는 것이 될 수밖에 없었다.

그러나 그가 현실을 지배하는 모든 동기들을 부정적으로만 본 것은 아니다. 특히 그는 명예욕이 그 나름으로 정치적인 의미를 가지고 있다는 사실을 인정하였다. 명예욕이 나오는 심리적 바탕은 희랍어에서 티모스 (thymos)라고 부르는 자아 분출의 에너지, 인간 정체성의 근본에 관계되는 심리적 에너지이다. 명예욕의 밑에 들어 있는 것은 자존심이고 다른 사람과의 관계에서 승리와 인정을 얻어 내고자 하는, 개인 심리의 뿌리 깊은 욕구이다. 더 중요한 것은 이 에너지가 애국심이나 정의감의 근본이 되기도 한다는 사실이다. 의분이나 외적에 대한 적대감은 이 심리적 에너지에서 나온다. 그리하여 어떤 이론가들에게는 ── 가령 냉전의 종식을 '역사의 종말'이라는 말로써 정의한 프랜시스 후쿠야마(Francis Fukuyama)에게 '티모스'는 개인의 존엄성과 개인들 사이의 경쟁을 동시에 포괄하는 민주 사회의 기본적인 동력이다.

그러나 플라톤에 있어서 '티모스'의 의의는 극히 애매하다. 티모스는 정의의 투쟁을 위한 에너지이다. 동시에 그것은 남보다 앞서고자 하는 수월성의 추구를 사회의 특징이 되게 한다. 그러나 명예욕에 불타는 야망의 인간들이 정치의 주인공이 되는 것은 공동체에서 진선미와 이성이 쇠퇴하는 시대에 일어나는 일이다. 그 사회는 얼마 안 있어 투쟁과 갈등으로 분열

되고 사회 질서의 유지는 거친 힘의 위계를 통하여서만 가능하게 된다. 결국 야망가들은 물질적 인간과의 타협을 받아들이고 그들 자신은 은밀히 욕망과 쾌락에 몸을 맡기게 된다.

오늘의 우리 사회를 움직이는 심리적 동기에도 플라톤이 말한 이성, 물질욕 또는 명예욕들이 작용하고 있는 것으로 볼 수 있을 것이다. 정치 영역에서 가장 중요한 것은, 다른 동기들과 교묘하게 얽혀 들어가기는 하면서도, 역시 명예욕이다. "소용돌이의 정치"라는 말은 한 외국인 학자가 모든 것이 중앙의 권력에 모이는 우리 전통 사회의 특징을 지적하여 말한 것이지만, 이 특징은 오늘에도 크게 달라졌다고 할 수 없다. 모든 것은 결국 권력이 뒷받침하는 지위의 경쟁에 집중된다. 흥미로운 것은 명예의 경쟁 관계가 일상생활에도 정교하게 배어 들어가 있다는 점이다. 자리다툼은 비유가 아니다. 서고 앉고 나아가고 함에 있어서, 자리의 우선순위는 사회가 허용하는 자존심과 존경의 순위에 대응한다. 관료 사회에서 이것을 공식화한 것이 의전이라는 것이다.

그 사회에서 살아남는 데에 습득해야 하는 필수 사항의 하나가 이것이다. 이른바 '황제'라는 수식어를 붙이는 스포츠도 이러한 우리 사회의 의전 절차의 관점에서 해석될 수 있다. 서민이 하지 않는 스포츠를 즐긴다는 것은 명예심까지는 아니라도 자존심을 높여 주는 일이다. 고위 인사로 하여금 다른 사람과 같이 순서를 기다리게 하고 또 돈을 치르게 하는 것은 고위 인사를 모시는 의전 절차 또는 법도가 아니다. 그러나 문제는 이러한 특전이 자연스럽게 토지와 저택과 금은보화와 호화스러운 잔치와 의례로 확대될 수도 있다는 사실일 것이다. 그것은 당연히 높은 자리의 뒷받침으로 필요한 것들이다.

높은 사람을 대접하는 의전은 자연스러운 예의라고 해석될 수도 있지만, 상호 존중의 예의를 의미한다고 할 수는 없다. 지켜지지 아니하였을 때

올 수 있는 손해를 감안해 보면, 그것은 억압적 인간관계의 규칙이라는 면을 더 많이 가진 것일 것이다. 많은 사람에게 현대 사회의 행복은 물질의 행복이다. 정치는 우리 사회에서 가장 섬세한 명예와 자존의 행복을 줄 수 있다.

그러나 플라톤은 물질과 명예의 인간에게 진선미의 행복은 알 수 없는 것이라고 말한다. 중요한 것은 이 행복 ─ 사사로운 이해를 초월하는 행복이 정치의 바탕이 되지 않는 한 참다운 인간적인 사회 질서가 이루어질 수 없다는 사실이다. 그리고 황제적 권력, 황제적 스포츠, 황제적 영화의 과시는 막아 내기 어려운 것으로 남을 것이다.

(2006년 3월 30일)

시장 경제와 인간 가치

프랑스에서는 지난 1월 중순 도미니크 드 빌팽 총리의 '첫 취업 계약 (CPE)' 법안의 발표가 있은 후 온 나라가 시위와 소요에 휩싸였다. 이것을 반대하는 대학생과 고등학생, 노조 그리고 일반 시민의 집회와 시위는 지난 2월부터 되풀이되다가 4월 4일에는 노동조합 측 계산으로는, 참가자 규모가 300만 명이 넘었다. 이 글을 초하고 있는 중에 전해 온 뉴스로는 이 사태는 정부가 법안 철회를 선언함으로써 일단락된 것으로 보인다. 그러나 이번 사태는 프랑스를 넘어서 일반적인 의미를 가질 수 있는 일이기 때문에 여기에서 그 경과를 되돌아보는 것은 무의미한 일이 아니지 않나 한다.

보도된 바와 같이, CPE는 26세 미만의 젊은이가 첫 취업을 한 경우 2년 이내에는 해고를 자유롭게 하게 한다는 것을 주요 내용으로 한다. 그 의도는 고용과 해고를 용이하게 하여 젊은이의 취업 기회를 넓힌다는 것이다. 현재 젊은이들의 실업률은 23퍼센트에 이르는데, 빈민 지역에서 그것은 50퍼센트를 넘어간다. CPE와 같은 법이 필요한 것은 노동자를 보호하는 법적 규제가 많이 존재하고 있기 때문이다. 직장의 안정성 보장을 목표로 하는 현행의 법들은 피고용자의 해고는 사전 예고, 보상금 지급, 해고 사유 제시 등의 의무 이행이 없이는 불가능하다. CPE는 이것을 느슨하게 하자는 것이었다.

CPE는 새로 취업하는 젊은이들에게만 해당되는 것이기 때문에 노동 시장의 성격 전부를 바꾸어 놓는 것은 아니라고 할 수 있다. 2004년의 통계이기는 하나, 직장인의 80퍼센트는 '기한 미확정 고용 계약(CDI)' 법의 보호를 받고 있고 새 법이 이것을 바꾸자는 것은 아니었다. 그러나 CPE 반대 운동에 학생들만이 아니라 노동조합들이 참가한 것은 이번의 법이 전체적으로 직장의 안정성을 약화시킬 새로운 정책 방향을 시사하는 것으로 간주되었기 때문이다.

《르몽드》의 경제 평론가 에릭 르 부셰(Éric Le Boucher)의 분석에 의하면, 직업의 안정성을 보장하는 현행법들은 평생 직장을 가지고 있는 기득권자를 보호하면서 실업의 고통을 저학력의 젊은이들에게 떠넘기는 결과를 가져왔다. 모든 계층의 사람들에게 기회를 균등하게 주기 위해서는 노동법의 개정이 필요하다. 일반적으로 말하여 오늘날 산업의 중심은 대량 생산 체제로부터 보다 유연하고 경쟁적인 작은 규모의 생산 단위나 서비스업으로 옮겨 가고 있다. 매일 3만 명이 해고되고 3만 명이 새로 채용되는 것이 오늘의 현실이다. 노동 시장도 전반적으로 이에 따라 보다 유연하게 바뀔 필요가 있다. 새 법의 일부 내용이나 제정의 절차(가령 대화와 토의가 부족한 상태에서의 졸속 처리)를 비판하면서도 르 부셰는, 이와 같이 CPE의 정당성을 변호했다.

이러한 변호는 프랑스 국내의 사정에 그 분석을 한정하고 있지만, 궁극적으로 '노동 유연성'의 압력은 무엇보다도 세계화된 시장 경제 체제에서 온다. 직업 안정성 그리고 보다 일반적으로 사회 안정성을 뒷받침할 수 있는 것은 국가 경제의 힘이다. 이 힘은 세계 경제 속에서의 치열한 경쟁을 통하여서만 확보된다. 여기에 필요한 것의 하나가 노동 시장의 유연화이다. 이러한 역설적 입론에 대하여 의문이 제기될 수는 있다. 데모에 참가한 한 학생의 말 "작년도 프랑스계 다국적 기업의 수익이 840억 유로인데, 우리에게 희생을 요구하는 것은 정치적 술수에 불과하다."—이 말은 노동 유연성을 넘어가는 더 넓은 테두리의 문제를 생각해야 한다는 것을 단도직입으로 지적한 말이다.

그러나 일단은 세계 시장에의 적응은 주어진 현실이라고 할 수밖에 없다. 그리고 이 테두리 안에서 사회적 목표를 추구하는 것은 쉽지 않은 일이다. 유럽 연합은 민주주의와 함께 사회적 연대의 존중을 그 정체성의 한 특징으로 받아들인다. 2000년 3월 리스본 수뇌 회담에서 확인한 것도 경제, 사회, 환경 균형 발전의 목표였다. 특히 사회적 목표는 주요한 확인의 대상이었다. 그러나 이 여러 목표 달성에 토대가 되는 것이 경제라는 점을 부정할 수 없다. 그 결과 경제 성장을 위하여 다른 목표들의 희생이나 보류가 일어날 수 있다. 프랑스의 어떤 사회학자들은 이번 사태에서 보수주의 또는 신자유주의가 진보주의적 수사를 도용한다고 비꼬았다. 그렇다고 하더라도 현실 세계에서 사회 목표의 추구가 우회적일 수밖에 없는 것은 분명하다. 오늘의 현실에서 정책과 전략의 문제에서 진보와 보수를 가리기는 쉽지 않다.

이러한 복잡한 사정 속에서 핵심적인 것은 인간적 가치의 목표를 잊지 않는 일이다. 사회학자 다니엘 랭아르(Daniele Linhart) 교수는 《르몽드 디플로마티크》에 실린 CPE에 대한 비판적인 논평에서 오늘의 직업 시장에서의 인간성의 왜곡에 눈을 돌리고 있다. 그의 생각으로는 CPE에 관계없이 직업의 유연성은 진행되고 있고, 그것은 직업을 가지고 있는 사람들까지도 온전한 인간성을 유지하면서 살 수 없게 한다. 오늘날 직장인은 모든 것을 능률과 업적의 관점에서 추구할 것을 요구받고 그 관점에서 감시받고 평가된다. 상거래에서의 거짓말, 사생활 침범, 역정보 제공 같은 것은 사업의 관례이다. 고객은 인격적 존재가 아니라 조종의 대상일 뿐이다. 기업의 물질적 힘이나 이데올로기로부터 거리를 유지하지 못하는 직장인에게 인간관계의 기초로서의 타인에 대한 존중, 연대성이나 상부상조의 가치 등은 무의미한 것이 된다.(우리의 경우 인간성 저질화의 다른 한 양상은 이해관계에 기초한 패거리의 등장이다.) 이러한 직장의 행동 체제는 시민 사회의 성격도 변화시킨다.

미국의 한 소설가는 직장인에게 요구되는 인간성의 소멸을 더 단적으로 말하여 "참으로 유연한 회사는 사람을 고용하는 것이 아니다."라고 표현한 바 있다. 회사가 원하는 것은 고용인이 하나도 없이 움직이는 회사이다. 이런 회사에 사람들 사이에 존재하는 신의나 우정이나 신뢰는 끼어들 여유가 없다. 이러한 인간성 소멸은 실직에 이르지 아니하는, 잦은 직장 이동의 경우에도 일어난다. 3만 명이 해고되고 3만 명이 채용된다는 것은 완전한 실업보다는 구조 조정으로 직장 이동이 일어나는 것을 의미한다고 할 수 있다. 사람은 뿌리내린 고장에서 인간적으로 교통할 수 있는 사람들과 함께 의미 있는 일에 종사할 때에 행복하다. 정든 고장, 정든 사람, 정든 직장이 필요한 것이다. 신의, 우정, 신뢰는 정든 환경에 정주하는 데에 따르는 부수적 효과라고 할 수 있다.

노동 유연성의 불가피함을 인정한다 하더라도, 그것이 반드시 비인간적인 형태의 것이어야 하는 것일까? 프랑스의 경제사회연구소의 플로랑스 르프렌(Florence Lefresne) 연구원은 노동 유연성을 피고용자의 삶의 변화에 연결시켜—가령 직장 이동, 교육, 직업 전환, 안식년 등에 연결시켜 이루어지게 하는 법을 만들 수는 없을까 하는 말을 하고 있다. 가장 좋은 것은, 직업을 옮기는 것을 보람 있는 삶의 추구와 일치하게 하는 것일 것이다. 물론 이러한 것을 제도화하는 것은 쉬운 일이 아니다. 그러나 인간적 가치를 새롭게 확인하고 그것을 최대로 참고하면서 현실적 조정을 시도하는 일을 포기하는 것은 인간이기를 포기하는 일이다.

　인도 출신의 캘리포니아 대학의 프라나브 바드한(Pranab Bardhan) 교수는 세계화가 빈부 문제의 해결에 어떤 효과를 갖느냐 하는 것을 논한 최근의 한 논문에서 그것은 대처하는 정부에 따라서 도움이 되기도 하고 해가 되기도 한다는 연구 결과를 내놓은 일이 있다. 세계화의 궁극적인 의미를 지금 헤아리기는 어렵지만, 외부로부터 오는 많은 문제들은, 국가적 대책에 의하여 의미가 달라질 수 있다. 노동 유연성에 앞서는 것은 인간 가치의 끊임없는 재확인과 현실 적응 능력의 유연성이다.

(2006년 4월 13일)

동상과 말라리아

지방 선거 투표일이 얼마 남지 않았다. 선거에는 많은 공약이 등장한다. 최근 《경향신문》에도 연이어 공약을 분석하는 기사들이 실렸다. 공약을 두고 우선 묻게 되는 것은 그것이 실현 가능한 것인가 하는 것이다. 또 그에 못지않게 중요한 것은 그것이 어떤 의미를 가지고 있는가를 따지는 일이다.

공약을 포함하여 각종 정치 계획을 생각하는 데 있어서, 브레히트의 「쿠안불락의 양탄자 직조공들이 레닌을 기리다」라는 시에 적힌 이야기는, 오래전 다른 환경에서 쓰인 것이지만, 지금에도 우리에게 교훈을 준다. 소련 혁명 후 레닌상이 세계 도처에 세워졌다. 타지키스탄의 작은 마을 쿠안불락에서도 레닌 축일에 맞추어 레닌상을 세우기로 하고 모금을 하게 되었다. 이 일을 관장하던 소련군 장교는, 어렵게 번 돈 몇 푼씩을 헌납하러 와서 줄 서고 있는 직조공들을 보고 그들이 신열이 나서 몸을 떨고 있다는 사실을 알게 된다. 그들은 말라리아에 걸려 있었다. 말라리아 감염은 마을의 늪에 서식하는 모기로 인한 것이었다. 그리하여 그 장교는 레닌상 건립

보다는 모기 퇴치가 급선무라는 것을 깨닫고 직조공들과 협의하여 모았던 돈으로 석유를 사서 늪지대에 뿌리는 작업을 벌인다. 그리고 그들은 레닌 상 대신에 이 일의 경위를 기록한 작은 패를 세운다. 결론은 이렇게 스스로 문제를 해결하는 것이야말로 진정으로 레닌을 기리는 일이라는 것이다.

브레히트의 이야기는 방금 말한 바와 같이 다른 시대, 다른 체제 즉 소련의 공산 체제와 관련해서 쓴 시이다. 여기에서 문제가 된 것은 조상(彫像)을 세우는 일이지만, 이데올로기를 강조하는 체제에서는 대체로 정치의 추상적 이념과 사람들의 실생활 사이에 간격이 벌어지게 마련이다. 그러나 모든 정치는 삶을 추상화한다. 그리하여 삶의 구체로부터 벗어날 위험을 갖는다. 그러나 삶의 추상화가 반드시 추상적인 이론 속에서 일어나는 것은 아니다. 어떤 정치 현상은 추상적인 것이면서도 구체적인 것으로 보인다. 정치는 군중을 동원할 수 있어야 한다. 추상적 이론이 있다고 하더라도 정치적으로 쓸모가 있으려면 그것은 한층 단순화되어야 한다. 그리하여 그것은 상징이나 이미지로, 또 구호로 집약되어야 한다. 기이하게 이 이중의 단순화를 통하여 정치 이념은 대상화된 구체성을 가진 것으로 보이게 된다. 그중에도 가장 구체적인 인상을 주는 것은 동상이나 기념관과 같은 상징적 조형물이다. 말도 구호로써 되풀이되면 사실처럼 실체가 생긴다. 그러나 상징적 조형물들은 보고 만지고 할 수 있는 물건으로 존재한다. 동상이나 기념관은 그것만으로도 마치 삶 자체의 구체성을 대표하고 있는 듯한 착각을 만들어 낸다. 브레히트 시의 조상은 추상화의 결과이면서 구체적인 것으로 보이는 상징물이다.

정치의 추상성은 국가를 그 바탕으로 할 때 강화된다. 국가는 하나의 자족적인 세계로 생각되기 때문이다. 모든 것의 바탕이 되는 전체는 추상적으로 설정될 수밖에 없다. 이에 비하여 지방 선거는 그런대로 구체적인 제안들을 쟁점의 대상이 되게 한다. 그리하여 우리는 추상적인 이념이나 구호보다 구체적인 것을 약속하는 말들을 듣는다. 이것은 다행스러운 일이다.

많은 공약들에 대한 비판은 그것들이 경제적으로 실현 가능한 것들이 아니라는 것이다. 그러나 실현될 수 있는 것이라고 하더라도 삶의 구체성이라는 관점에서 그것들이 어떤 의미를 갖는 것인가를 따져 볼 필요가 있다. 이번 선거에 나온 많은 공약들은 관광지를 개발하고 문화 중심을 짓고 도로를 개설하고 철도역을 신설하고 하는 ─ 각종 개발 사업을 벌이겠다는 것이다. 공약에 나오는 공공 사업들은 추상적인 이념이나 구호 또는 동상 건립과 같은 일보다는 구체적인 일들이다. 그런데 그것들은 참으로 삶의 현실에 즉한 것인가? 지방에 따라서는 이 공약들이 정당화될 만한 개발의 필요를 적출해 낸 경우가 없지 않을 것이다. 또 공공 부문의 투자는, 어떤 것이 되었든지 간에, 고용을 확대하고 경제를 활성화하는 효과를 가질 수도 있다. 그러나 많은 개발 공약들은 보다 근본적인 것에 이어지고 넓은 테두리와의 관련 속에서 생각되지 않는 한, 사람들의 삶의 현실을 겉도는 것이 될 가능성이 크다. 공공 사업은 더 큰 비전의 일부로서 수행되는 것이 아니라면, 일과성의 일이 될 것이다.

더 큰 문제는 단순한 개발 열기를 타려는 계획들이다. 오늘날 중앙이나 지방에서 남발되는 국토 개발이나 도시 계획들은 은근히 사람들의 부동산 이해에 호소하는 면을 가지고 있다. 만일 그렇다면 그러한 계획은 장기적인 국가 발전의 관점에서 국토의 문제를 생각한 것이라고 할 수 없다. 이것은 매우 구체적인 것처럼 보이는 계획이 깊은 의미에서 구체적인 삶의 향상에 기여하는 것이 아닐 수 있다는 점을 다시 생각하게 한다. 사실 편협하게 생각된 개인들의 이해 또는 그러한 이해의 산술적 평균이 심각한 의미에서 삶의 현실의 전체를 이루는 것은 아니다. 쿠얀불락의 사람들이 레닌상 대신 모기 퇴치를 택한 것은 반드시 개인적인 이익을 선택한 것은 아니다. 그것은 모든 사람의 삶에 관계되고 또 삶의 기본 조건의 향상에 관계된다. 그러한 의미에서 그것은 사사로운 이익을 넘어선 근본성과 공공성을 나타낸다.

이렇게 보면 처음에 말한 것과는 다른 의미에서, 삶의 추상화가 반드시 잘못된 것만은 아니라는 생각을 하게 된다. 사람들에게 어떤 문제를 정치적 차원에서 의식하고 그에 따라 행동하라는 것은 개인의 삶을 넘어서 보다 깊게 그리고 보편적인 관점에서 사물을 보고 행동하라는 것이다. 이러한 요구에 답할 때에, 사람의 삶은 보다 높은 차원으로 고양되고 의미 있는 것이 된다. 그리고 그것 없이는 진정한 공동체는 성립할 수 없다. 또 공동체는 최선의 상태에서는 단순한 집단의 명령을 넘어 삶의 근본에 뿌리내린 것이라야 한다. 그러나 이렇게 깊고 넓은 것을 생각한다는 것은 단순히 높은 삶을 살아야 한다는 것이 아니라, 생명을 지탱하는 뿌리와 연관을 되찾는다는 것을 의미한다. 그것은 이러한 여러 연관의 지평 안에서만 삶의 진정한 구체성이 존재하기 때문이다.

브레히트의 시에 정의를 설명한 것이 있다. 그는 이 시에서 정의를 인민의 빵이라고 말한다. 빵은 사람들이 그날그날 필요로 하는 양식이다. 정의도 빵과 같은 삶의 양식으로서, 사람들은 그것을 매일 또는 "하루에도 몇 번씩 취해야 한다." 그래야만 삶은 기쁨의 삶이 될 수 있다. 정의를 빵에 비유하는 것은 정의가 추상적으로 저 멀리 존재하는 것이 아니라 빵처럼 일상생활의 결로서 존재해야 한다는 것을 말하려는 것이다. 물론 역으로 사람의 삶은 낱낱이 정의에 입각하는 것이 됨으로써 행복한 것이 된다. 이러한 설명에서 빵과 정의의 관계는 쌍방 통행의 것이다. 그러나 이 후자의 경우가 지나치게 강조되면, 그것은 인민의 삶이 정치적 이념 — 정의라는 정치적 이념에 완전히 흡수되어야 한다는 것을 의미하는 것으로 생각될 수 있다. 그것은 삶의 추상화를 의미할 뿐만 아니라 정신의 노예화를 의미할 수 있다. 빵은 정의에 의하여 검증되어야 하지만, 더욱 근본적인 것은 빵에 의하여 정의를 검증하는 것이다.

브레히트의 시를 어떻게 해독하든, 정의뿐만 아니라 추상적으로 표현되는 모든 정치 이상은 매일매일의 삶으로써 검증될 수 있어야 한다. 이 매일의 삶은 바른 정치의 큰 테두리에서만 진정한 구체성을 유지한다. 삶에 있어서의 정치의 기능은 이 테두리를 만들어 내고 유지하는 일이다. 그 바탕 위에서만 여러 가지 상징과 개발의 축조물은 의미 있는 것이 된다.

(2006년 4월 27일)

미움의 두 가지 바탕

최근 신문에는 국가의 기초를 흔드는 큰 사건을 빼고도 우리 사회의 어두운 면을 말해 주는 작은 사건들이 여럿 보도된 것을 볼 수 있다. 그중의 하나는 아무 집에나 들어가 마구잡이로 사람을 살해한 사건이다. 살인의 동기는 부자를 보면 밉고 죽이고 싶었다는 것이었다고 한다. 처지의 어려움이나 사건의 몽매한 잔학성을 떠나서, 자신의 범죄를 사회적 관점에서 정당화한 것은 보다 넓은 함축을 가진 것으로 생각된다. 살인을 한 것은 단순히 돈이 필요했다거나 원한이 있었다거나 해서가 아니라 사회적 빈부의 격차에 분격했기 때문이라는 것이다. 그의 사회학적 설명이 전적으로 틀린 것도 아니고 그의 분노의 원인이 이해할 수 없는 것도 아니지만, 문제는 그것이 범죄의 정당화에 이용된다는 점이다. 물론 그가 동기로 제시한 설명은 그의 발명이 아니라 우리 안에 존재하는 사회 이해이다. 그것이 빗나간 것이다. 이러한 사회 이해가 빗나가는 경우 ─ 특히 그 빗나감이 일반화하는 경우는 우리 사회에서만 볼 수 있는 것도 아니다. 그것은 다른 사회에서도 사회를 황폐하게 하는 원인이 된 예들이 있다.

이민자들이 많아지고 그에 따라 인종 간, 문화 간의 갈등이 피할 수 없는 것이 됨에 따라, 서구 여러 나라에서 인종주의는 사회의 법적·도덕적 풍토를 어지럽게 하는 범죄를 낳고 있다. 독일에서 일어난 인종 범죄로서 최근에 대중 매체의 관심을 끈 것은 전 동독 지역인 포츠담에서 에티오피아 출신 독일 시민이 길거리에서 습격을 받고 목숨을 잃을 뻔한 사건이다. 이와 관련하여 포츠담을 포함하는 브란덴부르크 주의 외르크 쇤봄(Jörg Schönbohm) 내무 장관은 그것이 인종주의적 동기 때문이 아니라는 듯한 발언을 해 물의를 일으켰다. 어쩌면 그의 동기는 브란덴부르크가 인종주의 지역이라는 오명을 얻지 않도록 하려는 것이었는지 모른다. 그런데 사실 브란덴부르크는 독일에서 인종 범죄가 가장 많이 발생하는 지역의 하나이다. 그런데 쇤봄 장관은 또 다른 일과 관련해서는 그 스스로 브란덴부르크를 포함한 구동독지역 전체를 싸잡아서 폄훼하는 발언을 한 바 있다. 오더 강 근처의 한 도시에서 한 30대 말의 여성이 여러 해에 걸쳐 아홉 아이를 출산 직후 살해하여 매장한 사건이 있었다. 이 사건과 관련하여 쇤봄 장관은 인터뷰에서 어려운 처지에 있었을 그 여성에 대하여 이웃이 그렇게 무관심할 수 있는가를 개탄하고, 대체적으로 사회에서 이웃을 돌보는 마음이 없어지고 폭력적 성향이 강해진 근본 원인은 구동독의 공산당이 "강압적으로 추진한 프롤레타리아화"에 있다고 동독 사회 전부를 비판적으로 평가한 발언을 한 것이다.

이것도 물론 한 지역과 지역의 역사를 지나치게 단순화한 것으로서 논란의 대상이 되었다. 그러나 사회 전체에 인인애(隣人愛)를 사라지게 하고 폭력적 성향을 조장하는 분위기가 지배적이 될 수 있는 것은 사실이다. 그리고 브란덴부르크가 여기에 해당될 수도 있다. 공산주의 체제가 붕괴된 다음, 그 원인에 대한 현실 정치적 분석들이 있었지만, 문화적인 분석으로 부정적인 감정과 가치에 기초한 사회가 오래갈 수 없다는 것이 있었다. 소련의 내부에서도, 타티야나 톨스타야(Tatyana Tolstaya) 같은 작가는 자신의 조국의 위기를 되돌아보면서 일상적인 차원에까지 선의보다는 미움이 지배하는 것이 소련이었다는 것을 말한 일이 있다. 그리고 그런 사회가 오래 지탱할 수 없는 것은 당연하다고 말했다. 영아 살해 사건이나 인종 범죄의 원인을 이해하려고 할 때, 쉔봄의 진단은 이러한 설명들과 비슷하다.

그런데 그가 말하는 '프롤레타리아화'는 무엇을 뜻하는 것인가? 빈곤화를 뜻한다면, 빈곤이 범죄를 키울 수 있다는 것은 흔히 있는 사회 분석이다. 아니면 프롤레타리아화는 계급 의식의 강화를 말하는 것일까? 계급 의식은 폭력을 의미할 수도 있는 계급 투쟁이라는 말을 연상케 한다. 그러나 그것은 유대를 강조하는 개념이기도 하다. 이 유대는 궁극적으로는 모든 인간을 포함한다.

마르크스에게 있어서 노동 계급의 해방이 중요했던 것은 그들이 괴로운 상황에서 벗어나야 한다는 외에 그것이 모든 인간의 해방을 의미하는 것이었기 때문이었다. 그러나 유대와 투쟁, 사랑과 미움의 복합적인 요소를 가진 개념에서, 강한 대중적 호소력을 갖기 쉬운 것은 부정적 요소인 듯하다.(모든 개념은 이러한 이중성을 갖는다. '인간애'도 그를 부정하는 여러 다른 개념과 입장에 투쟁적인 관계를 가질 수밖에 없다. 강조가 다를 뿐이다.) 개념의 복합적 요소들은 도덕적 반성의 과정을 통해서만, 바른 균형을 유지한다. 그러나 특정한 사사로운 이익의 개입은 이 과정을 차단하고 개념을 왜곡한다. 파당 정치의 개입의 경우에도 마찬가지이다.

앞에 말한 최근의 연쇄 살인 사건의 가해자가 말한 동기의 바탕에도 사실은 상당히 복잡한 구조가 들어 있다고 할 수 있다. 부자가 밉다는 것은 부자와 자신의 물질적 불평등에 의문을 갖는 것인데, 이 의문은 인간의 평등을 — 그리고 행복 추구의 평등한 권리를 인정할 때 일어날 수 있다. 여기에서 인간이란 잠재적으로는 모든 인간 — 미움의 대상이 된 부자를 포함한 모든 인간을 의미한다. 가난한 사람이 부자를 미워한 것은 잠재적으로 자신도 이러한 인간의 한 사람으로서 보다 평등한 권리를 주장한 것이다. 간단히 말하건대 계급적 자각의 밑에는 모든 인간의 존엄성에 대한 거의 칸트적인 자각이 들어 있다. 현실 행동의 관점에서 이러한 자각의 종착점은 행복 추구의 평등한 권리를 위한 정치적 투쟁이어야 마땅하다. 물론 이것은 이상적인 경우를 말한 것이다. 한 개인의 불우한 현실이란 바로 그러한 이상적 해결의 통로가 없다는 것을 포함한다고 할 것이다. 이러한 통로를 열어 놓는 것이 바로 정치가 하는 일이다.

그러나 앞에서 말한 바와 같이 파당적 정치는 도덕의 회로를 단순화해 버리는 경향이 있다. 정치에 칸트적 보편성에 대한 의식이 있다면, 그것은 대체로 자기 정당성의 주장을 위한 보조 수단일 뿐이다. 이러나저러나 정치는 집단 현상이라고 할 것인데, 집단적 의무로서만 제시되는 격률은 진정한 도덕적 규범이 되지 못한다. 집단의 테두리를 떠나면, 개인의 행동은 그 규제를 저절로 벗어나는 것이 되어 버리는 것이다. 인종주의적 폭력의 경우에도 모든 것을 집단성의 관점에서 보려고 한 공산 세계야말로 민족주의나 지방주의보다는 국제주의를 강조했던 것인데, 지금 인종주의 범죄가 심한 곳이 구동독 지역이다. 이것은 불가해한 일이 아니다.(이것은 러시아와 같은 데에도 그대로 해당된다.) 사회적 부정의 넓은 테두리에 대한 반성을 포함하여 도덕은 개인의 내면적 영역에 속하거나 아니면 도덕 문화의 영역에 속한다. 진정한 민주주의는 이러한 정치 밖의 영역에 열려 있는 정치를 말한다.

우리 사회는 사회 정의에 대한 감각이 뛰어나게 강한 사회이고, 이것은 사회의 주요한 정신적 자산이라고 할 수 있다. 그러나 이 정의감은 너무나 쉽게 부정적 감정에 연결된다. 정부에서 지적하는 양극화 현상의 수사(修辭)에도 이것을 볼 수 있다. 말할 것도 없이 양극화는 해소되어야 하는 지

대한 사회적 과제이다. 그러나 양극화를 과제로 삼자는 정치 기획에는 부
정적 감정의 촉발만이 아니라 공동체적 유대, 인도주의적 가치 또는 사람
의 어려움을 보면 아니 가질 수 없게 되는 마음 —— 불인지심(不忍之心) 등
을 환기하는 노력도 있을 법한데, 정부의 수사에서 이러한 것은 찾을 수도
느낄 수도 없다. 물론 적대 감정을 환기하는 것이 우리 정치 문화의 전부는
아닐 것이다. 얼마 전《경향신문》의 칼럼에서 이광훈 선생은 미움의 세력
화가 이루어지던 시대는 갔다는 발언을 한 바 있다. 그러나 이것을 재촉하
는 일은 아직도 필요한 일인 듯하다.

(2006년 5월 11일)

국토의 삶과 죽음

미군 기지 평택 이전 문제에 개입되어 있는 복합적 요인들을 간단히 말할 수는 없으나 핵심은 역시 농토에 정주하고 살던 사람들이 그 삶의 터전을 잃게 되고 이전을 강요당한다는 사실일 것이다. 적어도 이 삶과 삶의 터전의 문제 해결에는 섬세한 이해와 참을성 있는 협의 과정이 있어야 마땅할 것이다.

생각해 보면 땅이 흔들리는 것은 평택만이 아니다. 지난해 프랑크푸르트의 한국 미술 전시회에 설치 작품을 내놓은 박준범 씨의 작품에, 커다란 손이 도시 주차장의 자동차들을 장난감 옮기듯 이러저리 옮기고 또 장난감 기계를 만지듯 포클레인을 조종하여 땅을 헤집어 파고 고층 빌딩을 짓고 하는 것을 영상물로 만든 것이 있다. 오늘날 집을 짓고 땅을 헤집는 것은 장난감 다루듯 쉬워졌다. 이것은 기술 때문만은 아니다. 평택의 경우가 아니라도 무슨무슨 프로젝트다 기획이다 하여 발표되는 개발안들은 우리 삶의 기반이 ─ 결국 그것은 어떤 방식으로든지 토지에 뿌리내리는 것일 수밖에 없는 것인데 ─ 얼마나 쉽게 기술이나 관(官) 그리고 자본의 거대한 힘에 의하여 뿌리 뽑힐 수 있는가를 절실히 느끼게 한다. 우리는 모두 흔들리는 지각 위에 서 있다.

지난 4월 25일 캐나다 토론토에서 제인 제이컵스(Jane Jacobs)가 타계했다. 제이컵스는 1961년의 획기적인 저서『미국의 대도시의 죽음과 삶』이래, 도시 개발과 건설의 문제에 중요한 영향을 끼쳤던 도시와 건축의 평론가였다. 그가 통렬하게 비판한 것은 추상적으로 발상된 거대 개발 계획 ── 문화 센터, 시민 센터, 도심의 거대 건물, 고층 빌딩들, 아파트 그리고 필요가 분명하지 않은 도로나 공원들을 건설하겠다는 계획이었다. 이러한 것들은 도시인들의 삶이 현실적으로 어떻게 영위되며 그들이 원하는 것이 무엇인가를 구체적으로 연구하기보다는 탁상의 이론가들이 그려 내는 설계도를 그들에게 부과하려는 행위라고 제이컵스는 생각했다. 그것은 대체로 개발 대상 지역의 주민들을 삶의 터전으로부터 몰아내고 이 희생자들로부터 모호한 성과의 도시 개조를 위하여 거대 자금을 갹출해 내는 수단이 된다. 그가 생각하는 미시적으로 관찰된 도시는, 다양한 삶의 기능들이 얽혀서 시간을 두고 천천히 변화하는 유기적 복합체이다. 낡은 건물과 새 건물이 혼재하고 생활의 활발한 혼란이 있는 것은 자연스러운 일이다. 단순한 거대 계획으로 이것들을 정비하려는 것은 도시의 생명력을 기울게 하고 그것을 죽이는 일이다.

도시 정비를 위한 노력이 불필요하다는 것은 아니다. 그러나 그것은 작은 필요와 그 복합적 연결에 섬세한 주의를 기울이고 점진적 발전을 유도하는 것이라야 한다. 그리고 그것은 도시 구역민 자신 그리고 개인들의 연대로부터 출발해야 한다. 그러한 노력에 있어서 심리적 기반이 되는 것은 그 성원들의 고장에 대한 애착이고, 물리적으로는 한곳에 오래 머물러 사는 주거의 지속성과 안정이다. 도시 환경의 개선을 위해서는 재정적 뒷받침이 있어야 한다. 거기에는 주민들의 향상된 경제력도 있어야 하고, 정부나 금융 기관의 지원도 있어야 한다. 그러나 이것이 지나치게 거대한 것일 경우, 그것은 제이컵스의 표현으로는 "재난의 돈"이 된다. 자금은 구체적 필요에 맞추어 오랜 기간 동안 투입되는 "점진적인 돈"이라야 한다.

도시 개발에 대한 이러한 미시적 접근은 거시적으로 도시 계획을 생각하는 사람들에게 매우 순진한 발상으로 생각되었다. 도시 문제에 있어서의 중요한 사상가인 루이스 멈퍼드(Lewis Mumford)는, 제이컵스의 생각은 소박한 민간요법만으로 암 환자를 고치겠다고 고집하는 것과 같은 것이라고 말했다. 멈퍼드의 말은 미국이나 캐나다보다도 한국에 해당되는 것이라고 할 수 있을지 모른다. 전혀 다른 생활의 전통에서 출발하여, 근대적 도시 기반을 새로 만들어야 하고 시행착오와 혼란의 여유가 허용되지 않는 좁은 국토에서, 거시적 개발의 비전은 불가피한 점이 있다. 그러나 제이컵스의 도시론의 대전제 ─ 즉 도시는 주민들이 거주하고 일하고 교환하고 하는 삶의 토대가 되어야 하며, 그 개선은 그들의 필요와 의지에서 자주적으로 조직되어야 한다는 이 대전제는 강조되어 마땅할 것이다.

그러나 우리나라에서 거대 계획에 의한 주거지의 환골탈태를 원하는 것은 바로 주민들이다. 정부가 선포하는 도시와 주거 그리고 토지의 개발 계획에 대부분 주민들이 반대하지 않음은 물론 이것을 갈망하는 것이다. 여기에 맞춘 것이 지난번 대통령 선거로부터 시작하여 일반적인 선거 전략이 된 거대 계획들의 공약이다. 주민들이 자신들의 지역과 주거의 근대화를 소원하고 정부의 지원을 원하는 것은 자연스럽다. 그러나 전체적으로 개발 계획들이 참으로 주민들의 주거와 생활의 필요에 연결된 것인가 하는 것은 확실치 않다. 정치인들의 공약은 대체로 의료 시설이나 교육 시설 또는 서민 주택의 개선보다는 바로 제이컵스가 비판한 단순화된 비생활적인 거대 계획들을 주된 내용으로 한다. 여기에 만인이 동의하는 것이다. 아마 이러한 동의를 가능케 하는 것이 생활의 필요보다는 부동산의 이해관계라고 하는 것을 부정하기는 어려울 것이다. 부동산의 관점처럼 모든 것을 추상화하는 것은 없다. 거시적 개발 계획은 여기에 맞아 들어간다. 그리고 집과 동네에 뿌리내리고 사는 사람들까지도 결국 부동산과 거대 계획의 지배하에 들어가지 않을 수 없는 자신을 발견하게 된다.

이에 대하여 부동산 값 억제를 시도하는 현 정부의 노력은 사람의 주거와 토지를 본래의 목적으로 환원시키려는 것이라고 할 수 있다. 그러나 정부의 거대 계획들은 바로 국토의 부동산화를 촉진한다. 또 여기에는 ─ 토지의 부동산화에는 누적된 정책적 사고의 습관이 관계되어 있다. 역대 정부는 주택 건설이나 국토 개발 ─ 정부의 개입에 의한 또는 건설업자의 중간 매개자를 통한 ─ 의 비용을 주로 개발 토지 가격의 상승에 의하여 해결하려고 했다. 토지 부동산화의 원인(遠因)의 하나는 여기에 있는 것으로 생각된다. 나는 1960년대 말 스웨덴의 한 도시 전문가가 정부의 재정적 부담 없이 시장을 통해서만 주택 문제를 해결하려는 한국의 주택 정책에 대해 회의를 표명하는 것을 들은 일이 있다. 생활과 작업 환경의 개선을 개발 토지의 가격 상승에 의존하는 오랜 관행은 마침내, 집과 땅으로 하여금 개인적으로나 집단적으로나 오로지 수익의 수단이 되게 하는 데에 성공했다.

토지와의 관계는 우리의 모든 것을 규정하는 한계 조건이다. 물질적 현실이 추상화된 이미지의 현실로 대체되는 현상을 해명하고자 한 장 보드리야르의 미국을 논한 짧은 책에, 미국의 도시들이 자랑하는 바둑판의 정연한 질서를 언급한 것이 있다. 역사가 없는 토지의 도시 설계는 단순한 공학과 기하학으로 가능하다. 그러나 유럽과 같이 많은 역사적 건물의 존재를 고려해야 하는 도시 계획에서 똑바른 길을 내는 것은 지극히 어려운 일일 수밖에 없다. 보드리야르는 이렇게 말하고 있다. 포괄적으로 말하여 기념비적인 것이 아니라도, 사람의 거주의 모든 자취가 역사이다. 그리고 그것이 삶의 결을 이룬다. 도시를 추상적인 거대 계획에 의하여 마음대로 만들 수 있다는 발상이 미국의—이란 침공을 포함한—대외 전략 그리고 국내 정책을 비인간화하는 데에 적어도 하나의 요인이 되는 것은 아닐까. 오늘의 한국에서 우리는 사람들이 욕망과 야심 또는 신념이 추상적 열광에 휘말려 들어가는 것을 본다. 그 전제(專制)하에서 사람의 여러 사정과 필요를 조심스럽게 살필 여유는 없다. 우리는 안거(安居)를 허용하는 토지와 집에서 유리되어 부동산 속에 부유한다. 우리야말로 주거와 삶의 안정을 생각하는 제인 제이컵스적인 도시 비평이 필요하지 않나 한다.

(2006년 5월 25일)

정치와 일상적 삶

　이번 지방 선거에서 열린우리당의 참패는 지방 선거에서의 패배가 아니라 참여 정부에 대한 국민의 전반적인 비판과 거부를 나타낸다고 볼 수 있다. 이 국민적 심판의 원인을 밝히는 것은 앞으로의 정치 기획을 수립하는 데 매우 중요한 의미를 가지고 있을 것이다. 지금의 시점에서 실증적 조사와 분석 없이 그것을 가려내는 것은, 여기에서 말하는 것을 포함하여 추측과 가설일 뿐이다. 그러나 이러한 것들도 보다 정확한 진단으로 나아가는 데에 전혀 무의미한 것이라고 할 수는 없다.

　많은 유권자들이 정부에 부표를 던진 것을 정책이나 정책 수행의 방법에 대한 합리적 분석의 결과라기보다는 보다 막연하고 일시적인 감정적 반응으로 간주하는 관점이 있을 수 있다. 그러나 감정적 반응이라고 하여도 그것을 가볍게 볼 수는 없다. 그러한 느낌도 어떤 때 많은 요인들로 이루어지는 삶에 대한 하나의 총체적인 평가를 담고 있다. 그리고 이러한 느낌이 중요해진 것이 바로 오늘의 현실이다. 유권자들의 부표는 정부의 정책이 이것으로부터 크게 유리되어 있다는 것을 뜻한다.

대체적으로 말하여, 정부의 정책과 삶의 느낌의 사이에 ─ 특히 그 정책이 과감한 미래 지향적인 것일 때에 ─ 완전한 일치가 있기가 어려운 것은 사실이다. 사람들의 삶은 대체로 현재에 뿌리내리고 있는 것인데, 이것을 일단 흔들어 놓는 것처럼 보이기 쉬운 것이 미래 지향의 정책이다. 비참한 극한적 상황이 아니라면, 지금 오늘의 삶의 현실을 흔들어 놓는 일은 대부분의 사람들에게 반가운 일이 아니다. 노동 계급의 혁명 참여를 호소하면서, 마르크스가 부르짖은 유명한 말에는 "기성 체제의 전복으로 노동 계급이 잃을 것이라고는 그들을 얽매는 쇠사슬밖에 없다."라는 구절이 있다. 그러나 단순화된 수사적 표현이 그러하기 쉽듯이, 이 말이 놓치고 있는 것은 쇠사슬이 곧 밥줄일 수도 있다는 사실이다. 그런데 근대적 발전은 이 쇠사슬을 점점 느슨한 것이 되게 했다. 마르크스의 기대와는 달리 사회주의 혁명이 산업화에 앞섰던 서구가 아니라 러시아와 같은 비교적 낙후된 사회에서 일어난 이유도 이러한 데에 있다.

서구 근대성의 성립 과정을 설명하면서, 캐나다의 철학자 찰스 테일러는 그 하나의 계기로 "일상적인 삶의 긍정"을 말한 바 있다. 이것은 사람의 삶에서, 말하자면 영웅적 또는 초세간적인 정신적 차원의 가치와 행동이 아니라 장사하고, 일하고, 결혼하고, 자식 기르고, 소설 읽고 작은 느낌에 반응하고 하는 ─ 일상적인 일들이 중요해진 것을 말한다. 이러한 일상의 삶의 여러 활동을 뒷받침하는 것이 경제이다. 경제의 발전과 더불어 일상적인 삶이 중요해지면서 위에서 말한 바 쇠사슬 또는 밥줄도 느슨한 것이 된 것이다. 그간의 경제 성장과 민주적 정서의 확대는 우리에게도 상당 정도로 일상적 삶의 긍정을 가져오고 그것을 정치 이슈들에 대한 판단의 중요한 준거가 되게 했다. 물론 이 일상적 삶의 의미는 사람마다 그리고 계층마다 다르다. 이미 이루어진 일상적 삶에서 그대로 지켜야 할 것이 많은 사람들이 있고 그렇지 못한 사람들이 있다. 그러나 '잃을 것이라고는 억압의 쇠사슬밖에 없다.'라고 느끼는 사람들이 점차 줄어들어 간다는 느낌이 생기고 있는 것이 이 시점의 사정이 아닌가 한다. 단순히 삶에 대한 불만이라는 면에서 말한다면, 불만을 가진 사람이 그러지 않은 사람보다 더 많다고 할 수 있을지 모른다. 그러나 그 불만은 다분히 일상적 삶이 확장되어 가는 속도에 만족하지 못하거나 다른 사람과의 비교에서 억울한 느낌을 갖는 데에서 오는 것이지, 반드시 마르크스가 즐겨 쓰는 '비참'이라는 말로 형용해야 할 극한적인 상황에서 오는 것이라고 하기는 어렵다 할 것이다.

많은 사람들에게 보존할 만한 일상생활이 있고 그것의 확장을 향한 욕구가 있다고 한다면, 이러한 현실에 비추어 그간의 많은 정부 정책들은 대체로 사람들의 일상적 삶의 신장(伸張)에 관계된 것이라기보다는 이데올로기적이고 추상적인 발상에서 나오는 것이라는 느낌을 주었다고 할 수 있다. 이것은 내용에서 그렇고 접근의 방법이나 홍보의 수사에서 그러했다. 정부가 그 정책적 방향의 핵심에 놓고자 했던 각종 과거사 사업과 같은 것은, 일상성에서 동떨어진 이데올로기적 기획의 대표적인 예이다. 물론 이데올로기적이고 추상적이라는 인상을 준 것은 정책의 성격 자체가 그렇기 때문만은 아니었다. 당국자들의 말의 스타일만으로도 국가와 삶의 과제들은 그 심각성을 잃고 화풀이를 위한 언어의 놀이로 전락하게 되는 경우가 적지 않았다. 사실에 근거했으면서도 그것을 전체적 일관성 속에서 파악하지 못하는 경우 그것도 현실 이탈을 가져온다.

이번 선거에서 여당에 크게 부정적 영향을 끼친 것이 부동산 정책과 그에 관계된 세금이라는 해석들이 있다. 지난번 칼럼에서도 논한 바와 같이, 부동산은 국민의 삶의 현실과 가장 밀접하게 관계되어 있는 문제이다. 이 문제가 유권자들의 마음에 크게 작용했을 것이라는 해석은 맞는 것일 것이다. 부동산 가격을 억제하는 것은 경제적 관점에서 또 사람의 삶의 근본을 생각하는 관점에서 충분히 정당성을 가진 정책 목표가 된다고 할 수 있다. 그러나 목표나 의도에 관계없이, 현 정부 아래에서 부동산 가격은 터무니없는 상승을 계속했고 이 현상은 한정된 지역을 벗어나 전국화했다. 여기에 대한 원인의 상당 부분이 수도 이전 계획을 비롯한 정부의 개발주의 정책에 있다는 것을 부정하기 어렵다.

주거와 국토의 부동산화는 사회 불안의 요인이 될 수밖에 없다. 값이 상승하는 경우에도 자신의 주거지와 토지가 고가의 부동산이 되는 것은 환영받을 일인 것 같으면서도 삶의 근본을 시장의 거센 폭풍에 노출시키기 때문에 무의식 속에 불안을 쌓는다. 부동산가의 억제를 위한 세금은 정당한 정책의 수단일 수 있으나, 그것이 '세금 폭탄'이라는 말이 나올 정도의 극단적인 것이 될 때, 그것은 정책의 의도를 넘어 사회 안정을 해칠 수밖에 없다.

정치의 어려움은 의도에 관계없이 결과에 책임을 져야 한다는 데 있다. 정치란 다수 국민의 삶의 운명을 거는 일이다. 그러니만큼 판단의 대상이 되는 것은 정책의 의도보다도 오히려 결과이다. 지금까지의 결과는 정책의 일관성, 정책의 의미에 대한 종합적인 이해 또는 정책의 현실적 조정 ─ 이러한 점에서 정부가 행동하는 방식은 전혀 국민의 신뢰를 얻을 수 없는 것이었다고 할 수밖에 없다. 그것은 삶의 현실과는 관계가 없는 그들만의 추상적 이념으로 ─ 또 삶의 전체를 거머쥔 비전이 아니라 지나간 시대의 이데올로기의 어설픈 단편들로 갈팡질팡 움직여 간다는 느낌을 준 것에 틀림없다.

혁명적 변화는 사람들에게 영웅적 행위 속으로 개인의 삶을 투척할 것을 요구한다. 이것은 영웅이 아닌 보통 사람의 경우 일상적 삶에서 잃어버릴 것이 없을 때에만 가능한 일이다. 그러나 지금의 사회 발전 단계에 두드러진 것은 일상적 삶의 성장이다. 그것을 넘어, 해야 할 많은 일이 남아 있는 것은 사실이다. 그러나 그것도 이미 얻은 것에 기초하면서 그것을 넘어

가는 것이라야 한다. 마르크스적 혁명 이상에 공감했던 프랑스의 철학자 메를로퐁티(Maurice Merleau-Ponty)는 사회주의 국가들의 성쇠를 지켜보면서 사회 혁명의 바른 방법은 마치 시인이 사실을 비유적으로 변화시켜 원래의 의미를 확대하듯이 사회가 드러내 주는 사실 자체의 성격에 충실하면서 그것을 변화시키는 것이라고 생각하게 되었다. 오늘 우리의 과제는 현실의 핵심적인 사실에 충실하면서 ── 이 현실이 사람의 삶의 기본에서 크게 벗어나지 않는 한 ── 그것을 보다 온전한 것으로 바꾸어 가고, 그것을 보다 나은 다음 단계로 유도해 가는 것이다. 이것이 이번 선거의 한 교훈이 아닌가 한다.

(2006년 6월 8일)

삶의 비전, 정책, 현실

지난번의 지방 선거 결과로 하여, 정부의 정치 정향이 국민 통합을 확보하는 데 실패했다는 진단이 나오고 있다. 다시 말하면 그간 정부는 사회를 양분화하고 그로써 정부와 여당의 지지를 공고히 하여 개혁을 실현할 수 있다고 생각했던 것인데, 그것이 실패했다는 것이다. 그리하여 이제 여당 내에서까지 국민의 통합을 강조하는 쪽으로 정책의 방향을 선회해야 한다는 주장이 나온다.

이러한 진단대로 정부와 여당이 국민 여론의 통합에 실패한 것이라면, 그것은 갈등을 가져올 만한 정책들에도 기인하지만, 이들 정책이 발상의 깊이를 확보하지 못한 것에도 기인한다고 할 수 있지 않을까 한다. 정책은 우리의 삶이 어떤 것이 되어야 한다는 삶의 총체적 비전에서 나와야 한다. 그 비전은 삶의 한편만을 보는 것이 아니라 전부를 보는 것이라야 하고, 한 사람이 아니라 다수의 사람이 수긍할 수 있는 것이라야 한다.

전체적 비전에 추가하여 또 필요한 것은 눈앞의 현실과의 연결이다. 정책은 움직이는 현실에 의하여 끊임없이 시험되고 수정되어야 하기 때문이다.

전체적 정향의 관점에서 볼 때 현 정부가 목표로 한 것은, 그 전보다 더 평등한 사회를 이룩하자는 것이었다고 할 수 있다. 근래에 논의된 양극화 대책도 거기에서 나온 발상일 것이다. 그러나 정부의 양극화 논의는 이것을 보다 넓은 사회적 과제로 승화하는 데에 실패했다고 할 수밖에 없다. 양극화가 해결되어야 할 과제가 되는 것은 바로 사회 통합이 중요하기 때문인데, 정부는 양극화의 해결이, 이보다 큰 관점에서 필요하다는 것을 설득력 있게 주장하지 못한 것이다. 이 관점이 나오는 근본적 차원이 빠져 있는 까닭에 양극화 논의는 보다 큰 이상이 아니라 시새움이나 원한 또는 르상티망(ressentiment)에서 발상된다는 인상을 주었다. 그리고 사실 그랬을 가능성이 크다. 삶에 대한 크고 통합적인 비전의 부재는 성장과 분배와 같은 문제의 논의에서도 발견된다 할 수 있다.

대립하고 있는 정치 집단의 정책 방향을 지칭하는 말이 될 때, 성장과 분배는 건너뛸 수 없는 균열을 나타낼 수 있지만, 현실적으로 이것이 상호 보완적인 관계에 있다는 것은 말할 필요도 없다. 두 개념의 바탕을 이루는 삶의 총체적 비전의 관점에서 그 상호 보완성은 거의 자명한 것이다. 물론 선후의 순서에 있어서 대립이 있을 수 있지만, 그것을 보다 총체적인 비전으로 환원할 때 그 대립은 완화될 수 있다. 성장의 목적은 무엇인가? 지극히 단순하게 말하여 그것은 '잘살아 보자'는 것이다. 분배는 고르게 나누자는 것이지만, 나눔의 대상이 되는 것은 가난이 아니라 풍요일 것이다. 이 두 개를 합치면 결국 우리가 이야기하고 있는 것은 고르게 잘살자는 것이다. 이것은 대부분의 사람에게 나쁘지 않은 삶의 이상이다. 고르게 잘살 것이 아니라 나만 또는 우리만 잘살면 된다고 공공연하게 말할 사람은 별로 많지 않을 것이다. 사실 고르게 잘산다는 것은 잘사는 삶의 이상의 일부이다. 이렇게 원초적인 이상에 비추어 보게 되면, 성장과 분배는 합치기 어려운 모순 관계에 있는 것이 아니다. 모순이 있는 경우에도, 근본적인 삶에 대한 느낌의 차원에서 합치될 수 없는 것이 있어서 그러한 것은 아니다.

평등의 확대를 위한 정책의 구체적인 내용의 하나가 복지이다. 복지 정책은 대체로 국가 예산의 한 부분을 불우한 사람들의 생활 여건의 향상에 배정하자는 것일 터인데, 중요한 목표의 하나는 사회 안전망의 창조이다. 여기에 동기로서 인도주의나 유대감만이 작용하는 것은 아니다. 안전망이 높여 주는 사회의 안정성은 기업을 위한 정지(整地) 작업의 의미를 갖는다. 다른 한편으로 복지 정책은 가난한 사람의 입장에서 삶의 문제에 대한 궁극적인 해결책이 되지 못한다. 복지는 대체로 삶의 최소한의 조건을 확보하는 것을 말한다. 참으로 살 만한 삶은 이것을 넘어가는 것이라야 한다. 그리고 대부분의 사람에게 살 만한 삶은 일의 보람을 포함하는 것이라야 한다. 부동산 문제에서도 부분적 관점과 총체적 관점이 있을 수 있다. 부동산가 억제는 양극화의 문제에 관계된다. 그러나 그것을 그 관점에서만 보는 것은 다시 한 번 그 대책이 르상티망에서 나오는 것이라는 인상을 준다. 더 중요한 것은 부동산가의 일방적 앙등이 자본 투자의 행태나 금융 구조 등 경제 전반에 끼치는 악영향일 것이다.

더 나아가 깊은 의미에서, 주거의 안정은, 의식주라는 말에 함축되어 있듯이 사람의 삶의 근본 가운데 근본이다. 부자에게도 호텔에서 호텔로 전전하면서 살기를 원하는 사람이 아니라면 삶의 뿌리로서의 주거지의 안정은 중요한 행복의 조건을 이룬다. 그것은 어쨌든 정부 정책의 초점은 부자들의 집값이 아니라 서민의 주거 안정에 놓여 있었어야 한다. 그래야만 그것은 삶의 근본에 대한 확실한 지혜를 담은 발상이라는 느낌을 주었을 것이다. 고르게 잘사는 좋은 사회의 이상은, 이런 일만이 아니라 통일이나 국제 관계에서도 준거점이 될 수 있을 것이다. 좋게 잘사는 것은 궁극적으로 민족 전체와 모든 나라의 모든 사람이 잘사는 것에 이어질 수밖에 없기 때문이다.

앞에서 말한 바와 같이 정책의 궁극적인 바탕으로서의 잘사는 삶의 비전은 상식적 입장에서도 동의할 수 있는 것일 것이다. 정부로서는 사람들로 하여금, 국민으로 하여금 그것을 느끼게 하는 것이 중요하다. 그렇다고 그러한 비전이나 목표가 논의의 대상이 될 수 없다는 것은 아니다. 잘산다는 목표는 아마 경제 성장에 의하여 자극된 삶의 비전에서 나온 목표일 것이다. 그리하여 그것은 돈 벌고, 생산하고 소비하는 삶의 무한한 확대를 의미할 가능성이 크다. 이것이 참으로 잘 사는 것의 궁극적인 형태를 나타내는 것일까? 물질적 욕망의 충족이 참으로 보람 있는 삶을 향한 소망의 달성과 같은 것일까?

지구의 자원과 환경의 한계는 이미 생산과 소비에 일정한 한계가 있음을 보여 준다. 그러한 제한은 사람의 육체와 심리에도 존재한다. 무한한 소비의 삶이 잘 사는 것은 아니라고 말할 수도 있다. 그러나 이렇게 말한 것은 잘산다는 단순한 목표나 이상을 벗어나고 그러니만큼 만인의 동의를 벗어나는 것이라고 할지 모른다. 그러나 잘사는 삶에 동의하는 사람으로서 보다 잘 사는 삶의 논의를 거부할 사람은 없을 것이다. 보다 잘 사는 것은 그냥 잘사는 것을 의미하지 않는다.

정부의 정책이, 그것이 어떤 것이든지 간에, 늘 넓은 삶의 비전을 천명하는 것일 필요는 없다. 또 그래서도 안 된다. 삶에 대한 해석은 권력과 결부될 때 그 해석의 결과는 경직한 이데올로기로 전락한다. 정치에서 중요한 것은 고정된 삶의 비전이 아니라 그것에 대한 논의를 제한 없이 열어 놓는 것이다. 그러면서도 정책은 넓게 보다 나은 삶에 대한 비전을 느낄 수 있게 하는 것이라야 한다. 그래야 그것은 어떤 편향된 집념이 아니라 삶 그것으로부터의 의미를 획득한다. 그것은 다른 한편으로 지금 눈앞의 현실의 움직임에 의하여 끊임없이 시험되어야 한다. 아마 비전 자체의 현실성은 이것을 저절로 어렵지 않게 할 것이다. 왜냐하면 여기서 말하는 삶의 비전은 지금의 삶을 떠난 전적으로 새로운 유토피아의 각본이라기보다 지금의 삶 그 안에 이미 가능성으로서 배태되어 있는 좋은 삶의 꿈을 말하는 것이기 때문이다.

되풀이하건대 정책은 보다 넓은 삶의 비전과 현실의 맥락 속에 존재해야 한다. 그러나 그것은 삶의 비전의 모든 것이라기보다도 그것에 이르는 하나의 길 또는 수단의 선택이다. 여러 가능성 속에서 선택된 정책은 갈등의 원인이 될 수 있다. 그러나 갈등은 가능성의 총체 ─ 삶의 현실과 희망에 이어짐으로써 극한성을 피할 수 있다. 모든 좋은 정책은 불가피하게 선택되는 수단이면서 통합 비전의 일부이다.

(2006년 6월 22일)

3장

하나의 민족,
다원적 현실

세계화 속의 세계와 문화

나는 지난 6월 하순 벨기에의 겐트 대학과 코르트레이크의 루뱅 대학에서 열린 국제 비교 문학 회의에 참석했다. 학술 대회 전에는 이사회가 있었는데, 나는 여기에서 가까운 시일 안에 이사회 그리고 국제 학회를 개최하고 싶다는 한국비교문학회의 의사를 전달했다. 이러한 회의가 얼마나 생산적인 것이 될 수 있는지는 확실치 않지만, 이러한 종류의 국제적 교류는 내일의 문화를 위하여 필요한 일의 하나일 것이다.

벨기에 회의의 주제는 소설의 시학(詩學)을 역사적으로 되살펴보는 일이었다. 지금 세계적으로 보편화되어 있는 소설은 18세기에서 20세기까지 서양에서 틀이 잡힌 서사 형식이다. 물론 이것은 세계 여러 곳으로 퍼져나감으로써 다른 종류의 서사 전통과 결부되어 그 모양을 바꾸어 나갔다. 가르시아 마르케스(García Márquez)의 마술적 리얼리즘은 신변종으로 크게 주목을 끈 것 가운데 하나이다. 우리가 소설이라고 부르고 있는 우리나라의 이야기들도, 어떤 특별한 양상을 드러내는가는 더 규명되어야 할 과제이다. 최근에 황석영 씨의 『손님』은 굿과 같은 데 포함되어 있는 한국의 전통적 서사 형식을 소설에 접맥하려는 시도로 논의됐다.

말할 것도 없이 서사 양식의 변화는 여러 사회가 하나의 공간에서 부딪치고 어울리게 됨으로써 일어나는 세계화 과정의 한 부분에 불과하다. 좁게 보면 세계화는 자본주의 시장 체제의 세계적인 확대를 말한다. 그러나 넓은 의미에서 세계가 하나로 섞여 가고 있다는 것은 세계사적으로 오늘의 가장 중요한 현상일 것이다. 국경 없이 하나가 되어 가고 있는 유럽에 오면 몸으로 느껴지는 일이다. 종국적으로 그것이 어떠한 형태의 것이 되든지 간에 또는 어떤 파국에 이르게 되든지 간에 세계화는 산업, 교역, 교통, 통신 등의 발달로 계속 촉진되는 긴 역사적 흐름이 요즘 드러난 현상이라고 할 수 있다. 그것이 불가피한 역사의 흐름이라면, 당장의 문제는 세계화의 도전에 응전하여 어떻게 지역적인 삶을 살 만한 것으로 유지해 나갈 수 있느냐 하는 것이다.

루뱅 대학 코르트레이크 분교의 총장이면서 경제학자인 반덴아벨레(Peter Vandenabeele) 교수와 우연히 주고받은 말 가운데 겐트 지방의 경제에 대한 그의 설명은 세계화 시대에서의 지역적 적응의 한 모습을 시사해 주었다. 그에 의하면 겐트 지방의 전통적 산업에서 가장 중요한 것은 직물이었다. 지금도 관광객들이 찾는 것은 레이스 제품이다. 그러나 지금 주종 산업은 전통적인 의미에서의 직물은 아니다. 가령 외과 분야의 수술복 제작에 사용될, 보푸라기 없는 천과 같은 것이 이곳의 중요 특산물인 것이다. 이 천은 하이테크 기술이 발전시킨 특별한 면사를 사용한다. 그 외에도 철강을 자료로 하는 것까지를 포함하여 이곳의 신소재 면사는 코르트레이크 대학을 중심으로 한 각종 연구 팀들의 연구에서 나온 것이다. 직물의 제조는 중국이나 인도에서 이루어진다. 이러한 예는 지역의 힘을 벗어나는 세계화의 추세에 지역이 적응하는 작은 예가 되지만, 더 큰 문제는 세계화 전체를 일정한 방향으로 나아가게 하는 것이 가능한가 하는 것이다.

세계화 속에서 문화는 어떻게 적응하고 변화할 것인가? 맥도널드 햄버거나 코카콜라로 상징되는 미국 대중문화의 세계화는 논란의 대상이 된 지 오래이다. 문화의 예외성이나 다양성의 이름으로 자국의 영화를 보호하고자 하는 움직임은 미국 영화의 세계 지배 위협으로 인한 것이다. 그런가 하면 근자에 한국인의 자긍심을 자극한 '한류'는 한국 문화도 세계 시장에서 자리를 차지해 가고 있다는 것을 말한다.

그런데 이것은 한국 문화의 성공이면서도 더 엄격히 말하면 한국 문화 산업의 성공이다. 물론 문화 산업과 문화 이 두 가지를 확연히 구분할 수 있는 것은 아니다. 그러나 앞의 것은 시장의 원리에 의하여, 뒤의 것은 문화의 자율성 속에서 저울질된다. 이 둘을 혼동하는 것은 문화의 시장 예속을 가속화할 수 있다. 문화의 의의는 한편으로 삶의 다양성을 일구어 내어 그것을 풍부하게 하고, 다른 한편으로 그 다양성에 통일성을 부여한다는 데 있다. 이 통일성이 인간의 보편적 가능성을 구현하는 경우 우리는 거기에서 높은 문화를 발견한다고 생각한다. 문화는 약한 힘, '소프트 파워'에 불과하다. 그러면서도 그것은 그 보편성과 통일성을 통하여 전체적인 변화를 가늠하고 이끌어 나갈 수 있는 가능성을 얻는다.

세계화 속에서 문화가 섞이는 것은 불가피하다. 그리하여 문화 이론가들은 문화의 잡종화라는 것을 말한다. 문화 산업은 그 촉매의 하나이다. 문화의 잡종화가 사람의 삶에 여러 가지 재미를 보태 주리라는 것은 틀림이 없다. 그러나 이상적인 것은 잡종화가 삶의 보편적 이상을 하나의 통일의 장 속에 숨겨 가지고 있는 경우이다. 잡종화 속에도 그것을 보편적 이상으로 고양하는 움직임이 일어날 수도 있을 것이다. 그러나 그를 위해서는 더 적극적인 문화적 노력이 필요하다.

보편적 지평을 향한 문화적 반성은, 어떻게 보면 오늘의 세계 질서의 주변부에 있던 한국과 같은 나라에서 더욱 쉽게 일어날 준비가 되어 있다고 할 수 있다. 오늘에 와서 사람들은 서방이 추구해 온 물질적 번영과 그것을 통한 인간성의 실현이 많은 문제를 가지고 있다는 것을 생각하게 되었고, 대체적으로 서양이 발전시킨 보편성의 주장들에 대하여 회의를 가지게 되었다. 이러한 반성과 회의는 주변부에서 더욱 쉽게 일어난다. 그러나 서양의 근대적 발전을 포괄적으로 재단해 버리는 것은 생산적인 일이 아니다. 겐트 회의에서 한 중국인 학자는 이야기를 주고받는 사이에, 모든 언어에는 공통된 보편 문법이 존재하며 그것을 뒷받침하는 '심층 구조'가 존재한다는 촘스키의 이론에 회의를 표명했다. 의미 생성과 전달에 문법보다는 콘텍스트에 의존하는 중국어의 경우를 생각하면 그러하다는 것이다. 서사 양식으로서의 소설의 역사성에 대한 인식과 비슷하게 한정된 자료에 근거한 문법 이론에 회의를 갖는 것도 있을 법한 일이다. 많은 것에 새로운 성찰이 필요한 것이 오늘의 시점으로 보인다.

그러나 인간의 보편적 삶의 양식으로서 서방에서 유래한 근대화를 비판한다는 것이 민족주의의 기치 아래 자국 문화의 우수성을 크게 말하는 것을 의미할 수는 없다. 역사의 새로운 도전에 임하여 무엇보다도 필요한 것은 자국 문화, 그것을 비판적으로 검토하는 일이다. 모든 인간을 위한 새로운 보편적 이상 질서의 탐구는 이제 다양한 참여 속에서 진행되는 공동의 작업이 되는 것이 마땅하다. 어떤 사회에 특별한 역사적 의의가 있다면, 그것은 사회가 이 공동의 작업에 적극적이고 선도적인 참여자가 된다는 데에 있는 것일 것이다.

나는 이번의 유럽 여행에서 파리의 고등과학연구소를 방문할 기회가 있었다. 이곳은 여러 나라의 과학자들에게 별 조건이 없이 자유로운 연구의 기회를 제공하고 있었다. 우리나라에도 그러한 기구들이 있다. 이것도 조금 더 적극적으로 확충할 일이지만, 문화 분야에서도 이러한 것이 필요하지 않나 생각된다. 한국 문화를 선양하는 데 중요한 것은 한국을 해외에 알리는 일 못지않게 보편적 문화 연구가 한국이라는 땅에서 일어나게 하는 것이다.

세계화의 핵심은 경제이다. 프랑스의 한 연구가는 세계화 속에서 일어난 가장 큰 변화는 케인스 경제학의 퇴진이라고 진단한다. 케인스 경제학은 자유방임 체제의 산업화가 가져온 사회적 부작용을 공권력의 적절한 개입으로 중화하고 조정해 보려는 노력의 결과라고 해석될 수 있다. 그런데 이제 그러한 중화와 조정을 다시 애덤 스미스의 '보이지 않는 손'에 맡길 수밖에 없게 된 것이다. 그것은 세계 전체에 적용될 수 있는 공권력이 존재하지 않기 때문이다. 궁극적으로 세계 질서는 상충하는 요인들의 타협에서 나오는 힘의 균형이 만든다고 할지 모르지만, 거기에 높은 문화적 이상 그리고 그것에 추동되는 정치적 움직임이 끼어들 자리가 없는 것은 아닐 것이다.

(2006년 7월 6일)

사실, 원칙, 명징한 언어

북의 미사일 발사가 있고 열흘이 넘었지만, 적어도 단기적 관점에서 무력 분규가 일어나지는 않았다. 결국 전쟁 위험이 컸던 것은 아니라고 할 수 있고, 그 위험을 두고 과민 또는 격한 반응을 하지 않은 것은 잘한 일이라고 해야 할 것이다.

그러나 미사일과 관련해 정부 또는 사람들의 반응 태도가 반드시 사람들로 하여금 그 현실적 대응 능력을 신뢰하게 할 만한 것은 아니었다고 할 수밖에 없다. 많은 중요하고 급박한 정치적 사태는 그것이 어떻게 전개되어 갈지 예상을 어렵게 하는 불투명성을 가지고 있다. 그렇다고 그 사태에 대한 대처 방안이 그와 비슷하게 불투명한 것일 수는 없다. 모호할 수밖에 없는 사태에서도, 사태 전개의 여러 가능성을 예측하고 그에 대응하는 행동 방안을 마련해 내는 것은 정치 지도자들의 의무이다. 또는 이들의 생각과 행동이 일정한 일관성을 느끼게 하는 것이라면, 사람들은 책임 있는 대처를 할 것이라는 믿음을 가질 수도 있을 것이다. 미사일 문제와 관련해 우리의 지도자들로부터 이러한 것을 느낀 사람은 별로 많지 않았을 것이다.

이번의 사건에서 가장 분명한 사실은 일어나서는 안 될 일이 일어났다는 것이다. 지금 남북의 관계를 규정하는 가장 큰 틀은 분단 극복과 통일이라는 목표라 할 수 있다. 또 그에 못지않게 중요한 것은 이 목표가 전쟁이나 폭력이 아니라 평화적 방법으로 근접되어야 한다는 것이다. 이것은 하나의 수단이면서도 너무나 중요한 것이기 때문에 거의 목표가 될 수도 있다. 통일의 궁극적인 의의도 쪼개어진 두 쪽이 하나의 평화와 번영의 틀을 이룬다는 데 있다. 이렇게 보면 이 수단인 듯한 평화는 통일보다 오히려 더 중요한 목표라고 할 수도 있다. 6·15 선언이나 햇볕 정책의 의의는 평화적 접근의 과제를 분명하게 천명하고 그것을 단계적으로나마 실천하고자 했다는 데 있다. 그간 정부 또는 민간 단체의 이니셔티브로 추진되어 온 남북에 걸친 작고 큰 여러 사업들도 남북 간의 평화적 접근에 대한 원칙을 받아들임으로써 가능해진 것이다. 북의 미사일 발사는 이러한 평화적 접근의 토대를 위협하고 손상하는 것이다.

정부는 햇볕 정책의 뜻을 살리기 위해서라도 유감의 의사를 표현했어야 했다. 이것은 반드시 북을 상대로 한 일방적인 선언이 되는 것이 아니다. 손상되는 것은 남쪽만이 아니라 북쪽도 우려하는, 또는 우려하여 마땅한 남북의 평화스러운 관계의 구축이다. 유감의 표현이란 이 공유하는 우려를 표현하고 공유하는 목표를 상기시키는 일에 불과하다. 그것은 이것을 상기함으로써 북쪽도 그 정책을 새로이 조정하는 것이 좋겠다는 뜻을 전하는 것이다. 또 입장의 분명한 표현 또는 설득의 노력이 북쪽을 위해서만 필요한 것은 아니다. 국가적 위기를 의미할 수도 있는 사태에 임하여 정부에 의한 분명한 입장 표명은 국민들의 사태 이해에 바른 방향을 짚어 주는 일이 된다.

미사일 발사의 의도에 대한 복잡한 해석이 없는 것은 아니다. 그중의 하나는 그것을 순전히 협상의 전략 또는 전술이라는 관점에서 이해하는 것이다. 그것은 미국으로 하여금 상황의 위급함에 대한 의식을 가지고 협상에 임하게 하려는, 그 전부터 시험해 온 벼랑 끝 전술의 새로운 표현으로 생각될 수 있다.(지금의 시점에서는 이 전술은 실패하는 것으로 보인다.) 그렇다고 그것이 평화에 대한 위협이 되지 않은 것은 아니다. 전술의 효과가 바로 이 위협의 현실성으로 인하여 생겨난다.

전술의 사용은 현실 인식의 증표이다. 더 위태로운 것은 현실에 입각한 것이라 할 수 없는, 각종의 주관적이고 자의적인 해석들이다. 미사일 발사가 민족의 총체적 역량을 보여 주는 것이라는 것은 그중에도 극단적인 것이지만, 그와 비슷한 제 나름대로의 관점에서 나온 해석은 미사일이 남쪽을 겨냥하는 것이 아니라 다른 나라 — 미국이나 일본 — 를 겨냥한 것이라는 해석이다. 설사 그것이 남쪽이 아니라 일본이나 미국에 대하여 무력 공격의 의도를 보여 주는 것이라고 하더라도, 그러한 공격의 경우 그것은 남쪽의 사람들 또는 남북을 합쳐 한반도에 거주하는 사람들이 걱정할 필요가 없는 일일까? 어떤 나라를 대상으로 하든 우리 주변에서 전쟁이나 무력 분규가 일어난다고 할 때, 한반도가 평화와 번영의 지역으로 살아남을 수 있을 것인가? 평화적 공존과 통일이라는 목표의 관점에서 이 목표는 주변 국가와의 평화적 관계를 정립하지 않고도 달성될 수 있는 것일까?

지난해 프랑크푸르트 도서전과 관련하여 한국의 통일 문제를 독일의 경우와 비교하는 한·독 회의가 있었다. 이 회의에서 독일 측 정치인이나 학자들이 한결같이 강조한 것은 독일의 통일에서 가장 중요했던 것이 관련국들의 동의라는 사실이었다. 그리고 그들은 같은 조건이 한반도의 통일을 위해서도 필수적일 것이라고 했다.

현실의 득실을 떠나 일반적인 원칙으로서 미사일의 발사가 한반도를 위협하는 것만 아니면 상관이 없다는 태도가 정당화될 수 있는 것일까? 우선 여기에 표현되는 민족 이기주의는 국가로서의 한국의 국제적인 위상과 품격을 크게 손상시킬 것이다. 평화 공존의 이상은 그것이 우리의 민족적 이익에 부합된다는 점에서만 값있는 이상인 것은 아니다. 이것은 지구의 모든 국가와 인간에게 중요한 것이고, 우리의 평화적 통일의 목표도 이 보편적 이상에 이어짐으로써 넓은 공감과 지지를 얻어 낼 수 있는 것이 된다. 그렇다고 이것은 이상주의만을 말하는 것이 아니다. 현실적으로 보아 국제 관계에서 극히 협량하게 해석된 민족적 이익만을 추구하면서 보편적 원칙들을 돌아보지 않는 국가가 설 자리를 가질 수 있을 것인가? 그리고 다변적으로 얽혀 있는 국제 관계에서 자신들의 국가적 이익을 위하여 다른 나라들의 협조를 기대할 수 있을 것인가?

미사일 발사가 민족 역량의 표현이라거나 민족 내부가 아니라 외부의 적을 겨냥한 것이라는, 그리하여 우리에게는 크게 위태로운 일이 아니라는 생각은 좋게 해석하면, 흔히 민족 공조라는 말에 들어 있는 원초적인 민족적 공동체 의식을 표현한다고도 할 수 있다. 그러나 문제는 이러한 의식의 가치에 동의한다고 하더라도 그것이 다층적 현실 속에서 민족 이익의 신장을 보장해 줄 수 없다는 것이다. 뿐만 아니라 그것만으로 모든 일을 일관하려고 할 때 그것은 민족의 삶을 사람다운 것이 되게 할 모든 다른 도덕적·윤리적 가치를 부패하게 하는 원인이 될 수도 있다. 정당한 감정적 가치도 사실적 관계와 보편적 원칙에 결부됨으로써만 현실적 가능성이 되고 우리의 삶을 높은 차원으로 이끌어 가는 원리가 될 수 있다.

우리 정치에서 큰 병폐 중의 하나는 그것이 너무도 자주 감정 ─ 긍정의 감정보다 과장되고 이념화된 원한과 같은 부정적인 감정 ─ 으로 움직인다는 것이다. 정치는 자폭도 불사하는 감정적 카타르시스의 장이 아니다. 삶의 지속적인 틀은 감정보다는 냉정한 이해관계 그리고 이해의 공유로 이루어진다. 그리고 거기에는 이것을 넘어서서 보편적 원칙이 있다. 정치는 이것을 하나로 묶어 더 나은 삶의 지속적 틀을 만들려는 기술이다.

보편적 원칙은 허망한 이상주의나 속임수의 수사가 아니다. 그것은, 사실을 보다 분명하게 파악하는 데 필수적인 보조 수단이기도 하다. 이번 미사일 발사 문제에서 국제 사회가 이해하기 어려운 것으로 생각한 것은 북쪽의 전술보다도 기이한 감정의 수렁에 빠져 냉철한 사실 인식도 보편적 원칙도 보여 주지 않는 남쪽의 태도였는지도 모른다. 전술은, 이미 비친 바와 같이 적어도 사실 또는 사실적 정황이 이루는 현실 인식을 — 비록 잘못된 것이라도 — 전제로 한다.

(2006년 7월 20일)

한스 기벤라트의 어린 시절

이 칼럼에서 나는 독일 프랑크푸르트 근처의 에버바흐 시토 수도원에 대하여 쓴 일이 있지만, 그때 안내를 맡아 준 이는 독일 태생의 한국계 젊은이였다. 그는 그가 다닌 고등학교가 마울브론의 또 하나의 시토 수도원에 있다는 이야기를 하였다. 학교 이름은 루터교 신학교이지만, 신학을 지망하는 학생들만이 가는 곳은 아니라고 했다. 학교 규모는 아주 작아서, 그와 함께 졸업한 학생이 스무 명이 되지 않는다고 했다. 이 젊은이는 다름슈타트 공대를 졸업하고 취업을 기다리는 중이었으니까, 고등학교를 졸업한 지도 한참 되었지만, 지금도 자주 만나 동창생들과 우의를 다진다고 했다. 깊은 숲의 옛 사원 건물에 위치한 초(超)소규모의 이 학교는 나에게는 가장 이상적인 학교일 성싶었다.

그런데 이 학교가 헤르만 헤세가 다녔던 학교라는 사실을 이 학생의 말을 듣고서야 알게 되었다. 내가 흥미를 느끼는 것을 보고 그는 나에게 헤세의 『수레바퀴 아래서』라는 작품을 선물로 주었다. 자세한 것을 아는 데에 도움이 될 것이라는 뜻이었을 것이다. 젊음의 방황을 실감 있게 그려 주는 헤세의 작품들은 청년기의 나와 우리 세대의 사람들에게는 각별한 의미가 있는 것이었지만, 새로 읽게 된 『수레바퀴 아래서』도 젊은이들의 성장의 고뇌를 깊이 있게 그리고 있는 작품이었다.

물론 헤세는 이 소설에서 마울브론 신학교 또는 신학 고등학교를 좋은 학교로만 그리고 있는 것은 아니다. 소설의 핵심은 오히려 이 학교의 교육 또 학교라는 제도 안에서 이루어지는 교육에 대한 비판에 있다고 할 수 있다. 그는 자전적 기록에서 그가 공부를 잘하기는 했지만, 다루기 쉽지 않은 소년이었고 마울브론 학교의 "개성을 누르고 으깨는 경건주의 교육"에 크게 반발했다고 쓴 바 있다. 그러나 우리에게는 이 학교의 환경이나 시설이나 제도는 부럽다고 말할 수밖에 없는 것으로 보인다. 어떠한 교육에서나 인간 형성 훈련과 개인적 정열의 갈등은 없을 수가 없다. 헤세가 그 갈등을 조금 일방적으로 보게 된 것은 체험의 아픔 때문이었을 것이다.

주인공 한스 기벤라트는 초등학교를 졸업할 무렵 주(州) 시행 고등학교 입학 수험 자격을 얻은 유일한 학생이었다. 거기에 이르는 과정에서 그는 학교의 수업 외에 교장 선생님이나 목사님 등에게 과외 지도를 받는다. 그러나 이 과외 지도는 우수한 학생을 길러 낸다는 뜻에서 이루어진 것이지, 반드시 입학 시험 경쟁에 대비하려는 것도 아니고, 과외비를 내는 것도 아니었다. 그들의 과외 지도는 주 시험 합격 후에도 계속된다. 그것은 마울브론 신학 고등학교에서 하게 될 공부를 대비한다는 뜻도 있지만, 높은 지적 훈련에 대한 그들 나름의 믿음이 있기 때문이기도 했다. "고전어 공부는 명석한 사고의 훈련에 필수적이고, 희랍어로 호메로스나 「누가복음」을 읽는 것은 마음에 새로운 기쁨을 주는 일이 될 것이다." 교사들은 한스에게 과외의 의의를 이렇게 설명한다. 한스가 가장 즐기는 것은 개울에서 낚시하고 수영도 하고 숲 속을 헤치고 다니는 일이다. 그러나 그는 시험 합격 이후의 여름 방학 동안에는 이러한 것들을 줄이고 공부에 시간을 바치게 된다. 그것은 선생님들의 권고를 거절하기가 어려웠던 때문이기도 하지만, 마음으로 그것을 받아들인 때문이다. 그는 마음속에 학문이 꽃피는 것을 느낀다.

그러나 시험을 보기 전, 한스와 가까이 지내는 동네의 제화점 주인은 한스가 입학 수험 후보가 된 것을 축하하면서도 시험을 너무 심각하게 취하거나 과외 공부에 시간을 너무 많이 할애하지 않는 것이 좋겠다고 말한다. 그의 생각으로는, 시험에 떨어지는 것은 가장 우수한 학생에게도 일어날 수 있는 우연적인 일이다. 기억해야 할 것은 "하느님은 사람들 제각각에 대하여 뜻하는 바가 있고 사람들을 그 제가끔의 길로 인도할 것"이라는 사실이다.

마울브론 학교로 진학한 한스 기벤라트는 여전히 공부에 전념하는 좋은 학생이 된다. 그러나 얼마 후 그에게 큰 변화가 일어나게 된다. 그가 사귀게 된 친구 헤르만 하일너는 학업에 전념하기보다는 숲 속이나 강가를 거닐고 풀밭에 누워 하늘과 구름을 보는 것을 즐긴다. 그는 시를 쓰고 읽고, 다른 사람에게는 평범한 교사(校舍)에 불과한 옛 사원 건축의 아름다움을 인지한다. 자기 나름의 삶을 찾고자 했던 이 친구는 결국 출교를 당하게 되고, 그의 영향으로 학업을 소홀히 하게 된 한스도 학교를 떠나 고향으로 돌아가게 된다.

고향으로 돌아온 한스는 철공소의 도제가 된다. 그는 철공의 일에서 어린 시절 장난감 놀이에서 느꼈던 바와 같은 공작의 기쁨을 되찾고, 고향 사람들이 왕래하는 길거리에서 '시골 길거리의 시'를 다시 느낀다. 또 그는 철공소 동료들과의 우정에 감사한다. 그러나 이야기는 비극적으로 끝나게 된다. 그는 어느 날 강가에서 열린 동료들과의 잔치에 참석한 뒤, 반쯤 취한 발걸음으로 숲 속의 강을 따라 집으로 돌아가다가 익사한다.

그의 죽음은 우연한 사고처럼 보이지만, 우연으로써 이야기를 끝내는 것은 헤세의 의도가 아닐 것이다. 한스가 고향에서 발견한 것은 보통 사람 사이의 삶에서 얻을 수 있는 행복이었지만, 동시에 그것과 자기 사이에 존재하는 간격이기도 했을 것이다. 모든 사람에게 하느님이 의도한 제가끔의 길이 있다면, 어떤 사람에게는 학문 또는 정신적 추구의 길이 그 길이라고 할 수 있다. 여기에 높고 낮음이 있다는 것은 아니다. 각자는 자신에게 맞는 일을 찾고, 그것을 통하여 모두의 삶에 기여하는 것일 뿐이다.

헤세는 자신의 고등학교 중도 퇴학을 설명하면서 자기는 열두 살에 시인이 되겠다는 마음을 가졌지만, 시인을 위한 정해진 길은 없다는 것을 알게 되었다고 말한 바 있다. 한스는 보통 사람들의 삶의 행복을 발견함과 동시에 정신의 길이 자신의 길임을 새삼 깨닫게 되지만, 그에게 주어진 특정한 길을 찾지 못하다가 죽음의 길로 접어든 것이라고 할 수 있다.

지금 우리 교육의 형편으로 보아, 개혁 또는 개선을 사명으로 생각하지 않는 교육부의 책임자가 있겠는가? 우리 교육 제도의 문제는 너무나 고치고 고친 데 있다고 할 수도 있다. 그러다 보니 꼬이고 얼크러진 제도 속에서 교육의 근본은 보이지 않게 되고 이제는 어떻게 근본으로 돌아갈 수 있을지, 그 길을 아무도 찾을 수 없게 된 것인지 모른다. 앞에서 『수레바퀴 아래서』를 말해 본 것은 어떤 현실적 방안보다 교육의 내적 의미를 생각해 보자는 뜻에서이다.

헤세는 교육을 세속적인 출세에만 연결하는 부르주아 사회의 통념을 극도로 혐오했다. 그 결과 그는 교육을 지나치게 낭만적으로 생각한 감이 있다. 그러나 『수레바퀴 아래서』의 체험적 기록이 교육의 근본에 대하여 깊은 이야기를 담고 있는 것은 틀림없다. 독일어의 직업이라는 말, 베루프(Beruf)에는 부름이라는 뜻이 들어 있다. 교육은 마음의 깊은 곳에서 들려오는 부름의 소리를 듣고 그에 따라 자기 형성을 꾀하는 과정이라 할 수 있다. 그러면서 그것은 또 직업의 부름에 맞아야 한다. 이 과정은 책만으로 또는 시험공부로 이루어지는 것이 아니다. 자연과 사회와 장인적 수련, 거기에서 오는 삶의 기쁨, 이런 모든 것이 자기 형성에 관계된다.『수레바퀴 아래서』가 생각하게 하는 것은 이러한 것들이지만, 우리 형편으로는 아득하기만 한 이야기로 들린다. 이러한 것들은 요즘 논란이 되는 대학 교수들의 논문 표절 문제에도 해당된다. 논문은 직접적으로 출세나 금전의 수단이 되어서는 아니 된다. 1982년 노벨 물리학상을 받은 케네스 윌슨(Kenneth Wilson)은 코넬 대학 조교수로 근무하고 있을 때에, 너무 오랫동안 발표 논문이 없어서, 재임용에서 탈락할 뻔한 일이 있었다. 논문의 의의는 초등 산수의 숫자로 계산되고 보상되고 하는 그러한 것에 있는 것이 아니다. 그것은 교육이 출세 사다리에 세워 놓든, 바닥에 누이든 적어도 직접적인 의미에서는 이 사다리에 이어지는 것이 아닌 것과 같다.

(2006년 8월 3일)

인사와 정책의 목표

　최근에 나라 안을 크게 시끄럽게 하고 있는 일의 하나는 고위 관직의 인사 문제이다. 보통 시민들에게는 이것은 왜 이렇게 시끄러워야 하는지 이해가 되지 않는다. 어느 학생이 서울대학에 합격했는가 못 했는가 하는 것은 본인이나 부모 또는 친척이라면 몰라도 다른 사람들에게는 관심의 대상이 되지 않는다. 그러한 것이 관심의 대상이 된다면 전체적으로 그 선발이 공정하게 이루어지고 있는가 하는 관점에서일 것이다. 이 공정성에 대한 관심에는 그것이 사회의 일반적인 규범이어야 한다는 생각이 있고 또 대학의 기능에 대한 어떤 종류의 이해가 들어 있다. 보통 시민들이 특정 개인의 합격 여부에 초연해지는 것은 넓게 해석하여 대학이 해야 하는 일을 알고 그 필요에 따라 상황을 판단하기 때문이라는 말이다. 그런데 지금 고위 공직자나 정부 산하의 단체들의 간부 임명에는 그들이 맡은 일이 어떤 것이라는 생각은 크게 작용하고 있는 것 같지 않다. 어떤 일에는 어떤 사람이 임명되어야 한다는 생각이 없기 때문에 싸우는 소리가 커지는 것이 아닌가 하는 것이다.

공직자 인사에서 문제시되는 것은 임명 후보자의 과거 행적이거나 임명권자와의 친소 관계다. 후보자의 자격이 문제가 되는 것은 당연하다. 한 인물의 자격 요건이란 대체로 여러 전문 분야에서 그가 얻어 낸 사회적 명예의 집적을 말하는 것이 보통이다. 과거의 행적을 문제 삼는 것은 이것을 따지는 것이다. 그러나 따져 보아야 할 것은 삶의 자취 전부보다 맡아야 할 일에 관계된 부분이다. 후보자가 신뢰할 만한 인격의 소유자인가 하는 것이 문제되는 것이 잘못된 일은 아니다. 그러나 이것은 앞의 요건에 부차적인 것이고 최고 감독자의 감독 능력으로 조절될 수 있는 것이라 할 수 있다.

친소가 문제되는 것은 적어도 임명권자의 관점에서는 이 신뢰의 문제에 관계된다 할 수 있다. 쌓아 놓은 사회적인 명예만이 자격 요건에 대한 판단 기준이 된다면 그것은 다분히 보수적인 관점에서의 기준이라 할 수 있다. 해야 될 일이 전적으로 새로운 일이라고 한다면 쌓아 온 명예만으로는 판단할 수 없는 다른 종류의 자격이 필요할지 모른다. 이 경우에 임명권자와의 친소가 중요한 요인이 될 수가 있을 것이다. 그만이 알아보는 일과 일의 요건과 일의 담당자가 있을 것이기 때문이다. 중요한 것은 일이 어떤 것인가 하는 것이다. 이 일이 적어도 민주주의의 체제하에서 또는 국민적 동의를 필요로 하는 공공의 광장에서 이루어져야 하는 것이라면, 이 일은 공적인 이해와 지지를 받을 수 있는 것이라야 한다. 그렇지 않다면 그 일은 어떤 사적인 의도의 수행을 목적으로 한다는 의심을 일으킬 것이다.

지난번의 선거 결과는 정부가 하려는 일들이 국민에게 전달되지 않았거나 긍정적인 동의를 얻지 못하고 있다는 것을 드러내 주었다. 그런데 정부 자체도 무엇을 하려는 것인지 분명한 소신을 가지고 있는 것으로 보이지 않는다. 어떤 일에 어떤 자격자가 필요하다는 말보다도 권력 투쟁이다, 고유 권한이다, 하는 해석이나 주장이 나오는 것은 공직자 인사에 참조의 척도로서 일이 중요치 않다는 것을 드러내는 것이라 할 수 있다. 어떤 집을 어떻게 짓겠다는 생각이 분명하면 목공을 고르는 데 시끄러운 싸움이 벌어지지 아니할 것이다. 정부나 집권층에 정치적 방향이 없는 것은 아니다. 어쩌면 지금의 정부는 다른 어떤 정부보다도 할 일이 많다고 생각하고 있다는 인상을 준다. 그러나 그 생각하는 바는 분명하게 설명되지 않고 있고 또 설명이 충분하지 않은 채로 수행되는 정책은 현실적 결과물을 통하여 국민의 삶에 도움이 된다는 느낌을 주지 못하고 있다고 할 수밖에 없다.

요즘 또 세상을 시끄럽게 하는 다른 일은 전시 작전 통제권 환수 문제이다. 이것은 정부가 내걸고 추진하려는 정책의 설득력 없는 추상성을 잘 드러내 준다. 원칙으로 따진다면 주권 국가가 군대의 움직임을 통제하는 권리를 갖는다는 것은 너무나 당연하다. 자주와 독립은 국제적 힘의 놀이의 희생물로서 식민지, 분단, 제국주의 등을 경험한 한국인에게 가장 소중한 가치이다. 이에 비추어 작통권 회수는 민족 정서에 즉각적으로 호소할 수 있는 정책 과제가 된다. 그러나 다른 한편으로 복합적인 요인의 균형으로 유지되는 한반도의 평화에 그것은 무엇을 의미하는가 ─ 이것은 신중한 고려를 요하는 문제이다. 또 필요한 것은 작통권의 실상에 대한 구체적인 고려이다. 평화 균형의 유지보다도 자주권 확보를 선택하여야 할 급박한 상황이 벌어진 것일까? 작통권의 환수는 정당하다.(물론 강력한 군사력이 국가 주권의 핵심인가 하는 것은 또 다른 깊은 고려가 필요한 문제이다.) 그러나 당장에 큰 문제가 노정되는 것이 아닌 작통권 회수를 지금 정부의 주요 과제로 삼아야 옳은가?

같은 의문은 한·미 자유 무역 협정(FTA) 문제에 대해서도 가질 수 있다. 사실 FTA가 한국민의 삶에 무엇을 가져올지는 짐작하기 어렵다. 일반 국민만이 아니라 협상을 시작한 정부도 여기에 대하여 분명한 이해가 없다는 인상을 준다. 하필이면 연구도 설득도 별로 없는 지금의 시점에 이 협정의 문제를 들고 나온 정부의 의도는 무엇인가? 얼마 전 우리는 한·미 동맹에 이는 불협화를 완화하는 방안으로 FTA 협상을 시작했다는 설명이 나오는 것을 보았다. 작통권 문제도 다른 의도를 숨긴 것인가? 그것은 혹시 집권층의 국내 정치의 열세를 만회하기 위하여 궁리해 낸 정치 전략인가? 그 전략이 적대적 대결을 불러일으켜 지지 세력의 활성화를 목표로 하는 것이었다고 한다면 그것은 상당히 성공적인 것으로 보인다.

그런데 무서운 것은 모든 것을 정치 전략화하는 일이다. 물론 정치에 등장하는 모든 정책 목표는 전략적 성격을 갖는다. 그러나 전략적 사고도 국리민복에 이어지는 것이 있고 좁은 의미에서의 정치적 목표에 이용되는 것이 있다. 사람들이 끝내 이것을 구별해 내지 못하는 것은 아닐 것이다.

어떤 숨은 전략의 일부가 된다고 하더라도 정치에 목표의 설정이 없을 수가 없다. 그러나 좋은 목표가 그에 따르는 모든 부작용을 정당화해 주는 것은 아니다. 배를 운항하는 데에는 옛날이라면 별의 위치를 아는 것이 중요하다. 그러나 그것을 가리키는 것만으로써 운항의 모든 문제가 해결될 수는 없다. 또 정치에 목표가 필수적이라고 하더라도 정치의 큰 목표에는 상징적인 범주에 속하는 것이 있고 현실적인 것이 있다. 자유나 평등 또는 우애와 같은 전통적 민주주의의 목표는 추상적인 큰 목표이면서 모든 사람의 일상적 삶에서 정부 정책에 이르기까지, 매일매일 구체적인 현실 속에 작용하는 원리이다. 그리하여 그것은 일상적인 삶의 개선을 위한 구체적인 정책으로 세분화될 수 있다.

지금까지 참여 정부는 추상적인 목표에 집착하고 그로써 국민을 동원하고자 한 감이 있다. 8월 15일자《한겨레》칼럼에서 조순 전 부총리는 우리가 해결해야 할 문제들로 "중소기업 부진, 자영업자 몰락, 청년 실업 증가, 상습적 파업, 양극화 심화…… 철학 없는 정치, 인간성 없는 종교…… 화목 없는 사회, 내실 없는 문화, 방향 없는 교육" 등을 들고 있다. 이러한 일들에 대한 정부의 대책은 무엇인가?

무엇을 할 것인가? 어떻게 할 것인가? 이러한 물음에 대한 현실적이고 구체적인 생각이 있다면, 누구에게 무엇을 맡길 것인가는 조금 더 쉬워질 것이고 맡을 일이 분명한 자리들에 대한 지나치게 시끄러운 논란은 사라질 것이다.

(2006년 8월 17일)

작은 세계, 큰 세계

문화 산업과 생태계의 위기

이 칼럼을 쓰는 것은 2주에 한 번으로서, 그사이가 별로 길다고 할 수 없는 기간인데도 사회를 소란하게 하는 일이 벌어지지 않는 때가 없다. 그리하여 다른 생각을 해 볼 겨를이 없게 된다. 이번의 사건은 '바다이야기'이다. 그 자세한 내용은 알 수 없지만 거기에 우리 사회의 커다란 모순과 좁은 집착들이 꼬여 있는 것은 분명하다. 거기에 꼬여 얽혀 있는 것은 시와 문화와 오락과 도박과 부패와 정치이다.

진상 규명을 기다릴 필요도 없이 보통 사람에게 이해할 수 없는 것은 어떻게 사행 산업이 문화부 소관이 되는가 하는 점일 것이다. 바다이야기는 시적인 이름인데, 시가 끼어 있는 일이니까 문화의 일부이고 또 그러니만큼 그것이 당연히 문화부의 소관이 되는 것일까? 오락도 문화이고, 사행 심리도 인간 본연의 심성의 하나니까 이것도 육성되는 것이 마땅하다는 것이 정부의 생각일까? 이러한 의문을 제쳐 두고 이번 일로 시 쓰기 싫은 시인이 생기고, 문화 또는 문화 사업이라는 말만 들어도 혐오감을 느끼는 사람들이 생겨도 이상한 일이라 할 수는 없을 것이다.

그런데 여기에서 말하고자 하는 것은 이러한 것보다도 우리 사회와 정치가 얼마나 작은 일들에 얽혀서 거기로부터 헤어나지 못하고 있는 것인가 하는 점이다. 도박 산업의 육성이라는 문제에 사로잡혀 있는 사이에 큰 세계의 존재는 완전히 우리의 관심 밖으로 떨어져 나가고 만다. 사람이 관심을 가질 수 있는 가장 큰 일의 하나는 우주 전체의 신비일 것이다. 물질 세계의 크고 작은 일들, 블랙홀이나 다차원 세계의 문제들은 사회의 번세(煩細)한 일들로부터 우리의 마음을 넓은 곳으로 풀어 놓아주는 역할을 한다. 그렇다고 모든 큰 세계의 일들이 우리의 살림살이에 무관한 것은 아니다. 삶을 적절하게 관리한다는 것은 삶의 조건이 되는 큰 테두리를 의식하고 그것의 결정적 영향에 적응해 나간다는 것을 말한다. 정치가 해야 하는 일도, 우주적인 관점에서 그래야 한다고 할 수는 없지만, 삶의 큰 테두리를 긴 관점에서 보살피는 일이다.

최근 외신에 우주의 시작과 종말, 시간의 수수께끼, 특히 블랙홀에 대한 연구로 널리 알려진 영국 케임브리지 대학의 스티븐 호킹(Stephen Hawking) 교수가 인터넷(Yahoo Answers)에 인류가 부딪친 커다란 문제에 대하여 질문을 내놓은 것이 보도되었다. "정치, 사회, 환경, 두루 혼돈에 빠져 있는 오늘의 세계에서 어떻게 하면 인류가 앞으로 100년을 버텨 나갈 수 있을 것인가?" 하는 것이 그 질문이다. 그 자신이 해답을 가지고 있지 않기 때문에 답을 구하기 위하여 묻는 것이라고는 하지만 그의 의도는 오늘의 인간이 처한 위기에 대하여 사람들의 의식을 일깨우자는 것일 것이다.

그가 말하는 위기는 기후 변화의 위기이다. 이것은 지구와 소행성의 충돌이나 핵전쟁의 위험에 비교될 만하다. 이미 돌이킬 수 없는 결정적 시점을 지난 것으로 생각되는 환경의 위기는 지구가 250도의 온도에 황산 비가 내리는 금성의 운명을 뒤쫓아 곤두박질하여 간다는 우려를 가지게 한다. 지금 상태로는 지구 밖으로 탈출하면 몰라도 ─ 그러나 이것은 100년

이내에 실현되기는 어려울 것이다. ─ 인류는 자멸하게 될 수도 있다. 이러한 호킹 교수의 말은 단순히 종말론적인 심리를 표출한 것이 아니다.

오스트레일리아의 팀 플래너리(Tim Flannery) 교수가 최근 독일에서 신문 회견을 한 것을 보면 남북 양극 지대의 얼음은 2015년에서 2100년 사이에 완전히 녹아 없어질 가능성이 있고, 그럴 경우 해수면은 70미터 정도 상승하게 될 것인데, 이것은 앞으로 10년 안에도 일어날 수 있는 일이고, 또 지금의 속도로 온난화가 계속된다면, 25미터 정도 상승하게 되는 것은 얼마 걸리지 않을 것이라는 것이다. 그렇게 되는 경우 세계의 해안 도시들은 수면 아래로 가라앉을 것이고 그러한 일이 일어났을 때의 재난 규모는 우리의 상상을 초월하는 일이다.

환경 문제는 인류 모두가 함께 해결하여야 할 문제이지만 나라마다 서로 다른 국지적 대비책이 있어야 한다. 지구 온난화와 함께 비가 많아져서 홍수 피해가 늘어날 가능성이 크다고 할 때, 지역에 따라서는 댐을 건설하고 하천 범람에 대비하는 담수 유역 확보 등의 조치가 긴급할 것이다. 무엇보다 중요한 것은 에너지 문제에 대한 국가적인 대비책이다. 우리나라처럼 석유 자원이 없는 곳에서는 여기에 대한 대비책은 더욱 화급한 것이 될 수밖에 없다.

물론 에너지와 지구 온난화에 대하여 세계적인 논의들이 있고 그 대책들이 시험되고 있다. 영국에서는 핵 발전 문제가 다시 거론되고 있다. 그러나 핵의 위험을 떠나서도 그 원료인 우라늄광도 제한된 자원이라는 경고도 나온다. 여러 곳에서 관심의 대상이 되는 것은 풍력, 태양열 발전이나 식물 대체 연료, 수소 연료의 개발 등이다. 요원한 이야기이지만 핵융합 발전이 가능해진다는 희망도 이야기된다. 궁극적인 해결책이 무엇이든 당장에 할 수 있는 것은 잠정적인 여러 조처들이다. 어떤 경우에나 온난화나 에너지의 위기는 다각적인 정책의 균형으로 대비하는 도리밖에 없다.

독일의 루트비히스하펜 시는 500동의 주택을 에너지 절약형으로 개조하여 그 난방 비용을 6분의 1로 절감할 수 있었다. 경제협력개발기구(OECD) 국가 중 가장 모범적인 국가는 일본이다. 보고에 의하면 일본은 정부의 노력과 국민의 적극적인 협조로 1970년대부터 1990년대 말까지 경제 규모의 확장에도 불구하고 에너지 소비량을 1970년대 수준으로 억제하였다. 스위스에서 추진하고 있는 한 계획은 인구 1인당 연간 소비 에너지를 2000와트 정도에 고정할 것을 목표로 한다. 이러한 계획이 모든 산업 국가들에 확대된다면 앞으로 6∼7년 사이에 경제 규모가 3분의 2가 커진다고 하여도 에너지 소비 그리고 배기가스 배출량은 3분의 2로 줄어들 것이라고 한다.

사실 여기에서 말하려 하는 것은 이러한 세부적인 사항들이 아니다. 정부가 설립한 많은 연구소가 있고 거기에 환경이나 에너지와 관계된 연구소가 없는 것은 아니지만, 환경 문제를 포함하여 우리의 생존과 미래에 있어서 결정적인 요인이 될 이러한 문제들에 대한 적극적인 고려를 반영한 종합적인 정부 정책이 있고 그것이 추진되고 있다는 것을 우리는 듣지 못한다.

지금 우리 정치의 문제는 우리 모두의 삶을 위한 정책 담당자들의 원려(遠慮)를 느끼게 하는 종합적인 비전이 없다는 것이다. 우리에게는 누구하고 어떻게 연줄이 닿는 사람이 어떤 자리에 가고 누가 배경이 되어 도박이 문화 사업이 되고 하는 것들이 중요한 문제가 되어 있는 것이다.

(2006년 8월 31일)

개인의 삶과 공적 공간

8월 초부터 독일을 비롯하여 유럽의 문화계에서 큰 센세이션이 되었던 사건은 노벨상 수상 작가 귄터 그라스(Günter Grass)가 젊은 시절에 나치스 친위대 SS에서 복무했다는 것을 밝힌 일이다. 이 사실은 자서전의 출간을 앞두고 《프랑크푸르터 알게마이네》와 인터뷰를 하면서 나온 것이었다. 레비스트로스(Claude Lévi-Strauss)는 역사가 우리의 삶에 가까이 오는 것이 불행한 일이라고 말한 일이 있지만, 독일인과 비슷하게 한국인도 역사가 개인의 삶에 극히 가까이 오는 시대에 살아왔다. 또 우리는 청문회나 신문 보도를 통하여 개인의 삶이 사람들의 입에 오르내리는 것을 자주 본다. 이 사건은, 역사에서 또는 일반적으로 개인의 삶과 공적 공간이 부딪칠 때에 일어나는 여러 문제들을 생각하게 한다.

그라스의 전력은 세 가지 점에서 논란의 대상이 되는 것으로 보인다. 하나는 그가 뉘른베르크 전쟁 범죄자 재판에서 범죄 집단으로 규정된 SS 대원이었다는 사실 자체이다.(여기에서 징집된 대원은 제외되었다. 그는 징집된 대원이었다.) 또 하나는 그가 왜 그러한 과거를 그렇게 오래 감추어 왔던가 하는 문제이다. 이것이 특히 사람들의 마음에 걸리는 일이 된 것은 그가 독일과 독일인이 그 잘못된 과거를 분명히 밝히고 뉘우쳐야 한다는 것을 되풀이하여 강조하고, 그러는 사이에 독일의 양심을 대표하는 비판적 작가로서의 위치를 굳혔기 때문이다.

SS 대원이 되었던 문제에 대해서 사람들의 태도는 비교적 관대한 것으로 보인다. SS 대원이 되었을 때에, 그라스는 17세 소년에 불과했다. 그의 지인이 말한 바와 같이 "사람은 그 시대를 사는 도리밖에 없고" 설령 그라스가 잘못된 시대적 열광에 휩쓸렸다고 해도 그것을 그렇게 크게 탓할 수는 없다고 할 수 있다. 가장 중요한 쟁점은 62년간의 침묵이었다. 여기에 대해 본인도 분명한 답을 하지 않았고, 평자들도 분명한 이해를 갖지 못한 것으로 보인다. 이해하려 하는 사람들도 있었고 악의적으로 해석하는 사람들도 있지만, 그라스의 고백 의도를 나쁘게 해석한 논평이 많았다. 가령 그것을 밝혀 놓으면 그가 받고 싶었던 노벨상을 받을 수 없었을 것이기 때문이라거나, 그의 사후 전기 작가들이 다 밝힐 것을 미리 방어적으로 밝혀 두자는 의도가 있을 것이라는 것이 그러하다. 《슈피겔》의 한 기자는 이 일을 논하면서 "그라스가 매체들을 빌려 그의 고백을 지휘하여 몰아가는 수법은 새 음반을 출시한 마돈나의 선전 수법을 능가하고", "수치스러운 일을 그처럼 능숙하게 상품화한 사람을 달리 찾기도 쉽지 않을 것이다."라고 혹독하게 평하였다.

이러한 논평들을 접하면서 이 일에 대하여 외부로부터 어떤 판단을 쉽게 내릴 수는 없는 일이다. 판단과는 관계없이 우리에게 생각하게 하는 것은 사람의 삶이 공적인 심판의 대상이 된다는 것이 얼마나 무서운 일인가 하는 것이다. SS 복무는 그라스의 긴 생애에서 극히 짧은 기간 동안의 일에 불과하다. 그러나 공공의 광장에서 그 한때의 일은 그의 삶 전체를 무의미한 것이 되게 할 만큼 큰 비중을 차지한다. 사람이 공적인 광장에 나선다는 것은 그의 삶이 자신이 생각하는 것과는 전혀 다른 관점에 의하여 재단되는 위험을 무릅쓴다는 것을 말한다. 어떤 사람이 한때의 범죄나 도덕적 실수로 인하여 공적인 심판의 대상이 될 때 그의 삶의 나머지 부분은 완전히 잘려 나가고 만다. 그러나 어떤 사람이 그의 삶의 영광의 순간에 도취하여 그것만을 삶의 전부로 받아들인다면, 그것도 삶의 많은 부분을 절단하여 버리는 효과를 가질 수 있다.

그라스의 경우 그의 과거사의 한 에피소드는 지금에 와서 어떤 의미를 갖는 것일까? 그는 15세 때, 집에서 벗어나고 싶은 욕망에 잠수함 부대에 지원한 일이 있다. 그러나 SS에는 징집으로 입대한 것이다. 복무도 그러했지만, 전투에 참가한 것도 잠깐이었다. 그는 최초 전투 때 부대에서 이탈되어 방황하다가 미군의 포로가 되었다. 그런데 이 경험에 대한 그의 오랜 침묵은 무엇을 뜻하는가? 사람들이 그 이유를 듣고 싶은 것은 당연하지만, 그 사실을 일찍 말했다고 하여도, 그것은 SS에 복무했다는 사실 이상으로 큰 잘못을 저질렀다는 것이 되지는 않았을 것이다.

물론 그가 전후 독일의 양심을 대변하는 작가가 된 것이 문제가 되겠지만, 엄격하게 보면 그것이 그의 언행의 의미를 크게 바꾸는 것은 아니라 할 수 있다. 옳은 행동은 그다지 옳지 않은 사람에게서 나올 수도 있다. 사람들이 그라스와 같은 사람이 완전한 사람이기를 바란다면, 그것은 우러르는 인간이 성인이기를 바라는 신화적인 소망에 관계되는 것이지 사실적인 의미를 갖는 것은 아니라고 할 수 있다. 한 논평자는 이번에 발표된 자서전 『양파 껍질을 벗기며』가 『양철북』에서 시작한 그의 초기 3부작을 능가하는 최대 걸작이라고 평하면서, 이 사실은 저자가 참으로 양심적인 인간인가 아닌가 하는 문제와는 별 관계가 없다고 말했다.

그렇다고 그 사실에 현실적인 관련들이 전혀 없는 것은 아니다. 어떤 사람들은 스웨덴의 노벨상위원회에 그라스의 노벨상을 철회할 것을 요구했다. 노벨상위원회의 답변은 일사부재리의 원칙은 수상 규약에 분명하게 규정되어 있고, 철회가 불가능하다는 것이었다. SS의 피해를 가장 많이 보았던 폴란드에서는 레흐 바웬사 전 대통령을 비롯한 여러 인사들이 그라스의 출생지이며 지금은 폴란드령이 되어 있는 그단스크의 명예 시민증을 그로부터 박탈해야 한다고 주장했다. 그라스는 그단스크 시장 아다모비츠 (Pawel Adamowicz)에게 보내는 편지에서 고향의 명예 시민의 자격을 유지하고 싶다는 심정을 표현했다.

그는 이 편지에서 "중대하기는 하지만, 자신의 젊은 시절에 결코 결정적인 것이었다고는 할 수 없는 한 에피소드가 논란을 불러일으켰다."라고 쓰고, 이어서 자기는 "당대의 많은 젊은 사람들에게 일어난 이 일의 엄청난 의미를 나중에야 깨닫고 그것을 수치스럽게 생각하여 침묵했지만 마음에서 잊어버린 것은 아니었다."라고 해명을 시도하였다. 편지의 내용을 전해 받은 레흐 바웬사는 그라스의 편지가 감동적이었다고 말하고 그단스크 명예 시민권 취소 요청을 중지하겠다는 뜻을 분명히 했다. 나치의 박해를 피하여 폴란드로부터 미국으로 망명했던, 미국의 유태인 작가 루이스 베글리(Louis Begley)는《뉴욕 타임스》에 나치의 유태인 학살 행위에 대한 씻을 수 없는 원한과 증오가 배어 나오는 기고문을 실었다. 주목되는 대목의 하나는 시인 파울 첼란(Paul Celan)에 대한 언급이다. 나치 수용소에서 부모를 잃고 자신도 거기에서 살아남아 프랑스로 이주한 루마니아 출신의 첼란은 그라스의 작품에 공감하고 작품 낭독회에도 참석했다. SS 전력을 알았더라면, 베글리의 생각으로는 그가 그라스의 낭독회에 참석했을 리가 없다는 것이다. 이처럼 그라스의 숨겨진 과거는 여러 거짓된 상황을 만들었다고 할 수 있다.

늦게 드러난 그라스의 전력이 가져온 가장 큰 충격은 말할 것도 없이 그의 정치적 양심의 대변자로서의 위치가 손상되었다는 사실이다. 뿐만 아니라 이것은 앞으로 모든 양심적 언어의 순정성을 손상하게 할 가능성을 가지고 있다. 그러나 다시 한 번 이러한 판단과 함께 우리가 생각하게 되는 것은 개인의 역사와 공적인 역사 사이에 존재하는 엄청난 간격이다. 이것을 생각하면 우리는 공적 광장에 노출되는 삶이 사람의 삶의 전부가 아니라는 것을 의식하지 않을 수 없게 된다. 사람의 삶은 언제나 간단히 포착될 수 없는 복합적 차원들을 가졌다. 이 사실은 우리에게 스스로의 삶에 대하여는 각별한 조심성을, 그리고 다른 사람의 삶의 평가에는 너그러움을 가질 것을 요구한다.

(2006년 9월 14일)

공적 공간의 윤리성과 인문 교육

하버마스의 글에 사람들이 어떻게 서로 다른 의견을 가지고 있으면서도 상호 이해에 이를 수 있는가, 또 그것을 위해서는 어떠한 조건들이 선행돼야 하는가를 논하는 것이 있다.(「보편적 실천 어용론(語用論)이란 무엇인가?」) 이러한 대화의 기본 조건 가운데 그가 강조하는 것은 주로 네 가지, 즉 해독 가능성, 진실, 진실성, 정합성이다. 첫 번째 조건으로 거론된, 알아들을 수 있는 말을 써야 한다는 조건은 자명한 것이라고 할 것이나, 이것이 문법이나 논리나 상황의 적절성을 포함하는 것이라면, 그렇게 자명한 것만은 아니라고 할 수도 있다. 두 번째의 조건은 말이, 일단은 진실 또는 진리라고 받아들여질 수 있는 사실을 담은 것이라야 한다는 것이다. 세 번째 조건은 말이 진지한 또는 성실한 태도에서 나온 것이라야 한다는 것이다. 네 번째는 대화자들이 보편적인 타당성의 기준을 받아들이고 그것으로써 자신들의 말의 옳고 그름을 헤아려 볼 용의가 있어야 한다는 것이다.

이러한 논의의 의미는 그의 전체적인 관심의 틀 안에서만 바르게 평가될 수 있다. 하버마스는 사회 문제에 대한 이성적 해결의 가능성을 철저하게 믿고 있는 철학자다. 다만 그에게, 이성은 사람이 사는 소란하고 번거로운 세계를 넘어 초월적 공간이나 역사의 큰 움직임 안에 존재하는 높은 원리가 아니라 사람들이 서로 접하고 이야기하고 논의하고 타협하고 하는 사회 공간 안에서 태어나는 원리이다. 그러면서도 이 원리는 잡다한 경험적 현상의 일부가 아니라 그것을 넘어서 형식적 정형성을 갖는다. 그러니까 이성적 원리는 경험적 현상 속에 존재하면서도 그것을 넘어서는 (초월적인 것은 아니지만) 적어도 초연한 성격을 가지고 있다고 생각되는 것이다. 앞에서 말한 대화의 네 가지 조건은, 현실 상황에서 우연적으로 발생하는 대화에도, 문법이나 의미를 떠나서 그 아래에 일관된 어떤 바탕이 있다는 것을 주장하는 맥락에서 나온 것이다.

앞의 조건들에서 두드러진 것은 대화의 진행에는 말의 내용에 관계없이 어떤 실제적인 합의가 선행되어야 한다는 관찰이다. 그것은 세 번째의 진실성 또는 성실성이라는 조건에 가장 분명하게 나와 있다. 그것은 대화에 임함에 있어서 대화자는 화제의 대상 또는 자신이나 대화의 상대자에 대하여 일정한 도덕적·윤리적 태도를 지녀야 한다는 것이다.

다른 조건에도 그와 비슷한 윤리적 태도가 들어 있다. 사람이 자기 주장을 내놓는 것은, 이 주장과 함께 진리를 존중하며, 그 기준에 의한 여러 주장들의 평가를 받아들이겠다는 의사를 내놓는 것이다. 하버마스가 같은 글의 뒤편에서 다시 설명하듯이, 전제의 하나는 누구의 것이든지 논증된 주장에는 승복한다는 것 그리고 자신의 말도 틀린 것으로 판명되면, 그 주장을 고집하지 않겠다는 것을 약속하는 것이다. 다른 하나는 자신의 주장이 옳다고 증명되면, 그것이 실천적으로 함의하는 것을 행동으로 옮기겠다는 약속이다. 건설적 대화가 성립하려면, 대화자들은 그들의 상호 연계성을 받아들이고 그 관계가 합리적 또는 이성적 바탕 위에 서야 한다는 것에 승복해야 한다. 즉 대화에는, 간단히 말하여 실제적 전제로서 공동체적 상호 인정 그리고 공동체의 기반으로서의 이성적 원칙의 수락 ― 이것이 선행돼야 한다.

대화의 선행 조건에 대한 하버마스의 말은, 그 이론 전개의 까다로움에도 불구하고, 앞에서 말한 바와 같이 단순하고 큰 현실적 의미가 없는 말로 들린다. 문제는 대화의 전제 조건이 무엇인가 하는 것이라기보다는 어떻게 하여 그러한 조건을 성립하게 할 수 있는가 하는 것이다. 사회적 균열이 심한 사회는 대체로 그러하다고 하겠지만, 우리 사회의 문제는 그러한 공론의 조건이 존재하지 않는 데에 있다. 공동체적 상호 존중이나 진리에의 순응의 태도를 전제하는 공론의 공간이 사라지고 공동의 진리가 설 자리가 없는 것이 오늘의 우리 사회가 아닌가 하는 것이다.

그 대신 공적인 광장에서 발언한다는 것은 다른 가능성은 고려할 것도 없이 자기주장을 밀어붙이는 것이라는 것이 많은 사람들이 받아들이고 있는 태도이다. 문학 논의의 지침으로서 레닌이 내세운 것에 당파성(黨派性)이라는 말이 있거니와, 요즘의 발언과 논쟁들을 보면, 진보와 보수의 구분이 없이 이 원칙을 지상으로 받든다고 할 수 있다. 그러한 판국에 하버마스가 말하는 진리성과 윤리성의 조건은 현실과는 동떨어진 순진한 이야기로 들릴 수밖에 없다. 그러나 하버마스는 사람이 가지게 되는 생각들의 물질적·사회적 기초를 중시하는 마르크스주의 전통에서 나온 철학자이다. 대화를 불가능하게 하는 현실적 요인들을 모르고 그가 대화의 조건에 대하여 논의를 펼친 것이라고 할 수는 없다. 사실적 상황의 어려움에 대한 의식이 그로 하여금 바로 경험의 혼란 속에서 생겨나는 이성을 중시하게 한 것이다. 더 나아가 사회가 진리 공동체로서 존재해야 한다는 것을 도외시하는 입장들의 역사적 파국을 직시한 까닭에 앞에 말한 원칙들을 천명하려 한 것이라 할 수 있다. 그에게는 그러한 공동체의 원칙을 살려 나가는 것이 좋은 사회를 위한 중요한 실천적 작업의 일부로 생각된 것이다.

어떻게 하여 진리와 공동체적 상호 존중에 입각한 대화적 상황이 조성될 수 있는가? 여기에 간단한 답이 있을 수가 없다. 삶의 교사는 현실이다. 우리는 이웃들이 행하는 바를 모범으로 하여 우리 스스로의 행동 방안을 만들어 간다. 이렇게 보면 대화적 조건이 성립되지 않은 사회는 그러한 상황으로부터 벗어날 도리가 없다는 결론이 나온다. 그러나 악순환의 고리 속에 있으면서도 새로운 길들이 트이는 것이 또한 인간사이다.

최근에 여러 곳에서 인문 과학의 위기에 대한 논의가 일고 있는 것을 본다. 인문 과학은 인식과 윤리에 있어서의 보편적 원리를 배우고 그것을 몸의 습관으로 지니게 하는 데에 중심적 역할을 할 수 있는 학문이다. 물론 모든 학문적 수련에는 이러한 원리에 대한 수련이 따른다. 그러나 그중에도 끊임없는 상상적 연습을 통하여 실천적 현실에서 비판적 그리고 자기 비판적 이성을 끌어내려는 훈련이 인문 과학의 방법론적 기본을 이룬다. 이 점에서 인문 과학은 다음 세대의 공동체적 대화자를 기르는 데 중요한 역할을 한다.(물론 경직된 교리 학습이 인문 과학의 임무라고 생각하는 사람들이 없는 것은 아니다.)

이미 인문 과학 옹호론이 많이 나와 있는 이 시점에서 이런 이야기가 새삼스럽게 보탬이 되지는 아니할는지 모른다. 필요한 것은 실제적 조처에 대한 궁리이다. 한 가지만 말한다면 모든 인문 과학의 제도적 바탕은 인문 과학을 포함한 기초 과학의 교육을 대학 교육의 핵심이 되게 하는 데 있다. 오늘의 산업 사회의 필요에 맞는 기능 교육을 무시해야 한다는 것은 아니다. 그러나 그것은 될 수 있는 대로 대학원이나 직장의 직업 훈련에 미루고 대학은 기초 과학의 교육에 주력해야 한다는 말이다. 그것이 뒤따를 기능 교육에도 좋은 준비가 되는 것임은 말할 필요도 없다. 여기에 맞추는 학제, 재정, 연구 조직의 적응도 물론 별도로 생각되어야 한다. 그러나 그에 못지 않게 중요한 것은 사회 구조 자체가 진리 공동체로서의 이념을 수용할 여유를 가질 수 있도록 모든 노력을 기울이는 일이다. 이 공동체는 경제 성장 또는 그 과실의 분배에 따르는 자연스러운 열매가 아니다. 하버마스의 대화적 이성 철학은 이 사실에 대한 역사적 반성의 일부이다.

(2006년 9월 28일)

하나의 민족, 다원적 현실

북핵 실험의 뉴스는 우리의 마음과 삶을 예상보다 더 크게 흔들어 놓는 것 같다. 북핵의 의도와 의의에 대해서는 여러 추측이 있다. 우선 그 대상에 관해서 그것이 미국을 겨냥하는 것이라는 생각이 있다. 이것은 북쪽의 설명에 나와 있는 것이기도 하다. 위협을 가장 많이 느끼는 것은 일본이라고도 이야기된다. 그러나 참으로 지각 변동과 같은 큰 불안을 느끼는 것은 남쪽의 사람들일 것이다. 목표가 어디든지 간에 그것은 현실적으로 남쪽을 볼모로 하는 전략을 포함하는 것이 되기 쉬울 것이다.

이런 생각들과는 달리 《르몽드》에 실린 프랑스의 전략연구소 부뤼노 테르트레(Bruno Tertrais) 책임 연구원의 의견으로는 기술의 면에서나 국제적 힘의 관계로 보아, 북핵의 대외적 의미는 크게 제한될 수밖에 없다. 그리하여 그것은 결국 정권의 정당성 강화에서 찾아야 한다. 그는 북핵을 정권의 내적 기반의 취약성에 연결시키고 그것을 '서글픈' 현상이라고 말한다. 그러면서도 그는 남북한 간의 전쟁 가능성을 배제하지 않는다. 상승하는 긴장 속에서 전쟁은 우연처럼 일어날 수 있기 때문이다.

북핵 문제는 단순히 한반도의 남북이나 동북아 그리고 관계 6개국의 관심사가 아니라 세계적인 관심사이다. 그것은 지역의 안정을 넘어가는 넓은 의미를 함축하고 있다. 《프랑크푸르터 알게마이네》에 게재된 한 논평은 이 점에 초점을 맞추고 있다. 이 논평에서 우선 눈에 띄는 것은 북의 핵실험이 한국과 아시아 지역의 경제에 큰 타격을 가하게 될 것이며, 세계 경제의 성장 엔진으로서 아시아의 경제가 받는 타격은 세계 경제에 파급될 것이라는 지적이다. 그러나 더 큰 걱정은 북핵이 일본의 핵무장을 가져올 것이고, 동북아시아의 세력 균형을 크게 변화시킬 것이며, 동시에 세계 전체를 핵 위험에 빠져들게 할 가능성이 있다는 점이다.

오랫동안 핵무기 보유는 미국, 소련, 중국 그리고 프랑스와 영국, 유엔 안보리의 상임 이사국에 한정되었다. 핵 확산 금지 조약이 가동하기 시작한 이후에 이스라엘, 인도, 파키스탄이 핵무기를 보유하게 되었지만, 이들 국가는 적어도 조약에 가입한 나라들은 아니었다. 북한은 결국 탈퇴는 했지만, 이 조약에 가입했던 국가이다. 북의 핵 보유는 조약에 가입하고 있는 다른 많은 나라들에 중요한 선례가 될 것이다. 이것을 계기로 핵무기가 확산되기 시작하면, 다수 국가의 정치 지도자들은 핵 보유가 국가 보안의 필수 사항이라고 느끼게 될 것이다. 그러다 보면 세계에는 20개 내지 30개의 핵 보유 국가가 생길 것이고, 지구상의 모든 인간은 핵의 위험에 노출될 것이다. 그러므로 이번의 북핵 저지는 세계 평화를 위하여 절대 필요한 일이다. — 논평자 니콜라스 부세(Nikolas Busse)는 이렇게 본다.

이러한 가상 시나리오를 넘어서 핵은 세계 평화의 구상에서 상징적인 의미를 가지고 있다. 핵 확산 금지 조약은 핵전쟁의 가공할 가능성을 깊이 깨달은 사람들의 끈질긴 노력에서 나온 결과물이다. 반핵 운동은 1955년 발표된 아인슈타인과 러셀(Bertrand Russel)의 공동 성명과 더불어 가동하기 시작했다고 할 수 있다. 그 이후에 퍼그워시(Pugwash) 회의체에 참가한 사람들을 비롯하여 많은 지식인과 지도적 인사들이 이 운동에 헌신하게 되고, 말하자면 첫 NGO 운동의 수확물로 얻어 낸 것이 핵 실험 금지 또는 핵 확산 금지 조약이다. 이 운동에 헌신한 만년의 러셀이 핵 문제를 얼마나 심각하게 생각했는가 하는 것은 핵 문제에 있어서 양심적 선택이 어떤 것이어야 하는가를 정식화한 말에서 가장 잘 느낄 수 있다.

핵 문제를 논한 그의 책 『인류는 미래가 있는가?(*Has Man a Future?*)』의 주장에 따르면, 사람들이 선택한 정치적 이상이나 체제를 희생해서라도 포기되어야 하는 것이 핵무기이다. 민주주의 정치에서 자유는 어떤 희생을 해서라도 쟁취되어야 하는 정치 이상이다. 이 이상은 미국 혁명기의 투사 패트릭 헨리의 "자유 그것 아니면 죽음을 달라."라는 구호에 요약된다. 그러나 핵과의 관련에서는 "다 죽는 것보다는 빨갱이 세상이 낫다.(Better Red than Dead.)"라는 구호가 적절하다. 이것은 공산주의로부터 자유 민주주의를 수호하기 위해서는 핵전쟁도 각오해야 한다는 주장에 대하여 말한 것이다. 반대로 공산주의자는 "모두 주검이 되느니 자본주의가 낫다."라는 선택을 받아들여야 한다. 무엇보다도 중요한 것은 인간이 살아남고 인간 문명의 업적을 보존 계승하는 것이다. 러셀이 인용하고 있는 숫자를 보면, 핵전쟁이 일어나면 공산 진영 측의 사망자가 2억 명, 서방 세계의 사망자가 1억 6000만 명이 될 것이다.

또 지구는 대부분 사람이 살 수 없는 폐허가 될 것이다. 러셀의 책이 출간된 것은 1961년이다. 아마 지금 핵의 파괴력은 러셀의 시대와는 비교도 되지 않는 것일 것이다. 여기에서 이러한 이야기를 되새기는 것은 핵의 문제는 국가적 전략의 문제를 넘어가는, 그러한 만큼 세계적으로 인류의 평화적인 생존과 번영 그리고 그를 위한 근본적인 도덕적 선택의 문제로 받아들여진다는 사실을 상기하자는 것이다.

남북을 막론하고 우리 민족의 역사적 과제의 하나는 국제 사회의 떳떳한 일원이 되는 것이었다고 할 수 있다. 핵은 이 도정에서 하나의 도덕적 테스트가 된다. 이번의 북핵 실험은 남북 화해와 통일, 동북아시아의 평화 질서 그리고 세계 평화의 이상 — 이 모든 기준으로 보아 심히 불행한 사태라고 아니할 수 없다. 노무현 대통령이 북핵에 대하여 분명한 입장을 밝히고 그 억제를 위한 국제적인 행동에 동조하겠다고 말한 것은 사태의 심각함에 맞는 대응이라고 할 수 있다. 그러나 다른 한편으로 노 대통령이 남북 화해를 위한 노력이 허사가 되는 것을 안타깝게 생각하는 것도 충분히 공감할 수 있는 일이다. 그리하여 이 노력은 가능한 범위 안에서는 지속될 것으로 보인다.

그러나 이것은 지금까지와는 다른 것이 될 수밖에 없을 것이다. 한 신문의 대담 보도에서 연세대 김우상 교수는 김대중 정부에서 노무현 정부로 넘어오면서 햇볕 정책에 일어난 변화는 현 정부가, 하나를 주면 하나를 받는 상호주의를 버린 것이라고 지적하고 있다. 필요한 것은 이 상호주의를 되돌리는 것이다. 우선 받아 내야 할 것은 무엇보다도 상호 관계가 정직한 의견 교환을 수용할 수 있는 것이 되어야 한다는 명제의 인정이다. 그리하여 가장 좋은 것은 남북 간에 자유로운 토의가 가능하여지는 것이지만, 적어도 일차적으로 솔직하게 이쪽의 의견들을 전달할 수는 있어야 한다.

남북 관계는 서로 맞기도 하고 맞지 않기도 하는 몇 개의 다른 층으로 이루어진다. 하나는 민족 공조의 정서적 확인에 관계된다. 이것이 모든 것을 뒷받침하는 기층이다. 그러나 그것이 다른 층의 존재를 덮어 버려서는 안 된다. 두 번째 층은 다양한 의견의 교환을 위한 소통의 공간이다. 세 번째와 네 번째는 경제와 군사적 관계의 층이고 이것은 지원과 절충과 균형과 견제를 포함한다. 여기에서는 현실 정치의 냉혹함이 스며드는 것을 어찌할 수 없을 것이다. 이러한 층들은 서로 연결되어 있기도 하고 모순되기도 할 것이다. 그러나 화해의 과정은 모순에도 불구하고 이것들이 한 다발로 엮어져 나가는 과정을 말하는 것이라고 할 수 있다. 이번 북핵 실험의 한 '서글픈' 공헌은 화해와 통일로 나아가는 길에 놓인 현실의 모습을 새 삼스럽게 드러내 보여 준 데 있다고 할 수도 있을 것이다.

(2006년 10월 12일)

행동 지침, 신뢰, 정보 교환

중국의 탕자쉬안 국무 위원의 방문 후 김정일 국방 위원장이 핵 실험을 하지 않겠다고 말했다는 것이 전해진다. 고무적인 발전이라고 하겠다. 물론 방심을 허용할 만한 것이라고 할 수는 없다. 상황의 악화에 대비할 대책들이 있어야 할 것이다. 이번 북핵 실험의 효과의 하나는 남북 관계를 구성하는 여러 요소들이 조금 더 분명해졌다는 것이다. 가장 분명해진 것은 힘의 관계를 비롯하여 현실의 지렛대를 생각하지 않고 희망적인 전망만으로는 그때그때 터져 나오는 문제들을 풀어낼 수 없다는 사실이다. 탕자쉬안 국무 위원은 가졌지만 우리는 갖지 못한 것도 이것이다.

지난번의 칼럼에서도 말한 것이지만, 남북 관계는 민족 공조의 정서 이외에도 정치·경제·군사 등 여러 다발로 이루어진 관계이다. 이 복합적인 관계를 하나로 단순화하여 생각하는 것은 위험한 일이고 현실을 움직이는 지렛대들을 버리는 일이다. 문제는 이 서로 모순될 수도 있는 다발을 어떻게 하나의 행동 계획으로 명료화하느냐 하는 것이다.

정부가 한편으로는 북핵 저지에 관한 안보리의 결의에 동참하겠다고 하면서 다른 한편으로 개성 공단 그리고 금강산 관광을 통한 협조 관계 — 주로 경제적 협조 관계를 유지하겠다는 의사를 표시한 것은 남북 관계의 복합성을 인지한 때문이라고 할 수 있다. 그러나 이 양면적 정책 추진 의도는 오해를 불러일으키는 것으로 보인다. 이 오해가 터무니없는 것은 아니다. 해야 될 일이 여러 가지일지라도 그것들을 하나로 묶는 명료한 계획이 있어야 한다. 특히 위기의 시점에서 그렇다. 핵 실험에 대한 반대를 명확히 하고 그에 따른 조처를 취하는 것은 세계 평화, 국제 공조, 한반도의 평화와 통일, 어느 것에 비추어 보아도 불가피한 일일 것이다.

그렇다고 하여 이것이 다른 면에서의 남북 연결을 포기하는 것을 의미하지는 않는다. 남북 화해의 노력은 당분간 보류 상태에 들어가면서도 그대로 남아 있는 것일 것이다. 비유를 들어 말하면 배가 일정한 방향으로 항해하여 간다고 하여 사정이 어떻게 되든지 그쪽만을 향하여 가야 하는 것은 아니다. 그것은 난파를 의미한다. 선장이 동으로 가는 배의 선원에게도 서로 가라는 지시를 내릴 수 있지만, 전체적인 지향점을 납득하고 있는 선원들에게는 그러한 지시가 혼란과 불안의 원인이 되지 않는다. 오히려 서쪽으로 가되 동으로도 가라는 지시가 한 번에 나온다면, 그것은 혼란의 원인이 될 것이다. 이 비유는 남북 관계가 아니라도 큰 정치 목표와 현장의 관계에 대체로 해당되는 것이라고 할 수 있다. 현장의 대책들은 그때그때의 문제에 대응하는 것이라야 한다. 들고남이 있으면서도, 그 총계가 큰 목표를 수행한 것과 같은 것이 되게 하는 것 — 이 균형을 도모하는 것이 큰 안목을 가진 정책의 지혜이다.

비유를 되풀이하건대 일시적인 방향 전환에도 불구하고 선원들의 동요가 없으려면, 선원 사이에 선장의 능력 그리고 성실성에 대한 커다란 신뢰가 있어야 한다. 물론 이 신뢰는 목표에 대한 공동의 확신에 기초한다. 현시점의 남북 긴장은 현실의 지렛대도 없으며 구축된 신뢰의 바탕도 없는 상황에서 일어났다고 할 수 있다.

민족 화합의 목표는 많은 사람들에게 거부할 수 없는 명분이고 과제라 하겠지만, 그 실현을 위한 의지의 성실성은 충분히 확인되지 못했다고 할 수밖에 없다. 명분은 종종 다른 숨은 목표의 실현을 위한 수단일 뿐이다. 명분이 실질적인 내용을 가지려면, 그것은 민족 정서의 확인이나 작은 이익의 주고받음 이상으로, 삶의 구체적인 사실들에 스며 들어가 있는 것이라야 한다. 또 이러한 것들을 하나로 묶는, 민족의 이음새에 대한 합의된 비전이 뒷받침되어야 한다.(서로 달리 생각할 수 있다는 것에 합의하는 것도 여기에 포함된다.) 이런 것들에 대한 합의는 어렵다 하더라도 토론의 장을 열어 볼 수는 없는 것일까? 합의나 토의는 우선은 접촉 당사자들 사이에서 문제가 되겠지만, 그것은 국민 또는 인민 일반의 지지를 확보한 것이라야 할 것이다. 남에도 토의의 공간이 있다고 할 수 없고 더구나 거기에서 막연한 형태로라도 국민적 합의나 동의가 형성되어 있다고 할 수 없는데, 이러한 과정이 북을 포함할 수 있을까?

이러한 생각은 지금의 시점에서는 극히 비현실적인 것이다. 다른 한편으로 체제가 다른 두 사회 사이의 관계는 경직되어 있는 것이 당연하다는 것을 우리는 너무 쉽게 받아들이지 않나 한다. 또 우리는 국가 간에도 으레 높은 장벽이 있는 것이 세상의 이치인 것으로 생각한다. 우리의 사고는 지나치게 국가주의의 틀에 얽매여 있다. 사람들은 시간이 지나면 사회나 국가 등의 추상적으로 설정되는 경계를 넘나들게 마련이다. 적어도 정보와 의견의 교환으로 체제적 경직성을 푸는 일은 궁극적인 평화 공존 또는 통일을 위하여 작은 통로를 만드는 일이다. 단순한 정보, 의견의 교환은 민족의 삶의 존재 방식에 대한 거창한 토론보다 오히려 바람직한 일일지 모른다. 큰 토론에는 이데올로기가 개입하고 이데올로기는 어떤 경우에나 적대화를 조장한다.

독일의 경우는 우리에게 많은 것을 생각하게 한다. 나는 독일에서 분단 시대에 서독 신문의 특파원으로 동독에 근무했다는 기자를 만난 일이 있다. 동·서독에서 라디오나 텔레비전의 상호 수신이 가능했던 것은 사실이다. 1979년의 동독에서의 설문 조사에 의하면, 응답자의 24퍼센트는 동독 방송에서, 7퍼센트는 서독 방송에서, 56퍼센트는 고르게 청취한 동·서독 방송에서 정치 정보를 얻고 있었다. 동·서독 방송을 고르게 듣는 사람들은 노동자, 관리직, 지식인, 학생들을 두루 포함하고, 공산당원의 47퍼센트도 동·서독 방송을 듣고 있었다. 놀라운 것은 이러한 설문 조사가 동독의 연구 기관에 의하여 행해진 것이라는 것이다.

공적 공간에서 서독 방송의 청취는 금지된 사항이었지만, 조사는 비교적 자유롭게 행해질 수 있었다. 나중에는 정부도 위성 안테나 설치를 방치할 정도로 정보와 언론의 유통을 묵인했다. 서독 방송의 청취 효과는 착잡한 것이었다. 그것은 동독인의 자유에 대한 욕구를 만족시켜 줄 뿐만 아니라 서독의 실상에 대한 환상을 없앰으로써 체제의 안정에 기여하는 면도 있었다.[1] 물론 통일이 이러한 정보 교환의 자유에서 온 것은 아니었다. 그러나 그 기여가 작지는 아니하였을 것이다.

언론의 통제는 사회주의나 공산주의의 원리에서 나오는 것이 아니다. 민주주의에서 언론 자유가 기본권인 것은 말할 필요도 없다. 물론 중요한 것은 언론의 자유 그것보다도 민족의 장래에 대한 진지한 논의, 어떤 형태의 삶이 바람직하고 가능한 것인가에 대한 논의의 길을 트려는 노력이다. 이것은 화합을 위한 중요한 준비가 될 것이다. 정보의 교환은 체제의 폐쇄성을 완화하고 많은 가능성을 열어 놓을 것이다. 이러한 이야기는 앞에서

---

1 Hans-Hermann Hertle and Stefan Wolle, *Damals in der DDR: der Altag im Arbeiter- und Bauernstaat* (Müchen: Bertelsmann, 2004).

비친 대로 환상에 속한다.

지금의 시점에서 핵 반대에 대한 명확한 입장의 표현은 불가피하다. 이렇게 말하면서 우리는 화해 의지의 진지함에 대한 상호 신뢰가 유지될 수 있는 기초가 구축되어 있지 않다는 사실을 생각하지 않을 수 없다. 이러한 환상을 적어 보는 이유이다.

(2006년 10월 26일)

고향 상실의 시대

고향은 사람들의 추억이 얽힌 특별한 곳이다. 그러나 이러한 의미의 고향은 보다 근본적으로 사람과 토지 사이에 존재하는 원초적인 관계를 암시하는 한 예에 불과하다. 동물 생태학자들에 의하면, 모든 동물에는 '영토적 충동'이 있다. 동물은 어떤 정해진 영역을 삶의 터전으로 한다. 이것은 오랜 삶의 시간을 두고 이루어지는 상호 작용의 결과이다. 영토를 침범당하거나 빼앗기는 것은 삶의 기초가 무너진다는 것을 의미한다.

사람은 여느 동물과는 달리 유연한 존재이다. 그러나 사람의 심리의 심층에도 영토적 안정감에 대한 충동이 숨어 있다. 일정한 토지에 오래 사는 사람들에게 이것은 몸에 배어 있는 본능이고 지혜이다. 그러나 이것은 너무 미묘하게 작용하는 것이어서, 쉽게 과학적으로 검증되지 않는다. 시 또는 소설에서나 표현될 뿐이다. 섣부른 경제적 계량이나 도시 계획이 놓치는 것도 땅의 근원적인 의미이다. 이번에 건교부가 발표한 신도시 계획은 부동산가 억제를 목표로 한다고 한다. 그러나 부동산 투기에서나 급조된 신도시 계획에서나 거기에 들어 있는 토지에 대한 이해는 비슷한 것으로 말할 수 있다. 사람과 땅의 보다 안정된 관계를 고려할 틈이 없는 만큼 그것은 같은 부동성(浮動性) 속에서 움직인다. 신도시 계획이 결국 부동산 가격의 상승을 부추기고 마는 것은 이러한 점에 관계되는 것이 아닌가 한다.

20세기 초 미국의 작가 토머스 울프의 『그대 다시는 고향에 못 가리』라는 제목의 소설의 어떤 장면들은 마치 우리의 부동산 투기와 도시 계획의 모습을 그린 듯한 느낌을 준다. 주인공 조지 웨버는 자기를 길러 준 이모의 죽음을 당하여 15년 만에 산골 고향의 작은 읍으로 돌아간다. 그는 기차를 타고 가면서, 웅장한 산, 산허리의 길, 가파른 비탈, 골짜기 아래의 집들을 본다. 그는 방황의 먼 길 속에서도 눈을 감고도 고향 길거리, 거리의 집들, 사람들의 모습을 하나하나 떠올릴 수 있었다. 그 그리던 고향으로 가는 것이다. 그러나 실제의 고향 읍은 그가 그리던 고향 — 인적이 드문 오후 졸음에 빠져 있는 산골 읍이 아니었다. 사람들은 부동산 붐의 '광기'에 들떠 있고 길거리는 부동산 투기꾼들을 태우고 왕래하는 자동차나 버스로 붐빈다. 설계도와 설명문을 펴 들고 "현관 앞에 앉은 귀먹은 노파의 귀에 대고 벼락부자의 꿈"을 자극하려는 사람들과 마주치는 것도 드문 일은 아니다. 마치 모든 사람들이 부동산업자가 된 듯했다.

읍의 모습도 바뀌어 있었다. 사람들은 '의미 없는' 거리와 다리에 막대한 돈을 던져 넣었다. 낡은 건물을 헐어 내고 인구 5만 명의 도시에 50만 명 인구의 도시에 맞는 큰 건물들을 새로 지었다. 그들은 산을 뚫어 복선 도로의 굴을 만들었고, 깎아 내린 언덕에는 콘크리트로 상점, 자동차 수리 공장을 짓고, 호텔을 비스킷처럼 찍어 내는 기계라도 있는 듯, 다른 곳의 수많은 호텔과 똑같은 모양의 호텔을 세웠다. 또 들로 나가 바다 한복판에 말뚝을 박아 놓듯, 땅을 갈라 자신들의 몫을 만들어 냈다. 허허벌판에 예술가촌을 만들고 전문인들의 단지를 만들어 문화 도시를 만든다고도 했다.

사람들의 삶과 생각이 바뀐 것은 물론이다. 한 번에 수만, 수십만 달러를 벌 수 있다는 투기열에 들뜬 사람들은 웨버의 대학 강사로서의 2000달러 연봉을 우습게 생각했다. 그들은 보다 비싼 집, 보다 큰 차, 보다 나은 생활을 원했지만, 그의 생각으로는 그들이 만들어 내는 삶은 "천박하고 황당한 몸짓"으로 계획성도 풍요도 없는 삶이었다. 그의 성실했던 옛 친구는 회사의 정기적인 호화판 잔치에서 취하고, 단합 대회에 참석하고 불요불급의 상품을 파는 일에 종사하면서 판매 업적 올리기 압력에 눌린 고달픈 삶을 살고 있었다. 웨버의 판단으로는 사람들은 읍을 망치고, 자신들과 그 아이들과 아이들의 아이들의 삶을 망치고 있었고, 읍은 읍민들의 손을 떠나 다른 지역의 금융 기관의 손으로 넘어가고 있었다.

장례식은 그에게 착잡한 느낌을 주는 것이었다. 장례에 온 이모의 옛 친구는 고가의 주택가가 되었어야 할 곳이 아깝게도 묘지로 남아 있는 것을 아쉬워하는 말을 계속 되뇌었다. 하관하는 것을 보면서 그는 갑자기 "길 잃은 아이가 된 듯한 공포와 절망"을 느꼈다. 그것은, 그를 고향과 연결해 주던 한 가닥의 끈이 끊어지고 뿌리 뽑혀, 집도 없고 열고 들어갈 문도 없고, 자기 것으로 부를 수 있는 장소도 없이, 이 황막한 유성(遊星)에 혈혈단신으로 존재한다는 것을 발견했기 때문이었다. 다만 그는 높은 산마루로 넘어가는 해를 바라보면서 마음에 평화가 돌아오는 것을 느낄 수는 있었다.

그러나 고향의 변모에 놀라면서도 웨버는 고향에서 본 개발과 투기, 파괴와 건설의 광기가 결국은 궁핍에서 온 것이라는 것을 인정했다. 그 궁핍은 반드시 물질적인 것만을 의미하는 것은 아니었다. 사랑, 행복, 위안, 안식처 또는 보다 큰 보람을 향한 굶주림이 부질없는 파괴와 건설의 드라마를 만들어 내고 바로 그것이 사랑, 행복, 위안, 안식처를 파괴하고 있었다. 크게 보아 고향의 변모 원인은 자본주의 체제의 확산에 따른 지역 공동체의 붕괴로써 설명할 수 있었다. 그러나 그의 생각으로는, 보다 깊은 원인은 한계를 모르는 탐욕과 허황하게 부풀려진 희망에 의하여 삶이 진실성을 잃은 데 있었다.

고향이 다시 바른 상태로 돌아가는 것은 사회의 제도를 바로잡고 삶의 도덕적 성실성을 회복하는 데에서 가능할 것이었다. 그리하여 앞으로 이루어야 할 일은 사라진 옛 고향으로 돌아가는 것이 아니라 이 사회적·인간적 과제를 향하여 나아가는 것이다. ─ 이 소설은 이러한 깨달음과 더불어 끝난다. 이 깨달음에 비추어 볼 때, 주인공이 고향에서 느끼는 소외감은 직접적으로는 자연과 사람 사이에 존재하는 일체감의 손상으로 인한 것이라기보다 여러 사회적인 요인들로 인한 것이라 할 수 있다. 그러나 이러한 느낌이 작용하지 않는 것은 아니다. 주인공이 묘지에서 느끼는 절망적인 고독감 또 낙조에서 오는 마음의 평화 ─ 이러한 것들은 사회적 원인 아래에 있는 영토적, 그리고 형이상학적 본능이 작용하는 때문이라 할 수 있다. 그러나 사회적 요인들이 이것을 파괴하는 것이다.

사람들이 사회적인 요인들을 넘어 자신이 사는 땅에서 어떤 근원적인 안정감을 얻고자 한다는 것은 틀림이 없다. 여기에 중요한 것은 삶의 지구성(持久性)의 보증으로서 땅의 의미를 확인하는 일이다. 그 증표에는 자연의 지형지물, 그에 비견되는 집 그리고 인간적 결속 등이 있다. 귀향(歸鄉)의 주제로 여러 편의 시를 쓴 시인 횔덜린은, 고향에는 "물결이 노는 것을 보았던 냇물/ 배가 지나는 것을 본 강/ 고향의 우러르던 울타리/ 나를 감싸 주었던 친숙한 산들, 어머니의 집/ 형제자매의 껴안음" ─ 이러한 것들이 기다린다고 쓰고 있다. 명절이면 사람들은 고향으로 간다. 거기에도 아마 친숙한 장소에서의 오랜 시간의 거주가 이룩한 삶의 모습을 확인하려는 의도가 있는 것일 것이다. 그러나 우리가 잃어버린 것은 땅과 삶의 근원적인 관계에 대한 느낌이다. 사람이 마음 깊이 원하는 것은 집 장만이 아니라 삶의 터에 뿌리를 내리는 일이다. 국토 계획들은 이 일을 도와야 한다.

(2006년 11월 9일)

상상 속의 집과 아파트

부동산 값 폭등이 정치를 흔들고 사람들의 마음을 불안하게 한다. 움직이지 않는다는 자산, 부동산이 유통 시장 속에 떠다니게 된다는 것은 경제의 문제를 넘어 인간 생존의 근본을 불안하게 하는 일이다. 집은 간단히 말하면 물질의 자료로 만든 상자에 불과하다. 그러나 물질을 대하는 사람의 태도에는 '물질적 상상력'이 개입되게 마련이라고 생각하는 가스통 바슐라르(Gaston Bachelard)의 말로는 집은 "인간 존재의 확실성을 집약하고" 땅 위에 "거주하는 기쁨을 압축하고 있는" 원초적인 의미의 공간이다.(『공간의 시학』) 누구에게나 그것은 바깥세상의 모든 괴로움으로부터의 피난처이다.

집은 사람들의 근원적인 열망의 대상일 수밖에 없다. 그러나 완전히 편안한 공간이 쉽게 발견될 수는 없다. 집이 있어도 보다 나은 집을 찾는 일은 계속된다. 사람들은, 바슐라르의 설명으로는 "소유의 꿈을 실현해 주며, 편리하고, 편하고, 건강하고, 건전하고, 좋은 모든 것을 구현하고 있는 집"―꿈의 집을 짓고자 한다.

그러나 그의 특별한 관찰은 그런 집을 지어 보아도, 그 만족이 단기적일 뿐이라는 것이다. '영혼'의 숨은 갈구를 만족시켜 주는 집은 한없이 복잡한 조건을 충족시켜야 한다. 이러한 집의 원형은 사람이 태어나고 자라난 집이다. 다른 집은 사람의 마음에 이 바탕 위에 겹쳐서 존재한다. 그러니까 집은 사람의 기억을 소장하고 있는 옛집이어야 한다. 그 집은 어머니의 모습과 겹친다. 물론 그것은 어머니에 대한 추억 때문에만 그러한 것은 아니다. 어머니는 나를 바깥세상으로부터 지켜 주는 보호자의 원형이다. 세상에 대하여 닫혀 있는 것이면서도 집은 동시에 세상으로 이어져 있어야 한다. 상상 속의 집에는 어두운 지하실이 있고 하늘과 빛에 가까운 다락이 있다. 집의 지하는 큰 나무처럼 땅으로 뿌리를 뻗고 다른 나무의 뿌리들과 얽혀 있다. 어두운 다락은 나의 무의식을 나타내는 것이기도 하다. 다락은 내가 호젓하게 숨을 수도 있고 그로부터 세상을 내다볼 수도 있는 곳이고, 어쩌면 이성을 대표한다.

집에 이르는 데에는 언덕으로 올라가는 길이 있다. 길가에는 벤치가 있고 갈림길이 있고, 들과 풀밭이 있다. 집은 이웃을 향하여서도 열려 있어야 한다. 바슐라르가 인용하고 있는 한 심리학자가 프랑스의 아이들에게 집을 그리게 했더니, 현관문을 그리고 현관문의 손잡이를 크게 그렸다. 그것은 집이 찾아오는 사람들을 향하여 밖으로 열려 있어야 한다는 것을 말한다. 집의 구조와 실내 공간에 대한 한 연구에서 영국의 한 건축 이론은 영국의 집 앞에 있게 마련인 작은 정원과 옥내의 응접실이 ─ 손님을 맞이하면서 가족도 거주하는 미국식 거실과 다르다. ─ 거주자와 이웃과 낯선 사람들이 섞이는 중간 지대가 된다는 것을 지적한 일이 있다. 이것은 프랑스적 가옥 구조와는 다른 것이다. 마당과 툇마루를 버린 한국의 아파트 구조는 그보다 더 철저하게 낯선 사람들을 사적 공간으로부터 배제하게 되어 있다. 철저하게 무리 속에 있으면서 철저하게 따로 있는 우리 심리의 표현일까?

집의 상상에서 가장 원형적인 것은 집과 거대한 자연 또는 우주 공간과의 관계이다. 집은 우리의 상상 속에서 외부 공간의 광대무변함, 황량함 그리고 그 무서운 힘에 대조되어 생각된다. 온 세상이 눈에 덮이는 날이나 또는 폭풍우가 몰아치는 험악한 날씨에, 집은 평온한 피난처로서의 의미를 가장 분명하게 드러낸다. 문학 작품에서 집의 의미를 요약하여 표현하는 이미지는 흔히 광활한 밤하늘 아래 외로이 불이 밝혀져 있는 작은 집이다. 이러한 이미지와 관련하여 생각할 것은 그 규모가 작다는 데에 이러한 집의 시적인 호소력이 있다는 점이다. 큰 집에 대한 소망도 사람의 꿈의 일부이지만, 보들레르는 "궁전에는 친밀의 공간이 없다."라고 말한 바 있다. 은자의 암자에는 "빈곤의 지극한 행복"이 있다.

바슐라르는 소르본 대학의 교수도 했지만, 그 스스로 "개울물과 강의 고장"이라고 설명한 바르쉬르오브라는 시골 태생으로 본격적인 공부를 시작하기 전에는 그곳에서 우체국장을 지내기도 했다. 파리의 주택에 대한 그의 인상은 매우 부정적이다. "파리에는 집이 없고 높이 쌓아 놓은 상자들이 있을 뿐"이라고 그는 말한다. 그곳의 집에는 "주변의 공간도 없고 수직의 느낌도 없다." 모든 것은 하나의 평면에 채워 넣어져 있다. 파리의 집은, "그림이나 물건 그리고 옷장을 설치한, 또 하나의 옷장, 익숙한 동혈(洞穴), 기하학적 공간"일 뿐이다. 건물들이 높지만, 그것은 외면적인 높이이다. 고층 건물들은 뿌리가 없이 아스팔트 위에 고착되어 있다. "길은 사람들이 빨려 들어가는 파이프이다." 모든 것이 기계적인 곳에 자연도 우주도 없는 것은 물론이다. 도시의 문제의 하나는 교통의 소음이다. 그것은 철학자의 병인 불면증을 깊어지게 한다. 그런 때에 바슐라르는 소음을 파도 소리라고, 자신의 침대가 폭풍우 속에 바다를 항해하는 작은 배라고 상상함으로써 잠에 들 수 있었다.

서울이나 한국의 다른 도시 또는 논밭의 한가운데에도 고층 아파트들이 서 있는 한국의 경관에 비해서는 그래도 자연스러운 공간감을 유지하고 있는 파리를 바슐라르는 이와 같이 부정적으로 생각했다. 주거와 집에 대한 그의 기준은 대체로 초대형의 고층 건물이 등장하기 전의 시인과 작가의 상상력 그리고 그의 개인적인 경험으로부터 추출해 낸 것이다. 다른 조건하의 다른 환경에서 그 기준이 반드시 맞는 것이라고 할 수는 없다. 그러나 사람의 존재의 깊이 그리고 삶의 모든 것에 이어져 있는 것이 아니고서야 사람들에게 집이 그렇게 귀중한 것일 수 없다. 어쨌든 집의 문제를 지나치게 간단하게 생각하는 것은 사람의 행복의 실체를 놓치는 일이다. 루마니아의 공산 독재자 차우세스쿠의 큰 실정 중의 하나는 전통적인 농가들을 없애고 농민들을 아파트에 집단 거주하게 한 것이었다. 소련을 비롯하여 공산주의 국가들의 거대 건축물들이 별로 사람들의 호감을 사지 못하는 것은 대부분 그것들이 자연스러운 공간적 조화를 가지고 있지 않기 때문이다.

도시화는 환경의 추상화를 가져온다. 그리고 주택의 문제에서 추상적 계획에 의한 해결을 불가피하게 한다. 그러나 이것을 과장하는 것은 다른 요인들이 끼어들어 그러는 경우가 많다. 공산주의의 건조물은 이념과 정치권력의 추상성에서 나온 결과물이다. 자본주의 도시의(한국에서는 시골도 여기에 포함시켜야 하겠지만) 공간의 추상성은 돈의 논리에서 나온다. 규모의 경제라는 말이 있지만, 그것은 탐욕의 규모의 다른 이름이기 쉽다.

우리 도시의 부자연스러운 공간은 여러 요인들의 합작품이다. 단순한 생각의 정치가 사회 문제에 대처하는 방안은 거대한 계획을 만드는 것이다. 자본주의 사회에서 이것은 거대한 건설업의 힘을 통하여 수행된다. 많은 경우 공공 기구와 정부가 설립한 공사도 정부 권력을 등에 업은 또 하나의 기업체가 된다. 거대 개발 계획의 최면술 속에서 주택에 대한 사람들의 꿈도 추상화된다. 지금 우리에게 집은 어디에 몇 평이고 몇억의 가격이고 얼마의 이를 남기고 팔 수 있느냐 하는 것으로 단순화되어 있다. 주택의 의미가 이와 같이 철저하게 교환 가치로 바뀐 예를 다른 곳에서 찾기 어려울 것이다. 우리 경우로 보면, 바슐라르가 그리는 집은 그야말로 근거 없는 철학자의 몽상에 불과하다.

(2006년 11월 23일)

헐어 짓는 광화문

정치계가 혼란스럽다. 또 사람들은 나라가 방향을 잃고 표류한다는 느낌을 갖고 있는 것으로 보인다. 부동산 문제나 경제 정책에 있어서의 정부의 무능력, 북 핵 실험 이후의 불안 또 그와 관련하여 흔들리고 있는 듯한 한국의 국제적인 위상 — 이러저러한 요인들이 중첩하여 이러한 느낌이 생겨날 것이다.

조금 크게 보면, 혼란의 느낌이나 불안감은 사회를 통합할 수 있는 큰 목표가 흐려지고 있다는 사실에 관계된다. 지난 수십 년 동안 나라가 일정한 방향으로 움직여 가고 있다는 느낌을 준 것은, 그것에 동의하든 아니하든, 경제 성장이나 민주화, 선진화, 통일의 희망과 같은 큰 목표들이었다. 어느 나라에나 국가를 하나로 묶어 내고 이끌어 가는 큰 목표들이 있다고 하겠지만, 우리나라에서 그것은 특히 중요한 역할을 했다고 할 수 있다.

민족적 위기와 집단적 삶에 대한 위협이 그치지 않았던 현대사에서 이것은 자연스러운 일이었다. 또 그것은 역사의 난국을 헤쳐 나오는 데 중요한 역할을 했다. 그러나 거기에서 연역되어 나오는 정치관 — 정치는 큰 명분과 큰 행동 그리고 큰 계획으로 움직인다는 정치관의 함축은 단순하게만은 평가할 수 없는 면을 가지고 있다. 정치가 큰 차원으로부터 작은 차원으로 옮겨 가게 하는 것이 민주주의라고 할 때 그렇다.

캐나다의 철학자 찰스 테일러는 서구 민주주의의 역사적 발전에 중요한 계기가 된 몇 가지 이념을 열거하면서 일상적 삶에 대한 존중을 그 하나로 든 일이 있다. 이것은 사람의 삶에 경제가 중요해지게 된 변화의 일부를 이룬다. 장사가 '점잖은' 일이 되면서 동시에, "노동 그리고 삶의 필수품을 만들고, 결혼이나 가족을 포함한 성과 관련된 인간 생활, 생산과 출산의 삶 일체" 즉 "일상적 삶"이 존중되어야 할 만한 것으로 생각되기 시작한 것이다. 정치는 전통적으로 귀족이나 무사들의 소관사로 서민들의 일상적 생활 영역을 넘어가는 높은 인간 행동의 영역이었다. 거기에서 투쟁의 대상이 되는 것은 명예 또는 조금 더 넓게 생각하면, 명분이지 먹고사는 누항(陋巷)의 번세사(煩細事)가 아니었다. 이 이외에 높은 삶의 영역으로 간주된 것은 교회의 성직자들이 대표하는 정신적 가치의 세계였다. 그러나 민주주의의 대두는 이러한 인간 행동 영역의 차등화가 없어진다는 것을 의미했다.

정치가 높은 행동 영역에 속한다는 생각은 다른 전통에서도 이상한 생각이 아니다. 그리고 그러한 사고의 습관은 근대 이후에도 오래 남아 있었다. 중국의 현대사 연구에는 역사를 영웅들의 각축장으로 보는 『삼국지』나 『수호지』 또는 다른 역사서가, 장개석이나 모택동을 포함한 중국 현대사의 지도자들에게 얼마나 중요한 영향을 끼쳤는가를 밝히고자 한 것들이 있지만, 우리의 근대사에서도 비슷한 영향을 찾을 수 있을 것이다. 물론 정치를 영웅적 행동의 장에서 일어나는 일이라고 말한다고 하여 그것을 반드시 개인적인 의미에서 그렇다고 하는 것은 아니다. 정치를, 일상성에 결부되는 것이 아닌, 높은 집단적 명분과 도덕적 이상의 관점에서 이해하는 것이나 사회의 전면적 개조를 표방하는 혁명 사상도 일종의 영웅적 정치관 또는 큰 정치의 이념이라고 할 수 있다. 이것은 다시 그러한 명분과 이상의 담당자를 영웅적인 인물이 되게 한다.

민주주의가 일상성의 정치 이상이라고 하더라도, 그로 인하여 인간 행동에 있어서의 영웅적 차원이 사라진다면, 그것은 유감스러운 일일 것이다. 위기에 있어서 그것은, 앞에서 비친 바와 같이 수행하는 역할이 있다. 정치의 세계가 높은 명예와 명분의 세계 또는 영웅적 세계라는 생각이 없어진다면, 직업으로서의 정치의 매력은 상당 부분 사라지게 될 것이고 인간 사회는 중요한 가치 영역을 잃어버리게 될 것이다. 헤겔은 역사를 이성 또는 절대정신의 자아실현의 과정이라고 보면서도, 이성적 질서의 확충과 더불어 사람의 삶에서 영웅적 행동의 가능성이 없어지게 되는 것을 유감스럽게 생각했다.

서양의 근대 문학이나 철학은 삶의 세말적인 이해에 전전긍긍하는 부르주아적 삶의 속물성에 대한 경멸과 규탄으로 가득 차 있다. 이러한 생각들을 떠나서도 영웅적 또는 높은 정신적 가치의 쇠퇴는 민주적 일상성 자체를 위태롭게 할지 모른다. 작은 것은 큰 것에 뒷받침되어 비로소 살아남는 수가 많다. 앞에서 말한 바 일상성의 긍정이 가능했던 것은, 테일러의 생각으로는, 높은 정신적 가치가 성실한 노동의 삶 ─ 즉 보통 사람의 삶에서 구현된다는 종교 개혁 이후의 프로테스탄트 사상의 매개가 있었기 때문이었다. 이것은 우연한 역사의 우회를 나타내는 일이 아니라 정신적 정당성에 대한 사람의 요구가 간단하지 않다는 것을 예시한 것이라 할 수 있다.

여기에서 말하려는 것은 물론 이러한 사상사의 문제가 아니고 지금 우리 사회가 겪고 있는 정치적 혼란감을 어떻게 이해할 것인가 하는 문제이다. 오늘의 혼란은, 가장 큰 테두리에서 보면, 시대의 정치가 영웅적인 차원으로부터 보통 사람의 일상적 삶으로 이행하고 있는 것에 관계된다는 생각이 든다. 그런데 우리 정책 당국자는 이러한 시대적 변화에 맞지 않는 정치관 속에서 움직이고 있는 것으로 보인다. 옳고 그르고 하는 것과는 별도로 시대착오적인 또는 현실 착오적인 정치 행위는 희극적인 또는 비극적인 결과를 낳는다. 이 정부는 불분명한 대로 큰 명분과 상징과 계획 속에 움직여 왔다 할 수 있다. 정부의 가장 중요한 관심사는 과거사 바로잡기로 그 이데올로기적 정당성을 확립하는 일이었다. 계속 발표되는 신도시 개발 또는 국토의 총제적 개조를 목표로 하는 계획들은 처음부터 최근까지 정책 담당자들의 강박관념이 되어 왔다. 분배나 복지나 부동산 정책에서도 섬세한 조절을 통한 현실 개조의 노력보다는 명분에서 나오는 추상적 거대 계획을 중요한 것으로 보았다.

이러한 정치 스타일을 집약하여 보여 주는 것이 최근의 역사와 건축을 아우르는 광화문 복원 계획이다. 광화문을 14.5미터 앞으로 내고 콘크리트 부분을 목조로 바꾸고, 기타 여러모로 옛 모습에 가깝게 새로 짓는다고 한다. 그런데 그러한 개축에 의하여 역사가 참으로 복원되는 것일까? 새로 헐어 지은 광화문은 그 건립 연대가 2009년이 아니라 1395년이나 1867년이 되는 것일까? 개축 전의 역사는 비역사가 되는 것일까? 금년 여름에 내가 방문한 벨기에 겐트 시의 시청은 고딕, 바로크 고전 여러 양식을 뒤범벅해 놓은, 정통주의자의 눈에는 극히 기이하게 보일 건물이었다. 그때그때의 필요에 따라 덧붙여 지어 나간 결과가 그런 것이다. 이스탄불의 하기아 소피아 사원은 불에 타고 수리되고 하면서도 1500년 이상을 그 자리에 버티어 있으면서 정교회의 성당으로, 이슬람의 모스크로 전용되었고 이제는 박물관이 되어 있다. 우리를 사로잡고 있는 것은 어떤 역사 원리주의인가? 원형으로 남아 있는 것만이 역사이지 변화, 변형되는 것은 역사가 아니란 것일까?

가장 큰 질문은 무엇이 역사인가 하는 것보다도 적지 않은 예산이 들어갈 광화문 '복원'이 보통 사람의 일상적 삶에 어떠한 의미를 가지고 있는가 하는 것이다. 답변이 무엇이 되든 간에, 복원된 광화문이 이 정부의 정치 스타일을 상징적으로 집약한 마지막 기념비가 될 것임에는 틀림이 없다.

(2006년 12월 7일)

민생 정치를 위한 발상의 전환

잘못이 정부에 있든, 비현실적으로 상승한 국민의 기대에 있든, 사람들 사이에 다음의 정부가 새롭고 참신한 것이었으면 하는 희망이 높은 것을 부정할 수 없다. 그러나 지금의 시점에서 차기 대통령이 누가 되고 어떤 정부가 구성될지는 아무도 짐작할 수 없는 일이다. 대통령 후보도 열린우리당이나 민노당의 경우는 누가 후보자로 나설지조차 불분명하다. 지금은 한나라당 쪽만 윤곽이 잡혀 가는 것으로 보인다. 물론 거기에서도 누가 후보가 될지는 알 수 없고, 또 이러한 것들을 지금 지상에서 논할 시점도 아니다.

그렇기는 하나 손학규 전 경기 지사의 이른바 민심 대장정은 한나라당 내에서나 밖에서나 앞으로 나올 후보자들로부터 답변이 있어야 할 도전이 되는 것이 아닌가 한다. 그것은 적어도 정치가 어디에서 출발해야 하는가를 예시해 준다고 할 수 있다. 대장정 100일 동안에 손 전 지사는 길거리, 버스, 시장, 농촌, 광산에서 사람들의 삶의 현장을 직접 체험하고자 했다. 그가 확인한 것은 국민들 사이에 생각했던 것보다 더 훨씬 깊고 넓게 오늘의 삶에 대한 절망과 분노와 피로가 펴져 있다는 사실이었다. 물론 어떻게 그것을 희망으로 바꾸어 놓을 수 있을지는 분명치 않다. 그러나 여기에서 일반적으로 확인하고 싶은 것은 일정한 정책보다 그것이 구체적인 삶의 느낌에 이어져야 한다는 점이다.

정치의 큰 문제 중의 하나는 어떻게 정책과 삶, 둘 사이에 밀접한 대응 관계를 유지해 나가느냐 하는 것이다. 국가의 정책이란 대체로 문제를 구조적으로 파악하고 큰 구조에 일정한 작용을 가함으로써 작은 문제들이 저절로 해결되게 하려는 것이다. 이 구조적 조처가 생활의 현실에 당장 효력을 나타내기를 기대할 수는 없다. 이 지연 효과는 특히 일정한 임기를 가진 정치 제도하에서 정치의 큰 고민이 된다. 그렇기는 하나 어떤 경우에나 구조적 파악이 지나치게 큰 것이 되면, 그것은 불가피하게 구체적인 현실로부터 동떨어진 것이 되게 마련이다.

역사의 진로에 대한 전체적인 파악을 표방하는 이데올로기의 도식과 같은 것이 그 가장 대표적인 경우이다. 이데올로기의 정당성 속에서 정책의 현실 효과는 한없이 연기되어 긴 역사 속에서만 실현될 것으로 강변된다. 이것은 단순히 오래 기다리고 견디어야 한다는 것만을 의미하지 않는다. 도식적 이데올로기는, 방금 말한 바와 같이 자기 정당성과 현실 사이에 큰 간격을 만들어 낸다. 이 간격은 권력의 오만과 함께 각종의 이권과 술책이 침투할 수 있는 여지를 준다. 또는 이 간격 속에서, 그때그때 현실의 움직임이 통제하기 어려운 것이 되면, 남발되는 즉흥적인 정책들은 이데올로기의 논리성에도 불구하고 오히려 방향과 일관성을 잃어버린다.

현 정부의 정책들이 이러한 의미에서 이데올로기적이라고 할 수는 없지만, 그것들이 대체로 추상성을 특징으로 한다는 평가는 부당한 것이 아닐 것이다. 손학규 전 지사의 발언 중에 ─ 이것은 정부보다도 당 내의 정책안들을 비판한 것이라 할 수 있지만 ─ 건설 계획이 곧 국가 계획이 될 수 없다는 것이 있었다. 건설 계획과 국토 개조 계획은 현 정부의 현실에 대한 추상적 접근의 대표적인 예로 볼 수 있다. 그것은 사람이 사는 물리적 환경과 주거지를 당장에 송두리째 바꾸어 놓으려는 — 말하자면 선 자리의 발밑을 파고드는 일이어서, 매우 구체적이고 실질적인 정책 구상이라는 인상을 줄 수 있다. 그러나 그것은 가장 추상적으로 계획되고 집행될 수 있는 일이기도 하다. 그것은 완전히 정부 기관이나 건설업자에 의하여 일방적으로 밀어붙일 수 있는 종류의 계획이다. 거기에 일반 국민은 오직 수혜자나 피해자라는 자격으로 참여한다.

현 정부에 대해 지적되는 것의 하나는 그 개발주의이다. 이것은 군사 정부가 해 오던 일이다. 개발에 필요한 것은 큰 계획안과 물불을 가리지 않는 추진력이다. 지금 정부의 경우에 이 힘이 제대로 지탱되지 못하는 것은 독재 권력이 아닌 때문이기도 하고 지금 시점이 산업 국가의 기본적 인프라를 건설해 나가는 시기를 지난 때문이기도 하다. 그러나 더 나아가 개발 시대의 권력 행사 방식이 답습되는 것은 그 사회적 비전을 답습하고 있기 때문일 것이다. 여러 신도시 계획은 물론이고 농촌 지역에 대한 정부의 발전 계획들은 한결같이 환경을 개조하고 콘크리트 건물들을 세우고 하는 일을 하향적으로 부과하고자 한다. 여기에 국민을 동원하는 데에 이용되는 심리적 동력은 토지가 상승에 대한 투기적 기대이다. 이러한 하향적 계획과 투기심의 합작이 참으로 좋은 사회를 만들어 가는 방법일까?

물론 이것은 발전의 자연스러운 과정인 듯한 인상을 준다. 서울에도 1970년대로부터 지은 벽돌 단독 주택이나 연립 주택들이 들어서 있는 곳들이 있다. 이러한 곳에 초고층 아파트 몇 동이 들어서면, 그런대로 낮은 주택들의 주택가가 하루아침에 빈민가로 보이게 된다. 그러면 저절로 주민들은 자신의 동네의 기본을 살리면서 그것을 개선하고 현대화하기보다는 재개발해야 한다는 마음에 사로잡히게 된다. 더구나 재개발에서 오는 자산의 투기적 증가를 생각하면, 그렇게 되지 않을 수 없다. 이러한 태도의 발전에는 불가피한 면이 있지만, 정부의 정책이 그것을 부추기는 것도 사실이다.

이러한 데에서 발견할 수 없는 것은 환경과 미학과 공동체적 삶의 유대를 하나로 하는 새로운 삶의 모델이다. 정부의 양극화 해소에 대한 강조에 평등의 이념은 있지만, 공동체적 우애에 대한 호소가 없는 것은 당연하다. 좋은 사회는 단순히 산술적으로 부과하는 세금으로 산술적인 부의 분배만을 기약하는 사회가 아니다. 사회가 공유해야 할 것은 분배되는 부만이 아니라 그것을 넘어가는 여러 인간 가치들이다.

물론 지금의 상황에서 앞으로의 우리 삶이 이러이러해야 한다고 분명하게 말할 수는 없다. 그러나 진정한 민주 사회의 근본은 보통 사람의 삶의 실감과 필요이다. 그것으로부터 출발하여 모든 생활의 문제를 해결해 줄수 있는 — 세부에 있어 면밀하고 전체에 있어 일관성 있는 정책을 고안하고 시행하는 일은 쉽지 않은 일이다. 또 큰 전시적 프로젝트가 반드시 없어야 한다는 것도 아니다. 사람의 모든 것을 따져 본다면, 사람이 요구하는 것은 일상적 삶의 만족 이상의 것이다.

역사의 화려한 기념비들은 반드시 지배층의 착취와 과시욕만으로는 설명할 수 없는, 집단적 정열 그리고 인간적 성취를 나타내는 것일 수도 있다. 그러나 이러한 것들도 일반 사람들의 좋은 삶의 기초 위에 서 있는 것일 때 아름다운 것이 된다. 좋은 삶은 모든 사람의 삶을 흔들어 놓는 것이 아니라 안정시키는 데에서 온다. 모든 것을 흔드는 혁명적 변화의 역설적 목적도 이 안정을 위한 것이다. 여기에 토지와 주택, 직업과 일용할 양식이 기초이지만, 자연과 공동체와 사람들과의 유기적 연계 관계의 발전이야말로 가장 중요한 안정의 요인이다.

앞으로의 대통령 선거에서 여러 후보들이 많은 정책과 계획들을 내놓고 경쟁하게 되겠지만, 그것이 거대 건설 계획 또는 역사 개조 계획이 아니라(건설과 역사는 이 삶의 완성을 위한 것이어야 하고 그것을 완성하는 것이라야 한다.) 우선적으로 민중의 삶을 구체적으로 돌보는 정책의 경쟁이 되기를 희망해 본다.

(2006년 12월 21일)

4장

자연의 풍경과
심성

충동, 이성, 하늘의 마음

　이라크의 전 독재자 사담 후세인의 사형 선고와 집행의 소식은, 그 옳고 그름을 떠나서, 삶의 공포와 어둠, 특히 정치 세계의 공포와 어둠을 절감하게 한다. 일단 그것은 일정한 법적 절차에 따라 결정된 것이고, 또 그간에 알려진 후세인이 범한 잔학한 행위들로 보아 당연한 결과라고 할 수 있다. 이에 대하여 사형을 "가공할, 그리고 야만적인" 일이라고 평한 유럽위원회(The Council of Europe)를 비롯하여 유럽의 여러 기구와 인사들은 사형에 대하여 부정적인 시각을 가진 것으로 보도됐다. 법 절차를 통한 형 집행을 인과응보나 복수의 차원이 아니라 국가와 국민 그리고 인간의 미래 차원에서 보아야 한다고 한다면, 적어도 후세인의 사형 집행이 중동에서 벌어지는 잔학 행위와 복수의 악순환을 차단하는 데에 별 도움이 되지 못할 것임은 분명하다.

　사형 선고 직후의 《뉴욕 타임스》 사설은 지나치게 급하게 처리된 후세인 재판이, 합법적인 절차에 의한 것이라고 하더라도, 이라크에서의 '법의 지배'를 분명하게 하는 효과를 갖지 못할 것이라는 것이었다. 이라크에서 일어나고 있는 여러 일에 비추어, 시아파가 주도하는 현 체제하에서의 재판은 공정한 법 집행으로보다는 보복 행위로 — 결국 보복 갈등의 악순환으로 이어질 보복 행위로 보이게 할 가능성이 크다. 그렇지 않아도 전체적으로 정의롭고 공정한 사회 질서가 없는 곳에서 부분적인 법의 준수는 금방 의미가 없는 것이 되어 버리게 마련이다.

어쨌든 사형, 특히 정치 지도자의 사형은, 우리에게 삶의 어두운 심연을 새삼스럽게 들여다보는 듯한 느낌을 불러일으킨다. 해당 본인의 죄의 엄청남에 못지않게, 삶의 율법의 두려운 수수께끼를 생각하게 되는 것이다. 신문 보도에 인용된 이라크 국민에게 주는 그의 최후의 발언을 보면, 후세인이 자신의 죄를 큰 것으로 생각한 것 같지는 않다. 그러나 그의 국민에게 보낸 편지가 주는 놀라운 인상의 하나는 그가 완전히 생각이 없는 사람은 아닐지 모른다는 것이다. 그는 편지에서 이라크 국민에게 미움을 버려야 한다고 말한다. 그렇다는 것은 미움이 마음의 공정한 움직임을 방해하고 생각하는 일에 장애가 되기 때문이다. 이것은 상투적인 것 이상의 철학적 반성이 들어 있는 말로 들린다. 그러나 학살, 박해, 전쟁의 원흉이 철학적 반성의 능력을 가졌다고 해서, 그것이 무슨 소용이 있는가? 공적인 세계 또는 정치적인 세계는 철학도 정치적인 쇼나 책략 또는 자기기만의 수단이 되게 한다. 또는 현실 정치의 어두운 심연은 철학으로 그것을 뛰어넘기에는 너무나 깊은 것일까?

후세인에게 드러나는 갖가지 모순 또 현실 정치의 어둠 앞에서 우리는 반성적 사고의 무력과 무의미를 느끼지 아니할 수 없다. 그러나 그의 편지에 담긴 철학적 반성은 가볍게만 넘길 수 없는 내용을 가지고 있다. 충동, 욕심 그리고 격정의 억제가 명징한 사고와 윤리적 삶의 첫 과제라는 것은 윤리를 말하는 동서고금의 철학이 두루 말하는 것이다. 보도된 것으로는 후세인이 최후의 평화를 얻은 사람은 아니었다는 인상을 준다. 그러나 앞에 언급한 말로 보아 죽음이 그에게도 한 진실의 순간을 허용한 것일까? 죽음보다도 삶의 착잡한 이해를 초월할 수 있게 하는 것이 어디 있겠는가? 욕심을 줄이거나 없애야 한다는 것은 동양적 수신의 핵심이다. 퇴계는 어느 후학에게 준 충고에서 분노가 일면 우선 그것을 누르고 사물의 이치를 생각해야 한다고 말하면서, 인식론적·윤리적 수양에서의 격정의 위험성을 말한 바 있다.

플라톤에서도 욕망과 분노를 억제하는 것은 자기 수련의 가장 중요한 과제이다. 욕망이나 분노는 이성적 사고를 불가능하게 한다. 여기에서 이성은 동양의 윤리주의와는 달리 반드시 윤리적인 의미를 갖는 것이 아니랄 수도 있다. 그것은 현실을 냉정하게 이해하고 거기에 대하여 적절한 대응 조치를 취할 수 있는 능력이다. 이성 또는 합리성에 의하여 욕망을 다스린다면, 그것은 큰 욕망의 달성을 위한 욕망 계산의 결과라고 할 수도 있다. 말하자면 하나를 참고 둘을 거두자는 전략일 수 있다.

그러나 사람의 자기완성이 여기에 그칠 수는 없다. 현실의 합리성은 보다 절대적인 의미에서의 덕의 실천 그리고 보다 높은 자기 형성으로 나아가는 길목일 뿐이다. 르네상스기의 플라톤주의는 이성보다 높은 인간적 심성의 한 부분을 '전사의 마음'이라고 했다. 인간의 영혼에 숨어 있는 이 마음이 사람으로 하여금 인간 영혼의 본래적인 신성(神性)을 상기하게 한다. 오늘날의 세속화된 관점에서, 그것은 이해관계의 합리적 계산을 넘어가는 높은 마음의 상태이면서, 다른 한편으로 보다 원초적인 단순한 마음의 상태 — 유교적으로 말하여, 어떤 일에 당하여 차마 하지 못하는 마음과 같은 상태를 말하는 것이라고 말할 수도 있을 것이다. 일상적인 삶에서 그리고 정치 활동에서, 우리는 이성의 단순한 정략적 사고가 많은 잘못된 일의 정당화에 동원되는 것을 본다. 이러한 점에서 이성 또는 합리성이 천사의 마음에 의하여 한결 높은 단계로 진화해야 한다는 말은 합당한 말로 들린다.(후세인의 경우에도 그의 반성적 사고는, 그의 종교심에도 불구하고 합리적 정략의 잘못된 함정에 빠진 것이라고 할 수도 있다.)

욕망과 격정의 극복으로부터 이성의 회복 그리고 그로부터 다시 근원적 선(善)으로 나아가는 정신 수련은 정신적 구도자의 이상을 말하는 것이다. 그러나 그것은 동시에 사회가 하나의 공공 공간으로 성립하기 위해서 빼놓을 수 없는 바탕을 마련하는 일이기도 하다. 이러한 수련이 없는 — 적어도 어느 정도의 이러한 수련이 없는 사회 지도자가 좋은 지도자일 수 없다. 또 이러한 수련은 보다 일반적으로 사회의 원만한 질서를 위한 심성적 자본을 축적하고 바른 사회관계의 토대를 구축하는 일이다. 그것 없이 사회는 살 만한 삶의 공간이 되지 못한다. 최근에 인문 과학의 위기에 대한 논의들이 있었지만, 그것은 우리 사회의 도덕적·윤리적 자본 또는 토대가 얼마나 취약해지고 있는가를 의식하는 데에서 나온 것이라고 할 수 있다.

우리 사회는 유달리 정치의식이 높은 사회이다. 우리의 높은 정치의식 속에서 정치는 대체로 치열한 대결과 투쟁의 행위로서 생각된다. 이러한 현상을 반드시 나쁘다고만 할 수는 없다. 문제가 많을 수밖에 없는 사회에서 그것은 문제들을 민주적으로 해결하는 데에 거치지 않을 수 없는 과정이기도 하다. 그러나 다른 한편으로 사회에 보다 수련된 맑은 마음이 지탱하는 도덕적 토대가 없을 때에, 그러한 정치는 결국 사람의 삶을 비열하고 동물적인 차원으로 떨어지게 한다.

금년은 대통령 선거의 해이다. 선거전이 본격화함에 따라서 낮은 충동과 욕망과 파당적 증오를 자극하는 말들 그리고 개인적·집단적·지역적 욕망을 자극하는 제안들이 쏟아져 나올 가능성이 크다. 선거라는 싸움이 사회의 갈등을 심화하고 그 심성을 보다 낮은 차원으로 끌어내리는 일이 되지 않기 위해서는 싸움의 바탕에 미움을 극복하고 보다 깊은 사려의 가능성을 보유할 수 있는 마음의 움직임이 있어야 한다. 신년을 맞이하여 앞으로의 정치와 선거가 합리적이고 ― 그리고 궁극적으로 만인을 위한 선의의 고려에 입각한 것이 되기를 희망해 본다.

(2007년 1월 4일)

환경과 개인 윤리

올겨울은 대체로 따뜻하여 값이 오른 연료비로 마음이 무거운 사람들에게는 천만다행이라는 생각이 든다. 올겨울이 따뜻한 것은 우리나라만이 아니고 세계적인 현상이어서, 아메리카 대륙이나 유럽에서도 이상 난동이라는 소식이 들린다. 그러나 이것이 지구 전체의 온난화의 효과라 한다면, 미래에 닥쳐올지 모르는 천재지변이 다시 마음을 무겁게 할 수밖에 없다.

이 있을 수 있는 재난에 대한 각종 대책들이 연구 시험되고 있지 않은 것은 아니다. 가장 중요한 대책의 하나는 에너지 생산과 사용에서 방출되는 이산화 탄소 등 오염 물질의 방출을 억제하는 일이다. 교토 협약이 우선적으로 요구하고 있는 것도 이것이다. 일찍이 에너지 문제를 원천적으로 해결해 줄 것으로 생각되었던 것이 핵 발전이다. 지금도 그것은 이산화탄소 등 오염 물질의 방출을 피하고 또 적어도 지금 시점에서는 원료 공급의 문제도 해결할 수 있는 방편이기는 하다. 에너지 원료를 러시아의 가스에 많이 의존하고 있는 유럽은 최근 러시아가 가스 공급을 일시 중단함으로써 위기감을 경험했다. 이와 관련하여 독일의 메르켈 총리는 지금까지 유보되고 있던 핵 발전 증설을 다시 고려하겠다는 의견을 발표했다. 이것은 독일이 러시아에 일방적으로 의존하는 데 따른 정치적 위험을 줄여 보자는 것이지만, 거기에는 핵 발전이 화석 연료 발전의 여러 문제들을 해결하는 방법이 될 수 있다는 고려도 작용했을 것이다. 물론 핵 발전 — 핵분열에 의존하는 발전은 핵 폐기물 처리, 방사능 유출 위험 등의 다른 문제들을 가지고 있다. 어느 것도 완전한 선택이 될 수 없는 상황이라 하겠다. 지난 11일 대전 기초과학연구원에서 핵융합 실험로의 저온 실린더의 뚜껑을 덮는 상량식이 있었다. 핵융합에 의한 발전이 가능해진다면, 핵분열 발전의 문제들도 해결할 수 있다고 한다. 그러나 핵융합 발전의 현실화는 50년이 걸릴지 아니면 아주 불가능할지 요원한 일이라는 것이 지금까지 전문가들의 견해이다.

이와는 관계없이 온난화에 대한 다른 여러 대책들이 시급하다는 것은 말할 필요도 없다. 풍력, 태양열, 조류 등의 자연 에너지 또는 에탄올 등의 식물 에너지 개발, 다른 한편으로 자동차를 비롯하여 에너지 절약형 기계와 가전 제품의 개발도 그 대책들의 일부이다. 소비자 입장에서 에너지 소비를 줄이는 계획도 추진된다. 일본에서는 지난번의 오일 쇼크 이후 정부가 에너지 절약형의 가전 도구나 소형 자동차 구입을 국민에게 호소함으로써 에너지 절약에 많은 성과를 거두었다고 한다. 건물의 단열을 철저히 한다거나 건축에 있어서 그 제조에 에너지 소비가 적은 자재를 사용하는 것과 같은 것도 에너지 수요 총량의 억제에 기여한다. 얼마 전 영국의 《가디언 위클리》에는 사람들이 버스보다 자동차를 이용하는 이유가 버스 노선이 불편한 때문으로, 그 노선을 정리하여 — 가령 도시의 중심부로부터 시 외곽으로 그리고 다시 다른 도시로 연결되는 버스 노선망을 새로 고안하여 편리하게 이동할 수 있게 하자는 제안이 실려 있었다. 이것은 에너지 소비를 줄이고 이산화 탄소 배출을 억제하는 데에 투자나 지출 못지않게 아이디어가 중요하다는 것을 시사한다.

같은 날짜의 《가디언》에는 그 전에 나왔던 온난화 논의에 대한 독자 반응들이 실려 있었다. 몇 개의 글에는 개인적인 차원에서 환경 윤리를 생활화해야 한다는 의견들이 있었다. 그중에서도 인상적인 것은 자신의 환경 친화적 생활 방식을 공개한 한 독자의 글이었다. 그의 설명에 따르면 그는 자동차를 소유하지 않는다. 식료는 가까운 지역에서 생산되거나 자신이 기르는 유기농 채소만으로 충당한다. 그의 소유물에는 재활용품이나 선물받은 것 이외에 다른 것은 없다. 가사에 쓰이는 허드렛물은 나무나 채소 재배에 재활용한다. 두엄 더미를 만들고 쓰레기를 남기지 않는다.

이 필자는 자신의 생활에 환경 윤리에 위배되는 것들이 있다는 것도 밝히고 있다. 태양열 온수기를 갖지 않았고 비료 전용이 가능한 화장실을 설치하지 않은 것은 잘못하고 있는 일이다. 다른 잘못의 하나는 가족에게 편지를 너무 자주 한다는 것이다. 편지는 필자가 영국에 사는 가족들과 사랑을 나누려는 것이다. 가족들을 자주 만나러 가고 싶지만 시드니로부터 런던까지 비행기를 타고 갈 때, 비행기가 배출하는 이산화 탄소는 승객당 0.9톤이 되어 1인당 이산화 탄소 배출 연간 가용량인 0.4톤을 넘어간다. 그래서 방문 대신에 쓰는 것이 편지인데 편지를 운반하는 비행기의 이산화 탄소 배출도 계산해야 한다. 그리고 편지지 등의 환경 대가도 계산에 넣어야 하는 것일 것이다. 이 필자는 이렇게 거의 완벽한 환경 윤리의 수칙에 따라 살고 있다고 하겠지만, 그러한 생활 수준을 지탱하는 데에도 지구가 하나 하고도 반이 더 있어야 한다.(이것은 캐나다의 생태학자 윌리엄 리스가 고안한 '생태적 발자국(ecological footprint)'의 개념에 따라 자원 소요 정도를 산출한 것이다.)

우리는 이러한 개인의 행위가 큰 결과를 낳을 수 있을까 하는 의심을 가질 수 있다. 절대다수가 그런 윤리를 받아들이고 실천하면 몰라도, 허영과 과시 또는 생활의 안락의 소비주의가 지배하는 세계에서 그러한 개인의 행동은 매우 예외적인 것이랄 수밖에 없다. 거기에다가 우리의 경우처럼 사회 문제의 해결은 거의 전적으로 정치와 사회적 집단 행동 그리고 기술의 소관사로만 생각하는 풍토라면 그러한 개인적 실천은 더욱 비현실적인 것이 된다.

그러나 그것이 우리에게 새삼 일깨워 주는 바가 있음은 틀림이 없다. 그것은 환경이나 지구 온난화의 문제에 있어서 또 여러 삶의 문제에 있어서, 개인 차원에서 할 수 있는 일이 있다는 것을 상기시킨다. 사실 모든 것은 개인적 실천으로 환원된다. 사회 정책의 많은 것은 개인적 실천을 유발하거나 강요하려는 방편일 수 있다. 다만 앞에 말한 환경 윤리적 삶은 지금 시점에서는 실제적인 의의보다 정신적 의의를 갖는다고 할 수 있다. 그리고 그것은 결코 작은 것이 아니다. 이 《가디언》 독자는 환경 윤리는 "먹고, 이동하고, 옷 입고, 소제하고, 용변하고, 집 짓고, 공부하고, 만들고 일하고 노는" ── 일체의 삶의 작은 생활의 움직임을 "생태 환경적 진실"에 맞출 것을 요구한다고 주장한다. 또 그것을 실천하고자 한다. 이렇게 삶의 모든 것을 엄격한 윤리로 구속한다는 것은 심히 괴로운 일일 것으로 들릴 수 있다. 그러나 그것은 자신의 삶에 자율적으로 받아들인 규칙으로 질서를 부여한다는 것을 뜻한다. 해야 할 것과 함께 하지 말아야 할 것을 분명히 한 이러한 자기 규율의 삶에 의무 수행의 괴로움이 없지는 않겠지만, 또 거기에는 그 이상의 커다란 해방감 그리고 자기 충족감과 행복감도 없지 않을 것이다.

비슷한 윤리적 실천과 의의는 다른 사회 문제와 관련해서도 생각될 수 있다. 지금 우리 사회에서 큰 관심의 대상이 되어 있는 사교육 문제는 사실 모든 학부모들의 결심 하나로 해결될 수 있는 문제라고 할 수 있다. 또는 부동산 투기의 문제에서 모든 사람들이 투기는 안 하겠다는 결심을 한다면, 문제는 극히 간단해질 것이다. 물론 지금 시점에서 개인의 이러한 결심과 실천은 만족과 평화를 가져오는 것이 아니라 온 세상을 상대로 싸움을 벌이는 일이 될 것이다. 깊은 의미에서 자신의 삶을 스스로 돌볼 생각을 버린 것이 소비주의 시대의 인간이다.

(2007년 1월 18일)

인도 콜카타에서 본 모순

피상적이라는 말이 있다. 사물을 넓게, 깊이 있게 보는 것이 아니라 거죽만 보고 판단을 내리는 것을 두고 하는 말이지만, 그렇다고 하여 그것이 사물을 잘못 보는 것만을 말하는 것은 아닐 수도 있다. 피상적이라는 표현이 피부로 느껴지는 것을 말하는 것이기도 하다면, 그것은 결국 몸에 와 부딪는 대로 느끼고 안다는 뜻인데, 삶의 바탕을 이루는 몸으로 아는 것이야말로 많은 일의 최후의 시험이라고 할 수도 있다.

나는 1월 하순 인도의 콜카타 자다브푸르 대학에서 열리는 인도 비교문학 회의에 참석했다. 위에서 말한 의미에서가 아니라 그야말로 흔히 쓰는 의미에서 피상적인 것에 불과하지만, 여기에 짧은 인도 여행에서 받은 인상의 일부를 간단히 적어 본다.

콜카타에 들어선 방문객을 우선 압도하는 것은 극심한 교통 혼잡이다. 공항에서 시내로 들어오는 길은 물론 시내의 모든 도로들은 자동차로 넘친다. 그러나 특이한 것은 혼잡 자체보다도 무질서이다. 교통 신호나 차선들이 전혀 없는 것은 아니지만 자동차, 삼륜차, 인력거, 자전거, 보행자 할 것 없이 모두 신호도 차선도 규칙도 전무한 것처럼 범벅이 되어, 빈틈만 있으면 그 사이를 비집고 들면서 앞으로앞으로 제 길을 찾아 나가는 것이다. 그 모양은 마치 먹이를 향하여 다투어 휘몰아쳐 날아드는 새 떼들을 연상하게 한다. 계속적으로 요란하게 울리는 경적이 충돌을 피하는 유일한 방법인 듯한데 심리적으로는 이것이 혼란의 느낌을 더하여 준다. 공기가 탁한 것도 혼란감의 한 요인이다.

먼지투성이의 보도에는 낡은 천으로 하늘을 가리고 약간의 물건들을 벌여 놓고 앉아 있는 잡상들이 차고 넘친다. 놀라운 것은 길거리 도처에 시커먼 천을 뒤집어쓰고 그대로 누워 잠이 들어 있는 듯한 사람들이 산재해 있다는 것이다. 도로 위에서 밥을 짓고 몸을 씻으면서 그대로 생활을 꾸려 가고 있는, 어린아이들을 가진 가족들도 있다. 비슷한 사람들은 건물과 건물의 사이, 꾸불꾸불한 뒷골목이나 혼탁한 냇물가의 판잣집에도 있다. 이렇게 가족생활의 공간이 되어 있는 천변이나 골목에도 자동차들이 매연을 뿜고 경적을 울리면서 비집고 다닌다. 그러면서도 길가의 거주자나 운전자 또는 자동차 사이를 비집고 길을 가는 사람들은 이 모든 혼란에 무감각하거나 그것을 참을성 있게 견뎌 내는 것으로 보인다.

그런데 자세히 보면, 콜카타 시 전체의 모양새는 상당히 정연한 계획성을 드러낸다. 아름답다고 하기는 어려운 조악한 콘크리트 축조물로서 보수 유지를 완전히 포기해 버린 듯한 느낌을 주지만, 건물이나 주택들은 적절한 크기와 기하학적 조형성을 가지고 있다. 도로망도 일정한 구도 속에 연결되어 있는 것으로 보인다. 그리하여 관찰자는 콜카타라는 도시의 모순이 기본적 계획성과 시민들의 삶의 필요 사이의 간격에 있다는 생각을 갖지 않을 수 없다. 본래는 일정한 계획을 가지고 만들어 놓은 거리와 건물들이 이방의 침범자들에 의하여 완전 점거되어 버린 듯한 형국인 것이다. 가꾸어 놓은 작물들을 해충들이 덮쳐 버리듯, 넘쳐 번지는 빈곤이 계획을 덮쳐 버린 것이다.

이상한 일은 이러한 모순이 그대로 방치되어 있다는 사실이다. 정책 계획과 일상적 삶 사이에 간격이 벌어지는 것은 쉽게 일어나는 일이다. 특히 정책이 외부로부터 부과되는 것일 때 그러하다. 사회적 삶은 계획자들이 생각하는 것보다는 철저하게 유기적 성격을 가지고 있다. 성급한 계획자들은 사회를 고치는 것은 사람의 몸을 바로잡는 것만큼 조심스러운 일이라는 것을 잊어버린다.

콜카타 시에서 아직도 화려한 부분으로 간주되는 곳은 지금은 빈곤과 혼란에 가려져 있기는 하지만 영국의 식민지 정부에서 건설한 구도시이다. 근교의 솔트레이크는 독립 이후에 건설한 완전한 계획도시이다. 그러나 며칠을 그곳에 머물면서 돌아본 인상으로는 그곳의 자포자기상은 콜카타의 다른 구역과 크게 다른 것이 아니었다. 오랫동안 그리고 지금도 콜카타 시를 포함하여 서부 벵골 주를 통치하고 있는 것은 인도 공산당이다. 공산주의 원리로 보아 빈곤은 그들이 우선적으로 돌보아야 하는 과제일 것이다. 그러나 다른 한편으로 공산주의는 모든 일에서 전체적인 계획에 역점을 둔다. 여러 공산주의 실험들에서 눈에 띄게 드러난 것은 계획과 현실의 모순이라 할 수 있는데, 콜카타의 현재의 혼란과 빈곤도 이러한 모순의 또 하나의 예가 되는 것일까.

인도의 사회 문제에 대하여 극히 비관적이고 비판적인 한 교수는 인도 공산당의 기간을 이루고 있는 것은 카스트라고 부르는 세습 계급 제도의 상층 출신의 이론가들인데, 그들의 진정한 관심은 자신들의 이익을 지키는 일이라고 말했다. 빈곤의 문제에 주의하지 않은 것은 아니지만, 그들의 대책은 정권 유지를 위한 포퓰리즘 전략의 일부에 불과하다. 그의 생각으로는 인도의 근본 문제는 마르크스주의가 말하는 계급이 아니라 카스트의 문제인데 이것은 수천 년의 관습으로 누적된 삶과 사고와 감정의 질서가 되어 공산주의자들도 거기에서 벗어나지 못한다는 것이다. 다른 교수는 벵골 정부 그리고 근본적으로 건국 초의 사회주의 노선을 따라 온 인도 중앙 정부가 중국의 자본주의 노선을 모방하여 경제 발전을 이룩하려는 것이 문제라고 말했다.

그러나 단순히 수정 노선이 문제라는 것은 아니었다. 콜카타에 머무는 동안 신문에 보도되는 가장 큰 정치적 사건은 산업 단지 조성을 위하여 토지를 수용하거나 매수하고자 하는 주 정부 정책에 반대하는 농민들의 폭력 시위였다. 이 교수는 토지 수용 과정의 불투명성과 후속 계획의 부재를 문제 삼았다. 이곳의 농촌 출신인 그는 토지를 단순한 경제 발전의 자원으로 간주하는 것을 혐오했다. 토지는 개인과 공동체의 추억이고 정서이고 삶의 뿌리이다. 그는 이 뿌리의 의미를 모르는 정부의 경제주의에 분개하고 있었다.

피상적인 인상으로도 연 10퍼센트에 가까운 경제 성장을 기록해 온 인도가 새로운 경제 강국이 될 것이라는 예상은 현실적인 근거를 가진 것으로 보였다. 인도의 힘은 과학 기술의 두뇌력에 있다고 이야기된다. 분야가 다르기는 하지만, 이번의 인도 비교 문학 대회도 지적 담론의 높은 수준을 느끼게 하는 것이었다. 인도 학자들의 발표들은 서구의 이론들을 분석하면서 그들의 주체적 입장을 분명히 하려는 것이었다. 동시에 그들의 의식에는 더없이 다양한 인도의 역사와 문화유산 그리고 동으로는 중국과 일본 — 한국은 언급되지 않았다. — 서로는 페르시아, 아랍의 여러 나라, 유럽 등과의 문화 교류의 역사들이 배어 있었다. 그러나 다른 한편으로 이 모든 것은 인도의 당면 문제들로부터는 상당히 거리가 있다는 느낌을 주었다.

어쩌면 높이 나는 담론이 바로 그 지나친 높이로 하여 낮은 현실을 멀리 하는 것인지도 몰랐다. 그러나 모순의 사회가 지금의 인도로 보이기는 하지만, 기이하게 추상적이면서도 다양한 인도의 지적 능력과 현실의 원숙한 통합이 이룩될 때, 인도가 다시 한 번 우리에게도 잘 알려진 타고르의 표현을 빌려, 아시아의 등불 또는 인간 역사의 한 패러다임이 될 수 있을 것이라는 생각도 전혀 틀린 것은 아니라는 것이 나의 인상이었다.

(2007년 2월 1일)

학문·문화의 보편성

인도 콜카타 기행 2

이른바 후진국이라는 나라를 방문하고 기반 시설 그리고 사회 관습의 문제점을 지적하는 미국인에게 현지의 안내자가, 당신이 보고 있는 것은 이곳이 아니라 미국이라고 했다는 반우스갯소리를 들은 일이 있다. 지난 번 칼럼에서 인도 이야기를 쓴 바가 있지만, 짧은 콜카타 방문에서 그곳에서 빈부와 사회적 모순을 많이 발견했다고 하면, 그것은 그 사회를 충분히 이해하지 못한 때문일 수도 있다. 걸음을 옮기기 어려울 정도로 붐비는 콜카타 역의 돌바닥에 여기저기 누워 있는 사람들을 보고, 나는 이것이 빈곤의 문제라고 생각했다. 그러나 20세기 초의 타고르의 글에 보면, 중산 계급의 한 신사가 병약한 아내를 정거장 바닥에 누인 다음 자기는 밖에서 책을 보는 장면이 나온다. 우리의 눈에 공중 장소는 자리를 펴고 누워 있을 장소가 아니다. 그러나 그렇게 생각하는 것은 공공 공간 그리고 사 공간에 대하여 우리가 가지고 있는 일정한 선입견에 의한 것이고 한국의 추운 계절에서 연유한 것일 수도 있다.

사회적 모순을 제쳐 두고 보면, 콜카타의 강한 인상 가운데 하나는, 지난 칼럼에서 쓴 바와 같이, 인도의 지적 수준이 높다는 것이다. 이것은 경제에 관계된 과학 기술 분야에서가 아니라, 인문 과학 분야에서 받은 인상이다. 아마르티아 센(Amartya Sen)과 같은 노벨 경제학상 수상자를 생각하건대, 사회 과학에 대해서도 같은 말을 할 수 있을지 모른다. 흔히 사용되는 제일, 제삼 세계, 또는 선진, 후진 등의 구분으로 바깥 모습을 본다면, 한국이 인도에 앞서 있는 것이 분명하지만, 학문 분야 일반에서도 그렇다고 할 수는 없을 것 같다.

인도인 학자들의 영어 능력이 한국의 일반적 수준을 앞지른 것임은 분명하다. 인도의 중요 언어들이 인구어(印歐語) 계통이고, 영국의 식민지 통치의 유산도 있고, 800개가 넘는 언어가 쓰이는 다언어 국가로서, 영어가 인도의 공용어가 되어 있다는 사정에 관계된 것일 것이다.(영어 공용이 정부 정책은 아니다.) 오늘날 영어는 세계적으로 가장 광범위하게 사용되는 공통어이다. 그러니만큼 학문에 있어서도 세계적인 사상과 이론이 이것으로 소통되는 것은 자연스러운 일이 되었다. 이러한 상황에서 영어 능력은 학문 수준의 국제화에 한몫을 차지할 수밖에 없다.

영어의 중요성은 우리나라에서도 강조되어 왔다. 여기에는 찬반 의견이 있다. 나는 어느 쪽에 찬성하느냐에 대하여 오랫동안 마음을 정하지 못했다. 그리고 지금도 확실한 의견을 갖지 못한다. 나는 학문의 국가적 기능의 하나는 바로 국가의 요구에 대하여 초연한 입장을 유지하는 데에 있다고 생각한다. 학문이 직접적으로 국가 경쟁력이나 이른바 '국가 브랜드'를 위하여 동원되는 것은 이 근본적인 기능 — 역설적인 봉사 기능을 손상하는 일이다. 외국어가 유용한 것일 수는 있으나, 학문과의 관련에서 이 공리적 유용성을 그 중심 기능이 되게 할 수는 없다. 학문의 국가적 기능은, 특히 인문 과학의 기능은, 달리 말하건대 자국의 문화를 보편적 지평에 위치하게 하는 일이다. 그것이 문화의 자기 이해를 이룩하는 데에 핵심이 되는 일이기 때문이다.

　외국어의 습득은 서구에서나 근대 이전의 한국에서나 인문 과학의 중
요한 연수 방법의 하나였다. 고전적인 저작에 쉽게 접하자는 뜻도 있지만,
그것은 그 자체로서 의미를 갖는 것이었다. 헤겔은 독일의 고등학교에서
고전어를 배우는 의의를, 그 학습이 자기를 자기로부터 해방하고 자기를
타자의 눈으로 보면서 보편적인 세계로 나아갈 수 있게 하는 방편이라는
사실에서 찾았다. 적어도 인문 과학과 관련하여 언어 습득은 이러한 본질
적 의의를 잃지 않은 차원에서 생각되어야 한다. 이 차원에서, 외국어는 개
인적으로나 학문 전체로 보나 보편적 지평의 획득을 위하여 더 강조될 필
요가 있다.

　지금 우리 학문에 절실한 것이 언어 습득에서 작용하는 바와 같은 객관
화와 보편화의 심화이다. 그리고 그것을 통하여 우리의 문화적 전통을 이
해하고 설명하는 일이다. 그런데 여기에 커다란 방해 요인의 하나는 외국
어의 문제보다 우리 것에 대한 지나친 강조와 집착이다. 우리 것은 이질화
와 보편화를 통하여 다시 자신에 복귀함으로써 진정으로 우리의 것이 된
다. 내가 참석한 인도의 학술 발표 대회에서 나는 인도적인 것이 유별나게
강조되는 것을 보지 못했다. 그러면서도 인도의 문화가 배어 있었다. 보편
적 지평에서 움직인다는 것은 바로 이러한 상태를 말하는 것일 것이다.

　내가 타고르에 대해 관심을 가지고 있다는 것을 알고 한 인도의 학자는
타고르에 대한 자신의 글을 한 편 전해 주었다. 그것은 로맹 롤랑과 타고르
의 교류에 관한 것이었다. 롤랑은 타고르뿐만 아니라 당대 인도의 여러 인
사들 ─ 라마크리슈나, 비베카난다, 간디 그리고 네루와도 교섭을 가지고
있었다. 콜카타 출신 타고르의 흔적은 콜카타와 그곳으로부터 과히 멀지
않은 샨티니케탄에 있다. 역시 콜카타 출신인 라마크리슈나와 비베카난
다와 관련해서도 콜카타에는 그들을 기념하는 조상(彫像), 사원 등이 있다.

(간디와 네루, 특히 네루는 조금 다르다고 할 것이나) 이들은 인도의 전통에 그 정신적 뿌리를 내리고 있으면서, 인도의 독립에 대하여 깊은 열의를 가지고 있었다.

놀라운 것은 그들이 쉽게 서구 지식인들의 공감을 얻을 수 있었다는 사실이다. 그들은 그들의 소신을 인간의 본질적 신성(神性)을 말하는 종교의 언어로 표현했다. 종교의 정신성에는 문화와 전통의 경계를 넘어 호소할 수 있는 보편적 요소가 있다고 할 수 있다. 그러나 그들의 보편성이 종교적인 근거에서만 나오는 것은 아니었을 것이다. 로맹 롤랑은 자신이 기독교 신자도 간디주의자도 어떠한 계시 종교의 추종자도 아니라 진리의 탐구자일 뿐이라고 밝힌 바 있다. 그는 인도의 지도자들에게서 당대 유럽의 사상가들보다 더 풍부한 사상을 발견할 수 있다고 생각했다.

그는 "그들은 독자적으로 생각하지만, 그들의 사상은 가장 깊은 곳에서 ― 모든 것을 아울러 보는 데에서 나온다. …… 그러면서 그것은 우리의 생각 바로 그것이기도 하다."라고 썼다. 타고르와 간디를 두고는 "우리 모두가 공유하는 인류 유산의 중요한 부분을 살려 낸 위대한 인간"이라고 말했다. 인도의 지도자들을 뒷받침하고 있던 인도의 정신 전통은 서구인(西歐人) 롤랑의 세속적 진리가 존재하기도 하는 보편성의 지평 안에 있었던 것이다. 오늘날 인도의 학문적 사고의 수준은, 변형되고 또 어떤 관점에서는 왜곡되었다고 할 수도 있지만, 이 문화 전통 또는 적어도 거기에서 길러진 보편성의 마음의 습관에 힘입은 것이라고 할 수 있을 것이다.

한국의 우리가 물려받은 정신적 전통이 인도의 그것에 비교할 만하다고 할 수는 없을지 모른다. 그러나 오래 지속된 전통에는 작든 크든 그 나름의 인간적 삶의 여러 모습이 들어 있게 마련이다. 이것을 보편성 속에서 회복하는 것은 한국이 참으로 선진국 대열에 참여하는 데에 필수적인 조건이다. 이것을 위해서는 좁은 자아에서 빠져나오는 노력이 필요하다. 영어 능력 습득의 실용적 동기를 무시해서는 아니 되지만, 그것이 한국 문화의 보편성을 높이는 데에 기여하는 것이 된다면, 그것은 본질적인 기능을 수행하는 일이 될 것이다. 물론 이것은 영어를 배워야 그렇게 된다는 말은 아니다. 중요한 것은 학문과 문화를 보편적인 지평에 놓이게 하는 작업이다. 인도를 넘겨보고 일어나는 생각의 하나가 이것이다.

(2007년 2월 15일)

거대 계획과 사회 정책

　5년 임기 대통령 체제에서 4년이 지나고 1년여가 남은 때부터 레임덕 이야기가 나오기 시작하더니, 요즘 신문을 보면 다음 선거 이야기가 거의 매일 가장 큰 뉴스가 되는 듯하다. 현 대통령과 정부는 할 일이 없고 다음 번 선거만이 가장 중대한 정치 의제라는 인상을 준다. 대통령 취임 초에는 인수인계를 비롯하여 정책 집행 기구 전체를 파악 정비하는 데에 상당한 기간이 소비된다. 정부가 차분한 마음으로 해야 할 일을 하게 되는 시간은 참으로 짧은 듯하다. 황제의 절대 정치 체제하에 있으면서도 대중적 인기가 중요했던 로마 제국 시대부터 내려오는 말에, 빵과 서커스라는 말이 있다. 황제가 대중에게 제공해야 하는 것이 이 두 가지란 말이다. 오늘의 정치에서도 근본적인 메뉴는 비슷한 것인지 모른다. 정치에 월드컵이나 야구나 엑스포나 한류처럼 사람들의 흥미를 끌고 그들을 열광하게 하는 이벤트적 성격이 있는 것을 부정할 수는 없다.

　빵 문제는 물론 중요하다. 그러나 그것은 서커스만큼 흥분거리가 되지 못한다. 또 어느 정도의 경제 수준 이상에서는 빵은 각자가 알아서 지참하는 것이 되어서, 대중 정치의 핵심 의제가 되지 않는다. 이제 빵도 되고 서커스도 되는 것은 크게는 부동산, 작게는 번창하는 게임들의 도박판에서 대박을 터트리는 일일지 모른다.(로마에서 황제가 나누어 주는 밀을 받는 일은 일용하는 빵과 달리 사람들을 들뜨게 하는 일이었을 것이다. 지금도 이러한 일이 큰 사건이 되는 사회가 적지 않다.)

정치를 냉정하게 생각해 보면, 정치 수권자가 갈리는 것은 갈리는 것이고, 중요한 것은 그와 별도로 정치 책임자들이 정상적으로 임무를 수행하는 일이라고 할 것이다. 정치가 사람 사는 일의 근본에 관계되는 일이라고 한다면, 사람 사는 일이 그럴 수밖에 없듯이, 삶의 일상적 질서를 만들어 내고 그것을 유지 또는 향상하는 일이 그 가장 중요한 부분이라 할 것이다. 그러나 보통 사람의 삶이 하루아침에 천지개벽이 되듯 달라지기는 어려운 일이다. "개혁은 혁명보다 어렵다." — 이 말은 권력의 자기 미화에 사용되던 말이지만, 권력을 최대한으로 휘두르는 혁명도 느리고 답답한 개혁을 통해서만 어느 정도 목표를 달성할 수 있다는 뜻으로 해석할 수 있다.

대선은 늘 그러한 것이겠지만, 이번의 대선이 특히 관심 대상이 되는 이유는 현 정권이 사람들의 기대에서 너무 벗어난 때문이다. 사람들은 정치가 바뀔 것을 진정으로 원하는 것이다. 그런데 현 정권의 문제 하나는 정치를 지나치게 큰 이벤트적인 것으로 — 몇몇의 한정된 수의 큰 이벤트로 생각하고 하루아침에 천지개벽을 할 듯한 인상을 준 점이다. 그러나 그러한 발상은 업적을 내지도 못하고 사람들의 삶의 근본을 뒤흔들어 놓는 효과만을 낳았다. 걱정스러운 것은 다음에 어떤 정권이 서든지 간에 그 정권도 정치를 이벤트적 계획의 관점에서 생각할 가능성이 크다는 것이다.

참여 정부의 실패는 거대 계획 정치의 실패였다고 할 수 있다. 수도 이전 계획을 비롯하여 행정 도시, 혁신 도시, 기업 도시, 뉴타운 등 여러 이름의 신도시 또 개발 개혁 등이 그 대표적인 예이다. 부동산 가격의 상승과 그에 따른 투기 붐은 그 결과의 하나이다. 물론 정부가 계속적으로 표명한 의도는 부동산 투기를 억제하겠다는 것이었다. 그러니까 부동산 가격의 상승은 정부가 원하는 것이 아니었다고 하겠지만, 의도가 어떻든지 간에 현실은 그 반대로 갔다. 국민 생활에 직접적으로 영향을 끼치는 것은 의도가 아니라 결과이다. 결과에 대한 책임을 묻게 되는 것은 당연하다.

최근에 정부 당국자가 부동산 문제에 있어서 시장 원리에 따라 공급을 늘리는 정책을 취했어야 했다고 그 잘못을 시인했다는 보도가 있었다. 주택 공급이 늘어야 한다는 것은 전체적인 의미에서는 맞는 말일지 모르지만, 무주택자 또는 빈곤층에게 주택 마련이 가능하게 한다는 것이 정부의 의도라면, 그것은 시장의 문제가 아니라 사회 정책의 문제이다. 주택 문제를 수요 공급의 관점에서만 파악하는 것은 극히 조잡한 관점이라고 할 수밖에 없다. 빈곤층이 주택을 마련하게 한다는 것은 반드시 대체적인 의미에서의 공급을 늘린다는 것과 일치하지 않는다. 도시 내에서의 재개발의 경우 신주택지 개발은 기존 주택을 없앤다는 것을 의미한다. 이렇게 마련된 새 주택이 서민의 손에 쉽게 들어가게 될까? 판자촌 철거가 서민이 살수 있는 주택의 수를 줄인다는 것은 널리 알려진 사실이다. 농촌 지역에서는 신개발은 삶의 터전을 없앤다는 것을 의미한다. 또 염가로 입주할 수 있는 일정 수준의 주택을 생각한다면, 주거 확보와 소유가 일치하는 것도 아니다.

주거는 직장과 함께 사람이 삶에 뿌리를 내리고 사는 데 기본이 되는 요건이다. 주거의 문제는 이 뿌리내리는 일과의 관계에서 복잡하게 생각되어야 한다. 주택은 그 자체로서 살 만한 것으로 되기보다는 그것이 위치한 동네가 살기 좋은 것이 되는 것과 밀접하게 연결되어 있다. 집도 집이지만 기반 시설들을 향상하고 동네의 동네로서의 성격을 향상하는 것이 중요하다.

우리가 사는 곳들이 동네도 아니고 집도 아니고 부동산이 된 것은 이러한 것들의 유기적 관계들을 존중하지 않고 문제를 큰 추상적 계획 하나로 해결할 수 있다고 생각하는 것에 관련되어 있다. 당국자가 작성한 청사진에 의하여 집과 동네가 헐려 나가고 새 아파트가 들어서고 하는 과정에 투기는 스며들게 마련이다. 주거지 건설은 토목 건설 계획이 아니라 주민의 인간적 필요에 섬세하게 맞아 들어가는 사회를 만드는 사회 계획에 속한다.

참여 정부가 군사 정권과 같은 개발 계획의 정부라는 지적들이 있었다. 거대 계획에 의한 사회 변화가 필요한 경우가 없는 것은 아니다. 산업화는 초기 단계에서 인프라에 대한 큰 투자를 요구한다. 공산 혁명 후 소련의 산업화와 근대화에 기초를 놓은 것은 그 경제 계획들이었다. 북한은 거대한 경제 계획으로 전쟁 후의 도시와 산업의 기초를 마련하는 데에 성공하고 한동안 이 점에서 남한을 앞질러 갔다.

그러나 거대 계획들은 일정한 단계 이후 부정적인 효과만을 낳게 되었다. 지금 서구의 선진 여러 나라에 사회 문제를 거대 토목 건설 계획으로 풀어 나가겠다는 정당은 없다. 그러한 것이 있다면, 그것은 토목 건설 회사와 결탁한 부패 정당일 것이다. 여러 나라의 정당 ─ 특히 진보 정당이 논의하는 것은 여전히 따분할 수도 있는 고용, 의료, 교육, 사회 안전망, 환경 등에 관한 사회 정책이다.(제도는 한번 대강을 잡아 좋으면 되는 것이 아니다. 국민의 편의와 여건에 따라 끊임없는 잔손질이 필요하다.) 경제가 이것을 뒷받침하여야 하겠지만, 이것은 기업에 대한 적정한 자극과 유도, 격려의 문제이지 직접적인 의미에서 정부의 소관사가 아니다. 물론 정부의 가장 큰 책임은 섬세한 조율을 통하여 산업 활동이 국리민복에 기여하게 하는 일이다. 우리의 과제를 선진 산업국들의 과제와 동일한 것으로 볼 수는 없다. 그러나 정부 정책의 중점을 거대 건설 계획 ─ 더 일반적으로 거대 계획에 두는 것은 시대착오적인 일이다.

빵과 서커스의 테두리를 벗어나지 못하는 선거 분위기는 눈을 휘둥그렇게 할 거대 계획들을 양산할 가능성이 크다. 선거의 기준이 거대 건설 계획들이나 이데올로기적 주장이 아니라 건실한 사회 정책 ── 국가 정책이 되어야 한다는 것이 참여 정부의 교훈이다.

(2007년 3월 1일)

욕망의 미래와 균형

최근에 일어난 여러 진보주의 논의는 참여 정부의 성과를 평가하는 작업의 일부이면서 동시에 한국 사회 또는 더 일반적으로 인간의 미래의 불확실성에 대한 고민을 표현하는 것으로 생각된다. 역사적 지속의 긴 시간(longue durée)으로 볼 때, 지난 수십 년간의 한국 역사에서 가장 중요한 변화는 경제 발전이다. 그 속도가 떨어진 대로, 이 발전은 참여 정부에서도 계속되었다. 그러나 이것이 큰 위안을 주지는 못하는 것으로 보인다. 그것은 이미 이룩한 것은 당연한 것이 되어 버리는 때문이기도 하지만, 자본주의적 발전의 성격으로 인한 것이기도 하다. 미래를 위한 자본주의의 약속은 계속적인 경제 발전이다. 그러나 자본주의는 이 발전이 궁극적으로 무엇을 위한 것인가에 대해서는 답하지 않는다.

마르크스주의 등의 자본주의 비판은 자본주의가 부와 동시에 빈곤과 고통을 증가시키는 결과를 가져온다는 것을 핵심적인 사실로 지적했다. 이 문제의 역사적인 변화는 간단히 말하기 어렵다. 자본주의의 선진국이라고 할 수 있는 나라들을 보면, 사회 전체가 자본주의에 의한 부의 증가의 혜택에 참여하게 되었다고 할 수 있다. 그러나 빈부 격차는 국가 간의 빈부의 격차로 전이되고 빈곤의 삶의 고통은 사회 내의 빈곤층으로부터 빈국의 부담이 되었다고 할 수 있다. 짧게 보아 국가 단위의 과제는 한시바삐 자본주의적 근대화를 서둘러서 선진국의 대열에 끼는 일이다. 빈곤과 고통의 세계적인 전가 체계에서 한국은 대략적으로 말하여 조금은 유리한 위치를 점유하게 되었다고 할 수 있다.

다른 한편으로 국가 간의 빈부 문제는 일시적인 것이고 세계 여러 나라들이 다 같이 경제적 풍요를 누리게 되는 날이 온다고 생각하는 견해가 없는 것은 아니다. 그러나 여기에는 지구 자원, 자연환경이 이것을 감당할 수 있는가 하는 문제가 있다. 이러한 문제 이외에 대안으로서의 마르크스 주의의 호소력은, 모든 인간의 화해 그리고 인간성의 회복과 신장을 약속하는 유토피아의 비전에 있었다. 그러나 이제 사회주의 블록의 붕괴 후 사회주의는 그 현실적 의미를 상실하고, 우리에게 가능한 미래는 오직 자본주의의 미래가 되었다.

경제 발전이 가져올 풍요가 인간적 소망의 중요한 부분이라는 것을 부정할 수는 없다. 그러나 이 소망이 무제한의 개인적 욕망이 될 때, 그것은 갈등을 낳고 사람들이 원하는 삶의 행복을 파괴하는 결과를 가져올 수 있다. 물질적 풍요는 인간적 필요와 균형을 이루는 한도에서만 행복에 기여한다. 그러나 지금의 상태에서 필요를 넘어가는 물질적 욕망을 억제하고 인간적인 균형에 이르게 할 방법은 거의 없는 것으로 보인다. 사회주의 정권들은 전체주의적 정치 체제와 이데올로기를 통하여 개인적 욕망을 통제하려 했다. 그러나 그것은 참혹한 실패로 끝났다. 그 원인을 간단히 말할 수는 없으나, 자유로이 뻗는 사람의 욕망을 잠깐은 몰라도 오랫동안은 강제력이나 추상적인 계획에 의하여 통제할 수 없다는 것도 그 원인의 하나일 것이다. 그것은 조심스러운 균형으로 유도될 수 있을 뿐이다. 이것을 가능하게 하는 사회 체제가 어떤 것인가는 지금 단계에서는 생각하기 어려운 것으로 보인다. 주어진 그리고 정당한 필요와 욕망의 인정으로부터 시작하여 이것을 인간의 진정한 행복에 연결하도록 노력하는 일이 지금 유일하게 할 수 있는 일로 생각된다.

얼마 전에도 이 칼럼에서 인도 얘기를 했지만, 다시 인도의 예들을 들어서 이야기하여 본다. 콜카타 체제 중 나는 타고르가 세운 비스바바라티 대학을 찾아간 일이 있다. 소재지 샨티니케탄까지의 기차 여행은 우리의 옛 완행 열차에 대한 향수를 느끼게 하는 것이었다. 헌 철판을 다져 만든 듯한 기차 칸에 오르려면, 밀집한 사람들 사이를 밀치고 나아가야 한다. 그래도 빈자리는 없다. 콜카타에서 서북으로 200여 킬로미터 떨어져 있는 샨티니케탄까지는 약 4시간이 걸린다. 이 여행의 반을 나는 입구의 열린 문 옆에 서서 보내며 동행한 자다브푸르 대학의 대학원생과 이야기를 나눴다. 그러다 한국의 기차 여행에서는 자리를 걱정할 필요가 없고 서로 밀고 닥치는 일이 많지 않다는 말을 했다. 이 학생은 부러움을 표하면서, 기회가 있으면 한국에 가 보고 싶다는 말을 했다.

다시 대학으로 돌아온 후, 나는 다른 대학원생들과 기차 이야기를 하게 되었다. 한 여학생은 기차로 두 시간이 걸리는 곳으로부터 대학에 통학을 하고 있었다. 그녀의 고민은 기차에 오르거나 자리에 앉을 때에, 순서를 지켜 양보하는 것이 도리라고 느끼면서도 그렇게 하지 못한다는 것이었다. 그녀의 고통은 몸의 고달픔에만 관계된 것이 아니었다. 그녀는 혼잡한 여행 환경에 익숙해졌으면서도 완전히 익숙한 것은 아니었다. 그녀도 한국을 방문하고 싶다는 소망을 말했다. 이러한 대학원생들의 이야기는 삶의 작은 조건에 관한 것이지만, 몸으로 마음으로 느끼는 평화롭고 조화된 삶에 대한 그리움을 표현하는 것이었다.

그러나 소망을 철도에 한정한다고 하더라도, 철도의 개선은 그것만 따로 이루어질 수 없고 더 큰 근대적 발전을 기다려야 할 것이다. 다른 한편으로, 산업화의 여러 문제들을 생각할 때, 철도 여행의 개선이 꼭 필요한 것일까? 다른 세상을 모른다면, 지금의 열차 환경도 삶의 자연스러운 조건의 일부로 받아들여질 만한 것일 것이다. 철도가 없다면 어떨까? 사람들은 작은 공동체의 자족적인 삶을 보다 충실하게 살지도 모른다. 말과 도보로 팔도를 여행하고 중국까지도 다녀오던 우리 선조들에 비하여 주마간산하는 우리의 관광 여행은 참으로 더 풍부해진 삶을 나타내는 것일까? 지금 벵골 지방의 큰 정치 문제는 산업화를 추진하는 주 정부와 자신들의 땅과 삶을 지키려는 농민들의 갈등이다. 행복은 그때그때의 균형과 자족의 문제이다. 자연 부락들의 자족성을 깨뜨리는 데에 가장 중요한 역할을 하는 것이 교통수단의 발달이다. 그 발달은 지나칠 수도 있다.

물론 이러한 생각은 현실을 떠난 몽상에 불과하다. 기차 여행을 안락하게 하는 발전에 대한 요구는 너무나 인간적인 요구이다. 또 일단 시작된 발명은 그 나름의 완결을 지향한다. 그런데 보다 편리한 것을 향한 사람의 욕망은 여기에 멈추지 않는다. 오늘의 열려 있는 세계에서 더 나은 세계에 대한 암시는 끊임없이 우리 삶의 균형을 깨트린다. 수렵 채취, 농경을 거쳐 산업화의 시대에 이르는 인간의 역사는 균형 파괴의 가속화의 역사라고 할 수 있다. 증대하는 필요와 욕망의 어떤 것을 존중하고 어떤 것에 저항해야 하는가?

1947년의 독립 이후 미·소 냉전 속에서 중립 노선을 지키던 인도는 1960년대에 세계 최초의 유인 인공위성을 궤도에 올리는 데 성공한 소련의 우주선 계획에 참여하게 되었고, 소련은 인도에 우주 과학자들의 사절단을 파견, 주재하게 했다. 인도에 파견되는 사절단원들은 인도 시장의 풍요에 놀랐다. 시장에서 식료품들을 자유롭게 살 수 있게 된 것은 그들에게 큰 기쁨이었다. 사람들에게 절실한 것은 매일매일의 삶의 기쁨이다. 자본주의 경제 성장의 기계는, 진짜와 가짜를 아우른 욕망을 무제한으로 제조한다. 지금 절실한 것은 어떻게 하여 자유, 평등, 화해의 범위 안에서 필요와 욕망이 적정한 균형에 이르는 사회 체제를 구축하느냐 하는 문제이다. 이것을 향하여 앞으로 나아가고 있다는 느낌이 들 때, 사람들이 미래에 대하여 품는 불확실성은 조금 더 줄어들게 될지 모른다.

(2007년 3월 15일)

노르웨이 왕과 청어잡이

앞뒤를 조심하지 않는 정치가들의 발언은 이제 우리에게 익숙한 것이 되었다. 중요한 것은 표현이 아니라 정책의 내실이기 때문에 표현을 문제 삼는 것은 낭비적인 일이다. 그러나 표현의 방식은 정책의 배경에 들어 있는 삶의 문제에 대한 기본적인 자세를 드러내 준다. 그리고 일의 처리에서 길게 보아 결정적인 것은 근본이 되는 자세이다.

신문 보도는 부동산 보유세와 관련하여 대통령 그리고 경제 부총리의 발언으로 "세금을 낼 수 없으면 더 싼 곳으로 이사하면 된다."라는 말을 전한다. 정확히 전달된 것이라면 이것은 우리를 당황하게 하기에 충분한 말이다. 그것은 단순한 농담일 수도 있고, 무조건적인 반대에 대한 노여움을 표한 말일 수도 있지만, 국민을 상대로 참을성 있는 설득과 설명을 의도하는 말이 아님은 분명하다. 보유세의 의도가 부동산가 억제를 위한 것이라는 것을 받아들인다고 하더라도, 이러한 말은 그 정당성을 설명하는 것이 아니라 보유세가 부유층에 대한 감정적 보복이라는 인상을 준다.

더 크게 보면 보유세는 부유층에 대한 과세를 늘려서 그것을 복지에 쓰자는 정책의 일환이라고 할 수도 있다. 그렇다면 그것은 사회적 균형의 이상에 비추어 설명되고 그 실현을 위한 분명한 방안에 의하여 뒷받침되어야 한다. 이러한 큰 계획에 이어지지 않는 즉흥적 조처는 즉흥 이상의 것이 되지 아니한다. 일찍이 존 로크가 말한 바와 같이, 재산권은 재산을 보호한다는 것 외에 재산이 개인의 인격적 자유의 토대가 된다는 정치적 의의를 가지고 있다. 그것을 제한하는 데에는 보다 큰 이념과 계획의 정당성이 있어야 한다. 정당성의 설득이 없이 부과되는 세금은 옛날에 흔히 말하던 가렴주구의 범주에 들어간다.

우리는 자유 무역 협정(FTA)과 관련해서도 이와 비슷한 표현과 기본적 입장의 문제를 발견한다. FTA가 국가의 장래를 위하여 무엇을 의미하는 것인지는 비전문가로서는 분명하게 헤아려 생각하기 쉽지 않다. 그러나 FTA 협상에서 농산물, 특히 쌀 시장의 개방 문제가 중요한 걸림돌이 되는 것은 이해되고 남음이 있다. 그리고 이 점에 큰 양보가 있을지 어쩔지는 지금의 시점에서는 예측할 수 없다. 그러나 농산품도 상품이고 그것도 세계 시장의 논리에 지배받을 수밖에 없다고 하는 지극히 간단하게 들리는 설명은 우려스러운 태도의 표현이라는 생각을 금할 수가 없다.

지금 프랑스에서는 4월 22일에 첫 투표가 있을 차기 대통령 선거가 주요 정치적 관심사로 되어 있다. 좌우를 대표하는 대선 주자 이외에 중도파인 프랑수아 배루 후보의 인기가 상승하고 있다는 외신 보도가 있었다. 그것은 그의 정치적 견해 이외에도 그가 농촌 출신이며, 지금도 자기 출생지에 살고 있다는 사실과 관계가 있을 성싶다. 《뉴욕 타임스》 칼럼은 배루 후보가 소를 껴안고 서 있는 사진, 그는 비행기파(派)가 아니라 트랙터파라는 발언 등이 그의 이미지의 일부가 되어 있다고 소개하고 있다. 유럽 연합의 여러 나라들과 마찬가지로 프랑스가 논란에도 불구하고 농업 보호 정책을 버리지 않은 것은 만일의 비상시에 대비하여 국가의 식량 생산 능력을 유지해야 한다는 것 이외에, 프랑스인들의 농촌적인 삶에 대한 향수에도 이유가 있을 것이다.(유럽에서는 농업 보호 정책에 대한 비판은 시장주의자보다 농산물 수출 의존도가 높은 아프리카 등지의 개발 도상 국가들을 도와야 한다는 진보주의자들 사이에 더 강한 것으로 보인다.)

농업 문제가 단순히 세계 시장의 이해타산으로만 생각될 수 없는 것은 분명하다. 농촌에 대한 향수는 단순한 감상으로만 치부할 수 없는 오래된 삶의 방식에 대한 애착을 의미한다. 우리 전통의 '농자천하지대본'이라는 말이 의미하는 것은 농업이 사회의 경제적 기반이라는 사실과 함께 삶의 방식으로서의 농업에 대한 긍정을 표현한다. 삶의 뿌리로서의 땅은 여러 가지로 특별한 의미를 갖는다. 이것은 거주의 문제에 있어서, 부동산이 돈에 맞추어 집을 옮기는 일보다 삶의 뿌리내리기에 관계된다는 데에 이미 함축되어 있다. 농업에 있어서 땅의 의미는 비교할 수 없게 착잡하다. 농업으로 먹고사는 일이 예나 지금이나 쉬운 일이라고 할 수는 없지만, 적어도 그것은 사람이 5000년 이상 익숙해 온 것이다.

산업화는 이것을 거의 하루아침에 뒤집어 놓는다. 이것이 괴롭지 아니할 수 없다. 농촌은 유기적 성격이 강한 삶의 생태적 표현이다. 농촌에서의 삶의 보람은 ― 물론 적절한 제도적 보장이 있는 경우 ― 단순한 수익의 증대보다 생활의 총화에서 얻어진다. 근본이 되는 것은 경제의 관점에서 볼 때 생산자, 생산 수단 그리고 다른 사람들 ― 이러한 것들에 대한 관계가 반드시 경제적 이윤에 의하여 지배되는 것이 아니라는 사실이다. 산업의 발달은 이러한 것들 ― 경제적 토대 그리고 정서적 안정성을 위협한다. 세계 자본주의의 미래를 예측한 마르크스의 말대로 "산업 사회의 대두는 이데올로기, 종교, 도덕, 국가의 경계들을 파괴한다." 그리고 그것은 "모든 문명 사회와 문명 사회의 개인들로 하여금 필요를 충족시키는 일에 있어서 전 세계에 의존하지 않을 수 없게 한다." 이러한 것들은 삶의 자연스러운 성장을 불가능하게 하고 인간의 단편화를 가져온다. 농촌을 벗어난 도시의 발달은 이러한 역사 과정에서 가장 중요한 계기의 하나이다. 마르크스의 이러한 진단은 지금에도 산업 사회에 사는 많은 사람들이 느끼는 깊은 불행 의식의 일부를 표현한 것이라 할 수 있다.

물론 마르크스는 그 특유의 냉소적 역사관을 가지고 산업 사회에서의 여러 가지 전통적인 삶의 형식 파괴를 공산 혁명을 준비하는 역사적 변증법의 일부라고 해석했다. 그런데 당대의 불행을 경과 과정으로만 보는 이러한 설명은 마르크스주의에서만이 아니라 모든 발전 사관 ─성장 제일주의를 포함한 발전 사관이 공유하는 것이다. 그들은 농업 사회에서 산업 사회로의 이행의 득실을 섬세하게 고민하지 않는다. 손익 계산을 모르는 것은 아니지만, 모든 것은 총계에 의하여 정당화되는 것으로 본다.

물론 역사에 그 나름의 운동과 관성이 있다면, 그 진로에서의 일득일실(一得一失)을 따지는 것은 현실적으로 부질없는 일이라 할 수 있다. 그렇다고 발전에 따르는 불행에 주의하는 일은 무의미한 것이 아니다. 사태의 전체적 방향을 수긍하는 경우에도 그것은 현실의 가혹성을 줄이는 방책들을 궁리하게 한다. 더 나아가 그것은 이른바 발전이라는 것에서 얻는 것이 무엇인가 하는 것을 근본적으로 물어보게 하는 마음의 바탕이 된다.

노르웨이의 사정을 아는 데에는 노르웨이 왕이 아니라 청어를 알아야 한다는 말이 있다. 왕의 이름이나 행적이 아니라 그 경제의 핵심에 있는 청어잡이의 정황을 아는 것이 중요하다는 말이다. 더 중요한 것은 청어잡이에 종사하는 사람들의 삶이다. 말할 것도 없이 정치적 선택에서 논점이 되는 것은 정책의 적절성이다. 동시에 중요한 것은 그 파급 효과를 널리 고려하는 일이다. 그것은 일직선적으로 생각한 최종 합산의 결과만이 아니라 그것이 사람이 원하는 삶의 질서에 어떤 의미를 갖느냐 하는 것을 숙고하는 것을 포함해야 한다. 정책적 아이디어는 삶을 단순화한다. 그렇

다 하더라도 그것은 삶이라는 복합체의 일부를 이룬다는 느낌을 줄 수 있
어야 한다.

(2007년 3월 29일)

허영의 시장

공직자 재산 신고 제도는 공직자의 청렴을 확보하여 민주주의의 기초를 다지자는 중요한 제도이다. 지금도 당초에 의도된 기능을 수행하고 있다고 할 수 있다. 그런데 근년에 공개된 고위 공직자 재산 내용을 보면서, 사람들의 관심은 누가 얼마나 청렴을 유지하면서 국가와 사회에 봉사했는가보다는 누가 얼마만한 재산을 보유하고 있는가로 쏠리는 것이 아닌가 한다. 재산 공개에서 무엇보다도 눈에 크게 띄는 것은 대체적으로 공직자들이 상당한 재산가들이라는 사실이다. 그렇다고 공개되는 재산의 크기에 특히 부정적인 느낌을 갖거나 표현하는 것으로 보이지는 않는다. 이것은 경제 형편이 그만큼 느긋한 것이 되었기 때문이라고 말할 수 있다.

그러나 여러 가지 착잡한 생각이 일어나지 않는 것은 아닐 것이다. 한 신문의 분석에 의하면, 우리나라 가정의 평균 재산이 2억 8000만 원인데 대하여, 고위 공직자의 평균 재산은 17억 2000만 원으로서, 그 차이가 6~7배 된다고 한다. 민주주의 사회에서 소수가 아니라 다수 정치 지도자의 재산 정도가 국민 평균과 이렇게 큰 간격이 있다는 것이 건전한 일이라 할 수 있을까 —— 이러한 의문을 가질 수 있다. 마음을 더 산란하게 하는 것은 소수의 인사들을 빼고는 많은 공직자들의 재산이 전년도에 비해 크게 늘었다는 사실이다. 100억 원 이상 늘어난 경우도 있지만, 평균으로 쳐도 그 증가액이 3억 원 이상 된다고 한다. 재산의 평균 증가율만도 20퍼센트가 넘어간다. 재산 불리기에 전념을 해도 이것은 쉽지 않은 일일 터인데, 공무에 바쁜 분들이 어떻게 재산을 이렇게 늘릴 수 있었을까 —— 이러한 의문을 가질 수도 있다.

이 의문에 대해서는 일단 쉬운 답을 찾을 수 있다. 신고된 공직자 재산의 가장 큰 부분은 부동산이다. 부동산 가격이 크게 뛰고, 그 오른 가격이 반영되도록 신고 규정이 바뀌었기 때문에 재산은 전년도에 비하여 크게 불어난 것이다. 재산 신고가 공시 가격이 아니라 실제 거래되는 또는 거래될 수 있는 가격을 기준으로 했더라면, 대부분의 재산은 공개된 것보다 훨씬 큰 것이 되었을 것이다.

공직자의 재산 증가가 이러한 사정으로 인한 것이라고 할 때, 이와는 달리 흥미로운 것은, 공표된 재산이 여러 숫자의 조정으로 산출된 것이라는 점이다. 그렇다면 그것은 상당히 가상적 성격을 띤 것이라 할 터인데, 최종 숫자의 어디까지가 재산의 진정한 증가를 나타내는 것일까? 세금 폭탄이라는 부동산 보유세는 보유하고 있는 집값이 오른 것에 대해 과세하는 것인데, 이에 분개하는 사람들은 실현되지 않은 이익에 세금이 과해진다는 사실, 즉 번 일이 없는 돈에 세금이 부과된다는 사실을 납득하지 못하는 것이다. 그뿐만 아니라 땅이나 집에 대한 소유가 불어난 것도 아니고, 한 일이 있는 것도 아니다. 고위 공직자의 재산이 늘어났다고 하는 경우도 그것이 현실인지 가상인지 분명치 않다. 부동산 투기의 경우, 투기자가 물질적 소유를 늘린 것은 사실이다. 그러나 사회 전체로 볼 때, 사회의 물질적 부에 보탠 것이 있는 것은 아니다. 소박하게 말하여 에르그(erg)로 측정할 수 있는 일의 수행이 없는 것이다. 이것이 사람들로 하여금 투기를 수상쩍은 일로 보게 하는 이유의 하나이다.(이것은 개척이나 개간으로 토지를 가공했다는 사실에서 토지 소유의 원천적인 정당성을 찾으려 한 자유주의 원조 사상가 존 로크의 생각에 상통한다.) 그러나 불어난 것이 없는 현실 가운데에서도, 재산이 늘어났다고 하는 결정이 틀린 것은 아니다.

현대 경제에서의 가상과 현실 구분의 이러한 불명확성은 지난 3월에 작고한 프랑스의 이론가 장 보드리야르의 주장—사람이 사는 세계가 사실의 세계가 아니라 가상의 세계라는 주장을 생각하게 한다. 보드리야르의 가상 세계 이론은 인간의 경제 활동—생산 활동과 소비 생활도 그 물질적 근거와 큰 관계가 없다는, 정치 경제의 대전제를 뒤집는, 기발한 관찰로부터 시작했다. 그에 의하면 물건의 의미는 사용 가치나 교환 가치가 아니라 기호 가치에 의하여 결정된다. 그것을 언어로써 또는 여러 가지 이미지로써 사람들에게 전달하는 것은 상품 광고나 정보의 매체들이다. 사람들의 소비 생활—옷을 사고, 집을 사거나 짓고, 실내를 장식하고, 가구를 구입하는 일들이 매체가 전파하는 정보와 이미지의 암시에 따라 좌우되는 것임은 분명하다. 보드리야르의 분석은 여기에 일정한 논리가 있고 체계가 있다는 것을 보여 준다. 이러한 체계가 하나의 중심으로부터 나오는 것인지 어떤지는 분명치 않다. 그러면서도 그것은 권력 체계처럼 작용하면서 사람들의 필요와 생산 활동, 소비 생활을 규정한다. 그 지배하에서 그것을 벗어나는 개인적인 선택 그리고 집단적인 선택은 완전히 무력한 것이 된다.

보드리야르는 사람의 물질생활 또는 경제의 본질이 원래부터 상징적이었다고 하지만, 그것은 어쨌든지 자본주의가 점점 그쪽으로 발달하여 온 것이 사실이다. 흔히 지적되듯이 사람이 만들어 내는 물건의 의미가 그 쓰임에 의하여 정해지지 않고 시장에서의 교환 가치로 추상화되는 것이 자본주의 시장 경제의 시작이다. 이러한 교환 수단으로서의 돈이 독자적인 가치를 가진 것이 될 때, 경제 활동은 생산으로부터 한 걸음 더 멀어지고 추상적인 것이 된다. 그러면서도 정치 경제 이론은 경제 활동이, 직접적인 방법이 아닐망정 궁극적으로는 물건이나 서비스의 쓸모에 이어진다는 상정을 버리지 못한다. 투기의 성격을 가진 증권 시장의 경우에도 주식의 등락은 최종적으로 기업의 업적에 관계된다. 결국은 산업 생산품의 사용 가치에 이어지는 것이다. 보드리야르가 말하는 것은 이러한 관계가 결정적으로 단절되고 완전히 가상화되는 후기 자본주의의 최근 단계라고 할 수 있다.

물질적 토대를 완전히 떠나서 사람의 삶이 존재할 수 있다는 것은 과장된 주장임에 틀림이 없다고 하겠지만, 이 토대와의 관계가 일정한 상징적인 굴절을 통하여 매개되는 것은 사실일 것이다. 그 결과 경제의 물질적 근거가 거의 보이지 않게 되는 것도 생각할 수 있다. 원래 공동체적 한계 속에서 작동했던 상징 체계는 이제 완전히 고삐 풀린 가상의 세계가 된다. 어쨌든 한국의 경제는 지금 이러한 가상의 세계로 근접해 가고 있는 것이 아닌가 하는 생각이 든다. 사람들은 생활의 필요를 충실히 하는 일보다 과시와 허영을 위한 소비에 들뜨고 국가적으로도 거대한 볼거리 행사(스펙터클)에 열광하는 것이 오늘의 상황이다. 사람들의 생각은 물질의 쓰임새로부터 그 상징과 가상의 세계로 옮겨 간다. 부동산 열기, 가상적 숫자의 현실화, 사람의 물질생활을 더욱 추상화할 기획으로서의 자유 무역 협정(FTA) 등도 이러한 변화의 증후에 포함될 수 있을 것이다.

경제의 추상화, 거대화, 가상화는 급한 삶의 필요가 대체적으로 충족되고 있다고 말할 수 있다. 그러나 한편으로 그것은 그러한 충족에 대한 마련이 등한시될 수 있다는 것을 의미한다. 자본주의에 대한 비판은 확대되는 시장 속에서 사람의 구체적인 필요가 추상화되고 보이지 않는 것이 된다는 것이었다. 이 필요는 물질적 필요와 함께 더 일반적으로 사람이 사람답게 사는 데 필요한 것들을 말한다. 모든 것이 물질과 삶의 구체적인 기반을 떠나는 시대의 흐름 속에서 이러한 필요를 확실하게 기억하는 일은 점점 더 어려워지는 것으로 보인다.

(2007년 4월 12일)

학문과 인생의 성취

지난 16일 미국 버지니아 공대에서 일어난 사건을 보며, 우리는 사람 안에 숨어 있는 어둠의 심연에 전율을 느낀다. 그러나 희생자의 가족들이 살인자와 그 가족에게까지 슬픔의 뜻을 전한다는 보도는 이 심연 위로 걸쳐 놓는 사랑과 관용의 다리가 튼튼한 것일 수도 있다는 것을 생각하게 한다. 이 일과는 별도로, 조승희 군의 배경으로서 보도된 버지니아 주 한국 교포들의 성실한 삶에 대한 이야기는 한국계 이민자들을 모범 이민자라고 하는 평가를 다시 확인해 준다. 이들은 미국 사회에 성공적으로 적응한 이민자들이다. 그러나 한 가지, 그들의 명문 대학 집념은 가장 한국인적인 특징인 것 같다. 그곳에도 학원이 번창하고, 교포 신문에는 이른바 아이비 대학 합격생들의 명단이 발표된다고 한다. 조 군의 누나도 이 명단에 올랐지만, 조 군은 거기에 오르지 못한 사람에 든다.

한국인이 전체적으로 교육에 큰 관심을 가지고 있다는 것은 좋은 일이다. 교육 — 특히 명문대 입학에 집착하는 의도가, 학문을 닦음으로써 뜻있는 삶, 이웃에 봉사할 수 있는 삶을 살게 한다는 교육의 참목적 때문만은 아니라고 할지 모른다. 그러나 어떤 이유에서든 지적 능력의 계발을 삶의 한 중요한 부분으로 삼는 것은 좋은 일이다. 그러나 이번의 사건을 그것에 관련시키는 것은 잘못이겠지만, 보도된 이야기들은 명문대 숭배가 성장하는 청소년의 마음에 지나친 압력으로 작용할 수도 있다는 것을 생각하게 한다. 조승희 군이 크고 허황한 것에 부쳐 자기를 정당화하려 한 것은 분명하다.

좋은 대학에 가야 한다는 생각에는 보다 나은 삶의 길이 공부의 관문을 경유해야 한다는 전제가 들어 있다. 그런데 잠깐만 돌아보면 인생의 성취가 명문 대학에 의하여 보장되는 것이 아님은 분명하다. 이것은 인생의 성취가 학문의 성취와 일치하는 사람의 경우에도 그러하다. 최근 나는 나의 글들에서 언급한 유명한 학자들이 순탄한 공부 길을 간 사람들이 아니라는 것을 우연히 발견했다. 지난번 이 칼럼에서 언급한 보드리야르의 경우도 그렇다. 그는 농촌에서 태어났지만, 어릴 때부터 신동으로 알려져 명문 앙리 4세 고등학교에 들어가고 거기에서 프랑스 최고의 명문 고등사법학교에 입학할 준비를 했다. 그러나 그는 중도에 공부를 그만두고 농사도 짓고 미장일도 했다. 공부를 다시 시작해, 소르본에서 독문학을 공부하고 고등학교 교사와 대학 독문학 강사로서 직업 지식인의 길에 들어섰다. 그러나 그의 학문의 길도 똑바른 하나의 길은 아니어서, 그는 다시 사회학으로 학위를 했다. 그에게 세계적인 명성을 가져온 것은 사회 철학의 저술들이었다.

몇 달 전 이 칼럼에서 언급한 일이 있는 가스통 바슐라르의 학교와 학문의 길은 참으로 기구하다. 그의 아버지는 시골에서 담배 가게를 운영했다. 그는 고향에서 고등학교를 마치고 대학 공부를 시작했지만, 공부를 중단하고 2년간 군에서 복무했다. 제대 후 그는 우체국 직원이 되었다. 본격적인 공부는 6년간 우체국에 재직하는 동안 (공부를 위하여 휴직도 해 가면서) 파리 대학에서 수학, 화학, 물리학을 공부하면서부터였다. 그러나 이 공부도 1차 대전으로 중단되고 그는 3년을 넘게 군에 복무했다. 무공 훈장을 받고 제대한 후 그는 고향에서 화학과 물리학을 가르치다가, 서른여덟 살에 철학으로 박사 학위를 받고, 마흔여섯이 되어서야 정식으로 디종 대학의 교수가 되었다. 그리고 쉰여섯에 소르본의 중요한 교수직을 맡게 되었다. 그의 학문은 여러 일들에 종사하면서, 반은 자습으로 이룩해 낸 업적이다. 그의 전공도 수학, 화학, 물리학에서 과학 철학과 과학사로 옮겨 갔다. 가장 중요한 저작들은 만년의 시적 상상력에 관한 연구에 관한 것이다.

얼마 전에 글을 한 편 쓰면서 참고한 저자에 사회학자 노르베르트 엘리아스가 있다. 그의 경우 대학에서부터 문제가 있었던 것은 아니지만, 박사 학위를 취득하고 학문적 성취와 인정에 이르는 과정은 지극히 험난한 것이었다. 그는 고등학교를 졸업하자 1차 대전으로 군에 입대했다가 제대후 고향 브레슬라우의 대학에 입학했다. 전공은 철학, 심리학, 의학이었으나 의학 공부는 예비 시험 합격 후 그만두었다. 브레슬라우대 재학 중에는 독일 대학의 관습에 따라 하이델베르크와 프라이부르크 대학에서도 공부했다. 우리의 학부 과정에 해당하는 부분은 무사히 마쳤다고 하겠으나, 박사 학위 공부와 취직은 참으로 많은 곡절을 거쳐야 했다. 대학 입학 5년째에 아버지의 사업 실패로 그는 학업을 중단하고 아버지가 운영하던 철물 공장에서 일했다. 그러다 2년 후 브레슬라우 대학에서 박사 학위를 취득할 수 있었다.

그러나 교수 자격 획득을 위한 하빌리타치온은 결국 제대로 끝내지를 못했다. 하이델베르크 대학에서 사회학자 알프레트 베버의 제자가 되었다가 다시 6년 후에는 프랑크푸르트 대학의 카를 만하임 교수의 제자가 되었다. 3년 후 논문을 완성하고 학위 취득 직전, 나치 정권이 대학 사회과학 연구소를 폐쇄하는 바람에 그것은 허사가 되고, 그는 유태인 박해를 피해

1925년 파리로, 그리고 다시 영국으로 망명했다. 영국에서는 런던 경제학교에 와 있던 만하임 교수의 조교가 되었다. 이 기간 중 아버지가 죽고 어머니는 아우슈비츠 수용소에서 처형되었다. 그도 그의 독일 국적 때문에 8개월간 영국에서 수용소 생활을 해야 했다. 그는 1954년 57세의 나이에야 레스터 대학에 정착했다. 그러나 정작 그가 널리 알려지게 된 것은 1969년 『문명화 과정』이 영어로 출판된 다음이었다. 원저는 하빌리타치온의 논문에 기초한 것으로서 1939년에 스위스에서 출판된 것이었다.

이러한 사례들은 학문의 길이 명문을 지나서 탄탄대로를 가는 일만일수 없다는 것을 말해 준다. 이들은 그러한 큰길을 가지 않고도 그들이 생각하는 학문과 삶의 길을 갔다. 그들의 길에는 많은 곡절이 있었다. 그러나그것은 그들의 삶과 학문에 대한 물음을 자극하는 것이었기 때문에, 반드시 장해물이 된 것은 아니었을 것이다. 삶의 굽이에서 물음이 그들을 학문이 아니라 다른 길로 이끄는 것이었더라면, 그들은 그쪽으로 가고 또 그에대하여 별 후회가 없었을 것이다. 그들에게는 세상이 주는 영광의 훈장이아니라 마음에서 우러나오는 물음이 중요한 것이었을 것이다. 학문이란바로 물음으로써 인생을 거쳐 간다는 것을 말한다.

다른 한편으로 이러한 학문과 삶의 역정을 보면서 생각하게 되는 것은그들의 사회가 공부하고 쉬고 일하고 다시 공부하는 것을 어렵게 하는 사회가 아니었다는 점이다. 한 번만 그리고 한 곳으로만 가는 기차를 놓치면다시는 기차를 탈수 없게 되어 있는 사회가 아니었다. 좋은 사회란, 여러시간에 여러 길로 가는 기차가 있고 어디로 가는 기차나 큰 고생이 되지 않는 마련을 가진 사회라고 할 수 있다.

지난 몇 년간 대학 입시 논의가 계속 있었다. 한때의 우열 경쟁으로 모든 것이 끝나는 것이 좋은 일일까? 대학의 문제에서만이 아니라 다른 문제에서도 거창하게 그리고 한달음에 하는 것이 아니라 여러 작은 갈래로 일

들을 풀어 나가는 방법은 없는 것일까? 여기에서 하려는 말과 같은 뜻에서
한 말은 아니지만, 보드리야르는 자신의 지적 역정을, "역사라는 초월적
세계에서 일상적 삶이라는 내재적 차원으로 하강한 것"이라는 말로 설명
한 일이 있다. 우리가 필요한 전환도 이러한 것일지 모른다.

(2007년 4월 26일)

정책의 여러 차원

다음 대통령 선거전과 관련하여 얼마 전 어느 회의에서 대통령 후보자가 어떤 정강 정책을 내놓아야 하느냐에 대하여 사람들에게 질의서를 작성 배부하는 문제가 나왔다. 예상되는 정책안은 남북 관계, 경제 성장, 고용 확대, 빈부 격차, 입시 제도, 부동산과 주택, 환경 오염 등등에 관한 것이었다. 이러한 것들이 정책 의제의 범주에 들어가야 한다는 것은 맞는 말이다. 그러나 되풀이되는 이 의제들에 대하여 유권자들은 피로감을 느낄 가능성이 없지 않다. 모든 것이 매체적 흥밋거리가 되는 시대에 있어서, 되풀이되는 주제는, 그 중요성에 관계없이 사람들의 흥미를 불러일으키기 어렵다. 그러나 그렇게 되는 참이유는 이러한 항목에 대한 우리 정치계의 정책이 대체로 추상적인 신념 표현의 차원에 머물기 때문이다.

보통 사람들에게 정책의 중요성은 그것이 현실적인 의미를 갖는다는 것일 터인데 큰 이야기가 현실로 쉽게 번역되지 못하는 것이 지금까지의 경험이다. 특히 생활 현실과 관련해서 그렇다. 교육 문제에 있어서, 평준화냐 아니냐, 3불이냐 아니냐, 또는 다른 어떤 신앙에 따른 논쟁이 누적되어 있는 본질적인 교육 문제를 해결해 줄 것으로 믿는 사람은 별로 없을 것이다. 의료 보험 같은 것을 볼 때, 제도는 그 관료적 외형을 넘어 세부에 대한 구체적 주의가 없이는 인간적 내용을 갖추지 못한다는 것을 생각하게 한다. 우리의 의료 제도 안에서 충분히 인간적이고 전문적인 배려가 있는 치료를 받을 수 있다고 말할 사람이 많지는 않을 것이다. 그것은 그렇다 하더라도 우리 보험이 의료 비용 중 잔돈이 아니라 큰돈 걱정을 없애 준다고 말할 수 있을까?

원칙 천명 차원에서의 합의를 끌어내는 처음의 단계를 지나면, 문제는 실제로 그것이 현실의 삶을 어떻게 더 편안하게 해 주느냐 하는 것이다. 앞에 언급한 회의에서는, 거창한 정강이나 정책의 천명이 아니라 실제로 국민이 원하는 것이 무엇인가를 지극히 구체적으로 조사하여 그것을 정책 구상의 자료로 삼을 수 있도록 하는 것이 어떨까 하는 제안이 나왔다. 학교 교복 값을 내린다든가, 건축 현장의 중첩된 하청 제도를 개선한다든가 —— 이런 작은 요구들을 알아보면 어떨까 하는 것이다. 이러한 것으로 먹고 입고 사는 문제가 해결되는 것은 아니지만, 적어도 정치의 중점이 거창한 구호로부터 일상 현실로 돌아오는 데 도움을 주는 일이 되지 않을까 하는 것이다.

며칠 전에 끝난 프랑스의 대통령 선거 기간 중, 결선 투표 직전 두 후보의 텔레비전 토의가 있었다. 외신에 소개되었던 내용을 보면 우리로서는 정책 토의가 지극히 구체적이고 세부적인 차원에서 행해지는 데에 놀라게 된다. 가령 사회당 후보 세골렌 루아얄 후보의 교육 관련 제안에는 중학교의 학생 수를 학교당 600명, 한 학급당 17명이 넘지 않게 하는 것과 같은 방안이 있었다. 대통령에 당선된 민중운동연합(UMP)의 니콜라 사르코지 후보의 제안에는 미망인의 연금을 높이고 의료 보험에서 안경 비용을 부담하게 한다는 것이 있었다. 두 후보의 토론 과정 중 가장 열띤 순간은 장애자의 교육 문제를 논할 때였다. 장애자 교육을 정상 교육에 통합하는 인도적 노력이 있어야 한다는 사르코지 후보의 말을 위선적이라고 루아얄 후보가 감정적으로 비난하면서 날카로운 말이 오고 갔다.

많은 나라에서 주택 문제는 자주 등장하는 사회 문제이다. 프랑스 대통령 후보들의 토의에서는 임대 주택의 세입자가 세를 내지 못하였을 때 임대인과 임차인을 금전적으로 어떻게 보호할 것인가, 실업 등으로 세가 미불이 될 때 국가에서 보조금을 줄 것인가, 임대 계약을 갱신하는 경우 임대료 인상 금지 기간을 얼마로 할 것인가, 젊은 가구주들의 주택 확보에 어떤 사회적 보조가 필요한가 등의 문제가 거론되었다. 조금 큰 제안으로 두 후보는 다 같이 투기 방지 조처를 해야 한다는 데에는 동의했지만, 루아얄 후보는 매년 공공 주택 12만 가구를 짓고 새로운 건축물에는 친환경적인 시설로서 조명과 난방에 태양열이나 풍력 등의 장치를 설치하게 하여야 한다는 제안을 했고, 이에 대하여 사르코지 후보는 대체로 유보적인 입장을 표명하였다. 그의 생각은 주택 문제 해결에는 금융 지원이 더 적절하다는 것이었다.

세부적이라고 하여 정책에 근본적 입장의 차이가 없었던 것은 아니었다. 사르코지 후보가 당선된 것은 주 35시간 노동 시간 변경, 감세, 정부 기구 축소 등을 통해서, 시장 경제 체제를 강화하겠다는 것을 국민이 받아들였다는 것을 의미한다.(물론 이것은 반드시 시장 자체를 절대시하는 것이라기보다 경제를 활성화하여 고용과 청년 실업 문제 등을 해결하겠다는 사회 정책적 고려에 기초한 것이라 할 수 있다.) 그러나 두 시간 반 이상 계속된 대선 후보들의 토의의 특징은, 내놓은 정책들이 극히 구체적이라는 것이었다. 토론의 내용들이 지나치게 세밀적이라는 논평도 없지 않았지만, 신문에 실린 논평들에도 예산이나 비용, 사회적인 부작용 등을 면밀하게 계산하는 비판적 검토들이 있었다.

우리나라의 선거전에서 논의되는 정책의 추상성과 이번 프랑스 대통령 선거전에 나왔던 정책의 구체성 사이에는 큰 차이가 있지만, 그것은 두 나라가 처해 있는 처지가 다른 데에 연유한다. 우리의 정책 의제들이 거창하고 추상적인 것은 우리의 문제가 거창하고 추상적이기 때문이다. 그렇다 하더라도 필요한 것은 거창하고 추상적이면서도 구체적인 방안들이다. 이제는 우리의 문제들을 조금 더 구체적으로 생각해야 할 단계에 이르렀다고 할 수 있다.

그런데 구체적이라는 것은 반드시 정책이 한 사안에 한정되어야 한다는 것을 뜻하지 않는다. 정책은 구체적이면서도 사회 일반에 현실적 반향을 일으키는 것이라야 한다. 어떤 구체적인 정책은 단발로 끝난다. 또 어떤 것은 구체적이면서도 실제는 극히 추상적 의미를 가지고 있다. 작년 말에 투르크메니스탄의 니야조프 대통령이 사망하였다. 연초에 한 외지는 그의 업적을 열거하는 기사를 실었다. 그의 업적에 드는 일에는 — 풍자를 목적으로 한 것이었기 때문에 풍자될 만한 것만을 고른 것일 수 있는데 — 지방 도서관과 병원 폐쇄, 오페라, 발레, 서커스 금지와 함께 국립 교향악단 해체, 텔레비전 출연자의 화장 금지, 학교 교사의 금이빨 금지, 립싱크 가창 금지 — 이러한 문화 정비 작업 그리고 수도 주변에 천년을 갈 숲 가꾸기, (여름 온도가 40도가 넘는 나라에) 펭귄이 살 수 있는 연못 만들기, 자신과 자신의 가족, 친지의 이름이 붙은 것은 제외하고 거리 이름, 달력의 달과 주의 명칭 바꾸기 등이 있다.

대통령의 치적으로 금이빨 금지 같은 것은 참으로 기이하다 하겠지만, 니야조프 대통령의 생각으로는, 금이빨은 순수한 트루크만 문화 전통에 어긋나는 것이었다. 오페라 금지 등도 민족 문화의 순수성 수호라는 명분 하에 발상된 것이다. 그런데 우리 정치도 반드시 이러한 종류의 정책 발상으로부터 멀리 있다고만 할 수는 없다. 길거리에서 머리 길이와 치마 길이를 단속하던 일은 오래전의 일이 아니다. 다음 선거에서 금이빨 금지, 오페라 퇴치, 천년의 숲 가꾸기나 펭귄 연못 설치와 비슷한 계획들이 정책 항목으로 등장하지 않으리라고 장담할 수는 없다. 지금도 아주 구체적인 것 같으면서도, 발의자의 순수 신앙 속에서만 중요한 의미를 갖는, 추상적인 사업들은 우리 정치 프로그램의 중요 항목이다.

(2007년 5월 10일)

더 잘 살아온 삶

민주화와 노동 운동

    요즘은 마치 회고와 전망의 계절에 들어선 듯한 느낌이다. 대통령 임기가 끝나 가니, 그간의 정부 업적에 대한 평가가 행해지는 것은 당연하다고 할 수 있다. 얼마 전에 5·18 기념일이 있었고, 이제 얼마 안 있어 6월 혁명이 스무 돌을 기념하게 된다. 그 민주화의 열기로 움직였던 세월이 무엇을 이루었는가에 대하여 생각을 다듬어 볼 만하다.

    최근의 남북 철도를 연결하여 시운전한 것도 과거와 미래를 새삼스럽게 생각해 보게 하는 행사였다. 《경향신문》에 실린 경의선 철도 운행 동승기에서 고은 선생은 "통일은 당장 닥쳐오는 사건이 아니라 기나긴 과정을 의미한다."라고 썼다. 역사를 너무 성급하게 생각하는 데에서 일어나는 결과 중 하나는 작은 것 같아도 중요한 많은 일에 소루(疏漏)할 수 있다는 것이다. 지난 20년 또는 그 이전부터 진행되었던 민주화 과정이 커다란 역사적 의미를 가진 성취임에는 틀림이 없다. 그러나 큰 역사의 의미도 결국은 구체적이고 현실적인 차원에서의 인간의 삶을 튼튼하게 해 주는 틀이 된다는 데에 있다.

최근 출간된 민주노총 부산 지역 본부 김진숙 지도 위원의 글 모음 『소금꽃나무』는 지난 20여 년간 우리 사회의 변화와 상황을 공적인 큰 역사와는 다른 각도에서, 사람들의 ─ 특히 노동자들의 구체적인 삶에 끼친 효과 측면에서 회고하고 진단한다고 할 수 있다. 민주화는 그 소득이 보통 사람들의 건실한 삶에서 거두어질 때에 비로소 내용 있는 역사가 된다는 것을, 이 책의 기록은 다시 생각하게 한다.

김진숙 선생의 관점에서는 높았던 희망이 깨지는 것이 민주화 이후의 경험이다. 2006년 3월 부산 지하철 해고 노동자들의 상황을 그는 이렇게 요약한다. "저는 우리가 참 멀리 왔다고 생각했습니다. 어느 날 되돌아보니 우리가 떠나온 자리에 이들이 서 있었습니다." 즉 "우리가 벗어던졌다고 믿었던 사실이 이들에게 고스란히 대물림돼 있었습니다." 여기에서 "이들"이란 비정규직 노동자를 말한다. "비정규직은 정규직의 미래"라는 것이 저자의 생각이다. 한 글에 제시된 2005년 통계로는 1300만 노동자 가운데 800만이 비정규직 노동자다. 그리고 비정규직은 구조 조정의 이름 아래 불어나고 있다. 외주 회사, 파견 근무, 용역 등이 모두 이러한 조정 과정의 여러 표현이다. 이 과정은 노조의 투쟁으로 얻어졌던 노동자의 권리를 축소하고 그 이전의 불합리한 노동 조건을 다시 강요한다.

그런대로 안정성이 더 보장되어 있는 것이 정규 노동자라고 하겠지만, 그들에게도 적정한 삶의 조건이 확보되어 있는 것은 아니다. 2003년의 글에 인용된 21년 근속 조선소 노동자의 월급은 105만 원, 세금 후 80만 원이다. 중요한 사실은 숫자보다도 가족을 부양하고 아이들을 양육하고 집 한 칸을 마련하는 것이 거의 불가능하다는 점이다. 적어도 이 저자의 생각으로는 상황을 개선할 수 있는 것은 조직 투쟁뿐인데, 노동 운동의 조건은 민주화 후에 나아진 것이 없다. 당국의 탄압은 계속되고, 비정규직 확대가 노조의 협상력을 빼앗고 기업체들의 회유 작전이 노동조합의 단결을 금가게 한다. 2000년대에 일어난 여러 건의 노동자들의 자살 ─ 가령 한진 중공업 노동조합 위원장의 투신 자살, 화물 운송 노동자의 자살 ─ 은 노동 운동의 어려움과 생활고를 증언한다.

저자가 그렇게 말하지는 않지만, 민주화 이후 향상이 전혀 없었다고 할 수는 없다. 『소금꽃나무』에서 가장 비참한 부분은 저자의 젊은 시절 이야기들이다. 점심시간도 제대로 가질 수 없는, 그것도 감시와 모욕 속에서의 노동, 변소도 갖추지 못한 작업장, 팔다리 펴고 잘 수 없는 잠자리, 커튼 하나로 남녀를 갈라놓은 방에서의 성 폭력, 기름밥, 꽁보리밥 식사, 갈등, 도적질, 산재 사고, 그러한 환경 속에서 터져 나온 투쟁, 그리고 그에 이어지는 구속, 취조, 투옥 ─ 이러한 일로 점철된 저자의 젊은 시절은 가히 지옥의 삶으로 부를 만하다. 이러한 것들은 그래도 나아지지 않았을까?

노동자가 헤쳐 나가야 했던 지옥의 환경에서 두드러지는 것의 하나는 인간성이 파괴된 인간관계이다. 이것은 가정에서부터 시작된다. 가령 저자의 큰언니는 재혼한 어머니의 남편, 즉 의붓아버지의 학대 속에서 자라나, 일곱 살에 식모살이를 나간다. 그리고 결혼 후 35년을 남편은 술 속에 살며, 그녀는 생활에 무책임한 남편을 뒷바라지하며 살아간다. 억압과 폭력은 도처에서 인간관계를 규정한다. 감방에서도 조폭들의 폭력이 난무한다. 또 이것은, 저자의 해석으로는 한국의 정치 조직의 원형이다. 노동자들 사이에서도 검사원, 반장, 조장이라든지 완장 찬 직책은 위압적 관계의 구실이 된다.

민주화 노동 운동의 목표 그리고 업적은 단순히 노동 조건의 향상에만 있는 것이 아니고 이러한 사회 상황을 보다 인간적으로 바꾸어 놓는 일이다. 김진숙 선생이 그리는 이상적 노동자상은 이 새로운 인간성의 사회를 예시해 준다. 전교조 운동의 이상적인 교사상은 온정의 인간이다. 이상적 교사는 "육성회비를 제 날짜에 못 내더라도" 또는 "애국가를 4절까지 못

부르더라도, 송아지가 아파 학교를 못 가더라도, 그래도 괜찮다고 말해 주는 선생님"이다. 『소금꽃나무』에는 노동 운동 속에서 스스로를 희생한 사람들에게 바치는 추모사들과 함께 노조 지도자들과의 회견기가 실려 있다. 그들은 이상적 교사와 같은 온정의 인간이기보다는 강인한 투쟁의 인간이다. 그러나 인간적 깊이의 생각과 느낌이 없는 것은 아니다. 한 노조 지도자를 농성 투쟁으로 나아가게 한 것은 비폭력을 주장하던 노조원이 칼에 맞은 일이었다. 그는 투쟁의 화신이 되었지만, 여전히 적과 이탈자와의 대화와 설득을 생각한다. 아들을 대학에 보낼 수 없다고 생각하면서 아들에게 일기 쓰는 습관을 길러 주려 노력한다.

또 다른 노조 지도자는 노사 문제가 좋은 말로 해결될 수 없다고 생각한다. 그러나 그는 노조와 자신에 대해서도 엄격하다. 그는 노조의 관행이었던 돈 쓰고 술 먹는 선거를 혐오한다. 그는 아들이 목사가 될 것을 희망한다. 그는 자신의 삶을 되돌아보면서 말한다. "사장들이 아무리 돈이 많다 해도 내두룩 욕이나 먹고 사는 거 보면 내가 더 잘 살아온 것 같기도 하다."라고. 물질적·사회적 허영의 시대에 보기 어려운 자신의 삶에 대한 신념이다.

노동자를 위한 인간적인 삶의 실현은 오로지 노동자 자신에 의하여 쟁취된다. 여기에 정치는 별로 기여하는 것이 없다. 그의 비판은 특히 노무현 정부에 대하여 가혹하다. 노무현 정부는 노동 운동에 대한 탄압을 강화했고, 대통령이 "러시아로 행담도로 삽질하러 다니는" 것은 전혀 도움이 되지 않는다. ─ 김진숙 선생은 이렇게 생각한다. 역사를 더 포괄적으로 보는 사람은 아마 노동 운동의 성취도, 그 좌절과 함께 보다 큰 역사와의 착잡한 관계에서 일어난다고 할 것이다. 그러나 그런 관점에서도 정부가 추상적인 계획들보다 더 꼼꼼하게 국민의 삶에 관계되는 틀들을 만드는 데에 노력하였더라면 하는 아쉬움이 있을 것이다. 역사의 큰 움직임이 반드시 들고 남이 없는 조화로운 발전을 의미할 수는 없다. 그러나 모든 사람에게 안정된 삶의 터전을 마련하고 비인간화된 사회 여러 부분을 인간화하는 것은 정치의 책임이다. 이것 없이는 큰 역사는 영웅들의 놀이터일 뿐 인간에의 길이 되지 않는다.

(2007년 5월 24일)

자연의 풍경과 심성

또 새로운 신도시 건설이 발표됐다. 왜 신도시가 생겨야 하는지는 경제와 정치를 잘 알지 못하는 사람들에게는 쉽게 이해할 수 없는 일이다. 직장을 만들어 고용 문제를 해결한다거나 주택 문제를 해결하려는 의도가 있는 것인지 모른다. 그러나 이러한 문제가 하필이면, 거기에 초점을 맞춘 구체적인 계획이 아니라 신도시 건설이라는, 모든 것을 포괄하는 거대 계획이 되어야 하는 것일까? 지금 국회에는 연안 개발 특별법이 계류 중이다. 환경 관계 단체와 인사들이 이 법에 대한 반대 의견들을 표명한 바 있지만, 그것이 별로 크게 반향을 일으키는 것 같지는 않다. 자본, 고용, 지방 균형 발전 그리고 개발의 열망, 이러한 것들이 합하여 압력으로 작용하는 마당에 이 반대의 소리가 법 심의에 큰 영향을 미칠 것으로 보이지 않는다. 신도시 계획에 대해서는 별로 비판이나 반대의 소리가 있는 것 같지 않다.

정부나 자치 단체의 발의든, 지방 유지들의 발의든, 경제와 개발의 논리는 비판이나 반대를 압도한다. 그러나 경제와 국토 개발의 문제에 다른 느낌이 없는 것은 아닐 것 같기도 하다. 얼마 전에 서울시에서 자치구에 대한 행정 서비스 만족도를 조사했다는 보도가 있었다. 질문 대상 항목이었던 민원 행정, 문화, 환경 세 항목 가운데 가장 만족도가 낮았던 것이 환경 분야였다는 내용이 있었다.

이 환경 관계의 불만족은 공원이나 숲이 충분히 조성되지 않았다는 사실에 가장 크게 나타났다. 철저한 물질주의에 사로잡힌 세상에서, 이러한 조사 결과는 적지 아니 놀라운 일이다. 신도시를 짓고 해변을 개발한다고 해서 반드시 산야와 해변이나 바다가 손상되는 것은 아니지만, 그간의 도시나 해안 개발의 결과들은 대체로 환경론자들의 강력한 비판을 유발할 만한 것이었다. 서울시의 조사에서 공원이나 숲에 대한 희망이 표현된 것은 경제에만 급급해 왔던 우리의 심성이 바뀐다는 것을 말하는 것일까?

물론 공원이나 숲은 인위적으로도 조성될 수 있는 것이다. 그러므로 이것을 원한다고 하여 건설을 통한 국토 개발을 반대하는 것이라고 할 수는 없다. 그러나 공원이나 숲을 바라는 것은 근본적으로 인위적인 것보다는 자연에 대한 그리움을 나타낸다고 할 수 있다. 자연은 자연 상태에서 제 모습을 드러낸다. 국토의 인위적인 변경을 통한 경제적 이익과 물질적 편의를 추구한다고 하더라도 그것이 사람들이 삶에서 바라는 전부일 수는 없다. 자연은 사람의 마음 깊이에 자리한 근원이고 소망이다. 그것은 자연이 단지 삶의 물질적 조건이고 자원이 된다는 뜻에서만 그런 것이 아니다. 사람은 심리적으로도 자연을 떠나서 또는 그것을 파괴하고서 행복할 수가 없다.

얼마 전 서울과 대전의 몇 대학에서 한국을 방문한 파리 3대학의 미셸 콜로(Michel Collot) 교수의 시와 풍경에 대한 강연이 있었다. 시는 예로부터 자연과 밀접한 관계를 가지고 있었다. 산과 하늘과 들 또는 나무와 꽃과 돌은 시의 주제이고 언어였다. 시가 늘 자연과 함께 있다는 뜻에서, 영국의 시인 캐슬린 레인(Kathleen Raine)은 시의 관점으로 볼 때, 세계는 언제나 기원 원년(元年)에 멈추어 있다고 말한 일이 있다. 이 자연과의 관계는 특히 동양의 전통에서는 불가분의 것이었다.

콜로 교수의 주제는 어떻게 시에서 사람의 신체적인 느낌과 산수가 혼용되어 묘사되는가 하는 것이었다. 시는 비유의 언어이고, 비유의 가장 많은 것이 자연에서 오는 것이라는 뜻에서만 시의 언어가 그렇게 작용한다는 것은 아니다. 사람은 풍경을 지각할 때, 실제 자신의 몸으로 느끼듯이 그것을 지각한다. 눈으로 보는 풍경에 몸이 확장되어 겹쳐 있는 듯한 느낌으로 지각한다는 말이다. 가령 발레리의 시에 나오는 풍경의 협곡(峽谷)을 보면, 물이 밀리는 협곡은 동시에 목구멍일 수도 있다. 콜로 교수의 설명에서는 시의 주인공의 고민으로 애타는 마음이 이 두 개를 겹쳐 느끼게 하는 것이다. 그러나 그런 경우가 아니라도 협곡을 보는 우리의 지각에 목을 조이는 느낌이 어렴풋이나마 들어가는 것은 이상한 일이 아니라 할 수 있다. 프랑스어에서 '고르주(gorge)'는 협곡, 목구멍 둘 다 의미할 수 있다. 우리말에서도 '건널목'이라는 말 또는 진도 우수영의 '울돌목'과 같은 지명은 지형을 보는 데에 신체적 감각이 들어간다는 것을 드러낸다고 할 수 있다. 사람의 몸과 마음은 이만큼 하나인 것이다.

콜로 교수는 사람의 몸을 주제로 볼 때, 현대 프랑스 시의 두 가지 경향을 지적할 수 있다고 말한다. 하나는 사람의 몸과 마음이 부스러지고 조각난 상태―사람을 단편들의 모임으로 이뤄진 것으로 보고 다른 하나는 사람의 몸과 마음이 하나로 조화되고 통일된 상태를 이루고 있다고 본다. 앞의 시에서의 단편화된 사람은 세상으로부터 유리되어 있고, 스스로 하나의 조화된 세계 속에 존재한다고 느끼지 못한다. 뒤의 시에서 사람은 스스로가 세상 안에 풍부한 교감을 가지면서 존재한다고 느낀다. 단편화된 육체의 시는 정신병과 도착의 세계에 가까이 간다. 몸과 마음이 조각난 상태를 시적 주제와 방법으로 삼는 데에는 탐구의 영역을 넓히고자 하는 의도가 있다고 할 수 있다. 그러나 이것은 조각난 사회, 분열증에 걸린 주체를 만들어 내는 병든 문명에 연유한다. 그렇다고 이러한 경향을 비정상적이라고 비판하면서 조화와 통일의 복고적 향수에 침잠하는 것은 옳지 않다. 콜로 교수는 당대의 프랑스 시에서 새로운 조화와 통일을 지향하는 시가 더 세를 굳혀 가고 있다고 생각한다. 물론 이것은 시험적인 것이다. 옛날처럼 모든 것이 로고스의 사유에 의하여 하나로 통일될 수는 없다. 새로운 통일은 자연의 풍경을 자신의 몸과 함께 느끼는 지각을 회복하는 데에서 시작될 수 있다.

자연을 나와 함께 있는 것으로 지각하는 일 — 이것은 시가 하는 일이고, 오늘의 비자연화된 세계를 위하여 시가 할 수 있는 의미 있는 기여이다. 그러나 자연은 보다 적극적으로 사람으로 하여금 자신의 일체성, 자신과 사회의 유대 그리고 자연과의 조화를 회복하게 하는 데에 도움을 줄 수 있다. 좋은 풍경은 지치고 병든 심성에 대하여 정신 치료의 효과를 갖는다. 지리의 영감이 사람을 길러 낸다는 것은 우리 전통에서 예로부터의 지혜이다. 이것은 풍수지리에도 들어 있지만, "○○산 정기 받아 자라는 우리" 하는 식의 교가에도 들어 있었다. 비슷한 생각은 이제 세계의 모든 사람이 새로이 발견하는 깊은 삶의 지혜이다.

미국의 어떤 생태론자들은 삶의 필수 조건으로, 의식주나 사랑, 유희 등 외에, "특정한 풍경(또는 자연 전체)과의 친밀한 관계"를 든다. 이것 없이는 사람은 제대로 살 수 없다는 것이다. 지난 수십 년간 진행된 국토 개발이 많은 것을 이룩한 것도 사실이지만, 자연 풍경으로서의 국토를 파괴하고, 우리 하나하나의 마음에 위안과 기쁨을 주는 "특정한 풍경"들을 없앴다는 것을 부정할 수 없다. 그것은 우리의 심성을 황폐화하는 작지 않은 요인이 되었다. 이제 강산을 뒤바꾸는 계획들을 선포하기 전에 이러한 문제들을 조금은 깊고 넓게 생각해야 할 시기가 된 것이 아닌가 한다. 사사로운 이야기를 하는 것이 되지만, 콜로 교수는 "서울이라는 도시를 어떻게 생각하는가" 하는 필자의 물음에 "솔직히 말하여 그다지 아름다운 풍경의 도시라고 할 수는 없다."라고 답했다. 그에 대한 설명은 없었다.

(2007년 6월 7일)

전원적 풍경을 지나며

　낯선 곳에 가는 것은 우리를 긴장케 한다. 그러나 그것은 익숙한 고장에 있는 삶의 걱정으로부터 우리를 해방하여 마음을 오히려 풀어 놓아주는 점도 있다. 휴가를 먼 곳으로 가는 데에는 이런 해방에 대한 욕구가 적지 않게 작용한다. 그러나 휴가와는 관계없는 경우에도 다른 나라 여행은, 우리가 얼마나 일과 걱정의 압력과 긴장 속에 살고 있는가를 느끼게 하는 수가 있다.

　나는 얼마 전 미국에 다녀올 기회가 있었다. 미국은 익숙하게 알 만한 곳인데도, 가기 전에는 강대국이라는 이미지 때문에 크고 빠르게 돌아가는 에너지로 차 있을 것과 같은 연상을 한다. 그러나 적어도 일상생활의 인상에서는 그러한 것을 느낄 수 없는 것을 발견하고 새삼스럽게 놀라게 되는 것이 한두 번이 아니다. 이것은 다른 선진 산업 국가의 경우도 마찬가지다. 에너지의 과열은 그것을 식혀 줄 대응책을 요구한다. 또는 에너지의 동원은 보다 차분히 가라앉은 삶을 확보하기 위한 것이라고 할 수도 있다. 휴가나 휴식 또는 놀이는 그 잠정적인 형태이다. 그러나 어떤 나라들에서는 산업화에서 방출된 에너지는 삶의 모든 균형을 깨는 광기의 상태를 말하는 것으로 보인다.

이번 미국 여행에서 처음에 간 곳은 로스앤젤레스의 캘리포니아 대학이었다. 영어권 세계에 한국 문학을 알리는 데에 개척자의 역할을 담당한 바 있는 이학수 교수의 은퇴를 기념하는 학술 회의에 참석하기 위해서였다. 인상적이었던 것은 모든 것이 침착하고 조용하게 진행된 것이었다. 로스앤젤레스는 여러 번 지나쳐 간 일이 있었지만 그곳의 캘리포니아 대학에 들른 것은 처음이었다.

총 학생 수가 4만 명에 이르는 대학으로서 모든 것이 거대하고 붐비는 곳일 것으로 예상했지만, 적어도 회의가 열린 교정의 역사적 중심부라고 할 수 있는 로이스 홀 근처는 조용하게 정돈되어 있는 공간이었다. 건물이 둘러서 있는 사각의 정원은 미국이나 영국의 많은 대학에서 볼 수 있듯이 수도원과 같은 느낌조차 들었다. 다만 수도원이라고 하기에는 건물이 너무 새롭고 남가주의 햇빛이 아주 밝았다. 어디에도 정년 기념 학술 회의가 열린다는 현수막은 보이지 않았다. 물론 다른 행사들을 광고하는 현수막도 없었다. 기념 행사는 거창한 것이 아니었다. 조금 큰 교실 정도의 강당에 적당한 수의 청중이 모이고, 대학에 재직하거나 박사 과정을 끝낸 이학수 교수의 제자들의 발표가 있었고, 외부에서 온 인사들이 논평을 맡았다. 그리고 회의 앞뒤에 퇴임을 기념하는 짤막한 축사 그리고 행사가 끝난 다음의 간단한 회식이 있었다.

나는 회의가 끝난 다음 날 인디애나폴리스로 갔다. 캘리포니아 대학의 조용함은 인디애나에서도 그대로 계속되었다. 인디애나폴리스에서는 시내에 흐르고 있는 강에서 들오리 떼들이 헤엄을 치고 풀 언덕에서 쌍쌍으로 깃을 단장하는 것을 보았다. 그곳에서 한 시간 떨어진 퍼듀 대학에서는 더욱 한가한 광경들을 보았다. 대학은 조용했다. 이미 방학이 시작된지라 그것은 자연스러운 일이기도 했다. 대학의 소재지 웨스트라파예트 시내의 작은 도서관에서는 엷은 그늘에 잠긴 서가 너머로 유리창가의 책상과 의자에 몇 사람이 책을 펼치고 앉아 있었다.

시내의 작은 서점에 고객이 많지는 않았다. 나에게 필요한 책은 별로 없었지만, 아담한 책방에 소학교에 다닐 만한 어린 학생이 들어와 주인 아주머니에게 프랑스 혁명에 관한 어떤 책이 있느냐고 물었다. 그 부인은 컴퓨터를 뒤져 보더니 없는 것 같다고 답했다. 소년은 다시 『두 도시 이야기』가 있는가 하고 물었다.(이것은 프랑스 혁명을 무대로 한 찰스 디킨스의 소설이다.)

퍼듀 대학 근처에는 '셀러리보그'라는 이름의 늪지와 조그마한 호수가 있다. 물이 흘러 들어오는 곳도 없고 흘러 나가는 개천도 없지만, 빗물이 고여 수면이 높았다 낮았다 하면서, 배수와 담수를 맡고 있었다. 배어 들어오는 물은 물 위의 개구리밥을 비롯한 수초와 물 안의 미생물들의 작용으로 시간이 지남에 따라 한결 더 맑은 물이 된다는 설명이 조그만 나무 노대 곁의 푯말에 기록되어 있었다. 호수의 주변은 둘러선 나무들로 인해 어두웠지만 수면은 밝은 하늘을 비추면서 거울처럼 밝았다.

호수 주변에 '릴리 자연의 집'이라는 이름의 조그마한 창고와 같은 건물이 있었다. 실내에는 약간의 도서와 도감 등의 자료가 비치되어 있었고, 유리창 너머로 맑은 호수면이 보였다. 그 집에서 할 수 있는 것은 주로 새들을 관찰하는 일이었다. 마침 두 명의 소년이 아버지와 유리창 밖을 내다보고 있었으나 새들은 보이지 않았다. 새 보기는 많은 참을성을 필요로 한다. 이 참을성이 큰 견딤을 요구하는 것은 아니다. 그것이 사람들에게 괴로운 일이 되는 것은 자연의 느린 리듬에 몸과 마음을 맡기는 일이 무엇인가를 잊어버렸기 때문이다.

성적과 과외에 정신이 없는 학부모는 새 보기를 어떻게 생각할까? 영국의 낭만주의 시인 워즈워스의 시에는 이러한 학부모의 마음을 표현한 것이 있다. 「나무람에 답함」과 「거꾸로 보기」라는 시들에서, 반나절 자연을 보고 앉아 있는 시인을 보고 한 친구는 "책을 어디다 두었느냐? 그와 같이 인생을 낭비하는 것이 옳은 일이겠느냐."라고 나무란다. 여기에 대하여 시인은 수동적으로 가만히 있는 마음을 아는 것이 배움이고, 지혜와 진리는 자연의 건강과 명랑함 속에 있다고 답한다. 그의 생각으로는 "봄날의 숲에서 오는, 한 가닥의 느낌이 모든 성인들의 가르침보다 더 많은 것을 가르쳐 줄 수 있는 것이다."

셀러리보그의 자연 관찰도 이 비슷한 일을 한다고 할 수 있다. '자연의 집'에는 소년들이 참고할 수 있는 책들이 있다. 그것을 보면서 새를 보는 것은 공부에 도움이 되는 일일 것이다. 그러나 새 보기가 반드시 공부를 목적으로 하는 것일까? 그 반대로 새에 대한 공부는 자연에 친숙해지고 거기서 기쁨을 느끼는 데에 도움이 되는 일이기 때문에 필요한 일이라고 해야 할 것이다. 공부를 한다는 것은 그 근본에 있어서는 정보를 집적한다는 것을 말하지 아니한다. 그것은 워즈워스의 표현을 빌려 "지혜로운 수동성"을 얻고 그것을 통하여 마음을 삶의 근본에 열어 놓는 일에 관계된다. 지식과 현실 행동의 결정은 이 바탕 위에서만 바른 것이 된다.

비행기를 타고 외국 여행을 한다는 것이 조용한 관조를 통하여 삶 본래의 모습을 되찾는 방법이 될 수는 없다. 그리고 현대 산업 국가의 전형인 미국을 방문하는 것이 그 방법일 수도 없다. 내가 본 전원적 광경은 미국의 극히 작은 부분에 불과하다. 그럴망정 그러한 풍경은 우리가 잃어버린 것이 무엇인가를 새삼스럽게 생각하게 한다.

지금의 한국은 다른 어떤 나라보다도 속도와 수량과 욕망과 열기에 사로잡혀 있다. 개인적으로도 그렇고 국가적으로도 그렇다. 자연이 없는 것은 아니지만, 그것은 사람의 마음에 자연 본래의 고요함이 있음을 되살려 주는 역할을 잃어 가고 있다. 자연의 관조와 기쁨이 삶의 전부는 아니다.

할 일이 너무나 많은 것이 우리 사회이다. 그러나 잠깐의 외유를 끝내고, 대통령 선거를 앞두고 논쟁과 비난과 질타의 열기가 들끓고 있는 우리 사회로 되돌아오면서 삶의 근본에 대한 침착한 되돌아봄이 없는 곳에 바른 균형의 좋은 삶이 있을까 하는 생각을 다시 하지 않을 수 없게 된다.

(2007년 6월 21일)

5장

차이와 합의의
정치

큰 생각, 작은 생각, 인간성

정치는 사회가 하나의 체제로 기능한다는 것을 전제로 한다. 어떠한 나라가 민주주의 체제인가, 사회주의인가, 또는 공산주의 체제인가를 말하는 것은 이러한 이념이 정치 전체의 성격을 규정할 수 있다는 것이다. 정책도 하나의 덩어리로서의 사회를 전제로 한다. 하나의 정책으로 크고 작은 일체의 것들이 움직이게 되는 것이 아니라면 교육, 의료 또는 사회 복지 제도는 물론 경제, 사회, 외교 등의 정책은 있을 수가 없을 것이다. 체제적 발상에 위험과 착각이 따르는 것은 사실이다. 구소련이 보여 주는 것은 이데올로기로 굳어진 체제적 사고와 정책의 실패이다. 그럼에도 사회적인 삶을 생각하는 데에는 체제적 전제가 불가피하다.

대통령 선거와 관련하여, 정책들이 논의되고 대통령 선거에서 정책이 주된 판단 기준이 되어야 한다고 이야기된다. 정책들을 어떻게 평가할 것인가? 사회가 하나의 체제라고 할 때, 정책은 체제를 움직이는 데에 중요한 전략적 의미를 갖는 것이라야 할 것이다. 또 하나의 기준은 일관성이다. 일관성은 일의 바른 추진을 위하여 필수적인 요건의 하나이다. 또 그것은 현실 자원의 제한 속에서 여러 정책들로 하여금 상호 모순에 빠지지 않게 하는 데에 중요한 원리가 된다. 이러한 기준이 없다면, 모든 문제에 대한 모든 답을 제공하겠다는 잡다한 단편적인 정책들이 가장 큰 득표 효과를 갖는 것이 될 것이다. 그러나 진정한 일관성은 사회적 삶의 근본에 대한 깊은 인식에서 나온다.

미국 클린턴 전 대통령의 1992년 선거 유세에서 유명하게 된 말에 "바보야, 문제는 경제야." 하는 것이 있지만, 경제는 어디에서나 오늘의 정치적·사회적 과제로서 기본이 될 수밖에 없다. 자명한 일이지만, 경제는 사람의 삶의 경영에서 기본이 된다. 여기에서 삶이란 최소한의 존명(存命)이 될 수도 있고, 보다 활달한 삶을 의미할 수도 있다. 그러나 앞의 필요가 우선한다. 이 점이 문명된 사회에서 고용이나 사회 안전망 그리고 의료, 교육, 연금 등의 제도가 정책적 대상으로 크게 부상하는 이유이다. 그러나 길고 넓게 보면, 건강하고 훈련된 노동력이 없이 또 사회적 평화가 없이 더 나은 삶을 위한 경제도 잘되어 갈 수가 없다. 완전 고용이나 완전한 사회 복지 제도가 결국은 경제 전체에 지나친 부담을 주어 당초의 사회적 목적을 실패에 이르게 한다는 생각들이 없는 것은 아니다. 적절한 조정이 불가피하다. 그러나 정치는, 사회 전체의 행복과 번영을 목표로 하지 않는다면, 그 존재 이유를 상실할 것이다.

그러나 더 나은 삶이 경제만으로 확보되는 것은 아니다. 서구의 선진 사회는 이제 '탈물질주의' 단계로 들어서고 있다는 진단이 있다. 이 단계에서 사람들의 관심은 부의 확대보다 삶의 질에 있고, 그것이 정치적 선택에 영향을 미친다. 환경 문제가 이슈로 등장하는 것은 이러한 변화로 설명된다. 이것은 '부유한 다수자'로 인하여 일어나는 변화라는 것이지만, 역사적으로 인간은 부보다 복합적 요소로 이루어지는 행복을 이상으로 생각했다. 그리고 자연은 이 이상에서 매우 중요한 요소였다. '부유한 다수'가 이제 이것을 다시 발견한 것은 경제 발전이 가져온 환경 파괴 속에서 살아남는 데에 자연 보존이 절실한 과제가 된 때문이다. 어느 쪽으로나 더 나은 삶을 위한 경제에서, 환경의 문제는 최종적인 심급이 된다.

환경을 이야기한다면, 그것은 다른 의미에서의 환경 ── 멀고 가까운 나라들이 이루는 세계적 국가 공동 체제라는 환경을 포함해야 할 것이다. 우리에게는 그 외에 우선적으로 생각되어야 할 남북 문제가 있다. 우리의 삶을 더욱 만족스럽게 영위하는 정책은 이 모든 것을 상호 관계 또 일관성 속에서 생각하는 것이라야 할 것이다.

그러나 이미 비친 바와 같이 삶의 큰 테두리를 다스리는 것만으로 보다 나은 사회를 기약할 수는 없다. 사회주의 체제의 기본은 계획 경제였다. 자원 발굴, 생산, 분배 등을 전체적인 합리적 계획으로 다스리고자 한 것이다. 그러나 그것은 인프라를 구축하고 체제의 토대를 정비하는 데에 있어서는 성공을 거두었지만, 그 후의 유연한 발전을 촉진하는 데에는 오히려 장애가 되었다. 사회적 삶의 다른 부문에서도 사회에 대한 체제적 접근은 체제의 기초적 정비와 확립을 위해서 효과적인 수단일 수 있었으나, 행복과 사회 평화의 자발적 근원을 봉쇄해 버리는 결과를 가져왔다. 정책의 일관성이나 전체성이 변화하는 상황에 적응하고 수많은 작은 사실에 밀착하여 스스로를 수정할 수 있게 하는 유연성을 수용하지 않은 것이다.

노무현 정부의 실패도 정책의 빈곤보다도 현실에서 들어오는 결과를 입력하고 조율하지 못한 데에 있다고 할 수 있을 것이다. 빈부 격차 해소나 부동산 투기 억제의 정책들은 모두 목표에 반대되는 결과를 냈다. 작금에 논의의 대상이 된 대학 입시 제도의 문제에 있어서도 정부의 정책은, 모순은 아니라도 정책 수행 방식의 불균형을 느끼지 아니할 수 없게 한다. 모든 계층의 사람에게 균등한 기회를 주어야 한다는 목표는 정당하다 하더라도 그 목표와 관련해서 고교 내신 성적의 일정한 처리를, 무리를 무릅쓰고 대학에 강요하는 것이 그렇게 중요한 일일 것 같지는 않다.(개천에서 용이 날 수 있어야 한다는 말로 표현되는 교육 철학 자체도 문제라 할 수 있다. 참다운 교육의 목표는 용이 못 되는 사람에게도 자아실현의 기회를 주는 것이라고 할 것이다. 용이 나온다면, 그 한 열매일 뿐이다. 물론 국가는 용을 필요로 한다. 필요한 것은 상치되는 목표들을 수용하는 더 복잡한 정책 대안이다.)

제도가 참으로 인간적인 내용을 가진 것이 되게 하려면, 끊임없는 점검과 수정과 정밀화가 있어야 한다. 의료 제도를 비롯한 여러 복지 제도의 현재 운영 상태는 구소련에서의 어떤 생산 체제, 가령 구두 생산 체제를 생각하게 한다. 체제 붕괴 후 터져 나온 이야기의 하나는, 소련에 구두는 많았지만, 발에 맞는 구두를 찾기가 지극히 어려웠다는 것이었다. 구두를 한 가지 크기로 제조하는 것이 할당량에 맞추는 쉬운 방법의 하나였기 때문이었다. 정책은 있어도 현실과의 조율이 없는 곳에서, 관료 기구의 확대와 통계 숫자는 구체적 현실을 대신한다. 참여 정부는 무수한 정책 로드맵을 내놓았다. 또 수없이 위원회를 만들고 행정 기구를 증설했다. 정책 입안자들은 거기에서 성취감을 가졌을 것이다. 정책을 현실에 맞추어 섬세하게 조율할 수 있는 능력만이 정책을 현실이 되게 할 수 있다.

이러한 조율에 바탕이 되는 것은 현장에 움직이는 인간적 감성이다. 지도자의 자질에서도 근본이 되는 것은 그가 얼마나 인간적으로 준비되어 있는가 하는 것이다. 정책의 고안과 수행에는 포괄적이고 유연한 지적 능력, 강한 실천적 의지가 필요하다. 궁극적으로 모든 것은 인간의 삶에 대한 깊은 느낌에서 나온다. 정책의 여러 함의 그리고 예산 문제를 포함한 현실성에 대한 평가가 쉽다고 할 수는 없지만, 인간적 측면의 평가는 더욱 어렵다 할 것이다. 그러면서도 인간됨이 정책, 그 설명의 현장 그리고 이런저런 기회에서의 언동에서 느껴지지 않는 것은 아니다.

완전한 지도자를 찾을 수는 없겠지만, 정책, 현실적 유연성, 인간성 ─ 정치 지도자의 자격과 관련하여 이러한 항목들을 평가의 기준으로 생각해 볼 수는 있을 것이다.

(2007년 7월 5일)

평준화와 수월성

대학 신입생 선발에 있어서의 내신 성적 반영 비율 문제로 교육인적자원부와 대학 간에 갈등이 일어 이것이 큰 논란의 대상이 되었다. 양측의 타협으로 갈등이 가라앉은 것은 다행스러운 일이다. 쟁점은 극히 작은 절차에 관계된 것이었지만, 당사자들은 관계된 원칙, 평준화 또는 수월성에 기초한 차별화 — 어느 쪽이냐에 따라서 대학 제도의 존재 방식과 전체 교육 제도의 방향이 달라질 것이라고 생각할 수 있었을 것이다. 그러나 어느 쪽이 옳든지 간에, 그것을 두고 새로운 제도적 실험을 해 보아야 근본적인 개선이 이루어지지 않을 것이라는 것이 많은 사람들의 느낌일 것이다. 그간 너무 많은 제도적 실험이 목표와 제도 사이의 연결 장치를 끊어 놓은 감이 있다. 더 중요한 것은 실험의 미로에서 교육의 근본 목표가 안 보이게 된 것이다.

새삼스럽게 말할 것도 없이 교육의 목표는 한편으로 개인의 인간적 성장을 돕고 다른 한편으론 성장한 개인이 사회적으로 유용한 인재가 되게 하는 것이다. 그러나 국가의 요구로 보나 사회에 적응하면서 살아갈 궁리를 해야 하는 개인들의 형편으로 보나, 국가 또는 사회의 요구가 앞선다고 할 수 있다. 물론 이 요구가 하나의 목표에 의하여 정해지는 것은 전체주의의 국가에서나 가능할 일이다. 그러나 어떤 사회에나 집단적 지향점이 있고 또 바람직한 사회에 대한 일반적 이념이 있어 이것이 교육의 전체적인 방향을 정한다.

앞에 말한 대학 전형 제도에 대한 이견은 전제하는 사회적 원형에 있어서는 사실상 상당한 일치를 보여 주는 것이 아닌가 한다. 입학 자격 심사에서 대학이 자율적으로 보다 엄격한 성적 기준을 적용하겠다는 것은 한껏 우수한 학생을 뽑겠다는 것이다. 동기가 되는 것은 대학의 이기주의라고 할 수도 있지만, 궁극적으로 그것은 그 정당화를 국가적 필요에다 두고 있다. 오늘의 대학은 세계적으로 경쟁한다. 이 경쟁에서 높은 자리를 차지하는 것은 단순히 대학이나 민족의 자존심 문제가 아니라, 정보와 기술의 개발에 크게 의존하고 있는 자본주의 세계 시장에서 우위를 점하는 일이 된다. 그런데 그렇게 하여 국가 경제가 튼튼하게 된다고 할 때, 그 경제가 사회 안에서 어떻게 작용하는가에 대한 답변은 불분명하다. 그러나 두루 확산 효과가 있다고는 하겠지만, 그것을 제일차적으로 향유할 사람들이 재능과 자본과 지위의 엘리트층일 것이라고 한다면, 그것은 과히 틀린 판단이 아닐 것이다. 여기에 대하여 평준화론은 기준의 조정을 통하여 학생들의 출신 계층을 다양화함으로써, 이 엘리트층을 조금 더 개방적인 것이 되도록 하자는 것으로 말할 수 있다. 그러나 엘리트층의 사회적 기반을 확대한다고 해서, 엘리트가 특권을 누리는 사회 체제 자체 또는 세계적 수월성 경쟁의 전제를 버리자는 것은 아닌 것으로 보인다. 평준화론은 국가주의로 정당화하는 엘리트 체제를 더 단적으로 개인들 간의 특권 경쟁 체제로 해석한다. 이 경쟁의 관문이 대학이다. 이 관문이 조금 더 개천에서 나온 청소년들이 타고 오를 수 있는 등용문이 되게 하여야 한다는 것이다.

어느 쪽이든 이러한 생각들은 우리 사회의 통념에도 일치한다. 고대 희랍인은 운동 경기에서의 경쟁을 개인적 능력을 향상시키는 좋은 자극제로 생각했다. 우리의 경쟁은 이러한 의미의 경쟁이라기보다 사회가 설정한 가치와 기준 그리고 보상을 두고 벌이는 경쟁이다. 사회는 상금을 놓고 사람들이 다툼하는 투기장이다. 그런데 이것이 우리가 마음에 지닌 사회의 원형이든 아니든, 우리 교육의 문제는 사회에 대한 지나친 강조에서 연유한다고 볼 수 있다. 우리 교육에서, 비교나 경쟁과는 관계없이 독자적인 능력과 가치를 가진 존재로서의 개인은 완전히 잊혀진 것으로 보인다. 교육의 현장에서 교육의 대상은 아동이나 청소년 한 사람 한 사람이다. 교육 내용이 무엇이 되든지 간에, 효과적인 교육은 피교육자의 준비 상태, 능력, 필요와 소망을 참고하지 않을 수 없다. 물론 더 중요한 것은 주어진 능력에 단순히 영합하는 것이 아니라 그것을 발전시키고 필요와 소망을 바른 방향으로 이끌어 가는 것이다. 이렇게 하여 발전된 개인의 독특한 재능과 능력은 원칙적으로 획일적 기준에 의하여 쉽게 서열화될 수 없다.

개인의 차별성을 지나치게 강조하는 것에 대하여 교육의 사회적 기능을 포기하는 것이라는 우려가 있을 수 있다. 우리 교육 사상에 적지 않은 영향을 준 존 듀이는 개인의 개인으로서의 성장이 교육의 중점에 놓여야 한다고 생각했다. 그러나 그것이 "다른 사람과의 경쟁에서 이길 수 있게 하는, 훈련된 교지(狡智)"를 기르는 일은 아니라고 말했다. 그리고 그에게 개인의 발달은 궁극적으로 인간적 사회의 협동적 건설에 이바지함으로써 의미 있는 것이 되는 것이었다. 인간성에 들어 있는 역설 하나는 개성의 심화가 보편성에로의 열림을 가져온다는 것이다. 교육의 시작에서부터 개성 존중은 인간성 존중으로 나아간다. 교육의 만남 자체가 이러한 변화를 매개한다. 소극적인 관점으로 보면, 피교육자의 개성을 고려한다는 것, 그것이 바로 인간성을 소외하는 사회 제도에 대한 비판적 감성을 기르는 일이 된다. 그리하여 개인의 인간적 발달은 참으로 인간적인 사회를 건설하는 기반이 된다.

되풀이하여 개인적이면서도 사회적으로 유용한 교육은 피교육자로부터 출발한다. 영국의 케임브리지나 옥스퍼드 대학에서는 강의나 학점보다 개인 지도가 교육의 핵심을 이룬다. 나는 어느 케임브리지의 교수에게 이 튜토리얼 제도의 의미를 물은 일이 있다. 대답은 모두 다른 개성을 가지고 있고 다른 지적 발달의 단계에 있는 학생들에게 어떻게 획일적인 교육이 가능하겠는가 하는 것이었다. 물론 이 대답에도 불구하고 역사적으로 그것은 특권의 소산이다. 그러나 봉사에 대한 영국 교육의 다른 이념과 합쳐, 그것이 좋은 교육적 이상을 나타내는 것임은 틀림이 없다.

개인의 능력과 사회적 요구의 조화는 반드시 엘리트 대학의 전유물이 아니다. 마르크스가 학교 교육 내용에서 배제되어 온 생산적 노동 교육의 도입을 강조한 것은 그로서는 당연한 일이다. 그러나 그가 노동과 기술 교육을 말한 것은 청소년이 그것을 통하여 개인적인 적성을 발견해야 한다는 의미이기도 하였다. 그리고 그에게 교육의 목표는 완전한 인간적 발달이고 기술 교육도 이 목표의 수단이었다. 이러한 '폴리테크닉 교육, 다기술적 교육'의 이념은 사회주의 국가에서도 채택되었지만, 어느 정도의 효과를 낸 것은 독일에서였다. 마르크스의 평등의 이상은 개인과 사회 간의 상호 작용이 필요와 능력에 맞추어 이루어져야 한다는 것이다. 이 평등의 이상을 어떻게 생각하든, 개인의 필요와 능력에 맞춘 교육은 체제를 초월하여 추구될 수 있는 인간 교육의 이상이라 할 것이다.

물론 현실과의 타협은 불가피하다. 그러나 타협은 이상에 대한 현실의 양보를 의미하는 것일 수도 있다. 세계 시장의 도전을 생각한다고 하여도 그에 대한 대응으로서, 인간성의 총체적인 가능성을 다양하게 개발하는 것 이상으로 더 좋은 방법이 있겠는가? 개인의 필요와 능력에 맞춘 교육이 어떻게 제도화될 수 있는가 하는 것이 쉬운 문제일 수는 없다. 그러나 그것에 비추어 오늘의 제도를 다시 생각해 보는 것이 부질없는 일은 아닐 것이다.

(2007년 7월 19일)

지도자와 삶의 이상

유권자의 관점에서 대선에서 어떤 당의 어떤 후보를 선택할 것인가 하는 것은 지난한 일이다. 이 어려움 가운데 이야기되는 것이 선거에서 정책 대결이 핵심이 되어야 한다는 것이다. 나라의 미래를 위하여 좋은 정책이 중요하고 그 정책의 검토가 선택의 기준이 되어야 한다는 것은 당연하다. 또 그것은 격앙된 감정과 같은 불합리한 요인이 잘못된 선택을 하게 하는 위험을 피하는 방법이기도 하다.

정책의 검토가 쉬운 일일 수는 없다. 전문가들의 도움이 필요하겠지만, 선거의 열풍 속에서 참으로 객관적인 분석과 해설을 제공하는 전문가들이 있을 것인가? 객관성이 완전히 소실된 것과 같은 인상을 주는 것이 우리 사회이다. 그러나 엄정한 분석이 가능하다고 하여도, 여러 부분으로 이루어지는 정책 가운데, 하나는 좋지만 다른 하나는 나쁘다고 생각될 때, 어떠한 결정을 내릴 것인가? 이번 한나라당의 경선 후보의 검증에는 여러 항목들이 검증의 대상이 되었다. 아마 사람들은, 여러 항목 가운데 한두 개를 기억하고 그 인상으로 전체적인 판단을 대신하게 될 것이다. 또는 잡다한 문제들로 전체적인 인상이 흐려진 결과 아무런 판단을 내릴 수 없다는 유권자도 있을 것이다. 정책을 판단하는 데에도 비슷한 일이 일어나지 않을까?

사실 정치 지도자가 되는 데에는 합리적으로 설명하기 어려운 요인들이 작용한다. 정치 지도자의 힘은 카리스마에서 나온다고 말하여지기도 한다. 카리스마는 지도자의, 이룩하여야 할 사명의 발견, 사명에 대한 확신 그리고 다수 추종자들의 공감에 의하여 구성된다. 사명감은, '카리스마'라는 희랍어의 뜻대로 신이 부여하는 것이지만, 호응이 있는 것은 그것이 현실의 문제의식을 표현하는 것이기 때문이기도 하다. 카리스마를 설명하면서 막스 베버는 동양에 있어서의 통치자의 천명(天命)이라는 개념도 이러한 테두리에서 이해될 수 있다고 말한다. 그러나 카리스마에 의하여 정당화되는 지도자는 민주주의 사회에서 허용될 수 없을 것이다. 그렇기는 하나 사람들이 지도자에게서 정책을 넘어 어떤 인격적 힘을 발견하고자 한다는 것은 부인할 수 없다.

사명은 사회나 국가의 위기에 의하여 저절로 정의되는 수가 있다. 헤겔은 전쟁이야말로 국민을 단합하게 하고 국가의 국가됨을 드러나게 한다고 말한 바 있다. 전쟁을 승리로 이끌어 갈 지도자를 뽑는 일은 국가적 과제가 될 수밖에 없다. 정치 위기도 정치 동원을 가능하게 한다. 민주 혁명의 파도가 높은 시점에서 사람들이 연속적으로 민주화 운동의 지도자 또는 그 관계 인사를 정치 지도자로 택한 것은 자연스러운 일이다.

민주화 운동의 계기는 인권의 위기이기도 하고, 보다 나은 정치 질서에 대한 집단적 희망이기도 했다. 다수 대중의 동원에서 중요한 것은 종종 미래와 인간에 대한 이상주의적인 꿈이다. 정치 혁명은 복잡한 현실적인 요인으로 시작되지만, 대체로는 새로운 사회 이상으로 수렴된다. 자유, 평등, 우애 — 프랑스 혁명의 표어가 된 이러한 말들이 표현하고 있는 것은 이 미래 사회가 구현해야 할 가치들이다. 국가 사회주의, 조합주의, 공산주의 등도 비슷한 범주 안에서 생각할 수 있다. 진선미 또는 힘과 용기 등에 대한 숨은 갈구도 사람들의 정치 이상에 스며든다. 정치 지도자의 탄생에는 이러한 것들에 대한 원초적인 소망이 작용한다.

물론 위기의 정치 그리고 이상주의의 정치는 커다란 위험을 내포한다. 위기를 극복하고자 하는 경우뿐만 아니라, 정치적 이상주의도 극복되어야 할 현상에 대한 반작용의 성격을 가지고 있다. 그리하여 그것은 현실 안에 타도해야 할 적을 상정한다. 적이 없으면 적을 만들어야 한다. 그리하여 정치는 극단화된다. 더 위험한 것은 부정과 긍정의 교차로 하여 정치의 도덕적 의미가 모호하게 된다는 것이다. 프랑스 혁명의 이상이 공포 정치를 정당화하는 데에 이용된 것은 그 한 가지 예에 불과하다. 앞에 말한 여러 집단주의적 이상이 잔학하고 비인간적인 행위들을 수없이 정당화한 것은 새삼 말할 필요도 없다. 명분과 이상이 권모술수의 정당화에 이용되는 것은 우리 정치에서도 익숙하게 보아 온 바이다.

정책이 정치의 중심에 놓여야 한다는 주장은 적어도 이러한 위험을 억제하는 역할을 한다고 할 수 있다. 오늘날 정책이란 대부분 경제로 환원된다. 이 정책들은 모두 나라를 부유하게 하고, 사람들로 하여금 부자가 되게 하겠다는 것이다. 그러나 경제만으로 집단적인 정치적 정열이 일지는 않는다. 우리 경제의 중요 문제로 말하여지는 성장과 배분의 갈등이 사회 정의의 문제로 이야기되는 것은 우연이 아니다. 정치적 정열은 많은 경우 추상적으로 표현되는 목표에 의하여 자극된다. 막스 베버는 물질적 또는 경제적 이해관계를 초월한다는 데에 카리스마의 특징이 있다고 말한다. 카리스마를 가진 지도자의 사명은 개인적으로나 집단적으로나 물질적 이익을 초월한 순수한 사회적 이상으로 이야기된다. 그 힘은 다분히 여기에서 나온다. 그것은 쉽게 영웅적 이상에 이어진다. 이 점에서 그것은 보통 사람의 삶에, 또 그것을 뒷받침하는 경제에 대한 위협이 될 수 있다. 그러나 보통 사람의 경우에도 그들을 움직이는 것은 경제를 넘어가는 삶의 비전이다. 경제의 존재 이유는 삶의 필요 또는 보다 좋은 삶의 필요이다. 그렇다면, 어떤 것이 좋은 삶인가에 대한 비전이 없는 경제는 공허한 목표가 될 수밖에 없다. 적어도 살 만한 삶에 대한 어떤 이미지가 있어야 사람의 마음이 움직인다.

노동자가 8시간 일하고 주말이면 가족과 함께 들놀이를 나올 수 있는 나라 ― 이것은 해방 직후 한 시인이 노래한 사회의 미래상이다. 6·25 전쟁 중에 다른 시인은 "가난이야 한낱 남루에 지나지 않는다"라고 말하고 사람의 참모습은 "청산이 그 무릎 아래 지란(芝蘭)을 기르듯/ 우리는 우리 새끼들을 기를 수밖에 없다"라고, 자연에 순응하는 화목한 가정 ― 그리고 화목한 인간관계를 삶의 핵심이라고 말했다. 자연스러운 인간적인 공감에 호소하여 삶의 이상을 간단히 정의하기에는 우리 사회는 이제 너무 복잡하다. 지난 6월에 작고한 미국의 철학자 리처드 로티(Richard Rorty)는 "소통에 억누름이 없고, 계급이 없고, 위계는 현실 문제 해결을 위한 임시방편으로서만 존재하고, 권력이 개화된 유권자의 손에 달려 있는 사회"의 건설이 사람들의 "사회적 희망"이 되어야 마땅하다고 했다. 쉽게 실현될 수 있는 것은 아니겠지만, 이것이 사람의 마음에 들어 있는 사랑과 성스러움의 자연스러운 표현이 되는 것이라고 그는 생각했다. 이러한 이상은 아마 우리 사회에서도 공감하는 사람들이 많을 것이다.

사람들이 정치 지도자에게서 찾고자 하는 것은 현실 문제의 해결 능력에 못지않게 삶의 이상이고 꿈이다. 정책의 중심이 경제와 정치와 사회에 놓이는 것은 당연하다. 그러나 거기에도 인간적 삶에 대한 느낌이 들어 있는 것이 있고 그렇지 않은 것이 있다. 그것을 이야기하는 지도자의 말과 몸가짐은 이 느낌으로부터 나오는 확신을 전달하는 것일 수도 있고 그러지 않는 것일 수도 있다. 그리고 사람들은 그것을 그가 살아온 역정에서 확인하고자 한다. 어쩌면 이러한 생각은 너무나 낭만적인 생각인지 모른다. 그러나 대선에 있어서 유권자의 선택 기준이 정책에 대한 판단보다 정책에 들어 있는 삶의 비전이라고 하는 말은 크게 틀린 말은 아닐 것이다. 물론 현실은 이해관계와 패거리 의식에 얽힌 가장 비합리적인 감정에 의하여 모든 것이 결정되는 것인지도 모르지만.

(2007년 8월 2일)

삶의 공간적 토대

필자는 이번에 국제 비교 문학 대회와 관련하여 브라질의 리우데자네 이루를 방문하였다. 이즈음의 인문 과학에 관한 논의가 대개 그러하듯 이 대회의 주제는 다양한 문화 전통이 부딪치고 섞이는 데에서 일어나는 '불연속과 대체 현상'을 논한다는 것이었다. 그러니까 문학을 하나의 주제로 이야기하는 것이 불가능하다고 하면서, 그 사실 자체를 주제로 삼은 것이다.

이번 대회에서 중요한 사건은 2010년의 비교 문학 대회를 한국에서 개최하기로 결정한 것이다. 이사회에서는 한국이 아니라 캐나다의 퀘벡이 다음 개최지로 결정되었다. 그러나 참석 회원 전원이 투표하는 총회에서는 이것이 뒤집어져 한국이 개최지로 선정되었다. 이러한 역전에는 미국 출신 회장의 일방주의 전략에 대한 반발 그리고 그간 향상된 한국의 국제적 위상 등이 작용했을 것이다. 당초에 2013년 개최를 목표했던 한국은 정치적 공방 속에 얻어진 이 승리로 인하여 새로 무거운 의무를 지게 되었다.

잡다한 문화 현상을 하나의 현상 — 포스트모더니즘, 탈서방, 탈식민
주의로 요약하듯이, 지금의 세계를 하나로 요약하는 것은 여러 경제 지표
들이다. 세계의 진정한 다양함이 세계화라는 개념으로 단순화되고 그 현
상 안에서 사람의 삶은 경제의 지표로서 단순화되는 것이다. 브라질의 경
제는 그 국민 총생산량에서 현재 한국을 앞질러 세계 아홉 번째 규모이
다. 그러나 개인 소득의 면에서 보면, 6000달러 정도여서 한국에 미치지
못한다. 그런데 흥미로운 것은 이러한 숫자가 국민 생활의 안정도나 치안
상태 등에 그대로 나타난다는 것이다. 그러나 리우데자네이루는 흔히 생
각하는 발전 도상 국가의 난개발 도시가 아니었다. 리우는 일반적으로 세
계에서 가장 아름다운 항구 도시로 말하여진다. 이것은 여행객도 곧 느낄
수 있다. 천연적 조건도 좋지만, 그것을 기본적 바탕으로 삼으면서 거기
에 널리 사람의 삶을 위한 공간 계획을 구축해 온 역사의 소득이라 하지
않을 수 없다.

리우의 중심부에서 가장 눈에 띄는 문화적 건축을 든다면, 그것은 단연
코 성 세바스티안 사원이다. 꼭대기를 잘라 낸 거대한 원추형의 이 건물은
철근과 콘크리트 등의 현대적 건축 자재를 사용하여서도 건축적 숭고미를
창조해 낼 수 있다는 사실을 대표적으로 보여 주는 축조물이었다. 현대적
인 기하학적 단순성, 그러면서도 고대 마야의 피라미드를 연상하게 하는
외형도 인상적이지만, 성당의 내부에서 볼 때 높은 콘크리트 벽과 교차하
여 원추형의 건물을 받치고 있는 거대한 스테인드글라스가 그 뛰어난 추
상적 디자인의 유리들을 통해 들어오는 광선으로 성당 안에 신비의 공간
감을 조성하는 것도 감명을 줄 만하였다.

사원의 주변은 광활한 광장이다. 사원을 소개하는 책자에 보면, 이 사
원은 "콘크리트 건물들의 정글 속에" 비로소 여유 있는 공간을 만드는 것
으로 말하여져 있다. 그러나 우리의 도시에 비하여 '콘크리트 건물들의 정

글'이라는 건물들도 그 나름으로 건축미와 공간적 여유를 가지고 있는 건물들로 볼 수 있는 것이었다. 대체로 리우데자네이루의 특징은 정리된 공간 계획을 전체적으로 느끼게 하는 도시라는 것이었다. 길들은 대체로 반듯반듯하게 이어져 있어서, 도시의 이면을 이루는 곳들도 별로 뒷골목의 혼란을 느끼게 하지 아니한다. 그렇다고 길들은 단조로운 바둑판 모양을 이루지 아니하고 지형의 자연스러운 굴곡들을 따라 뻗어 나간다. 큰길가에는 무성한 가로수들이 서고 잔디가 가꾸어져 있다. 그리하여 큰길가의 수목 지대는 거의 공원과 같은 느낌을 준다. 또 그것들은 그대로 넓어져서 제대로 된 공원이 되기도 한다. 그리하여 도시는 전체적으로 공공 공간이 많은 곳이라는 인상을 준다. 바다를 따라서 펼쳐져 있는 도시가 리우라고 할 수 있지만, 변화가 많은 해안선에 따른 사장들은 언덕이나 산과 어울려 자연스러운 공원을 이룬다. 안내인의 설명으로는 해변을 포함한 모든 자연 공간은 사유가 허용되지 않고 모든 사람에게 접근이 가능한 곳으로 유지된다고 하였다. 섬들이 점점이 떠 있는 바다와 굴곡이 많은 해안, 유명한 그리스도상을 세워 놓은 것 이외에는 대체로 손상되지 않은 코르코바도(Corcovado)나 팡 데 아수카르(Pao de Acucar) 등 특이한 조형성의 산들 — 도시는 이러한 것들과 잘 어울려 과연 세계에서 가장 아름다운 항구 도시라는 호칭을 받을 만한 경관을 이루고 있었다.

느껴지는 이상적 공간의 구도에도 불구하고 리우 그리고 브라질에 문제가 없다는 것은 아니다. 리우 시의 유명한 부분의 하나는 파벨라라고 하는 빈민 지구이다. 이들 마을은 도시 주변의 산 위에 자리 잡고 있는데, 이러한 곳은 국유지에 해당하는 곳이어서 국가에서 신도시 개발을 선포하고 철거를 명령하지 않는 한 이주민이 무상으로 점유하고 집을 짓고 살 수 있는 곳이다. 그 집들이나 공공 생활 시설이 적절한 수준의 것일 수는 없겠으나, 경관이 좋은 곳에 자리 잡고 그 나름의 공동체를 이루고 있는, 적어도 멀리서 보기에는 과히 흉하지 않은 거주지였다.

빈부 격차는 발전 도상 국가의 특징이다. 독립 혁명에도 불구하고 식민지 시대로부터의 생활 양식을 그대로 계승하여 온 나라에서 이것은 특히 큰 것으로 생각된다. 국제 비교 문학 이사회가 열렸던 리우로부터 60여 킬로미터 떨어진 페트로폴리스는 옛날에 황제의 별궁이 있던 도시인데, 지금도 그곳에는 귀족의 장원 같은 저택들이 즐비해 있다. 이 집들은 사회 전체와는 별개의 차원에서 살고 있는 부유층들의 삶을 나타내고 있는 것으로 보였다. 빈부의 차가 심한 곳에 사회적 불안이 큰 것은 당연한 일이었다. 회의 주최 측은 걸어서든지 또는 공공 교통 시설로든지 혼자 리우 시내를 다니는 일을 삼가기를 부탁하였다. 성 세바스티안 사원에 갔을 때, 관광 버스의 안내원은 소지품을 버스에 두고 나가지 않는 것이 좋겠다고 말하였다. 문이 잠겨 있어도 유리를 깨고 들어올 가능성이 있다는 것이었다. 아름다운 풍광에도 불구하고 브라질 사회는 불안한 긴장과 갈등을 안고 있는 사회임에 틀림없었다. 이러한 불안은 바로 아름답게 계획된 도시와 함수 관계에 있는 것인지도 몰랐다.

브라질의 역사적 과제는 얼마나 쉽게 그리고 짧은 시간 안에 사회적 균형을 성취하느냐 하는 것이라 할 수 있다. 그러면서도 주마간산의 여행의 인상이기는 하지만, 우리의 관점에서 부러워 뵈는 것은 —— 막대한 잠재력의 국토를 논외로 하고 —— 리우 전체에서 느껴지는 정리된 공간의 느낌이었다.

우리에게도 토지에 대한 계획은 오랫동안 집념이 되어 왔다. 대통령 선거를 앞두고 또 수많은 도시와 국토 개조 계획이 발표된다. 이러한 것들이 도시나 국토 전체를 얼마나 총체적 삶의 공간으로 파악하면서 구상되는지는 알 수 없다. 누더기 국토를 만드는 것은, 아름다운 삶의 터전으로서의 공간에 대한 깊고 넓은 비전이 없는 도시와 국토 개조 계획이다. 사회 균형의 유지가 사회 안정을 위한 필수의 정치 작업의 일부라고 한다면, 사람이 사는 공간에 대한 총체적인 인식을 유지하면서 건설과 개발을 추진하는 것은 다른 한편으로 사람 사는 일의 지구적인 토대를 구축하는 일이다. 리우데자네이루 시와 그 주변이 느끼게 하는 총체적인 공간감은, 분명한 사회적 모순에도 불구하고, 그 사회가 적어도 오래 지속될 수 있는 삶의 물리적 토대를 확보한 사회라는 느낌을 주었다. 그리고 정치인들의 끊임없는 국토 계획의 지진과 부동산 광풍에 요동하는 우리의 삶이 얼마나 불안한 것인가를 새삼스럽게 생각하게 하였다.

(2007년 8월 16일)

추상적 시스템과 구체적 삶의 판단

다시 가짜 학위 문제가 논란의 대상이 되고 있다. 이유와 경위에 대한 설명은 사정에 따라 다를 것이고 이 사정의 원인들을 따져 문제를 풀어 나가야 할 것이다. 그러나 전체적으로 말한다면, 이 가짜 학위 문제는 모든 면에서 커다란 시스템으로 추상화되어 가는 우리 삶의 현실의 한 표현이라고 할 수 있다.

문제되는 가짜 학위 출처의 하나는 미국인데, 미국에서 학위만으로 취직이 되는 것은 극히 예외적인 경우일 것이다. 대학에서 학위가 교수 발령에 중요한 역할을 한다고 하여도, 그것은 지도 교수를 비롯하여 학위 과정 이수와 취득에 관계하였던 여러 교수들의 추천서가 수반되어야 효력을 갖는다. 추천서에는 학업 능력과 성취와 학위 논문에 대한 구체적인 평가 등이 포함되게 마련이다. 미국의 켄트 대학에서 있었던 가짜 학위 사건이라고 보도된 것을 보아도, 그것은 옥스퍼드 대학에서 학위 수여 예정 증명서를 발행하고 학위 논문에 표절이 포함된 것이 발견되어 그 취소 통지를 송부한 사건으로, 우리의 가짜 학위 사건들과는 거리가 있는 이야기이다. 취직하였던 사람이 다른 대학으로 옮겨 갔으나 그것은 아마 이러한 사실이 드러나기 전 켄트에서의 수업이나 연구 업적이 일단 그럴싸한 것으로 평가되었기 때문이었을 것이다.

요즘 보도되는 가짜 학위 사건을 보면, 그것은 대학보다는 대학 밖에서 더 큰 위력을 발휘하는 것으로 보인다. 그러나 대학에서도 교수 임명이나 승진에, 논문의 질보다도 점수화한 논문의 편 수 그리고 게재된 학술지의 등위 등을 판단 기준으로 삼는 것이 관행으로 정착하고 있는 것이 사실이다. 이러한 제도를 지지하는 사람들은 계량화된 지표가 정확한 기준이 되고 객관성을 높여 주관적 편견과 시비를 없앴다고 생각한다. 대학 입시 제도와 관련해서도 비슷한 주장이 있다. 말할 것도 없이 이러한 기준을 받아들일 수밖에 없게 하는 사정들이 있다. 그러나 다른 한편으로 대학 입시에서도 주관식 시험의 요소 첨가가 필요한 것으로 주장되는 것을 본다. 객관화되고 계량화된 것들만이 반드시 인간의 능력에 대한 좋은 판단 기준이 아니라는 것을 많은 사람이 느끼는 것이라 할 수 있다. 사물에 대한 판단은 주관적일 수밖에 없고 주관적이어야 마땅하다. 객관적 자료는 주관적 판단을 위한 보조 자료에 불과하다. 그러나 그러기 위해서는 엄정한 자기 기율을 가진 주관이 있어야 하고 그것을 아끼는 사회 풍토가 있어야 한다.

요즘 병원에 가면, 환자는 시스템화된 의료 공정(工程)에 투입되는 입력 자료가 된다. 환자가 담당 의사와 이야기할 수 있는 것은 5분이나 10분이 되지 못한다. 그 시간도 의사가 검사 자료를 검토하고 결과를 전달하는 데에 사용된다. 환자에게는 자신의 증세를 놓고 의사와 상담할 시간이 주어지지 아니한다. 의사는 환자의 호소나 불평보다는 객관적 데이터가 신뢰할 만하다고 생각할지 모른다. 그러나 지병에 대한 가장 많은 정보를 가진 것은 환자이다. 의학은 정밀과학을 지향하면서도 정밀과학이 되지 못하는, 그리고 될 수 없는 학문이다. 환자 자신의 정보는 제쳐 두고 몇몇 검사 결과나 도표로써 참다운 사태를 판단할 수 있다고 생각하는 것은 의학의 성격을 오해하는 일이다. 이 오해가 처리 속도를 정당화하는 구실이 된다. 물론 병원의 체험에서 환자가 비인간화를 경험한다면, 거기에는 이 오해와 더불어 칼자루를 쥐면 안하무인이 되는 인간의 천박한 오만도 작용한다. 간판으로 치면 세계적으로 가장 유명한 하버드 의과대학의 부속 병원 매사추세츠 의료원에서 나는 의사와 30분을 면담한 일이 있다. 선진 의료는 시스템화된 객관적 데이터 처리만으로 이루어지지 않는다. 인간이 관계된 일에서 참으로 믿을 만한 판단은 객관적인 데이터를 넘어선 인간적 상황 전체를 고려한 판단이다.

객관적이라는 외적 증표들의 확인으로써 진정한 판단 ─ 주관적 숙고가 개입되는 판단을 대체하려는 데에는 그럴 만한 원인들이 있다. 여기에는 학문과 현실의 관계에 대한 불충분한 이해, 도식화된 인간 이해, 대중화로 인한 수요 증대, 판단과 처리를 위한 담당 인원의 부족, 낮은 도덕적 기준과 사회적 신뢰도 등을 생각할 수 있다. 이러한 원인들은 하나씩 대처되어야 한다. 그러나 근본에는 모든 문제의 시스템적 해결에 대한 믿음이 있다고 할 것이다. 모든 것을 객관화하고 체계화함으로써 문제를 해결할 수 있을 것이라는 생각이 강한 것이다. 방금 말한 여러 원인들로 일어나는 혼란을 막아 내는 것이 객관적 시스템의 강화라고 생각하는 것은 자연스러운 일이다. 그러나 여기에서 사라지는 것이 인간적 판단이고 그 판단으로써 살아남을 수 있는 것이 구체적인 인간 현실이다. 또 시스템이 강화되면 그것을 넘어서려는 인간적 계책들이 등장한다. 연줄 찾기나 속임수가 그것이다. 그리하여 질서는 다시 혼란을 낳는다. 인간 현실은 단순한 시스템이 아니라 여러 요소들이 이루는 복합 체계이다.

우리 삶의 추상화를 물리적으로 표현하고 있는 것이 아파트 중심의 주거 형태이다. 전통적으로 사람이 사는 집이란 주택 그리고 그 환경의 세부에 대한 감각과 추억과 인간관계의 복합체를 의미한다. 우리는 이것을 완전히 주소와 평수 그리고 값—투기 시장에서의 재산 증식 가능성으로서의 값으로 평가한다. 실물은 눈으로 볼 필요도 없다. 오세훈 서울시장이 획일적인 고층 아파트의 건축을 억제하고 보다 다양한 주거 형태의 발전을 권장하겠다고 말한 것은, 보다 복합적인 주거의 의미를 회복하려는 일에 관계된다고 할 수 있다. 사회의 대세에 비추어 이것이 성공할 수 있을지는 두고 보아야 할 일이다. 여기에서 그 관계를 자세히 논할 수는 없지만, 어떤 철학자의 생각으로는 모든 지각과 인식과 생존에는 땅이라는 '근원적인 바탕'이 있다. 이것이 모든 무게와 안정의 원천이 되고 풍경에 편안함을 준다. 주거는 현실적으로 이러한 바탕의 가장 중요한 부분을 표현한다. 땅의 복합적인 형태를 없애 버린 추상적 삶의 환경은 우리의 지각과 인식과 삶의 느낌에 어떤 바탕이 되는 것일까?

화폐 경제가 인간 삶의 구체성과 유기성을 파괴하고 그것을 시장의 추상화된 공간으로 획일화한다는 사실이 우리 사회에서만큼 완전하게 증명된 경우는 많지 않을 것이다. 이러한 사회 과정을 바로잡겠다는 대책들도 많은 경우 사회를 추상화하고 인간을 단자(單子)화하는 시스템의 테두리를 벗어나지 못한다. 그동안 많이 이야기된 인문 과학의 위기는 시스템화하는 사회에서 인간적 현실이 사라져 가는 데에 대한 불안감의 한 표현이라고 볼 수 있다. 정부는 최근 돌연히 인문 과학 진흥을 위한 거대한 예산 지출을 결정하였다. 이에 따라 지금 전국의 대학들에서는 연구 프로젝트를 급조해 내느라 교수들이 합숙하고 밤샘을 한다. 인문 과학의 열매는, 개인적으로나 집단적으로나, 오랜 숙고의 성숙으로 얻어진다. 성숙은 시간을 요한다. 급작스러운 예산 배정, 돈을 겨냥한 황급한 공사 계획—이러한 것들은 인문 과학의 연구 자체가 얼마나 추상적 시스템에 노출되어 있는가를 드러내 보여 준다. 프로젝트나 정책 하나로 세상을 바꾸어 놓을 수 있다는 생각은 어디에서나 우리의 사고를 지배한다. 인문 회복의 기획까지도 그 테두리 안에서 움직이는 것이 우리의 현실이다.

(2007년 8월 30일)

진흙탕 정치에 희망은 있는가

　흔히 철학자란 매일매일의 세상으로부터는 거리를 가진 사람으로 생각하지만, 헤겔은 아침에 신문을 보는 것은 "현대인의 아침 기도"라고 쓴 일이 있다. 기도는 마음을 하느님에게로 향하게 하는 것을 뜻한다. 그는 신을 향한 기도에 못지않게 신문을 보는 것이 중요하다고 생각했다. 그렇다는 것은 신문을 보는 것이 그에게 세계의 어디쯤에 자신이 위치해 있는지를 가늠하는 데 필요한 일이었기 때문이었다.

　세계를 알아야 제 선 자리를 안다. ― 이것은 심리적으로 그리고 현실적으로 자연스러운 요청인 것 같다. 그러나 생각해 보면, 그런 것만은 아니다. 신을 향한 기도는 흔들리지 않는 중심을 확인하는 일이다. 세계도 그만큼 흔들리지 않는 것이라면, 아침마다 세상을 새삼스럽게 확인할 필요가 없을 것이다. 헤겔의 신문에 대한 관심은 그가 프랑스 혁명 전후 유럽의 정치가 사뭇 흔들리고 있었던 시대에 살았던 것과 관계있는 일이다. 그는 변화하는 정세의 급류 속에서 아침이면 사태의 새로운 진전을 확인할 필요를 느꼈을 것이다. 이러한 진전들을 통합하는 역사의 과정을 커다란 하나의 정점을 향하여 가는 것으로 파악했다. 그러면서도 그는 역사책에 공백이 되어 있는 부분이 행복하고 안정된 시기라고 말하기도 했다.

우리에게도 뉴스는 필수적인 아침 의식(儀式)의 하나이다. 나라를 떠나서 해외에 머물게 되면, 신문 등을 통해서 전해 듣는 국내 뉴스를 떠나게 된다. 그 결과 자신의 방향 감각이 혼란되는 것을 느낀다. 우리도 헤겔처럼 매일 자신이 선 자리를 확인할 필요가 있기 때문일 것이다. 해외에 체류한다든지 또는 다른 이유로 뉴스로부터 차단되었을 때, 뉴스 결핍증을 앓게 되는 것은 우리가 행복하고 안정된 시기에 살고 있지 않다는 것을 말한다. 그러나 뉴스에 대한 요구는 그것 자체로 하나의 강박 증세가 되기도 한다. 그리하여 뉴스가 없으면 그것을 태평천하의 표지로 취하여 안정하지 않고 금단 증세를 보이기 시작한다. 이러한 것을 잘 알고 있는 정치인들은 어떤 방법으로든지 뉴스거리를 만들어 내야 한다고 생각한다.

그런데 해외에 나가 국내 뉴스에 접하지 못하다가 다시 국내에 돌아와 보면, 그간의 뉴스를 접하지 못했는데도 불구하고, 또 그간 굵직한 활자로 찍은 1면 톱기사가 된 뉴스들이 없지 않았는데도 불구하고, 사회는 그 전과 별로 다름이 없다는 것을 발견한다. 적어도 국외의 체제 기간이 길지 않으면 그렇다. 금년 여름에 나는 해외 출장으로 몇 주 동안 국내 뉴스 공백의 기간을 가졌다. 그러나 이번에도 귀국한 다음 다른 때나 비슷하게 세상이 크게 달라지지 않았다는 것을 확인했다. 우리 사회가 행복까지는 몰라도 상당한 정도의 안정을 이룬 것이라 할 것이다. 물론 오늘의 복잡한 사회에서 갈등, 폭력 사건들이나 기술 관계의 사고가 없을 것을 기대할 수는 없다. 그런데 사건이나 사고는 그것으로서 그치는 것일 수도 있고, 사회 전체의 어떤 상태에 대한 증후일 수도 있다. 이번 여름에 나라의 기본적인 안정을 흔드는 사건이 없었던 것은 틀림이 없다. 그러면서도 내가 해외에 나간 사이 그리고 그 이후에 보도된 여러 사건들은 사회의 전체적인 상황에 대한 어떤 증후라는 느낌을 준다고 아니할 수 없다. 일련의 사건을 하나로 보면 사건들이 갖는 증후로서의 의미는 더 커 보일 수 있다.

아프가니스탄에 봉사 활동을 갔던 사람들이 납치되고, 그중에도 피랍자들 중 두 사람이 살해되었다는 것은 매우 충격적인 일이었다. 그것은 그 자체로도 가슴 아픈 일이지만, 무고한 사람들의 생명을 빼앗는 것을 지나치게 간단히 생각하는, 자기들 나름의 정의의 집단이 세상에 적지 않다는 사실을 상기하게 한다. 이 사건은 국외에서 일어난 일이면서도 우리의 상황 인식을 어둡게 하는 데에 크게 영향을 미쳤다고 할 수 있다. 그리고 그것은 우리 사회에도 이러한 광신적이거나 원리주의적인 정치 열광자들이 없지 아니하다는 것을 생각하게 한다.

중요하다면 중요하고 그렇지 않다면 그렇지 않을 수도 있는 뉴스거리가 가짜 박사 소동이었다. 한두 건이라면 그것으로 그쳤겠지만, 도처에, 그것도 사회 여러 분야의 주요한 자리에 가짜가 숨어 있다는 것은 분명 사회에 대한 우리의 신뢰감을 크게 손상한다. 특히 사회의 정신적 지주가 되어야 할 교육계와 종교계 —그것도 지도층의 인사가 여기에 깊이 개입되어 있는 것은 세상을 읽는 우리의 마음을 어둡게 한다. 더 놀라운 것은 정치 권력이 이러한 일들의 중심에 개입되어 있다는 사실이다.

최근의 뉴스로 정치 권력은 부산에서 벌어진 탈세, 수뢰, 융자, 건설 사업 특혜 등의 사건에서는 더욱 큰 역할을 한 것으로 보인다. 가짜와 권력과 금전의 연계망이 우리 사회의 가장 중요한 부분인 예술, 교육, 종교, 중앙과 지방의 정치, 기업 전반에 널리 만연해 있다는 느낌이 드는 것을 어찌할 수 없다. 모든 정치는 '도둑질 정치(kleptocracy)'라는 주장이 있지만, 그래도 우리는 사회 기강의 유지에 큰 책임을 위임받고 있는 것이 정치라고 생각하고 정치가 세상에 대한 우리의 믿음을 확인하여 줄 것을 희망한다. 그러나 신문이 쓰는 '소설' 때문인지, 또는 사회에 대한 우리의 신뢰가 지나치게 엷은 때문인지, 이러한 믿음과 희망이 근거 없는 것으로 생각되기 시작하는 것이다.

도대체 세상을 어둠보다 밝음으로서 보고자 하는 희망이 정당한 것인 가? 최근 해외에서 들어오는 뉴스의 하나는 성녀 테레사의 10주기와 그녀 의 서간집에 관한 것이다. 최근에 발간된 서간집이 사람들을 놀라게 한 것 은 거기에 드러나는 것이 밝은 믿음보다는 절망이라는 사실 때문이다. 테 레사 수녀는 신의 존재까지도 의심하고 신이 존재한다면 그 신은 기독교 에서 말하는 신이 아닐지 모른다고도 생각했다. 그러나 콜카타에서 마주 친 고아와 빈민들의 삶의 비참함을 보고 그러한 비참이 허용되는 세계의 주재자가 신이라고 너무 쉽게 믿는다면 오히려 그것은 안이한 믿음이 되 었을 것이다. 테레사 수녀는 그녀가 성자가 된다면, '어둠의 성자'가 될 것 이라고 썼다고 한다. 어둠의 세계에서, 절망의 어둠으로부터 성스러움에 가까이 가고자 하는 사람이 자신이라는 말이었을까?

정치의 세계가 선과 악의 분명한 기준으로 재단될 수는 없다. 사람들은 선악이 분명치 않은 세간적인 이해관계 속에서 산다. 정치는 이러한 세간 적 삶을 존중하면서 거기에 일정한 질서를 만들어 내려는 일이다. 그러나 적어도 어느 정도는 도덕적인 삶의 질서에 대한 믿음이 없이는 사람은 편 한 마음으로 자신의 삶을 살 수가 없다. 도둑 놀이는 아니라고 하더라도, 정치는 세간적 이해의 놀이이다. 그렇지 않고는 정치는 삶을 긍정하는 것 일 수 없다. 그러나 그것이 완전히 세상의 이해관계와 그 싸움에 잠겨 버릴 때, 사람의 삶은 견딜 수 없는 것이 된다.

대통령 선거가 얼마 남아 있지 않았기 때문에 거기에 희망을 걸어 보는 사람들도 있다. 대선 후보나 후보 지망자들은 많은 것을 약속한다. 그것은 주로 물질적 번영의 약속이다. 이것은 사람들이 원하는 것이다. 그러나 사 람들의 감추어진 마음의 한구석에는 물질적 번영과 그것을 에워싼 피나는 쟁탈전 — 이러한 것들을 넘어가는 삶의 밝은 질서를 향한 희망도 있다. 얼핏 생각해서, 이른바 '네거티브'를 주된 무기로 하는 경선 과정에는 이러한 희망을 논할 틈새가 없는 것으로 보인다. 연꽃은 흙탕에서 핀다고 하니, 희망을 아직 버릴 것은 아니지만.

(2007년 9월 13일)

임금의 사람들

신문에 연일 보도되는 대통령 비서실 고위 인사들 관계 사건들은 어떻게 받아들여야 할지 갈피를 잡기 어렵다. 나라를 기우뚱하게 하는 로맨스, 법률적 판단이 내려져야 할 독직이나 범죄, 아니면 정치 윤리의 파탄—성, 도덕, 법, 어떤 범주에 넣어 생각해야 할지 분명치 않은 것이다. 어떤 사건을 일정한 범주에 넣어 분류하는 것은 생각을 정리하는 데에도 필요하지만, 그것을 사회의 한 부분에 한정된 것으로 처리하는 일이기도 하다. 그런데 엄청난 일인 것 같으면서도 분명하게 가려 생각하기 어렵다는 것은 그만큼 그것이 사회 전반에 깊이 관련된 일이라는 것을 뜻할 수 있다.

1990년대 말 클린턴 대통령의, 이른바 '부적절한 관계'라는 이름의 성추문은 탄핵 발의가 있을 정도로 그의 행정부를 크게 흔들어 놓은 사건이었다. 그때 그를 옹호하는 여론의 논조는 성관계는 사적인 문제로 공직 수행과는 관련이 없는 것이라는 것이었다. 이것은 일단 그럴싸한 주장이지만, 공과 사를 그렇게 분명하게 가려 말하기는 어려운 것이 인간사이다. 공직자는 주어진 직무를 수행하는 사람일 뿐만 아니라, 원하든 원하지 않든, 많은 사람에게 모범이 되는 사람이다. 또 사람의 판단이 궁극적으로 사람의 인격에서 나온다고 한다면, 사실 공직자의 사생활이 공직 수행과 무관계한 것일 수는 없다. 공직을 떠맡는 사람은 사생활의 희생을 상당 정도 각오해야 한다. 변양균 전 실장, 정윤재 전 비서관 관련 사건은, 여론이 분분할 수밖에 없는 사건들이다. 더욱 중요한 것은 이 사건들이 우리의 정치 질서나 사회 질서의 근본과 노무현 정부의 성격에도 관계되는 것으로 생각된다는 점이다.

최대로 긍정적인 눈으로 본다면, 대학 교수 임용, 문화계와 종교계 지원금 처리 또는 공적 성격을 가진 공사 수주 ─ 국정 전반을 장악해야 하는 공직자가 이러한 일들에 관심을 갖는 것은 당연하다 할 수 있다. 그런 경우 거기에서 행해지는 일들이 국익에 기여하고 공정한 원칙에 의하여 수행되어야 한다고 생각하는 것도 당연하다. 그러다 보면 그런대로의 판단에 기초하여 의견을 제시하는 경우가 생기고, 이것이 영향력 또는 압력을 행사한 것으로 보이게 될 것이다.

그러나 다른 한쪽으로, 이렇게 생각하는 것은 국가 기구의 공적 성격 자체를 위협하는 일이 될 수 있다. 사적인 이해가 명분 뒤에 잠복해 있는 것은 드문 일이 아니다. 모든 일에 공직자의 개입이 그럴싸한 명분으로 정당화된다면, 국가 기구 전체가 사사로운 이익 거래의 통로가 되어 버릴 수도 있다. 또 정당한 명분의 경우에도 수행 과정에 사사로운 이해관계가 끼어들 가능성이 있다. 이를 방지하기 위하여 존재하는 것이 공무 수행의 절차에 관한 여러 가지 법률적·행정적 규정이다. 그 원칙은 공개와 경쟁이다. 정부 발주의 공사나 구매 행위에 공개 입찰의 의무를 규정하는 것과 같은 것이 그 간단한 예가 될 것이다.

그렇다고 모든 것이 규정으로 해결될 수 있는 것은 아니다. 공개 입찰이 가장 좋은 성과를 보장하지는 않는다. 더구나 강한 개혁 의지를 가진 정치 행위, 정책 수행은 쉽게 기존의 규정에 부딪혀 좌초할 수 있다. 규정은 해석에 따라서 다른 현실로 나타날 수 있다. 그렇기 때문에 개혁을 추진하는 정부의 관점에서는, 해석과 집행의 현장에 개혁 의지의 인물들을 확보하는 것이 중요하다. 노무현 정부에서 내내 논란이 된 이른바 '코드' 인사는, 호의적으로 보면 이러한 관점에서 생각될 수 있는 일이다. 그러나 그러한 '코드' 인사가 참으로 바람직한 성과를 거두게 되느냐 하는 것은 별개의 문제이다.

정의로운 사회 정책을 위하여 정책 공감의 인맥 또는 통지 의지의 통로를 구축하는 사례는 여러 군데에서 볼 수 있다. 실패한 실험으로 끝난 공산주의는 선택된 기간 당원을 중심으로 정상적인 법과 도덕을 초월하는 방법을 동원하면서 그 정치 목표를 달성하고자 했다. 자유 민주주의 체제 안에서도 보수 세력의 성채(城砦)가 되고 있다고 생각되는 기존의 법 체제와 제도와 관습을 넘어서 개혁의 실험이 시도될 수 있다. 로버트 펜 워런 (Robert Penn Warren)의 소설 『임금의 사람들(All the King's Men)』은 비록 소설이기는 하지만, 또는 소설이기 때문에 더 분명하게, 비슷한 실험 — 법이나 제도를 넘어 통치자의 의지를 부과함으로써 이룩하려 한 정치 개혁의 경과를 보여 준다.

가난한 농촌 출신 변호사인 윌리 스타크의 정치 역정은 주 정부의 재무관으로서 학교 건물 공사 발주 부정을 들추어 내면서부터 시작된다.(20세기 초 루이지애나 지사를 지낸 휴이 롱(Huey Long)이 이 주인공의 모델이라고 알려져 있다.) 주 정부는 공개 입찰에서 최하 입찰자를 제치고 믿을 만한 업자를 선정한다는 평계로 세력가들이 미는 업자에게 공사를 맡기게 된다. 얼마 안 있어 학교의 비상 계단이 무너져 사상자를 낸 사고가 스타크의 주장이 옳았다는 것을 증명하게 된다. 그 후 스타크는 우여곡절을 거쳐 주지사의 자리에까지 나아가게 된다. 그가 원하는 것은 개혁이다. 그는 먼지 날리는 농촌 구석구석에 포장도로를 놓고 교육 시설을 개선하며 좋은 병원을 짓고자 한다. 비용은 부유층의 소득세, 유전(油田)이나 기타 공유지의 이용료, 임차료 인상으로 해결한다. 이러한 개혁에 기득권층이 순순히 따라올 리가 없다. 스타크는 정치계의 경험을 쌓아 가는 과정에서 선악의 기준으로만 따질 수 없는 정치 기술을 습득한다. 그는 부패한 기득권 세력을 조종하는 데 이 기술—때로는 부정한 이권을 묵인하고 때로는 입수한 비리 정보 폭로 위협으로 적수를 조종하는 정치 기술을 동원한다. 그러나 선을 위하여 악을 사용하는 그의 마키아벨리즘은 그의 아내를 비롯하여 주변의 도덕적 인간들을 소외시키며 전체적인 정치 분위기를 흐리게 하고 종국에는 자신도 악과 부패와 타협하지 않을 수 없게 한다.

물론 스타크 지사 또 그 측근들이 추호도 자신들을 위하여 부와 이권을 도모할 생각이 있는 것은 아니다. 소설에는 스타크 지사가 고향 집을 방문하고 사진을 찍는 장면이 있다. 그 집은 아버지 집이기도 하고 자기 집이기도 하다. 아버지 집은 페인트도 칠하지 않은 채 방치되어 있다. 아버지는 옛날 그대로의 농부로 남아 있다. 그러나 스타크의 청렴 강직의 의미는 모호하다. 그것은 스타크 지사의 본모습이면서 동시에 전략이기도 하다. 페인트가 벗겨진 집의 내부에는 수세식 변소를 설치했다. 그것은 신문의 사진에 잡히지 않는다. 신문 기자였다가 측근 보좌관이 된 소설의 화자(話者)는 홍보 전략이 된 청렴의 덕을 냉정한 눈으로 본다. 모든 것을 정치 전략화하는 스타크의 행동 방식은 깊은 의미에서의 도덕적 타락을 뜻한다. 소설의 제목은 "한번 넘어진 험프티는 임금의 사람들이 모두 달려들어도 도로 세울 수 없네"—하는 동요에서 나온 것인데, 그것은 이러한 근본적 도덕의 타락 과정을 가리킨다고 할 수 있다.

그러나 화자는 도덕적 이상주의가 반드시 정치와 사회의 문제를 해결하는 데 첩경이 아니라는 것을 잘 안다. 정략과 도덕, 어느 쪽도 버릴 수 없는 지난한 선택을 강요하는 것이 정치 현실이다. 이것은 소설 화자의 고민의 원인이고, 저자 워런의 정치 현실에 대한 문제 설정이다. 우리에게는 정치 이념이 있고 그것을 실현하는 정치 기술이 있다. 이 기술은 도덕을 초월한다. 그 틈새에 공익과 사익, 동지와 패거리의 구분은 가리기 어려운 것이 된다. 요즘에 일어나는 사건들은 반드시 개인들의 우연한 잘못으로 인한 것이 아닐지 모른다.

(2007년 9월 27일)

학문 자율성의 위기

　우리 사회 속에서 학문이 어떤 위상을 점해야 하는가에 대하여서는, 적어도 현대적인 관점에서는, 분명하게 정의된 일이 없다고 할 수 있다. 사람들 마음에 학문도 민족과 국가에 복무해야 한다는 암묵리의 전제가 있을 뿐이다. 그런데 이러한 전제에서 빠지기 쉬운 것은, 스스로의 자율적 목적에 복무하는 것이 학문이 나라의 일에 복무하는 길이라는 역설이다. 군사 정부 시대를 거쳐 오면서 자유와 자율이 학문의 존재 방식의 핵심이라는 것이 받아들여지기 시작했다고는 할 수 있다. 그러나 사람들은 이 경험을 통해서 총칼의 위협은 잘 알게 되었지만, 이 위협이 다른 형태로도 가까이 올 수 있다는 것은 별로 의식하지 못한다.

　구체적인 문제와의 관련에서는 학문의 규범적인 전제로서 자율성이 있어야 한다는 것은 비교적 쉽게 알 수 있다. 이데올로기에 의하여 과학이 왜곡된 예로 사람들이 흔히 드는 것은 소련의 스탈린 시대의 리센코주의이다. 생물학자 리센코(Trofim Denisovich Lysenko)의 연구는 농산물 재배법 개량에서 시작되었다. 그러다가 나중에 그의 생각은 진화에 대한 일반 이론으로 발전하게 되었다. 진화의 기제는 유전이 아니라 환경적 요소라는 이 이론은 인간의 노력이 많은 것을 개조할 수 있다는 사회주의적 확신에 잘 맞아 들어가는 것이었다. 그리하여 결국 정치화한 생물학은 이 이론에 반대하는 반동적 유전학자를 유배하거나 처형하는 데에까지 이르게 되었다. 이러한 사건에서 과학 이외의 의도에 의한 과학의 왜곡은 자명하다.

그러나 상황이 늘 분명한 것은 아니다. 지난 6월 고려대 아세아문제연구소에서 개최된 한 학술 대회에서 미국의 동아시아 연구자 한 사람은 그 발표에서 한국이나 일본에서의 독도 문제에 대한 연구는 모두 결론을 미리 정해 놓고 그것을 뒷받침할 증거를 찾는 방식으로 진행된다는 것을 지적했다. 그 연구가 참으로 과학적 신빙성을 얻기가 어렵다는 것을 암시한 것이었다.

그런데 과학적 사실에 대한 외부 개입은, 앞에서 비친 바와 같이 직접적인 방법이 아니라 여러 간접적인 통로 —— 연구 과제의 설정, 방법, 평가, 체제와 조직, 연구자의 신분 규정 등을 통하여 이루어질 수도 있다. 이 간접적인 왜곡 효과에 대해서는 별로 숙고된 대책이 없는 것이 오늘의 실정으로 보인다. 어쩌면 지금 우리 사회에는 도대체 엄격한 의미에서의 학문의 자율성에 대한 인식은 존재하지 않는다고 할 수도 있다. KAIST에서 많은 교수들이 정년 보장 승진에서 탈락한 일이 크게 보도됐다. 이것이 무엇을 의미하는지는 구체적 내용 없이는 알 수 없는 일이지만, 보도와 논평들을 보면서 유감스럽게 느껴지는 것은 우리 사회에 교수 정년 보장의 본질에 대한 이해가 거의 없다는 사실이다. 교수의 정년 보장의 목적은 '철밥통'이 아니라 학문의 자유 수호이다.(이것은 다른 문제이지만, '철밥통'이 그렇게 나쁜 것인가? 모든 사람이 철밥통을 가진 사회가 좋은 사회가 아니겠는가? 문제는 사회적 형평성에 있을 뿐이다.)

교수의 철밥통은 학문 연구 그리고 그 결과의 발표가 외부의 간섭 —— 정부나 여론 또는 학교 내의 관료 질서 등의 간섭으로부터 자유롭기 위해서는 연구자가 신분의 위협을 받지 않아야 한다는 사실에 기초해 있다. 그것은 법관의 신분 보장이 공정한 판결의 요건이 되는 것과 같다. 물론 교수로서의 신분 보장이 누구에게나 주어지는 것은 아니기 때문에, 그것은 자격 심사의 의미를 갖는다. 그로 인하여 젊은 교수들의 학문적 분발을 자극하는 기능을 한다. 그러나 그것이 정년 보장제의 원의미는 아니다. 정년 보장이 된 다음에 학문에 대한 정진이 느슨해지는 경우를 생각할 수 있지만, 그것은 더 귀중한 것 — 학문의 자유와 자율 그리고 학계에서나 사회에서 인격적 신뢰의 의미를 유지하는 비용으로 간주할 도리밖에 없다.

참으로 우려되는 것은 정년 보장제 문제보다도, 모든 학문 심사와 평가에 스며 있는 얄팍한 실적주의이다. 앞에서 말한 리센코는 농업 증산을 위한 기발한 — 그러나 많은 경우 비과학적인 — 아이디어가 많은 학자였다. 그는 소비에트 정부의 농업 정책에 문제가 있을 때마다, 그에 대한 답을 들고 나왔다. 그의 많은 해답들은 시간이 오래 걸리는 진지한 연구들을 비현실적이고 퇴행적인, 지나간 시대의 잔재로 보이게 했다. 그의 속전속결의 연구는, 현실 문제에 급히 답해야 하고 새로운 체제의 능률성을 증명할 필요가 있는 정부 당국자의 요청에 맞아 들어가는 것이었다. 우리나라에 리센코주의가 있다고 할 수는 없겠지만, 모든 것을 빠른 결과물에 의하여 저울질하고자 하는 풍조가 있는 것은 사실이다. 우리 사회를 지배하는 경제 물량주의가 학문의 연구에까지 침투해 오는 것은 놀라운 일이 아니다. 그런데 문제는 이것이 학문을 지원하고 평가하는 체제에 의하여 강화되고 있다는 사실이다.

산업체의 연구비가 특정한 연구 지원을 겨냥하는 것은 이해할 만한 일이다.(지금은 전혀 사정이 달라졌지만, 한때 미국의 대학들은 학문의 자율을 위하여 산업체와 연구자의 직접적인 용역 관계를 제한하고자 했다.) 우려되는 것은 학문 활동 지원을 위한 공공 기구들이 학문의 지도원 구실을 하게 되는 현실이다. 학문을 지도하려는 정치적 의도도 걱정되는 것이지만, 학문적 왜곡은 이러한 기구들의 관료적 조직으로 인하여 심각한 것이 될 수 있다. 이러한 기구에서 심사와 평가는 소수의 사람에 의하여 단기간에 이루어진다. 실질적 내용보다도 정량화된 숫자와 배분이 가장 중요한 기준이 되는 것은 제도에 따르는 당연한 결과다. 최근 공모 연구 과제의 심사가 실질적 내용과의 관계에서 공정했다고 생각하는 사람은 많지 않을 것이다.

더욱 큰 문제는 지원 기구들이 연구 의제를 결정한다는 사실이다. 이들 기구에서는 극소수의 관료와 그 위촉을 받은 소수자들이 연구 과제를 정하고 연구비를 배정한다. 규모가 막대한 만큼 이것은 연구의 방향이나 학문의 전체적인 판도를 정하는 일이 된다. 관료제는 그 성격상 리센코의 경우처럼 애국주의적 명분과 단기적 업적의 논리를 따르게 마련이다. 모든 업적은 과시할 수 있는 자기의 공적이 되어야 한다. 그러다 보면 증대되는 권력은 학술 활동의 지휘 감독에 나서고 기획을 운영하는 데에 나서게 된다. 나는 중국의 학술 대회에서 공산당 서기가 서두에 장광설을 늘어놓는 것을 본 일이 있다. 이것은 의례에 불과하다고 하겠지만, 의례는 어떤 특정한 관계를 관례화하는 오래된 사회 언어이다. 이 의례는 학문의 권력에의 종속을 자연스럽게 확인시킨다.

학술 문화 활동의 지원은 국가적 요청이다. 중요한 것은 지원과 학문의 의제 설정이나 평가 등 ── 내실의 문제를 분명하게 분리하는 일이다. 산업체에서 원하는 특정 연구 과제나 국가의 정책 과제가 연구 과제로서 중요하지 않다는 말이 아니다. 그러나 그것은 별개의 항목으로 하여, 학문의 자율적 영역으로부터 분리되어야 한다. 지원의 핵심은 자율 영역이다. 자율은 학문의 본령을 지켜야 한다는 의미만을 가진 것이 아니다. 학문의 자율성의 제한은 학문의 시각을 제한하는 것이고 결국은 사회의 미래를 제한

하는 것이다.

그러나 가장 중요한 것은 학문의 자유와 자율이 나타내는 어떤 인간적인 이상이다. 그것은 인간의 자유와 자유 속에서의 책임과 위엄을 상징한다. 어느 영역에서나 이것의 유지와 확대 없이 진정한 인간적 사회는 오지 않는다. 어떤 형태로든지, 학문의 자율성의 손상은 결코 작은 문제라 할 수 없다. 이제 우리 사회도 학문과 문화의 지원 체제를 섬세하게 조율할 시점에 이른 것이 아닌가 한다.

(2007년 10월 11일)

차이와 합의의 정치

　대통령 선거에서 유권자에게 주어질 선택이 어떠한 것이 될지는 이제 대체로 정해졌다고 할 수 있다. 여권의 단일 후보가 새로 정해질 가능성이 아직 남아 있지만, 정치나 정책의 대체적인 방향에는 큰 변화가 없을 것으로 생각된다. 출마를 선언한 후보자들을 갈라놓는 가장 큰 정책의 차이는 성장과 분배, 그 어느 쪽에 역점이 가느냐 하는 데에 있다. 이 차이는 기업 환경, 세계 자본주의 시장과의 관계, 복지 등에 있어서의 서로 다른 정책적 차이에 이어진다. 시장을 사회 조정의 주된 기구로 보는 자유 민주주의와 시장에 다시 사회·정치적 개입이 필요하다고 보는 사회 민주주의의 대결이라는 정치 구도가 잡혀 가는 것이다.

　이러한 차이는 크다면 크고 작다면 작다 할 수 있다. 차이의 원인이 세계 이해와 계급적 입장에 존재하는, 건너뛸 수 없는 사회적 균열에 있다고 볼 수도 있지만, 그 차이가 타협을 불가능하게 할 정도의 것은 아니라고 볼 수도 있다. 선거는 후자를 전제로 한다. 사실 차이가 아니라 합의할 수 있는 부분을 찾기로 하면, 그쪽이 더 클지 모른다. 그러나 정치는 이 차이를 대결로 몰아가는 경향이 있다. 우리 정치에서는 특히 그렇다. 우리의 정치는 아직 안정된 기반 위에 서 있지 못하다. 차이를 넘어 존재할 수 있는 합의점을 찾고 그 틀을 만드는 것은 우리 정치의 중요한 과제의 하나이다.

대결의 관습에도 불구하고 다음의 정부가 앞에 말한 차이의 어느 쪽으로 결정되든지, 나라를 한쪽으로만 밀고 나가지는 못할 것이다.《한국일보》와 미디어리서치의 최근 여론 조사에 따르면 다음 정부가 복지와 경제 성장, 어느 쪽을 중시해야 하느냐를 묻는 물음에 대하여 조사 대상자의 선택은 47.0퍼센트와 48.8퍼센트로 팽팽하게 맞서는 것으로 나타났다. 이것은 경제 성장과 일자리 창출이 제일 중요하다는 선행 선택의 범위 안에서 이뤄진 답이다. 그러니까 그 메시지는, 사회적 평등도 성장 중심의 정책 안에서 중시되어야 한다는 것이라고 할 수 있다. 이것이 국민 일반의 생각이라면, 좌우 차이의 어느 쪽의 정부가 들어서든지 간에, 지나치게 한쪽으로 치우친 정책은 사회 내의 긴장과 갈등을 심화하고 정책을 불능화하는 결과를 낳을 것이다.

노무현 정부가 진보주의의 현실화에 실패한 원인도 진보와 보수의 차이 아래 놓여 있는 공유의 현실을 확실하게 파악하면서 그 정책을 추진하지 못한 데 있다고 할 수 있다. 다음의 정부도 그 정책 지향이 어느 쪽을 향하든 이 공유의 현실을 참고하면서 정치의 방향을 조정해 나가야 실질적인 과실을 얻을 수 있을 것이다.

오늘날 많은 나라들의 정치는 차이 합의의 복합적 테두리에서 움직인다. 종횡가(縱橫家)들은 지금 세계를 지배하는 자본주의 체제를 하나의 단순한 모델로 이야기한다. 그러나 현실은 더 복잡하다. 자본주의 체제의 원형은 물론 미국이다. 그러나 미국에 복지 정책이 없는 것은 아니고 또 그 크기가 결코 우리 복지 정책의 크기에 못하다고 할 수도 없다. 유럽도 세계 자본주의 시장 체제 안에 있다.

그러나 유럽에는 복지 국가의 모델이 되는 스칸디나비아 여러 나라들이 있다. 영국이나 프랑스, 독일 등의 정부도 좌가 됐든 우가 됐든 경제와 복지를 동시에 추구하고 있는 정부들이다. 그 타협적 성격은 내각 구성만을 보아도 알 수 있다. 현재 독일의 연방 정부는 보수 진보의 연립 내각을 가지고 있다. 보수 정당인 기독교민주연합(CDU)의 메르켈 총리 내각의 노동부 장관은 전 사회민주당(SPD) 당 의장 프란츠 뮌터페링이다. 그는 복지 체제의 온건 개혁을 추진하는 메르켈 총리보다는 사민당의 강경파와 더 논쟁을 많이 벌인다. 프랑스에서는 5월에 우파 정당 인민운동연합(UMP)의 사르코지가 대통령에 당선되었다. 사회당의 베르나르 쿠슈네르가 외무 장관으로 입각한 것은 상당한 뉴스거리가 되었다. 사르코지 대통령이 복지 체제를 완전 해체할 것이라는 풍문은 조금 과장된 것으로 보인다. 영국에서는 6월에 고든 브라운 노동당수가 총리에 취임했다. 그는 보수당 의원 두 사람을 정부의 자문 위원에 위촉하고 취임 직후 대처 전 총리를 방문하여 협조를 부탁했다. 영국 일간지 《가디언》의 조너선 프리드랜드(Jonathan Freedland) 논설위원은 당을 초월하는 거국적인 정부가 브라운 총리의 희망이라고 말한다.

타협과 합의의 정치의 예로서 영국의 경우는 특히 주목할 만하다. 전임 토니 블레어 총리는 노동당의 좌파 노선을 수정하는 신노동당 정책 또는 제3의 길을 표방했지만,(생산 수단의 국유화를 규정한 당의 강령의 폐기는 그 상징적인 표현이었다.) 그래도 기본적으로 사회 민주주의가 그의 기본 노선이었다고 하는 것이 옳다. 블레어 정부 10년간 영국은 내내 일찍이 보지 못했던 경제 성장을 기록하고 변영을 누렸다.(여기에는 그 전 보수당 정권의 개혁도 중요한 역할을 했다고 말하여진다.) 새로 취임한 브라운 총리는 블레어보다도 더 전통적인 사민 노선을 따르는 정치인으로 알려져 있다. 블레어 집정기의 번영은 상당 정도 블레어 내각의 재무상이었던 브라운의 공적이라고 할 수 있다. 그러나 그가 부의 사회적 분배를 등한시한 것은 아니다. 빈곤 퇴치, 그중에서도 아동 빈곤 퇴치는 계속 그의 정책적 핵심을 이루어 왔다.

프리드랜드의 해설에 의하면 브라운의 정치 스타일은 조용한 것이 특징이다. 그는 그의 사회 정책이 보수적인 사람들을 놀라게 하는 것을 원하지 않는다. 대미 관계의 재조정, 테러 사건 처리, 은행 파산으로 인한 금융 위기의 극복, 전임자의 카지노 계획 폐기 — 취임 직후의 이러한 과제들을 그는 불필요한 정치적 대결을 유발하지 않는 방식으로 처리했다. 그는 블레어 스타일의 일방적이고 과장된 홍보 전략을 버렸고 총리의 부풀려졌던 권력의 많은 부분을 관계 부서와 의회로 돌려주었다.

이러한 행동 방식은 그의 인품에서 나온다. 그를 움직이는 것은 개인적 야심이나 파당성보다는 마음 깊이 새겨 있는 도덕적 성실성이다. 그에게 중요한 것은 봉사와 헌신 그리고 인간에 대한 사랑이다. 우리에게 절실한 것도 과대 포장된 야심과 집단 이기가 아니라 조용한 성실성으로써 나라에 봉사하는 정치인이다. 앞에서 언급한 《한국일보》의 여론 조사에서 적지 않은 숫자의 사람들이 민주화 이후의 정치 그리고 미래의 장해 요인으로서 실질이 없는 담론, 도덕성의 상실, 정치권의 무능과 대립 등을 들고 있다.

조용한 성실성은 스타일만의 문제가 아니라 스스로를 기율하는 정부에 표현된다. 지난 19일자 《경향신문》에 게재된 박상훈 후마니타스 대표의 칼럼은 우리 정부의 비대화를 지적하면서, 인구가 우리보다 1000만 명 이상이 더 많은 영국의 공무원 수가 53만여 명인 데 대하여 한국의 공무원 수는 60만 명이 넘는다는 것을 지적하고 있다. 여기에 공공 기관 종사자와 지방 공무원을 추가한다면, 이 차이는 훨씬 클 것으로 생각된다. 복지 행정의 신장으로 공무원 수가 늘어났다고 할 수는 없다. 이 칼럼에는 한국의 복지 지출은 경제협력개발기구(OECD) 국가의 평균보다 4배가 적다는 것도 지적되어 있다. 영국에서는 아마 브라운 총리하에서도 정부 기구의 자기 기율은 그대로 계속될 것이다.

우리에게 아쉬운 것은 스스로를 규율하면서 국민에게 봉사하는 정부다. 여기에 촉매가 되는 것은 도덕적 감성이다. 차이와 함께 정치의 공통된 기반을 확인하는 정치의 틀을 구축하는 데에도 도덕적 성실성은 중요 요인으로 작용할 것이다. 파당의 진실을 넘어가는 데에는 현실 전략 이상의 것이 필요하다.

(2007년 10월 25일)

인간 교육과 인간 공학

국제 관계가 많아짐에 따라, 국제 공용어가 된 영어로 문건을 작성해야 되는 경우가 많다. 그러나 그 영어가 흠 없는 것이 되기는 어렵다. 문제의 하나는 영어의 숙달이 쉽지 않기 때문이기도 하지만, 쉽지 않다는 것을 인식하지 않는 때문이기도 하다. 어떤 행사에 관한 문건을 누가 영어로 옮기느냐 하고 물으면, 미국에서 박사 학위 공부를 한 사람이라거나 미국인이라거나 하는 답변을 듣는다. 그러한 경우에도, 그 영어가 참으로 자연스러운 것이 된다는 보장은 없다. 이러한 일이 쉽지 않은 것은 한국에서 공부한 외국인도 그렇고 한국인까지도 한국어 문장을 완전하게 쓰지 못하는 것과 같다.

영어 공부 열병이 우리를 사로잡은 지가 한참 되었다. 그런데 그 영어 공부의 수준이 어느 정도에 이르기를 기대하는 것일까? 나는, 독일어를 상당히 공부했던 회사원이 독일 파견 근무 체험을 말하면서, 몇 년의 근무 기간 중 일상생활에 통용될 수 있는 독일어만으로는 부족하다는 것을 깨달았다는 술회를 들은 일이 있다. 사람을 접하다 보면 식사를 함께 하기도 하고 문화 행사에 참석하는 일 같은 기회가 생긴다. 그런 기회에는 사업도 이야기하지만, 시사 문제, 음악, 기타 문화적인 것들이 화제에 오르게 되는데, 그러한 화제를 논하기가 어려웠다는 것이다. 사업도 사람이 하는 일이고 보면, 인간적 사귐이 있을 수밖에 없고 그것은 원활한 사업을 위한 환경이 된다. 깊은 사귐이 아니라도 사람이 만나면 관심사에 대한 의견 교환이 있고, 교환은 물론 유연한 언어 구사력을 요구한다. 그러나 거기에 이르는 것은 보통 어려운 일이 아니다. 높은 수준의 숙달은 10년, 20년의 정진이 필요하고 또 자질과 성격에 따라서는 불가능한 일일 수도 있다.

물론 영어 공부를 한다고 하여 반드시 언어의 모든 것을 완전히 마스터하자는 얘기는 아닐 것이다. 보통 사람은 기초적인 소통만 — 가령 길을 묻고 묻는 것에 답하고 물건 값을 묻고 묻는 것에 답하는 정도의 소통만 할 수 있으면 충분하고 그중에 소수의 사람들이 무리를 벗어난 자유자재한 표현 능력을 가지게 되면 좋다고 할지 모른다. 모든 사람이 영어를 공부하여야 한다고 말하는 것은 개인적으로나 국가적으로나 투자와 수익 사이의 엄청나게 큰 간격을 각오하는 일이 된다. 그래도 이러한 투자를 무릅쓰게 되는 이유는 거두어들여야 할 소득을 너무 절실한 것으로 생각하기 때문이기도 하지만, 더 많은 경우는 투자가 얼마나 커야 하는지를 모르기 때문이라고 할 수 있다. 사실 여간 하지 않고는 말과 글에 있어서 표현 능력의 소득이 생기지 않는 것이 어학 공부다.

요즘은 대학에서 영어 강의를 요구하는 경우가 많아지고 있다. 이 요구를 보편화하는 것은 참으로 외국어의 숙달에 관한 이해 부족을 드러낸다고 하지 않을 수 없다. 뿐만 아니라 외국어 공부 그리고 인간의 삶에 있어서의 언어의 의미를 전혀 잘못 파악한 결과이다. 앞에서 말한 회사원의 경우, 독일어 수준이 그에 이르지 못하는 사람이 복잡한 화제를 두고 자신의 의견을 펼치기 시작하면, 그것은 소통이 안 될 뿐만 아니라, 화자의 체면을 손상하는 일이 될 터인데, 어학 능력이 미흡한 강의자에 의한 대학 강의는 강의자의 위신도 위신이려니와 학문의 의미를 크게 훼손하는 일이 될 것이다. 학문은 사실과 논리와 그에 대한 정확한 표현을 그 생명으로 한다. 이 중에도 정확한 언어가 핵심이다. 그것 없이는 사실과 논리도 정확하게 전달될 수 없다. 학문이 요구하는 수준에 미치지 못하는 영어 강의에서 어떻게 학문의 내용이 전달될 수 있겠는가? 또 공부는 공부의 대상에 대한 존중심으로부터 시작한다. 이런 이유로 우리 전통에서 경(敬)을 학문의 기본으로 생각한 것이다. 희화(戲畫)가 된 강의에서 어떻게 학문을 존중하는 마음이 일겠는가?

그러니까 강의자가 영어를 잘해야 한다. ──이렇게 주장할 수도 있겠지만, 되풀이하여 그것은 간단히 될 수 있는 일이 아니다. 뿐만 아니라 영어가 학문에 부차적인 것이지, 학문이 영어에 종속되는 것이 아니다. 그것도 희화가 된 학문에 종속될 수는 없다. 학문이 영어를 필요로 하는 것은 영어를 통하여 또는 외국어를 통하여, 학문이 더 깊어지고 넓어지게 되는 경우이다. 그러나 이를 위한 외국어 공부는 요즘에 생각하는 것과는 다른 것일 수밖에 없다.

한 비교 문학 연구가는 연구를 위해서는 열 개의 언어 정도는 구사할 수 있어야 한다고 말한 일이 있다. 문학 연구는 대체로 비교 문학적인 성격을 띠고, 복수의 언어의 습득을 요구한다. 이것은 비교 문학과 같은 개념이 존재하지 않던 조선조에서도 마찬가지였다고 할 수 있다. 조선조의 유학자들은 두 개의 언어를 능숙하게 구사하는 사람들이었다. 현대에 와서 한때 우리 문학의 연구가 이 차원을 잃어버렸던 것은 유감스러운 일이었다. 비교 문학은 어떤 나라에서는 일반 문학이라는 분야에 포용된다. 문학 연구의 일반성, 즉 보편성을 높이는 데에 다른 문학의 연구가 필요한 것이다. 비슷한 필요는 다른 분야에도 있을 수 있다. 한 전통, 한 지역의 사실에 기초하여 일반적이고 보편적인 법칙이나 일반적 유형을 추출해 내면, 독단론에 떨어지기 쉽다. 그리고 사실적인 자기 이해에는 타자와의 대조가 불가결의 조건이다. 개인의 성장에 있어서도 이것은 마찬가지이다. 유럽에서 희랍어와 라틴어를 공부하는 것은 자기와 자기의 언어에 대한 보다 보편화된 의식에 이르자는 것이라고 헤겔은 고등학교의 고전어 교육을 설명한 일이 있다. 이것은 지금도 외국어 그리고 외국 문물 학습의 가장 중요한 목적이어야 마땅하다. 외국어에 대한 필요는 학문과 교육의 내적 필요에 일치해야 한다. 또 그에 따라 그 학습의 성격은 달라진다.

그러나 이것은 교육을 인간의 내적 성장이라는 관점에서 보고 학문을 인간 정신의 고유한 가치 추구로 파악한 경우의 이야기이다. 지금 우리 교육을 움직이고 있는 것은 인간에 대한 공학적인 발상이다. 인간은 정보와 정보 조작을 위한 부속품을 조합하여 만들어 낼 수 있고, 어떤 부속품이 필요한가는 체제의 정책 입안자들이 마음대로 정할 수 있는 것이 되었다. 어떤 능력이 필요하더라도 그것이 오랜 성장과 정진으로 한 개인의 능력이 된다는, 그리고 인격의 일부가 된다는 생각은 없어져 버린 것이다. 이 공학적 발상은 교육뿐만 아니라, 우리 사회 전반을 지배한다. 그리하여 우리는 학문과 문화를 하루아침에 조립해 낼 수 있는 것이라고 생각한다. 대학 강의자도 영어가 필요하면 영어 능력의 소프트웨어를 끼워 넣으면 되는 것이다.

나는 일본에서 영어 능력에 대한 좌담회를 시청한 일이 있다. 사회자가 좌담에 참석한 한 전문가에게 "일본의 영어 실력이 어떤 수준에 있다고 생각하는가?" 하고 물었다. 그에 대한 대답은 "필요한 정도의 영어를 필요한 자리에서 사용하고 있다고 본다."라는 것이었다. 영어가 중요하다고, 모든 자리에서 모든 사람이 영어를 해야 한다고 하는 것은 어리석은 일이다. 그러면서 필요한 정도의 영어가 어떤 것인가에 대하여서는 전혀 생각하지 않는 것이다. 이것은 인간을 간단한 정보 처리 기계로 보는 것에 연계되어 있다. 필요한 만큼의 외국어는 일을 맡을 사람이 알아서 공부해야 할 과제이다. 민주화가 되었다고 하지만, 인간의 인간됨을 존중하는 철학은 쇠퇴일로에 있는 것으로 보인다.

(2007년 11월 8일)

정치와 대가 그리고 이상

대통령 선거전은 정책 대결이 되어야 한다고 말하여진다. 그러나 정책을 공부하고 투표소에 나갈 유권자가 얼마나 될지는 알 수 없는 일이다. 또 좋은 정책이라 하더라도 그것이 참으로 현실에서 실천될 수 있는 것인지도 분명치 않다. 그것은 정책의 성실성이 의심스럽다는 것이 아니라 그 현실의 역학을 미리 내다볼 수 없기 때문이다. 현실 여건에 따라서는 확정된 정책을 고집하는 것보다 그것을 수정하는 것이 더 적절한 일이 될 수도 있다.

정치 지도자의 선출에서 중요한 것은 정책을 총체적으로 연구해 내고 집행하는 일을 관장하는 능력, 더 간단히 말하여 정책 능력, 정치 능력이라고 할 것이다. 제시된 정책은 그 자체보다 이 능력의 증거로서 의미를 갖는다. 그렇다고 정책이 중요치 않은 것이 아니고 또 정책의 대체적인 방향이 없을 수는 없지만, 정책을 강조하는 데에는 정치가 권력 투쟁 이상의 것이 되어야 한다는 소망이 들어 있는 것이라고 하는 것이 옳을지 모른다.

그런데 최근 우리의 공적 공간에서 일어나는 여러 일들을 보면, 대통령 선거에서 숨은 잣대가 될 것은 정책보다도 도덕성이 아닐까 하는 느낌이 든다. 이것은 사람들의 숨은 지혜의 표현이라고 할 수 있다. 사실 앞에서 말한 정책 능력이라는 것은 전문적 식견에 못지않게 도덕적 품성에 깊이 관계된 능력이다. 그것은 우리 사회의 삶 또는 사람의 삶의 현실에 대한 정확한 인식과 깊은 소신에 이어져 있음으로써 비로소 믿을 수 있는 것이 될 것이기 때문이다.

도덕성은 물론 지도자 개인의 도덕성만을 의미하지 않는다. 지도자만이 아니라 정책 집행 기구의 총체적 투명성 없이 무엇을 계획하고 계획의 수행을 어떻게 확인, 보장할 것인가? 도덕적 투명성 없는 사회 복지 기구란 웃음거리 이상의 것일 수 없다. 시장의 자유를 말하는 경우에도, 공정한 거래에 대한 법률적·제도적 보장 없이 시장이 무슨 기능을 수행할 것인가? 정치에서의 도덕성에 대한 요구는 단순히 감성적인 요구가 아니다.

최근 여러 부패 사건들은 우리 뉴스 매체에도 보도가 끊이지 않지만, 외국 신문에까지 크게 보도되었다. 이 사건들을 보도한《뉴욕 타임스》는 이러한 부패 사건이 터져 나오는 이유로서 선거전 과열을 인정하면서도, 다른 한편으로 부패의 관습은 한국 사회 제도의 일부라는 판단도 내리고 있다. 사실 지금 보도되는 부패 사건들은 이른바 '네거티브' 선거전의 일부라 할 수 있는 것이고, 아직까지는 사실적 근거가 있는 것으로 증명된 것은 아니다. 그러나 사건의 빈도와 크기는 보도되는 부패 사건을 선거 운동의 과열 또는 다른 분석이 주장하는 것처럼, 레임덕 현상으로 인한 정부 통제력의 약화로 설명해 버릴 수만은 없게 한다. 청와대, 국세청, 국가청렴위원회, 검찰 그리고 우리 사회와 경제에서 막중한 비중을 차지하고 있는 기업, 야당의 대통령 후보와 관련된 기업인, 명문대 총장, 사립 고등학교들과 학원, 종교계, 문화계 — 이렇게 광범위하게 사회의 중요 기구와 인사가 부패의 스캔들에 관련된 것으로 보도된 일은 우리 사회에서도 드문 일이고,

'실패한 국가'를 빼고는 세계적으로도 드문 일일 것이다. 지난해에 있었던 각종의 표절 문제도 학계와 사회의 도덕적 기준 일반을 증거해 주는 일이었다. 정작 조사에 들어가면, 그 세부에 있어서 안 맞는 것들이 있을 것이고 부당한 수모를 겪게 된 사람이 있을 것이다. 그러나 이러한 부패의 스캔들은 전체적으로, 《뉴욕 타임스》가 시사하는 것처럼 한국 사회의 모든 부분에 삼투되어 있는 부패의 관습을 확인하게 하는 것이라고 하지 않을 수 없다.

부패가 사회 관습이라고 한다면, 그것은 사회 전체가 책임져야 할 일이고 간단히 시정될 수 있는 것이 아니라는 말이 될 수 있다. 이번의 부패 사건들의 보도나 분석들이 그것을 특정한 개인들의 문제로 보고 구조적인 문제로 보지 않은 것은 이러한 인식과 관련이 있을 것이다. 《뉴욕 타임스》의 보도는 현 정부가 그 업적의 하나로서 내세우고 있는 것이 부패의 척결이었다는 점도 언급하고 있다. 이제 그 업적은 허무하게 무너졌다고 할 수밖에 없다. 좋게 해석하면 정부의 노력에도 불구하고 부패의 관행은 너무 뿌리 깊은 것이어서, 정부도 그것을 어찌하지 못했다고 할 것이다. 근년에 올수록 사람들이 인생에서 돈을 어느 때보다도 중요한 것이라고 생각하게 되었다는 것은 최근 한 사회 조사가 전하는 바이다. 돈의 사회에서 그 움직임에 대한 감시와 규제가 조금이라도 허술한 순간 사고가 일어나는 것은 예상할 수 없는 일이 아니다.

그렇다고 정부의 책임이 면제될 수는 없다. 관습이나 관례라고 하더라도, 부패가 시정되어야 할 폐습이라는 것은 두말할 나위가 없다. 이것을 척결할 책임은 정부에 있다. 그런데 서글픈 것은 정부가 하는 일도 물질주의 사회 풍조의 지배하에 있고 그것을 조장한다는 사실이다.

의도가 어찌 되었든지 간에 현 정부하에서, 그 개발 계획과 관련하여 부동산의 가격이 폭등하고 부동산 투기가 축재의 중요한 방법으로 확립된 것은 새삼스럽게 말할 필요도 없다. 잘잘못을 쉽게 가릴 수 없는 다른 정치 행위 뒤에도 물질주의가 스며 들어간다. 미국의 정치사에 익숙한 말로 '노획물 제도(spoils system)'라는 말이 있다. 이것은 대통령이 선출되면 지지자들에게 정부의 자리들을 승자의 노획물로서 배분하는 정치 관습을 말한다. 이것은 특히 19세기 말 부패한 정권들하에서 극심했던 일이다. 참여 정부는 한국의 정치에 이 제도를 가장 광범위하게 도입한 정부라는 비판을 면치 못할 것이다. 그 인사 정책은, 보통 사람들 보기에 자리와 그에 따른 보수와 특권이 정권을 획득한 사람들의 노획물로 취급된다는 인상을 주지 않을 수 없는 것이었다.

민주화 운동 유공자에 대한 처우가 주로 금전적 보상이 된 것도 비슷한 인상을 주었다. 나는 얼마 전에 광주의, 민주화 유공자가 되지 못한 가정의 젊은이들이 직장의 공모에서 이순위(二順位)가 되는 까닭에 광주 밖으로 직장을 구해 나간다는 이야기를 들었다. 이것이 사실이라면, 조선조 시대의 큰 사회적 불화의 원인이 되었던 공신 제도와 같은 것이 만들어지고 있는 것이다. 지금 국민 다수가 여당에 등을 돌리는 데에는 이러한 새로운 차별화에 대한 무의식적인 반발이 적지 않게 들어 있는 것인지 모른다. 정치 행위에 물질적 대가가 주어지는 것과 공적 행위와 행정 조처에서 대가를 요구하는 것 — 이 둘 사이의 거리는 그렇게 먼 것이 아니다.

시인 예이츠는, 애란의 독립 운동가 파넬(Charles Stewart Parnell)을 말한 시에서, "길을 걸어 내려오던 파넬은 환호하는 사람에게 말했다./ '애란은 자유를 얻을 것이오, 그러나 당신은 여전히 석공 일을 할 것이오.'"라고 썼다. 예이츠는 보수주의자였다. 정치 변화를 희망하면서 사회 변화를 배제하는 것은 이상하다고 하겠지만, 그는 그 나름의 이상주의자였다. 그는 말을 탄 주인과 그에게 채찍을 맞는 하인이 자리만을 바꾸는 정치 변화를 원하지 않았다. 그에게 파넬은 오로지 '뜨거운 봉사'에서 기쁨을 얻고, 애란인에게 '고매한 생각', '부드러운 마음'을 가져올 사람이었다. 사람들의 정치에 대한 기대에는 물질적 대가를 넘어가는 높은 이상도 들어 있다. 순진한 사람들은 더러 임기를 마친 후 자기의 초가삼간으로 되돌아가는 대통령을 꿈꾼다. 그것은 전적으로 현실성이 없는 꿈이다. 그러나 그러한 비현실성의 차원이 없는 정치, 사회 그리고 인생이 결국 노획물을 위한 만인 전쟁의 터전이 되어 버린다 하여도 그것은 별수 없는 일이라 할 것이다.

(2007년 11월 22일)

토건 국가의 미학

서울은 또 한국은 세계에서 최단기간에 가장 많은 건축물을 만들어 낸 도시와 나라의 하나일 것이다. 거기에는 불가피한 사정이 있었다. 이른바 압축 성장은 새로운 시설물을 끊임없이 요구하였고, 산업화에 따른 인구의 도시 이동은 도시 주거 문제를 가장 큰 사회 문제의 하나가 되게 하였다. 그러나 산업화가 일정한 단계에 이른 지금에도 건축은 계속되고 있고 파고 부수고 쏟아붓고 하는 건축 작업의 소란함은 세계의 다른 도시에서는 유례를 찾기 어려운 일상 환경의 일부가 되어 있다.

의식주라는 말은 최소한도의 생존 조건을 말하는 것이기 때문에 여기에서 '주'도 최소한의 주거 요건을 의미할 것이다. 해방 후 그리고 근대화가 시작된 1980년대부터 서울에 지어진 집들이 대체로 이 최소한도의 요건을 채우는 종류의 건조물이었던 것은 자연스러운 일이었다. 자연 발생적인 판자촌이 그 대표적인 예겠지만, 1960년대 주택공사가 지은 아파트와 같은 것도 도시의 주택 문제를 해결하기 위한 최소한도의 주거 요구를 충족시키려는 건물들이었다고 할 수 있다. 경제가 향상된 다음에도 이러한 기능주의적 건축물은 오랫동안 우리의 주된 건축의 형태였다. 그러다가 반드시 긴급한 필요에 답하는 것이 아닌 건축물 ── 치장을 하고 모양을 낸 건축물들을 짓기 시작한 것은 비교적 최근의 일이다.

이제 비로소 단순한 필요나 쓸모를 넘어서서 그 아름다운 모양으로 우리의 삶을 더 풍부하게 하고 다음 세대들을 위한 좋은 유산이 될 만한 건물을 지을 수 있는 여유가 생긴 것이다. 전통적으로 좋은 산수가 좋은 인물을 낳는다는 생각이 있다. 사람의 심성이 환경에 따라 일정한 방향으로 조절된다는 것은 우리가 일상적으로 경험하는 것이지만, 풍수에 대한 생각은 이것을 더 심화하여 좋은 풍경이 심성에 항구적인 정향을 심어 준다는 것이다. 사람이 도시 환경에서 나고 자라는 것이 일반화됨에 따라 도시 환경을 아름답게 하는 것은 단순히 허영심을 충족시키려는 것만은 아니다. 도시 환경을 정비하고 도시 건축물을 아름답게 짓는 일은 더 나은 삶을 위한 필수적인 사업이라고 할 것이다.

그러나 단순한 쓸모 이상의 것을 생각하면서 짓는 최근의 건물들이 이러한 관점에서 참으로 만족할 만한 것인가 하는 것은 별개의 문제이다. 필요에 의하여 짓게 되는 건조물은 그것이 설사 아름답지 않더라도 받아들여야 할 삶의 조건이지만, 아름다움을 표방하면서 아름답지 않은 건물을 짓는 것은 헛된 일에 노력과 자원을 낭비하는 일이다. 더 직접적으로 최근에 건조되는 건축물들은 많은 경우 공적 자금으로 지어지는 것들이기 때문에, 이런 건물의 남조(濫造)는 국고의 남용을 의미한다. 그리고 이러한 건조물들은 대체로 도시 개발이나 지역 개발의 일부를 이루는 것이기 때문에, 전 지역을 추하게 하고 또 황폐하게 하는 결과를 가져온다.

새로 짓는 건물들은 많은 경우 보통 사람들의 의표를 찌르는 거대하고 기괴한 디자인을 자랑하려는 것으로 보인다. 서울에서도 그렇지만, 지방에서 그것은 더욱 흉물스러운 표적이 된다. 그러나 그러한 건조물이 아름다움을 생각하고 문화를 드높이는 일로 생각되는 것이다. 이러한 건조물들을 보면, 소박하게 사람들의 필요를 위하여 최소한의 것을 만드는 데에 만족했던 시대가 그리워진다.

20세기 건축에서 가장 중요한 지침이 되었던 것은, "형태는 기능을 따른다."라는 말이었다. 건축은 과장된 장식을 배제하고 실용적 목적과 기술적 요구에 맞아 들어가야 한다는 것이다. 이 명제에 따르면, 쓸모는 쓸모일 뿐만 아니라 아름다움의 요소이다. 이것을 큰 효과를 가지고 처음 실천한 것은 19세기 후반 시카고에 철강조 콘크리트의 실용적 고층 빌딩들을 세운 루이스 설리번이다. 그러나 그 외에도 비슷한 생각을 가지고 있던 건축가들 — 가령 프랭크 로이드 라이트, 발터 그로피우스 등이 20세기 건축의 주류를 이루었다. 아파트를 "삶을 위한 기계"라고 말한 코르뷔지에의 생각에도 그러한 기능주의가 들어 있다.

말할 것도 없이 형태와 기능의 일치를 기한다고 하여 그것이 간단한 하나의 공식으로 환원되는 것은 아니다. 그리고 그것이 쓸모와 함께 아름다움을 보장하지는 않는다. 이것은 다른 나라에서도 그렇지만, 우리나라에서도 그러하다. 서울을 비롯하여 한국의 도처에 솟아 있는 아파트들에 어떤 스타일이 있다고 한다면, 그것은 형상과 기능의 일치를 원리로 받드는 '국제적 현대 스타일'에 가깝다고 할 것이다. 다만 우리 건물에서 동기로 작용한 것은 심미적인 고려보다도 그 단순성이 주는 비용 절감이었을 것이다. 기능주의 현대 건축의 아름다움은 그 형식의 기하학적 단순성과 공간적 구조의 명증성에서 온다. 그러나 우리 주변의 기능적 건물들에 가장 부족한 것이 기하학적 공간의 명증성이다. 금싸라기 토지에 기하학을 위한 공간이 있을 수가 없는 것이다.

그러나 최근의 건축물들의 문제는 그보다도 우리가 공간과 삶의 유기적 관계에 대한 느낌을 잃어버렸다는 데에 있지 않나 한다. 서울에서도 그렇지만, 지방에 가면 토지나 건물의 크기나 모양에 있어서 기능에 대한 고려는 물론 비용에 대한 고려가 있었다고 볼 수 없는, 거대 공공 건물들이 많다. 조형물에 있어서의 형식과 기능의 일치를 말한 미학 이론의 계보는 19세기 초의 미국의 조각가 호레이쇼 그리노(Horatio Greenough)까지 소급될 수 있다. 그는 건물의 모양과 크기가 기능에 맞아야 된다는 것과 함께 대지에 어울리는 것이어야 한다는 것을 강조하였다. 그것은 주로 공공 건물들을 두고 말한 것이지만, 건물과 토지 사이에 유기적 연대가 있어야 한다는 것은 보다 광범위하게 적용될 수 있는 개념일 것이다.

새로 지은 거대 건물들의 경우, 문제는 그 과장된 형태에 못지않게 건물과 토지 그리고 공동체와의 부조화에 있다. 산과 들을 가리지 않고 수없이 들어서고 있는 건조물들의 어떤 것은 그 자체로는 볼만하다고 할지 모른다. 그러나 그것을 주변과 함께 본다면, 그것은 저절로 추물이 되어 버리고 만다. 동시에 주변의 건물과 촌락을 추물로 전락시킨다. 이러한 부조화의 극대화에 기여하는 것이 각종의 신도시 계획이다. 이 계획들은 기존의 동네나 촌락과 대조되는 새로운 거리를 조성하여 그 곁에 웅크리고 있는 옛 거리들을 초라한 것이 되게 한다. 기존의 주거지나 작업지는 이 새로운 테마파크의 건설을 위한, 지나치게 넓고 많은 도로를 비롯한 여러 인프라 건설로부터 그 일체성에 상처를 입게 된다.

이러한 국토 개발 계획들을 보면서 우리는 그것들이 참으로 사람의 삶의 기능에 봉사하는 것인가, 그리고 공동체와 사람들과 거리의 내적 필요로부터 발전하여 나오는 것인가를 묻지 않을 수 없다. 건축의 기능주의를 비판하는 사람들은 거기에 들어 있는 도덕주의를 지적한다. 그리고 탈현대주의자들은 그 도덕주의적 억압성을 말한다. 그러나 토지와의 부조화로 저절로 키치(kitsch)가 되는 건조물들을 보면, 건축과 토지의 개발에서 도덕은 미학의 일부라는 생각을 갖지 않을 수 없다. 건축에도 참된 것이 있고 거짓이 있다. 키치란 삶의 현실에 뿌리박지 못한 건축물이다.

기능을 벗어난 건조물의 번창은 대개는 공공 개발 정책과 수익을 추구하는 돈의 산물인데, 새로운 정부가 들어서도 그것이 어떤 정부이든지 간에, 이러한 국토 개발의 흐름이 바뀔 것 같지는 않다. 삶의 내용을 떠난 장식과 판타지 —기능을 떠난 형태의 키치를 사회와 문화 발달의 표지로 생각하는 데에 우리는 너무 익숙하게 된 것이다.

(2007년 12월 6일)

새 정부와 사회 통합의 인간주의

　선거에서 유권자 사이에 큰 흐름이 있어서 그것을 바꾸기 어렵다는 말로 '대세'라는 말이 쓰인다. 그런데 이 대세는 유권자의 선택에 대해서도 말할 수 있지만, 선택을 결정하는 사회의 큰 틀에 대해서도 쓸 수 있을 것이다. 어떤 여론 조사에는, 응답자 다수가 더욱 확대된 복지 정책을 원하면서도 대통령 후보로서는 보수적 정당의 정치인을 지지한다는 것이 있었다. 이러한 답변의 의미는 경제 성장과 사회 복지의 강화——이 서로 모순되는 것으로 이야기되는 두 방향을 아우르는 정책을 국민 다수가 원한다는 것이라 할 수 있다.

　정도의 차이는 있다고 하겠지만, 그것은 세계의 선진국들이 채택하고 있는 통합의 정책이기도 하다. 유럽에서는 집권당이 사회 민주적 정당이든지 아니면 더 자유주의적인 보수 정당이든지, 많은 나라가 역점의 차이는 있는 대로, 경제 성장과 사회 보장책을 동시에 추구하는 것을 볼 수 있다. 12월 초 독일에서는 기독교민주당(CDU)의 전당 대회가 있었다. 전당 대회는 향후 20년의 기본 정책 강령을 채택했다. 정책으로만 보면, 기독교

민주당은 공기업의 사유화, 정부 기구의 축소, 건강 그리고 아동 양육 보험 제도의 개혁 등 자유주의 개혁을 밀고 나갈 것으로 보인다.

그러나 메르켈 총리는 이것을 단순히 경제 성장이나 국가 발전의 관점에서보다도 완전 고용의 목표에 의하여 정당화했다. 신문들에 보도된 기본 강령에 대한 평가는 기민당이 기존의 사회 보장 제도를 근본적으로 후퇴시키지는 않을 것이라는 것이었다. 메르켈 총리는 그 연설에서 사민당과의 차이를 분명히 하려고 했지만, 전당 대회 이후 연립 정부의 사회민주당도 기민당 노선을 크게 비판하지는 않았다. 전당 대회 직후, 사민당 소속의 올라프 숄츠 노동사회부 장관은 기민당이 이끄는 연정(聯政)의 결과를 긍정적으로 평가하고, 중요한 것은 나라 전체의 발전이고 기민당이 사민당의 정책을 시행한다는 사실을 유감스럽게 생각할 이유가 없다고 말했다. 일반적으로 말하여 정책 강령에 기본 가치로 선언한 "자유, 연대, 정의"는 사실 보수 정당뿐만 아니라 사회 민주 정당의 표어가 될 만한 것이라고 할 수 있다.

지금의 시점에서 경제 성장은 세계 시장과의 관계에서 이루어진다. 이것은 선진국의 경우에도 그렇지만 후발 산업 국가의 경우 더욱 그렇다. 이 시장의 세계화 없이 성장은 생각하기 쉽지 않은 것이 지금의 형편인 것이다. 그러나 그것은 동시에 많은 사회 불안과 불안정을 가져온다. 노동 생산성, 경영 능력, 첨단 과학 기술, 자본의 이동 등에서 국가와 기업들은 치열한 국제적 경쟁에 노출되고 일시적으로 확보한 상대적 이점은 언제 어떻게 놓치게 될지 예측하기 어렵다. 그리하여 이 경쟁에서의 승리는 국가의 지상 명령이 되고 그 결과 사회의 다른 문제들 — 또 환경과 같은 전 지구적인 문제들은 뒷전으로 밀려난다. 빈부 격차와 사회적 불균형도 정책적 고려에서 등한시되기 쉽다. 독일 기민당의 전당 대회에서 메르켈 총리가 기업 최고 경영자의 턱없이 부풀려진 보수에 대해 언급한 것도 커져 가는 사회적 불균형에 대한 우려를 표현한 것이다. 메르켈 총리는 연설에서 "많은 경영자들은, 그에 상당한 업적도 없이, 자기 기업 일반 노동자의 1000배의 보수를 받는 것을 당연시하는데, 일본의 경영자들은 그 20배를 받는다, 이것도 독일 총리가 받는 보수의 2배가 된다."라고 말했다.

같은 비판은 기민당의 쾰러 대통령 그리고 뮌터페링 전 사민당 당수도 내놓은 일이 있다. 전당 대회 이후 사민당에서는 메르켈 총리의 지적에 기초한 법제화가 있어야 한다는 주장이 나오고 있다. 말할 것도 없이 경영자의 보수는 개인적인 수입만을 말하는 것이 아니고 천문학적 수입을 챙겨 넣는 일부 계층과 이에 반비례하여 직업과 생활의 안정을 위협받고 있는 대다수 근로자 사이의 사회적 불균형의 한 증표이다. 이것은 그 자체도 문제이지만, 계층 간의 원한과 질시를 만들어 내고 사회의 단합을 손상한다.

사회적 불균형의 문제는 더 큰 성장에 의하여 저절로 해결될 것이라는 주장들이 있다. 그러나 그것은 장담하기 어려운 일일 뿐만 아니라, 어떤 진단에 의하면, 그것을 가능하게 할 세계 자본주의의 번영이 오래가지 못할 것이라고 한다. 미국의 사학자 토니 주트는 1차 대전 이전 30년 이상 계속된 서구의 번영이 전쟁으로 마감한 것을 상기시킨다. 그의 생각으로는 2차 대전 후의 번영은 경제 성장에 못지않게 국가의 사회 정책 때문에 가능한 것이었다.

그러나 세계화 그리고 사회 정책의 후퇴로 다시 불안의 시대가 다가오고 있다. 주트 교수는 반작용으로 앞으로 국가주의 또는 민족주의가 강화될 가능성이 크다고 생각한다. 미국이나 여러 나라에서 대두하고 있는 보호 무역주의나 반이민 흐름은 그 전조로 볼 수 있다. 주트는 국가의 부활은 시민적 덕성 ─ 국민적 단합, 절제, 윤리와 도덕을 부활하게 할 것이라고 생각한다. 그리하여 시민을 위한 공공 서비스가 부활하고 수입의 불균형이 바로잡힐 것이다.

이러한 예측이 맞는 것인지는 알 수 없다. 맞는다고 하더라도 국가의 부활이 반드시 시민적 덕성의 부활만을 의미할 것이라는 보장은 없다. 역사의 교훈을 생각한다면, 그것은 파시즘이나 나치즘과 같은 국가주의가 될 수도 있을 것이다. 20세기 초의 국가주의는 전쟁으로 귀착했다. 사라져 가는 에너지와 자원을 위한 투쟁에서 기선을 제하려 시도할 국가들의 갈등은 비슷한 또는 그보다도 더 가치 없는 전쟁을 유발할 수 있을 것이다. 이러한 국가주의의 무서운 가능성을 생각할 때, 세계화의 사회적 폐해를 막아 내면서 연대하는 새로운 국제주의를 희망해 보는 것이 더 나은 일인지도 모른다. 힘의 정치만이 국제적으로나 국내적으로나 정치의 모든 것은 아니다.

한 나라 안에서 사회 불균형이 문제가 되는 것은 정치 질서의 붕괴에 대한 두려움 때문만은 아니다. 독일 기민당 기본 정책 강령은 유보를 두면서도, 줄기세포의 연구에 반대하는 입장을 밝혔다. 그리고 이유로서 "범할 수 없는 인간의 존엄성에 대한 존중은 연구의 자유와 경쟁력 확보에 우선한다."라고 선언했다. 이 선언은 기독교적 보수주의의 입장을 나타내는 것이고 또 그러한 보수주의적 입장의 유권자의 지지를 노리는 것이라고 할 수도 있지만, 그 자체로는 정당한 명제라 할 것이다. 많은 사람은 거기에서 정치적 계산을 넘은 인간주의적 정서를 느낄지 모른다. 물리의 세계에는 전자기나 중력처럼, 약하면서 가장 보편적이고 결국은 강한 약력(弱力, weak force)이 있다. 인간의 세계에서 인간주의는 약한 듯하면서도 장기적으로는 무시할 수 없는 가장 큰 힘이다.

이번 선거에서 태어날 한국의 새로운 정부는 그 나름의 정책과 그 나름의 정치적 방향을 가지고 있을 것이다. 우리는 그것이 건곤일척의 변화를 꾀하는 것이기보다 사람 하나하나와 국민 모두의 삶의 존엄성을 섬세하게 존중하는 것이기를 바란다. 그에 기초한 정책만이 국민을 하나로 통합하

여 더 나은 미래를 향하여 나아가게 하고 진정한 의미에서 국가적 발전을
기하는 것이 될 것이다.

(2007년 12월 20일)

6장

살고 싶은
삶의 터전

두 개의 거대 프로젝트

말을 달리면서 산을 제대로 볼 수는 없다고 하지만, 잘못 볼 것을 무릅쓰고 최근 중국에 다녀온 인상을 말하면 그것은 엄청난 경제 발전의 에너지란 말로 요약될 수 있을 것 같다. 길거리와 상점들과 사람들 그리고 무엇보다도 고층 건물, 도로 등 새로운 토지 건설 공사의 업적들로부터 강하게 느껴지는 것이 이 에너지이다.

14년 전 베이징을 처음 방문했을 때, 공항의 규모와 시설은 시골의 버스 정류장과 비슷했다. 이번에 본 공항은, 인천 공항에서 보는, 철골과 유리의 초현대식 건조물이 되어 있었다. 들어가야 할 호텔은 사통팔달의 고속 도로망 그리고 시내의 넓고 반듯한 도로를 경유하여 큰 지체 없이 이내 찾아 들어갈 수 있었다. 호텔 앞으로 펼쳐진 광활한 도로 가에는 비슷비슷한 콘크리트 고층 빌딩들이 즐비해 있었다. 길거리의 풍모는 서울의 강남과 비슷했지만, 도로나 건물 그리고 건물 사이의 공간 등이 더 여유가 있고 정연하다는 점이 다르다면 달랐다. 합리성이 더 통하는 것일까, 아니면 토지 사유제가 없기 때문일까?

14년 전의 베이징도 서울보다는 정리가 잘된 도시였지만, 근대적 인상을 주지는 못했다. 베이징의 거리가 정연한 것은 베이징의 지형적 조건 그리고 당(唐) 대에 이미 세계 최초의 계획도시를 건설해 냈던 중국의 전통에도 관계된 것이겠지만, 도시의 전체적인 근대화는 경제 성장의 결과일 것이고 물론 정부의 의지와 권력의 업적일 것이었다. 도시 개발은 특히 2008년의 올림픽 준비로 속도를 얻고 있었다. 거리의 공사장에는 올림픽을 위하여 국민의 분발을 촉구하는 구호들이 나붙어 있었다.

호텔이 위치한 둥청취(東城區)는 역사적인 지역으로 예로부터 유적이 많은 곳이다. 소개 책자는 아직도 후퉁(胡同)이라는 뒷골목이 많이 남아 있다고 하지만, 후퉁은 쉽게 눈에 띄지 않았다. 고층 빌딩이 들어선 자리에 원래 살고 있던 주민들은 어디에 사느냐고 물으니, 고층 아파트에 입주한 사람도 있고 베이징의 변두리로 이주하도록 조처된 사람도 있다고 했다. 사회 변화에는 늘 명암이 있게 마련이다. 보이지 않는 어둠에 대하여 여행객이 자세히 알아낼 도리는 없다.

도시 개발의 열의는 상하이에서도 역력했다. 투숙한 호텔은 35층의 고층 건물이었고 비슷한 건물들 사이에 서 있었다. 유리창 밖을 내다보니 여러 층의 고가 도로들이 이리저리 얽힌 그물이 되어 고층 빌딩들 사이를 누비고 있었다. 구도시—특히 구 외국 조계 지역을 그대로 보존하고 있는 상하이는 원거리 교통 문제를 건물들 사이를 나는 고가 고속 도로로 해결하려는 것으로 보였다. 고층 건물 지대에서, 시민의 생활은 고가 도로의 그늘과 변두리에서 이루어지고 있었다.

상하이 도서관에서 있었던 한중 문학인 대회에서, 예신(葉辛) 상하이작가협회 주석의 발표는 지금과는 전혀 다른, 지난 시대를 회고하는 것이었다. 지금 중국의 발전을, 체제의 관점에서는 어떻게 설명해야 할지는 알 수 없지만, 적어도 그 효과나 외관으로는 자본주의적 발전이라고 해야 할 터인데, 예신 주석이 회고한 것은 문화 혁명의 시대, 그중에도 "지식 청년" 또는 "지청"—중학교 졸업 이상의 청소년들이 그렇게 구분되었다.—들이 수업을 폐지하고 농촌이나 변방 지대에 내려가 노동에 종사하게 한 이른바 상산하향(上山下郷) 운동의 고통과 경과였다. 처음에 상산하향 정책은 청소년 실업 대책으로 그리고 도시 인구를 2000만 명 감소하겠다는 의도로 발상된 것이었으나 문화 혁명의 열기 속에서 곧 혁명적 신념으로 고착되었다. "지식 청년은 농촌에 내려가 재교육을 받아야 한다."—1968년 12월 마오쩌둥의 지시는 백년 천년의 혁명적 목표를 천명한 것이 되었다.

하방(下放)된 청소년들에게는 농촌의 노동 이전에 통과하여야 할 "생활의 관문"이 있었다. "땔나무, 식량, 기름, 소금, 간장, 식초, 차"—이 모든 것을 그들은 스스로 마련해야 했다. 결국 찾아온 것은 기아, 궁핍, 질병들이었고 농민들로부터 배울 수 있다던 "높은 덕성"은 현실에 존재하는 것이 아니었다. 열기가 식은 다음 도시로 돌아가기 위한 뒷거래가 번창했다. 1973년 4월 마오쩌둥은 지청들의 호소에 답하는 편지에서 시정의 필요를 인정했지만, 계획은 1978년에 와서야 완전히 중단되었다. 이 운동에 동원된 지청의 수는 1700만 명에 이르고 가족을 포함하면 관련된 사람은 1억 명에 이르렀다. 물론 문화와 학문, 과학 기술과 사회 기술에 있어서의 국가적 손실이 막대했던 것은 말할 것도 없다.

상산하향의 경과를 회고한 예신 주석의 발표는 비교적 객관적이었지만, 그의 음성에는 한이 맺혀 있었다. 그러나 결론은 비교적 온건했다. '사회 모순의 해결에는 새로운 방식의 연구가 없을 수 없다. 그러나 그것은 신중에 신중을 더하는 것이라야 한다. 우선 그것은 좁은 지역에서의 과학적 시험으로 검증되어야 하고, 수천만을 동원하여 광대한 지역에서 시험되는 것이어서는 아니 된다.'—이것이 그의 미래를 위한 충고였다. 그런데 이러한 충고는 사회주의 실험에만 적용되고 자본주의 실험에는 적용되지 않는 것일까?

상하이에서 비교적 친숙감이 드는 곳은 옛날 외국 조계였던 거리였다. 여기에서 사람들은 거리나 건물의 장대함에 압도되지 않고 자연스럽게 왕래할 수 있는 여유를 지니는 것 같았다. 상하이에서 얼마 되지 않는 곳에는 경승지 쑤저우(蘇州)가 있다. 중국작가협회의 호의로 우리 문인들은 쑤저우에 가서 유명한 정원 졸정원(拙政院)을 방문했다. 이 정원은, 조금 과장이 있다고 할 정도로 자연의 여러 모습을 두드러지게 나타내 보이려는 정원이다. 상하이의 외국 조계나 졸정원도 다 같이 일정한 역사의 모순을 배경에 지니고 있는 토지 개발 사업이다. 그럼에도 불구하고 그것들은 익숙한 느낌을 주는 역사의 유적이고 사람의 마음을 편하게 하는 미적 성취가 되었다고 할 수 있다.

졸정원의 한편에는 정원의 계획을 분석하는 전시가 있는데, 거기에는 차경(借景)의 개념을 예시하고 설명한 것이 있다. 차경은 멀리 있는 경치로 하여금 정원의 일부가 되게 하는 정원 조성의 기법이다. 졸정원의 한 연못에는 정원 너머 먼 곳에 있는 다층탑이 비친다. 차경의 가장 단적인 예라 할 수 있다. 서울은 ─ 또 한국의 많은 지역은 ─ 다행히 새로 조성하지 않더라도 빌려 올 수 있는 산과 물의 풍치가 많다. 자연의 느낌을 유지하고 그 안에 적절한 정도의 삶의 둥지를 틀 수 있게 하는 것이 진정한 개발이라면, 우리는 천혜의 조건을 갖춘 것이다.

문화 혁명기의 상산하향이나 급격한 자본주의적 현대화는 생각보다는 그렇게 서로 멀리 떨어져 있는 것이 아니다. 어느 쪽이나 더 나은 세상을 만들겠다는 원대한 포부에서 나온, 그 자체로는 수긍할 만한 거대 계획이라 할 수 있다. 문제는 그런 계획이 사람의 삶의 구체적인 필요 ─ "땔나무, 식량, 기름, 소금, 간장, 식초, 차" 그리고 잠자리, 일자리, 공부자리 돌보기에 어떻게 관계되느냐 하는 것이다. 비트포겔(Karl August Wittfogel)의 중국 문명에 대한 유명한 테제는, 수력 관리의 필요가 전제 권력을 만들어 냈다는 것이다. 이것은 아직도 해당되는 것일까? 그런데 현대의 과학 기술은 모든 권력에 거대한 개발 능력을 주었다. 모든 정치 권력은 이제 전제 권력의 잠재력을 갖는다. 그것이 어떤 계획에 쓰여야 진정으로 사람의 삶을 향상하는 것이 될 것인가? 신중에 신중을 더하여 생각해야 할 문제임에 틀림없다.

(2008년 1월 3일)

민주주의와 과대 성장 정부

지난번 칼럼에서 중국의 거대한 근대적 변화나 상산하향 운동을 말하면서 카를 비트포겔의 동양적 전제 체제 이론을 언급한 바 있다. 비트포겔의 주장은 고대 중국에 전제 체제가 성립한 것은 대대적인 관개 사업을 통한 수력 관리가 필요했기 때문이라는 것이다. 이것은 지나치게 단순하고 고고학적 뒷받침이 없는 가설에 불과하다는 반론도 많다. 그러나 권력의 정당성을 국가적 역사(役事)에서 찾는 경우는 흔히 볼 수 있는 일이다.

정치사상 중 가장 위험한 발상은 헤겔이 전쟁에 의하여 국가를 정당화한 것이다. 전쟁은 시민으로 하여금 사사로운 이익을 넘어 고양된 일체성 속에 뭉치게 하여 국가의 윤리적 실체를 분명하게 한다. 이와 비슷하게 혁명 권력을 정당화하는 것은 유토피아 실현의 목표이다. 오늘날 권력은 많은 사회에서 근대화라는 역사적 사명에서 그 정당성을 얻는다. 근대화가 구체적으로 어떤 것이어야 하는가는 분명치 않다. 그러나 가장 가시적일 수 있는 표적은 토목 건축 사업이다.

오늘날 중국의 정치도 많은 부분을 사회의 근대적 변화와 토목 사업의 관점에서 설명할 수 있을 것이다. 그 근대화를 과시하는 현장으로 가장 중요한 곳은 베이징이다. 많은 사업들은, 지난번 칼럼에서 언급한 바와 같이, 특히 올림픽과 관련되어 이루어지고 있다. 헤겔의 생각에 전쟁이 다른 나라들과의 사생결단의 투쟁이고 거기에서 윤리적 국가의 정체성이 확인되는 것이라면, 올림픽은, 전쟁은 아니지만, 적어도 다른 국가들과의 민족주의적 경쟁을 통하여 국가의 정체성을 확실하게 하는 현장이 될 수 있다.

그러나 거대한 역사를 통하여 참으로 실질적인 단합을 이루어 내는 것은 용이한 일이 아니다. 그것은 흔히 특정한 이익의 공공 영역에의 확대를 의미하기도 하고 단순히 권력의 전횡을 위한 수단이 되기도 한다. 그렇지 않은 경우에도, 대역사(大役事)의 명분은 구체적인 인간 현실의 희생을 요구하는 권력 행위의 일부가 되기 쉽다.

다이칭(戴晴) 씨는 중국의 최근 발전에 대하여 사회와 환경의 관점에서 가장 신랄한 비판을 가해 온 저널리스트이다. 최근 그가 미국의 한 잡지에 기고한 베이징 올림픽 준비 공정에 대한 글은 다음과 같은 사실을 전한다. 지금 베이징에는 거대한 올림픽 스타디움, 초현대식 디자인의 수영 경기장, 렘 콜하스(Ren Koolhaas)가 설계한 TV 방송국, 초고급 호텔, 고가(高架) 순환로 등이 건설되고 있다. 이러한 건설 사업은 여러 사회 문제의 원인이 되고 있지만, 그중에도 심각한 것은 물 문제이다. 베이징 시내 곳곳에는 세계에서 가장 높게 솟는다는 분수를 포함하여 분수와 연못들이 만들어지고 있다. 말라 가고 있던 베이징의 차오바이허(潮白河)에 다시 물이 차게 된다. 새로 만드는 100개의 골프 코스도 물을 필요로 한다. 이러한 올림픽 준비 공사로 하여, 이미 베이징 변두리 주민들은 물을 시간제로 받아 써야 한다.

베이징은 원래 풍부한 수자원을 가진 도시였다. 그러나 현재 시민들이 날마다 쓸 수 있는 물은 세계 평균의 13분의 1밖에 되지 않는다. 현재의 물 부족은 도시의 비대화에 더하여 산야를 허물어 내고 댐을 축조하는 등의,

모택동이 강행한 개발 계획의 총체적 효과의 하나이다. 지금 베이징은 물 수요의 80퍼센트를 허베이(河北)와 산시(山西)에서 오는 물 그리고 지하수로 충당하고 있다. 올림픽 동안 물은 특별하게 설치한 파이프로 공급될 것이다. 올림픽 선수들은 지하수를 뿜어 올린 물로 채워진 차오바이허에서 경기를 하게 될 것이다. 물론 선수들은 그것이 베이징의 수자원 문제에 대하여 어떤 의미를 갖는 것인지, 그리고 올림픽 후 베이징의 물 사정이 어떻게 될지는 알지 못할 것이다.

다이칭 씨는 그 전에도 중국의 개발 정책에 비판을 가해 왔다. 그중에도 유명한 것은 양쯔 강의 싼샤(三峽) 댐 건설에 대한 것이다. 댐 건설은 생태계를 파괴하고 주변의 땅을 황폐화하여 거기에서 이는 황사 바람이 한국이나 일본 그리고 미국 서부 지역에까지 이를 것이라고 그는 말했다. 일반적으로 그의 환경 의식은 토목 사업의 참담한 부작용들을 더 가까이서 지켜본 데에서 나온 것이다. 모택동의 개발 사업에 주역을 담당했던 그의 시아버지 왕센은 자신이 관장한 개발 사업에 대하여 비판적 입장을 가지고 있었다. 대약진 운동 시에 그는 허베이 성 지저우(冀州)의 강을 막아 저수지를 만들고 141개 촌락의 주민들을 다른 곳으로 이주하게 하는 일에 참여했다. 모래땅의 저수지에서 물은 몇 년이 못 가서 빠져나가 버렸고, 주민 100만 명의 식량을 공급하던 농경지는 늪지로 변하여 버렸다. 주민들은 조금씩 다시 고향으로 돌아갔지만, 수십 년이 지난 지금에도 국가의 보조로써 연명하고 있다고 한다. 왕센의 경험은 "댐을 쌓는 것은 강의 핏물을 말리는 일"이라는 그의 말로 요약된다.

우리는 곧 새 정부를 갖게 된다. 이 정부가 계획하는 대역사의 하나는 대운하 건설이다. 거기에는 다이칭 씨가 중국의 개발 계획과 관련하여 표한 바와 같은 우려는 없는 것일까? 물론 운하는 댐과는 다르다. 그러나 준설, 콘크리트의 갑문, 도크, 안벽 건설, 지형 변경, 농토와 주거지 재조성 등

등의 엄청난 일들이 벌어지게 될 것임은 틀림이 없다. 라인·마인·도나우 운하의 건설에서도 그것이 생태계를 파괴하고 주변의 모든 삶을 황폐화한다는 비판이 많았다. 피해가 발생하는 경우, 중국은 물론 라인·마인·도나우가 흐르는 유럽에 비하여 더없이 작은 우리의 국토는 시행착오를 허용하지 않는다고 하는 것이 옳다.(환경 문제를 떠나서 경제적 관점에서도 지금 계획하는 운하를 북해와 흑해를 연결하여 유럽을 관통하고 10개 가까운 국가들의 수십 개 주요 도시를 통과하는 운하와 비교하여 말하는 것은 옳다고 할 수 없다.) 간단히 생각해 보아도 필요한 것은 적어도 문제에 대한 철저한 검토와 토의이다. 그런데 한때 그럴 것처럼 보이던 것이 이제는 강행 쪽으로 방향을 바꾼다는 말이 전해진다.

중국의 초고속 근대화 또는 현대화는 절대 권력과 자본주의의 기묘한 결합으로 가능해졌다고 할 수 있다. 사회의 근본적 변화에서 시행착오를 완전히 피할 수는 없다. 그렇다고 착오로 인한 인간적 피해에 대한 책임을 면제받을 수 있는 것은 아니다. 오류의 가능성과 책임의 중대성에 괘념하지 않는 것이 절대 권력의 특징이다. 이에 대하여 억제와 균형을 받아들일 수밖에 없는 민주 정치는 절대 권력의 체제만큼 능률적이 아닐지 모르지만, 오류와 인간적 대가 또 자연과의 관계에서는, 환경의 훼손을 줄일 수 있는 체제라고 할 수 있다.

지난 20년간 한국의 발전이 주로 민주화에 있었다고 하지만, 정치 체제에 억제와 균형의 절차를 수립하는 데에는 성공하지 못한 것이 아닌가 한다. 한국은 어떤 부분 —— 특히 토목 부분에서는, 일찍이 최장집 교수가 "과대 성장 국가"라고 부른 독재 권력의 체제에 머물러 있다고 할 것이다. 노무현 정부도 그러한 혐의에서 벗어날 수 없지만, 이명박 정부는 더욱 그러할 것으로 보인다. 내거는 구호로는, 차기 정부가 원하는 것은 더 정통적인 자유 민주주의 정치의 구현으로 들린다. 자유 민주주의의 이상은 국가 권력을 최소화하고 시민 사회의 자율적 움직임을 존중하는 것이다. 그러나 기업의 규제를 완화한다고 하면서 정부는 대기업의 지주 회사가 되고 기업 중에서도 가장 큰 기업이 되려 한다는 인상을 준다. 사회 영역에서 정부의 개입을 기피하려는 새 정부도 토목 권력을 축소할 생각은 없는 것으로 보인다.

(2008년 1월 17일)

인왕산의 나이

새 정부의 새 교육 방안에 따라 영어 교육을 시행하면, 고등학교만 졸업해도 영어를 듣고 말하게 될 것이라고 한다. 좋은 일이다. 그러나 그것이 가능할까?

며칠 전《경향신문》칼럼에서 영어 교육을 전공하는 이병민 교수가 이미 문제점들을 지적한 바 있다. 문제의 하나는 전문가들의 참여 없이 간단한 발상으로만 쉬운 성과를 낼 수 있다고 생각하는 것이다. 이 칼럼에 의하면, 정부가 막대한 투자를 하여 전문가들에게 의뢰한 연구가 완성되어, 그 영어 교육 강화 방안이 시행 직전에 있다. 그런데 그것을 제쳐 놓고 새로운 것을 시도하겠다는 것이다. 이른바 몰입 교육 같은 것도 이미 고려되어 있는, 작은 범위에서의 시험을 요구하는 모델이었다.(이제 이 안은 취소되었다고 한다.) 제안된 새 방식들로 비대해진 사교육에 대한 공교육 강화의 효과를 낼 수 있을 것이라 말하지만, 그것도 현실적인 생각은 아니라는 것이 이 교수의 지적이었다.

이 이외에도 새로운 교육 방안은 많은 현실적 조정 ─ 교사 양성, 수업 단위별 학생 수 감축, 다른 과목과의 균형, 이러한 문제에 대한 조정 없이는 시행될 수 없을 것이다. 물론 교육의 목적도 재설정되어야 할 것이다. 영어 교육의 목적이, 이 교수도 지적하듯이 모두가 영어로 말을 잘하게 하자는 것일까? 그것이 가능할까? 모든 고등학교 졸업자가 영어 몇 마디 하게 되는 것이 무슨 의미가 있는가? 더욱 중요한 것은 영어로 된 정보를 정확히 얻을 수 있는 능력을 기를 수 있게 돕는 것이다. 더 넓은 외국어 교육의 의의는 그것이 인간 교육의 중요한 한 부분이라는 사실에 있다. 인간 형성에서 중요한 도구의 하나가 언어인데, 외국어 학습은 언어 의식을 높이는 데에 빼놓을 수 없는 수단이다. 여기에서 중요한 것이 문법이다.(이것은 영어 교육의 이론가들도 좋아하지 않는 생각이다.) 문법을 포함하여, 언어의 논리적이면서 섬세한 의미 작용의 이해에는 모국어보다도 외국어가 좋은 방편이 된다. 서구에 있어서 또 우리 전통에서 고전어 학습은 오랫동안 이러한 역할을 했다.

영어 교육보다 더 중요한 현실적 충격을 가져올 수 있는 것은, 대통령인수위원회를 통해서 흘러나오는 교육 일반, 경제, 외교, 통일, 사회의 새로운 프로젝트들이다. 영어 교육 문제는, 하나의 제안은 여러 요인들의 복합체 속에서 고려되어야 한다는 사실에 대한 예시가 된다. 그러나 이병민 교수도 암시하듯이, 인수위에서 나오는 방안을 확정된 안으로 받아들이는 것은 옳은 일이 아니다. 새 정부가 들어서면서 새 정책 방안을 이야기하는 것은 당연한 일이다. 그렇다고 거론된 프로젝트 하나하나가 곧 현실 정책이 되는 것은 아니다. 절차상으로도 확정된 정책은 많은 경우 국회의 동의가 있어야 하기도 하지만, 전문 기구들의 전문가들의 검토와 토의에 부쳐질 것이고, 확정된 정책도 정책 실시 과정에서 현실 문제들에 의하여 수정될 것이다.

신문들은 대통령 당선인이 확정된 다음부터 쉬지 않고 새 정부가 추진할 정책이나 프로젝트들과 함께 정부 기구 개편 방안을 보도하고 있다. 기구를 만들어 놓으면 일을 만들어 내는 것이 관료 기구의 속성이라는 이론이 있기는 하지만, 어떤 기구의 설치·폐기 또는 리모델링이 반드시 정책의 전적인 방향 전환을 의미한다고 할 수는 없다. 최근에는 또 새로 임명될 각료 후보들의 이야기가 신문에 크게 보도된다. 이것도 새로운 권력 체제의 의도를 드러내는 것으로 이야기된다. 그러나 그것도 두고 보아야 할 일이다. 한 정권에서 임명되고 퇴임하는 장관들이 수십 명인데, 그걸로 해서 정책 집행의 세부 능률은 몰라도 정책의 향방 자체가 크게 바뀌는 일은 거의 없는 것이 과거 정부의 경험이다. 각료의 들고 남이 중요하다면, 그것은 총체적 효과에서 그렇지 개별 사항으로서 그런 것은 아니라 할 것이다. 우리 사회처럼 높은 자리에 나아가는 것이 개인의 삶의 목표가 되고 가문의 영광이 되는 곳에서 누가 정승의 자리에 나아가게 되는가가 중요한 관심사가 되는 것은 당연하다. 그러나 매체들의 보도는 공적 의의에 대한 판단보다 대중적 관심의 반영이라 할 것이다.

섬세한 고려와 절차를 거쳐서 정책이 확정된다고 하여도, 그것이 곧 현실이 되는 것은 아니다. 실패한 정부는 대체로 계획만으로 현실이 바뀌는 것으로 착각하는 정부다. 또 다른 편으로 생각하여, 사회 현실 또는 인간의 현실이 정권이 계획한 정책으로 너무 쉽게 바뀐다면, 그것은 사회의 불안정으로 인한 것이라 할 수 있다. 성숙한 사회는 정치 권력이 쉽게 흔들 수 없는 관성을 가지고 있다. 이 관성을 존중하면서 사회를 더 나은 방향으로 이끌어 가는 것이 정치가들의 과제일 것이다. 영국의 정치학자 마이클 오크숏(Michael Oakeshott)은 정치 지도자를 아무 데로도 가지 않는 배의 선장에 비유한 일이 있다. 오크숏은 보수주의 정치학자라고 평가된다. 집권자들의 정치 성향이 어떻든지, 한국이라는 배는 제자리에 떠 있으면 그것으로 충분한 배라고 할 수는 없을 것이다. 그러나 현실의 착잡함을 생각함이 없이 앞으로만 가야 할 배라고 할 수도 없을 것이다. 행선지는 있어야겠지만, 운행 여건을 살피지 않는 항해에는 큰 문제들이 따를 것이다. 항해의 비유를 조금 다르게 확대해 본다면, 어떤 사람들은 그때그때 배가 바닷물을 밀어내는 것을 보고 바다를 제압한다고 생각하겠지만, 항적(航跡)의 거품에 이는 바닷물은 배가 지난 다음 다시 원상태로 돌아간다.

나는 수년 전 프랑크푸르트 도서전과 관련하여 한국을 방문한 프랑크푸르트의 페트라 로트(Petra Roth) 시장을 경복궁에 안내한 일이 있다. 로트 시장이 나를 놀라게 한 일의 하나는 인왕산을 보면서, '저 산이 얼마나 오래되었냐'고 물은 것이었다. 나는 답을 못 했지만, 그 물음 자체의 의도를 알 수가 없었다. 평소에 지질학적 관심이 있는 데다가 인왕산의 산 모양이 독일의 산 모양과 달랐기 때문에 그러한 질문을 했는지 모른다. 로트 시장의 동기가 어떤 것이었든지 간에 자기가 살고 있는 땅의 모든 것 — 시간의 길이와 공간의 폭을 알고 산다는 것, 그것을 존중한다는 것은 삶을 깊이 있게 사는 방법일 것이다. 나는 아직도 인왕산의 나이를 확인하지 못했지만, 그것이 2억 년이나 5억 년이라고 한다면, 70년, 80년의 사람의 목숨은 그에 비하여 그야말로 하루살이 나타났다 사라지는 것과 같은 것이라 할 것이다. 그렇기에 역설적으로 허무한 삶의 장구함이 외경심을 유발한다고 할 수도 있다.

이제 환경은 중요한 정치 의제가 되었다. 사람이 사는 환경의 엄청난 장구함과 그 장구함 속에 이루어진 위태로운 균형의 의미는 정치적 사고의 중요한 지표가 되어 마땅하다. 사람의 사회적 삶도 너무나 짧은 시간의 주기로 잴 것은 아니다. 정치가가 마음에 두어야 하는 것은, 그 임기는 짧아도, 몇 세대는 되어야 할 것이다. 그리고 계획하는 일의 인과 관계 그리고 길고 깊은 인간적 의미의 총체가 되어야 할 것이다. 아무 일도 하지 않는 정부도 곤란한 정부이지만, 계획의 폐허들을 남기는 정부는 더욱 참담하

게 실패한 정부이다. 영어 교육의 경우도 그러하지만, 신문에 보도되는 정
책들의 많은 것은 다시 숙고 과정을 통하여 조정되는 것이기를 바란다.

(2008년 1월 31일)

자기가 선택하는 삶

오스트리아의 시인 후고 폰 호프만슈탈의 시 「외면적 삶의 노래」는 큰 주제를 다루는 것은 아니면서 인생에 대하여 심금에 닿을 만한 관찰을 담고 있다. 사람의 삶에는 방황과 고독과 고통 또 기쁨과 열매가 있으나, 결국은 "이 모든 것이 무슨 소용이 있나?", "이런저런 많은 것을 보아서 의미가 있나?" 하는 물음들이 일게 된다. 그런 가운데에도 그것을 보상해 줄 수 있는 것은, 작은 대로 깊은 느낌의 어떤 순간이다. 무슨 소용인가 하지만 "그래도 '저녁이군.' 하고 말하는 사람은 많은 것을 말하는 것"이다. ── 호프만슈탈은 이렇게 말한다. "이 하나의 말 ── 깊은 뜻과 눈물이 흐르는 이 하나의 말"로부터 "마치 벌집 구멍으로부터 진한 꿀 흘러내리듯" 감미로움이 흐를 수 있다.

저녁은 해의 밝음이 가고 밤의 어둠이 시작되는 시간이다. 명암의 교체만으로도 저녁은 특별한 감흥을 준다. 또 이 감흥에는 더욱 지적인 인식이 스며 있다. 저녁 시간은 하루의 끝이다. 그것에 주의하는 것은 하루를 되돌아보고 그것을 하나로 포착하는 것이다. 저녁이라고 말하는 것은 이 감흥과 깨달음을 언어로 표현하는 행위이다. 외면화된 삶에서 귀중한 것은 이와 같이 작은 내면성의 깨달음을 분명히 하는 것이다.

「외면적 삶의 노래」는 노년의 지혜를 표현하고 있는 것처럼 들린다. 그러나 호프만슈탈이 이 시를 쓴 것은 스무 살이 갓 넘었을 때였다. 이 시를 썼을 때, 그는 빈의 심미주의적 시풍의 영향하에 있었다. 감흥의 중요성을 말한 것은 이에 관계된다고 할 수 있다. 그러나 이 시는 마음 깊이에서 분명하게 느껴지는 삶을 살겠다는 그의 젊은 시절의 심정을 표현한 것이기도 하다. 법학 공부를 하던 호프만슈탈은 이 시를 쓸 무렵 문학과 철학으로 방향을 바꾸었다. 그렇기는 하나 이 시에서의 내면성의 강조는 그럴싸하게 들리다가도, 시인의 젊은 나이를 생각하면, 그것이 현실 삶의 도피일 수 있다는 의심을 갖게 한다. 내면이 없는 외면이 맹목인 것은 틀림이 없지만, 외면이 없는 내면도 공허한 일이다. 그러나 세상은 외면적 삶에 중요성을 두는 경향이 있는 만큼 내면을 강조하는 것은 균형을 위해서도 필요한 일이다. 내면의 동의 없이 사는 삶은 결국 나의 삶이 아니라 남의 삶을 사는 것이라 할 수 있다. 이상적인 삶은 스스로가 의미 있다고 느낄 수 있는 삶을 바깥세상에서 살고 또 가능하다면 그것을 스스로 만들어 가는 삶이다. 개인의 삶의 문제를 떠나서, 외면적 순응만을 요구하고 내면적 의미의 추구를 허용하지 않는 사회도 창조성의 근거를 잃고 무엇보다도 안정의 바탕을 마련하지 못한다. 그러나 안과 밖이 맞아 들어가는 삶이 쉽게 가능한 것이 아님은 말할 필요도 없다.

젊은 시절은 자신이 수긍할 수 있는 의미를 실현해 줄 삶을 추구하다가도 대개는 사회의 요구에 타협하면서 안착점을 찾게 되는 것이 보통이라고 할 것이다. 그런데 그러한 젊은 시절이 없는 사회가 우리 사회가 아닌가 한다. 교육 제도 그리고 대학 입시 제도의 혼란도 ─ 사실 또 많은 사회 문제도 ─ 깊은 근본에 있어서는, 철저하게 외면화된 우리의 삶의 방식에 연유하는 것이 많다고 할 수 있다.

이번 달로 오랫동안 계속되던 대학 신입생 선발 절차가 마감된다. 말할 것도 없이 원하는 대학에 들어간 사람도 있고, 입학은 되었지만 원하지 않는 대학에 입학이 된 사람도 있고, 전적으로 새로 입시 준비를 해야 할 사람도 있다. 원하는 대로 된 사람에게는 축하의 말을, 원하는 대로 되지 않은 사람에게는 위로의 말을 주어야 마땅하겠지만, 입시 제도의 난관을 겪는 모든 젊은이들은 위로를 받아야 한다고 할 수도 있다.

우리 사회 제도에서, 대학에 지원하는 사람들은 모두가 일류 대학에 들어가기를 희망한다. 일류 대학에 들어가는 데에는 수문장이 있다. 들어가기 위해서는 수문장이 내놓는 물음과 지원자의 답이 맞아 들어가야 한다. '열려라, 참깨!'라는 암호를 발견하는 데에 학생들은 수없는 시간을 보낸다. 그것은 원서를 내기 전의 1년 또는 2~3년일 수도 있고, 요즘 추세로 보면 유치원을 들어갈 무렵부터 수문장이 내어놓을 법한 암호들을 익히는 데에 긴긴 세월을 보내지 않으면 안 된다.

일류 대학에 들어가려는 것은 얼른 생각하기에는 일류의 교육을 받기 위해서이다. 그런데 일류 대학의 교육이 참으로 이류와 다른가? 교육의 내용의 높고 낮음은 교수와 교육 프로그램과 교육 시설에 달린 것일 터인데, 참으로 이러한 항목들에서 일류와 이류의 차이가 그렇게 큰 것인가? 일류, 이류, 삼류 하는 말들이 시사하는 차이가 크다고 상정하더라도, 대학 지망생이나 그 부모가 이러한 것들을 고려하고 난 결과 일류 대학을 선택하는 것일까? 대학을 가까이 돌아본 사람이면, 차별화해서 이야기되는 대학들에서 받는 교육이 크게 차이가 나지 않는 것이라는 것을 인정하지 않을 수 없을 것이다. 몸 담고 있는 대학의 일류, 이류에 따라서 학문이나 사회 봉사 활동에서 교수들의 수준이 반드시 크게 차이가 나는 것으로는 보이지 않는다. 차이가 난다고 하여도 학부 학생들의 수용 능력을 생각할 때, 그것이 크게 중요하지는 않을 것이다. 비슷한 이야기는 시설이나 교육 프로그램에 대해서도 할 수 있다.

중요한 문제는 대학의 선택이 참으로 나의 선택이 아니라는 것이다. 내가 대학을 선택하는 것 같지만, 실제는 나는 대학에 의하여 선택되는 것이다. 전공이나 학과의 선택에서도 그러하다. 내가 어떤 학문을 공부하고 싶은가는 중요치 않다. 어느 단과 대학, 어느 학과가 나를 받아 주고, 나중에 어느 이름난 직장에서 나를 받아 주겠느냐 하는 것이 중요하다.

내가 원하는 공부가 어떤 것인가, 내가 살고자 하는 인생이 어떤 것인가를 아는 일이 쉽지 않다. 바른 판단의 한 요소는, 지혜의 말씀에 귀 기울이는 것에 못지않게, 무엇을 의미 있는 것으로서 절실하게 느끼는가 — 이에 관련하여 마음속에 들려오는 부름을 아는 일이다. 심증이 생길 때까지는 방황이 있게 마련이다. 그런데 우리 사회에는 스스로 느끼고 생각하는 일을 시험하고 삶의 방향을 정할 수 있게 하는 방황을 허용할 여유가 없다.

우리는 인생에서 값진 것은 모두 밖으로부터 온다고 생각한다. 물건을 고름에는, 무엇이 내 마음에 드느냐보다는 무엇이 명품이냐가 중요하다. 아파트를 구하는 데에도 기준은 편의나 보금자리로서의 느낌보다 부동산 시장의 전망이다. 삶의 의미는 사회적 지위의 명품 가치에 의하여 정해진다. 물론 외면적 사회에서, 이름은 실질적인 의미를 갖는다. 이름은 허영심을 만족시켜 준다. 그것은 취직이나 존경이나 사회적 지위와 교환할 수 있는 고가의 어음이다. 그러나 실질과 허상이 교차되는 명품의 세계에서 잃어버리는 것은 나의 인생이다. 나는 참으로 내가 원하는 공부가 무엇인가를 알지 못한다. 아마 더 중요한 것은 삶의 작은 순간들을 알아보지 못하는 일일 것이다. 오늘날 하루가 끝난 다음, "저녁이군." 하고 저녁의 감흥에 주의할 수 있는 사람은 실로 극히 희귀한, 행복한 사람이라고 할 것이다.

(2008년 2월 14일)

넓은 시각 속의 경제

이명박 대통령의 취임으로, 민주 혁명 이후의 최초의 본격적인 여야 정권의 교체가 이루어졌다. 이번의 평화적 권력 이동은 한국 민주주의가 그만큼 성숙했다는 것을 의미한다. 이제 한국은 기본적인 틀을 유지하면서 서로 다른 정책적 방향을 큰 위험 없이 시험할 수 있게 되었다.

이명박 대통령이 강조하는 것은 경제이다. 대통령 선거에서 표를 던진 유권자도 그에게 동의를 표한 것이었을 것이다. 물론 정부의 일이 경제에만 한정될 수 없음은 말할 필요도 없다. 대통령 취임사에서 외교, 통일, 사회, 문화, 교육, 과학을 언급한 것은 당연하다. 그러나 역시 중심은 경제다. 규제를 없애 기업 활동을 더욱 자유롭게 하고 정부 기구를 축소하는 것이 오랫동안 이야기되어 온 정책의 핵심이다. 다른 부분의 변화도 그 모델에 준한다. 교육 분야에서도 더 많은 자율을 허용할 것이라는 것은 그 대표적인 예이다. 유감스러운 것은 경제를 강조하는 것만으로는 앞으로의 삶이 어떠한 것이 될지 분명한 느낌을 가질 수 있게 해 주지 않는다는 것이다. 생활의 구체적인 부분에 어떤 변화가 올지 짐작하기 어렵다는 말이기도 하지만, 더 근본적으로는 여러 정책들이 하나로 합쳐 어떤 사회, 어떤 삶을 그려 내려는 것인지 알기 어렵다는 말이다.

정치에서 사회 전체에 대한 비전은 대개 이념적인 슬로건으로 표현된다. 민주주의, 사회주의 또는 자유 인권의 사회, 복지 사회 등은 사회의 전체적 성격을 요약해 준다. 이명박 정부가 표방하는 실용주의는 지금의 단계에서는 삶을 단순화하는 이념의 폐단을 피하는 것이 옳다고 판단하는 것인지 모른다. 그래도 사람들은 정부의 정책들에서 하나의 짐작할 만한 삶의 비전을 볼 수 있기를 바란다.

경제를 살린다면, 그로 인하여 어떤 삶이 가능하게 되는 것일까? 좋은 아파트에 살며 좋은 차를 타고, 좋은 직장을 가지고, 아들딸을 좋은 학교에 보낼 수 있게 되는 것일까? 더 높은 차원에서, 정부가 말하는 대로 나라가 이제 이른바 선진국이 되는 것일까? 그러나 선진국이란 어떤 사회를 말하는 것인가? 국민 총생산(GNP)의 크기나 국민 개인 소득의 크기만으로 선진국을 말할 수 있는 것일까? 어떤 종류의 경제적 성공의 추구는 사회적 갈등과 긴장을 높일 가능성이 크다. 선진국은 사회적 갈등과 긴장을 짓누르고 그 위에 버티어 서서 GNP의 깃발을 높이 올리는 나라들이 아니다.

일단 우리 사회의 모든 사람이 '잘사는 것'을 원하는 것은 사실일 것이다. 우리의 사회에 가득한 부에 대한 열망은 활력의 근원이면서 동시에 갈등과 긴장의 원인이 되기도 한다. 단순한 차원에서도 큰 욕망에는 큰 스트레스가 따른다. 아마 부귀로 인한 스트레스를 우리나라 사람들만큼 강하게 느끼는 경우도 많지 않을 것이다. 경제적 열망은 다분히 노무현 정부의 신개발주의가 촉발한 부동산 투기열에 의하여 크게 자극되었다. 경제가 커져야 이 열망과 그 스트레스가 해소될 수 있다. 그것을 약속하는 것으로 생각된 것이 현 정부이다.

그러나 사회 전체의 삶이라는 관점에서 경제는 수단이고 그것이 가능하게 하는 삶의 실현이 목적이다. 정치는 그 매개자이다. 모든 국민이 기아 선상에서 헤맨다고 할 때, 경제는 그 자체로서 절대적인 의미를 가질 수 있다. '기아'라는 상황 자체가 그 지향점을 규정한다. 그러나 그다음부터 경제는, 그것으로 이루고자 하는 삶의 비전에 이어짐으로써, 참다운 설득력을 발휘할 수 있다. 또 그 비전은 경제 이외에도 그와 관련하여 해결해야 할 여러 문제들에 대한 대책을 포함하는 것이라야 한다. 모든 사람이 원하는 것이 부자가 되는 것이라면, 앞에 말한 바와 같이, 그에 따르는 개인적·사회적 스트레스는 커질 수밖에 없다. '성공'의 첨탑에 오르는 사람은 제한되게 마련이다. 아래로 떨어지는 사람도 적지 않을 것이다. 여기에서 일어나는 사회적 갈등과 긴장은 경제 성장의 능률마저도 크게 저하시킬 것이다. 그보다 더 우려되는 것은, 부의 열망과 투기열이 하나가 될 때, 오랫동안 자본주의 발전의 정신적 기초로 말해지던 노동 윤리가 파괴되고 만다는 것이다. 경제를 위해서라도 새 정부는 장기적인 관점에서 불건강한 성공열을 가라앉히고 건전한 노동 윤리의 회복을 도우며, 사회의 균형을 바로잡는 데에 우선 그 주의를 돌리지 않을 수 없을지 모른다.

경제를 살리자는 것은 잘살자는 것일 터인데, 잘사는 방법이 하나가 아니라는 것을 잊지 않는 것도 정신 건강에 중요하다. 종교의 가르침들은 금욕과 고행이 깊이 있는 삶의 길이라고 말한다. 이 가르침은 보통 사람들에게도 일정한 삶의 선택을 정의해 준다. 그러나 보통 사람에게는 '행복'이라는 말이 대강의 만족할 만한 삶의 조건을 정의할 것이다. 새 정부에서 이 말을 들을 수 있는 것은 다행한 일이다. 그런데 행복은 한 가지 형태로만 존재하지 않는다. 개인만이 아니라 사회 상황도 물질 생산과 소비의 크기를 말하는 GNP가 아니라, '국민 총행복량(Gross National Happiness)'으로 재야 한다는 나라도 있다.

국민 총행복량은 원래 부탄의 지그메 싱기에 왕추크 왕이 국가 정책을 총괄하는 지침으로 만들어 낸 개념이다. 이것은 부탄의 정신 문화와 현대 문명의 균형에 국가의 진로가 있다고 생각한다. 거기에는 네 개의 원칙, (1) 정의롭고 지속 가능한 사회, 경제의 발전, (2) 문화 가치의 보존, (3) 자연환경의 보존, (4) 바른 정치 운영 — 이 네 가지 원칙이 있다. 부탄은 현대 물질문명의 유입을 완전히 배제하지 않는다. 다만 그 대상과 속도를 적절하게 조정하기를 원한다. 1970년대 초부터 완만한 근대화가 진행되고 있지만, 부탄의 대부분 지역은 아직 전기도 도로도 현대적 통신 수단도 없다. 이것은 국가적 선택의 결과이다. 이 나라의 행복 지수는 세계에서 제일 높은 쪽에 속한다. 역사의 궤적과 자연 조건이 전혀 다른 한국과 같은 나라가 부탄이 될 수는 없다. 그러나 부탄의 국민 총행복량은 사람의 행복이 반드시 앞뒤를 가리지 않는 물질적 부에 있지 않다는 것을 다시금 생각하게 한다.

그런데 또 하나 중요한 것은 부탄의 경우가 반드시 역사의 후진 상태를 나타내는 것이 아닐 수 있다는 사실이다. 히말라야 산맥의 남쪽에 위치한 국토의 좋은 산수를 손상함이 없이 보존하고 있는 나라가 부탄이다.(예상되는 막대한 관광 잠재 수요에도 불구하고, 국토의 관광 개발을 최대한 제한하고 있는 것이 이 보존에 큰 역할을 하고 있다.) 미래에 인류가 부딪히게 될 가장 큰 시련은 에너지와 자원의 고갈과 환경 파괴에서 오는 문제이다. 이 시련에 가장 과학적인 대처 방안을 준비하고 있는 나라가 부탄이라 할 수 있다. 다시 말하여 우리가 부탄이 될 수는 없다. 그러나 우리도 그만큼은 앞뒤를 살피고 미래를 내다보며 다음 세대의 삶을 생각할 수 있어야 한다.

새 정부가 참으로 행복한 미래의 사회를 내다보고자 한다면, 경제를 살리도록 노력하되, 그것이 여러 과제의 스펙트럼 — 사회 병리의 치유 또 장기적으로는 생태 친화적 미래를 위한 준비 등을 포함하는 크고 복잡한 과제 영역의 한 부분일 뿐이라는 것을 잊지 않아야 한다. (2008년 2월 28일)

증명서와 사회적 신뢰

　인도의 작가 키란 데사이는 『상실의 유산』이란 작품으로 2006년에 부커 상을 받았다. 이 작품에서 상실이라고 하는 것은 개인적인 그리고 사회적인 삶을 지탱해 주는 모든 문화적·정신적 유산의 상실을 지칭한다. 영국의 식민지 지배는 인도의 전통적 문화를 잃어버린 유산이 되게 했다. 그러나 영국으로부터의 해방은 인도 문명과 사회의 파괴자이면서 동시에, 근본적 모순에도 불구하고 서구적 가치와 기준의 도입자였던 영국의 식민지 문화를 다시 한 번 상실되게 한다. 마지막으로 세계 자본주의에 의한 세계화는 어떤 계층의 인도인들로 하여금 국제 노동 시장에서 값싼 노동력의 제공자로서 방황하게 하여 고향을 상실한 사람들이 되게 한다. 데사이는 이 소설에서 정치적 이데올로기의 단순화에 의존하지 않고 깊은 동정 ── 분노와 절망과 유머와 엇갈리는 동정으로 그려 낸 여러 인물들의 삶을 통하여 착잡한 상실로 무너져 내린 사회의 모습을 실감나게 보여 준다. 이 소설에서의 인도인들의 곤경은 세계화 속의 많은 나라 사람들에게도 그대로 해당되는 것이라 할 수 있다.

그러나 여기에서 언급하려는 것은 이 소설의 주제가 아니라 소설에 자주 보이는 하나의 세부 사항이다. 이 소설의 주요 인물에는 사회의 상층에 속하는 사람도 있고, 하층의 노동 계급에 속하는 사람도 있다. 그러나 계급에 상관없이 기본 질서가 안정되지 못하고 쉼 없이 유동하고 있는 사회에서는 누구나 작고 큰 문제에 부딪히게 마련이다. 여기에서 말하는 세부 사항이란 작은 문제의 하나, 특히 하층 계급 사람들의 사회적 이동에 필요한 증명 서류 이야기다. 주요 등장인물 하나는 커다란 꿈을 안고 미국으로 건너가 일자리를 구한다. 도미에는 미국 거주 친척의 보장이 있어야 하고 일자리 약속이 있어야 한다. 그래서 서류가 필요한 것인데, 그는 돈을 지불하고 서류를 구할 수 있는 길을 금방 찾아낸다. 다른 경우들도 비슷하다. 사람들의 자유로운 이동을 막는 관료적 검증 절차는 어디에나 존재하고 계속 만들어진다. 그러나 기지(機智)로 살아야 하는 소설의 등장인물들에게는 이것을 꿰뚫고 나갈 방도가 언제나 준비되어 있다. 미국의 식당에서 일하는 한 이민자는 노동 허가가 만료되어 추방될 위험에 놓이게 된다. 그러나 거기에는 미국 여성과의 위장 결혼이라는 대처 방안이 있다.

식민지 시대에는 영국으로 가는 것이 많은 인도인들의 소망이었는데, 그때는 그때대로 도항을 위한 허위 증명서를 구하는 도리가 있다. 또 다른 관련에서, 인도 내에서 취직을 위하여 추천장이 필요한 사람의 이야기가 있다. 그 경우에도 어렵지 않게 구입할 수 있는 근무 전력 증명과 추천장이 있다. 한 희극적 장면에서는 추천장에 나와 있는 이름이 제출자의 이름과 다르게 되어 있다. 고용주가 이것을 지적한다. 제출자는, 마침 서류상의 이름이 영국 이름이었기 때문에, 영국인 고용주가 작업 성적이 양호한 자기를 한 가족으로 생각하여 영국식 이름을 준 것이라는 대답으로 얼버무린다. 약간의 시비가 없지는 않지만, 고용주도 사실 중요한 것은 추천장이 아니고 인력이었기 때문에 응모자를 채용하기로 한다.

위조 행위에 대한 저자 데사이의 태도는 불분명하다. 위조 증명서의 이야기는 희극적 삽화로 읽을 수 있다. 또는 사회관계나 국제 관계에서 불리한 위치에 있는 사람들의 생존의 기지를 긍정적으로 그리려는 저자의 의도가 여기에 있다고 할 수도 있다. 아이러니가 없지 않지만, 규제의 부당성에 대한 느낌이 저자에게 있는 것은 사실이다. 어떤 진보적 이론가들은, 자본의 이동은 자유롭게 하고 노동의 이동을 억제하는 것은 자유주의 경제를 표방하는 세계화의 자가당착이라는 것을 지적하는 경우가 있다. 데사이의 심정 차원에서의 판단은 이러한 이론과 통한다 할 수 있다. 증명서 위조를 필요하게 하는 전체적 상황 — 제국주의 또는 신제국주의적 상황 자체가 부도덕하고 불합리하다고 그가 느끼는 것은 사실일 것이다.

최근에 보도되는 사건들은 우리 사회에서도 허위 문서의 유통 효력은 『상실의 유산』의 인도와 비슷하다는 느낌을 준다. 정부 각료 후보자들의 인사 청문회에서는 부동산 투기, 입학 또는 기타 여러 목적을 위한 서류 위장이 문제되고, 또 논문 표절과 같은 것도 문제된다. 표절은 지난 2~3년 간에 많이 논란이 되었던 것이고, 작년에는 가짜 학위가 큰 화제가 되었다. 삼성 비자금과 관련해서는 거대한 금액이 수많은 차명 계좌에 보관되어 있다는 이야기가 보도된다. 이러한 일들에 관련되어 있는 것은 모두 법이나 행정 명령이 규정하는 사실 증명 서류들이다. 그러나 이 경우 그 쓰임새는 사실의 위장에 있다.

문서와 사실 사이의 이러한 불일치는 데사이의 소설에 나오는 경우와 비슷하다. 인도의 경우와 마찬가지로 이러한 일들은 우리의 전체적인 상황에 문제가 있다는 것을 말한다. 그러나 데사이의 약자들의 부정행위처럼, 그러한 행위가 변호될 수 있는 일들이라고 할 사람은 없을 것이다. 데사이의 인물들의 허위까지도 정당하다고 할 수는 없다. 그러나 그들의 조작은 생존을 위한 것이고 또 관련자들은 제국주의나 신제국주의적 상황에 대하여 책임을 질 수 있는 위치에 있는 사람들이 아니다. 우리의 경우는 위장이 치부와 출세를 위한 것이고, 또 관련자들은 상황의 시정을 위하여 책임 있게 행동할 수 있는 사람들이다.

여기에서 책임은 도덕적 해이로 돌릴 수밖에 없다. 토지와 부동산의 문제에서 책임을 상황으로 돌릴 것이 있다면, 농업의 보호와 육성을 위하여 또는 투기를 억제하기 위하여 정부가 충분히 적극적인 조처를 하지 않았다는 사실 또는 어떤 이유로든지 투기나 위장이 치부와 출세를 위한 편리한 관습이 된 상황으로 책임을 돌릴 수 있을지 모른다. 현실적 영향은 더 작겠지만, 표절은 사회의 전체적인 도덕적 해이를 더 단적으로 나타내는 일이다. 이제는 빈말이 된 것 같지만, 학문에 종사하는 사람은 진리의 추구를 직업으로 하는 사람이다. 진리는 ─ 실용적인 것까지도 ─ 진리에 대한 증언에 기초하여 진리가 된다. 그리고 이 증언은 양심을 전제하지 않고는 믿을 수 있는 것이 되지 못한다. 표절은 이 모든 진리 추구의 기초를 희화(戱畵)가 되게 한다.

여기에도 상황에 의한 변명이 없는 것은 아니다. 지금 대학인들은 엄청난 논문 생산의 압력하에 있다. 강조되는 것은 수량이다. 내는 사람에게나 보는 사람에게나 질적인 평가 ─ 즉 이성적 평가는 이차적인 의미밖에 갖지 아니한다. 수량의 지표가 이성을 움직이고 마음을 움직이는 노고를 대체한다. 논문을 쓰는 사람 가운데 어떤 사람들은 수량을 늘리는 쉬운 방법들을 터득한다. 그중에 하나가 표절이다. 이러나저러나 모두 생각하고 헤아려 보는 일에는 큰 관심이 없다. 지체 없이 보여 줄 수 있는 것들이 필요하다.

우리 사회는 모든 것을 외면적인 지표로 평가한다. 그리하여 서류상의 증거가 ─ 특히 수로 표시된 증거가 진리의 보장으로 받아들여진다. 그러나 진리의 힘은, 이미 말한 바와 같이 궁극적으로 증언의 진실성에서 온다.

이 진실성이 사회적 신뢰를 만들어 낸다. 그것 없는 사회에서 서류의 진실은 종이의 집에 불과하다.

(2008년 3월 13일)

정치의 높은 차원

이라크 전쟁 초기에, 유럽에서는 한때 세계적인 영향력을 감안하여 미국 대통령 선거에는 세계 여러 나라 사람들이 참여하는 것이 마땅하다는 농담 비슷한 견해들이 개진된 일이 있었다. 미국에서 시작하여 현재 세계 경제를 위협하고 있는 금융 위기를 보아도 오늘의 세계에서 한 나라의 일이 그 나라에만 한정되는 것이 아님은 분명하다. 지금 미국에서는 민주당 대통령 후보 지명전이 한창이다. 그런데 이번의 지명전에 버락 오바마 상원 의원이 나선 것은 현실 정치의 관점에서만이 아니라 여러 가지로 관심의 대상이 될 만하다. 그것은 미국만이 아니라 세계적으로 역사의 새로운 전기, 새로운 열림을 신호하는 것으로도 보이기 때문이다.

오바마는 흑인으로서 현실적 당선 가능성을 가진 최초의 대통령 입후보자가 될 수 있고, 물론 대통령이 될 수도 있다. 또 그의 출신과 성장 배경은 지금까지의 정치 지도자의 상례를 벗어난다. 그의 아버지는 미국에 유학한 케냐인이고 그의 어머니는 백인 미국인이었다. 아버지는 그 후 이혼하고 다시 케냐로 돌아갔고, 어머니는 인도네시아 유학생과 재혼하여 자카르타로 옮겨 갔다. 이에 따라 그는 여섯 살부터 열 살까지 인도네시아에서 살다가 교육 때문에 하와이의 조부모께로 돌아와 대학에 입학할 때까지 8년간 백인 조부모 슬하에서 자랐다.

자서전적 저서에서 그는 고등학교 과정 등에서 자신을 국외자로 느꼈다고 말한 바 있다. 그가 완전한 미국인이 되는 데에는 의식적인 노력이 필요했던 것 같다. 대학에서 그는 인종주의의 불의에 항의한 리처드 라이트나 맬컴 엑스와 같은 미국의 흑인 작가와 사상가들 또 프란츠 파농과 같은 국제적인 민족 해방 사상가들의 저작을 읽고 흑인과 진보주의 동아리에서 '배반자'라는 낙인이 찍히지 않도록 노력했다.

컬럼비아 대학을 졸업하고 하버드대 법률대학원에 들어가기 전에는 시카고의 흑인가에 살면서 그들과 애환을 함께했다. 그가 읽고 공감한 것은 비판적이고 반항적인 작가와 사상가의 저술이었지만 그는 반항 일변도의 입장이 피곤하고 공허하다고 느꼈다. 그러나 기존 사회에의 동화도 일방적 요구였다. 그가 가장 크게 공감한 것은 맬컴 엑스의 '자아 재창조'의 개념이었다. 다른 한편으로 그는 미국인으로 정체성을 구축해 가면서도 케냐의 아버지를 잊지 않았다. 그가 케냐를 방문한 것은 아버지가 돌아간 다음이지만 그는 케냐에서 그의 이복형제들의 존재를 확인한 뒤 그들을 만나고 케냐에 있는 그의 뿌리를 이해하고자 했다. 그 뿌리의 다른 가지들인 그의 이복형제들은 교육이나 혼인으로 독일, 영국, 러시아 등지로 연결되었다.

이번의 민주당 대통령 후보 경선에서 문제가 되는 것은 말할 것도 없이 오바마의 인종적 배경이다. 그러나 이 점은 지금까지 정식으로 논의의 대상이 되지 않다가 지난 18일 필라델피아에서의 연설로 논의의 중심에 서게 되었다. 그가 설명하지 않을 수 없었던 것은 인종 문제 자체보다 그가 속한 시카고의 트리니티 교회의 제러마이아 라이트(Jeremiah Wright) 목사와의 관계였다. 쟁점이 된 것은 라이트 목사가 흑인들과 세계에 대하여 저지른 미국의 잘못을 언급하면서 "신이여, 미국을 축복하소서."라는 애국송가의 구절을 뒤집어 "신이여, 미국을 저주하소서."라고 말한 일이었다. 오바마는 있을 수 있는 정치적 대가에도 불구하고 라이트 목사와의 관계를 단순화하지 않고 사실적으로 설명했다. 라이트 목사는 그를 기독교 신앙으로 인도하고 어려운 사람들에게 봉사하는 이웃 사랑의 모범을 보여주었으며, 그로 하여금 미국 흑인의 역사적 고통을 성경에 이야기되어 있는 수난의 기록과의 관련 속에서, 더 넓은 인간적 깊이 속에서 이해할 수 있게 했다. 물론 오바마는 동시에 라이트 목사의 극단적 정치적 입장으로부터 자신의 거리를 분명히 했다. 흑인 그리고 고통받는 사람들의 역사와 오늘의 현실을 분명하게 인식하는 것은 정당한 일이다. 그러나 중요한 것은 분노보다 공동의 노력으로 그들의 현실을 개선하는 것이다. ― 그는 그의 정치적 입장을 이렇게 해명했다.

오바마의 연설에 대한 반응은 착잡할 수밖에 없겠지만 《뉴욕 타임스》의 사설은 그의 연설이 미국의 정치 논의를 새로운 차원으로 끌어올렸다고 높이 평가했다. 현실을 인정하고 그 해결을 모색하는 생산적 토의의 길을 열어 놓았다는 것이다. 이와 함께 적어도 필자가 보기에 이 연설이 인상적인 것은 정치를 더욱 인간적인 사회의 실현이라는 이상으로 열어 놓았다는 점이다. "법 앞에서의 평등한 시민적 권리", "자유, 정의 그리고 연합 또는 하나 됨"은 미국 헌법에 규정되어 있다. 오바마는 이 사실을 언급하면서 특히 인민의 "더 완전한 연합(하나 됨)"을 기하려는 것이 헌법 제정의 목적이라는 미국 헌법 전문의 말을 여러 차례 되풀이하여 언급한다. 그에게 인민의 하나 됨은 더욱 자유롭고 평등하고 정의로운 사회를 향한 공동 노력을 통하여서만 이룰 수 있는 종착점이다. 국민의 하나 됨은 당연한 현실이 아니라 부단히 근접되어야 할 이상인 것이다.

이번 연설에는 물론 더 구체적인 정치적 현실 과제에 대한 언급도 들어 있다. 흑인 그리고 모든 계층 사람들의 더 인간적인 삶의 확보를 위하여 그들은 고르게 의료, 교육, 직업, 복지 등의 혜택을 누릴 수 있어야 한다. 또 그것이 가능해지려면 기업 이익의 추구만을 생각하는 기업 문화를 바로 잡아야 하고, 그 로비 활동에 좌우되는 정치 체제를 더 민주적이고 투명한 것으로 바꾸어야 한다.

앞에서 말한 바와 같이 오바마의 필라델피아 연설에 대한 반응은 착잡할 수밖에 없다. 단순화된 인종주의나 애국주의에서 나오는 부정적인 반응도 많은 것으로 보인다. 그러나 앞에서 말한 긍정적인 논평 이외에도, 민주당 소속의 뉴멕시코 주지사 빌 리처드슨(Bill Richardson)의 오바마 지지 선언은 그에 대한 지지도가 높아지고 있다는 것을 말해 준다. 리처드슨은 클린턴 정부에서 에너지 장관과 유엔 대사를 지냈고 힐러리 클린턴 의원이 그의 지지자로 꼽았던 사람이다. 그는 오바마 연설의 "설득력, 진지함, 예의, 낙관주의"를 높이 평가하고, 힐러리 클린턴의 "네거티브" 선거전에 비하여 "긍정적"이고 "희망과 기회"를 말하는 오바마의 입장을 옳은 것으로 본다고 말했다.

오바마가 민주당의 지명에 성공하고 대통령이 되는 데까지 가야 할 길은 멀다. 그러나 그가 여기까지 온 것만으로도 그는 정치가 개인적이거나 집단적인 이기주의의 동기에 의해서만 움직이는 것이 아니라는 것을 보여 준다고 할 수 있다. 오바마의 필라델피아 연설 하루 전 이스라엘을 방문한 독일의 메르켈 총리는 나치에 희생된 150만 명의 유태인 아이들을 기념하는 지하 공간을 포함하는 예루살렘의 홀로코스트 기념 시설을 찾아 헌화했다. 메르켈 총리는 이 방문을 "일생의 가장 가슴 아픈 체험"이었다고 말하고, 방명록에 "독일 정부는 유태인 학살에 대한 독일의 책임을 의식하고 독일 ─ 이스라엘 간의 첫 협의와 더불어 공통의 미래 건설을 다짐한다."

라고 적었다. 국제 관계에서도 힘과 이익을 넘어서는 양심과 화해와 하나됨의 열림은 존재한다.

(2008년 3월 27일)

남쪽을 향하여 앉아 있기

자라는 아이들이 책을 읽는 것은 좋은 일이라는 생각이 보편화되어 있다. 그러나 무엇을 어떻게 하여야 할 것인지에 대해서는 별 궁리가 없는 것 같다. 궁리가 없는 것이 좋은 일인지도 모른다. 미국에서 한때 고전 읽기 운동에 주동적인 역할을 했던 모티머 아들러는 아이들로 하여금 책을 읽게 하는 데에는 책이 많이 있는 곳에 아이들을 풀어 놓는 것 이상의 방법이 없다고 말한 일이 있다. 책이 많은 곳에 있으면 호기심이 발동되어 아이들은 저절로 책을 읽게 된다는 것이다.(아들러는 열네 살에 학교를 그만두었다가 나중에 컬럼비아 대학의 철학 교수가 되었다.)

물론 호기심이 발동하려면 기본적인 독해력은 가지고 있어야 될 것이고, 아마 아이들의 세계가 비교적 조용한 것이어야 할 것이다. 아들러의 이야기가 통하던 때에는 적어도 지금처럼 아이들의 정신을 빼앗는 여러 놀이들이 그렇게 많지는 않았을 것이다. 그러나 책 읽기가 중요하다고 한다면, 그것이 자연스러운 동기 유발에서 시작해야 한다는 것은 틀린 말이 아니다. 자라는 아이들에게 책 읽기란 그걸로 정보를 축적한다는 일 외에 그

일에서 보람을 느끼는 일을 배우고, 무엇보다도 마음을 열어, 그 열림으로 세상의 무한한 열림으로 나아갈 수 있게 된다는 것을 뜻한다.

책 읽기든 다른 어떤 일이든, 정신 능력의 개발에서, 중요한 것은 마음이 스스로의 노력을 통하여 보람과 열림의 습관을 얻는 것이다. 그 출발점은 자연스러운 동기의 유발이다. 오늘날 학교 교육이다, 개인 지도나 학원에서의 사교육이다 또는 영어 몰입 교육이다 하는 일들에 대한 논의가 쉬지를 않지만, 거기에서 듣기 어려운 것은 저절로 움직이게 되는 동기에 관한 고려가 아닌가 한다.(이 논의들은 모두 스스로 하는 공부가 아니라 '시켜 주는' 공부 그리고 그 비용에 관한 것이다.) 동기가 고려된다고 하더라도 그것은 공부를 수단으로 하여 얻게 되는 이익 — 점수, 입학, 출세 등등의 외적인 이익에 대한 기대 아니면 경쟁심의 자극에 관계된 것이다. 영어 공부만을 두고 말하건대 태곳적 이야기라고 하겠지만, 필자가 다니던 고등학교의 영어 선생님은 H. G. 웰스의 『세계사 대계』의 일부를 등사 제본하여 학생들에게 주고 그것을 부독본으로 읽게 했다. 그것은 지적 호기심을 자극하고 자존심을 길러 학생들로 하여금 저절로 영어 독서의 길로 들어서게 하고, 그로부터 출발하여, 필요에 따라 읽기, 쓰기, 말하기에로 나아갈 수 있는 길을 터 주었다. 영어 공부가 반드시 '실용'으로부터 시작해야만 되는 것은 아니다.

공부한다는 것은 단순히 과목을 익히는 것이 아니라 그것을 익히고자 하는 마음을 일으키는 일이다. 사람이 하는 모든 일에는 사람과 일 사이에 마음이 끼어 있게 마련이다. 이 마음이 제대로 움직이면, 밖으로부터 강제하거나 자극하는 것이 없어도 많은 일이 이루어질 수 있다. 그러나 마음에 관한 또 하나의 중요한 사실은 마음이 외적인 조건에 반응하여 움직인다는 것이다. 강제로 책을 읽게 할 수도 있고 공부를 시켜 성적을 높일 수 있는 것도 바로 마음이 외적인 조건에 따라서 움직이기 때문이다. 그러면서도 외적인 조건에는 마음을 절로 움직이게 하는 것이 있고 억지로 움직이게 하는 것이 있다. 인생의 만족은 물론 전자에서 얻어진다. 마음이 절로 하는 일은 많은 사람에게 자유와 보람과 행복을 의미한다. 이것은 개인적인 차원에서의 좋은 삶을 말하는 것이지만, 사회적으로도 이러한 상태를 이루는 것이 조화와 능률을 동시에 확보하는 사회를 만드는 일임은 말할 필요도 없다. 문제는 마음을 절로 움직여 일이 되게 하는 조건을 마련하는 일이다.

동양의 정치사상에서 오랫동안 이상으로 이야기되었던 것은 요순 시대이다. 그것은 세상의 일이 작용을 가하지 않고서도 저절로 잘되어 가는 상태를 그린다. 순임금은 몸을 다소곳이 하고 남쪽을 면하고 앉아 있었을 뿐이었다. 백성들도 우물을 파고 땅을 갈고, 먹고 쉬고, 땅을 치며 노래하면서도 그러한 것이 임금의 정치의 덕이라고는 생각하지 않았다. 그러나 백성들이 이렇게 일하고 쉬고 노래할 조건이 저절로 확보되는 경우가 흔하지 않다는 것이 다른 한편의 역사 기록이다. 농사가 잘되기 위해서는 치산치수(治山治水)도 있어야 하고, 무엇보다도 착취와 핍박이 없는 공정한 사회 체제가 있어야 한다. 아무것도 하지 않으면서 다스린 사람〔無爲而治者〕이 순임금이다. 그는 아무 일을 안 하면서도, 다스리는 일을 했다. 그의 다스림이란 백성의 일을 지휘 감독하거나 대신 한 것이 아니라 백성이 절로 일할 수 있는 조건을 확보하는 일을 한 것을 말한 것일 것이다. 그 일이 너무 원활한 조건을 만들어, 백성들은 스스로 일하는 것이 임금의 치세(治世)로 인한 것이라는 것까지도 깨닫지 못한 것이다.

말할 것도 없이 이것은 요순 시대 이야기, 태곳적, 석기 시대 이야기이다. 그러나 정치의 한 의미는 아직도 이러한 요순의 이야기 속에 들어 있다. 정치 권력이 남면하고 앉아 있을 수 없는 것이 요즘같이 바쁜 세상의 형편이다. 사회가 바른 방향으로 가고 국민이 원하는 방향으로 가게 하기 위해서는 정치가 선도하지 않을 수 없는 일들이 많다.

그렇기는 하되 정치의 본령은 스스로 사업을 벌이기보다는 사람들이 삶에 유익한 사업을 편하게 할 수 있게 하는 외적인 조건 — 물질적·제도적 조건을 마련하고 유지하는 일에 있다고 할 수 있다. 요즘같이 경제가 중요하고, 그것도 그 성장과 발달이 중요한 시기에 있어서, 기본적인 인프라를 구축하는 일 외에 공장을 세우거나 댐을 막거나 하는 사업이 전혀 정치의 영역이 아니라고 할 수는 없다. 그러나 경제가 일정한 단계를 넘어선 다음에 그러한 것이 계속 추진되는 것은 그렇게 효과적인 일로 보이지 않는다. 또 우리의 형편을 선진국에 비교하는 것이 적절한 일일지는 모르지만, 적어도 지금의 시점에서 선진국의 정치에서, 사회 정책과의 관계에서라면 몰라도 대규모 개발 사업이 정치 계획의 핵심에 놓이는 일은 별로 보지 못한다.

그러나 정치든, 경제든, 사회든, 그 원활한 제도적 운영을 위한 조처들은 금방 그 열매를 내놓을 수 있는 일이 되기가 어렵다. 정치 권력은 대체로 국민의 눈에 띄는 물질적 업적을 내놓게 되기를 원한다. 또 그것을 자랑하고자 한다. 개발과 성장의 정치에 익숙해 온 국민도, 그들의 삶에 대한 구체적인 의미가 어떤 것인지 헤아려 보지도 않고, 큼직한 구경거리를 원한다. 그리하여 선거 때마다 가시적 사업 계획들이 터져 나온다.

이제는 정치의 본령이 사업이 아니라 정책이라는 것을 확인할 시기가 되지 않았나 한다. 경제와 사회와 문화의 사업들이 제대로 이루어지고 균형을 갖춘 것이 될 수 있게 하는 조건을 만들고 그 숨은 맥락들을 가다듬는 일이 정치의 할 일이다. 우리의 형편이 아무 일도 하지 않고 있는 것을 허용한다고 할 수는 없다. 그러나 우리의 정치도 때로는 남면하고 가만히 앉아 있기도 해야 하지 않을까 하는 생각이 들 때가 없지 않다. 물론 정치에 대한 우리의 기대도 조금은 바꾸어야 할 것이다.

(2008년 4월 10일)

삶의 근본적 보수성

이번 총선의 선거 결과에 대한 여러 해석 가운데 가장 명백한 판단을 내리고 있는 것으로 생각되는 것은 다산연구소의 인터넷 논단 '다산포럼'에 실린 김민환 교수의 논평이다. 그것은 여당의 압도적 승리 또는 야당의 참담한 패배 이외의 다른 것을 뜻하지 않는다는 것이다. 한나라당과 그 주변부의 당선자들을 포함하면, 여권의 의석 수는 185석에 이른다. 지난번 총선에서 다수당이 되었던 민주당은 소수당이 되었을 뿐만 아니라 당을 이끌 만한 사람들이 대거 낙선하여, 당의 그 조직과 향방에 문제가 생기게 되었다. 더 중요한 것은 민심이 완전히 야당을 외면했고, 진보 진영은 알아볼 만한 정체성을 잃어버렸다는 것이다.

김민환 교수는 지금까지 야당의 기반이 되었던 수도권에서 패배한 것을 이번 선거의 전형적인 사례로 든다. 이것이 여당 후보들의 뉴타운 공약 때문이라는 해석도 있지만, 더 확실한 것은 그것을 넘어선 민심의 이반이 원인이라는 것이 김 교수의 견해이다. 그러나 이것은 뉴타운의 문제를 더 넓은 배경의 한 부분이라는 관점에서 보는 것이 옳다는 말이지 그것이 요인의 하나가 되지 않는다는 말은 아닐 것이다. 이것을 조금 자세히 생각해 보는 것은 오늘의 정치 판도를 가늠하는 데에 도움이 될 것으로 생각된다.

뉴타운은 적어도 그 정책의 방향에서는 여당의 공약이라고만 할 수 없다. 선거에서 약속되고 있는 것이 개발, 재건축, 부동산 투기 이익이라고 한다면, 이러한 것을 적극적으로 추진해 온 것이 노무현 정부였다. 그런 점에서, 뉴타운을 포함한 개발 위주의 정책 방향에서는 여야에 크게 다른 것이 없다고 할 수 있다. 다만 지금의 시점에서 정책의 추진에 행정부와 서울시를 장악하고 있는 여당이 훨씬 능률적일 것임은 분명하다. 유권자들은 매우 논리적인 선택을 한 것이다. 그런데 토건 개발 계획을 추진하면서도 노무현 정부는 그 정책 전반의 향방에 대해서는 다른 말을 했다. 부동산 가격의 앙등을 억제하겠다는 의지는 분명했고 또 그에 대한 조처가 있었다. 다만 그러한 조처들이 별 실효를 거두지 못한 것이다. 현실과 수사(修辭)의 모순은 많은 사람들에게 이해하기 어려운 것이었지만, 정책을 담당하는 사람들 자체가 여기에 대한 분명한 자기 이해를 가지지 못했을 가능성이 높다. 노무현 정부의 토건 정책이 표방한 것은 균형 발전이었다. 또 거기에 추가하여 직업 창출의 의도가 있었다고 할 수도 있다. 그 결과가 지가 상승과 부동산 투기열이었다. 이러한 결과가 나온 것은 의도가 현실의 움직임을 떠나 있기 때문이었다고 할 수 있다.

김민환 교수가 언급하고 있는 '좋은정책포럼'이 내놓은 진보의 자구책은, 한마디로 요약하면 이념을 줄이고 생활 현실을 존중하는 데로 돌아가야 한다는 것이다. 지가 상승과 부동산 투기가 없더라도 거대 토건 개발 계획은 그 자체로 국민 생활의 기반을 극도로 불안하게 하는 것이 되기 쉽다. 그것은 발붙이고 사는 땅에 계속적으로 지진이 이는 것과 비슷한 불안정 효과를 낳을 수 있다. 어떤 경우에나 토건이든 다른 것이든 거대 계획은 극히 조심스럽게 생각해야 하는 일들이다. 노무현 정부는 균형을 말하면서도 거대 계획들과 실생활의 균형을 조심스럽게 고려한 것이었다고 할 수 없다. 소비에트 시대의 여러 개발 계획과 자본주의 체제하의 부동산 사업을 다 같이 권력의 편의를 위하여 국민 생활의 재편성을 시도하는 것이라고 설명한 정치학자가 있다. 정치는 대체로 이러한 유혹에 빠지기 쉬운 것이지만, 그래도 삶의 크고 작은 현실을 잊지 않는 것이 좋은 정치이다.

그리하여 우리는 다시 미국의 진보주의자 폴 굿맨이 자신을 신석기 보수주의자라고 말한 것을 생각하게 된다. 모든 좋은 정치는 삶의 근본적 보수성을 존중하는 정치이다. 삶의 근본은 생명의 보존이다. 물론 생명의 보존은 적절한 현실적 조건을 확보함으로써 가능해진다. 그런데 이 조건은 사회와 정치의 발전 단계에 따라서 여러 가지로 정의된다. 위급한 상황에서 목숨만이라도 부지하는 것이 중요하다. 그러나 적어도 보통 사람들의 입장에서 그 최소의 조건은 의식주의 확보이다. 그런 다음에는 물론 더 나은 의식주와 여가를 삶의 조건으로 생각하게 된다.

삶의 최소 조건의 확보라는 문제에서 ── 그것이 어떻게 정의되든지 간에 ── 그것을 위한 노력과 투쟁을 적극적으로 지원하는 것이 진보적인 정치 노선이 된다고 할 수 있다. 그러나 자기 정당성을 모두 내세우는 정치 집단은, 적어도 현대 사회에서 최소한 삶의 조건의 보편적 확보를 외면하지 못한다. 생존의 근본적 필요는 당파를 초월하여 그 자체로 모든 사람을 설복하는 어떤 요소를 가지고 있다. 그런데 그것을 넘어가는 다음 단계에서는 그러한 설득을 위한 압력은 점점 약화될 수밖에 없다. 더 나은 삶을 향한 욕망은 상호 이해와 협동 대신 물질적 자원과 사회적 인정을 선취하고자 하는 경쟁이 되고, 치열한 투쟁이 된다.

장자크 루소는 인간을 움직이는 근본적 동기로서의 두 개의 자아의식을 말한 일이 있다. 하나는 단순한 자기 보존의 의식이고 다른 하나는 다른 사람과의 우열 경쟁에서 자기를 확인하고자 하는 자기주장의 의식이다.

루소의 생각으로는 전자는 자연 상태의 인간의 심성이고 후자는 사회관계 속에 들어간 인간의 심성이다. 그러나 이 두 가지는 어떤 조건하에서도 인간의 자아의식의 두 층을 나타내는 것으로 볼 수 있다. 기초적인 생존의 필요를 넘어간 다음에, 지배적인 것이 되는 것이 후자이다. 자유주의 정치사상은 이 경쟁적 자기의식을 자유의 표현으로 볼 뿐만 아니라 궁극적으로 사회 발전의 원동력이 되는 것이라고 주장한다. 그러한 과정에서 희생이 생기는 것도 사실이지만, 그것은 사회 발전을 위하여 불가피하다. 바다에서 밀물이 들어오면 모든 배가 뜨는 것과 같이 경제의 전반적 향상이 삶의 조건을 고루 향상하게 된다는 말은 이러한 자유 경쟁 또는 상호 투쟁의 이념을 조금 부드럽게 표현한 것이다. 그러나 그것이 진보라고 하여, 거기에 따르는 희생을 받아들여야만 하는 것인가? 그렇게 하여 더욱 잘사는 사회가 된다고 해도, 경쟁과 투쟁과 질시(嫉視)를 원리로 하는 사회가 참으로 살 만한 사회라고 할 수 있을 것인가? 루소는 경쟁과 투쟁과 질시로 쏠리는 사회의식을 협동적인 것으로 바뀌도록 하는 것이 사회 교육의 기본 과제라고 생각했다.

물질적 진보만을 생각하는 사람들은 우선적으로 생활의 물질적 수준의 향상을 추구해야 한다고 말한다. 또 다른 진보주의자들은 거대 사회 계획을 통하여 이것의 고른 분배를 보장해야 한다고 생각한다. 진정한 진보주의의 사명은 기본적인 생존을 위해서는 물론 그것을 넘어 삶의 전반적인 향상을 추구함에 있어서도 그 노력이 개체적인 필요와 사회적인 협동의 균형을 유지할 수 있게 하는 일이다. 넓고 자상한 인간주의의 바탕에 서 있지 않은 진보의 정치는 쉽게 정치 권력의 계획으로 끝난다. 중요한 것은 끊임없는 노력으로 협동과 균형의 도덕적 풍토를 길러 나가는 것이다. 우리의 정치에는 여러 가지 투쟁의 외침은 있어도 인간주의적 깊이를 느끼게 하는 부분은 존재하지 않는 것으로 생각된다.　　　　(2008년 4월 24일)

살고 싶은 삶의 터전

뉴타운 지정을 그만하겠다는 오세훈 서울 시장의 발표에 대한 논란이 조금은 수그러든 것으로 보인다. 놀라운 것은 오 시장의 발표에 대해 여야를 가리지 않고 지지보다는 비난이 컸다는 사실이다. 물론 일부는 발표의 동기에 정치적인 계산과 의도가 들어 있을 것이라는 의심이 있었기 때문일 것이다. 그리고 일단 시작된 공공 계획들은 이미 여러 가지로 투자가 이루어진 것이기 때문에 돌연히 철회되는 경우 적지 않은 문제를 일으킨다. 앞으로 나가다 다시 뒤로 물러가는 데에는 후퇴의 전략이 필요하다. 이런 사정들이 있겠으나, 뉴타운과 같은 개발 계획을 일단 중단하는 것은 적절한 조치라고 아니할 수 없다. 이제는 한발 물러서서 도시 개발에 대하여 새로운 반성과 검토를 할 만한 시점에 이르렀다 할 수 있기 때문이다.

개발을 통한 도시와 국토의 재구성은 군사 독재 초기부터 시작하여 수십 년간 계속되어 온 천지개벽의 사업이다. 땅을 뒤집고 하늘을 막고 집을 새로 짓고 옮기고 하는 일을 이렇게 오래 계속한 것은 세계적으로 또우리 역사에서 희귀한 일이라 할 것이다. 이 개조 사업은 어느 정도 불가피한 일이었다. 근대화에는 그에 맞는 인프라 구축이 필요하다. 여기에 토지의 재정비도 포함된다. 그러나 이러한 재정비 사업은 한계를 넘어가는 것이 될 수도 있다. 건설 현장에서 살림을 꾸려 가는 것이 정상적이라고 하는 것은 정상적인 일이 아니다. 좋은 집을 마련하고 좋은 삶의 터를 찾는 것은 삶의 기지를 확보하기 위한 작업이다. 기지 건설이 삶의 최종 목표가 될 수는 없다.

그런데 개발의 습관에 젖어 우리는 이제 이것이 삶의 전부인 것처럼 착각하게 된 것이 아닌가 한다. 정부는 끊임없는 건설 공사가 국가적인 책임이라고 생각한다. 국민은 이것을 환영하고 거기에서 나오는 결정을 자신에게 유리하게 이용할 궁리를 한다. 그리하여 모든 사람이 환영하는 듯한 이 건설 사업에서 손해를 보는 사람들은 보이지 않게 된다.(사실 여기에서 이야기하려는 것은 손해가 전체의 것이라는 것이지만.) 재개발 이후 다시 그 자리에 정착하는 사람들은 17.1퍼센트에 불과하다는 조사가 이미 나와 있다. 또 새로운 상가의 개발이 소규모 상점들을 몰아내는 결과를 가져온다는 것도 알려져 있다.(4월 29일자《경향신문》에도 이러한 조사 결과에 대한 보도가 나와 있다. 지난 30년간 가장 많이 읽힌 문학 작품의 하나인 조세희 씨의 『난장이가 쏘아 올린 작은 공』이 오래전에 주제화한 것도 이 문제이다.)

부풀려지는 다수 의견 속에서는 진정한 필요에 쫓기는 소수의 의견은 보이지 않게 되고 진정한 손익 계산도 사라진다. 문제의 하나는 주거와 그 환경에 대한 우리의 이해에 일어난 왜곡이다. 지금 시점에서 개발이 환영을 받는 것은 절대적인 의미에서 주택이 부족한 것보다 사람들이 조금 더 나은 주택을 원하기 때문이라고 한다. 간단하게 말하여 아름다움에 대한 욕구가 여기에 작용하고 있는 것이다. 물론 그것은 나무랄 수 없는 욕구이다. 그것은 전체적으로 삶의 터전과 문화를 향상시키는 데에 중요한 동력이 된다. 그러나 좋은 것도 일정 한계를 넘어서 추구되면 삶의 균형을 깨트리게 된다. 몸치장에 인생을 탕진하는 사람이 있지만, 사는 집을 꾸미기로 하면, 몸치장이나 마찬가지로 그것은 한이 없는 일이 될 수 있다. 또 사람마다 다를 수밖에 없는 관점에 따라 다시 꾸미기로 하면 재건축 공사는 그칠 날이 없을 것이다.

집이 없거나 집이 무너질 지경이 되면 고치기도 하고 새로 짓기도 해야 한다. 도시와 조경도 그렇다. 아름다움의 관점에서 기준이 되는 것은 모양과 기능의 조화이다. 삶의 기능적 필요를 넘어 지나치게 과장된 아름다움은 진정한 아름다움이 되지 못한다. 그런데 사람들에게 익숙한 것들은 그 자체로 이미 아름다울 수 있는 잠재력을 가지고 있다. 오래되었다는 것은 삶의 기능에 적응해 왔다는 것을 의미한다. 오래된 도시가 쉽게 관광의 명소가 되는 것은 이러한 사실들에 관계되어 있다. 물론 오래되었다고 모두 아름답지는 않다. 적응의 역사에 더하여 필요한 것은 좋은 형태이다. 그래서 오래된 것은 약간의 형태적 수정을 가함으로써 아름답게 될 수 있다.

또 하나, 도시미 그리고 주택미에 중요한 것은 자연의 요소이다. 자연은 가장 오래된 삶의 터전이다. 자연은 조용하게 저만치 있기 때문에 우리의 주의에서 벗어나는 수가 많지만, 현실적으로, 심리적으로 삶의 안정에 절대적인 필수 사항이다. 사람이 가장 쉽게 접할 수 있는 자연은 하늘과 땅이다. 그리고 바다나 호수 그리고 강과 같은 물이다. 형태로서 미묘한 것은 산이다. 또 산은 나무와 풀을 인간의 남벌을 피하여 자라게 한다.

사람들은 예로부터 산수가 좋은 곳에 집을 지었다. 그리고 집을 지으면 뜰에 작은 산수를 만들고, 나무를 심어 자연을 집 안으로 끌어들였다. 도시 공간의 미화에서도 이것은 마찬가지이다. 그러나 다른 한편으로 사람이 자연을 원하면서도 자연 속에 집을 짓고 인공적인 조경을 원하는 것도 사실이다. 기독교의 낙원은 동산 또는 정원으로 이야기된다. 다만 지금의 시점에서는 그 동산에 아담과 이브만이 산다면, 외로움을 견디지 못할 것이다. 그리고 두 사람만의 동산은 노동과 교환의 사회적 필요를 충족시키지 못한다. 무릉도원은 개 짖는 소리가 들리고 아이들이 놀고 사람들이 오고 가는 동네를 포함한다.

서울은 세계에서 드물게 자연에 접근하는 것이 용이한 도시이다. 어디에서나 보이는 것이 나무가 무성한 산이다. 서울의 지형은 거대 도시를 여러 구획으로 분할하여 작은 인간적 공간의 집합이 되게 한다. 오랫동안 도시 계획가들이 그리던 다핵 전원도시의 연합체를 가능하게 하는 것이 서울의 지형이다. 서울의 거리와 집들 ― 특히 초기 산업화 시기에 지어진 집들이 반드시 아름답다고 할 수는 없는 것도 사실이다. 그러나 상당한 시간 동안 지속되어 온 것들은 그 나름의 기능적인 적응성을 발전시킨다. 그것을 미적으로 향상하는 데에는 상업적인 동기와 대중적 키치의 기준에 의한 고층 신기루를 생각하기 전에 그 안에서 유기적 형식을 발견하는 것이 중요하다. 추상적 재단(裁斷)을 결정하기 전에 중요한 것이 기존의 것에서 발견하는 개선의 가능성이다. 개선은 자연 공간과 자연 경관을 강화하고 지역의 상업과 여가 그리고 가능하다면 직업과 같은 것들의 자족성을 높이는 쪽으로 행해져야 한다. 물론 고층과 새로운 건설이 전적으로 배제되어야 한다는 말은 아니다. 그것은 구체적인 필요에 대한 섬세한 고려의 결과여야 한다. 그리고 하늘과 산을 가리고 땅을 뒤덮는 것이 아니어야 한다. 서울의 이러한 문제들은 한국의 많은 지역과 도시에 그대로 해당된다.

그간 민주화는 국민적 열망이었다. 국토 계획 부분은 우리 생활에서 학자들과 관의 독재적 결단이 가장 일반화되어 삼투되어 있는 부분이다. 아직도 우리는 이 사실을 의식하지 못한다. 대부분의 사람이 참으로 살 만한, 안정된 삶의 터전이 무엇인가에 대한 자연스러운 의식을 잃어버렸기 때문이다. 이제 우리에게 최소한 필요한 것이 멈추어 서서 생각을 가다듬는 유예의 시간이다. (2008년 5월 8일)

쇠고기, 국제 협정, 정치와 정치 너머

쇠고기 문제가 온 사회를 흔들고 있다. 이 문제를 놓고 대립이 있는 것은 이해할 만하지만, 그것이 합리적 토의와 해결이 아니라 출구 없는 대결로 치닫고 있는 것 같은 것은 걱정스러운 일이다. 뿐만 아니라 그러한 대결이 우리 정치 행동의 정식(定式)이 되어 가는 것도 가볍게 볼 수 없다. 보도되는 것들을 보면, 정부의 협상 내용과 과정은 신중하고 면밀하지 못했다고 할 수밖에 없다. 항의가 불같이 일어나는 것은 당연하다. 정부도 이미 국민과의 소통을 소홀히 했다는 것을 인정했다. 그러나 문제는 소통이 아니라 협상의 내용이다. 그보다 더 중요한 것은 앞으로 어떻게 할 것인가 하는 문제이고 해결의 방안이다.

해결의 방안은 재협상이라고 주장된다. 대중 집회에서 나오는 요구가 그러하고 정부도 그것을 추진할 의사가 있다는 것을 비쳤다고 한다. 그러나 현실적으로 재협상은 쉽지 않을 것이다. 보통 사람 사이에서도 한번 이루어진 약속을 다시 고쳐 약속하는 것은 쉽지 않다. 그것이 계약이라는 형식으로 문서화되었을 때, 한쪽의 사정이 달라졌다거나 계약에 대하여 생각이 바뀐다고, 내용을 바꾸어 새로운 계약을 맺자고 하는 것은 거의 불가능하다. 수정이나 파기는 계약 사항만이 아니라 다른 여러 일에 있어서의 인간적·법률적 관계에 결정적인 균열이 올 것을 각오해야 한다. 말하자면 절교나 법률적 쟁의 상태에 들어가는 것이다. 상식적으로 생각해도 사정이 이러한 것인데, 국제 관계를 규정하는 행동 규범은 더욱 엄격하다고 말할 수 있다. 지금의 한·미 쇠고기 협정이 소급 취소나 재협상이 가능한 단계를 넘어선 것인지 어떤지는 알 수 없다. 다만 사회관계, 국제 관계의 상식으로 보아 재협상이 쉽지 않을 것이라는 생각을 해 보는 것이다.

제일 좋은 것은 조급하게 쇠고기 협정을 하지 않는 것이고, 또 자유 무역 협정(FTA) 같은 것도 하지 않는 것이다. 그러나 거기에 대하여 누가 책임을 지는 것이든지 간에, 여기까지 와 버린 이상 중요한 것은 이미 이루어진 일에 입각하여 거기로부터 헤쳐 나갈 방도를 생각하는 일이다. 그렇다고 이루어진 일을 그대로 받아들여야 한다는 말은 아니다. 이미 약속하고 약정한 일이라도 부당한 피해가 분명하거나 피치 못할 사정이 있을 때, 가령 죽고 사는 문제가 걸려 있다고 할 때 — 그것도 한 사회의 생명과 건강에 중대한 위협이 생겼다고 할 때, 극단적 결정을 피할 수는 없을 것이다. 전쟁의 결단도 있을 수 있는 것이 국제 관계인데, 협정의 파기가 절대적으로 불가능한 일이겠는가? 그런데 지금 시점에서의 쇠고기 수입의 문제가 그러한 결정을 요구하는 극한 상황이라고 할 수는 없다.

협상 결과가 그렇게 되었는지는 모르지만, 당초부터 정부가 국민의 생명과 건강을 희생하고서라도 미국 측의 요구를 수용하려 한 것이라고 생각하는 사람은 많지 않을 것이다. 미국 측에 대해서도, 인간적 희생을 완전히 무시하고 쇠고기를 강매하려 한 것이 그 의도였다고 말하는 것은 지나친 주장일 것이다. 무력이나 폭력에 의한 강요가 아니라 협상이라는 교섭의 방안을 받아들인다면, 상대가 있는 거래에서 죽음을 대가로 지불할 것을 강요할 수는 없다. 거래나 협상이란 이쪽에도 이익이 있고 저쪽에도 이익이 있어 둘 사이에 어떤 접점을 찾아낼 수 있다는 것을 전제로 하는 것이다. 그 테두리 안에서의 밀고 당김이 없다는 말은 아니다. 밀고 당기는 과정에는 강약의 힘이 작용한다. 그리하여 힘에 눌려 자기의 이익을 제대로 챙기지 못할 수도 있다. 그러나 무력의 대결이 아니라면, 강한 힘이 작용하는 것은 대체로, 그 자리에서는 협상의 대상이 되지는 아니하면서도 의식하지 않을 수 없는, 다른 이익으로 인한 것이다. 역시 협상의 전제는 이익의 교환이다. 이번에도 그러한 교환의 계산이 있었을 것이다. 그러면서 우리 쪽이 일단 손익 계산을 잘못했다 할 수 있다.

그런데 지금 시점에서 다시 손익 계산을 한다면, 문제가 되는 것은 단순히 쇠고기 수입이나 그 중단이 아니라 그와 함께 이미 결정해 버린 협약의 수정 또는 파기에 걸려 있는 국가 이익이다. 여기에 중요한 것 하나는 대미 관계에 못지않게 문명된 사회로서의 한국의 국제적 신인도이다. 이것을 생각한다면, 한번 연구해 보아야 할 것은 상대방과의 약정에 관계없이 우리가 할 수 있는 일들이다. 쇠고기 수입의 통로가 간단치는 않겠지만, 그 종착점은 우리의 법과 사회의 규제를 받아들이지 않을 수 없는 우리 수입업자일 것이다. 원산지나 소의 나이 등을 명시할 것을 요구하는 것은 한국에서도 독자적으로 할 수 있는 일이 아닐까? 정부가 그러한 조처를 법적으로 요구할 수 없다고 한다면, 그것을 소비자 운동 등을 통해서 요구하고 그것을 국민적 실천의 현실이 되게 할 수는 없을까? 이것은 우리가 스스로의 권익을 위하여 직접적으로 할 수 있는 조처를 일절 하지 말아야 한다는 것은 아니다. 수입 고기로 인하여 국민의 생명과 건강에 대한 위협이 현실화되는 경우, 거기에 대한 최대한의 조치를 취하지 않는 정부가 한 국민의 정부일 수 있겠는가?

또 한 가지 보태어 말하고자 하는 것은 우리의 정치적 소통 방식에 관한 것이다. 일들을 사려 깊게 논의하고 소통하는 데에는 그것을 위한 일정한 테두리를 가진 공간이 필요하다. 그런데 우리 정치 사안들은 으레 대중 집회의 열기를 통해서 문제화된다. 정당이 있고 국회가 있고 언론이 있지만, 이들 정치 토의와 소통의 제도적 통로가 제대로 작동하지 않는 것이다. 그리하여 대중 집회는 정부를 움직이는 가장 중요한 방법이 되었다. 그것은 그 나름의 의미를 가지고 있는 것이라 하겠지만, 이것은 절차적 규범을 갖는 논의와 거기에서 나올 수 있는 현실 유연성을 포기하는 일이기도 하다.

하여튼 대중 집회 정치가 오늘의 현실이다. 그러나 거기에 중·고등학생 또는 더 어린 학생들을 끌어들이는 것이 긍정적인 일일까? 투표 연령을 제한하는 것은 미성년자의 판단 능력에 한계가 있다는 것을 인정하기 때문이다. 그러나 이것은 그 인간적 능력의 미숙함을 생각하여 그들의 정치 참여를 억제하자는 뜻만을 가진 것이 아니다. 정치는 사회적 이상을 구현하려는 높은 인간 행동의 영역이면서 동시에 선악과 미추가 불분명하게 되는 어둠의 현실 공간이기도 하다. 자라나는 세대는 일정한 보호 구역에서 정치로부터 거리를 가짐으로써 더 높은 삶의 이상을 배우고 익힐 수 있는 여유를 얻는다.

우리에게 삶의 현장은 아직도 힘의 각축장이다. 정치에서도 다수의 열기에서 나오는 힘을 갈망한다. 그리고 이 힘의 열기는 자기 초월의 숭고한 체험이 된다. 그리하여 모든 것을 정치화하고 모든 사람을 거기에 끌어들이는 것을 무조건 정당한 일이라고 생각하기 쉽다. 그러나 정치는 열광이면서 사바세계의 괴로운 책무이다. 삶의 많은 것은 정치의 너머에 있다. 아들딸을 공부할 수 있게 하기 위하여, 부모가 괴로운 노역을 마다하지 않는 것처럼, 참으로 다음 세대의 삶을 생각하는 사람은 어른의 괴로운 책무로서의 정치를 너무 일찍 청소년에게 넘기는 것을 주저하지 않을 수 없을 것이다.

(2008년 5월 22일)

쇠고기 문제와 반성의 여유

며칠 전 이화여대에서 미국 이스턴켄터키 대학 신은철 교수의 인문 교육의 의의에 대한 강연이 있었다. 요지는 반성적 능력의 함양이 인문 교육의 핵심이라는 것이었다. 반성의 능력은 과학이나 철학에서도 기초가 되는 것이지만, 현실을 살아가는 데에도 필수적인 정신 작용이다. 문학은 상상된 이야기를 통해서, 그러니까 현실과 비슷하면서 그것으로부터 일정한 거리를 갖는 이야기를 통해서, 이러한 정신 작용을 발전시키는 일을 한다. 가령 소설에서 즐겨 다루는 주제는 사랑이다. 사랑은, 정신 분석학의 통찰에서도 확인되듯이, 사람의 삶을 움직여 가는 가장 큰 힘의 하나이다. 생물학적 존재로의 인간 삶의 기초가 되는 것이 거기에 있다고도 할 수 있다. 사회를 떠나서 사람의 삶을 생각할 수 없고 사회관계의 가장 구체적인 표현이 인간들의 상호 관계에 있다고 하면, 이러한 관계를 집약적으로 보여 주는 것도 사랑의 이야기이다.

가장 간단한 플롯의 사랑 이야기는 처녀 총각이 만나서 가정을 이루고 살았다는 것이 되겠지만, 이런 순탄한 사랑의 플롯은 재미있는 이야기가 되지 않는다. 가난한 집 총각이 부잣집 처녀를 만나고, 부모의 반대에 부딪히고 그것을 극복하는 데에 우여곡절이 있었다고 하면 이야기는 좀 더 재미있는 것이 된다. 또는 대대로 원수가 되어 있는 집안의 두 젊은이가 사랑을 했는데, 결국 반대를 극복하지 못하고 죽음을 택할 수밖에 없었다. ── 이러한 플롯도 지금은 진부한 것이 되어, 이제 독자의 관심을 끄는 데에는 더 복잡하게 꼬이는 플롯이 있어야 할 것이다.

교육의 자료로서 사랑의 이야기는 사랑의 참모습을 생각하게 하는 데 도움을 주지만, 더 중요한 것은 복잡한 플롯을 통해서 사람이 부딪치는 상황이 예측 불가능한 것이라는 사실을 깨닫게 한다는 것이다. 삶의 길에는 늘 여러 개의 갈림길이 있다. 산다는 것은 길 하나를 또는 길 아닌 길을 선택해야 한다는 것을 말한다. 선택의 지혜를 익히는 기회를 주는 것이 문학 공부이다. 그것은 대부분 상황에서의 선택이 자명한 것이 아니라는 사실을 받아들이는 데에서 시작된다. 이 사실은 스스로의 선택이 얼마나 중요한가를 알게 한다. 그러나 동시에 다른 사람이 다른 선택을 할 수 있다는 것도 인정하게 한다. 그리하여 자신의 선택과 함께, 다른 사람의 다른 지혜에서 나온 다른 선택을 인정하는 관용을 배우게 된다. 이러한 반성과 성찰의 과정은 개인의 선택만이 아니라 집단의 선택에서도 중요하다.

쇠고기 수입의 문제를 두고도, 상황을 더욱 넓게 여유를 가지고 보면서 문제를 반성적으로 해결할 도리는 없는 것일까? 많은 현실 문제가 그러하듯이, 사태 진전의 속도는 우리에게 그러한 여유를 주지 않는 것처럼 보인다. 그러나 사태가 급할수록 반성의 공간을 찾아내는 것이 필요하다. 이런 말을 한다고 하여, 필자가 문제의 해결이나 대결하는 진영들을 대화의 테이블로 나오게 할 어떤 묘안을 가지고 있다는 것은 아니다. 쇠고기 문제의 절대성을 넘어가는 국가적 명제의 절대성이 있고, 되지 않을 일을 되도록 하는 노력이 필요하다는 것을 상기하자는 것뿐이다. 쇠고기 수입 문제가 중요해도 그로 인하여 국가 기능이 마비되고 사회 전체가 위기에 빠지는 것을 방치할 수는 없다.

해결 노력은 정부에서 나오는 것이 마땅하다. 사태를 급하게 휘몰아 가는 계기를 만든 것이 정부이기도 하고, 해결되지 않을 일을 해결하는 것이 정부의 위임 사항이기 때문이다. 정부를 대신하여, 군중 집회가 해결의 방책이라고 할 수는 없다. 거기에서 새로운 민주 정치의 활력을 발견한다는 사람들이 있지만, 그것은 민주주의의 활력이 아니라 그것이 바르게 기능하지 못하고 있다는 증거이다. 민주주의의 정치 공간은 권력 의지를 확인하는 데도 아니고 정열을 발산하는 곳도 아니다. 문제의 합리적 토의를 위한 공공 공간은 민주주의의 필수 기구이다. 행정부와 국회는 그러한 기구의 일부이고, 민주주의가 제대로 움직이게 하기 위해서는 책임을 느끼는 지식인과 언론 그리고 일반 국민이 그것을 바르게 유지하기 위하여 힘을 합쳐야 한다.

보도되는 여론에 의하면, 잘못의 하나는 정부에 국민과의 의사소통 의지가 없었다는 것이라고 말하여진다. 절차적 규정을 떠나서 소통이 무엇을 의미하는 것인지, 이것을 정확히 정의하는 것은 쉬운 일이 아니다. 적어도 정부가 그 하는 일 그리고 일의 진행 경위를 정확하고 투명하게 설명할 의무를 가지고 있다는 것은 틀림이 없다. 쇠고기 수입 문제 등에 있어서 정부가 정확한 정보를 내놓지 않고 그것을 바르게 설명하지 않은 것은 사실이라 할 수 있다. 그렇다고 미국의 쇠고기 수입이, 광우병을 수입하고 그것으로 국민을 죽음에 이르게 하려는 음모인 듯이 말하는 것이 책임 있는 소통 행위라고 할 수는 없다.

성공적인 소통은 신뢰의 바탕 위에서만 가능하다. 정부에 대한 신뢰가 약한 것이 쇠고기 문제 때문이라고만 할 수는 없다. 이명박 정부의 약속은 경제를 활성화한다는 것이었다. 일반 국민에게 그것은 생활의 향상 또는 안정을 뜻하는 것이라 할 수 있다. 그런데 주거, 직장, 직장의 안정성, 물가, 교육 문제 등에서 불안이 증대하고 있는 것이 지금의 실정일 것이다. 쇠고기 문제의 밑에는 이 불안이 들어 있다. 신뢰는 실천되는 현실에서 나온다.

궁극적으로 신뢰의 근본은 도덕성이다. 경제가 중요한 것은 사실이지만, 어떤 경우에나 그것만으로 신뢰를 얻고 국민적 합의를 도출해 낼 수는 없다. 경제가 국민이 받아들일 수 있는 목표가 되려면, 그것은 경제 이외의 다른 목표에 이어져야 한다. 경제가 단독 목표가 될 때, 그것은 단합이 아니라 분열을 가져오는 요인이 된다. "부자 됩시다."라는 구호가 있었지만, 내가 부자 되는 것은 내 이웃이 부자 되는 것과는 관계가 없고, 더 나아가 그것은 나와 이웃 사이를 갈등과 시의(猜疑)의 관계가 되게 한다. 지금의 정부가 부자들에 의한, 부자들을 위한 정부라는 인상을 주는 것은 정부가 내거는 목표에 사회적·도덕적 차원이 결여되어 있다는 사실에 관계된다. 공기업의 민영화를 포함하여, 정부의 경제 정책 방향은 대처주의와 비슷하다는 느낌을 준다. 거기에서 배울 것이 없지는 않겠지만, 배워도 우리 사정과 관련하여, 또 공익적 관점에서, 즉 어떻게 나라 전부에 도움이 되는 일이 되는가를 생각하는 관점에서 배워야 할 것이다.

도덕주의적 수사는 대체로 권력의 자기 분식(粉飾)을 위한 명분이 된다. 그러나 도덕적 차원 ─ 공익과 국민 한 사람 한 사람의 권익을 생각하는, 종합적인 목표가 없이는 정부 정책에 국민을 따르게 하고, 더 장기적이고 더 높은 이상의 실현을 위하여 일시적인 고통을 감내할 것을 호소할 방도가 없다. 쇠고기 문제를 넘어서 우리에게는 너무 많은 중요한 과제가 있다. 어느 쪽이나 문제의 해결을 위한 반성의 여유를 회복할 수 있기를 바라는 마음이 간절하다. 정부의 이니셔티브가 중요하다. 그리고 한 걸음 더 나아가 정책들을 국민 모두의 인간다운 삶의 확보라는 도덕적 목표로 통합하여 재조정하는 노력이 있기를 바란다. (2008년 6월 5일)

동물 사랑, 인간 사랑

　중국 연변 작가 허련순 씨의 『누가 나비의 집을 보았을까』라는 소설에서 기억에 남는 구절의 하나는 "인류의 사랑은 동물의 사랑으로부터 시작한다."라는 것이다. 이 말은, 작품의 주조가 되어 있는 인간애 또는 인인애(隣人愛)에 이어지는 말이지만, 주인공이 회상하는 어떤 사건에 나온다. 집에서 기르던 개가 옆집 주인을 물었다. 사과하고 용서를 빌었지만, 그는 개를 잡아서 약으로 써야 뒤탈이 없다고 고집한다. 주인공은 아이들과 상의하여 개를 죽게 하느니 먼 곳에 버리기로 한다. 이들이 결정한 대로 개를 버리는 것은 죽이는 것에 못지않게 잔인하다고 할 수도 있으나, 동물에 대한 사랑의 실천이 쉽지 않음을 말해 준다고 할 수도 있다.

　인도를 방문하는 사람에게 눈에 띄는 일의 하나는 평화롭기 그지없어 보이는 사람과 동물의 공존 관계다. 사람이 다니거나 자동차가 다니는 거리에 성스러운 동물로 간주되는 소가 타고난 대로의 걸음으로 걸어가고 사람과 차가 이를 비켜 가는 것을 볼 수 있다. 교통이 붐비는 시내를 조금 벗어나면, 주인 없는 개들이 어슬렁어슬렁 길을 다니면서 던져 주는 음식을 얻어먹고 떼를 지어 길가에서 천하태평으로 잠을 잔다. 필자가 인도의 시성 타고르가 세운 샨티니케탄의 비스바바라티 대학의 캠퍼스에 갔을 때에도, 개들은 자유롭게 돌아다니고 있었고 머리를 만져 주면, 온순한 눈으로 사람을 쳐다보았다. 농촌에서는 닭과 염소가 개와 사람 사이를 오가며 모이를 주워 먹고 풀이나 나뭇잎을 뜯어 먹는다. 이들 동물에게 문제가 있다면, 척박한 땅에서 풀이니 나뭇잎이 별로 풍부하지 않다는 것이었다.

필자가 아는 교수 한 사람은 원숭이와 사람의 공존에 대하여 재미있는 이야기를 들려주었다. 바나나 노점상이 있어 길거리에 사는 원숭이와 친하게 지내는데, 그는 늘 바나나를 떼어 원숭이에게 준다. 원숭이는 노점상이 자리를 비워도 방치되어 있는 바나나는 먹지 않는다. 그 이유를 물으니, 오래오래 두고 바나나를 얻어먹을 관계를 한 번의 욕심으로 깨 버릴 만큼 원숭이는 어리석지 않다는 것이 답이었다. 필자가 머물던 대학 식당에서, 음식을 가져오는 청년은 끼니마다 먼저 채식인가 비채식인가를 물었다. 외국인은 비채식이 많았지만, 인도인은 대체로 채식이었다. 한국인의 입맛에는 대체로 싱거운 것이 인도의 일상 음식이었는데, 인도의 채식은 정말 맛이 없다는 느낌이 들었다. 그러나 인도인들은 검소한 채식의 기율에 만족했다.

인도에서 동물에 대한 존중은 사람 사랑으로 이어지는 것일까? 인도는 신흥 산업국으로 곧 경제 강국이 될 것이라고 한다. 그러나 증대되는 부와 더불어 사회 긴장도 커지고 있다. 그것은 더러 폭력 충돌로 폭발한다. 한 인도 교수는 카스트 차별이 인도 사회의 저주라고 크게 분개하고 있었다. 카슈미르 정책, 대파키스탄 관계들을 보면 대외 정책도 반드시 평화적이라고만 할 수는 없다. 그러나 한없이 복잡한 인종, 언어, 문화, 역사적 배경, 식민지 지배의 유산, 공산주의, 사회주의, 자본주의가 병존하는 연방 체제, 역사적으로 누적되고 산업화와 더불어 심화되는 사회 문제 — 이러한 것들을 생각하면, 인도가 독립 이후 줄곧 민주주의 — 사회적 책임을 포기하지 않는 민주주의 체제를 유지해 왔다는 것은 놀라운 일이다. 그것을 설명하는 원인들을 단순화할 수는 없지만, 거기에 인간과 동물 — 그리고 모든 생명체에 대한 자비를 강조하는 인도의 문화적 유산도 적지 아니 작용했을 것이다.(채식주의의 이념적 근거는 자비심이다.) 동물에 대한 사랑이 사람에 대한 사랑으로, 그리고 평화를 기조로 하는 삶의 질서로 이어진다는 것이 전적으로 공허한 말은 아닐 것이다.

광우병은 따지고 보면 동물 학대의 결과이다. 그것은 대체로 채식 동물인 소의 사육에 동물 사료를 쓰는 일과 관련되어 있는 것으로 알려져 있다. 폐기물을 활용하고 단백질 함량이 높은 사료로써 쇠고기의 질을 높이자는 뜻에서 나온 일인데, 근본적인 동기는 축산에서 얻을 수 있는 이윤을 극대화하자는 데 있다. 산업 능률을 위하여 동물로부터 생명체로서의 자연권을 빼앗는 일이 사료의 문제에만 한정되지 아니하는 것은 물론이다. 오늘날 축산업은 완전히 공장 방식으로 운영된다. 공장에서 생산되는 소나 닭은 자연스러운 삶의 공간이나 그 안에서의 동작의 자유를 박탈당한 채로 제조 과정에 투입되는 생산 원료가 되어 있다.(30개월 미만의 소는 안전하다고 하지만, 사실 냉정하게 생각하면, 그것은 소의 생명을 2년 반으로 무자비하게 단축한다는 것을 의미하기도 한다.)

축산업의 공업화와는 다르게 세계 도처에서 동물을 해방하자는 소리도 높아지고 개인적으로는 채식주의자가 되는 경우도 적지 않다. 다가오는 식량 위기를 생각하면, 육류 소비는 사람이 필요로 하는 곡물량을 수배로 늘리는 결과를 가져오기 때문에, 문제를 안은 식생활 습관이라고 하는 주장도 있다. 그러나 문제가 코앞에 닥쳐야만 해결을 생각하는 것이 인간이다. 이러나저러나 동물 해방이나 채식이 일반화될 것을 기대할 수는 없다. 그러나 동물이라는 생명체에 대한 극단적인 잔인 행위를 줄일 수는 있다.

영국에서는 특히 근년에 이와 관련된 여러 입법 조치가 이루어졌다. 1988년 소에게 동물 사료를 금지하게 된 것은 광우병이 가축 전염병으로 창궐하게 된 직후였다. 어린 소 — 송아지 수출은 영국 주요 산업의 하나다. 결국은 식용이 되는 까닭에 도살한 후 수출해도 되는 것인데, 냉동차의 경비를 절약하기 위하여 이 송아지들은 산 채로 수송된다. 영국 의회는 1995년에 수송되는 소에게 15시간마다 사료와 물과 휴식을 주어야 한다는 법을 제정했다. 이것은 유럽 연합(EU)에서의 24시간 규정을 크게 단축한 것이어서 지금도 유럽 연합 다른 여러 나라들과의 마찰 원인이 되어 있다. 영국의 법은 이러한 시간제 휴식의 문제 외에도 수송 도중 소의 움직임을 억죄는 — 옛날 한국에서 범죄자에게 씌우던 칼에 해당하는 — 나무 칸막이를 금지했다. 아직도 논란이 끝나지 않는 법으로, 2005년에는 전통적으로 귀족의 스포츠가 되어 왔던 여우 사냥을 금지하는 '수렵법'이 통과되었다. 이것도 동물 보호와 관련된 법이다.

역사적으로나 식민지 통치에서나 잔인한 일도 많았던 영국이지만, 영국 사회는 크고 작은 잔인성의 문제에 특히 민감한 것으로 보인다. 입법의 예를 떠나서 낚시꾼들의 관행에서도 그것을 볼 수 있다. 그들은 낚시 장비의 하나로 나무망치를 들고 다닌다. 그것은 물고기를 잡자마자 그 머리를 내리치는 데 사용된다. 물을 떠난 고기의 고통을 줄여 주자는 것이다.

수입되는 미국산 쇠고기의 광우병 위험과 관련하여 국회에서 할 수 있는 일의 하나는 강화된 가축 전염 예방법을 통과시키는 일이라고 말하여진다. 어떻게든지 쇠고기 수입 문제가 해결되어야 하겠지만, 이번 기회에 전체적으로 우리나라에서도 동물의 생명권에 대한 의식이 높아졌으면 하는 생각이 든다. 그것은 그 자체로 의미 있는 일이고, 쇠고기 수입에 생명 윤리의 제동을 거는 일이기도 하고, 무엇보다도, 인간 사랑과 연결되는 일이다.

(2008년 6월 19일)

7장

우리는 어디로
가고 있는가

현 시국의 위기적 성격

　장기화된 촛불 시위의 의미를 이해하는 것은 쉽지 않은 일이다. 말할 것도 없이 그것은 정부가 의학적·정치적 영향에 대한 신중한 검토 없이 광우병 위험이 있는 미국산 쇠고기 수입을 결정한 것에 의해 촉발되었다. 그러나 반대 의견에 대한 정부의 반응이 불충분하고 지연된 까닭이라고 하겠지만, 이제는 시위의 구호와 요구가 달라졌다. 사태는 쇠고기 문제의 해결로만, 또는 그에 대한 일정한 타협안의 제시로만 풀릴 것으로 보이지 않는다. 정치적 열기에 찬 시위 현장은 우리 정치와 사회에 대한 일반화된 불만의 성토장이 되었다. 요즘 쓰이는 비유로 '아고라'가 된 것이다. 불만과 문제의식의 표현은 민주주의 정치 과정의 일부이다. 그러나 어떻게 하여 그로부터 구체적인 결과가 나오는 것일까? 이것이 문제다. 현실적 행동에는 일반적 정치의식 이상의 실천 항목 그리고 목표의 명확한 정의가 있어야 한다.

　촛불 시위가 표현한 것은 정부 정책의 시정에 대한 요구였다. 이에 대한 답변은 현실 조건하에서 무엇이 가능한가를 생각하면서 주어질 수밖에 없다. 거기에 대하여 대중이 수용할 수 있는 답변은 '가부' 둘 중 하나의 절대적인 선택, 그것도 무조건적인 '가'이기 쉽다. 어떤 경우나 문제는 그것으로 끝나지 않을 것이다. 지금 나오고 있는 가장 구체적이면서 극단적인 요구는 이명박 대통령의 사임이다. 이 요구는 그다음의 결과로써 실현될 수 있는 어떤 장기적인 목표를 가진 것일까? 그것은 민주주의 제도의 발전에 도움이 될 것인가? 새로운 정치 체제의 수립이 지향이라고 한다면, 그것이 참으로 현실적인 의미를 갖는 것일까?

20세기 초에 레닌이 쓴 『무엇을 할 것인가?』는 소련 공산 혁명의 이론을 발전시키는 데 기초적인 문서가 된 책이다. 이 책에서 그는 사회 혁명은 대중의 자연 발생적 열기에 의해서가 아니라 그것을 조직화할 수 있는 혁명적 정당, 다시 말하면 지도부의 선도(先導)에 의해 일어난다는 점을 강조했다. 그렇게 하여 공산당의 전위 정당으로서의 역할을 이론적으로 정립한 것이다. 이것은 말할 것도 없이 사회주의 혁명도 배제한다고 할 수 없는, 민주주의의 이상에 모순된다. 그리고 이것은 공산주의 체제의 여러 모순을 정당화하고 프롤레타리아 독재까지도 프롤레타리아에 대한 독재로 변질시키려고 한 이론이라고 비판된다.

여기에서 레닌의 이러한 생각을 언급하는 것은 그것을 논하자는 것이 아니다. 그러나 그 옳고 그름을 떠나서, 현실적으로 의미가 있는 정치 행동의 요건이 분명하게 알아볼 수 있는 목표와 방법, 조직과 계획 그리고 이것들의 일관성(물론 전략적 유연성을 가지고 있는)이라는 것은 부인하기 어렵다. 이것이 배타적인 지도부를 요구하는가 어떤가는 조금 더 복잡한 문제이다. 어떤 경우에나 정치를 생각하는 것은 목적하는 바와 그것의 성취를 위한 계획을 생각하는 것이다. 그것과의 관계에서, "무엇을 할 것인가?"를 묻는 것은 핵심적인 질문일 수밖에 없다.

앞에서 말한 것은, 그러한 관점에서 촛불 시위의 끈질긴 지속을 정확히 이해하는 것이 쉽지 않다는 말이다. 그럼에도 불구하고 지금 폭발하고 있는 대중적 정치 열기는 우리 정치 현실을 이해하는 데에 중요한 실마리를 제공하는 것으로 생각할 수 있다. 촛불 시위의 요구는 그간에 쇠고기 수입 반대로부터 더 일반적인 정치적 요구들로 바뀌었지만, 처음부터 쇠고기 문제 아래에는 넓은 정치적 불만이 깔려 있었다고 하는 것이 옳다. 거기에는 이명박 정부의 여러 정책(경제 일변도의 그리고 부자들에게 일방적으로 유리한 것으로 보이는)에 대한 깊은 불만이 있다. 또 근년에 심화된 빈부 격차에서 오는 계급적 불만이 있다. 그리고 갈등의 요인으로 여러 다른 정치 세력과 집단들의 이익이 개입되어 있다고 할 수 있다. 지금의 난국을 풀어 가는 데에는 이러한 불만의 바탕을 총체적으로 이해하는 것이 중요하다.

지난번 선거와 관련하여 우리가 놓치기 쉬운 것의 하나는 그 엄청난 정치사적 의미이다. 문민 정부, 국민의 정부, 참여 정부 등 군사 정권 붕괴와 민주화 운동 후 성립한 6공화국의 여러 정부는 모두 민주 혁명을 계승했다. 이 정부의 기반이 된 것은 큰 역사적 기운이 된 민주화 혁명의 흐름이었다. 이에 대하여 이번의 정부는 처음으로 그 흐름을 벗어난 비교적 무색 무취한 선거에 의하여 성립한 정부이다. 이것은 민주화 혁명의 관점에서 볼 때, 그 이전으로 복귀하는 것을 의미한다.

이 복귀가 구체제에의 완전한 복귀라는 말은 아니다. 자유 민주주의를 받아들인다는 점에서는 새 정부도 민주화의 여세를 타고 태어난 정부이다. 그러나 그 민주주의는 민주화 세력의 주류가 생각한, 사회적 책임을 강조하는 민주주의와는 다른 것이라 할 수 있다. 새 정부는 그 성장 우선 정책에 있어서, 그리고 그 지지 기반과 인적 구성에 있어서 복고적 성격을 가졌다고 할 수 있다. 이렇게 볼 때 이번의 정권 교체는 투표에 의한 정권 교체이면서도 민주화 이후의 역사적 추세를 크게 바꾸어 놓은 것이다. 이 20년 만의 역사의 역전에, 또는 최초의 비폭력 정권 교체에, 저항과 갈등의 풍파가 없을 수 없다.

군사 정권으로부터 민주 정권으로 옮겨 갈 때에, 화두의 하나는 보수 세력과 진보 세력의 '대타협'이었다. 공식 절차가 어떻게 되었든, 피차에 여러 측면에서 현상을 인정하고 그것에 타협하면서 민주 정부가 출발한 것은 사실이다. 지금의 난국을 타개하는 데 다시 한 번 대타협이 필요하지 않나 하는 생각이 든다.

앞에서 말한 바와 같이 지난 선거가 통상적 민주적 절차에 따른 선거라는 사실에도 불구하고 정치적 대전환을 나타낸다고 하면, 우선 이 전환이 잠재적으로 혁명적 또는 반혁명적 위기를 구성할 수 있다는 것을 인정하는 것이 필요하다. 그리고 그에 따른 대처가 있어야 한다. 그렇게 보면 정부는 그 정책이나 인적 구성 그리고 전체적인 정치 노선을, 조금 더 적극적으로 지난 20년간의 민주화 정부의 노선과 정책과 민주화 세력들의 이해관계를 참작하고 존중하는 쪽으로 수정하는 것이 필요하다.

이번 정부의 목표가 무엇이 되었든지 간에, 이념적으로나 현실로나 기존 질서가 된 민주화 과정의 과거를 흡수 동화하면서 그 목표를 실천하는 것이 현실 효율적인 일이 될 것이라는 말이다. 민주화 혁명의 계승 세력은 (그 세력도 세대나 정치 문화의 측면에서 그 전의 민주화 세력은 아니지만) 지지하는 정치 이념과 현실을 완전히 해체하는 것이 아닌 한, 타협을 모색하는 것이 그 업적으로서의 민주 체제를 보존하기 위한 합리적이고 애국적인 결단이 될 것이다. 지금 시점에서 민주적 헌정 질서를 대신하는 다른 혁명적 대안은 역사적 후퇴를 의미할 것이 분명하다.

이러한 현실적 대타협을 이루어 낼 수 있는 곳이 국회이다. 지금의 정치적 난국을 벗어 나가는 데에 있어서 국회의 정상화가 하나의 방편인 것은 틀림이 없다. 야당 책무의 하나는 국회로 돌아가는 것이다. 또 시국의 위기적 성격을 이해한다면, 여당은 이것을 위하여 적절한 양보를 준비해야 한다. 현실적으로 의미를 갖는 정치 행동은 언제나, 장기적인 목표와 현시점에서의 실천 가능성이라는 기준에 비추어, "무엇을 할 것인가?"라는 물음에 대한 답변을 찾고, 그것에 따라 행동하는 것이다.

(2008년 7월 3일)

우리는 어디로 가고 있는가

지난 6월 12일 있었던 에이레(Eire)의 국민 투표에서 리스본 협약이 부결된 것은 유럽 연합(EU)의 여러 나라에 큰 충격을 주었다. 불충분하다는 비판도 있지만, 이 협정은 EU 전체를 대표할 대통령과 외무 장관의 선출을 규정하여 EU의 정치적 통합의 꿈의 실현을 한 발자국 더 당기게 될 것으로 생각되었다. 에이레 사람들이 리스본 협약을 거부한 데에는, 해설들에 의하면 민족주의, 인상될 세금에 대한 부유층의 거부감, 유입될 저임금 노동자들에 대한 노동 계층의 경계감, 자유화될 낙태와 성과 마약 규제의 완화에 대한 가톨릭 국가로서의 반발 등 여러 이유가 있다. 근년에 와서 서유럽의 빈국에서 최고의 부국이 되기는 했지만, 인구 500만 명에 미치지 못하는 소국으로서 다른 큰 나라의 영향에 지나치게 노출되는 것에 대한 두려움도 여기에 작용했을 것이다. 물론 이번 국민 투표로 에이레가 EU로부터 탈퇴하는 것도 아니고, EU의 국가별 승인 절차가 포기되는 것도 아니다. 그러나 그것이 유럽 통합의 속도를 재조정하게 될 것이다.

에이레의 국민 투표 직후 《슈피겔》에 나온 논평에서 하버마스는 통합의 진보적 의미를 재강조하면서 부결의 결과를 주로 비민주적인 EU 정치 절차의 탓으로 돌렸다. 그의 생각으로는 너무나 많은 결정들이 유럽 국민의 의사를 넘어 EU 협의회와 브뤼셀의 관료 기구에 의하여 이루어진다. 리스본 협약이 일반 유럽인에게 이해하기 어려운 복잡한 내용을 가지게 된 것도 그것이 관료적 타협의 산물이기 때문이다. 그러한 종류의 협약을 국민 투표에 부친다 해도 그것은 모든 유럽인이 일시에 참여하는 일반 투표가 되어야 한다.(아마 그는 전 유럽을 통한 집중적 논의와 토의가 그에 선행할 것으로 생각하는 것일 것이다.) 하버마스가 EU에 거는 희망은 두 가지이다. 하나는 그것을 통하여 유럽이 더 분명하게 사회적인 이상을 실현하는 것이고, 다른 하나는 거기에서 나오는 힘을 확장하여 세계적 문제의 해결에 기여하는 것이다. 과대해지는 빈부의 격차를 받아들이고, 부시 대통령의 잘못된 세계 경제 체제를 묵인한 것도 그러하지만 기후 변화, 에너지 자원의 문제, 인권 침해, 대량 살상 무기 확산, 국가 간의 격차 등의 문제 해결에 진전이 없었던 것은 유럽 통합의 과정이 충분히 민주적이지 못했던 것에 관계된다. 민주적으로 통합되는 유럽은 이러한 문제를 더 쉽게 바로잡고 또 세계적 문제를 해결할 수 있을 것이다. 하버마스는 이렇게 유럽의 통합 ── 민주적 과정에 의한 통합의 중요성을 말한다.

근착의 주간 《가디언》에서 영국 노동당의 데이비드 마퀀드(David Marquand) 전 의원도 에이레의 리스본 협약 거부에 대하여 유감을 표명하고 유럽 통합의 중요성을 강조하고 있다. 다만 그의 견해는 조금 더 현실주의적인 것으로 볼 수 있다. 그는, 설사 여러 나라의 국민들이 그 중요성을 이해하지 못한다 하더라도, 유럽 지도자들이 통합 노력을 늦추지 말 것을 역설한다. 그 결과가 눈에 보이게 될 때, 대중들도 결국은 그 의의를 인정하는 쪽으로 돌아서게 될 것이다. 냉전 시대에 서유럽의 여러 나라들은 미국의 보호에 의지할 수 있었고 소련이 몰락한 다음에도 그것은 계속되었다. 이것은 굴욕적인 것이기도 했고, 유럽이 세계 무대에서 자기 나름의 지정학적 위치를 확보하는 일을 지연시킨 원인이 되었다.

21세기의 정세는 그러한 보호에도 의지할 수 없는 것이 되어 간다. 미국은 강대국으로 남아 있겠지만, 이제 미국은 유일한 패권 국가가 아니다. 이미 중국의 권위주의적 자본주의가 이에 맞서기 시작했고, 유럽의 '사회 경제'도 미국의 '극단적 개인주의적 자본주의'보다 큰 성공을 거두었다. 앞으로의 세계는 다극적(多極的)이 되고 여기에서 미국·중국·인도 그리고 아마 러시아가 다극의 강대국들이 될 것이다. 마퀀드에 의하면, 이들 나라가 지배하는 세계 ─ 그리고 자원의 제한과 기후 변화의 영향하에서 여러 갈등을 겪게 될 세계는 '친절한' 세계가 아닐 것이다. 다음 세대를 위하여, 유럽은 유럽 나름으로 준초강대국이 되어야 한다. 여기에 필요한 것이 유럽의 통합이다. 그의 생각으로는 앞으로 20년 내지 30년 안에 유럽 또는 유럽의 중심 국가들은 하나의 연방으로 재구성되지 않을 수 없을 것이다. 그래도 지금 절실한 것은, 이번 에이레의 국민 투표 결과가 드러내 준 포퓰리즘에 개의치 않고, 통합의 계획을 밀고 나가는 것이다.

마퀀드의 견해는, 간단히 말하면 앞으로의 다극 세계에서 유럽도 강력한 극의 하나가 되어야 한다는 것이다. 이것은 유럽이 제국주의 국가 또는 패권 국가가 되어야 한다는 말로 들릴 수도 있지만, 아마 그의 생각으로는 그것이 유럽을 위해서만이 아니라 유럽이 대표한다고 믿는 인류 보편의 이상을 위해서 필요하다는 것일 것이다. 하버마스의 입장은 조금 더 보편주의적이라고 할 수 있지만, 그것도 사실은 유럽을 중심으로 하여 본 보편주의를 의미한다고 할 것이다. 그가 말하는 것은 인류의 통합이 아니라 유럽의 통합이고, 그것을 바탕으로 인류 공동체의 문제를 풀어 나간다는 것이다. 그러나 이러한 유럽 중심주의를 생각지 않더라도, 여러 문제에 대한 그의 해법을 결정적인 것이라고 할 수는 없다. 마퀀드나 마찬가지로 그가 전제하는 것이 '사회 경제'라고 한다면, 그것만으로는 사회적 갈등과 달리 환경 자원의 한계에서 오는 갈등을 해결하지는 못할 것이다.

그러나 옳고 그름을 넘어, 이번 에이레의 국민 투표와 관련하여 듣게 되는 반응들은 오늘의 인간이 부딪치는 여러 문제들의 큰 테두리들을 새삼스럽게 상기시킨다. 하버마스가 내거는 대부분 과제들은 많은 사람들이 인류 공동의 과제로 받아들일 수 있는 것이라 할 수 있다. 그리고 사실 이미 세계적으로 그렇게 받아들여지기 시작하고 있다. 그러나 정치적으로 우리에게 더 절실하게 다가오는 것은 — 이것도 새로운 것은 아니지만 — 앞으로의 세계가 다극적 세계일 것이라는 사실이다. 이 새 세계 질서 속에서, 앞에 말한 여러 극이 될 강대 세력에 포함되지 않은 한국과 같은 나라는 어떻게 해야 할 것인가? 유럽의 예로 보아 동북아시아에서도 지역 연합의 가능성을 생각할 수는 있지만, 지금의 형편으로 이것이 쉽게 실현될 수 있다고는 말할 수 없을 것이다. 이를 대신하는 하나의 답변은 주체적 역량을 강화하는 일이겠지만, 그것이 쇄국적인 성격을 가진 것일 수는 없다. 그와 함께 필요한 것은 다른 지역의 경우보다 복잡한 국제적 균형의 방정식을 풀어 나가는 일일 것이다.

국내 역량의 축적 방식이나 국제 관계의 균형이 어떤 것이어야 하는가는 필자가 말할 수 있는 성질의 문제가 아니다. 그러나 국가 환경의 세계적 변화는 현재 우리의 정치적 관심이 그때그때의 문제에 사로잡혀 더 장기적이고 큰 문제들을 바라볼 여유를 잃어버리고 있다는 것을 생각하게 한다. 큰 테두리에 비추어 볼 때, 지금 우리는 어디에 있고, 어디로 가고 있는 것일까? 이러한 물음을 잊지 않을 때에, 정치는 그 손상된 위엄을 회복할 것이다. 그리고 당면 문제와의 대결에서 일어나는 긴장과 갈등을 최소화하면서 더 큰 안목에서 국가적 과제, 세계 공동체 과제에 임할 수 있게 될 것이다.

(2008년 7월 17일)

불확실성 시대의 인간과 자연

미국산 쇠고기의 문제가 어떻게 해결되고 있는지는 확실치 않다. 문제가 된 것은 식용으로서의 쇠고기의 안전성이지만, 배경에 있는 것은 수입 쇠고기를 안심하고 먹을 수 있느냐 하는 것보다는 수입되는 쇠고기에 맞서서 한국산 쇠고기가 제자리를 지켜 나갈 수 있느냐 하는 것이다. 더 큰 문제는 농산물의 수입이 자유화될 때, 그렇지 않아도 위축되어 가고 있는 축산업과 농업이 살아남을 수 있느냐 하는 것이다.

물론 현 정부나 지난번의 정부가 간단하게 농업의 문제를 완전히 도외시하고 자유 무역 협정(FTA)에 매달리는 것은 아닐 것이다. 정부의 생각은, 농업에 문제가 있을 가능성에도 불구하고 국가 경제의 총체라는 관점에서 그것이 더 유리하다고 판단한 것일 것이다. 그간 한국이 어느 정도의 번영을 누렸다면, 그것은 공업과 기술의 발전과 그에 기초한 경제 발전으로 인한 것이었다. 그 연장선상에서, 이러한 판단이 생겨나는 것일 것이다. 그러나 농업을 희생한 경제적 판단은 경제의 실질적 내용과 그 장기적 의의를 간과하는 일이다. 궁극적으로 사람이 먹고사는 것은 땅에서 나온다.

땅에서 경작되는 농산물에 의존하지 않고 삶의 원초적인 조건이 확보될 수는 없다. 오늘날 많은 선진 산업 국가들이 공업과 기술 제품을 팔고 농산물을 수입하여 생활의 문제를 해결하고 있는 것은 사실이다. 그러나 이것이 위험스러운 일이라는 경고가 적지 않다.

최근의 한 칼럼에서, 농촌진흥청의 김연규 유전육종과장은 안보의 관점에서 식량 자급이 얼마나 중요한가를 지적하고 있다.(《조선일보》7월 24일자) 이 지적에 의하면 우리는 식량의 72퍼센트를 수입에 의존한다. 자급률이 28퍼센트에 불과한 것이다. 그런데 최근의 국제 곡물 가격의 상승은 식량 자급 국가와 그렇지 못한 국가 사이에 갈등이 일어날 것이라는 조짐을 보여 준다. 지금 식량 안보를 위하여 필요한 것은 식량의 자급률을 늘리는 일이다. 이와 관련하여 해외 농업 투자, 식량 비축, 품종 개발, 적극적인 국내 농지 활용 등의 대책이 있을 수 있다.

일반적으로 머지않은 장래에 세계적인 식량 위기가 오리라는 것은 요즘 점점 자주 듣게 되는 인간의 미래에 대한 경고이다. 기후 변화, 인구 증가, 세계적으로 가속화되는 산업화, 식생활 습관의 소비주의화 등 여러 요인들이 식량 위기를 촉진한다. 그런데 이러한 사태의 발전과 관련하여 흥미로운 것은, 또 하나의 세계적 대과제인 기후 변화에 관계된 환경 개선 노력이 식량 문제를 악화시킬 수도 있다는 사실이다. 가령 탄산가스 배출의 주범이 되어 있는 화석 연료를 에탄올과 같은 식물성 연료로 대체하려면, 그것이 경작지를 잠식하여 식량 공급을 감소하게 하는 결과를 가져온다.(에탄올이 환경 개선에 별 도움이 되지 않는다는 계산도 나오고 있다.) 사람의 얕은 꾀로 하나의 문제를 해결하려면, 자연의 복합 체계는 다른 문제를 만들어 이에 답하는 경우가 많다. 환경 문제나 농업 문제에서나 사람이 약한 것이 복합적 체계에 대응하여 복합적으로 사고하는 일이다. 그렇다고 오늘의 산업 문명이 부딪히는 많은 문제 — 에너지나 환경 문제를 새로운 과학 기술에 의하여 해결할 수 있다고 생각하는 것을 가볍게 볼 수만은 없다. 사태는 그만큼 급박하다. 어떤 사람들이 식량 문제와 관련하여 유전자 변형 식품과 같은 것에 희망을 거는 것도 그러한 경우일 것이다.

영국의 건축 이론가 캐롤린 스틸(Carolyn Steel)은 과학 기술과 건축 디자인이 만들어 낼 수 있을 돼지고기 생산 체제를 다음과 같이 말하고 있다. 가령 도시에 76층짜리 빌딩을 지어 돼지를 기를 수 있다. 이러한 건물들은 돼지의 배출물로 에너지를 만들어 내고 노폐물을 현장에서 처리하고, 운반에 드는 에너지 소모나 배출 가스를 없게 하여, 완전히 환경 친화적인 빌딩이 된다. 또 이 건물들은 돼지들에게도 도살 전까지는 사람들이 원하는 아파트와 비슷한, 깨끗하고 넓은 공간을 제공한다. 이러한 건물 1000개를 지으면 런던과 같은 도시의 식량 문제 또 환경 문제를 해결하고 가혹한 동물 사육의 방법을 피하게 하는 데에도 도움을 줄 것이다.

그런데 이 계획은 스틸이 그 타당성을 설득하기 위해서가 아니라 산업 사회의 인간의 삶이 얼마나 자연스러운 조건으로부터 소외되어 있는가를 보여 주기 위하여 생각해 낸 가상 계획이다. 그의 생각으로는 자기가 먹는 것이 어디서 어떻게 생산되는지도 모르는 도시인들의 삶 자체가 이미 삶의 근본을 떠나 있는 불행한 삶이다. 곡식과 과일 그리고 다른 식품의 생산의 노고에서 벗어난 삶 — 아픔과 함께 그 보람을 알지 못하는 삶이 참으로 행복한 삶일까를 묻는 것이다. 식량 문제에서만이 아니라, 도시의 삶은 대체로 삶의 바탕인 자연의 여러 조건을 벗어나 소비주의의 허공에 부유하는 삶이 되어 간다. 자연은 단순히 육체의 바탕이기만 한 것이 아니다. 도시에서 보는 심성의 황폐화도, 그 많은 부분이 사람이 자연을 떠난 것에서 연유하는 것이라 할 수 있다. 사람의 삶은 자연과의 물질적·정신적 신진대사 속에서만 바르게 유지된다. 농업 문제는 직접적으로는 농민의 생업 문제이고, 식량 자급 문제이고 안보 문제이지만, 쉽게 손익으로 계산할 수는 없는 것이면서도, 인간 존재의 근본에 관한 문제라고 할 수 있다. 농업은 인간이 스스로의 삶을 자연환경과 맺어 온 연대 관계에서 핵심을 이루는 부분이다. 그런데 이러한 연대가 풀려 가고 있는 것이 오늘의 현실이다.

경제학자 갤브레이스(John Kenneth Galbraith)는, 이제 낡은 시대의 책이 되었지만, 『불확실성의 시대』에서 여러 경제 이론의 역사적인 전개와 그 현실 관계를 설명한다. 그 과정에서 그는 이론보다 중요한 것은 그때그때의 현실 문제를 해결해 나갈 수 있는 정치 지도자의 능력이라고 말한다. 정치 지도자의 가장 중요한 의무는 시대의 불안을 똑바로 보고 그것에 대처하는 것이다. 그 불안의 핵심에 있는 것은 빈곤의 불안이다. 빈곤의 문제는 고용과 물가 그리고 궁극적으로는 의식주의 문제로 환원된다. 이것을 안정시키는 것이 정치가의 기본 과제이다.

여기에 큰 역할을 하는 것이 지도자의 인간적 양식과 현실 의식이다. 빈곤은 인간적 삶의 기본적 조건이라는 관점이 아니라 소비주의적 풍요의 관점에서 해석될 수도 있다.(이것은 갤브레이스의 다른 책의 주제가 되어 있다.) 이 관점에서 문제를 볼 때, 삶의 불확실성은 더 커지게 된다. 풍요는 삶의 근본적 필요를 벗어나 여유의 공간을 만들어 낸다. 그러나 이 여유의 모호함 가운데에서도, 사람의 자연과의 복합적 관계는 삶의 근본으로서, 그러니만큼 벗어날 수 없는 필연의 바탕으로서 남아 있다. 그러나 이 근본을 확보하기 위하여 농촌으로 돌아갈 수만은 없을지 모른다.

토지와 인간의 관계에 대한 갤브레이스의 중요한 지적은 토지가 부과하는 영원한 빈곤의 악순환을 벗어날 수 있게 한 것이 도시라는 사실이다. 이것은 우리가 절실하게 경험한 일이기도 하다. 그렇다면 선택은 더욱 미묘하다. 여기에 요구되는 현실 인식과 인간적 양식은 우리가 오늘날 흔히 보는 정치의 한계를 넘어가는 것일 가능성이 크다.　　(2008년 7월 31일)

삶의 정치

지난번 칼럼에서 언급했던 갤브레이스의 『불확실성의 시대』에는 정치와 경제를 가벼운 일화로서 평하고 있는 부분이 많다. 그는 집필을 위하여 스위스 베른 근처의 산골 마을에 자주 머물렀다. 한번은 베른에서 그를 만나 보았으면 한다는 전화 연락이 왔는데, 만나자는 사람이 정확히 누군지 알 수 없었다. 그래서 이웃에 사는 사람에게 물어보았더니, 그의 대답이 "작년까지 대통령을 했던 사람 같은데, 지금은 아닐 겁니다."라는 것이었다. 스위스에서 대통령이란 연방 회의의 일곱 사람의 위원이 한 해씩 맡아 수행하는 직책이기 때문에 특정 연도의 대통령이 누구인지를 모르는 사람이 있는 것은 기이한 일이 아니다.

이 일화를 말하는 갤브레이스의 뜻은 스위스의 정치가 정치인 중심으로 돌아가는 것이 아니라 시민들 자신에 의하여 그들의 삶에서 일어나는 사안에 따라 처리된다는 점을 전하려는 것이다. 이것을 가능하게 하는 것은 직접 민주주의 체제이다. 자신들의 문제를 작은 공동체 안에서 직접적으로 해결해 나가면, 정치가들이 불러일으키는 대중적 정치 열기나 이데올로기가 필요하지 않다.(갤브레이스는, 스위스와는 다른 영미의 정치를 실속 없는 대중 스포츠에 비교한다.) 여기에서는 많은 것이 직접 느끼는 나라와 고장의 공동 이익을 고려하면서 결정된다. 스위스 사람들에게 개인적 욕심이 없는 것은 아니다. 그러나 그것이 공동체의 이익에 배치될 때 결국 돌아오는 손해가 더 크다는 것을 더 잘 안다. 스위스는 기본적으로 자본주의 사회이다. 그러나 실제는 '사회주의에 대한 양보'를 수없이 수용한다. 은행, 철도, 우편, 방송들이 공공 소유가 되어 있는 것이 그 한 증거이다. 주택도 누구에게나 정부에서 제공해 주고 불이 나거나 다른 사고로 못 쓰게 된 집도 대체해 준다. 주요 기업에도 그렇지만 농촌에도 정부 보조가 나간다.(재미있는 것은 농촌을 잘 유지하는 것이 공원을 조성하고 유지하는 것보다 저렴하고 능률적이라고 생각한다는 것이다.)

규모와 상황과 전통이 다른 나라에 스위스의 직접 민주주의가 그대로 해당될 것이라고 할 수는 없다. 여기에서 이러한 오래전의 정보를 되뇌는 것은 정치 목적이 결국은 사람들의 삶에서 일어나는 구체적인 문제를 함께 해결하는 데에 있다는 것을 상기해 보자는 것이다. 무엇이 구체적인 삶의 문제인가? 보통 사람의 관점에서 그 출발은 의식주이고 생로병사이다. 다만 많은 것이 하나로 연계되어 있는 오늘의 사회에서 문제들을 개인이나 작은 공동체에서 쉽게 풀어 나갈 수 없기 때문에 더 넓은 범위의 정치가 불가피하다. 그런데 그때부터 정치는 자체의 열기를 만들어 내고 그 열기 속에서 삶의 구체적인 문제들은 비켜 가게 된다. 그런 데다가 우리 경우에 계속된 민족과 국가의 위기는 정치로 하여금 사람의 일상을 넘어가는 차원에 존재할 수밖에 없게 했다. 그리하여 정치를 그 자체의 수사와 열기와 고양감으로 정의하는 것은 우리의 습관이 되었다.

국회가 열리지 못하는 것을 보면, 꼬여 있는 중요한 정치적 의제가 있는 것이 틀림없다. 그러나 그것이 참으로 사람들의 생활에 직접적으로 관련된 것들인가? 경제가 나쁘고, 실업자가 늘고, 물가가 오른다고 하는데, 거기에 어떤 대책의 논의가 있는가? 다음 세대의 교육을 걱정하는 것은 우리 사회의 특징이고 강점이다. 그런데 그것을 마음 편한 것으로 바꾸는 데에는 서울시 교육감 선거에서 나온 바와 같은 극단적인 방책들밖에 없는 것인가? 연금, 의료, 사회 보장의 제도는 이대로 만족할 만한 것인가? 요즘의 정부 의제 가운데 하나는 공기업의 사영화이다. 앞에서 갤브레이스가 말하는 바 공기업과 공공 시설들이 스위스만이 아니라 많은 나라에서도 필수적인 사회 기구라면, 그 사영화의 주장은 조금 더 자세한 설명이 있어야 할 것이다. 공기업들의 운영 상태가 방만하고 비능률적이라는 것은 최근의 조사들이 없어도, 많은 사람들이 피부로 느끼는 일이라고 할 수 있다. 공기업의 사영화에 반대하는 사람들도 이러한 부분을 어떻게 개선할 수 있을 것인가에 대한 연구도 없이 정부의 방안에 반대만 하고 나설 수는 없다.

그런데 이러한 것들을 열거하는 것은 특정 사안들을 논하려는 것이 아니다. 이러한 것들을 포함하여 우리의 장래의 삶에 대하여 정부나 야당이나 어떤 비전을 가지고 어떤 계획을 하고 있는지 짐작하기 어려운 것이 오늘의 정치 상황이라는 것을 말하려는 것이다. 우리 정치는 격렬한 공방에도 불구하고 어딘가 삶의 구체적인 현실을 비켜 가고 있는 듯한 느낌을 주는 것이다.

금강산 관광을 갔던 50대 여성이 피격 살해된 것은 그 자체로 다루어져야 할, 있어서는 아니 될 사건이지만, 그것은 우리의 정치가 삶의 깊은 바탕에서 벗어나 있다는 한 증표로도 생각된다. 울산대학의 최정호 교수가 이 사건과 관련하여 인용하고 있는 사실 정보를 보면 이러한 생각을 하지 않을 수 없다. 이에 의하면 금강산 관광이 시작된 1998년 11월 이후 올해 5월까지의 누적 관광객 수는 188만 명에 이르렀다. 이에 대비하여 이산가족 상봉은 1만 명 정도이다. 최 교수는 이것을 통독 이전의 동서독 교류에 다시 대비하고 있다. 동서독 기본 조약 이후 1972년으로부터 베를린 장벽이 무너진 1989년까지 동독의 270만 명, 서독의 520만 명이 경계선을 넘어 서로 만날 수 있었다. 그런데 관광을 위하여 서독인이 동독에 있는 포츠담이나 드레스덴의 명승을 찾았다는 이야기는 없었다는 것이다.(《동아일보》8월 7일자) 상식적인 관점에서 이산가족 상봉은 심각한 인간적 의미를 갖는다고 하겠지만, 관광이 같은 차원에서 생각될 수는 없다. 그렇다면 독일과 한국의 경우는 중요한 대조를 이룬다는 느낌을 준다. 얼핏 생각하면 여기에는 삶의 심각성을 의식하면서 자신의 행동 방향을 정하는 사람들과 그러지 않는 사람들의 차이가 있는 것처럼 보인다.

달리 생각하면 이것은 전체적인 상황이 손을 댈 수 없을 만큼 심각하니 그것을 짐짓 모른 체하면서 작은 일들을 벌여 그것으로부터 전체 상황의 변화를 꾀하여 보자는 전략의 결과로 볼 수도 있다. 미국 시인 월리스 스티븐스의 시에, 주어진 땅을 살 만한 땅이 되게 하려면 토질을 근본으로부터 개조하는 작업이 있어야 한다고 할 수도 있지만, 작은 식물의 재배를 무수히 되풀이하여 땅의 성질을 조금씩 달라지게 하는 방법이 있을 수 있다는 것을 말하는 것이 있다. 우리가 처해 있는 상황은 너무나 크고 심각하여, 작은 일들의 되풀이를 통하여 변화의 계기를 만드는 도리밖에 없었다고 할 수 있을지 모른다. 관광 진흥에는 그것이 우회적으로나마 이산가족 상봉을 더 쉽게 만들고 더 나아가 남북 간의 평화적인 관계나 통일에의 길을 트자는 생각이 있었다고 할 수도 있다.

그렇기는 하나 이산가족 상봉과 관광 방문의 숫자 대비는 우리가 하는 일이 어딘가 삶의 핵심으로부터 벗어나 있는 것이 있다는 느낌을 준다. 작은 일들이 모여 큰 문제의 해결이 이루어질 수도 있다. 그러나 정치 현장에서 큰 전략 속에서의 작은 움직임은 마치 그것 자체가 커다란 의제인 것처럼 과장되는 경향이 있다. 그리고 삶의 구체적인 현실 ── 작더라도 커다란 삶의 문제들은 저만치 비켜서 있는 것이 된다.

(2008년 8월 14일)

KBS와 방송의 문화적 기능

정부가 내거는 정치적 지표의 하나는 법치주의이다. 지난 수십 년간의 한국 사회가 이룩한 것이 무엇이냐고 물으면, 많은 사람들은 산업화와 민주화를 들 것이다. 이것은 사회의 전체적인 지향을 말한 것이고, 이러한 업적이 실속 있는 것이 되고 살 만한 사회를 이룩해 내는 것이 되려면, 더 많은 크고 작은 일들이 다져져야 한다. 더 많은 부분에 더 많은 제도적인 발전이 있고 그것을 자연스럽게 보장할 수 있는 도덕과 윤리 그리고 문화와 생활의 습관이 정착해야 한다. 법치주의는 이루어야 하는 일들 가운데 간명한 지표의 하나이다. 그것은 민주주의의 기본권을 확보하고 정부 권력의 남용을 방지하여 그 공공성을 분명히 하는 데에 가장 중요한 기준이 될 수 있다.

그런데 이번에 KBS 사장의 임면과 관련하여 정부가 취한 조처들은 법치주의의 실현에 도움이 되는 일일까? 지금의 일들이 합법적이라고 주장할 수 없는 것은 아닐지 모른다. 법은 공공 공간에서의 행위 —정부나 개인의 행위 규칙을 명문화하는 것이지만, 모든 구체적인 경우를 철저하게 포괄할 수는 없기 때문에 구체적인 사안과의 관련에서 해석되어야 하고 해석의 차이는 일어날 수밖에 없다. 그러나 법의 해석에서 중요한 것은 자구 해석의 면밀성에 못지않게 일반적인 합리성의 관점에서 납득할 수 있는 것인가 하는 것이다. 이번의 일에서 법이 권력 기구의 의지와 편의에 따라서 해석되고 적용되고 있다는 비난은 피할 수 없다.

더 중요한 문제는 법과 절차보다도 언론의 정치화이다. 민주주의 체제가 되었든 권위주의 체제가 되었든 국민의 여론을 무시할 수 없는 것이 오늘의 정치이고, 국민 여론과 그 기초로서의 국민의 현실 인식은 대중 매체의 도움에 의하여 형성된다. 이 매체 가운데 가장 강력한 것은 시청각 매체이다. 그리고 그 중심에 서 있는 것이 공영 방송이다. 이것을 장악하고자 하는 것은 정치 권력이 느끼는 가장 커다란 유혹의 하나일 것이다. 그러나 권력이 이러한 일에서 스스로를 자제할 수 있느냐 없느냐 하는 것은 민주주의 체제의 시금석이다. 모든 대중 매체 전부가 그러하지 못한다 하여도 적어도 공영 방송은 객관성 있는 현실 인식의 형성에 최선을 다해야 한다. 바른 현실 인식은 정치적 결정에서만이 아니라 제대로 살고자 하는 삶의 기본 중의 기본이다.

정부의 KBS 장악 시도에 대하여 비난과 비판이 이는 것은 당연한 일이고 필요한 일이다. 그러나 다른 한편으로 이러한 비판이 서 있는 자리도 대부분의 경우 그렇게 분명하다고 할 수 없다. 방송은 이미 이전의 정부에 의하여 정치화되었다고 할 수 있다. 현 정부의 무리한 방송 장악 시도는 정치화되어 있는 방송에 대한 반작용이라는 면을 가지고 있다. 다만 그것이 진정한 의미에서의 방송 중립 ─ 방송의 공정하고 진실된 그리고 높은 도덕적 문화 기준의 정립 시도라고 하기가 어려울 뿐이다. 공영 방송의 공정성 원리는 이미 방송법 등에 규정되어 있다. KBS 사장 임명은 이사회로부터 시작되게 되어 있지만, 이사회의 구성은 방송위원회에서 천거하는 인사들로 이루어지고, 선정의 기준은 '각 분야의 대표성'이고, 이것은 방송의 '공공성과 독립'을 보장하기 위한 원칙이다. 그러나 이것은 명분이고 현실이 아니었다고 할 수밖에 없다.

공영 매체들의 정치화는 피할 수 없고 당연하다는 생각도 있다. 민주주의에서, 정치 참여는 국민에 의한 정치적 선택을 의미한다. 이 선택은 현실의 여러 가능성 가운데 하나를 고르는 일이다. 이러한 선택이 정부가 주도하는 매체에 반영되는 것은 당연하다. 선거에 나타나는 대표성 이상의 대표성을 어떻게 찾는다는 말인가? 사실 유럽 국가들 가운데에는 방송국의 의결 기구 구성이 완전히 국회 의원 선거 결과에 비례하게 되어 있는 나라도 있다. 우리나라에서도 방송법은, 정치를 넘어서는 공공성과 공정성을 강조하면서 다른 한편으로는 정치적 대표성도 인정한다고 할 수 있다. KBS 사장과 이사 후보를 추천하는 방송위원회의 위원 임명 절차를 보면, 대법원장과 더불어 국회 의장이 여기에 관여하게 되어 있다. 이것은 정당들의 세력 비례가 반영되는 것을 인정한다는 것을 말한다. 더 넓게, '각 분야의 대표성'이란 말은 방송에 관계할 수 있는 정치·사회·문화의 전문가라는 뜻과 더불어 계층과 직능상의 대표성을 의미하는 것일 수도 있다.

그렇기는 하나 우리의 정치적 사정으로 보아 우리 사회가 절실하게 필요로 하고 있는 것은 정치 중립성이다. 정치는 갈등이고 투쟁이다. 그러나 적어도 민주주의의 테두리 안에서는, 그것은 완전한 제패를 향한, 사생결단의 싸움일 수는 없다. 정치의 싸움은 이해의 싸움이기도 하지만, 공동의 미래를 위한 싸움이기도 하다. 분명하게 규정되지 않으면서도 공통된 바탕이 없는 민주주의는 사람이 살 만한 사회를 만들어 낼 수 없다. 그렇다면 사회 속에 이 공동의 이상을 생각하고 그것을 다른 공동의 이상과 비교 논의하는 어떤 공간이 있어 마땅하다. 이 공간에서 단순한 이익의 배분이 아니라 진정한 공공성, 공정성, 공익성이 태어날 수 있다. 그런데 이 공간이 전적으로 사라진 것이 우리 사회로 보인다. 지금의 형편에서 이 공간을 유지하려는 노력은 냉소의 대상이 될 뿐이다.

다시 한 번 방송법에서 말하는 대표성이나 공공성은 무엇인가? 대표성은 물론 국민에서 온다. 그러나 이 국민이 사사로운 이해관계만을 대표하는 것이 아닐 때 공공성이 생겨난다. 달리 말하면 그것은 국민의 가장 좋은 부분을 대표화하고 결정화(結晶化)한 결과이다. 이것은 사람 누구에게나 있는 가능성이면서도, 주어진 대로의 자기가 아니라 자기 초월을 통하여 이루게 되는 성취이다. 과거나 현재의 문화적 업적, 윤리적·도덕적 가치 그리고 삶의 습관이 이것을—적어도 개념적으로는—가장 잘 표현한다.

우리는 민주주의를 지나치게 단순화하여 이해하려는 경향이 있다. 그것은 국민 모두의 정치 참여로 이루어지면서 국민 모두의 공공성에로의 자기 초월을 통하여 참으로 인간 실현의 체제가 된다. 그리하여 사회 안에는 높은 인간 가치를 유지 보존하는 부분이 있어야 한다. 전통적으로 이것을 담당하는 것은 문화에 봉사하는 사람들의 책무였다고 할 수 있지만, 오늘날 국민 일반과의 관계에서 여기에 가장 중요한 역할을 할 수 있는 것이 대중 매체이고, 공영 시청각 매체이다. 공영 텔레비전의 대표성이나 공공성을 말할 때, 사실 문제가 되어야 할 것은 단순히 그 정치적 편향성만이 아니다. 어쩌면 정치성에 문제가 생기는 것은 더 넓은 문화적 기능이 바르게 움직이고 있지 않기 때문이라 할 수도 있다.

우리 공영 방송이 지금 우리 사회의 높은 도덕적·문화적 기준을 시범적으로 보여 준다고 할 수 있을까? 정치 보도나 논평의 밖에서는 편향성이나 인간 품격의 왜곡, 상업주의, 통속성 등으로부터 자유로운가? 우리의 공영 방송에 나오는 광고가 전달하는 사치와 소비와 경박의 메시지야말로 중요한 정치적 의미를 가지고 있는 것이 아닌가? 되풀이하건대 가능성이라는 측면에서, 우리 사회를 높은 문화적 기준 위에 유지하는 데에 도움을 줄 수 있는 가장 좋은 국민적 매체가 공영 방송이다. 이것은 물론 사장 또는 경영권의 교체에 관한 싸움으로 실현될 수 있는 이상은 아니다.

(2008년 8월 28일)

나라 사랑과 인간 사랑

지난 8월 27일부터 사흘간 학술진흥재단의 초청으로 방한한 미국 시카고 대학의 마사 너스바움(Martha Nussbaum) 교수의 강연회가 있었다. 그는 지금 미국 철학자 중 가장 널리 알려진 사람 가운데 하나지만, 거기에는 철학적 깊이 이외에도 미국 철학을 상아탑으로부터 공공의 공간으로 끌어낸 철학자라는 사실이 관계되어 있다. 브라운 대학의 고전 철학 교수로 있던 그가 시카고 대학 법학대학원의 교수로 옮겨 간 것도 철학이나 문학 그리고 인문 과학이 사회 현실 이해와 실천에 필수적이라는 점을 설득할 수 있었기 때문이다. 법학 교육에는 법에 대한 지식만이 아니라 인문 과학이 제공하는 인간에 대한 이해가 있어야 한다. 사건의 구체적 정황의 정확한 파악은 분석력과 함께 감성적 사고의 훈련을 거친 사람이라야 할 수 있기 때문이다. 이것은 너스바움 교수가 오랫동안 주장해 온 것이다.

이번 방한 중 고려대학교에서 있었던 첫 번째 강연은, '정화된 애국주의가 가능한가?'라는 제목이었다. 나라 사랑에는 대체로 남의 나라, 다른 나라 사람들에 대해서는 어떤 태도를 취할 것인가. ── 이에 대한 규범은 포함되지 않는다. 어떻게 나라 사랑을 더욱 보편적인 인간 사랑으로 이어지게 할 수 있는가? 이것이 가능한 것은 자유 민주주의 체제에 있어서이다.— 너스바움 교수는 이렇게 말한다.

이때의 자유 민주주의는 개인적 이권의 맹목적 추구를 옹호하는 체제를 말한 것은 아니다. 그에게 민주주의의 이상은 모든 사람의 자율, 동등 그리고 위엄을 신장하고 보장하는 체제이다. 국가는 사회 일부에서 일어나는 지나친 탐욕과 이기주의의 추구를 억제할 뿐만 아니라 그러한 동기의 다국적 기업과 세계 시장의 횡포를 막아 내는 역할을 해야 한다. 인종, 성, 계급에 기초한 차별 또는 소수자에 대한 차별의 폐지도 국가의 의무이다. 이 연장선상에서 어려운 상황에 있는 나라에 대한 원조, 인도적 배려 그리고 평화와 전쟁 방지는 자연스러운 국가 목표의 일부가 된다. 너스바움 교수의 생각으로는 민주주의 국가에서의 애국심은 이 모든 도덕적 규범을 포용하는 것이어야 마땅하다.

그런데 이러한 가치와 이상들이 반드시 나라라는 테두리 안에서 생각될 필요가 있는가? 너스바움 교수에게 정서적인 것이 짜여 들어가지 않는 이성적 판단은 사람을 움직일 수 있는 힘을 결하게 된다. 애국심은 구체적인 삶으로부터 생겨난다. 거기에는 공동의 상징물과 기억과 시와 서사가 불러일으키는 감정이 크게 작용한다. 이러한 것들이 전통과 문화가 되고 의례(儀禮)로 정립된다. 여기에서 길러지는 애국심에 보편적 인간 가치를 통합한 것이 정화된 애국주의이다.

너스바움 교수의 강연이 말한 애국심과 보편적 가치 사이에서 일어날 수 있는 갈등과 통합의 문제는 우리에게도 중요한 문제가 아닐 수 없다. 그러나 제시된 통합 방법이 모순을 충분히 참조한 것이라고 할 수는 없다. 고려대 강연 후 청중으로부터 나온 질문의 하나는 "애국심에 정서적·상징적 자산이 중요하다면 분단된 나라에서 아이들은 어떻게 길러야 하는가" 하는 것이었다. 비슷한 질문은 이민자나 이주 노동자들의 경우에도 있을 수 있다. 너스바움 교수는 이 질문에 답하지 않았지만, 구태여 답변을 생각해 본다면 소수자에 대한 일체의 차별을 거부하는 정치 체제가 그 문제를 해결할 것이라는 답이 가능할지 모른다. 그러나 그러한 체제가 소극적인 의미에서 소수자 문화의 위엄을 보장할 수는 있겠지만, 이문화(異文化) 속에 사는 사람의 문제를 완전히 풀어 줄 수는 없을 것이다.

또 한 나라의 민주주의가 다른 나라와의 사이에 평화적 관계를 보장해 주지는 않는다. 이라크 전쟁은 민주주의라는 명분이 전쟁의 구실이 될 수도 있다는 것을 보여 주는 한 예이다. 또는 어떤 정치 이론가들이 말하듯이, 애국주의는 본질적으로 다른 나라에 대한 적대적 감정을 전제하는 것일 수도 있다. 전쟁의 상태가 사람들이 가장 애국적이 되는 조건이라는 관찰도 있고, 집단 심리를 동원하기 위하여 가상의 적대국이나 집단을 조작 이용하려는 정치 정략도 가능하다.

어쩌면 모순은 모순대로 인정하면서 문제에 대처하는 것이 옳을지 모른다. 2차 대전과 독일 점령을 경험한 프랑스의 철학자 메를로퐁티는 어떤 사람이 전선(戰線)의 저쪽에 있다는 사실만으로 그를 향하여 방아쇠를 당겨야 하는가, 국가를 위해서 거짓을 행하고, 다른 사람을 목적이 아니라 수단으로 취급하는 것이 옳은가 — 이러한 문제들을 고민했다. 그리고 어떤 경우에나 보편적 진리를 말하는 양심의 소리에 귀 기울여야 한다는 결론을 내렸지만, 그것은 복잡한 현실 여건과의 관계 속에서만 저울질되는 것일 수 있다고 생각했다.

그러나 애국에 대한 너스바움 교수의 말에는 여전히 경청해야 할 사항이 있다. 메를로퐁티와 조금 다른 의미에서이지만, 그가 구체적 상황과 감정을 중요시한 것은 정당하다고 할 수 있다. 그러나 정화된 애국주의론에서는 이 입장을 조금 느슨하게 한 것으로 보인다. 그는 좁은 구체성이 관점과 생각을 좁히게 될 것을 우려한다. 그리하여 가족이나 지역 등의 좁은 단위가 마음을 좁히는 데 대하여 나라는 그것을 한껏 넓히면서 실효성을 갖는 테두리라고 생각한다. 그러나 마음을 넓히는 것이 공간적 확대에 일치해야만 하는 것일까?

영어의 애국심(patriotism)의 어원에 들어 있는 파트리아(patria)는 나라보다는 고향을 의미한다. 이 관점에서 보면 애국심은 애향심의 확대이다. 그러나 이것이 반드시 공간의 확대를 의미하는 것은 아니다. 다른 나라를 생각함에 있어서는 더욱 그러하다. 내 가족이 나에게 중요하다면 다른 가족도 중요하고, 내 나라가 나에게 중요하다면 남에게는 그의 나라가 중요하다는 것을 알게 되는 마음의 움직임이 여기에 관계된다. 자기의 일로 다른 사람의 일을 미루어 생각하는 마음이 움직이는 것이다. 이것은 자기 나라 안에서도 마찬가지이다. 이렇게 구체성의 심화는 마음의 확대 그리고 공간의 확대를 가져온다.

국가가 실효성 있는 공간이 되는 것은 그 강제력으로 인한 것이다. 그러나 그 보편성은 반성의 능력과 문화에서 온다. 그리고 그것에 토양이 되는 것은 고장과 고장 사람들의 교감이다. 너스바움 교수는 애국심을 말하면서, 미국의 흑인 민권 운동가 마틴 루서 킹 목사가 그 연설에서 미국의 국토를 ─ "뉴햄프셔의 광막한 구릉들", "캘리포니아의 굽어진 해안"과 같이 ─ 구체적으로 언급한 것을 칭찬한다. 마음을 움직이는 것은 구체적인 사물이고 사건이다. 그러나 이 킹 목사의 언급은 다분히 추상적이고 상투적인 수사에 의존한다. 참으로 구체적인 것은 나와 이웃과 선조가 살았던 고장과 그 이야기이다.

우리가 그간 해 온 일은 새로운 도시 건설의 이름으로 몸을 두고 살 수 있는 고장과 이웃을 파괴하는 일이었다. 그러면서 새 건설은 마음과 몸으로 느낄 수 있는 지속적인 공동체를 겨냥하는 것이 아니었다. 이제는 구체적인 의미에서 파트리아의 보존을 생각할 때가 되었지 않나 한다. 마음과 몸과 땅과 사람이 교감하며 정주하는 데에서 나라 사랑도 나오고 인간 사랑도 나온다.

(2008년 9월 11일)

금융 위기

제도와 인간 가치

세계 굴지의 금융 기관들이 줄지어 도산한다는 뉴스가 신문에 연일 보도되고 있다. 미국에서 시작한 도산과 파산의 폭풍이 영국과 기타 유럽 여러 나라의 경제를 흔들고 아시아에 밀려오고 있다. 무언가 대사변이 일어나고 있음에 틀림이 없다. 물론 경제 전문가가 아닌 사람들에게 그 원인이나 연계 관계 그리고 의미를 정확히 이해하기는 어렵지만, 이 일이 범상스러운 일이 아님을 몸으로 느낄 수는 있다.

이른바 서브프라임 주택 융자 위기가 이야기되더니, 금융 관계 회사라는 프레디맥과 패니메이, 리먼브라더스에 이어 AIG 보험 회사 등이 파산하거나 도산 직전에 이르게 되었다는 보도가 연이어 세상을 어지럽게 했다. 다만 지금 말한 회사 중에 셋은 미국 정부의 긴급 조처로 파산을 면하게 되었고, 이어 미국 정부는 계속될 것으로 보이는 위기로부터 금융 회사들을 구출하기 위하여 의회에 7000억 달러의 긴급 예산 배정을 요구하였다. 이 액수는 미국이 이라크 전쟁에 투입한 경비에 비교된다고 하니까, 그 규모가 얼마나 막대한 것인가를 알 수 있다. 이러한 조처로 일단은 사태가 수습될지 모른다. 그러나 이번의 위기는 몇 개의 큰 사고가 아니라 오늘의 국제 금융 시장 체제 전체의 근본적인 문제점을 드러내는 일이고 더 나아가 자본주의 체제 자체의 종말의 시작을 가리킨다는 관점도 대두하고 있다.

시장 원리주의에 대하여 비판적인 입장을 지켜 왔던, 미국의 노벨상 수상 경제학자 조지프 스티글리츠 교수는 금융 회사 도산을 방지하기 위한 미국 정부의 조치를 하나의 거대한 위선에 해당한다고 비판하였다. 지금까지 금융 회사들이 위험도를 적당히 호도했던 것은 사기이며, 정부가 그것에 대하여 눈감아 왔던 것은 무능 무책임한 일이었다. 그 결과가 이번의 사건인데, 평소에 금융 시장 규제를 반대해 온 회사들이 이제 와서 정부의 도움을 청하는 것은 위선적인 일이다. 이렇게 말하는 스티글리츠 교수는, 그러니까 오늘의 사태에 대한 책임은 해당 기업체가 져야 마땅하다고 생각하는 것으로 보인다. 그것은 오늘의 경제 체제 전체가 그러한 기업들의 파산으로 붕괴할 것으로는 보지 않기 때문이다. 그러나 위선이라는 말의 진의(眞意)는, 적절한 규제 없이는 제대로 움직이지 않는 것이 시장인데, 그것을 감추려 했다는 것이다. 그는 상품의 안전성 보장을 적극화하는 몇 가지 안을 내놓았다. 거기에는 "붕괴를 허용하기에는 너무 비대한 회사"가 출현하는 것을 방지하고 그것을 분할하는 것과 같은, 공정 경쟁 확보를 위한 법을 강화하는 안도 있고, 금융 회사의 보수 규정을 엄격화하는 일도 포함된다. 후자는 기업 간부들의 보수가 단기적 수익률에 연결되어 그것이 부정직하고 위선적인 기업 운영의 동기가 되기 때문이다.

스티글리츠 교수가 오늘의 금융 시장을 대체할 전적으로 새로운 방안을 내놓는 것은 아니다. 그런데 그가 비판하듯이, 금융업의 경영 형태가 사기와 위선을 포함한다는 비난을 받아 마땅하다면, 금융업의 문제는 단순히 경제나 정치의 문제가 아니라 도덕과 윤리의 문제이고 문화의 문제이기도 하다. 근본 과제는 기업으로 하여금 윤리적 기준을 준수하게 하는 것이다. 거꾸로 보면 그것은 사회의 도덕적·윤리적 요구를 경제 질서로 풀어 내는 일이다. 물론 스티글리츠의 관점에도 윤리적·도덕적 고려가 들어 있다. 결국 그의 비판이 기초하고 있는 것도 정직성, 공정성, 공익성 등의 기준이다. 그리고 기업에도 그러한 면이 없는 것은 아니다. 다만 윤리 도덕의 경제 제도화를 보장할 수 있는 간단한 해결책은 없는 것으로 보인다.

이번 금융 위기에서 처음 주목을 많이 받았던 것은 주택 금융 회사인 패니메이와 프레디맥이다. 패니메이는 루스벨트 대통령의 뉴딜 정책의 일환으로 세워진 것으로 저금리 주택 자금을 일반 서민에게 대여하여 서민의 주택 소유를 용이하게 하고, 그로 인하여 자극된 주택 건설로써 1930년대 공황기의 고용 확대를 기하자는 목적을 가지고 있었다. 그리하여 회사의 소유주는 주주들이면서도, 정부로부터 여러 혜택을 받았다. 프레디맥은 앞의 회사와 비슷한 목적을 가졌으면서, 그 독점 방지를 위하여 1960년대에 추가로 설립되었다. 그러니까 두 회사는 사익보다는 공익을 위하여 세워진 것이다. 그러나 시간이 흘러가는 사이에 이 회사들은 본래의 목적을 넘어서 적극적으로 이윤을 추구하는 회사로 변하게 되었다. 이것은 정부 정책의 변화로 인한 것이기도 하지만, 이 회사들이 공익 회사로서 감독 기관의 감독을 벗어나기가 쉬웠기 때문이기도 하다.(금융 재난 원인의 하나인 이른바 '서브프라임 모기지' ─상환 능력이 불확실한 서민에게 주는 주택 담보 융자─도 정부의 보호 아래 회사가 쉽게 들여올 수 있었던 외국 자본과의 연결로 인하여 확대된 것이다.)

AIG가 위의 회사들과 같은 성격의 회사라고 할 수는 없다. 그러나 AIG의 명분상의 주업은 보험이라고 할 수 있는데, 보험은 원래 사회적 성격이 강한 사업이다. 그것은, 노동의 부담을 공동체가 나누어 지는 두레나 품앗이처럼 사람이 겪게 되는 여러 위험을 협동적으로 분담하는 일을 기업화한 것이라 할 수 있다. 한때 그것은 자본주의를 벗어나지 않으면서 자본주의의 위험을 줄이는, 사회 복지 기업으로 간주되기도 하였다. 물론 이러한 당초의 기능은 근래에 와서 많이 약화되고, 사실 AIG 같은 경우 보험이 그 주업인지도 확실치 않다. 이러한 변화는 금융 자본의 비대화, 공권력의 태만과 변질 그리고 기업 활동을 공동체적 기반으로부터 분리해 낸 세계화와 더불어 가속화되었다.

이미 비친 바와 같이 이번 미국발 세계 금융 위기는 자본주의의 종말을 고하는 것이라는 견해가 있다. 자본주의를 대체하려고 하였던 것이 공산주의 실험이었는데 그것이 결딴난 지금 그것을 대체할 수 있는 것은 무엇인가? 대안을 찾는 일은 거의 불가능한 것처럼 보인다. 대안이 있다고 하더라도 그것이 일거에 모든 것을 바꾸어 놓는 것이 될 수는 없을 것이다. 하나의 커다란 기획을 세운다면, 인간적 삶의 신장(伸張)을 위한 쉼 없는 조정과 균형의 노력이 필요 없어진다고 착각하는 제도가 실패하는 제도이다. 물론 사회에는 인간성 실현의 이상에 대한 기본적 합의가 존재해야 한다. 인간의 존엄을 잊지 않는 한, 이 이상은 간단하다면 간단한 것이 될 수 있지만, 그것은 언제나 새로운 물음에 열려 있는 것이라야 한다.

물어야 할 물음의 하나는 무한한 경제 발전 또는 부의 축적이 인간됨의 모든 것이라는 강박적 느낌을 향한 것이다. 이것은 사회 전체에도, 개인의 삶에 대하여서도 물어야 한다. 파산한 리먼브라더스 CEO의 작년 보수는 4500만 달러였다. 미국의 최고 경영자와 일반 근로자의 봉급 차이는 30년 전에 30배, 작년에는 344배였다. 작년에 하버드 대학 4학년생의 47퍼센트가, 금년에는 37퍼센트가 금융업계로 진출할 생각을 가지고 있는 것으로 밝혀졌다고 한다. 돈의 폭풍이 오늘의 세계를 휩쓸아 간다. 규모는 다를망정 그 폭풍의 위력이 우리 사회에서 덜하다고 할 수는 없다. 그 폭풍이 어찌 마음에만 불고 제도를 휩쓰는 것이 되지 않겠는가? 무엇이 인간의 인간됨을 드높이는가를 묻는 마음은 제도에 균형을 주는 중요한 기제이다.

(2008년 9월 25일)

큰 세계 속에서의 작은 삶

　금융 위기의 태풍이 세계를 흔들고 있다. 오래지 않아 우리나라에도 여파가 이르러 여기저기에 무너지는 것들을 보게 될지 모른다. 그 경우에 우선 금융 기관이나 큰 기업체가 직접적인 피해자가 될 것이다. 그렇다고 보통 사람들이 이 태풍이 미치지 않는 곳에 사는 것은 아니다. 태풍이 없어도 금융과 경제가 이루는 구조물들의 틈바구니에서 삶을 살아가고 있는 것이 오늘의 삶이다. 도정일 교수의 용어로는 우리는 모두 시장 전체주의의 지배 속에 산다. 금융 위기의 태풍에 좀 더 가까이 노출되어 있는 사람들은 금융 기구 안에서 일하고 있는 사람들이다. 파산한 리먼브라더스의 직원이 2만 5000명이었다니, 그 대부분은 직장을 잃었거나 잃게 될 것이다. 금융 위기의 발원지인 미국의 실업자는 내내 늘어나고 있었지만, 최근 들어 바짝 그 수가 증가하여, 9월 한 달에만 늘어난 수가 16만 명이라고 한다.

　영국의 근착 주간 《가디언》에는 이번 일과 관계하여 영국의 젊은 소설가 나오미 올더만(Naomi Alderman)의 글이 실려 있다. 직장을 잃은 금융업계 종사자들에게 그것이 그렇게 나쁜 일만은 아니라는 것을 말하는 글이다. 실직의 충격은, 장기적으로는 금융 파산의 직격탄이 아니라 그 파급 효과에 희생되는 중간 계층과 노동 계층에서 더 크게 느껴지는 것일 터이나, 올더만의 글은 오늘의 세계를 지배하고 있는 시장 전체주의 또는 돈의 전체주의의 — 이렇게 말하는 것은 미안한 일이지만 — 흥미롭고 아이러니한 심리 드라마를 엿보게 한다.

금융 회사에 들어가는 사람이 꾸는 것은 큰돈의 꿈이다. 영국의 젊은이들의 이야기이지만, 대학을 갓 졸업한 사람이 생각하는 것은 금융 투기 시장에서 10년이나 15년을 일하고 그 열매를 모아 일찌감치 퇴직한 다음 돈 걱정 없이 자신이 원하는 일에서 뜻을 펴 보겠다는 것이다. 거금을 모아 또는 일확천금하여 노동의 삶으로부터 해방되자는 것이다. 리먼브라더스가 2년 전에 1년분의 보너스로 지급한 것만도 1인당 30만 달러였다. 그러나 돈 모으는 일이 마음대로 되지는 않는다. 대학 시절에 생각한 것과는 달리 올라가는 생활 수준은 생활비 부담을 부풀린다. 빡빡한 근무 시간 때문에 회사 가까운 비싼 지역에 살며 비싼 집세를 내야 한다. 그리하여 입사 후 5년에 입사 시보다 더 많은 빚을 지게 되는 젊은이들도 있다.

올더만이 언급한 것은 아니지만, 또 견디기 어려운 것은 정해진 한계가 없는 근무 시간, 변덕스러운 금융 시장의 오르내림을 쉬지 않고 지켜보아야 하는 정신의 피로 등으로 자신의 삶이 거의 사라진다는 것이다. 올더만은 대학을 졸업한 후 런던의 금융가에서 근무하다가 뉴욕의 맨해튼에 파견되어 갔다. 그리고 그곳에서 9·11 사건을 경험했다. 그것이 계기가 되어 그는 금융가의 직업이 자기가 해야 할 일이 아니라는 것을 깨닫고 영국으로 돌아가 대학의 문예 창작 과정에 들어가고 얼마 후에는 소설가로서 성공하는 행운을 얻게 된다. 이러한 경험을 이야기하면서, 올더만은 금융 위기로 실직하게 된 사람들에게도 이번의 실직이 새로운 길을 찾는 기회가 될 수 있을 것이라고 말한다.

올더만도 그랬겠지만, 영국의 젊은이들이 금융계에 들어가는 것은 일확천금의 꿈에 못지않게 그 직업이 무엇인가 화려한 미래를 약속하는 것으로 보이기 때문일 것이다. 젊은이들은 대체로 세상에서 좋다고 하는 직업의 길로 앞뒤를 돌아보지 않고 매진하게 마련이다. 좋다고 하는 쪽을 향하여 휩쓸려 가는 이러한 경향은 우리나라에서는 더 심하다고 할 수 있다. 원인은 안정성 있는 다양한 직장을 보장하지 못하는 세상 때문이기도 하고 자기를 돌아볼 여유를 허용하지 않는 문화 때문이기도 하다. 세상의 큰 흐름을 따름으로써만 자신의 정체성을 확인할 수 있게 하는, 푹 빠지고 휩쓸리고 하는 것을 권하는 우리 문화의 특성도 여기에 관계될 것이다.

올더만은 10대 소녀 시절부터 소설가가 되는 꿈을 가지고 있었는데, 9·11 사건이 그녀를 돈의 꿈으로부터 깨어나 어린 시절의 꿈으로 돌아가게 했다. 사람의 삶에서 중요한 것은 자기가 보람을 느끼는 일에 정진하는 것이다. 그런데 시류에 휩쓸리지 않는 소설가가 되기는 쉬운 일인가? 얼마 전 서울에서 열린 동아시아문학포럼에서 일본의 중견 작가 시마다 마사히코(島田雅彦)는, 작가는 이제 존경받는 지식인으로부터 사랑받는 '캐릭터'로 변했다는 말을 했다. 작가는 자신의 진실에 충실한 사람이라기보다 세상의 눈치 속에서 자신을 성형(成形)해 가는 존재가 된 것이다. 작가는 자신의 진실된 말에 귀 기울일 수 있는 독자층보다 독서 시장의 불특정 다수의 독자를 상대로 글을 써야 한다. 시마다의 말에는 오늘의 작품에서는 판타지가 중요하다는 것도 있었다. 대중적 독서 시장에 넓은 호소력을 가질 수 있는 것이 그러한 것이라는 관찰이다. 이러한 이야기들은 작가가 시장과 돈에 지나치게 노출된다는 것을 말하지만, 더 심각한 것은 익명의 독자들이 작가에게 가해 오는 압력일 것이다. 이러한 압력에 거의 전적으로 노출되는 것이 연예인이지만, 일반적으로 오늘의 인간은 어느 시대에서보다도 거대한 힘들의 영향에 노출되어 산다. 물론 큰 것에 줄을 대어 자신을 확인하려는 사람들 마음의 움직임은 예로부터 인간의 한 특징이다. 다만 그것이 더 거대화하고 더 익명화된 힘이 된 것이다.

올더만의 글이 실려 있는 《가디언》에는 큰 세계에의 귀속을 원한, 다른 젊은이의 더 처참한 이야기가 실려 있다. 아비트는 파키스탄 편자브 출신의 스물한 살의 빵 굽는 기술자이다. 그는 친구를 따라 아프가니스탄으로 건너가 탈레반의 훈련을 받는다. 이교도들로부터 이슬람을 수호하려는 성전(聖戰)에서 목숨을 바치는 것은 이슬람교도로서의 의무라는 것을 심어 주는 교육을 받고, 아비트는 폭탄 자살 테러리스트가 되어 폭탄 차를 미군 기지를 향해 몰고 간다. 그러나 아프가니스탄군의 검문을 받고 체포되어 순교의 목적을 달성하지 못하고 만다.

이름 없는 빵 굽는 사람으로서의 삶보다는 순교자로서의 거룩한 삶을 택하는—적어도 국외자의 눈에는 부풀려진 광신에 희생되는—아비트의 이야기에서, 인간적이라고 느껴지는 것은 그가 말한 개인적인 것에 관계된 믿음과 소망들이다. 폭탄을 실은 트럭을 몰고 갈 때에 그에게는 아무런 두려움도 없었다. 알라는 죽는 순간에도 순교자에게 고통이 없도록 살펴 주신다. 순교자는 천국에 간다. 그것은 순교자의 가족에게도 베풀어지는 은혜이다. 이러한 것들은 그에게 큰 위안을 주는 일들이었다.

되풀이하건대 사람은 자신의 삶이 큰 것에 의하여 정당화되고 의미 있는 것이 되기를 원한다. 그러나 큰 것에로의 탈출이 절실해지는 것은 자신의 작은 삶이 괴로운 것이 되고, 그것을 지배하는 큰 것들이 자신의 구체적인 삶에 자연스럽게 이어져 있지 않을 때이다. 이때 탈출과 도약을 약속하는 것이 광신이고 이데올로기이고 돈이고 판타지이다. 세계에 열리지 않고는 살 수 없는 것이 사람이다. 그러나 구체적으로 인지할 만한 세계 속에서 진정한 것으로 느낄 수 있는 작은 삶에 충실하는 것—이것이 좋은 삶일 것이다. 오늘의 문제의 하나는 넓어져 가는 세계 속에서 어떻게 자기의 삶과 그것을 의미 있게 하는 작은 삶의 사회적 단위를 방위하느냐 하는 것이다.

(2008년 10월 9일)

명예와 자기 자신의 삶

노벨상의 계절이 한국인 수상자 없이 지나갔다. 경제력으로나 학문과 문학을 향한 국민적 열의에 비추어, 이제는 한국도 문학과 과학의 여러 분야에서 세계적으로 인정받을 만한 때가 되었지 않나 하는 것이 사람들의 느낌이다. 그리하여 한국인 수상자 없이 노벨상의 계절이 지나가는 것은 더욱 실망을 안겨 주는 일이 된다. 이번에는 일본이 물리학과 화학 부문에서 한 번에 세 사람의 수상자를 낸 것을 볼 때, 이 실망은 크지 않을 수 없다. 제일 가까운 이웃 나라라는 점이나 역사의 정의라는 점에서, 일본과 같은 나라와는 여러 면에서 균형이 이루어져야 한다고 느끼는 것이 사람들의 심정이기 때문이다.

그러나 너무 초조해하는 것은 그다지 도움이 되지 않는 일이다. 나라로 볼 때, 노벨상보다도 노벨상이 돌아오는 것이 자연스러운, 지적인 원숙성을 두루 갖춘 나라가 되는 것이 우리가 참으로 바라야 할 것이다. 상을 받지 않아도 나라의 지적 수준이 일반적으로 높으면, 그러한 사회에서 사는 것은 그런대로 행복한 일이다. 높은 산은 다른 높은 산들 사이에서 높다.

학문의 업적도 마찬가지이다. 수상자의 업적은 한 사람의 업적이라기보다는 여러 사람의 업적 가운데 솟아 있는 업적이고, 개인의 관점에서도 지속적인 연구 결과들 가운데, 새로운 발견의 행운을 얻어 주목을 받게 된 업적일 것이다. 상은 업적의 쌓임 가운데 서게 되는 기념비라는 성격을 가질 때 바른 의미를 갖는다.

노벨상은 수상자 본인, 주변의 친지, 나라, 이 모두에 두루 영광스러운 일임에 틀림없고, 한국과 같은 나라가 그것을 추구하고 원하는 것은 좋은 일이다. 상이 돌아오지 않더라도, 그것은 학문과 문학 그리고 인간의 복지와 평화를 위한 공헌을 귀중하게 여긴다는 증표이다. 그러나 그 참뜻은 외적인 영예보다도 그것이 의미하는 실질적 내용에 있다.

학문을 연구하는 사람에게 중요한 것은 노벨상과 같은 밖에서 오는 영예보다 자신이 수행하는 연구 자체가 가져오는 보람이라고 할 수 있다. 이렇게 보면 상은 그 보람의 확인이라는 뜻을 갖는다. 인생의 보람을 느끼게 하는 경험이 어떤 것인가에 대하여 많은 연구를 한, 시카고 대학의 미하이 칙센트미하이의 글에 노벨상 수상자들이 느끼는 만족감에 관한 것이 있다. 그와의 인터뷰에서 수상자들은 수상의 기쁨을 인정하면서도 더욱 중요한 것이 수상보다 뜻대로 진전되는 연구의 보람이라고 말했다. 10년 전 수학의 노벨상이라고 일컬어지는 필즈 메달을 받은 케임브리지 대학의 리처드 보처드(Richard E. Borcherds)와의 인터뷰가 한 대중 과학 잡지에 실린 일이 있다. 인터뷰에서 그는 자기가 조금 자폐증이 있는 사람이 아닌가 하고 생각한다고 했다. 외부에서 오는 평판에 대하여 조금 무감각한 사람이라는 말인데, 그것이 필즈 메달 수상 소감의 일부였다.

실질적인 의미를 따지게 되면 노벨상은 개인적으로도 여러 다른 의미를 가질 수 있다. 사르트르처럼 노벨상 수상을 거부한 사람도 있지만, 파블로 네루다는 자전적 기록에서 수상 후보가 되었다는 소문을 듣고 그 발표를 초조한 기대감으로 기다렸다고 고백하고 있다. 수년 전 노벨 문학상을 받은 한 작가는 수상과 함께 사생활이 없어지는 것을 경험하면서, 자신의 일생일대의 실수가 노벨상을 받은 것이라고 말한 일도 있다.

상이란 물질적·세속적 보상 이외에, 이름이 알려진다는 것을 의미한다. 이름이 알려지는 것은 이름만으로 요약할 수 없는 사실들이 그 뒤에 있어서 의미 있는 것이다. 그러나 오늘과 같은 선전과 판촉의 시대에는, 상품의 경우나 마찬가지로 이름은 그 뒤에 다른 실체가 없어도 중요한 것으로 생각된다. 어떤 사람을 두고 그 사람이 유명한 것은 무엇 때문인가 하고 물었을 때, 많은 경우 답이 "그 사람은 유명한 것으로 유명하지요."가 된다고 한다. 유명 그 자체로 값나가는 것이 오늘의 세상이다. 이른바 명품이라든가 브랜드가 그러한 것이다. 사람이나 상품이나 허명(虛名)이라도 회자되는 것이 좋은 것이다. 그리하여 자기가 느끼는 보람과 기쁨이 아니라 밖으로부터 주어지는 보상을 추구하고 그것이 어떤 이유로 얻어지는 것이든지 간에, 그것이 없으면 사람들은 자신의 삶이 밑천을 뽑지 못한 삶이라고 느낀다.

앞에 말한 칙센트미하이가 조사한 보람을 느끼는 일에 관한 연구에는 요트 조종에 뛰어난 항해사 이야기가 있다. 그는 세계 요트 경주에 참가하러 가다가, 그것이 요트 항해 그 자체가 주는 보람을 손상하게 될 것을 우려하여 중간에 탈락하기로 했다는 이야기이다. 국외자의 입장에서 요트 조종이 우리의 삶 일반에 어떤 기여를 하는 것인지는 알 수 없지만, 이 이야기는 보상이나 인정, 이름 때문이 아니라 사람들이 그 자체로 보람을 느끼는 일이 있다는 것을 말해 주는 극적 삽화라고 할 수 있다. 사람의 삶에는 그 자체로 의미에 충만한 것이 있고 또 그러면서 그것이 동시에 여러 사람이 나누어 가질 수 있는 것이 되는 일들이 있다.

이달 초에 나는 동아시아문학포럼과 관련하여 한·중·일 작가들과 함께 김유정 문학촌을 방문했다. 그날 김유정의 고향 실레마을을 이야기마을로 선포하는 행사가 있었다. 행사에서는 이 마을을 세계적인 곳이 되게 한다는 말이 여러 번 나왔다. 마을이 그렇게 되어야 한다는 것인지, 김유정이 그러한 인정을 얻어야 한다는 것인지는 분명하지 않았다. 김유정 문학을 논하는 자리에서는 그의 작품이 그려 낸 것이 일제 식민 치하에서의 농민들의 참상이라는 점이 높이 평가되었다. 작품에 나타나는 여성의 부당한 사회적 지위에 대한 관심이 중요하다는 지적도 있었다.

그의 생가라는 집에서 나에게 인상적이었던 것의 하나는 벽과 탁자에 보이는 '겸허(謙虛)'라는 휘호였다. 빈곤과 병고에 시달리면서 그가 좌우명처럼 써 놓았던 것이 이 말이라고 했다. 이 휘호 곁에 복사되어 있는 안회남(安懷南)의 편지에는 김유정이 죽기 전에 고통스러운 운명을 어떻게 겸허하게 받아들였는가를 말하는 내용이 들어 있었다. 그의 작품에서 우리가 느낄 수 있는 정서의 하나는 삶의 의지이고 삶에 대한 예찬이다. 겸허는 그가 원하고 예찬한 삶을, 고통까지를 포함하여 그대로 긍정한다는 말일 수 있을 것이다. 그는 이웃 사람들의 기쁨과 아픔에 주의하고 또 자신의 삶의 고통을 견디며, 그 고통을 포함하는 삶을 그대로 받아들인 것이다. 그의 '겸허'는 그의 삶의 어떤 완성감을 표현하는 것으로 느껴졌다.

세계적 평판이나 공식화된 사회적 기여라는 기준으로만 작가가 기념되어야 하는 것인가? 우리 마음에 깊은 느낌을 가지게 하는 것은 그 고장, 그 시대의 주어진 삶에 충실하려 했던 삶이다. 보통 사람에게 삶의 의미는 삶 자체 안에 있다. 다른 사람의 삶에서 문득 그것을 느낄 때, 그에 대한 우리의 추억은 공허한 수사를 넘어가는 것이 된다. 어떤 삶은 그 자체로서 내용이 있는 것이면서도 더 높고 넓은 삶의 가능성을 느끼게 한다. 그때 그것은 참으로 기념할 만한 것이 된다. 이러한 내적인 삶에 대한 이해를 포함하는 기념의 풍습이 거의 사라진 것이 오늘의 세계이고 우리 사회이다. 노벨상이 주로 이름의 위력이라는 관점에서만 생각되는 것은 자연스러운 일이다.

(2008년 10월 23일)

금융 위기의 교훈

　최근 세계를 휩쓴 금융 위기로부터 경제를 구출하기 위하여 각국 정부가 취하게 된 조처가 세계 자본주의 경제를 정상 상태로 돌려놓게 될지는 확실치 않다. 국가 재정으로부터 지원을 받은 금융업계가 파국을 면한다고 하더라도 당분간은 경제가 자신감을 회복하고 그 전과 같은 성장과 호황을 구가하지는 못할 것이라는 것이 일반적 견해이다.

　현실적인 경과가 어떻게 되든지 간에, 이번 위기의 한 의미는 그것이 대체적으로 받아들여지고 있던 경제와 사회 그리고 그 안에서의 인간 복지에 대한 통념을 크게 수정할 것이라는 데에 있을 것으로 생각된다. 경제는 그 독자적 법칙에 의하여 움직이는 것이지 정치를 포함하여 밖으로부터의 개입을 필요로 하지 않는다. ── 자본주의 경제의 가장 큰 가설은 이러하다. 이것은 개인과 기업의 관점에서 이윤과 이익의 추구 또는 ── 그것이 현실 세계에서 나타나는 형태로 보건대 ── 탐욕의 추구가 개인의 자유와 권리에 속하며, 그것을 제한하는 것이 옳지 않다는 것만을 말하는 것은 아니다. 자본주의는 투자와 자원 개발, 생산·공급·수요, 기술 발전과 풍요의 증진을 적정한 균형 속에 유지할 수 있게 하는 합리적인 체제라는 것이 그 궁극적 정당화의 근거이다. 이 합리성은 시장의 조정 기능을 통하여 확보된다. 문제가 있더라도 이 자체 조정 능력을 통하여 체제 전체가 문제를 스스로 해결하고 균형을 잡도록 해 준다는 것이다. 그리하여 개인의 부만이 아니라 국부(國富) 그리고 모든 사람의 행복의 증진이라는 과실(果實)이 얻어진다.

이번의 금융 위기가 보여 준 것은 자본주의 시장 경제가 그러한 자율적 조정의 체제가 아니라는 사실이다. 물론 투자 은행을 비롯한 금융 산업 또는 그 일부가 도괴한다는 것은, 규모가 지나치게 크기는 하지만, 체제의 자체 시정 과정의 일부라고 할 수 있다. 미국이나 유럽에서 위기에 처한 기업들을 구출하는 것은 이러한 자기 시정의 과정을 방해하는 일이라는 견해가 없는 것도 아니다. 그러나 대부분의 나라에서 금융 구조 조처에 대하여 큰 반대가 일지는 않는 것으로 보인다. 오히려 그러한 구조 조치를 더 강화해야 한다는 의견이 지배적이다. 공정성이라는 관점에서 볼 때, 적어도 직접적인 의미에서는 국민을 위하여 일한다고 할 수 없는 기업을 위하여 그 잘못을 국민의 세금으로 봉창해 주는 것이 옳은 일인가 하는 의문을 제기하는 사람도 있다. 그러나 기업 행위를 어떻게 보든지 간에, 기업이 망하는 것을 그대로 방치하기에는 모든 나라에서 국민의 삶은 너무 깊이 기업 활동 속에 연계되어 있는 것이 오늘의 현실이다. 금융 업계의 위기는 많은 기업을 파산에 이르게 하거나 큰 타격을 가하는 결과로 이어질 것이고, 궁극적으로 생산 활동, 소비 생활, 고용 등에서 문제를 일으키는 일이 될 것이다.

이번에 노벨상을 받은 《뉴욕 타임스》의 칼럼니스트 폴 크루그먼은 최근의 한 칼럼에서, 경제 구조 조치를 옹호하면서, 장기적인 전망만을 논하는 입장에 대하여 케인스가 한 말, "장기적으로 볼 때, 결국은 사람은 죽게 마련"이라는 말을 인용하고 있다. 지금 당장의 삶을 위한 조치가 중요하고 장기적인 문제는 별개라는 말이다. 오늘의 삶을 위하여 경제를 보살피는 일이 반드시 단기적인 의미만 갖는 것은 아니다. 더욱 값있는 삶을 위한다기보다는 오늘의 소비적인 삶을 위한 것이기는 하지만, 오늘의 삶을 돌보는 작업의 교훈은 자본주의 체제의 존재 이유도 결국은 국민 전체의 삶에 있다는 것을 상기하게 하는 데에 있다.

자본주의 체제는 그 체제적 균형 유지를 위해서나 인간적 삶의 경제적 안정을 위해서나 큰 관점에서의 조정을 필요로 한다. 흔히 자본주의는 인간 사회 합리화 과정의 한 결과로 생겨났다고 말하여진다. 그러나 자본주의에 대한 마르크스주의적 비판은, 그 합리성이 완전한 합리성을 구현한 것은 아니라는 것이다. 그 비합리는 시기를 두고 폭발하는 위기에서도 나타나지만 ─ 지금의 관점에서 그 궁극적인 표현은, 시장이 자원의 합리적 활용을 보장한다는 주장에도 불구하고 환경 파괴이다. ─ 경제의 발달이 인간의 고른 행복의 실현에 봉사하지 못한다는 것이다. 이 불합리의 요소를 제거하겠다는 것이 사회주의 계획 경제였다.

그러나 지금의 시점에서, 그것은 참담한 실패로 끝났다고 할 수밖에 없다. 그러나 경제가 관리되어야 한다면, 그것은 높아진 합리성에 의존하는 도리밖에 없다. 사회주의 계획 경제의 오류는 아마 경제를 지나치게 단일한 인과 관계의 체제로 파악한 것일 것이다. 그것은 현실을 포괄한 것이라기보다는 현실을 단순화한 것이다. 그리하여 전체적인 현실을 놓쳐 버린 것이다. 필요한 것은 현실을 더 복잡하게 볼 수 있는 합리성이다. 하나의 체계를 이루면서도 그 구성 요소가 너무 많고, 그 상호 작용의 형식이 다양하여 간단한 궤적에 의한 예측을 불허하는 현상을 근래의 과학에서는 복합계라 이름한다. 경제도 상당 정도 이러한 단선적 선형 체계(linear system)라기보다는 복합계(complex system)에 가깝다고 할 수 있을지 모른다.

경제를 넘어 인간 사회의 총체적인 질서는, 관계되는 요소들의 숫자나 그 가운데에도 자유 의지 또는 욕망으로 움직이는 인간이라는 요소로 볼 때, 하나의 법칙이나 계획으로 단순화될 수 없는 복합적 체계이다. 그러나 그것도 체계라고 불리는 한 합리적 접근을 완전히 거부하는 것은 아니다. 다만 그러한 체계에 개입하고자 하는 경우, 그것은 체계 전체와 구성 요소들의 상호 작용에 면밀히 주의하면서, 인식과 실천을 끊임없이 수정해 나가는 것이라야 한다.

인간 행동의 환경으로서 가장 중요한 것은 사회 전체의 체계이다. 그것은 사람들의 행동과 욕망을 궁극적으로 규정하는 한계 조건이 된다. 정치에서 중요한 정책은 인간의 사회적 이상을 실현해 줄 조건으로서 이 전체를 바르게 구성하려는 노력의 표현이다. 그러나 작은 것일 수도 있고 큰 것일 수도 있는 이 노력은, 전체 속에서의 상호 작용을 경유하는 동안에 변화하고 변질되게 마련이다. 단초(端初)가 어디에 있든지 지역적 변화의 집적은 전체를 변화시킨다. 그리하여 정책 구상은 현실화 과정에서 처음의 의도에 크게 어긋나는 것이 될 수 있다. 금융 기업체들은 부실 주택 융자가 모여 거대 금융 위기의 폭풍이 될 수 있다는 것을 예상하지 못했을 것이다. 의도야 어찌 되었든 그것은 서민층의 주택 소유를 용이하게 해 주는 측면도 가지고 있었고, 이것이 그 사회적인 정당성의 근거가 되었을 것이다.

지금 정부에서 내놓는 경제 대책들은, 위기에 대한 대증 정책이니만큼, 비교적 단선적으로 평가될 수 있을지 모른다. 그러나 일반적으로 요즘 정부에서 불쑥불쑥 발표하는 여러 정책들은—균형 발전, 주택 건설, 녹지, 교육에 관한 새 방책들, 특히 간단한 발상인 것 같으면서 현실의 엄청난 복합성에 연결되어 있는 행정 구역 개편 계획과 같은 것들은 상당 부분 복잡한 관련 사실들을 간과하는 것으로 보인다. 좋은 정책이란 구체적이면서도 사회의 복합계 속에 분명하게 자리하는 것이라야 한다. 정책은 신묘한 단방약이나 그러한 약방문의 집적이라는 인상을 주어서는 아니 된다. 작은 아이디어의 경우도, 정책은 사회 전체의 복합 체계 안에 자리해 있다는 느낌을 주어야 설득력을 얻게 된다.

(2008년 11월 6일)

역사役事의 역사歷史 되돌아보기

　지난해 5월 예루살렘의 남쪽 13킬로미터가량 되는 유적지에서 헤로데 왕의 무덤이 발견되었다는 발표가 있었다. 이것은 서방 세계에서는 상당한 뉴스가 되었다. 미국의 지리 풍물 잡지《내셔널 지오그래픽》올해 12월호는 이 무덤 이야기를 상세히 싣고 있다. 헤로데의 무덤은 예루살렘 히브리 대학의 에후드 네체르(Ehud Netzer) 교수가 발견한 것으로서, 그는 지난 수십 년간 헤로데 왕의 건축 유적지를 추적하여 발굴해 온 고고학자다. 무덤의 발견은 그에게는 이 발굴 작업의 마지막을 장식하는 것과 같은 의미를 가지고 있는 일이었다.

　기독교 성경에 나오는 헤로데는 예수가 태어날 때, 동방 박사로부터 유대인의 왕이 태어난다는 말을 듣고, 그것을 막아 내기 위하여 유대 나라의 두 살 이하 아이들을 모두 죽이라는 학살 명령을 내린 포악무도한 임금이다. 실제 헤로데가 이러한 명령을 내렸는지는 분명치 않지만, 그가 무자비한 폭군이었던 것은 사실이다. 그는 전쟁이나 정치 투쟁에서, 그리고 사적인 감정의 폭발로 무수한 사람을 죽였다. 그중에서 가혹한 예를 들자면 아내와 장모, 처남 그리고 세 아들을 죽인 일이다. 이것은 그의 잔인한 인간성 또는 정신병 때문이라고 말해지기도 하지만, 그에게는 그 나름의 이유와 동기가 있었던 것으로 해석될 수 있다. 그 나름의 이유란 정치적인 것들이다. 가까운 가족들을 죽인 것은 대체로 그들이 왕위 찬탈을 음모하고 있다고 생각했기 때문이다. 그러니까 그의 잔학 행위들은 왕권 수호를 위하여 전제 군주 체제하에서 드물지 않게 볼 수 있는 그러한 조처였다고 할 수 있다. 또 그것은 절대 권력의 잔인성이라는 테두리에서만 설명되지 않는 점도 있다. 그는 그 나름으로 자신의 왕정에 대한 이상을 가지고 있었고, 그것을 위하여 강력한 왕권을 확립할 필요성을 느꼈다. 정치적 명분이 비인간적 수단을 묵살할 수 있게 하는 것은 헤로데에게서만 볼 수 있는 일은 아니다.

그의 무덤이 발견된 헤로디움은 광대한 사막의 가장자리에 솟은 민둥산 위에 개발한 거대한 건축 단지이다. 산 아래쪽에는 전원도시를 구현한 듯한 궁정과 부속 건물들 그리고 시설물들이 있고 산꼭대기에는 위급 시를 위한 성채가 있다. 궁전은 정원과 수영장, 회랑, 건축물들로 이루어져 있는데, 이 별궁은 로마 제국이 지배하는 지중해 지역에서는 당대의 가장 거대한 별장이었던 것으로 추정된다. 수영장도 축구장만 한 크기라고 하니 그 규모를 알 수 있다. 발굴자 네체르 교수는 널려 있는 여러 건축물들이 하나의 총체적 기본 기획에 따라 건설된 것으로 생각한다. 모든 축조물들은 동서와 남북을 가로지르는 축을 중심으로 질서 정연하게 배치되어 있다. 헤로데는 처음부터 하나의 발상에서 사막 가운데 '평화롭고 고요한' '낙원'의 건설을 목표한 것이었다.

그는 이 외에도 많은 건축물들을 짓고 개축했다. 배를 대기가 어려웠던 카이사레아의 새 항구, 나중에 이스라엘 사람들의 반(反)로마 저항 봉기의 근거지 그리고 사적지가 된 마사다 성, 지금까지도 이스라엘인들에게 큰 상징적인 의미를 갖는 '제이의 사원' 등이 그중에도 두드러진 사례들이다. 네체르 교수는 발굴을 계속해 가는 사이에 이 유적지들이 하나의 마음에서 나온 작품임을 깨닫게 되었다고 말한다. 그는 헤로데가 "건축과 도시 계획에 대한 깊은 이해"를 가지고 있었다는 결론을 내린다. 헤로데는 위대한 설계가였던 것이다.

그런데 그가 건설하고자 했던 것은 건물, 도시 또는 국토만이 아니었다고 할 수 있다. 그는 왕국을 건설하고자 했다. 앞에서 비친 바와 같이, 그의 잔인하고 악랄한 통치 방법도 이에 연결되어 있다고 생각해 볼 수 있다. 그런데 그의 통치는 유대 사람들에게 쉽게 긍정적으로 받아들여지지 아니했다. 그것은 그 잔인성으로 인한 것이기도 하지만, 그가 로마와 맺고 있던 떳떳지 못한 관계에도 원인이 있었다. 원래 히르카누스 왕 밑에서 높은 지위를 가지고 있던 그는 반란 진압을 지휘하다가 로마로 피신하게 되는데, 그때 로마의 원로원은 그에게 유대인의 왕이라는 칭호를 준다. 그 후 그는 다시 유대로 돌아와 3년간의 전쟁 끝에 반란을 진압한다. 그리고 전처를 버리고 왕가의 딸과 결혼한다. 로마가 마르쿠스 안토니우스와 옥타비아누스의 통치 지역으로 양분되었을 때, 그는 안토니우스를 지지하다가 옥타비아누스가 로마를 통일하자 다시 옥타비아누스에게 충성을 맹세한다. 그 보상으로 그는 자신의 지위를 공고하게 하고 영토를 확장할 수 있게 된다. 그럼에도 불구하고 그가 가졌던 로마와의 종속적 관계는, 완전한 유대인은 아니었던 그의 출신과 더불어 많은 유대인들로 하여금 그를 배반자로 간주하게 한다. 그러나 그는 전쟁과 외교를 통해서 유대를 일시적으로나마 번영하는 나라로 만든다.

여기에 관련시켜 생각해 보면, 헤로데에게 건축 기획은 사회 기획의 일부였다. 이 두 기획이 앞서거니 뒤서거니 하면서 진행되는 것은 다른 데에서도 흔히 볼 수 있는 일이다. 때로는 건축 기획이 사회 기획 또는 정치 기획을 앞질러 가기도 한다. 중앙아프리카 제국의 보카사 황제가 기아를 극복하지 못한 아프리카의 오지에 건립했던 거대한 궁정과 같은 것이 그러한 예이다. 건축물 ── 특히 대규모의 건물이나 도시 건설은 권력의 상징이다. 그러나 건축은 그 자체로도 집념과 환상의 대상이 되는 것으로 생각된다. 헨리크 입센의 「대건축가 솔네스」는 이 집념이 얼마나 강할 수 있는가를 보여 주는 연극이다. 정치나 건축이나 다 같이 그것은 자신의 주변 환경, 자신이 사는 세계를 자기의 뜻에 맞게 구성하고자 하는 사람의 소망 또는 형성적 충동의 표현인지도 모른다. 그러나 인간적 현실의 복합성을 섬세하게 고려하지 않는 대기획은 많은 사람에게 오히려 고통을 안겨 준다. 혜로디움을 건립할 때의 정황에 대한 역사적 기록에 의하면, 그것은 사람들의 텃밭, 울타리, 과일나무들을 없애고 그 자리에 땅을 고르고 산을 깎아세운 것이었다. 이것은 정치 사회 계획에 의하여 정비되는 사람들의 삶에도 그대로 해당될 수 있다.

전제 군주가 휘둘렀던 힘을 정치 지도자가 행사할 수 없는 것이 민주주의 제도이다. 그러나 다른 한편으로 선거로 정치 지도자를 뽑는 민주주의는 지도자에게 어떻게 해서든지 그럴싸한 기획들 ── 사회 기획이나 국토건설 기획들을 내놓으라고 재촉하는 면이 있다. 오늘날 정치의 존재 이유는 사회를 더 살 만한 곳이 되게 한다는 데에 있다. 그리고 흔히 거대 사회 개혁, 제도 개혁, 건설 개혁들이 그러한 의지의 증거로 생각된다. 이것들을 일반 서민의 삶과의 관계에서 검증할 수 있게 하는 것이 민주주의 제도다. 그러나 모든 사회 계획이나 건설 계획이 일반 시민들의 삶을 편하게 해 주는 결과를 낳지는 아니한다. 또 민주주의하에서도 권력 기구에는 영웅들의 개인적인 판타지 아니면 검토되지 못한 형성적 충동의 자기주장이 끼어 들어갈 여지가 없는 것은 아니다. 이에 대하여 삶의 현실과의 섬세한 조율은 눈에 띄지도 않고 사람을 흥분시키지도 않는다.

헤로디움의 이야기는 정치, 건축, 도시 계획, 국토 건설 등의 역사(役事)가 가지고 있는 복합적인 의미를 다시 돌아보게 한다. 그리고 그것은 건설적이고 긍정적인 의도 또는 명분이 얼마나 쉽게 영웅적 비인간성과 결합될 수 있는가를 새삼스럽게 생각하게 한다.

(2008년 11월 20일)

바른 소비, 경제의 사회적 기초

　이번 금융 위기, 그리고 그것이 촉발한 경제 위기는 한동안 계속될 것으로 보인다. 직접적으로 위기에 놓인 것은 금융 기관들이고 기업들이지만, 그것은 실업자를 양산하게 될 것이고, 수요와 소비 시장을 위축시킬 것이다. 이것은 다시 기업에 타격을 주고 경기 악화를 심화시킬 것이다. 이러한 파상 효과가 일어난다는 것이 금융 위기에서 시작한 오늘의 경제 상황을 말하는 대체적인 견해이다.

　초기에 여러 나라 정부들의 대책은 금융 업체나 기업을 구제하려는 것이었으나, 이제는 소비자를 돕고 소비 시장을 북돋우는 쪽으로 확대되는 것으로 보인다. 미국의 경우, 국회와 재무부는 최근 소비자들의 채무와 주택 자금 담보 대출 지불금을 보조하기 위하여 8000억 달러의 예산을 책정했다고 한다. 얼마 전에 보도된 버락 오바마 대통령 당선자의 대책은 거대한 재정 지출을 통하여 경제에 자극을 주려는 정책 프로그램을 포함한 것이었다. 최근 이야기로는 5000억 달러 내지 7000억 달러 또는 그 이상의 재정 지출을 계획한다고 한다. 그것은 고용 확대, 사회 기반 시설 보수와 건설, 그리고 소비 시장 지원 등의 목적에 쓰일 것이다. 그의 대책은 경제를 살리되 그것이 사회 정책적 의미를 아울러 갖게 하는, 흔히 쓰는 말로 케인스적인 경제 정책이다. 다른 부분도 중요하지 않다고 할 수는 없지만, 고용 확대가 그 핵심을 이룬다.

부실 담보 주택 자금 융자로 인하여 금융 업체에 문제가 생겼을 때에, 미국 정부는 막대한 자금을 풀어 금융 업체의 도산을 막고자 했다. 의문의 하나는, 그 돈을 금융 회사가 아니라 대출금을 갚지 못하는 주택 구매자에게 돌아가게 하면 어떨까 하는 것이었다. 이에 대하여 경제 이론가들은 경제 체제 속에서 더 중요한 자리를 차지하고 있는 회사를 구제하는 것이 경제 정상화를 가져오는 일이라고 할 것이다. 그러나 직접적으로 생활의 고통을 받게 되는 것은 주택비를 감당하지 못하는 구매자이다. 그리고 다시 소박한 관점에서 보건대, 이들이 도움을 받는다면, 결국 그것은 금융 업체들의 부실 채무를 해결하는 것이 될 수도 있을 것이다. 수요와 공급의 총체와 그 균형이 문제라고 한다면, 정책적 지원이 어느 쪽에서 이루어지느냐하는 것은 상당 정도 선택의 문제라고 할 수 있는데, 선택의 기준에는 사회적 공평성을 포함하는 것이 정당할 것이다. 지금 여러 정부들이 내놓는 대책들이 경제를 살릴 것인지는 알 수 없지만, 사회 정책적 성격을 잃지 않는 경제 정책은, 비전문가의 눈으로는 적어도 그 방향에 있어서 옳다는 느낌이 든다.

케인스주의의 호소력은 경제 정책에 사회적 고려가 들어가는 데에 있다. 완전 고용이나 고용 확대의 의의는 모든 사람에게 두루 생계유지의 수단을 마련해 준다는 것이다. 이것은 사회 윤리의 기본적 요구라는 관점에서 필수적인 일이다. 그러나 경제의 관점에서 고용 그리고 이에 덧붙여 임금 수준의 유지는 총체적 수요와 소비를 증대하는 경기 부양 정책의 일부이다. 소비 자체에는 도덕적 관점이 들어가지 않는다. 소비는 생계와 같은 삶의 기초적인 필요를 위한 것일 수도 있고, 그렇지 않은 것 ─ 가령 이런 필요를 넘어가는 사치를 위한 것일 수도 있다.

경제 활동이 전적으로 도덕적·윤리적 동기에 의하여 지배되지 않는다는 사실을 부정적으로 생각할 필요는 없다. 경제의 자유는 서양에 있어서 인간 자유의 확대의 일부이고 기초였다. 윤리와 도덕이 없이 사람이 살아가는 방도는 없다. 그러나 정치력에 의한 도덕과 윤리의 강요는 전체주의를 낳고 인간의 자유와 존엄을 송두리째 빼앗아 버리는 것이 될 수 있다. 케인스주의는 일반적인 경제적 추구에서 사회 윤리의 기본 요구를 부차적으로, 거의 우연처럼 충족되게 하려는 것이다. 그러나 오늘의 경제는 거의 전적으로 필요의 충족보다는 그 이상의 소비 생활 ─ 사치의 동기에 의하여 움직인다 할 수 있다. 뿐만 아니라 그것은 사치를 넘어가는 탐욕의 추구가 되고 경제적으로도 커다란 문제를 야기한다.

지금의 위기는 자본주의 시장 체제의 자기 조정 운동에 의하여 시정된다는 주장이 있다. 그것은 해당 금융 업체나 기업체뿐만 아니라, 일반 시민에게도 고통을 가져 오고 이 고통은 일정한 기간을 두고 되풀이되어야 한다는 것을 의미한다. 다른 방책이 구제 금융과 재정 정책을 통하여 위기를 극복하는 것이다. 그러나 재정 지출에 의한 구제 정책은 소비자 구제와 함께 다시 한 번 탐욕의 계획들을 조장하는 효과를 가질 수 있다. 그리하여 탐욕과 그 결과에 대한 수습 행위는 일정한 기간을 두고 되풀이되어야 하는 것이 될 것이다. 경제가 사치와 탐욕에 이어진 것인 한 경제 생활의 안정화는 없을 성싶다. 우선 오늘의 위기에 대한 긴급 대책이 필요하겠지만, 장기적으로는 더 큰 안목의 사회 정책을 생각해야 할 것이다.

이번 위기에서, 금융 업체들의 탐욕은 분명하지만, 주택 구입자의 경우는 어떠한가? 위에서 말한 부실 채무자를 도와준다는 경우, 그것이 참으로 집을 잃고 곤경에 처한 사람만을 도와주는 것일까? 주택 구매에는 살 집이 필요하다는 외에 다른 동기들이 작용한다. 더 나은 집에서 살고 싶다는 것은 그 하나이다. 돈을 빌리는 상당수는, 적어도 우리 사정으로 미루어 보면, 부동산 투기를 목적으로 한다고 할 수 있다. 여기에서 동기는 집보다는 돈이지만, 노후를 포함하여 앞으로 생활의 불안에 대비하려는 마음이 여기에 작용할 수도 있을 것이다. 탐욕이면서도 삶의 필요에 대한 대처라는 의미가 있다는 말이다. 더 큰 탐욕의 경우도 간단하지는 않다. 금력이라는 말이 있다. 그것은 권력에 버금가는 힘을 가지고 있다. 금력이든 권력이든 힘은 막히는 일을 쉽게 풀 수 있는 수단이 된다. 막히는 일이 많은 사회에서 힘은 삶의 수단이다. 그리고 힘은, 행사되는 것이든 아니든, 그 자체로 위엄과 자만감의 기초이다. 권력 아니면 투쟁의 관계가 인간관계의 기본이 되는 사회에서 그것은 두드러진 정체성의 내용이 된다. 탐욕의 제어가 도덕적 차원에서만이 아니라 경제적으로 절실한 것이 되었다 해도, 사회에 삶의 안정과 공동체적인 인간관계의 틀이 존재하지 않는 한, 그것은 풀릴 수 없는 문제로 남을 것이다. 정치나 경제도, 참으로 좋은 결과를 얻으려면, 바른 사회적 기초가 있어야 한다. 당면 문제도 해결해야 하지만, 정치 행위의 장기적 과제는 이 기초의 구축에 기여하는 것이다.

오늘날 경제 정책에서 중요시하는 것은 탐욕이 아니라고 해도 소비 시장이다. 경기 부양은 소비 생활의 자극을 목표로 한다. 그것은 오늘의 선진 소비 시장에서 보는 바와 같이 삶의 필요를 충족시키는 일보다는 과시성 소비, 사치성 소비를 조장하는 것이 된다. 탐욕 문제의 많은 부분이 여기에 연결되어 있다. 근본적인 문제는 이러한 소비를 삶의 필요의 충족이란 관점에서 다시 정의하는 일이다. 필요를 넘어가는 소비 생활이 반드시 사람의 행복을 증진한다고 할 수는 없다. 뿐만 아니라 그것은 오늘날 인간의 생존 여부를 위협하고 있는 자원 고갈과 환경 파괴의 가장 중요한 요인이 되어 있다. 소비가 미덕이 아니고 행복의 근원이 아니라는 이해를 일반화하는 것은 더욱 복잡한 문제이지만, 그것이 사회 정책과 무관한 것은 아니다. 오늘의 여러 공공 계획들만 보아도, 그 아래 스며 있는 가치들이 대체로는 사치와 탐욕을 자극하는 종류의 것이라고 하지 않을 수 없을 것이다.

(2008년 12월 4일)

공공 건설 정책과 삶의 현실

　후퇴하는 경기를 북돋우는 수단의 하나는 대규모 공공 토건 사업이다. 이명박 대통령은 원래부터 치수 사업에 집착했지만 최근에 발표된 4대강 정비 사업은 아마 경기 회복용 공공사업일 것이다. 버락 오바마 미국 대통령 당선자가 경제 위기의 구제책으로 내놓은 것도 대규모 건설 사업들이다. 건설 관계 기업들을 돕자는 것이기도 하지만, 고용 기회를 확대한다는 것이 그 주목적이다. 1930년대 공황기에 루스벨트 대통령도 이와 비슷한 고용 확대 정책을 시도했다. 미국의 여론들은 대체로 오바마 당선자의 정책을 불가피한 것으로 받아들이는 것으로 보이지만, 현실에 맞추어 섬세하게 조율되지 않으면, 그 효과가 긍정적인 것도 장기적인 것도 아닐 것이라는 우려가 표현되고 있다. 4대강 정비 사업이 구체적으로 경제 문제에 어떻게 연결되는 것인지, 또 일반적으로 정부의 위기 대책이 어떤 것인지는 아직 분명치 않다. 그러나 미국에서 들리는 오바마 계획에 대한 우려는 우리도 참고할 만한 것으로 생각된다.

　《뉴욕 타임스》의 칼럼니스트 데이비드 브룩스도 일단 오바마의 공공 건설 계획은 불가피하다고 본다. 그것이 지금의 경제 상황 때문만은 아니다. 미국의 낡은 도로, 교량 등의 사회 기반 시설들을 보수한다고 하면, 그것은 반세기 만의 일이다. 오바마의 계획에는 학교에 컴퓨터를 더 보급하고, 학교 건물과 정부 공공 건물을 에너지 절약형으로 개수한다는 것도 포함되어 있다. 브룩스는 대체적으로 이러한 계획들의 필요를 인정하면서도 그것들이 아주 새로운 것은 아니라고 말한다. 그가 특히 우려하는 것은 도로나 교량에 대한 오바마의 계획이 미국 사회의 새로운 현실을 참고하지 않는 것이 될지 모른다는 것이다.

오랫동안 미국인들은 도시에서 벗어나 교외에 터를 넓게 잡고 살기를 원했다. 도로망도 이에 따라 도시에서 교외로 뻗어 나가는 방사선형으로 발달했다. 그런데 새로운 경향은 사람들이 이웃과의 어울림을 찾아 도시로 회귀하는 것이다. 전에는 골프장과 반듯하고 넓은 공간을 원하던 사람들이 이제는 커피 집과 지역 문화 회관을 원한다. 새 공공사업이 맹목적이고 낭비적인 것이 되지 않으려면, 이제 그것은 도로와 교량을 무작정 확장하는 것이 아니라 새 주거 경향에 부합하는 것이라야 한다. 작은 광장이 있고, 만남의 장소가 있고, 공동체적 유대를 굳힐 수 있는 마당이 있는 곳, 사람들은 그러한 곳에 살기를 바란다. 새 공공 건설 사업은 새로운 사회 철학을 요구한다.

브룩스가 말하고 있는 것은 미국의 특수한 사정이다. 그러나 골프장보다는 서로의 삶을 서로 느낄 수 있는 동네가 있어야 한다는 것은 미국만이 아니라 다른 많은 사회에도 맞아 들어가는 사람의 근본적 정서이다. 세계에서 우리나라처럼 전국적으로 토건 사업을 계속해 온 나라도 드물다고 할 것이다. 그것은 급변하는 사회에서 그 나름의 필요를 충족시키는 역할을 했다고 하겠지만, 살기 좋은 동네라는 관점에서는 실패했다고 할 수밖에 없다. 이상적으로 말하건대, 사람이 모일 수 있는 중심과 사적 공간을 찾아 물러갈 수 있는 둘레가 조화를 이루고 있는 곳, 그러한 곳이 좋은 동네이다. 여기에 일터가 연결된다면, 그 이상 좋을 수가 없겠지만, 그것은 요즘 사정으로는, 한 거대 기업이 지배하는 단조로운 삶의 터가 될 가능성이 크다. 현실적으로 바랄 수 있는 것은 일터가 너무 멀지 않고, 그 또한 인간적 노동 조건을 갖춘 곳, 이러한 정도가 아닌지 모르겠다.

이렇게 말한다고 하여 지금 와서 그러한 주거와 노동의 조건을 급하게 만들어야 한다는 것은 아니다. 그것은 다른 긴급한 일을 하면서도 잊지 않고 서서히 다가가야 할 목표라고 생각하는 것이 합당할 것이다. 브룩스가 말한 중심이 있는 작은 동네는, 미국인의 새로운 거주 형태를 투사한 것이라고 하지만, 주로 중류 계층 사람들의 교외 주거지에 해당된다. 제외된 것은 도심의 빈곤 지역이다. 동네의 모델 자체가 잘못된 것이라고 할 수는 없지만, 그것은 사회의 절실한 필요를 충분히 참조한 것이 아니다. 그러나 토건 계획에 대한 브룩스의 조언(助言)에서 중요한 것은, 공공 건설 계획은 사회 현실에 맞는 것이라야 한다는 지적이다. 우리 사회에서 긴급하게 주의를 기울여야 할 부분은 어떤 곳인가? 어떤 대책이 사회 구조와 함께 경제 활성화에 도움을 줄 수 있을 것인가? 위기 탈출을 위한 공공사업 계획은 이런 문제들을 깊이 연구하면서 세워져야 할 것이다. 물론 그 연구의 결과, 사업의 대상이 반드시 건설 부문에서만 발견될는지도 확실치 않다.

결론이 그렇게 된다고 해도, 이러한 공공사업에 있어서 문제점은 기안과 시행의 속도가 너무 급하고, 크게 눈에 띄는 업적에만 투자가 편중되기 쉽다는 것이다. 서민의 삶이라는 관점에서 볼 때, 서울에서 가장 손댈 필요가 없는 곳이 광화문 근처일 것이다. 예나 지금이나 그대로 두어도 볼 만하고 다닐 만한 곳이 광화문 근처였다. 그래서 그런지 일제로부터 시작하여, 집권자들이 가장 가만두지 못하는 곳이 그곳이다. 얼마 전에는 광화문을 새로 짓는다더니 지금은 광화문 광장을 만든다고 공사판을 벌이고 있다. 서울에는 시민들의 삶의 터로서 개선해야 할 곳이 얼마나 많은가? 그러한 곳은, 뒷골목으로 들어가 보면, 종로 복판에도 있고, 마포에도 있고, 노원구에도 있다.(개선은 공동체적 삶을 송두리째 뒤집어엎는 '뉴타운'을 말하는 것이 아니라 살 만하고 다닐 만하고 볼 만한 동네를 두고 한 말이다.)

토건 정신의 지배하에서 한국 도시의 두드러진 특징이 된 것은 불연속성과 부조화이다. 이것은 관광객 유치라는 관점에서도 그러하다. 몇 년 전 광주 비엔날레에 참가한 외국의 예술가들이 광주에 대해 의견을 말하는 것을 들은 일이 있다. 두드러진 의견의 하나는 비엔날레가 위치한 공원지대를 벗어나기만 하면 전혀 다른 도시가 되고 도시의 생활을 감상하고 즐길 만한 곳이 없다는 것이었다. 현대적 발전을 계속해 온 포항을 방문한 외국인 교수가 대학과 도시의 불연속성에 대해 논평하는 것을 들은 일도 있다. 오래된 건물과 거리를 철거하고 콘크리트와 철과 유리 건물을 지어 놓는다고 좋은 도시가 되는 것은 아니다. (물론 오래된 것을 그대로 두기만 한다고 좋은 도시가 되는 것도 아니지만.) 파리의 많은 부분이 현대적 도시로 바뀐 다음, 새로운 '키치'의 도시에 대하여 허름한 대로의 옛 도시 — 집과 건물에 비치는 햇빛이 눈에 띄고 사람들의 왕래를 감상할 수 있는 도시를 그리워하는 사람들도 많다. 이제 일체성과 조화의 관점에서 우리의 도시를 점검해 볼 만한 시점이 되었다.

건설 사업을 생각할 때, 핵심은 사회적 필요이다. 정치 지도자들은 가시적인 위업과 유적을 남겨 놓아야겠다는 강박감을 가지고 있다. 그러나 국민들이 진정으로 원하는 것은 부동산으로 표를 내는 것이 아니라 말없이 사람들의 삶을 떠받쳐 주는 지도자이다. 최근의 경제 위기는 공공사업의 대규모 발주를 정당화하는 분위기를 조성한다. 이것이 사람들의 작은 필요를 밟고 넘어가는 가시적인 거대 계획이 아니라 작은 필요들이 모여 보이지 않으면서도 거대한 삶의 질의 향상을 가져올 수 있게 하는 계획이 되기를 희망해 본다.

(2008년 12월 18일)

8장

스스로를
위한 학문

사회 윤리의 재출발
회고와 희망

　사람 사는 일이 늘 그렇다고 할 수도 있지만, 2008년은 특히 어떤 세계 사적 고비를 생각하게 하는 해였지 않나 한다. 현실 사회주의 체제가 무너진 다음, 세계 여러 나라 대부분의 사람들은 자본주의 체제를 ─기쁘게 또는 체념을 가지고 ─ 유일한 현실로 받아들이고, 문제가 있다면 그것을 고쳐 나가는 것밖에 다른 도리는 없다고 생각하게 됐다. 그런데 2008년에는 자본주의 체제를 위기로 몰아간 큰 사건들이 연달아 일어났다.

　위기의 원인에 경제와 정치가 있기는 하지만, 보통 사람의 반응은 대체로 윤리와 도덕의 관점에서 사태를 본다. 사실 위기의 근본에는 윤리와 도덕의 문제가 있다. 미국 전자 증권 시장의 회장을 지낸 버니 메이도프 (Bernie Madoff)의 사기 사건은 하나의 증후적인 사건이라 할 수 있다. 그가 소유하고 있던 증권 회사는 개인들과 함께 대학이나 자선 재단의 자금을 운용하고 있었으나, 이번 위기에 투자자들에게 총 500억 달러의 손해를 끼치고, 그는 연방수사국에 의하여 체포되었다. 그는 오랫동안 투자자에게 연 10~12퍼센트의 수익을 안겨 주었다. 그러나 그것은 수익을 올린 것이 아니라 새 투자자의 돈을 수익금인 양 처리한 것이었다. 합법적으로 간주되는 이익금은 사업 투자에서 발생하는 수익이다. 투자는 불확실한 미래의 이익에 대한 것이다. 투자는 파생 상품에 대한 것일 수 있고, 그중 일부는 서브프라임 대출금처럼 부실한 내용의 것일 수 있다. 발생하지 않은 이익과 위험률이 높은 이익, 또 실현 가능성이 희박한 이익 사이에 차이가 큰 것일까?

이번 위기를 거품 금융이 초래한 위기라고 진단하기도 한다. 생산과 수요로부터 동떨어진, 투기 금융의 과도한 이익 추구가 거품 경제 상태를 만들어 낸 것이다. 그리하여 추구하던 이익은, 머도프의 이익금처럼, 없는 이익이 되었다. 거품은 실질적인 생산과 수요에 이어지지 않는 거래에서 발생한다. 그런데 생산과 수요가 있다고 하여, 그것이 반드시 사람의 참다운 필요에 대응하는 것일까? 시장의 수요가 쉽게 늘고 준다는 사실 자체가 그것이 긴급한 삶의 필요에 이어져 있지 않다는 것을 말한다. 오늘날 많은 제품은 삶의 필요보다는 사치 욕망을 충족시킨다. 이러한 가상의 필요에 대한 욕망은 상업 문화에 의하여 인위적으로 자극된다. 사치 문화 또는 잉여 소비 문화가 사회적 불평등, 갈등 그리고 환경 황폐화의 원인이 될 수 있다는 것은 새삼스럽게 말할 필요도 없다. 별로 이야기되지 않는 것은 삶의 기본적 필요의 분명한 인지가 개인적으로도 온전한 삶의 지표에서 기본 축이 된다는 사실이다. 그것이 윤리의 근본이다. 필요를 넘어가는 소비 거품은 사람의 삶의 바탕으로서의 윤리적 차원을 공허한 것이 되게 한다.

거품으로부터 삶을 방어하는 것은 난사 중의 난사다. 개인적으로 그것은 엄격한 자기 기율을 요구한다. 그것은 개인 선택의 문제다. 무서운 것은 이 문제를 일시에 해결하려는 사회적 시도다. 이때 기율의 강요는 전체주의적 억압이 되어 인간성 말소, 권력의 부패를 낳는다. 또 종국에는 삶의 기본적 필요의 충족 자체를 불가능하게 하는 빈곤을 항구화한다는 것이 역사적 교훈이다. 윤리와 도덕의 근본이 자유 의지에 있다는 명제는 윤리학의 공론(空論)이 아니다. 그리고 더 깊은 의미에서의 윤리와 도덕은 창조적이고 개방적 성격을 갖는다는 철학적인 관찰도 이상론이 아니라 현실론이라고 해야 할 것이다. 인간 현실은 간단한 도덕적 시비로 재단되지 않는 것으로 보인다. 인간적인 윤리와 도덕이 존재하는 사회는 도덕을 강요하는 것이 아니라 그것이 일반적으로 삶의 습속이 되면서도 자유 선택을 아끼는 사회이다. 최근 번역서 서평의 표제를 빌리면 "속이는 자가 이기는 사회"가 아닌 사회,(《경향신문》 12월 19일자 정환보 기자 서평) 윤리적 행위를 선택하는 삶이 편안할 수 있는 사회가 그러한 사회이다. 이것을 창조하기 위해서는 인간 현실을 넓게 파악하는 사회적·정치적 상상력이 필요하다.

근착 《가디언》 주간지는 트리오도스 은행의 이야기를 대안 경제의 사례로서 싣고 있다. 1980년 네덜란드에 설립되어 유럽의 여러 나라에 지점을 두고 있는 이 은행은 투자와 대출을 하되, 윤리적 기준을 사업 평가에 적용한다. 풍력 개발, 유기 농업, 주택 협동 건설, 예술 기획 등 ─ 문화 가치 향상이나 사회와 환경의 개선에 도움이 될 만하다고 판단되는 일에만 대출하고 투자하는 것이다. 은행의 이름 트리오도스는 희랍어의 '트리 호도스' ─ 세 개의 길이라는 말에서 온 것이다. 사회와 윤리와 경제를 하나로 한 것이 은행의 운영 원리이다. 놀라운 것은 이 은행의 사업이 번창한다는 것이다. 이번의 위기에서도 큰 피해는 없었다.

트리오도스에서의 윤리와 이익의 교묘한 조합(組合)은 자유를 손상하지 않으면서 윤리가 현실의 일부가 되게 하는 방법의 모델이 된다. 이 모델에서는 사회 윤리적 의의를 갖는 사업도 수익 사업이 될 수 있다. 그것은 사업자가 좋은 뜻을 가졌기 때문만은 아니다. 경제적 인센티브 때문에 윤리적 사업을 펼치는 사업자가 있을 것이다. 이것은 윤리적 행위의 순수성을 훼손하는 것으로 간주될 수 있다. 그러나 최근에 보도되는 우리 사회의 여러 비리 사건들은 정당하다고 주장되는 정치적 명분이 어떻게 이기적 목적의 구실과 동기가 되는가를 통절히 깨닫게 한다. 트리오도스의 경우 사회 윤리적 의도는 경제 이익을 호도하는 기능을 수행하지 않는다. 두 가지 책임은 다르면서 연결된다. 수익 사업은 경제의 관점에서 책임을 져야 하는 사업이다. 이익의 추구는 감추어 놓은 의도가 아니다. 그리하여 윤리의 정당성이 이익과 권력의 정당성으로 전환되지 않는다. 윤리나 수익 사업은 자유롭게 선택된 것이다. 그것을 근거로 다른 사람의 선택의 자유를 빼앗는 것은 자가당착이 된다. 그러면서 모든 것은 윤리의 틀 안에 있다.

트리오도스라는 작은 회사의 모델이 사회 전체에 적용되기는 어려울 것이다. 그러나 사람의 필요와 소망은 복잡한 균형 속에서 ─ 그러나 사회 윤리의 일반적인 바탕 위에서 이루어진다는 이 사업의 교훈은 중요한 교훈임에 틀림이 없다. 자유의 대가는 쉬지 않는 경계라는 말이 있다. 자유의 손상을 잘 지켜야 한다는 말이지만, 윤리 기율의 해체를 방치하지 않는 자유가 참다운 자유라는 말로 해석할 수도 있을 것이다. 윤리의 대가도 쉬지 않는 경계이다. 그 손상을 조심해야 하는 것은 물론이지만, 동시에 그것이 이익과 권력의 구실이 되는 것을 경계해야 한다.

바탕이 되는 것은 사회 윤리의 문화이다. 거기에서 사회 윤리적 의지가 자라 나온다. 그러나 그것은 인간의 필요와 소망을 사회 구조 속에 실현할 수 있는 정치 행위 ─ 상상력을 가진 정치 행위에 의하여 현실에 표현되어야 한다. 역사적 시련은 우리 사회의 집단 윤리를 강화했다. 그러나 동시에 그것은 경직된 이데올로기가 되고, 급기야 파당적 이해 갈등의 수단으로서의 의미만을 가지게 되었다. 우리에게는 윤리의 새로운 출발이 필요하다. 새해 새 아침에 우리는 그것이 파당적 투쟁의 구호가 아니라 인간의 현실을 포용하고 살 만한 사회 실현을 위한 숨어 있는, 그러나 확고한 바탕으로 변화되어 갈 것을 희망해 본다. (2009년 1월 1일)

공론 공간의 쇠퇴

신문 보도에 의하면, 얼마 전에 방송된 KBS 프로그램에는 여야 원내 대표가 함께 어깨동무를 하고 노래 부르는 장면이 포함되었다고 한다. 여야 대표가 상대를 평가하는 부분에서도 서로를 "합리적이고 순수"하다, 또는 "소신 있는 의회주의자"라고 평가했다고 한다. 폭력 사태에까지 이르렀던 연말 국회의 인상과는 달리 여야의 대결이 함께 설 공간을 허용하지 않을 정도로 극한적인 것은 아닌 것으로 보인다. 같이 노래할 수는 있어도 의안을 두고 논의는 함께 할 수 없는 것이다. 문제의 해결은 토의를 통해서가 아니라 아(我)와 비아(非我)의 혈투로서만 이루어진다. ── 정당 관계에서만이 아니라 일반적으로 우리의 공적 논의의 풍습은 이렇게 굳어지는 것으로 보인다.

국회의 기능은 의안을 내고, 그것을 토의하고, 의결하는 것이다. 형식상으로 보면 가장 중요한 것은 토의이다. 그러한 의미에서 국회는 함께 이야기하는 공간이다. 문제가 되는 의제들은 합의보다 대립을 불러일으키는 것이기 쉽다. 그러면서도 이야기가 오고 갈 수 있다는 것이 국회의 본래

의미일 것이다. 그 바탕에는 토의를 통하여 서로의 다름이 조정될 수 있다는 전제가 있다. 토의는 어떤 안건을 두고, 또 문제가 되는 상황에 대하여, 자신의 입장을 설명하고 다른 사람을 설득하여 그것에 동의할 수 있게 하고, 나아가서는 자신과는 다른 의견을 경청하고 그 입장에 대한 설명을 듣고 새로운 사실과 설명에 접함으로써 자신의 입장을 수정하고, 급기야는 자신이 반대했던 의견과 입장으로 돌아서고 새로운 결정을 내리는 과정을 말한다.

물론 이것은 이상일 뿐이고 국회의 의안이나 법안 심의에서 가장 중요한 부분은 의결이다. 의안이 어떻게 처리될 것인가는 정당의 입장과 견해에 의하여 이미 결정되어 있고, 의사(議事)는 표결을 통하여 그것을 확정하는 것에 불과하다. 표결은 개인적 숙고와는 관계가 없는 집단 행위이다. 국회가 참으로 토의의 장소가 되는 것은 매우 드문 일이고 그것은 기껏해야 협상과 타협의 장소가 될 뿐이다. 물론 어떤 문제는 첨예한 대립이 있을 뿐 타협의 여유가 허용되지 않는다는 것도 현실이다. 그리고 많은 경우 생각의 장에서는 여러 가능한 방안이 있다고 생각되어도 행동의 장에서의 행동 논리는 다른 모든 선택을 배제하는 하나의 선택만을 허용한다. 그럼에도 불구하고 생각의 장을 열어 놓고 토의의 절차를 유지하는 것은 중요한 일이다. 그것은 공론의 공간을 유지하는 행위의 일부이다. 이 공간의 유지는 현재나 미래의 행동적 결정을 합리적 테두리 안에서 이루어지게 하는 데에 핵심적 요인이 될 뿐만 아니라 적대적 입장 아래에도 잠겨 있는 공공의 운명을 확인하는 일이 된다.

지난번 여야 대결에서 크게 문제가 된 것은 주로 언론 관련법이나 금산 분리와 관계된 법이다. 후자는 금융과 산업체의 분리를 완화하자는 것인데, 새로운 신문법이나 방송법도 현행의 엄격한 규정들을 완화하자는 것이다. 그러니까 둘 다 규제를 완화하고 자유의 영역을 넓히자는 것으로 생각할 수 있다. 그런 의미에서 그것은 규제를 완화하거나 철폐하고 기업 활동의 자유를 확대하려는 현 정부의 취지에 맞는 것이라고 할 수 있다. 이것은 시장의 자유에만 관계된 것으로 볼 수도 있으나, 대체적으로 민주주의의 원리에 어긋나는 것이라고 할 수는 없다. 다만 이것은 민주주의를 극히 추상적으로, 또는 원리주의적으로 해석하는 것이다. 원리주의적 확신이 대체로 그렇게 되듯이, 이것은 옹호하려고 하는 현실 그것을 왜곡하는 결과를 가져올 수 있다.

민주주의 체제하에서도 자유는 일정한 체제로서 정립된 자유를 말한다. 그것은 사회의 다른 여러 필요와 균형 속에서 향유될 수 있는 자유이다. 언론을 통하여 다수자의 의견과 자유를 수렴하고자 할 때, 중요한 것은 그것이 어떤 일부 세력에 의하여 독점되는 것을 방지하는 것이다. 그것은 가령 국회에서 의원의 발언을, 특별한 경우가 아니면 20분으로 제한한다든지 하여 여러 복잡한 규칙 속에서 행해지게 하는 것과 비슷하다. 언론의 자유가 의미 있는 것이 되려면, 공정성과 다양성 그리고 실천적 효율성 등의 조건을 보장하는 제도가 있어야 한다. 이러한 조건들의 확보가 국회 안팎에서 같은 것이 될 수는 없지만, 뉴스 매체의 독점이나 비대화를 방지하는 것은 언론 자유를 위하여 받아들여야 하는 불가피한 조처이다.

금산 분리의 문제는 전문가들이 시비를 헤아려야 하는 문제라고 하겠지만(물론 언론 관련법의 경우도 마찬가지이겠지만) 오늘의 세계적 금융, 경제 위기는 바로 금융과 산업이 지나치게 얽혀 들었던 결과라는 인상이 짙다. 독일에서 최근에 일어난 센세이셔널한 사건의 하나는 대기업인이며 재벌인 아돌프 메르클레(Adolf Merckle)의 자살이다. 그는 약품 회사, 시멘트 공장 등 제조업계의 거물이면서 은밀히 막대한 돈을 금융 투기에 투입하고 있었다. 그의 자살은 금융 투기의 손실을 감당할 수 없었기 때문이다. 이와 더불어 그의 기업들이 크게 타격을 입게 된 것은 물론이다. 메르클레의 죽음에 대한 한 논평은, '기업가는 신용 대출의 말을 타야 큰돈을 번다'는 유혹에 넘어간 것이라는 것이다. 그의 투자는 주로 주식과 관계된 것이었지만, 산업 자금과 금융 자금의 지나치게 유연한 혼융의 결과가 그의 문제였다고 할 수 있다. 이 사건은 이번 금융 위기의 핵심을 요약해 보여 준다. 이것은 산업 경제의 합리성에 관한 문제이지만, 다른 관점에서 말하건대 기업도 공익의 테두리 안에서만 존재할 수 있다. 미국의 시장 경제 체제에도 독점 통제와 공정 거래를 위한 강력한 규제가 존재한다. 기업의 존재도 사회 전체의 이익에 의하여 정당화되어야 한다는 것이 대전제이다. 정치적 관점에서 사회 한 부분의 비대화는 비민주적 권력의 비대화가 되고 결국 자유와 평등을 손상하는 결과를 낳는다.

이러한 것들은 사실 원론적인 이야기이다. 그러나 이것을 되풀이하는 것은, 결국 우리가 원하는 것이 사람이 사람답게 살 수 있는 민주주의 사회를 세워 나가는 것이라는 것을 상기할 필요가 있기 때문이다. 근본 목표 또는 적어도 사회 공간을 공유한다는 사실을 확인하는 것은 여러 가지 점에서 타협의 가능성을 열어 놓는 일이 될 것이다. 공론 공간의 건재가 이것을 매개한다.

최근 우리 사회의 두드러진 경향의 하나는, 이미 말한 바와 같이 행동적 대결만이 문제 해결의 방식이라고 생각하는 것이다. 모든 정치적인 발언은 물론 학문적인 발언들에서까지 발언자가 어느 편에 서 있는가 하는 것이 판단의 제일차적 기준이 되어 가고 있는 것이 오늘의 현실이다. 국회에서 그런 것처럼 다른 여러 공론의 장에서도 원칙과 사실과 논리를 말하는 것은 쓸데없는 일이거나 이적 행위(利敵行爲)로 간주된다. 폭력 대결이 아니라도, 쟁점이 없다고 하여 법안을 한 번에 58건씩이나 통과시킨다는 것은 놀라운 일이다. 토의가 국회에서 사라지는 데에는 불가피한 면이 있다고 하더라도 학계를 포함하여 다른 공론의 장에서도 사실적이고 합리적 분석보다는 편 가르기가 주된 풍조가 되는 것은 심히 걱정스러운 일이라고 아니할 수 없다. 열려 있는 합리적 토의 과정의 생략은 민주주의의 토대가 되는 공공성이라는 자산이 소진된다는 것을 말한다.

(2009년 1월 15일)

통합의 정치

오바마 대통령 취임사에 부쳐

버락 오바마 미국 대통령 취임식은 세계적인 뉴스거리가 되고, 많은 사람들에게 축제의 계기가 되었다. 17세기 초 아프리카인들이 노예로서 미 대륙에 끌려온 이후, 19세기 말에는 노예 해방 선언이 있었고, 20세기 중엽 이후 차별에 대한 끈질긴 저항 운동이 계속되었다. 오바마의 대통령 취임은 이 오랜 수난과 투쟁의 역사가 이제 하나의 평형 상태에 이르렀다는 것을 나타내는 사건이다. 또 케냐인 아버지를 둔 오바마의 대통령 취임은 한 나라의 정치가 인종만이 아니라 국적의 차별도 넘어설 수 있다는 ─ 세계사적인 전환을 나타낸다고 할 수 있다.

축제 분위기와 함께 기대가 한껏 부푼 것은 이해할 만한 일이다. 독일의 앙겔라 메르켈 총리는 오바마 대통령 취임이 미국을 위하여 위대한 순간을 표한다고 하면서 다시 이것이 많은 새로운 기회를 여는 일이 될 것이라고 말했다. 이러한 말은 의례적인 것이고, 일반적인 기대감은 일시적 흥분의 결과일 수 있지만, 적어도 그의 취임사는 그 나름의 정치 비전 그리고 도덕적 확신을 전달해 준다. 물론 취임사는, 우리 주변의 수많은 경축 식사

(式辭)에서 보는 바 빈 수사에 불과하다고 할 수 있다. 또 한국의 우리에게 중요한 것은 그 메시지가 한국의 상황에 어떠한 의미를 갖는가 하는 것일 터이다.

그러나 그 현실적 의미를 떠나서 적어도 취임사의 포괄적이고 도덕적인 비전은 특히 우리 정치 상황에 비추어 볼 때 부럽게 생각되는 모형이 아닐 수 없다. 정치의 현장은 갈등과 투쟁의 현장이다. 목표는 거기에서의 승리다. 그렇다 하더라도 정치의 참된 의미는 이 갈등과 투쟁 그리고 승리를 넘어 더 넓은 사회 통합의 지평을 여는 데 있다. 사람과 사람의 궁극적인 화해 ── 나라 안에서 그리고 나라를 넘어서의 화해야말로 도덕의 근본이다. 정치를 도덕적 행위로 승화시키는 것은 이 통합의 비전이고 그 실현을 향한 성력(誠力)이다. 오바마 대통령의 취임사는 적어도 이러한 통합적인 비전을 느끼게 한다.

오바마 대통령은 이라크로부터의 철수를 약속하고, 테러의 진원으로 간주하는 이슬람 세계에 대하여 "그들이 주먹을 편다면 손을 내밀어 그 손을 잡겠다."라며 상호 화해의 가능성을 열어 놓았다. 그는 국가 안전은 힘만으로 확실한 것이 되지 아니하고 그것이 정의로운 것일 때 가능하다고 말한다. 정의란 모든 권력이 내세우는 명분이다. 이 점을 생각하여 그는, 정의로운 목표는 겸허함과 절제 속에서 조심스럽게 추구되어야 한다고 말한다. 종종 정의로운 이상은 정의롭지 않은 수단까지도 정당화한다. 오바마 대통령은 국가 안전을 위해서는 법치와 인권의 이상 등이 보류될 수 있다고 생각한 부시 정권의 실책을 비판적으로 본다. 그가 대통령 취임 첫날에 관타나모 수용소 폐지를 위한 절차를 지시한 것은 그의 이러한 생각을 실천에 옮기려 한 것이다. 국제 관계에 대한 그의 생각은 이러한 미국의 현실 문제들을 넘어 일반화된다. 그는 세계의 모든 나라에 우호 관계를 확장할 것을 희망하고 부유한 나라들이 세계 빈곤의 극복 그리고 지구 환경 문제의 해결에 힘써야 한다고 말한다.

그가 당면한 가장 급박한 문제는 오늘의 경제 위기이다. 그의 금융 구제책과 공공 사업의 계획은 이미 공표된 바 있다. 취임사에서 그는 다시 도로와 다리, 전기와 전자 통신망을 짓겠다는 것을 확인한다. 바다와 바람과 땅에서 추출될 수 있는 환경 친화적인 에너지 개발을 촉진하겠다는 것도 이미 천명되었던 정책이다. 이러한 내용이 취임사에 언급된 것은 아니나, 오바마 내각에서 에너지 장관에 임명된 스티븐 추(Steven Chu)는 그동안 새로운 에너지 개발에 관계된 많은 아이디어를 내놓은, 노벨상을 받은 물리학자이다. 그의 제안에는 공해 없는 새로운 에너지원의 개발과 함께 전국적인 전선망의 신축과 개축, 개인 주택, 공공 건물의 광범위한 단열 계획등이 포함되어 있다. 오바마 대통령은 이미 환경 기술의 개발과 현실화를위하여 1500억 달러의 배정을 결정했다. 그의 친환경 에너지 계획은 미국과 세계의 미래에 지속적인 의미를 가질 것이다.

경제 회복을 위한 다른 전략도 단순한 원상 복구를 말하는 것은 아닌 것으로 생각된다. 오늘의 경제 위기는 시장 경제의 위기이다. 오바마 대통령의 취임 연설은 조용하면서도 근본적인, 시장 경제에 대한 비판을 담고 있다. 문제는 시장이 좋은 것이냐, 나쁜 것이냐 하는 것이 아니다. 그는 부(富)의 창조와 자유 신장에서의 시장의 중요성을 인정한다. 그러나 그것은 "지켜보는 눈"을 벗어나지 말아야 한다. 여기서 감시의 눈은 경제와 아울러정치의 눈을 말한다. 시장이 부자만을 위하여 기능할 때, 그것은 국민 전체의 번영을 가져오지 않는다. 중요한 것은 국내 총생산(GDP)이 얼마나 큰가보다 그것이 얼마나 모든 일하는 사람들에게 풍요를 제공할 수 있느냐하는 것이다. 시장의 의미는 그것이 '공동선'에 이르는 길이라는 데에 있다. ─ 그는 이렇게 말한다.

공동선은 모든 사람이 자유롭고 평등하고 자기 나름의 행복을 추구할 수 있는 데에서 실현된다. 경제의 기본은 모든 사람을 위하여 주거와 적절한 임금의 직장을 마련하고 "위엄을 가진 은퇴"를 가능하게 하며, 의료와 복지와 교육의 혜택을 누릴 수 있게 하는 것이다. 이것이 모든 사람의 권리이며 미국의 사회적 의무라고 말하기 위하여 그는 보통 사람들의 노력의 결집으로 이루어진 나라가 미국이라는 사실을 강조한다. 일보다는 여가를 앞세우고, "부와 귀의 즐거움"을 추구하는 것이 미국의 가치가 아니다. 중요한 것은 위험을 무릅쓰고 행동하고 노동하고 물건을 만드는 사람들의 역할이다. 이러한 사람들은 대부분 "자신의 노동 속에서 이름이 없는" 사람들, "스위트숍(저임금, 열악한 환경의 공장)에서 일하고, 서부를 개척하고, 채찍을 견뎌 내고 땅을 갈고" "손이 닳도록 일한 사람들"이다.

이러한 미국의 신화에 대한 언급은 물론 앞으로의 경제 정책이 이러한 사람들에게 고루 적정한 수준의 삶을 살 수 있게 하는 것이라야 한다는 것을 말하려는 것이다. 그렇다고 이것이 투쟁의 격화를 통해서 가능하게 될 것이라고 하지는 않는다. 그가 말하는, 모든 사람의 자유와 평등 그리고 적정한 행복은 이미 미국의 건국 이념에 천명되어 있고 필요한 것은 그것을 다시 상기하는 것이다. 그리하여 미국의 정치를 목 죄고 있는 "작은 불만과 거짓 약속과 비난과 낡은 독단론에 끝을 내고" 공동선을 향하여 다 함께 노력하는 일이다. 북돋워야 할 것은 "정직과 일과 용기와 공정성, 관용과 호기심, 신의와 애국심" 그리고 책임감이다.

오바마 대통령의 사회 통합의 비전은 너무나 안이한 생각이라는 비판이 있을 수 있다. 미국 밖의 눈으로 볼 때 더 중요한 문제점은 그의 웅변이 지나치게 미국 역사의 신화와 강대국으로서의 미국의 힘을 강조하는, 애국주의에 호소하는 것이어서 참으로 보편적인 도덕적 차원을 시사하는 것이 아니라는 사실이라 할 수 있다. 그러나 이러한 문제점들의 현실적 의미를 떠나서 오바마 대통령의 취임사가 우리에게 상기해 주는 것은 통합적

인간 화해의 비전이야말로 정치를 높은 차원으로 이끌어 갈 수 있는 근본
이라는 사실이다. 독단론과 그것에 의하여 촉발되는 분노에 사로잡혀 있
는 우리의 정치에서 쉽게 발견하지 못하는 것이 이것이 아닌가 한다.

(2009년 1월 29일)

스스로를 위한 학문

　지난해 10월 독일 마인츠 대학 신학부의 마리우스 라이저 교수가 겨울 학기만 마치고 사직하겠다는 선언을 했다. 얼마 전에는 사임 이유를 설명한 에세이가 프랑크푸르트의 한 신문에 실렸다. 라이저 교수가 사임하려는 것은 지금 독일과 유럽에서 일어나고 있는 대학 개혁에 항의하는 뜻에서이다. 유럽 연합의 교육부 장관과 교육 관계자들은 1999년 볼로냐에서 이른바 '볼로냐 과정'이라고 불리게 된 협약을 맺었다. 이것은 지역 안에서의 여러 대학을 묶어 유럽을 하나의 '고등 교육 공간'으로 만들자는 것이다. 2010년까지 완성될 이 계획은 각 지역 대학들의 교과 과정, 학생과 교수들의 왕래, 학점 교환 제도의 새로운 정비를 요구한다. 라이저 교수가 이 협약의 진행에 반대하는 것은 그것이 대학들의 자율성과 학문의 자유를 제약하게 된다고 생각하기 때문이다.

　대학 교육 과정 조정은 어떻게 보면 지역 통합의 자연스러운 결과라고 할 수 있다. 대학 간의 교류가 용이해지려면, 일정한 형식에 맞추어 제도를 정비해야 한다. 수업 연한의 조정, 수업 과정과 방법의 규격화 등이 불가피하다. 그러나 많은 경우 외면적 형식의 부과는 내면적 충실을 어렵게 한다. 그리하여 독자적이고 고유한 학문이 자리를 찾기 어렵게 된다. 표준화된 과정의 수업은 개인으로서의 고유한 인격과 온축(蘊蓄)이 있는 교수보다는 일정하게 훈련된 강사에 의하여 더 능률적으로 수행될 수 있다. 그리고 제도적 정비 속에서 대학은 규격 상품을 주문 생산하는 '공부 공장' 또는 직업 훈련소가 된다.

이러한 변화는 넓은 범위의 제도적 통합 그리고 그에 따른 관료화에서 오는 불가피한 결과라고만 할 수는 없다. 어떤 것이 되었든 실용성이 있어야 한다는 것이 시대의 정신이다. 볼로냐 협약에 따라 열린 2004년의 대학총장 회의에서 나온 문서는 그것을 잘 드러내 준다. 라이저 교수가 언급하고 있는 이 문서의 표제어들, '시장 전략, 경쟁력, 범유럽 교수 모집과 채용, 대학 경영, 과학 기반 경제, 품질, 능률, 시너지 효과, 혁신 능력, 사회적·경제적 발전 잠재력' 등등의 말은 대학의 이념을 지배하고 있는 것이 물질주의와 공리주의라는 것을 말한다. 개인적으로도 대학은 오로지 특정 직업을 위한 훈련장으로서의 의미를 갖는다. 대학생에게 대학의 의미는 부와 귀 — 물질적 보상과 명예를 얻기 위하여 거쳐야 하는 통로일 뿐이다.

이러한 시대의 흐름에 대하여 라이저 교수는 대학이 개인적으로나 사회적으로나 실용적 의미를 가진 기구가 아니라는 것을 상기시키고자 한다. 대학은, 존 헨리 뉴먼의 말을 빌려 "눈에 띄게 번쩍이는 상품들의 장터"도 아니고 인적 자원으로 상품을 제조하는 "공장"도 아니다. 대학의 사명은 학문을 학문 자체로서 추구하는 것이다. 지식 전달도 반드시 학문의 핵심 기능이라 할 수 없다. 지식만의 전달은 '스스로의 피상성을 알지 못하는 피상성'을 길러 낸다. 교육의 핵심은 정신의 도야이다. 앎과 인식과 지혜는 여기에서 나와야 한다. 그것은 그 자체로의 의미를 갖는다. 정신이 중요하다고 해서, 그것이 일정한 도덕적 가르침을 주입하는 것이라고 생각하는 것은 곤란하다. 정신 과학의 분야에서도 대학의 기능은 독단적 확신을 심어 주고 지식 정보를 전달하는 것이 아니다. 라이저 교수의 전공 분야인 신학에서까지도 그 목적이 종교 교육 또는 설교가 되면, 신학은 학문이기를 그치게 된다. 핵심은 자유로운 정신이다. 위대한 학문적 업적은 자율과 자유의 정신에서만 이루어진다.

그렇다면 대학은 사회에 봉사할 필요가 없는 것인가? 자유로운 정신을 통하여 높은 학문의 수준을 유지하는 것 자체가 대학의 사회적 기여라고 라이저 교수는 생각한다. 새로 규격화되는 교과 과정의 구체적인 내용은 알 수 없지만, 그가 열거하는 바 경제와 경영의 관점에서 대학을 파악하는 유럽 대학 총장들의 용어들은 그대로 한국의 대학과 정신생활의 기본 철학을 나타내는 말들이라 할 수 있다. 그가 전 시대의 사상가들을 인용하여 말하는 학문의 이상도 우리 전통에서의 그에 대한 인식과 비슷하다. 다만 그것을 우리는 더 철저하게 잊었을 뿐이다. 가장 간단하게 말하여 위기지학(爲己之學)이란 말은 바로 비슷한 학문의 이상을 나타낸다. 이것은 학문이 이기적인 목적을 위한 것이라는 말이 아니라 스스로를 위한 학문 — 다른 사람의 눈에 좋아 보이는 것을 얻으려고 하는 위인지학(爲人之學)이 아니라, 자신의 마음에서 스스로 얻어질 깨달음의 수업이라는 것을 말한다. 물론 사회와 정치는 유학의 핵심적인 관심사이다.(이에 대한 지나친 관심, 그것이 문제점이라고 할 수도 있다.) 그러나 이론과 이상에 있어서 학문의 목적은 학문 자체에 있었다. 그리고 역설적으로 그러한 순수한 학문의 연수야말로 공적인 책임을 바르게 수행할 수 있는 사람이 되는 길이었다. 물론 현실에 있어서는 학문을 국가로부터 분리하는 것은 어려운 일이었고, 개인적으로 그것은 과거나 출세 — 거의 전적으로 세간적인 목적을 위한 수단에 불과한 경우가 많았다. 그래도 이러한 학문의 이상은 존재했다.

그러나 현실에 대한 안티테제로서의 학문과 정신적 추구의 이상까지도 완전히 소멸된 것이 우리 현실이다. 지금 학문은 개인적으로는 부귀의 수단이다. 그러면서 명분상 학문적 수행은 국가의 이름으로 정당화된다. 경제 위주의 경우가 아니라도, 학문은 다른 명분으로 정당화되어야 한다.(오늘날 사실 학문에서만이 아니라 모든 일에서 일 자체의 존귀함은 사라져 버렸다. 하나의 일에 대한 헌신은 삶의 협소화를 뜻하지 않는다. 하나를 위한 정진은 정신을 다른 정진으로 열리게 한다. 자유로운 정신의 선물의 하나가 이 열림의 자세이다.)

학문에서의 순수성 소멸은 세계적 추세이다. 이것이 우리나라에서 특히 두드러진 것일 뿐이다. 미국의 저명한 문학 이론가 스탠리 피시(Stanley Fish)는 최근에 자신과 같은 사람은 순수한 인문학자로서 마지막 세대에 속하는 것이 아닌가 하는 생각을 토로한 바 있다. 그는 이것을 불가항력의 시대적 추이로 받아들인다. 라이저 교수는 독일의 대학에서 대학의 새로운 변화에 대하여 불평은 있지만, 저항도 비판도 없다고 말한다. 프로젝트 연구비, 업적에 따른 급료, 자의적인 기준의 평가 등의 제도가 교수들을 옭아매고 있다. 대학의 교원들은 관료제 속에서 완전히 무력하다. 이러한 상황 속에서 라이저 교수는 자기를 희생하여 비판의 소리를 내려는 것이다.

그는 '모집'에 응하여 교수로 채용된 것이 아니라, '부름'에 답하여 교수가 되었다고 말한다. 이 '부름'이란 독일어에서 '직업'이라는 단어와 같은 어원을 가지고 있다. 거기에는 소명감이 직업의 토대라는 뜻이 들어 있다. 이것은 특히 대학의 학문 연구에서 그러하고 공직에서 그러하다. 그러나 모든 직업은 일단 그 자체로 존귀한 것의 부름에 답하는 행위이다. 라이저 교수는 이제 대학의 교수직은 부름의 직책이 아니라고 한다. 그리하여 그는 사직을 결심했다. 겨울 학기가 끝나는 지금까지 대학에서 그의 사표를 수리했다는 소식은 없다. 라이저 교수의 사임 선언이 작은 사건이라면 작은 사건이지만, 우리에게도 깊은 의미를 갖는 사건이라 아니할 수 없다.

(2009년 2월 12일)

사건에서 제도로

용산 재개발 철거민 농성 현장에서 일어난 참사 사건은 일어난 지 한 달이 지났지만, 진상이 밝혀지지 않고 있다. 자명한 듯한 사건도 재구성은 쉽지 않다. 그런 데다가 이해관계를 달리하는 사람들이 착잡하게 얽혀 있는 일이어서 사건이 쉽고 공정하게 밝혀지지 않을 가능성이 크다. 비판의 정당성을 떠나서 이러한 비판이 있고 또 그러한 비판에 근거가 없지 않은 경우가 많다는 것은 우리 사회 질서의 현주소가 어디인가를 느끼게 한다.

경찰이나 검찰의 조사에 더하여 또 다른 조사 담당자들이 있었으면 하는 생각이 든다. 다른 나라 같으면 이미 그런 조사단이 조직되었을 성싶지만, 국회와 같은 기관에서 조사단을 구성했더라면 좋지 않았을까 한다. 반드시 정부 당국의 조사가 믿을 수 없기 때문이라는 말은 아니다. 조사는 진상을 있는 대로 밝히고 책임자를 가려내는 데에만 의의가 있는 것이 아니다. 과거에 일어난 일을 규명하는 일 못지않게 또는 그보다 더 중요한 것은, 미래에 다시 그러한 일이 일어나지 않게 하는 방안을 만들어 내는 일이다. 국회가 참으로 정치 싸움을 넘어서 그러한 것을 조사하고 연구할 수 있겠는가를 의심할 사람들이 있을지 모른다. 그만큼 국회에 대한 국민의 신뢰가 크지 않은 것이다.

참사가 불러일으킨 격정에 얼마간의 거리를 두고 조사하는 경우에도 출발은 사건 현장에서 일어난 일일 것이다. 경찰의 과잉 진압이 참사의 요인이라면 그 책임도 밝혀져야겠지만, 앞으로의 대책이라는 관점에서는 진압 과정의 절차에 대한 규정과 훈련이 적절한 것인가가 중요한 조사와 고려의 대상이 될 것이다. 농성자 측에 잘못이 있다고 하더라도, 앞으로 그것을 방지할 절차상의 조처는 별로 없을지 모른다. 그렇다는 것은 데모나 농성은 그 의도에서부터 문제를 해결하지 못하는 공적 절차를 깨뜨림으로써 자신들의 의사를 보여 주고 관철하려는 것이기 때문이다. 그러나 격렬성을 줄이고 이번 참사와 같은 일이 일어나지 않게 하는 대책은 연구의 대상이 될 것이다. 이러한 데모에서는, 어느 쪽으로나 제삼자의 개입이 사건의 규모를 크게 하는 것일 터인데, 그 문제에 대한 연구도 생각할 수 있다. 물론 이것이 단지 제삼자의 개입을 금지한다는 것으로 귀착한다면, 그것은 현실성이 없는 너무 안이한 답이 될 것이다.

사건은 물론 철거와 보상 문제로 인하여 일어났다. 보상 제도를 정당하고 또 현실적인 관점에서 정리할 수 있을까? 보도에 의하면 보상 요구에는 권리금이 중요한 몫을 차지하는 것으로 되어 있다. 문제의 하나는 보상금의 공적인 위치가 불분명하다는 점일 것이다. 권리금은 현실로 존재하면서 형식상은 존재하지 않는 유령과 같은 것이 아닌가 한다. 이 점이 그것을 제대로 보상하지 않으려는 철거자 측의 실리에 끼어들 수 있다. 재산상의 모든 권리가 소유권에 기초한 제도 속에서 권리금을 어떻게 법률적 명분을 가진 것으로 만드느냐 하는 것은 극히 어려운 연구 대상이 될 것이다. 공식 제도 속에 편입되지 않는 현실 사항은 쉽게 분쟁의 원인이 된다. 중재를 목적으로 하는 제삼자의 개입은 이해 당사자들의 격돌을 완화하는 데 한몫을 담당할 수 있다. 이러한 문제에 국가, 아니라면 보증 회사와 같은 것이 참여하여 그것을 공식화하는 방법과 같은 것은 없을까? 전체적으로 보상금 문제에서도 그 적정성을 중재 심사할 수 있는 기구 같은 것을 생각해 볼 수 있지 않을까 한다.

건축물의 건축, 철거 그리고 재건축은, 관계 법과 조례 또는 규정에 어긋나지 않는 한 소유주의 자유 재량에 달려 있다고 할 수 있다. 토지와 건축은 사람이 살아가는 근본과 관계되는 시설물이기 때문에 사회 공동체가 적정한 것으로 판단하는 여러 규칙에 의하여 엄격하게 통제될 수밖에 없다. 토지의 공급은, 다른 상품과는 달리 절대적으로 한정되어 있다. 개인 소유가 된다고 하더라도 토지의 개인적 사용은 다른 사람과 사회에 직접적으로 크고 작은 영향을 끼치게 된다. 토지는 상품이나 개인적 소유물의 성격을 가지면서도, 자본주의 사회에서도 공유 재산으로서의 성격을 완전히 벗어날 수 없다. 도시 공간의 밀집 속에서 건축물도 거의 토지나 비슷한 제한 조건 속에 존재한다. 개인의 자유를 국가의 기본으로 하는 나라들에서도 토지와 건축물은 극히 까다로운 공적 규제와 배려의 연결망 속에 존재한다.

이것은 주거지의 경우에 특히 그러하다. 많은 나라에서 주거 문제는 국가에서 해결해야 하는 과제로 되어 있다. 공공 책임은 서민 주택의 공급, 임대 계약이나 재건축에 대한 엄격한 지침, 이에 관련되는 국가 보조금 등—주거의 안정을 목표로 하는 여러 정책에 표현된다. 주택 임대 계약의 경우에도 주거 안정을 위한 많은 고려가 따르게 된다. 계약 기간만 해도 그것을 너무 짧게 또는 길게 잡아 입주자의 생활을 흔들어 놓는 일이 없게 한다. 그것이 꼭 옳은 것인지는 모르지만, 유럽의 어떤 나라에서는 99년의 임대 기간도 존재한다고 들은 일이 있다. 이것은 임대 주택을 자기 집처럼 쓸 수 있게 하려는 것이라 할 것이다. 재건축의 기간도 엄격하게 규정한다. 대개는 너무 짧은 것이 문제이지만, 너무 길게 하여 집이 퇴락하는 것을 방치하지 않게 하는 것도 고려된다.

상업 지역에서 생활 관계의 규제는 조금 더 유연할 것이다. 그러나 거기에서도 선행되어야 하는 것은 금전적 이익보다는 공적인 고려이다. 첫째의 고려는 생활 안정의 기초를 흔들지 않는 것이다. 용산에서처럼 생존 차원의 생업이 관련된 경우, 문제는 단순히 상업적 이해관계로만 처리될 수 없다. 입주, 퇴거, 철거 등의 적절한 처리는 사회 입법과 제도를 통하여 행해져야 한다.

오랜 개발에도 불구하고 사람이 발로 밟고 있어야 하는 자리, 삶이 뿌리 내려야 할 땅이 전혀 안정되지 못하고 있다는 것이 우리의 실정이다. 그 큰 원인은 모든 토지와 건축물이 투기 부동산이 된 데에 있다. 이것이 이러한 문제에 사회적 고려가 들어갈 수 없게 하고 도시 공간의 합리화를 어렵게 한다. 이것은 건물을 짓고 길을 내고 하는 일로 해결되지 아니한다. 건물이 철거된다고 할 때, 그것은 전반적인 구획 계획 —— 사회와 미학과 점포와 기업 경영을 하나로 연결하는 공간 계획과는 관계가 없는 경우가 많다. 전체 공간에 대한 고려 없이 새로 짓는 건물들을 기존 건물이 하루아침에 헐려야 할 건물처럼 보이게 하기도 한다. 어떻게 해야 도시 계획, 국토 계획이 나라를 건전한 삶의 터전이 되게 할 수 있을 것인가? 여기에 핵심적인 것이 사회적 고려이다.

여기에서 이러한 것들을 언급하는 것은 전문적인 식견이 있어서 그러는 것이 아니다. 목적은 우리의 정치와 사회 문화를 생각해 보려는 것이다. 우리는 대체로 그때그때의 사건에 흥분한다. 거기에 둔감한 것도 문제이지만, 일어나서는 아니 될 사건이 일어났다면 그것을 방지할 제도를 강구해야 한다. 그것이 정치가 하는 일이다. 문제의 하나하나를 제도적으로 풀어 나가면서 사회 전체의 삶을 튼튼한 기초 위에 세우려는 노력이 정치이다. 그러나 사건들을 쟁점이 되게 하는 일에는 빠르면서 더 큰 생각으로 나아가지 못하는 것이 우리 정치 풍습이다.

(2009년 2월 26일)

어느 소박하고 깊은 삶

올해 초 노르웨이의 철학자 아르네 내스(Arne Naess)가 97세의 나이로 사거했다. 우리 매체들에 이미 보도되었는지 모르나, 그의 죽음은 추념(追念)에 값하는 사건이라고 아니할 수 없다. 그의 다른 철학적 업적을 가볍게 보아서는 안 되겠지만, 그는 세계 환경 운동과 사상에 하나의 큰 계기를 마련한 철학자였다.

환경은 전 지구적인 산업화와 더불어 인간의 삶을 결정하는 가장 커다란 조건이면서 가장 크게 걱정해야 하는 문제가 되었다. 우리는 그날그날 살아가는 데에서도 오염된 공기, 쓰레기, 독소를 내뿜는 생산품 등을 통해서 환경 문제에 부딪힌다. 더 큰 차원에서 이것은 공기와 산천의 오염, 지구 자원의 고갈, 기후 변화 등으로 집약되어 국가나 국제적인 차원의 당면 과제가 된다. 인간의 자연과의 관계가 재조정 또는 재설정되어야 한다는 것은 새삼 말할 필요가 없다.

대체로 사람들이 걱정하는 것은 인간의 삶의 조건이 악화되고 자원이 고갈되어 간다는 사실이다. 그런데 내스는 환경을 인간의 실리의 관점에서 접근하는 것을 너무 "얄팍한" 것이라 하고 "깊은 생태학"이라는 이름으로 인간 중심 자연관에 "깊은 질문"을 제기하고자 했다. 이 질문은 오늘의 삶의 모습을 새로 살피게 하면서 인간 존재에 대한 철학적·종교적 질문과 성찰을 촉구한다.

자연을 자연으로서 보전하는 일은 동시에 높은 차원에서의 인간성 실현을 위한 필수 조건을 보전하는 일이다. 사람은 자연의 일부이다. 자연에서 모든 생명체는 — 하나하나의 인간은 물론, 곤충을 포함하여 동물이나 식물은 다 같이 동등하게 삶의 다양성과 풍요를 나타낸다. 인간이 자기를 실현하는 것은 이러한 생명계 그리고 자연과의 일체성 속에서만 가능하다. 사람의 진정한 자아는 생태계적 자아이다. 그 실현을 위해서는 세계에 대한 객관적인 의식이 있어야 한다. 거기에 이르는 데에는 정신적·물질적 수련이 있어야 한다. 철학적·종교적 명상은, 불교나 도교의 정신 수련이나 마찬가지로 이에 이르는 길이다. 그러니까 자연을 손상하는 것은 바로 인간의 삶 자체를 손상하는 것이다. 사람은 있는 대로의 자연에 개입하지 않아야 한다.

인간의 참모습에 대한 진리를 깨닫고 또 그것을 고려하는 사회적 이상을 바로 세우기가 지난한 것이 오늘의 현실이다. 지금의 사람들은 시류에 휩싸이고 광고에 지배되어 어느 시대보다 "철학적·윤리적 불구자"가 되었다. 그들은 진정으로 필요한 것이 무엇인가를 알지 못한다. 사람의 삶에 필요한 것들에는 "음식, 물, 주거"가 있다. 또 그것을 넘어서는 "사랑, 놀이, 예술적 표현, 자기가 가까이 느끼는 자연과의 친밀한 관계 또는 자연 전체와의 관계"가 있다. 어떤 것도 과장된 형태로 표현되어서는 안 되겠지만, 그렇다고 이러한 필요의 충족을 지나치게 금욕적인 기율로 억제하는 것이 옳은 것은 아니다. 그중에도 사람의 물질적 필요는, 미국의 생태학 운동가 빌 드볼(Bill Devall)과 조지 세션스(George Sessions)가 내스의 생각을 정리하여 말한 것을 빌리면, 소비문화가 만들어 내는 "가짜 필요와 파괴적인 욕망"이 아니라 "우아하게 소박한 물질적 필요 — 그러면서 더 높은 자아 실현의 목적에 봉사하는 물질적 필요"가 되어야 한다.

본래 빈 학파의 논리 실증주의에서 출발한 내스에게 과학적 엄밀성은 철학적 사유의 중요한 기준이었다. 그는 정확한 언어 사용을 중시하여 자기주장을 위하여 사실을 왜곡하고 적수(敵手)의 입장을 뒤틀고 하는 시사 논쟁을 경계했다. 그러나 삶의 근본을 깨닫는 데에는 과학적으로 논증되지 않더라도, 정신적 수련과 그러한 전통에서 오는 지혜가 필요하다고 생각했다. 그리고 중요한 것은 지적으로 파악되기보다는 체험에서 직접 얻어지는 통찰이다. 내스는 실천가였다. 그는 일찍이 1950년에 파키스탄의 힌두쿠시 산맥의 7700미터 높이의 티리치미르 산을 최초로 등반한 노르웨이 등반대의 리더였다. 그러나 산악인으로서의 그의 기록은 명성을 위한 것이라기보다는 산에 대한 친밀감에서 자연스럽게 나온 것이었다. 그는 오슬로 대학의 철학 교수로 취임하기 전 어린 시절부터 가까이 느꼈던 할링스카르베트 산속에 작은 집을 짓고 70년간 많은 시간을 거기에서 보냈다. 자연과 일체가 되는 것이 그의 삶의 방법이었다.

이곳에서의 그의 삶은 위에서 말한 바 "우아하게 소박한 물질의" 삶의 기준에도 미치지 않게 소박한 것이었다. 그의 모든 생활용품은 세 시간 내지 다섯 시간을 걸어 올라가야 하는 이 집으로 운반되어야 했다. 한 인터뷰에서, 그는 물이 귀한 겨울에 다섯 동이의 물을 마련해 놓으면 부(富)하다는 느낌을 갖는다고 했다. 자신이 필요한 것, 세상의 값 매김에 관계없이 그 자체로 값진 것을 가지고 있는 것이 부한 것이다. 그릇을 씻거나 몸을 씻는 것도 최소화할 수밖에 없었다. 박테리아가 별로 없는 고산 지대에서 씻는 것은 쌓여 있는 눈에 비벼 대는 정도로 충분하다고 그는 생각했다. 그의 등산화는 50년 내지 60년이 된 것이었다.

그를 생태 활동가로 유명하게 한 것은 깊은 생태학에 대한 논문이 발표된 얼마 후 마르달 폭포의 댐 건설에 항의하여 다른 동료들과 함께 폭포 근처의 바위에 몸을 동여맨 사건이었다. 그의 정치 투쟁의 방법은 몸으로 막아 내는 '직접 행동'이었다. 노르웨이에 그린피스 지부가 생겼을 때 그는 지부장이 되었고, 노르웨이 녹색당의 의원 후보로 선거에 나서기도 했다.

그의 사상이나 정치 행각에 대한 가장 큰 비판은 아마 미국의 사회 사상가인 머리 북친(Murray Bookchin)의 비판일 것이다. 오늘의 생태계 문제는 단순히 산업 문명의 결과라기보다는 사회 구조의 산물이고 답은 사회 개조에서 찾아져야 하는데 내스가 그것을 잘못 짚었다는 것이다. 내스의 정책 제안의 하나는 세계 인구를 줄여야 한다는 것이다. 그는 지구에 맞는 인구는 1억 명 정도라고 했다. 이것을 실천 강령으로 받아들인 어떤 환경 운동 그룹은 강제 불임 수술, 빈곤 국가 식량 원조 중단 등을 외치고 나왔다. 간디의 비폭력주의를 신봉하는 내스가 경악감을 표현한 것은 당연한 일이었다.(앞에 언급한 드볼과 세션스의 글은 '만인의 정의와 행복'이라는 추상적 이념의 꿈에 속지 말아야 한다는 로빈슨 제퍼스의 시구를 인용하고 있다. 내스는 강제력에 의한 사회 프로그램을 지지하지 않았을 것이다.) 그는 자기가 단기적으로는 비관주의자이고 장기적으로는 낙관주의자라고 말했다. 그리하여 21세기는 암울한 세기가 되겠지만, 22세기쯤이면 좋은 시절이 올 것이라고 했다. 그때쯤이면 자연 친화적인 산업 기술이 일반화하고 아이들이 자연환경 속에서 자라날 수 있게 될 것이라고 인간의 지혜 발달에 믿음을 걸어 본 것이다.

내스의 깊은 생태학 또는 생태적 자아실현의 '생태 지혜학(echosophy)'으로 오늘의 모든 문제가 해결될 수 없다는 것은 말할 필요도 없다. 그러나 그의 철학이 오늘의 문제를 밝히는 큰 거울이 되는 것임은 분명하다. 특히 한국처럼 더 넓은 삶의 지혜의 견제와 균형을 멀리 떠난 정치와 경제 계획의 허영에 사로잡혀 있는 사회에서 그렇다. 그러한 관련이 없이도 아르네 내스는 사상에서나 삶의 실천에서나 전인적(全人的) 자아실현의 모범이 될 만한 사람이었다. 그의 사거는 우리로 하여금 잠깐 멈추어 생각을 가다듬게 한다.

(2009년 3월 12일)

기업과 사회 윤리

현재 세계를 휩쓸고 있는 경제 위기에 대하여 여러 정부가 대책을 세우고 그것을 극복하려고 노력하고 있지만, 그것이 어떻게 수습되고 끝날지는 예측하기 쉽지 않다. 위기 극복에 성공하는 경우에도 원상이 복구되는 것이 아니라 경제 체제의 성격 자체가 상당히 수정되지 않을까 한다.

경제 위기와 관련하여 지난 며칠 사이에 독일에서 중요한 뉴스가 된 것은 뮌헨의 히포리얼에스테이트(HRE)의 문제다. 독일 정부는 지난해 10월 독일에서 두 번째로 큰 이 부동산 투자 은행의 구출을 결정했다. 그 후 독일 정부는 올해 초까지 여기에 870억 유로에 이르는 국가 예산을 투입했다. 이번에 문제가 된 것은 정부가 이 은행을 아주 접수할 가능성이 생겼기 때문이다. 독일 연방 의회는 지난 20일 정부에서 제안한 '금융 시장 안정 회복에 관한 법'을 통과시켰다. 이것은 은행의 수용(收用) 또는 국유화를 허용하는 법이다. 그것을 넘어 이것은 경제 체제 자체를 재정의한다는 의미를 갖는 것으로 해석될 수 있다.

물론 독일 정부는 이 법이 정부에 의한 기업의 장악을 뜻하는 것이 아니라고 말하고 있다. 그것은 아주 구체적으로 HRE를 정상화하고 특히 거기에 걸림돌이 되고 있는 미국인 주주 크리스토퍼 플라워스(Christopher Flowers)의 소유 주(株)를 수용하기 위한 방편이라고 이해되고 있다. 독일 정부는 구조 조정을 위하여 HRE 주의 90퍼센트 이상을 확보하려 했지만, 24퍼센트의 주를 소유하고 있는 플라워스는 양도를 거부하고 있다. 2008년 6월 그의 HRE 주 매입가는 주당 22.50유로였다. 그런데 현재의 시장 시세는 80센트에 불과하다. 이 시장가로 그의 주를 매입하려는 독일 정부에 대하여, 플라워스는 적어도 3유로를 원한다. 증인으로 독일 연방 의회에 출두한 그는 그의 주가 강제로 수용되면, 투자 지역으로서의 독일의 평가가 나빠질 것이라고 되풀이하여 말했다.

플라워스의 경우는 최근에 영국의 브라운 총리가 경고한 금융 보호주의의 표현이라고 할 수도 있지만, 개인 투자자에 대한 공정성 그리고 외국 자본 유치라는 관점에서 문제가 될 수 있다. 그러나 이러한 사건의 큰 의미는, 앞에서 말한 바와 같이 체제적인 데 있다. 연립 정부의 기독교민주연합과 사민당은 이번 조처의 중대성을 의식하면서도 그것은 국가적 차원에서 '사회 시장 경제'를 지켜 나가는 데에 불가피한 일이라고 말했다. 여기에 대하여 가장 강하게 문제를 제기한 것은 중도 우파의 자유민주당이다. 은행 수용법이 통과된 다음에 부(副)당수는, "오늘은 자유가 없어지는 날이다. 오늘로 국가의 기둥의 하나가 흔들린다." "이 법은 우리 경제 질서에 대한 공격이다."라고 말했다. 이 법은 한 논평자가 말한 것처럼 시장 자유주의의 '터부'를 깬 것이라 할 수 있다. 금융자산수호연합회라는 단체에서는 이것이 기본법(헌법)에 규정되어 있는 사유 자산을 침해하는 것이라고 주장하며 연방 헌법 재판소에 제소할 의사를 밝혔다. 자유민주당은 4월 3일에 법안이 연방 회의(Bundesrat)에 회부될 때 자민당 통치하의 주(州) 대표들이 법안 통과를 반대하고 그것을 위한 다른 법적인 절차도 취할 것이라는 방침을 발표했다. 법이 폐기될 가능성은 크지 않지만, 은행 강제 수용 법안이 간단히 승인되지는 않을 것이라고 한다.

미국에서도 금융 구체책과 관련해서 문제가 일고 있는 것은 우리 신문에도 보도되고 있다. 금융계의 혼란에 대한 국민의 분노는 미국에서 오히려 강한 것이 아닌가 한다. 이 분노의 표적이 된 것은 지금의 시점에서는 국민 세금으로 구제 자금을 받고 막대한 보너스를 지급한 AIG 회사다. 얼마 전에 발표된 갤럽 폴에 의하면 90퍼센트의 응답자가 AIG 보너스에 대하여 분노하거나 부당하다는 느낌을 가진 것으로 조사됐다. 이 문제에 대한 일반적인 분위기는 《뉴욕 타임스》에 보도된 조용하다면 조용한, 그러면서 심각한 이야기에서 느낄 수 있다. 뉴욕 주 검찰 총장의 요구로 AIG사 보너스 수령자의 명단이 발표된 후 버스를 타고 부자 동네를 구경 가는 기이한 관광 여행이 생겨났다. 그러한 버스에 월부금 때문에 집을 잃게 된 누이가 있는 목사와 실직한 노동자가 타고 있었는데, 그들은 AIG 부사장의 집을 찾아가 항의 편지를 전달하려는 생각이었다. 그 집 앞에서 한 청년이 그 편지를 빼앗아 여러 사람 앞에서 낭독하는 바람에 데모처럼 되었지만, 의도가 그러한 것은 아니었다. 그런데 그 소식을 들은 부사장은 자기가 받은 640만 달러의 보너스를 되돌려 주는 것이 옳다고 생각하고 그렇게 할 계획이었다고 말했다.

정치가 험해지는 사회 분위기와 같이 움직이는 것은 자연스럽다. AIG에 대하여 버락 오바마 대통령이 분노를 터뜨리고 하원에서 지불된 보너스에 90퍼센트의 세금을 부과하겠다는 결의가 있었다는 것은 이미 보도된 바 있다. 다시 오바마 대통령은 AIG와 같이 과도한 보수를 지급하는 것을 방지하는 조처를 강구하겠다고 말했다.

어떤 경우나 기업의 자유가 사회 전체의 공적인 이해에 우선할 수는 없다. 특히 기업의 소득이 비윤리적인 관행에 관계되고 사회 전체의 혼란에 이어질 때 그렇다. 독일에서는 경제와 사회적 고려가 함께해야 한다는 것이 기본법에 규정되어 있지만, 이번의 은행 수용법은 이것을 극적으로 표현한 것이다. 그러나 이번의 입법 의도를 설명하면서 구텐베르크(Karl-Theodor zu Guttenberg) 경제기술부 장관은 이것이 다른 방편이 없을 때의 '최종적 수단'이라는 것과 시효가 제한되어 있는 한시법이라면서 기업의 자유를 최대한 존중할 것이라는 점을 강조했다. 구텐베르크 장관의 조심스러운 표현은 단순히 시장 자유주의의 터부를 존중하려는 것이 아닐 것이다.

독일 경제기술부의 발표에 나온 '최종적 수단'이라는 말의 뉘앙스는 복잡하다. 구텐베르크 장관은 그것을 라틴어로 "울티미시마 라티오(ultimissima ratio)"라고 표현했다. '울티마 라티오(ultima ratio)'는 원래 '최종적인 정당성은 국가에 있다'는 뜻의 말로, 절대 군주 체제하에서 통용되던 것이다. 그가 이 말을 사용한 것은 우연일 수 있지만, 그것은 권력에는 언제나 인간의 자유와 창의성 ─ 기업도 좋은 조건에서는 이것의 생산적 표현이다. ─ 을 억압할 가능성이 있다는 사실을 상기시킨다. 어떤 사회학자의 관찰에 의하면 예로부터 상업이 부패의 가능성을 가진 것은 사실이지만, 그 가능성은 그것을 감시한다는 권력과 결합할 때 더 커지게 된다. 또 자기 정당성의 확신에 찬 권력의 지배는 인간의 인간됨을 손상하는 결과를 낳는다.

자본주의는 모든 인간적 고려를 이윤의 횡포에 내맡기는 체제로 보인다. 그러나 원래 그것은 노동의 윤리화에서 유래한 역사적 업적이라고 말해지기도 한다. 그리고 언제나 그것은 인간의 총체적인 복지에 기여한다는 것으로 스스로를 정당화했다. 그러나 이러한 역사적·명분적 연관이 완전히 사라진 것이 오늘의 자본주의이다. 이번의 위기가 보여 준 것은 인간적 기율을 벗어날 때, 기업 체제 자체가 제대로 기능할 수 없다는 것이다.

기업은 스스로를 위해서나 사회를 위해서나 사회 윤리에 이어져 있어야한다. 기업과 사회 윤리의 연결은 너무나 쉽게 잊혀진다. 과거에도 이 연결을 되살리려는 노력이 있어야 했지만, 이번에 이것이 더 근본적이고 철저한 것이 되지 않는다면 위기의 반복은 가속화될 수밖에 없을 것이다.

(2009년 3월 26일)

격동기 보통의 삶

얼마 동안 세계적으로 중요한 뉴스는 금융 경제 위기였다. G20 정상 회의도 큰 뉴스지만, 그것도 주로 경제 위기와 관련해서 의미를 갖는다고 할 수 있다. 이 위기는 모든 사람의 삶을 직접·간접적으로 흔들어 놓는 현상이다. 큰 볼거리 또는 스펙터클을 제공하는 것은 아니지만, 가장 충격적인 뉴스는 전임 대통령 주변, 정치계와 정부 기구 도처에 잠식해 들어간 부패에 관한 뉴스다. 이것은 정치의 민주화가 반드시 정치와 정부의 공공성을 높이는 것은 아니라는 교훈을 생각하게 한다. 우리를 더욱 당황하게 하는 것은 지난 정권이 도덕성을 크게 표방했던 정권이라는 사실이다. 도덕과 여러 좋은 명분들이 거짓으로 보여도 할 말이 없게 되었다. 이른바 성 상납과 그 희생자 이야기는 조금 더 낮은 차원에서 우리 사회의 도덕 질서와 여성의 현 위치를 드러내 준다. 가장 최근의 놀라운 뉴스는 북한에서 로켓을 쏘아 올린 것이다. 목적이 무엇이든, 그것이 국제적 긴장을 높이는 일임에는 틀림없지만, 전쟁을 경험한 세대에게 그것은 전쟁의 망령이 살아남을 느끼게 한다.

매체의 발달은 우리를 세계의 구석구석에서 전해 오는 뉴스에 노출시킨다. 자신의 삶의 지평 안에서 일어나는 작고 큰 일들을 지표 삼아 살아가게 되어 있는 것이 사람이기 때문에 이 지평은 넓어질 수밖에 없다. 그런데 이 지평 안에서 주의의 대상이 되는 모든 것이 우리의 삶에 참으로 영향을 미치는 것일까? 버락 오바마 대통령 당선은 큰 뉴스거리이지만, 그것은 나의 삶에 어떤 의미를 가지고 있는 것일까? 국외는 물론 국내에서도 정상적 사회에서 누가 대통령이 되는가 하는 것은 자신의 작은 삶의 문제에 쫓기면서 나날의 삶을 사는 사람에게 그렇게 중요한 사안은 아니라고 할 수 있다. 지난번 미국 대통령 선거 때《뉴욕 타임스》는 미국 각 지역의 사람들을 상대로 관심 정도를 조사하여 보도한 바 있지만, 대부분의 사람들은 가정과 동네와 직장의 작은 문제들에 마음을 두고 있어서, 그것과 대통령이 할 수 있는 일 사이에는 별 관계가 없다고 느꼈다.

　그러면서도 사람들의 일상생활이 큰 지평 안에서 일어나는 큰일에 의해 영향을 받는 것은 사실이다. 그렇다고 이것을 자신이 조정할 수 있는 것은 아니다. 다만 큰일을 다루는 사람들이 그것을 삶의 작은 것들에 이어지도록 노력할 때 그것이 가능하다. 물론 여기에는 보통 사람들의 관심이 뒷받침돼야 한다. 큰 것과 작은 것의 연결이 자연스럽게 존재하는 것이, 적어도 이론적으로는 민주주의다. 선동적 대중 정치는 보통 사람의 관심까지도 큰 정치 문제에만 집중시키고자 한다.

　큰 테두리의 문제이면서 보통 사람의 좁은 관점에서도 직접적인 중요성을 가진 것은 경제 위기다. 지난 3월 24일 독일 베를린에서는 경제 위기의 향방을 전망하는 호르스트 쾰러 대통령의 연설이 있었다. 이 연설은 상당한 화제가 되었다. 대통령의 연설이 자주 있는 것이 아니기 때문이기도 하지만, 국제통화기금(IMF) 총재를 지냈던 경제계 출신의 정치인이 금융 규제와 감독 그리고 그 사회적 기능을 강조했기 때문이다. 그가 말한 것은

'정치의 우위'와 그것을 정당화하는 사회 윤리 철학이었다.

금융 회사 구조를 위한 국가 예산 지출은 당연한 것이지만, 이제는 금융과 경제가 옛날로 돌아가지 않고 새 길을 가야 한다고 쾰러 대통령은 말했다. 은행가들의 거액 보수, 투자 손실, 줄어드는 직장, 정부의 구조 비용들을 보면서 사람들은 시장 체제에 대하여 회의하기 시작했다. 그리고 민주주의 자체가 시험대에 오르게 되었다. 금융 회사들의 잘못은 현실 경제, 그리고 사회적 삶을 이탈하여 자기들만의 단기 이익을 추구했던 데 있다. 금융 질서는 국가의 조정을 통해서만 유지된다. 그것은 자체 조정의 힘을 가지고 있지 않다. 금융의 지속적인 가치 창조는 그것이 사회 전체의 한 부분이고 사회적 담지력의 범위 안에 존재한다는 것을 인식할 때에만 가능하다. 소유는 의무를 수반한다. 그것은 사회 전체의 안녕에 기여할 수 있도록 사용되어야 한다.

쾰러 대통령의 연설은 이 연장선상에서 경제 일반, 정치 그리고 그것들의 사회적 의미를 상기시킨다. 시장 경제는 투명성, 정직성 그리고 신뢰가 없는 곳에 제대로 존재할 수 없다. 이것은 국가의 규제를 통해서만 확보된다. 자유가 중요한 것은 틀림이 없다. 그러나 그것은 규범과 도덕이 없이는 자멸하게 되어 있다. 자유는 강한 사람의 권리도 아니고 자기만의 좋은 자리를 보장하는 특권도 아니다. 기회의 공유, 이웃과 전체의 안녕에 대한 책임감 ── 이러한 것과의 관계에서만 자유는 가치 있는 것이 된다.

경제 성장이 모든 문제를 해결한다고 생각하는 것은 잘못이다. 그것은 복지와 환경의 제한 조건 안에서만 의미가 있다. 과학과 기술은 새로운 환경 산업 혁명을 가져올 수 있다. 그러나 일반적으로 지식과 지혜 그리고 문화 발전은 좋은 삶의 핵심이다. 노동의 가치와 위엄은 새롭게 발견될 필요가 있다. 노동은 생산 이외에 인간의 상호 유대를 강화하는 기회가 된다. 이러한 정치·경제·사회·문화의 목표들이 독일에만 한정되어 추구될 수는 없다. 지구화는 오늘날 부정될 수 없는 현실이다. 사람들 사이에는 더 많은 소통이 있어야 하고, '전 지구적인 유대'의 확인이 있어야 한다. 세계적으로도 자본은 사람을 지배하는 것이 아니라 봉사하는 수단이 되어야 한다.

쾰러 대통령의 이러한 말들은 새로운 것이라기보다는 독일의 '사회 시장'의 원리를 되새기는 것이라고 할 수 있지만, 중요한 것은 이 시점에서 그의 위치에 있는 정치인이 그것을 말했다는 것이다. 어쨌든 그 현실성을 의심할 수는 있어도, 연설에 담긴 선의의 지침들에 반대하기는 어려울 것이다. 그런데 앞에 말한 큰 뉴스들과 관련하여, 정치가 경제를 바로잡고 윤리화하는 것이라면, 우리 정치에 만연된 부패, 도덕의 허위화, 전략주의 — 이러한 것들은 무엇을 의미하는 것일까? 복지와 유대와 국제적 협조가 앞으로의 '인류적 과제'라고 한다면, 그리고 힘보다는 이 점에서의 모범이 통용되는 세계가 되어야 한다면, 북한의 로켓 발사는 어떻게 보아야 할 것인가? 단순한 삶의 진리가 통하지 않는 것이 요즘 세상이다. 상황 인식은 사람 따라 다를 것이다.

요즘 미국에서는 총기 난사 살인이 빈번해지고 있다. 최근에 피츠버그에서 있었던 그런 사건에서는, 범인이 구조 요청의 전화에 응하여 달려온 경찰관 세 명을 사살하고 중상을 입은 채로 체포되었다. 동기가 무엇인지는 분명치 않다. 범인은 평소에 무기와 실탄을 수집하고 있었다. 친지들의 말에 의하면, 그는 미국으로 쳐들어올지 모르는 침략군에 대비해 무기를 모으고 있었다. 그런데 오바마가 대통령에 당선된 후, 무기 소유를 금지하는 법령을 만든다는 소문이 있었다. 이번의 경찰관 살해는 이에 항의하는 것이 아닌가 하는 것이 한 친구의 설명이다. 고등학교에서 탈락, 해병대 불명예 제대의 이력이 있는 범인은 일자리를 전전하다가 이번 사건 조금 전에 직장을 잃고 어머니와 단둘이 살고 있었다. 그의 범행 동기에 대한 친구의 설명이 맞는 것인지는 알 수 없지만, 그는 투쟁적 애국자였다. 큰 이념들의 전략 속에서 사람들의 상황 이해 그리고 행동은 예측할 수 없는 형태를 띤다.

(2009년 4월 9일)

폭주족의 시대

 노무현 전 대통령이 하향한 뒤 봉하마을에 투자된 금액이 500억 원에 이른다고 한다. 이것은 공권력의 개인 특권화라고 할 수도 있지만, 이에 대하여 어떤 변명은 지방 발전에 투자되는 것인데 무엇이 문제인가 하는 것이다. 이번에는 노무현 전 대통령 또는 그 측근과 관련하여 500만 달러가 오갔다는 보도가 연속되고 있다. 그것이 얼마나 큰 액수인지 보통 사람에게는 쉽게 짐작이 되지 않지만, 별로 큰 액수도 아닌데 그 정도가 무슨 문제인가 하는 의견이 있다. 이것은, 현재 우리 정치 세계에 뒷거래로 오가는 돈의 크기에 비추어 문제될 만한 것이 없다는 느낌을 말한 것이라 할 수도 있고, 그만한 자리라면 그 정도는 마음대로 할 수 있는 것이라는 뜻일 수도 있다. 또 그것은 경제 전체의 규모와 관련하여 그만한 액수가 별로 중요한 의미를 갖지 않는다는 냉정한 경제적 판단일 수도 있다. 보도되는 부정에도 불구하고, 나라의 상황 자체가 크게 위험에 빠지지 않는 것을 보면 대통령과 같은 최고 정치 지도자의 존재 또 그의 행각이 생각하는 만큼은 중요치 않은 것인지도 모른다.

통치자는 권력자이면서 상징적 존재인데, 전통 시대에는 그 상징성이 이미 강력한 현실적 의미가 있었다. 임금의 몸가짐이 현실에 직접적으로 마술적 힘을 행사하는 것으로 생각되었기 때문이다. 그리하여 임금이 성인에 가까운 존재, 성군(聖君)이 되는 것은 백성과 나라의 평안을 위하여 필수적인 일이었다. 퇴계가 어린 선조(宣祖)에게 임금의 도리를 설명하여 올린 상소문들에서도 이 이념이 강하게 주장되어 있다. 하늘이 백성을 돌보려고 하면, "신령스럽고 성스럽고 맑고, 으뜸으로 어질고 신과 인간을 조화할 사람을" 임금으로 삼아 나랏일을 돌보게 한다. 그러므로 임금은 우선 성학(聖學)을 공부하여 "물결이 일지 않는 물이나 먼지가 일지 않는 거울과 같은 인애(仁愛)의 마음을" 닦아야 한다.

그러나 마음이란 "쟁반에 물을 엎지르지 않는 것보다 어렵고 착함은 바람 앞의 촛불을 보전하기보다 어렵기에" 마음을 닦아도 "눈을 가리는 일이 잡다하게 앞에 닥치고 애증(愛憎)의 흔들림과 유혹됨이 아울러 일어나서, 날이 가고 달이 쌓이면서, 예사로 되고 습관으로 되면, (그것을) 잘 알지 못하게 된다." 나라에 환란이 이는 것은 임금이 태만하고 경솔하기 때문이다. 임금이 자기에 탐닉하는 상태에 빠지면, "두려운 마음이 날로 풀리고 사악하고 편벽된 정이 날로 방종하게 되어 마치 물의 제방을 터놓은 것같이 된다." 백성들이 재해와 변고를 당하게 되는 것은 이로 인한 것이다. 특히 상황이 "몸을 멸하고 나라를 망치는 지경에 이르는 것은, 임금이 사(私)라는 글자를 버리지 못하기 때문이다. 그러니 임금이라는 자리는 "털끝만큼도 속임수가 용납되지 않는" 어렵고도 어려운 자리이다.

성군(聖君)의 이상은 지나치게 엄숙한 것이어서 임금도 인간이라는 것을 생각하면 그대로 받아들이기 쉽지 않았을 것이다. 그리고 성군의 도덕 정치는 적지 아니 억압적인 것이었을 것이다. 더 중요한 것은 그러한 도덕 정치가 늘 현실적 효력을 갖는 것은 아니라는 사실이다. 특히 "남쪽을 바로 보면서 앉아 있기만 하여도" 천하가 바로 움직이게 되던 요순 시대와는 달리, 많은 것을 현실적인 힘 — 강제력과 전략과 돈으로 움직여야 하는 것이 오늘의 정치이다. 그런데 마키아벨리적인 힘과 사술(詐術)이 정치의 전부라고 하는 것은 또 다른 면에서 인간 현실의 전부를 이해하는 일이 아니다. 그러나 그것이 전부인 것처럼 되어 가고 있는 것이 우리 정치이다.

민주주의는 신령스러운 권위에 의존함이 없이 정치의 공공성을 제도적이고 법적인 절차로서 확보하려는 정치 체제이다. 거기에서는 모두가 보통 사람이다. 그래도 지도자가 있어야 하고 그 권위는 사회와 정치 질서의 지주가 아니 될 수가 없다. 이 권위는 권력의 독점과 현실적 실행력의 소산이면서 사회 윤리적 차원을 갖는다. 자신은 그렇지 못한 경우라도 사람들은 "물결이 일지 않는 물이나 먼지가 일지 않는 거울과 같은" 기준이 현실의 어디엔가 존재하고, 공공 질서가 그것을 나타낼 수 있다고 믿는다. 공직에 나아가는 사람은 그 이상을 내면화하고 사사로운 마음과 몸가짐의 편안함을 버려야 한다. 그것이 그에게 보람을 가져오고 다른 사람에 대해서는 마술적 힘을 발휘한다. 쉽게 잡아내어 말할 수는 없으면서도, 도덕적·윤리적 권위는 사회와 정치를 위한 정신적 사회 자산이 된다. 이것을 거의 바닥내고 없앤 것이 우리 사회가 아닌가 한다. 이것은 우리의 일상적 행동의 전략화에서도 쉽게 볼 수 있는 일이다. 우리는 나날의 삶에서도 전략의 종횡가(縱橫家)가 되어 가고 있다. 사회에 도덕적 명분이 없다는 것이 아니다. 전략화되는 명분이 바로 자산의 탕진에 기여한다. 여기에 크게 작용한 것이 지난 몇 대에 걸친 대통령들의 행태이다. 민주주의가 위기에 처했다면, 이것이야말로 위기의 요인이라 아니할 수 없다.

최근 흥미로운 뉴스의 하나는 한밤중에 인천 공항을 비롯한 고속 도로에 모여 단거리 자동차 경주를 벌이는 야반 폭주족들의 이야기이다. 최고 속도 355킬로미터까지 달리는 폭주족의 스포츠카는 가격이 대당 10억 원에서 17억 원이라고 한다. 이러한 경주의 쾌감은 담력과 자긍심을 충족시키는 것일 터인데, 물론 거기에는 금력과 사회적 지위의 과시가 크게 작용할 것이다. 폭주족은 우리 사회를 움직이고 있는 어떤 심리적 경향을 극단화하여 표현해 주는 것으로 생각된다. 여기에서는 그것이 폭력에 가까운 형태로 표현되어 있기는 하지만, 권력과 자만심과 금력 —— 우리 사회의 많은 일들은 이것을 향한 폭주라는 인상을 준다. 정치도 그러한 폭주의 한 형태가 되어 간다.

권불십년(權不十年)이란 말이 있지만, 민주주의 체제하에서 권력의 기한은 더 짧을 수밖에 없다. 그런데 그것을 다른 형태로나마 유지할 수 있는 것은 돈이다. 공직자들의 수입을 최근의 경제 위기와 관련하여 논의된 경제계의 보수 규모에 비해 보면, 그들이 어떤 수단을 통해서든지 재산을 확보하고자 하는 욕망을 가지게 되는 것은 이해할 만한 일이다. 17억 원짜리 스포츠카를 생각하면, 500만 달러는 큰돈이 아니다.

플라톤의 『공화국』에서 어떤 사람들은 진선미의 추구에서 너무나 큰 보람을 느끼게 되기 때문에 정치에 나아가기를 즐거워하지 않는다. 그러나 그들이 공동체적 의무감에서 정치를 맡게 될 때, 보람은 정의와 선과 조화가 있는 사회를 위하여 봉사하는 데에서 온다. 그들은 권력과 금력에는 관심이 없다. 사회가 온전하게 기능하는 데에는 여러 가지 분야의 일들이 유기적으로 통일을 이루어야 한다. 사람들은 스스로 선택하고 사회가 필요로 하는, 서로 다른 여러 일에서 보람을 느낀다. 아마 정부 관리들의 봉급이 재계의 보수에 절대적으로 미치지 못하게 책정된 것은 그 보상이 반드시 돈에 있는 것이 아니라는 생각이 작용했기 때문일 것이다. 그런데 지금에 와서는 도덕적 이상을 포함하여 여러 부분에서 삶의 보람을 추구하는 것도 대체로 부귀에로 나아가는 우회로가 되었다. 모든 길은 권력과 금력과 자만심으로 통한다. 그런데 물결이 일지 않는 물이나 먼지가 일지 않는 거울과 같은 인애(仁愛)의 마음은 아니라도 적어도 흔들리지 않고 맑은 도덕적 엄격성을 지도층에서 기대할 수 없는 사회가 얼마나 오래 온전할 수 있는 것일까?

(2009년 4월 23일)

부패와 도덕성

지도상으로 결코 큰 나라라고 할 수 없는 한국이 경제력에서 세계 13위라는 말을 들으면, 경제 지표의 단순화를 쉽게 받아들이지 않으려는 사람도 놀라움을 느끼지 않을 수 없다. 그러나 부패 지수라는 또 다른 숫자를 보면, 세계적으로 한국의 순위는 지난 10년간 계속 130여 개국 가운데 40위를 넘어서지 못한다. 선진국이라는 나라들은 단순히 경제력만이 아니라 이러한 도덕성의 지표에서도 다른 나라들보다 앞서 있다. 선진국이 된다는 것은, 이것도 문제적인 용어이지만, 대부분의 한국인에게 부러움의 표적이다. 이에 이르는 자격 요건의 하나는 부패의 수렁에서 벗어 나오는 것이다.

사실 부패의 극복은 부질없는 허영심 때문이 아니라 사람 사는 사회를 건설해 나가는 데에 필수 사항이다.(그것은 국가와 기업의 효율성의 기본이기도 하지만, 개인적으로도 안정된 삶의 기본이다. 부패된 사회의 전략과 술책 속에서 끊임없이 머리를 굴리면서 살아야 하는 인생은 얼마나 낭비적인 것인가?) 우리의 큰 불행은 이 점에서 국민의 사표가 될 수도 있었을 대통령들까지도 부패의 수렁을 깊이 하는 데에 기여한 경우가 많았다는 사실이다. 여러 대통령이 그러한 것을 보면, 이것은 개인의 문제가 아니라 구조적 고질이라고 하는 것이 맞을지 모른다.

근본 문제는 이권과 정권의 착잡한 연계 관계라고 할 것인데, 이번의 경제 위기에서 보는 바와 같이 시장의 자유는 탐욕의 자유로 전락하고 삶의 토대를 무너뜨리는 일이 될 수 있다. 이것을 사회적 공준(公準)에 의하여 조정할 수 있는 힘을 가진 것이 정치이다. 그러나 깨끗하지 못한 정치가 조정 기능을 발휘할 수 있겠는가? 경제의 정치에 의한 규제야말로 이권이 들어서는 틈새가 된다. 규제 철폐에 대한 요구가 나오는 이유의 하나는 여기에 있다.(그러나 규제 철폐는 방금 말한 것처럼 또 다른 부패를 가져오는 악순환의 한 고리가 된다.)

깨끗한 정치는 어떻게 가능한가? 어떤 정치 이론은 민주주의의 상호 견제와 균형이 한 방법이라고 한다. 균형 또는 상호 긴장을 유지할 수 있다면, 도둑들도 서로 견제하여 일정한 질서를 유지할 것으로 생각해 볼 수 있다. 이러한 처방에서만이 아니라, 현대 정치 이론은 물질과 제도로써 모든 문제를 해결할 수 있다고 생각한다. 그러나 마음의 정향을 빼고도 투명한 정치 질서가 가능한 것일까? 견제와 균형은, 공동 가치의 기반에서 출발하여 그것을 원칙으로 정립하는 제도적 장치라고 하는 것이 옳은 것이 아닐까? 청렴도에서 선두에 서는 스칸디나비아 여러 나라들 또는 다른 선진 제국이 제도만으로 그러한 투명성을 이룩한다고 할 수는 없을 것이다. 물론 스칸디나비아 여러 나라들은 서구에서도 도덕주의의 목소리가 가장 낮은 사회라고 일컬어진다. 그러나 전통적 관점에서 본 성 풍습과 같은 개인 도덕은 몰라도 공중 장소나 정치적 공공 공간에서의 엄격한 질서는 이 나라들의 가장 두드러진 특징이다. 도덕주의의 소리가 낮은 것은, 노자의 비유를 빌려, 물속에 사는 물고기가 물을 생각할 필요가 없는 것과 같다고 할 수 있다.

그렇다고 우리 사회에서 도덕적 수사의 소리가 높은 것은 우리가 물을 잃어버린 물고기와 같기 때문은 아닐 것이다. 수없는 수난에도 불구하고, 나라가 완전히 무법천지 또는 마피아의 세계로 떨어지지 않은 것은 그 나름으로 이러한 도덕적 수사가 완전히 공허한 것은 아니기 때문일 것이다. 그러나 다른 한편으로 경제 지표에 미치지 못하는 부패 지수는 이 도덕성의 수사에 어떤 근본적 하자가 있다는 것을 말하는 것이라 할 수 있다. 독직의 혐의를 받게 되는 정치 지도자나 고위 공직자의 경우, 그들도 도덕성의 소리를 높이지 않는 것은 아니다. 그러나 흔히 듣는 도덕성의 목소리는 다른 사람들을 꾸짖는 소리일 수는 있지만, 자신의 행동을 기율하려는 것이 아니라고 할 것이다. 그것은 밖으로 향하는 것이지 안으로 향하는 것이 아니다. 그 자체의 가치라기보다는 밖을 향하는 투쟁의 수단인 것이다.

우리에게는 도덕성 가운데 가장 중요한 것은 정의이다. 정의는 분노의 느낌에 밀접하게 연결되어 있다. 분노로서의 정의는 일반적으로 인간의 존엄성이 침해될 때 가장 강하게 느껴진다. 그중에도 나의 존엄성이 훼손될 때에 어성이 더욱 높아지는 것은 당연한 일이다. 나의 존엄성은 무엇을 말하는가? 그것은 모든 사람이 공유하는 기본적인 인간적 위엄을 말할 수도 있지만, 나의 신분과 지위에 맞는 물질적 향유와 사회적 위세가 충분하지 않다는 것을 말하는 것일 수도 있다. 이것은 다른 사람에게 보여 주고 인정받고 모심 받는 것을 내 존재의 의미로 생각하는 사회에서 특히 그러하다. 도덕성은 이것을 위한 투쟁의 수단이고 또 과시와 인정의 요건이다.

그러나 도덕적 가치는 인간의 정신적 존재라는 사실에 근거한다. 그것은 나의 삶의 지침이고 삶의 의미이다. 물론 가장 바람직한 것은 그것이 고기를 헤엄칠 수 있게 하는 물처럼 존재하는 것이다. 그러나 때로 그것은 자기실현의 가치로서 밝혀질 필요가 있다. 사회적 인정도 이러한 관련에서 더 높은 존재의 차원에 이르는 하나의 과정으로서의 의미를 갖는다. 예로부터 제 몸과 마음을 닦는 것은 사회에 나아가는 일이면서 형이상학적 세계에서 자신의 참모습을 되찾는 일이다. 극기복례(克己復禮) — 자기를 이기고 예로 나간다는 말은 밖에서 주어지는 규범에 복종하는 것이 아니라 그 규범이 자신의 본질이라는 것을 아는 과정을 말한다.

1950년대 말에 나온 로베르토 로셀리니의 「로베레 장군(Il Generale della Rovere)」이라는 영화는 더욱 경험적인 차원에서 비슷한 것을 이야기하는 것으로 해석될 수 있다. 나치 지배하의 제노바에서, 사기꾼 그리말디는 나치에 체포되어 레지스탕스의 일꾼들이 수감되어 있는 감옥에 투옥된다. 그는 게슈타포의 지시에 따라 저항 운동의 지도자 로베레 장군을 사칭한다. 그 대신 그에게는 얻어 내는 정보에 대하여 보상이 약속되어 있다. 가짜 로베레 장군 그리말디는 동료 복역수들로부터 큰 환영을 받는다. 그런데 신뢰와 존경을 얻는 과정에서 그는 완전히 다른 사람이 된다. 그리하여 그는 참으로 로베레 장군처럼 행동하고 스스로 로베레 장군이라는 것을 주장하며 게슈타포와의 협조를 거부하고 총살된다.

사회가 부여하는 공적인 임무는 반드시 이와 같은 자기 변용과 희생을 요구하지 않는 경우에도 인간의 사회적 존재 속에 숨어 있는 인간 실존의 다른 차원을 드러내어 보여 줄 수 있다. 공적인 책임에 따르는 보상이 반드시 세속적인 것은 아니다. 그러면서도 세속적일 수밖에 없는 근대적 사회가 인간적 질서로 유지될 수 있는 것은 다소간에 이러한 더 높은 차원의 진실이 사회 어디엔가 — 또는 사회의 책임 있는 자리에 — 존재하기 때문인지 모른다.

그러나 앞에 말한 바와 같이, 지나치게 외면화된 도덕성은 사회에 대하여 독단적 자기주장 그리고 세속적 인정과 보상에 대한 요구가 될 수 있다. 그것은 사회적 전략으로서의 성격을 강하게 가지게 된다. 경쟁 사회에서 인정을 위한 전략과 목표는 여러 형태의 과시적 외화(外華)를 포함한다. 그런데 부패는 이 외화를 획득하는 더 간단한 다른 방법이다. 물론 이것은 도덕적 명분과 양립할 수 없다. 그러나 그것은 여전히 도덕성과 함께 사회적 투쟁 전략의 일부라는 점에서 완전히 범주를 달리하는 것은 아니다. 둘 사이에 혼란이 생기는 것은 자연스럽다.

(2009년 5월 7일)

열린 사회, 닫힌 사회

21세기에 들어서면서 국가 간의 세력 관계가 새로 조정되는 가운데, 중국이나 인도와 같은 나라가 경제력뿐만 아니라 여러 면에서 새로운 세력으로 부상하고 있다는 것은 분명하다. 역사의 긴 안목을 강조하는 어떤 관점에서는 이것은 새로운 현상이 아니라 그전의 역사가 되풀이되는 것이다. 그렇다는 것은 근대 이전에 이 나라들은 세계의 중심 국가였는데, 이제 다시 그전의 위치로 돌아가는 것이라 할 수 있기 때문이다. 물론 비슷한 세력 균형이 재현된다고 해도 엄청나게 달라진 여건 아래에서 똑같은 것이 반복된다는 말은 아니다.

영국 해군 장교 출신의 저술가 개빈 멘지스(Gavin Menzies)는, 2002년에 출간된 『1421년, 중국 세계를 발견하다(1421: The Year China Disscovered America)』라는 책에서, 명나라 장수 정화(鄭和)가 이끄는 배가 콜럼버스 이전에 아프리카에 다다랐고 마젤란 이전에 세계를 일주했을 뿐만 아니라 세계의 곳곳에 기착했다고 주장해 센세이션이 된 일이 있었다. 이 주장을 그대로 수긍하는 사학자들은 많지 않지만, 1433년을 기점으로 하여 명조의 대외 정책이 급전하게 될 때까지 중국이 해양 무역 국가로서 크게 번창했던 것은 확실하다. 미국의 지리 견문 잡지《내셔널 지오그래픽》의 최근호는, 자바해에서 1998년에 발견된 9세기의 아랍 무역선의 잔해에 대한 보고를 싣고 있다. 이것은 중국을 중심으로 한 옛 해양 무역의 모습을 넘겨볼 수 있게 한다.

이 난파선에서 발견된 물품의 수는 6만 점에 이른다. 그중에 중요한 것은 접시, 사발, 물병 등 5만 5000점의 금은기 그리고 도기이다. 도기는 대체로 후난 성(湖南省)의 여러 가마에서 만들어진 창사(長沙) 사발이다. 일관된 규격으로 양산되었던 이 물품들은 일정한 산업 조직이 발달되어 있었다는 것을 말해 준다. 이러한 물품을 거래하던 무역은 동으로 당(唐) 제국과 서로 스페인, 이라크 그리고 페르시아를 포함하는 이슬람 제국(帝國) 사이에 이루어지던 것이었다. 이 무렵 중국의 광저우(廣州)와 이라크의 바스라 사이의 항로는 무역의 해상 실크로드였다. 인적 교류도 활발하여, 당의 수도 장안에는 많은 외래인들이 거주하고 있었다. 정화도 그 선조는 중앙아시아에서 온 회교도였다. 이 무렵 광저우에 거주하는 외국인 수는 1만 명이 넘었다. 이들의 존재는 도자기 등에 새겨진 인물 초상 등에서도 쉽게 확인된다.《내셔널 지오그래픽》의 기사에 의하면, 자바 해의 난파선의 선원 20명은 아랍인, 인도인, 말레이인이었고 선장은 아랍인이거나 페르시아인이었는데, 발견된 소지품들로 미루어 중국인 상인도 타고 있었던 것으로 추정된다고 한다.

당(唐) 대로부터 명(明) 대 초까지 세계의 바다를 지배하는 세력은 중국이었고, 그 후에도 그것이 계속되거나 확장될 것 같았지만, 15세기 초엽 명은 정화의 지휘하에서 317척에 이르렀던 해양 함대를 불사르고 해양 진출의 정책을 역전시켰다. 북쪽으로 몽고족과의 격화된 갈등도 그 원인이었지만, 상공업을 달갑게 생각하지 않았던 유교 이데올로기가 확립된 것이 큰 원인이었다. 해양 진출이나 상공업보다는 대륙의 내정에 치중하게 된 명의 정책을 어떻게 평가하든, 정책의 전환은 중국 역사에 매우 중요한 의미가 있다. 중국이 바다를 포기한 후 바다는 포르투갈, 스페인, 화란, 영국 등 서구 제국주의 세력의 지배 아래 들어가게 된다. 이보다 중요한 것은 중국이 외부와의 접촉을 최소화하고 스스로를 중화주의 속에 폐쇄하게 된 것이다. 중국이 바다에 등을 돌릴 무렵부터 서구에서는 바야흐로 근대적 과학과 기술이 태동하여 산업 혁명 그리고 제국주의적 팽창이 준비되기 시작했다. 그런데 중국은 그러한 세계사의 움직임에서 국외자가 된다. 이러한 관점에서 보면, 어떤 학자들은, 세계사의 근대적 전환에서 중국이 낙후된 국가가 되고 19세기 이후 근대화의 엄청난 시련을 겪게 된 원인의 단초를 15세기에 있었던 역사적 방향의 전환에서 찾을 수 있다고 생각한다.

민생 안정이라는 관점에서 한 나라의 정책이 대외 지향 또는 대내 지향 어느 쪽이어야 하는가는 쉽게 판단할 수 있는 일이 아니다. 그러나 기술과 문명의 세계적 발전으로부터 고립하여 한 사회가 스스로를 제대로 보전하기 어려운 것이 국제 관계의 현실이다. 이것은 세계가 좁아져 가고 있는 오늘의 시점에서 특히 그러하다. 내재적 관점에서의 평가를 떠나서, 세계에 대하여 스스로 문을 닫고 있는 나라, 미얀마(버마)나 북한의 상황도 이러한 국제적 연관 속에서 생각될 수 있는 것인지 모른다.

지금의 세계에서 바깥세상으로 열려 있지 못한 나라 가운데 하나가 쿠바이다. 그 중요 원인은 반세기에 걸친 미국의 봉쇄 정책인데, 버락 오바마 대통령의 집권과 함께 미국은 쿠바에 대하여 유연한 자세를 취하기 시작했다. 이에 대해 카스트로 전 총리가 크게 환영의 뜻을 표명한 것은 쿠바 자체가 고립으로 인하여 생기는 문제를 인식하고 있다는 것을 나타낸 것이라 할 수 있다. 오랫동안 쿠바는 그 나름대로 사회주의적 이상을 충실하게 실천해 온 것으로 이야기되곤 했다. 쿠바에 굶는 사람은 없다. 또 쿠바는 교육, 의료, 고용 등 사회의 기본적 복지 제도가 공평하게 운영되고 있는 나라로 알려졌다. 그뿐만 아니라 사회주의 국가의 상투적 인상과는 달리 영화관이나 극장이 번창하고, 보통 사람들이 오페라 공연을 즐긴다.

어떻게 보면 자본주의 세계 시장에 개방됨으로써 쿠바가 얻게 될 것은 허황된 소비주의 문화와 그에 이어져 있는 불평등과 사회 갈등일 것이라고 말할 수 있다. 그러나 적대적이라 할 수 없는 영국 《가디언》의 최근 보도에 의하면, 쿠바 사람들이 기아에 처해 있는 것은 아니지만, 그 삶의 조건은 최소한도를 넘어서지 못한다. 먹는 것은 최소한의 전분과 지방에 한정되고, 휴지가 없고 비누가 없다. 쿠바 사람들은 채소, 과일, 고기, 비누, 휴지, 구두, 의류 등의 일상 용품에 더 자유롭게 접근할 수 있기를 원한다. 하루의 임금은 토마토 몇 개, 양파 몇 개 정도를 살 수 있는 80센트에 불과하다. 대부분의 사람들은 자신의 직장 밖에서 가외의 일감을 찾아야 한다. "나라가 제공하는 직장에서는 임금을 지급하는 체하고 우리도 일을 하는 체할 뿐"이라고 한 쿠바인의 말을 《가디언》은 인용하고 있다.

쿠바의 고립은 미국의 봉쇄 정책이 원인이다. 그러나 그에 관계없이 중요한 사실은 오늘의 세계에서 한 국가만의 자급자족 경제는 불가능하다는 것이다. 그러나 쿠바가 새로운 열림의 관계를 원한다고 하여, 적어도 지금의 시점에서는, 자본주의의 모든 것을 원하는 것은 아니라 할 수 있다. 가디언이 인용하고 있는 한 쿠바인은 "아무도 완전히 자본주의로 돌아가는 것을 원하지는 않는다. 우리는 혁명의 좋은 소득을 보존하기를 원한다."라고 말했다.

그러나 사회주의적 폐쇄성에 얽매이지 않는 사회들도 세계 자본주의 체제에서 비슷한 문제에 부딪힌다고 할 수 있다. 시장은 —— 특히 공동체의 테두리를 벗어나 세계화된 시장은 목적과 가치가 부재하는 수단의 공간이다.(그렇기에 그것은 자유의 공간이기도 하다.) 그 수단을 의미 있는 수단이 되게 할 목적과 가치는 다른 곳에서 올 수밖에 없다. 열려 있으면서 또 자유를 잃지 않으면서 어떻게 고유한 인간 가치를 보전할 수 있느냐 하는 것은 지금의 세계에서 모든 사회의 문제이다.

(2009년 5월 21일)

죽음의 이편에서

희랍의 옛이야기에 이런 것이 있다. 솔론이 그의 죽은 아들을 두고 우는 것을 보고 어떤 사람이 "울어 보아야 소용이 없는 일을 가지고 무엇 때문에 그렇게 우시오?"라고 말했다. 그러자 솔론은 "바로 울어 보아야 소용이 없기 때문이라오."라고 했다는 것이다. 어떤 현실의 절실성은 오로지 행동적으로, 정서적으로도 즉각적인 반응만을 허용한다. 지금 이 시점에서 노무현 전 대통령의 죽음에 임하여 우리가 할 수 있는 것은 오로지 애도하는 일뿐이다. 그러나 시간이 지나면서 이런저런 생각을 아니할 수 없다. 다만 여기에 적는 것들이 그것을 손상하는 것이 되지 않기를 바랄 뿐이다.

고위 정치 지도자의 자결은 흔한 일이 아니다. 근대사에서는 한말 국난 시대 이후 이번의 노무현 전 대통령의 자결은 최초의 일이 아닌가 한다. 그것이 국민 전체의 가슴에 충격과 아픔을 안겨 준 것은 너무나 당연하다. 그것은 애도 행사의 규모로도 짐작할 수 있다. 이것은 노무현 전 대통령을 따르는 열렬한 추종자가 많은 탓이기도 하겠지만, 범국민적 열파가 일고 있는 것도 사실이다.

죽음은 사람의 일 가운데 가장 심각하고 엄숙한 일이다. 그러면서 그것은 어디에나 있고 넓어진 오늘의 삶의 공간에서 일상적 뉴스가 되었다. 그럼에도 사람들은 대통령 또는 대통령을 지냈던 분의 죽음은 보통 사람의 죽음과는 다른 것이라고 느낀다. 또 그의 삶은 낱낱의 삶들을 넘어 우리 모두의 삶을 하나의 상징 속에 집약하는 것으로 느낀다. 사람들은 지도자에 대해서는 본능적 일체감을 갖는다. 대통령의 언어나 행동이 이래야 된다 저래야 된다고 시비하는 것들을 보지만, 역설적으로 그것도 지도자의 삶의 모습이 자신의 삶의 이상에 일치해야 된다고 생각하기 때문이다.

　노무현 전 대통령은 그의 삶, 이미지 그리고 죽음에 이르게 된 정황──이 모든 것에서 많은 국민이 쉽게 자신을 일치시켜 느낄 수 있는 그런 인물이었다. 그는 서민들의 심정에 호소하는 민중의 대통령으로 알려져 있지만, 죽음에 이르게 되기까지의 정황도 사람들이 쉽게 느낄 수 있는 것이었다. 검찰 수사에 정치적 의도가 있다는 인상을 준 것도 그렇고, 수사 대상이 된 항목도 서민의 관점에서 이해할 만한 일이었다. 지금 시점에서 그 어느 쪽이나 다 확인된 것이라 할 수 없지만, 문제가 된 돈은 주로 자식들의 삶을 위한 준비금이라는 성격이 있는 것으로 보이는 것이다. 부모가 자식 걱정하는 것이야말로 사람들이 가장 쉽게 공감할 수 있는 일의 하나이다. 그 액수가 얼마 되지 않는다는 주장에는 이러한 심정적 공감이 작용했을 것이다.(물론 부패를 삶의 당연한 일부로 보는 우리 사회의 냉소주의도 여기에 관계된다.)

　흔히 비극의 핵심으로 말하여지는 것은 두 개의 진리, 두 개의 윤리적 명령 사이에서 으깨어지는 영웅의 고통이다. 노무현 전 대통령의 비극이 반드시 이러한 비극이라고 할 수는 없다. 그러나 그것이 시대의 어려운 여건 아래에서 보통 사람의 선택의 고통을 상징적으로 집약하여 보여 주는 것임은 사실이다. 그것은 노무현 전 대통령의 비극이고 우리 시대의 비극이다.

어떤 경우에나 비극의 충격의 핵심에는 죽음이 있다. 바로 곁에 있는 것이면서도 잊고 사는 것이 죽음인데, 비극에서 우리는 그 엄청난 신비에 직면하게 된다. 목숨은 삶의 바탕 중의 바탕이다. 사람의 삶뿐만 아니라 지구 위의 거대한 생명 현상을 지탱하고 있는 것이 그것이다. 이 삶은 죽음과 밀접하게 이어져 있다. "사활이 걸린 문제"라는 말이 있지만, 사실 산다는 것은 죽음을 멀리하기 위한 쉼 없는 노력과 투쟁을 의미한다. 그러나 역설은 막중한 의미의 삶과 죽음이 극히 가벼운 것이 될 수 있다는 사실이다. 목숨이 있는 존재에 죽음은 절체절명의 대명제이지만, 그것은 간단히 선택될 수 있는 것이기도 하다. 그리고 그것은 삶을 위한 모든 투쟁으로부터, 또 고통으로부터 해방되는 방법이다.

그런데 죽음이란 무엇인가. 노무현 전 대통령은 유서에서 "삶과 죽음이 모두 자연의 한 조각"이라고 했다. 목숨에 매달려 있는 사람이 생각하듯이 이 세상은 삶과 죽음의 이분법으로 나뉠 수 있는 것이 아니다. 죽음과 삶이 하나의 자연 과정의 일부라고 하면, 사람은 삶을 거치고 죽음을 거쳐 자연으로 돌아간다. 죽음의 기이한 평화는 이 회귀에서 온다.

미국의 시인 로빈슨 제퍼스의 주제 하나도 이것이다. 「아름다운 바위여!」라는 시에서 그는 이것을 등산의 이야기로 전달하고 있다. 그는 아들과 아들의 친구와 함께 캘리포니아의 한 산에 갔다가 야영을 하게 된다. 그리고 잠이 든 젊은이들 위로 야영의 불꽃 너머에 솟아오른 바위를 본다. 바위는 그 이해할 수 없는 아름다움 ─ "그 말없이 뜨거운 열정, 깊은 고귀함, 순진무구한 아름다움" 그리고 "우리의 운명의 밖에서 진행되고 있는 다른 운명"을 느끼게 한다. 그는 자신은 죽을 것이고, 자신의 아들도 살다 죽고 세계도 망하겠지만, 그가 보고 있는 바위는 지속될 것이라는 사실을 깨닫는다. 그렇다고 삶이 무의미한 것은 아니다.

그는 다른 시에서 말한다. "삶은 아무것도 아니고/ …… 무덤들이 있는 이 섬의 언덕 위에서 내려다보면/ 죽음은 아무것도 아니다./ 그러나 이 아무것도 아닌 것들은 얼마나 아름다운가!" 거대한 자연에 비추어 볼 때, 삶과 죽음은 아무것도 아니다. 그러나 거대한 지구의 지속을 깨달음으로써, 우리는 참으로 의미 있는 마음의 여유를 가지고 삶을 아낄 수 있게 된다. 노 전 대통령의 죽음은, 많은 비극이 일러 주듯이, 이 삶과 이 삶에의 집착이 아무것도 아니라는 것을 말하여 준다. 그것은 간단히 버릴 수도 있는 것이다.

그러나 그 경우에도 다른 삶, 전체로서의 삶은 지속되어야 한다. 그리고 죽음의 이편에 남아 있는 한, 사람은 삶을 위한 노력을 저버릴 수 없다. 그 삶에는 노무현 전 대통령의 비극과 같은 비극이 없어야 한다. 억압도 없고 부패도 없어야 한다.(자신의 아이들에게 제퍼스는 사회를 너무 가까이하지 말며 자연의 고독과 고통과 더불어 살라고, 또 "부패는 강제 의무 규정이 된 일이 없다."라고 하며 부패를 멀리하라고 말한다.)

그러나 삶을 바르게 보는 데에는 죽음의 눈이 필요하다. 죽음과 자연의 영원함에 대한 깨달음은 삶의 허무와 아름다움에 감격할 수 있는 마음의 여유을 만들어 낸다. 말없이 뜨거운 열정, 마음 깊은 곳에 자리한 고귀함, 순진무구한 아름다움이 있는 삶 ── 그것이 이러한 자연의 대원리에 따라 삶을 설계하는 기초가 된다. 인간적인 삶은 결코 미움의 아우성과 열광의 산물일 수 없다. 우리가 짐작할 수 있는 것은 아니지만, 견딜 수 없는 삶의 고통으로부터 죽음의 고통으로, 그리고 그 저편으로 옮겨 간 노무현 전 대통령이 찾은 것도 모든 것을 넘어가는 초연함과 여유 ── 그리고 무엇보다도 평화일 것이다.

(2009년 6월 4일)

검소의 경제

이른바 '실패한 국가'로 말할 사람은 없겠지만, 지금의 한국 사회를 믿을 만한 안정된 질서를 이룩해 낸 사회라고 할 수는 없을 것이다. 불안정의 증상은 여러 가지로 나타나고 그 자체의 동력학을 가지고 있다. 그러나 근본은 역시 경제라고 하여야 할 것이다. 지금의 불안정과 불안 아래에는(북한 핵을 논외로 하면) 세계적인 경제 위기가 있고, 가깝게는 우리 사회의 불안한 경제가 있다. 경제에 이어서 사회적으로 중요한 불안 요인은 심화되는 경제적 양극화이다. 이로 인한 사회의 불균형은 약간의 충격에도 커다란 폭풍우로 변화할 가능성을 가지고 있다.

빈부 격차는 2004년 이후 계속 커지고 있었지만, 최근에 와서 특히 크게 벌어진 것으로 보도되었다. 금년 1분기 들어 하위 20퍼센트 소득 계층의 소득이 5.1퍼센트 줄어든 데 대하여, 상위 20퍼센트의 소득은 1.1퍼센트가 늘고, 그 소득차의 비율은 8.6배가 되었고, 이것은 지금까지의 어느 때보다도 큰 것이다.(《조선일보》6월 5일자) 빈부의 상대적인 차이가 가져오는 심리적인 마찰과 질시(嫉視)의 문제도 무시할 수 없는 것이지만, 그 심각성은 그것의 절대적인 의미로 인한다 할 것이다. 앞에 말한 하위 20퍼센트의 소득은 최저 생계비에 미치지 못한다. 그리고 비정규직자로부터 시작하여 실직자가 급격히 늘어나고 있는 상황이다. 이것은 금년의 하반기에 더 악화될 것이라 한다. 여기에 대해서 적절한 정책이 필요하다는 것은 말할 필요도 없다. 이와 함께 중요한 것은 세계적인 그리고 한국에서의 경제 회복이다.

사회 경제 정책과 관련하여 흔히 듣는 이야기가 성장과 분배 어느 쪽을 택하여야 하느냐 하는 논란이다. 경제 회복 대책에도 이 논란이 따른다. 사람의 삶에는 서로 모순되는 것 같으면서 동시에 추진될 수밖에 없는 것들이 수다하다. 분배가 원활하게 이루어지는 데에 성장이 있어야 하고, 분배 없는 성장은 그 기초로서의 사회 안정을 확보할 수 없다. 지금의 한국 사회의 긴박한 과제들이 그대로 보여 주고 있는 것이 바로 이러한 선택의 어려움이다.

그러나 이렇게 말하면서도 피할 수 없는 질문의 하나는 '성장의 한계'에 대한 것이다. 이것은 1970년대 초에 이미 대두되었던 말이지만, 지금에 와서 인류가 직시하여야 할 사실은 성장에는 한계가 있다는 사실이다. 기후 변화, 자원 고갈, 환경의 황폐화가 성장 추구 경제의 결산에서 가장 큰 부분을 차지한다는 사실을 무시할 수 없다. 인간의 사회적인 소외, 공동체의 해체 그리고 인간성으로부터의 소외는 어쩌면 더 큰 부작용이라 할 수 있다. 이제 이러한 문제점들은 여러 나라에서 긴급한 의제가 되었다.

최근의 세계 경제 위기와 관련하여 유럽에서는 성장이 없는 경제라는 주제가 중요한 논의의 대상이 되고 있다. 이 문제를 집약적으로 다루고 있는 것이 영국의 경제학자 팀 잭슨이 금년 3월에 내놓은 보고서 『성장 없는 번영』이다. 잭슨 교수는 영국 정부 기관, 지속가능한발전위원회의 위원장이다. 이번에 발표된 문서는 그의 개인 의견과 함께 영국 정부의 공식적 전망을 담고 있다고 할 것이다. 지금까지 서구 산업 사회가 추구해 왔던 경제 성장은 지구의 제한된 환경 조건하에서 지속 가능할 수 없다는 것이 잭슨 교수가 굳게 내세우는 기본 입장이다. 그러나 다른 한편으로 작금의 경제 위기가 보여 주듯이 성장이 중단되면, 기업, 고용, 빈곤의 심화 등 공황의 상태가 발생하게 된다. 이것은 그대로 방치될 수는 없는 일이다. 그러나 그렇다는 것은 단기적인 관점에서의 이야기이고 장기적으로는 경제의 적절한 운영은 여기에서 생기는 문제들을 조정하고 경제의 방향을 전환할 수 있을 것이라고 잭슨 교수는 내다본다. 소비가 줄게 됨에 따라 저축이 늘고, 부채가 줄고, 노동 시간이 짧아지는 가운데 지속 가능한 체제가 들어설 수 있다는 것이다.

성장 없는 경제 체제하에서 소비 생활의 축소는 자가용 사용이나 휴가 여행이 줄고, (우리 식으로 말하여) 축제와 행사도 줄고, 일상적으로도 식도락이 아니라 절식(節食)이 실천 항목이 된다는 것을 말한다. 무엇보다도 비싸고 화려한 것들을 과시함으로써 자신의 존재감을 얻으려는 일들도 그만두어야 할 것이다. 물론 이러한 것들을 조장하는 홍보 산업 또 생산업도 점차 퇴출되지 않을 수 없을 것이다.

그런데 이러한 변화에서 중요한 문제점의 하나는 소비 경제의 후퇴가 어느 정도여야 하는 것일까 하는 것이다. 금욕적 생활이나 내핍 생활만을 말한다면, 그것은 북한이나 쿠바와 같은 나라가 이미 달성한 목표이고 이른바 후진국이라는 나라들이 좋든 싫든 견디고 있는 현실이다. 그러나 스스로 선택한 것이 아니라 강요된 현실은 심히 괴로운 것일 수밖에 없다. 바람직한 것은 그것이 참다운 인간적 발전을 위한 선택의 결과가 되는 것이다. 그리고 역사의 선택은 대체로 일방적으로 결심되는 것이라기보다는 현실이 무르익는 것에 맞추어 이루어지는 전환이다.

이렇게 볼 때 사회와 인류의 미래에 대한 다양한 생각들이 나올 수 있는 것이 이른바 선진국이라는 사실로 미루어, 일단 선진국의 수준에 이르렀다가 다시 유턴을 하는 것이 역사의 현실 동력학이라는 생각이 든다. 잭슨 교수의 생각에는 유턴의 시점을 시사해 주는 것이 있다. 그의 조사에 의하면, 현재 미국의 평균 개인 소득의 절반 또는 3분의 2 수준을 넘어선 후에는 사람들이 느끼는 행복감은 그 이상 올라가지 않는다고 한다. 뿐만 아니라 여러 부정적인 정신 증후들이 나타난다. 물론 이것은 지금의 시점에서의 이야기이고 일단 역사적 회귀가 시작된 다음에 견적은 조금 더 낮은 수준의 것이 될 수도 있을 것이다.

검소의 경제가 제도화될 수 있을까? 환경 문제는 소비자와는 관계없는 '환경 독재'로서만 해결될 수 있다는 생각이 있다. 검소의 경제는 엄청난 국가 권력의 확대를 요구할 수 있다. 그러면 그것은 행복이 아니라 불행의 증진을 의미하는 것이 될 것이다. 바람직한 것은 사람들이 자신의 행복을 위하여 스스로 검소의 경제를 실천하는 것이다. '소식(疏食)하고 물 마시고 팔을 베고 누웠으니 즐거움이 그 안에 있다'는 것은 『논어』에 그려진 행복의 한 모습이지만, 거기까지 이르지는 않더라도 스스로 절제하는 삶이 행복한 삶이라는 것은 철인 교사들이 수없이 말하여 온 지혜이다. 문제는 이것이 개인적인 처세 보감의 말로서 그칠 수 없다는 것이다. 그것은 사회적 규범으로 필요하다. 그런데 그것이 풍속이 된다면, 규범의 억압성은 적지 아니 완화될 수 있다. 지도자들의 생활이 검소하여야 한다는 것은 예로부터 동양 정치 철학의 근본이다. 희랍의 민주주의나 로마의 공화 체제에서도 그렇고 민주주의 도덕 철학은 이것이 공공 질서의 초석임을 되풀이하여 강조하였다.

일정한 수준까지의 성장의 추구가 불가피하다고 하더라도, 지도층들의 검소한 삶의 모범은 지금 당장에라도 보여 줄 수 있는 것이다. 어떤 경우에나 행복한 삶은, 경제가 성장하든 아니하든 번영보다는 검소에 있다. 번영이 추구되어야 한다면, 그것은 인간의 정신적 자기실현을 위한 것으로 전환됨으로써, 진정한 행복을 심화하는 것이 될 것이다. 사회적 격차, 성장과 분배 등의 문제는 지금 풀어 나가야 할 당면 문제이면서, 보다 큰 미래의 전망 속에서 생각되어야 할 의제이다.

(2009년 6월 18일)

9장

통일과
이성적
정치 문화

해외 한국학과 보편적 지평

지난 6월 18일부터 21일까지 미국 시카고 대학에서 미주 한국학에 대한 회의가 열렸다. 이 회의에는 한국에서 온 몇 학자들과 함께 미국과 캐나다의 여러 한국학 교수와 대학원생들이 참가했다. 이 회의에 참가할 기회를 얻은 필자로서는 해외의 한국학 연구가 많이 발전하고 또 연구자들의 관심이 진지한 것에 적지 않은 감명을 받았다.

해외 한국학의 성숙도는 이번 회의의 전체 주제로도 짐작할 수 있다. '한국의 전통 시, 미학, 근대로의 이행'이 이번 회의의 총체적 주제였다. 전통문화의 부분을 주도한 것은 고려대 김흥규 교수의 발표였는데, 조선조의 시가를 시대적 변화 속에서 이해하면서 세부에 대한 훈고(訓詁)를 포함하는 발표는 어느 회의에 비추어도 성숙한 수준의 논의를 끌어내었다. 이와는 별개로, 필자에게 근본 문제로 생각되었던 것은 해외에서의 한국학 위상이었다. 거기에는 그 발전과 성숙에도 불구하고 그 불확실성에 대한 의식이 잠재해 있었다. 그것은 국내에서나 국외에서나 오늘날의 인문 과학 연구가 공유하고 있는 의식이기도 했다.

한국인이 한국인으로서 한국을 공부한다는 것은 당연하다 할 수 있다. 그것은 바로 자신과 자신의 사회를 아는 것이고 그것을 새롭게 세우는 데에 기초를 닦는 일이다. 미국에 거주하는 한국인, 한국계 미국인 또는 해외에 정착한 한국계 사람들이 한국을 공부하는 것은 자신의 정체성을 분명히 하는 데에 도움을 주는 일이다. 어쩌면 뿌리를 알아야 할 필요가 이들에게 더 절실한 것이라고 할 수 있다. 제 나라에 사는 사람의 경우와는 달리, 나라를 떠난 사람들에게 정체성의 획득은 더 적극적 노력을 요구한다. 그런데 미국인 또는 다른 외국인에게 한국 공부는 어떤 의의를 갖는가? 특히 대학의 학부 수준에서 그 의의는 어디에 있을까? 해외에서 한국학을 가르치는 사람은 이 문제를 늘 생각해야 한다.

미국 대학에서는 학생들의 교양 교육의 일부로서 문명의 계열에 따라—가령 서양 문명, 중동 문명, 동아시아 문명 등의 구분에 따라 일정한 학점 취득을 요구하는 경우가 적지 않다. 한국 공부는 이 문명 계열에 대한 지식의 일부를 이루어 다른 동아시아 문명 과목들과 함께 인간 문명의 다양성을 살피는 데에 도움을 주는 것이 된다. 서양의 교양 교육에 비서양 세계에 대한 과목이 포함된 것은 역사적으로 별로 오래된 일이 아니다. 이러한 수정이 있기 이전, 교양 교육은 서양 문명에 대한 공부를 그 주된 내용으로 했다. 그러다가 인간 문명화의 역사가 서양과 일치하는 것이 아니라는 인식이 커짐에 따라, 다른 문명에 대한 공부가 교양의 일부로 포함된 것이다. 전통적으로 교양의 테두리에서 역사를 공부하는 것은 사실을 아는 것 외에 그 의미를 해석하여 내면화하는 작업을 말한다. 그러면서 넓은 보편적 인간성의 지평으로 나아가는 것을 꾀하는 것이다. 한국의 대학에서 교양 과목이라고 할 때, 교양의 뜻이 정확히 무엇인지 분명치 않고, 영어에서는 거기에 해당되는 적절한 말을 잡아내기 쉽지 않지만, 그 원뜻은 독일어의 교양—'빌둥(Bildung)'에서 찾을 수 있고, 헤겔이 설명한 바 '보편성에로의 고양'이라는 말은 그 깊은 뜻이 된다고 할 수 있다. 간단히 말해 교양은 사람의 생각과 느낌 그리고 행동 방식 — 인간의 됨됨이를 넓히고 깊게 하는 과정이다.

오늘날 교양 그리고 교육은 공리적 목적을 위한 정보 축적을 말하는 것이 되었지만, 지금도 이러한 인문학적인 이상이 완전히 버려진 것은 아니다. 교양 교육의 일부로서 한국 공부를 생각하는 것은 그것이 어떻게 인간성의 보편적 고양에 도움이 될 수 있을까를 고민하는 것이다. 한국에서도 한국의 역사와 전통과 문화 그리고 문학을 공부하는 것이 피교육자의 정체성 형성에 도움을 주는 것이라고 한다면, 그것은 그 정체성의 보편적 고양에도 도움을 주어야 한다는 기대를 포함한다 할 수 있다.

한국 문화나 문학을 해외에 소개할 때, "한국 문화의 우수성"이라는 말이 등장하는 것을 본다. 프랑크푸르트 도서전에서 우리 문화 소개는 '한국 문화의 우수성'을 알린다는 표어로 설명되었다. 이러한 표어가 반드시 호소력이 있는 말이라고 할 수는 없으나(가령 미국인들이 "미국 문화의 우수성", 독일인들이 "독일 문화의 우수성", 몽골인들이 "몽골 문화의 우수성"이라는 말을 들고 우리를 찾아오는 경우를 생각해 볼 일이다.) 이 말은 보편적인 문화의 기준에서 사람의 삶을 풍부하게 하는 것이 한국 문화에 있다는 사실을 내세우려는 것이라 할 수 있다. 학문의 대상으로서, 특히 교양 교육의 일부로서 한국 문화를 공부하게 할 때, 위의 경우보다는 더 확실하게, 그것이 보편적 의미를 가질 수 있다는 소신은 필수적인 전제가 된다.(예외는 특별한 직업적 의미를 갖는 한국 사정에 관한 한국 정보학이다. 냉전 시대에 미국에서의 소련학은 적국에 대한 연구였다.)

그렇다고 외국에 보여 주는 우리 문화가 — 우리 자신의 관점에서도, 반드시 가장 높은 보편성을 가진 것이라고 주장할 수는 없는 일이다. 너무 쉽게 그렇게 생각하는 것은 바로 보편성의 진리의 기준을 잃어버리는 일이기도 하다. 그러나 어찌 되었든 이(異)문화를 아는 것은 그 자체로 삶의 폭을 넓혀 주는 일을 한다. 과거에서 오는 문화도 오늘의 관점에서는 일단 이문화로 볼 수 있다. 그런데 공간적으로 시간적으로 이질적인 것이 참으로 우리의 삶을 넓혀 주는 것이 된다면, 그것은 그것을 수용하는 인간 능력의 통합 작용을 통해서이다. 그러한 의미에서 과거의 문화유산도 비판적으로 새로운 테두리 속에 용해함으로써 보편성에로의 도약을 돕게 된다.

시카고 회의 중에는 동아대학의 한수영 교수가 당대의 가요를 기타 반주로 연주하여 소개하는 교환의 시간이 있었다. 노래의 가사가 된 현대시에는 이상화의 「빼앗긴 들에도 봄은 오는가」가 있었다. 이 제목은 곧 당시인 두보의 「춘망(春望)」을 연상케 한다. 두보 시의 시작은 "나라가 깨어졌는데 산과 강은 있고/ 성안의 봄에는 풀과 나무가 깊다"라는 것이다. 두보의 시는 자연의 지속과 인간사의 흥망 둘 사이의 간격을 대조적인 것으로 파악한다. 이상화의 시는 나라의 흥망과 자연의 움직임이 하나여야 한다는 도덕적 요청을 담고 있다. 두보의 시에서, 자연과 인간사의 간격은 비극적인 느낌을 깊이 한다. 그러면서 동시에 조금은 위안과 초연의 틈을 제공한다. 그러한 점에서 적어도 필자의 생각으로는, 망국의 비통함에 대한 이상화의 절규에 비하여 두보의 시는 조금 더 넓은 존재론적 인식을 함축한다. 그러나 망국에 따르는 두 가지 반응을 아울러 살펴보는 기회를 갖는 것은 인간의 운명과 감성의 변주에 대한 우리의 이해를 더 넓게 하는 일이 된다.

큰 문제를 작은 해석 속에 담아 보려 한 위의 예가 적절한 것이 되었는지는 알 수 없지만, 중요한 것은 인간 체험의 좋은 표현을 제시하는 일에 못지않게 그 해석의 지평을 넓혀 가는 일이다. 이것이 해외 한국학의 발전에 필요한 일이기도 하고 한국의 한국학 그리고 인문 과학이 받아들여야 하는 과제일 것이다. 필자가 시카고 회의에 참석하고 생각하게 되는 것 하나가 이러한 것이었다.

(2009년 7월 2일)

공항의 인간 대열

여러 해 만에 간 탓인지 시카고 공항은 불황이라는데도, 특히 사람이 북적이는 것을 느꼈다. 북적이는 원인 가운데 하나는 지난 수십 년간 항공기 여행이 확장일로에 있었다는 것이다. 그리하여 공항은 붐비는 장터와 같은 곳이 될 수밖에 없었다. 이것은 (환경 문제를 고려하지 않는다면) 생활의 편의가 널리 보급되고, 정치적으로 말하면 민주화되어 간다는 증표라고 할 수도 있다. 그러나 동시에 이러한 진전은 흔히 사람이 대규모 군중 사이에서 느끼는 소외와 비인간화를 일반화한다.

물론 공항에서 사람들이 타야 할 비행기를 찾아가고 물건을 사고 음식을 사 먹고 하는 일들이 혼돈 속에 빠져 있다는 것은 아니다. 출발 시간과 갈 길이 수없이 다름에도 불구하고 그 많은 사람들은 제 갈 길을 찾아간다. 이것을 가능하게 하는 전체적인 질서를 유지하는 데에는 엄청난 체계적 협동과 조절이 필요할 것이다.

기이하다면 기이한 것은 이 질서가 공항에 모이는 사람들의 상호 작용으로 생겨나는 것은 아니라는 것이다. 한 공간 속에서 움직이고 있지만,

그들은 서로 간에 어떤 적극적인 관계를 가지고 있는 것은 아니다. 이러한 관계 —승객 일반이라는 이름으로 불릴 수 있는 통일된 단위를 이루면서도 그것을 구성하는 사람들 사이에 거의 상호 작용이 없는 집단 관계를 장 폴 사르트르는 일찍이 '대열(serie)'이라는 이름으로 부른 바 있다. 대열의 가장 간단한 예는 파리의 생제르맹가에서 버스를 기다리는 사람들이다. 이들이 이루는 집단은 일시적이고 우연적이며 그들의 관계는 전적으로 외면적인 것이다. 이러한 집단이 생겨나는 과정을 사르트르는 '군중화(massification)'라 한다.

그에게는 이러한 것보다는 활성화된 다중 관계가 바람직한 것이었다. 그러나 현실에 있어서 대열의 산만한 관계가 문제되는 것은 아니다. 버스를 기다리고 있는 사람들을 통일하고 있는 것은 그들 밖에 있는 체제이다. 그러나 그들의 이해관계는 체제에 일치한다. 그들의 관계는 서로서로에 대하여 단순화되고 일반화되고 외면적인 것이다. 그들의 정체성도 단순화되어야 한다. 여행객은 여행객 이상의 존재가 되지 않아야 한다. 자세와 움직임도 이 조건에 맞아야 하고, 수하물과 휴대품도 규격에 따라야 하고 그에 수반하는 서류가 제대로 갖추어 있어야 한다. 사람들은 수송과 운반의 필요상 불가피한 것임을 인정하는 까닭에 이러한 단순화를 그대로 받아들인다.

이러한 것들은 체제에 승복할 것을 요구하지만, 사람들은 이 체제가 제대로 작동하지 않을 때에 오히려 불만과 불편을 느낀다. 그러나 이러한 삶의 단순화가 여행의 시간을 넘어서 지속적인 것이 된다면, 그 안에서의 인생이 편리하고 만족할 만할 것일까? 거기에서 느끼는 고독과 소외는 견디기 어려운 것이 될 것이다. 사실 편리한 것이면서도 사람들은 이미 커다란 체제에서 비인간적인 것을 느낀다. 단순화된 편의의 관계에서도 인간적인 친절과 배려를 느끼고자 하는 것이 인간이다. 속도의 시대가 되기 오래

전, 나는 캐나다의 한 공항에서 나의 기다림의 불편함을 덜어 줄 생각으로 이리저리 다른 연결을 알아보려고 '자신의 의무의 요청'을 훨씬 넘어 몇십 분을 노력하는 한 항공사 직원에게 감동을 느낀 일이 있다.

사르트르가 대열을 정의하려고 한 것은 대열적 현실 순응적 관계가 정치 행동을 위한 의식화된 집단으로 바뀔 수 있는 가능성을 생각해 보고자 한 때문이었다. 정치 행동은 정치 행동대로, 그 자신도 인정한 바와 같이 하나의 정치적 목적에 의하여 '다양하고 풍부한 종합'으로서의 개인을 단순화한다. 문제의 해결은 커다란 결속의 가능성에 못지않게 작은 인간관계의 진솔성을 약속하는 사회 풍습에서 찾아야 하는지 모른다.

생제르맹에서 버스를 기다리는 사람들이 서로에 대하여 무관심한 것은 사실이지만, 그들의 인간관계 전부가 그러한 것은 아니다. 무관심은 가정이나 직장 등 그들의 집단이 달리 존재하기 때문이다. 그 안에서 그들은 달리 추구하는 계획과 목표들이 있다. 이것들은 그들의 내면적 삶의 일부가 된다. 물론 이러한 것들이 그들의 자의로만 추구되는 것은 아니다. 그것들을 규정하고 있는 큰 틀은 역사적·사회적으로 형성된 생산과 재생산 체제다. 정치적으로, 그러한 체제의 하나는 파리 시이다. 그들은 파리의 시민이다. 이 마지막 집단 범주가 그들로 하여금 일정한 질서 속에서 버스 정류장에 모여 서 있게 하는 것이다. 더욱 직접적으로는 그들이 기다리는 버스는, 사영이든 공영이든, 시민들의 조직으로서의 시의 책임 있는 관리 안에 들어 있다. 그러나 그 이상으로 그들은 개인으로서 서로서로에 대하여 갖는 관계를 완전히 벗어날 수는 없다. 버스를 같이 기다리고 있는 사람이 갑자기 쓰러지면 어떻게 할 것인가? 그때의 행동은 더 원초적인 인간관계에 의하여 설명되어야 할 것이다. 이것의 건전한 존재가 사람들이 편한 마음으로 버스를 타고 길거리를 가고, 일하고 집으로 가고 하는 삶의 바탕을 이룬다. 물론 이러한 관계는 다시 순환적으로 전체 체제에 의하여 규정된다.

오늘의 미국의 공항에서 많이 소멸한 것이, 체제 안에서 움직이는 사람들 사이에도 존재할 수 있는 인간적인 배려인 것으로 보인다. 특히 이것은 군중화 현상 또는 더 물리적인 의미에서 공항의 규모가 흔히 말하는 '인간적 규모'를 넘어가기 때문이다. 그러나 미국 사회 자체에서 일어난 변화도 여기에 관계되어 있다. 체제의 크기는 ── 또는 단일화된 공간의 크기만도 ── 비인간화를 낳는다. 오늘의 능률과 경비 절약의 원리는 삶의 공간에 다른 고려가 들어갈 여지를 허용하지 않는다. 거기에다가 국가 기구의 비대화는 모든 국지적인 섬세한 인간관계를 불가능하게 한다. 테러에 대한 전쟁이 선포된 후 국가는 거의 절대화된 힘이 되었다. 공항에서 여행자는 더없이 비인간화된 보안 검사에 처하게 된다. 겨드랑이 밑으로부터 신발 아래까지 샅샅이 뒤지는 검사, 입국 서류 심사 시의 지문 채취 등은 여행자를 완전히 객체화한다. 이러한 객체화가 공항의 문화로 전파되는 것은 자연스러운 일이다.

그러나 다른 한편으로 이러한 체제의 비인간화에 대한 원형은 미국 사회에 이미 존재했다고 할 수 있다. 1930년대의 작가 너새니얼 웨스트의 『메뚜기가 몰려오는 날』은 할리우드의 인생들을 그려 내려고 한 작품이다. 이 소설의 마지막 군중 장면은 할리우드 그리고 미국 사회의 의미를 우화적으로 요약한다. 이 장면에서 영화의 개봉에 맞추어 출현한다는 실물 주연 배우를 보기 위하여 사람들이 모여든다. 그러나 군중은 얼마 안 있어서 폭도로 변하게 된다. 그들은 할리우드가 조장하는 각종의 허황되고 속된 꿈으로 들떠 있으면서 동시에 마음에는 절망과 울분을 가득 담고 있다. 그들의 희망과 함께 실패를 말하여 주는 것이 이러한 꿈들이기 때문이다. 이 헛된 꿈들은 그들의 삶으로부터 구체적인 내용을 빼앗아 간다. 이것을 보상해 주는 것이 집단 폭력이다. 웨스트 소설의 마지막 장면은 할리우드와 미국 사회에 대한 우화이면서 모든 소비주의 사회에 대한 우화이기도 하다. 거대해진 공항의 경험도, 대열화되어 있기는 하지만, 이러한 대중화 되는 인간에 대한 우화에 관계된다 할 수 있다.

(2009년 7월 16일)

두 개의 청문회

검찰 총장과 대법원 판사 직은 다 같이 나라의 사법 질서의 중심이 되는 자리이다. 최근 우리나라의 검찰 총장 후보에 대한 국회 청문회와 미국의 대법원 판사(또는 대심원 판사) 후보 지명자의 청문회가 거의 같은 때에 열렸다. 우리 국회의 청문회에서 주로 문제가 된 것은 후보자의 전력인데, 초점은 공직자 윤리 규범 면에서의 후보자의 자격 요건이었다. 그리하여 드러난 것으로, 가볍다면 가벼운 것은 학교 배정과 관련해 거듭한 주민 등록 가짜 전입 신고이고 조금 더 놀라운 것은 고가의 부동산 구입을 위하여 이용한 기이한 차금 방법이고, 가장 놀라운 것은 별로 큰 금액이 아닌지 모르지만 승용차 운행, 해외 골프 여행, 상품 구입에 스폰서를 가지고 있었다는 것들이다.

스폰서의 문제가 놀라운 것은 그것이 이 경우에 한정된 것이 아니고, 제도 전체에 만연된 '관행'이 되어 있다는 사실 때문이다.(이것은 '전관예우'와 함께, 나라 밖으로 알려진다면, 세계적인 웃음거리가 되기에 충분하다.) 검찰 총장 후보 인사 청문회에서 자격 요건이 논의된다면, 그것은 높은 자격 요건의 문제일 성싶지만, 최소한의 자격 요건, 더 나아가 법적인 처리가 필요할 만한 결격 사항이 문제가 되었다. 이러한 사실은 우리 사회의 현주소를 다시한 번 생각하게 한다.

미국 의회에서도 대통령이 지명한 후보자의 청렴도가 문제되지 않는것은 아니다. 후보자가 부패 혐의를 받을 수 있는 인물이어서는 안 된다는것은 너무나 당연하다. 지명된 후보자는 자신의 재정 상태에 대한 진술서를 제출해야 한다. 그러나 그 사항은 서류의 제출로 끝나는 것으로 보인다.이에 대한 예비 조사가 있는지는 모르지만, 청문회에서 이것이 문제되지않는 것은 부패 혐의가 있는 인물이 법관으로 재직하고 있었다는 자체가미국의 제도하에서 상상할 수도 없는 일로 생각되고 있기 때문일 것이다.

미국의 청문회에서 주제가 된 것은 법과 사법 절차에 대한 후보자 소니아 소토마요르(Sonia Sotomayor) 판사의 철학이었다. 이 논의에서 초점은,그의 "현명한 라티나" 발언이었다. 수년 전 캘리포니아 대학 법학대학원의 강연에서, 더욱 공정한 법의 시행에는 많은 경험을 가진 법관, 가령 경험이 많은 "남미 혈통의 현명한 여성 법관"의 공헌이 중요하다고 한 소토마요르 판사의 발언이 문제가 된 것이다.

우리 신문에도 보도된 바와 같이 소토마요르 판사는 남미 혈통의 여성으로서 최초로 대심원 판사 후보에 지명된 사람이다. 뉴욕의 빈민가에서푸에르토리코 이민의 딸로 자란 소토마요르는 프린스턴 대학을 최우등으로 졸업하고 예일 대학 법학대학원을 거쳐 사법계에 진출했다. "현명한 라티나" 발언은 이러한 배경과 관련하여 화제가 될 만한 것이었다. 소토마요르 후보는 이 발언을 소수 인종 출신의 학생들이 많이 참석한 강연회에서그들을 격려하는 뜻으로 한 말이라고 설명했다. 이러한 것을 문제 삼는 것은 인신공격 ─ 인종주의를 숨기고 하는 인신공격처럼 보일 수도 있고, 또사소한 문제를 심각하게 다루는 것으로 생각될 수도 있다.

그러나 문제를 삼으려 한다면, 법의 판결과 집행에 재판관의 개인 배경과 체험의 개입을 허용한다는 것이 되는데, 이것은 법의 공정성이라는 관점에서 문제가 된다고 할 수 있다. 또 이것은 사회와 정치 그리고 법의 큰 문제들에 이어지는 사안이다.

법은 구체적인 문제에 적용될 때에 일정한 해석을 거쳐서 하는 수밖에 없고, 개인적 편견의 배제를 당연한 것으로 해도 해석에는 전통, 판례, 사회 여론, 사회 이론, 외국의 법률 사례, 국가적 체면, 당사자들의 처지에 대한 공감적 이해 등등의 요소들이 개입될 수 있다. 어떤 입장은 법의 적용에 있어서 전통과 판례를 참조하는 외에 해석이 최소화되어야 한다고 하고 다른 입장은 변화해 가는 사회 사정에 대한 고려 그리고 무엇보다도 당사자들의 처지에 대한 인간적 이해가 있어야 한다고 주장한다. 이것은, 적어도 미국의 형편에서는, 보수와 진보의 정치적 입장이 일치하는 경우가 많다. 법률가 출신의 버락 오바마 대통령은 헌법은 "살아 있는" 문서로 간주되어야 한다고 하고, 일의 처리에서 "심정으로부터의" 인간적 이해가 중요하다는 것을 강조한 바 있다.

소토마요르 후보의 "현명한 라티나" 발언을 추궁한 것은 공화당 의원들이었다. 의도는 후보자의 진보적 성향을 부각시키고, 그러한 성향의 사람들이 법의 충실한 집행을 책임지기 어렵다는 것을 보여 주려는 것이었다고 할 수 있다. 그렇다고 그것으로 적극적인 방해를 시도한 것은 아니었다. 한 공화당 의원은, 소수의 공화당이 지명 인준을 부결할 수 없다는 것을 인정하지만, 청문회를 국민적 계몽의 기회로 삼으려고 한다고 말했다. 공화당 의원들의 추궁에 답하여 소토마요르 후보는 법을 개인의 정치적 견해와 동정으로 해석하는 것을 지지하지 않으며, "있는 사실에 법을 적용하고" "법에 충실한 것"이 자기의 소신이라고 말했다. 그의 답변 과정에 정치적 발언이 있었다면, "평등의 실현에는 노력이 필요하다."라는 정도가 그것이었다.

미국의 신문에는 소토마요르의 답변이 ─ 그리고 질문들도 ─ 미국 사회의 중요한 문제들을 피해 가는 것이라는 논평들이 있었다. 한국에서 보는 인상으로도 청문은 미적지근한 요식 행위에 그쳤다는 감이 있다. 우리에게는 모든 것이 격정적이어야 한다. 그래야 성에 차는 면이 있기도 하지만, 그것을 요구하는 사회적 사정들이 있는 것도 사실이다. 대결과 투쟁을 피하지 않는 것이 민주주의이다. 그러나 동시에 그것을 절차에 의하여 타협과 해결로 이끌어 가는 것이 민주주의이다. 소토마요르 대심원 판사 후보 청문회에도 미국 사회에 존재하는 중대한 갈등의 요인들이 내재하지 않는 것은 아니다. 그것은 법률 해석의 문제 속에 숨겨져 있을 뿐이다. 그러나 숨겨져 있지 않다고 해도 인사 청문회는 사회의 큰 문제를 풀어 나가려는 자리가 아니다.

소토마요르 대심원 판사 후보 청문회의 문답은 정중한 언어와 태도로 교환되었다. 청문회 후에 몇몇 공화당 의원은 자신들의 판단에 따라 소토마요르 후보에 대한 지지를 표명했다. 방청석에는 후보자의 부모, 조카들을 포함한 가족 일동이 앉아 있었다. 이것은 단순히 지명이 가문의 영광이었기 때문만이 아니라 대심원 판사 후보 지명과 청문회를 포함한 미국의 정치 제도에 대한 존경심을 표현하는 행위로도 간주될 수 있는 것으로 보였다.

이번에 우연히 일치하게 된 두 나라의 인사 청문회는 두 나라의 차이를 다시 느끼게 한다. 한국과 미국은 역사와 전통이 다르고 당면한 사회적 과제가 다르다. 그 해결 방식이 같은 것일 수도 없다. 그러나 정치적 과제를 법률 절차로, 그리고 존중되는 사회 의식(儀式)으로 전환하는 일, 이것은 민주주의를 굳건히 하는 기본적 수순이다. 이것을 담당하는 공적 공간의 공적 기구가 제대로 작동하지 않는 것이 우리 사회이다. 더 기초적인 것은 공직의 윤리가 당연한 것이 되어 있는 사회 질서이다. 우리는 이러한 민주주의의 토대로부터 아직은 상당히 멀리 있다고 하지 않을 수 없다.

(2009년 7월 30일)

좌, 우, 중도 좌, 중도 우……

　　좌, 우, 중도, 중도 좌파, 중도 우파, 극좌, 극우……. 요즘의 정치 토론에서 끊임없이 듣게 되는 이러한 용어들의 뜻을 가려내기는 까다로운 수학 문제만큼이나 어렵다. 정치에 다른 의견이 있는 것은 당연하다. 그런데 의견이 달라지는 것은 어떤 동기나 원인 때문인가? 정치는 권력을 쟁탈하는 것 이외에 다른 의미가 없다는 생각이 있다. 그 싸움에서는 아(我)와 피(彼)를 나누어 진영을 짜는 것이 필요하다. 의견의 차이가 개입한다면, 그것은 내 편 네 편을 구분하여 알아보는 표지로서 중요한 역할을 한다.

　　그러나 의견이 개입되어야 한다는 것은 합리성의 필요를 느낀다는 것을 말한다. 그리고 그것은 공동의 공간을 상정한다. 좌우는 프랑스 혁명기 입법 의회의 좌석 배치에서 나온 것으로, 의견과 이해를 달리하는 사람들을 가리키는 것이면서도, 같은 자리에서 이야기를 할 수 있고 그 결과로 법을 제정할 수 있다는 것을 전제로 한 것이다. 그러나 공동 공간이 요구하는 합리성의 기준을 받아들인다면, 편가름의 이해관계가 어떻게 되었든지, 정치적 의견이나 견해의 차이는 오늘의 사회와 정치 그리고 경제의 형편에 대한 일정한 판단에 기초해야 한다. 이 판단에서 중요한 것은 현실을 정확히 이해하는 것이다. 또 이와 함께 현실의 변형 가능성을 사실의 인과관계에 따라 예측해야 한다. 정치가 주어진 사회의 삶을 바꾸려는 기획이라고 한다면, 사실에 대한 엄격한 이해와 판단은 정치가 져야 할 막중한 도의적 책임이 된다고 할 것이다.

그런데 요즘 사용되는 좌우의 차이는 이러한 사실 분석보다는 차이를 위한 차이이고 권력의 전유를 위한 차이라는 인상을 준다. 정책이 이야기될 때, 좌우를 가로질러 이야기되는 것을 보는 일이 별로 없는 데에서도 이것을 느낄 수 있다. 정책이 사실에 관계되는 것이라면, 인과 관계의 얽힘에 대한 이해가 언제나 좌우의 입장에 의하여 확연하게 갈라지는 것일 수는 없다.

현실의 전체 방향에 대한 합리적 이해에 있어서 더 미급한 인상을 주는 것은 요즘 상황에서 좌파로 생각된다. 옳든 그르든, 우파는 경제 성장 목표의 계속적인 추구가 한국 사회의 나아갈 길이라는 테제로 받아들인다. 이에 대해 좌파는 앞으로의 경제가 어떻게 되어야 한다는 데에 대한 뚜렷한 대안이 없다. 역사적으로 경제적 분석이 진보적 사회 이론의 핵심이었는데, 경제학이 없는 것이다. 사회 정책에 대한 강조는 확실하다. 그러나 경제 성장주의라고 하여 이것을 완전히 무시하는 것은 아니다. 사회적 안정이 없는 경제 성장은 있을 수 없다. 다른 한편으로 사회 정책은 경제의 뒷받침이 없이는 현실 안에서 열매를 맺을 수 없다. 이렇게 본다면 사실 좌우 차이는 지금에 있어서 역점의 차이일 뿐이다. 그럼에도 이 차이가 근본적일 수 있다는 것도 부인할 수 없다. 도덕과 문화와 자연환경 ─ 삶의 이 모든 것이 돈으로 환산되어야 하는 체제가 참으로 좋은 체제라고 할 수 있는가? 그러나 다른 대안이 어떻게 제도화될 수 있는 것인지는 불분명하다.

최근 프랑스의 좌파 사상가 베르나르앙리 레비(Bernard-Henry Lévy)는 한 주간지와의 인터뷰에서 사회주의는 죽었고, 사회당 당수 제1서기 마르틴 오브리는 '죽음의 집'을 지키는 사람에 불과하다고 말해 센세이션이 일었다. 그는 사회당 대통령 후보 세골렌 루아얄을 지지했기 때문에 새로 제1서기가 된 오브리에게 반감을 가지고 있다고 할 수 있다. 그래도 그의 극언들은 사회당의 무력(無力)에 대한 의미 있는 환멸을 표현한다고 할 수 있다. 지난번 유럽 연합 의회 선거에서 여러 나라 사회당들이 참패한 것도 같은 환멸감을 표현한 것이라 할 수 있다. 공산주의의 별이 타고 있는 동안 반대든 찬성이든 다른 입장들이 별처럼 떠 있을 수 있었지만, 공산주의의 몰락은 사회주의를 포함하여 다른 모든 대안들을 무의미한 것이 되게 했다. 레비는 이렇게 말한다. 그렇다고 유일한 현실로서의 자본주의를 그가 지지하는 것은 아니다. 대안이 있는 것도 아니다. 이 주간지와의 인터뷰에서 사회주의에 대한 레비의 비판은 화려한 수사적 예언으로 끝난다. 마르크스는 역사가 인간보다도 상상력이 더 풍부하다고 했다. 역사의 변증법은 행동하는 인간들의 등 뒤에 새로운 역사의 아이를 탄생하게 한다. 그리고 이 아이, 즉 미래의 좌파는 이미 어딘가에서 태어났을 것이라고.

그러나 현실적으로 자본주의는 바뀌어 간다고 할 수 있다. 얼마 전 미국 하원에서는, 특별한 조건하에서 회사 간부의 봉급을 제한하는 의안을 통과시켰다. 이것은 지난해부터 유럽에서도 논의가 되었던 방안이다. 이와는 다른 것이지만 독일에서는 경제 위기를 극복하는 방법으로 자본주의를 수정하는 일들이 이루어지고 있다. 자동차 제조업자 포르쉐와 폭스바겐이 위기 탈출의 한 방법으로 합병을 논의하는 사이에, 자동차 노조가 가입하고 있는 금속노동조합(IG Metall)은 자본, 운영, 이익 분배에 노동자가 참여하는 방안을 만들었다. 계획의 하나는 새로 성립하는 회사에서 노동자가 보상의 10퍼센트 정도를 주식으로 받는다는 것이다.(최종 타결은 2~3퍼센트 선이 될 가능성이 크다고 한다.) 그 대신 노동자들은 임금을 그대로 두고 노동

시간을 연장하는 것을 수락할 것이다. 노동자들의 대표가 이사회에 참석하는 공동 결정(Mitstimmung)의 제도도 이야기되고 있다. 이 과정에는 IG Metall의 대표도 참여하게 된다.

독일에서는 이미 700여 개 기업에서 노동자가 경영, 이익 분배, 주식 분배 등에 참여하는 제도가 도입되어 있다. 자동차 제조 업체 다임러는 임금의 일부를 주(株)로 지불하기로 하고, 또 경영에 공동 결정제를 도입했고, 오펠은 10퍼센트를 주식으로 지불하기로 결정했다. 중소기업인 유리창 제조 업체 조르페탈러는 20년 전에 20퍼센트 이상의 주를 근로자에게 돌아가게 했는데, 현재 60퍼센트의 종업원이 75퍼센트의 회사 자산을 소유하고 있다. 이 회사는 이번 경제 위기에 바닥난 자본금 때문에 정부에 구조 신청을 해야 할 일이 없었다.

이러한 제도 변화에 대해 우려가 없는 것은 아니다. 자본가들이 사유 재산권의 손상을 걱정하는 것은 당연하다. 종업원들의 공동 소유가 된 미국의 유나이티드 항공의 경우처럼, 공동 운영 체제가 경영 약화를 가져올 수도 있다. 노동자의 관점에서, 회사가 망하면 그것은 직장과 임금과 재산을 한꺼번에 잃어버리는 것이 될 수 있다. 사회적 관점에서 말하건대 노동자의 소유와 경영 참여는 노동 운동의 사회적 의미를 크게 줄어들게 한다. 특정 회사에 모인 노동자들의 이익 증대가 반드시 삶의 전반적인 사회화에 기여하는 것이 되는 것은 아니다. 그것은 오히려 자본주의적 정조(情調)의 제약 없는 확산을 의미할 수 있다.(레비가 '나쁜 자유주의'라고 부르는 것은 문화, 사생활, 개인의 심리 ─ 이러한 것들에까지 확산되는 시장 원리다.)

그러나 정치에 필요한 것은 어떤 경우에나 사실을 단단하게 따라잡으려 하는 정치 경제학이다. 거기에서 고안되는 구체적인 대안들이 들고 나는 사이에, 역사의 변증법에서 준비하는 새로운 시대의 도래가 일어날지도 모른다. (2009년 8월 13일)

경영학 석사 선서

　최근 외국에서 전해 오는 작은 뉴스 하나는 미국 하버드 대학 경영대학원에서 있었던 일이다. 졸업생의 반 이상이 '경영학 석사 선서(The MBA Oath)'라는 것에 서명하고 졸업했다는 것이다. 이 선서의 원형이 된 것은 의과 졸업생들의 히포크라테스 선서이다. 의과 졸업생들이 히포크라테스 선서에서 의사로서의 윤리적 의무를 다할 것을 선서하듯이, 경영대학원 졸업생들도 기업 활동에 있어서 윤리 규범의 준수를 선서하는 것이다.

　이번 선서는 졸업 예정자 한 사람의 발상이었지만, 900여 명의 졸업생 중 반 이상이 이 선서에 동참했다. 그리고 다른 경영대학원 졸업생 사이에도 동참자가 확산되어 올여름의 경영대학원 졸업생들 1400여 명이 선서문에 서명했다고 전한다. 졸업생 전원이 참여하지 않은 것은 이것이 강요된 것이 아니라 자발적인 것이기 때문이다. 개인의 자유의사를 존중하는 사회 풍토에서 당연한 일이기도 하지만, 선서자들의 선서가 대중적 압력 때문이 아니라 각자가 생각해 본 다음에 취한 결정임을 말해 준다고 할 수 있다.

경영이란 인간 활동을 윤리의 관점에서 정의한다는 것은 그 본질을 잘 못 파악하는 것으로 생각될 수도 있는 일이다. 사업을 경영한다는 것은 돈 버는 일을 한다는 것이지 다른 것이 아니라는 생각은 개인적 동기의 관점 에서도 말할 수 있지만, 사회적으로 일반화되어 있는 공리(公理)이다. 이윤 의 추구와 극대화는 경영의 실제에 있어서만이 아니라 학문적으로도 경 영학과 경제학의 기본 가설이다. 이윤의 동기가 인간의 모든 것을 다 포용 하는 것인가에 대해서는 논란이 있을 수 있지만, 적어도 그것은 경제 활동 을 사실적 인과 관계 속에서 분석하고 이해하는 데에 필요한 방법론적 가 설이다. 그러면서 그것은 사람이 이 관계 속에 사로잡혀 있는 존재라는 사 실을 강하게 인식하게 한다. 그리하여 오늘의 경제 체제를 긍정적으로 보 든 부정적으로 보든, 경제를 생각할 때에는 오로지 경제의 관점에서 — 체 제 전체로서 직시하는 것이 필수적이라는 것을 받아들이지 아니할 수 없 게 한다. 이에 대하여 하버드 대학원생들의 선서는 작은 사건이면서, 조금 은 다른 가능성들을 생각하게 한다.

"경영자로서 나의 목적은 인간과 자원을 결합하여 개인이 만들어 낼 수 없는 가치를 창조함으로써 더 큰 선(善)에 봉사하는 것이다." 선서의 첫머 리는 기업 활동을 이와 같이 정의한다. 소극적으로 생각하는 경우에도 기 업인은 자기의 결정이 회사의 안과 밖에 중요한 결과를 가져올 수 있다는 것을 의식해야 한다. 행동 규칙은 그 활동의 사회적·윤리적 성격에서 저절 로 도출된다. 기업인의 활동은 도덕적 엄격성, 윤리적 태도에 입각한 것이 어야 하고, 책임감·정직성·정확성 등의 기준을 엄수하는 것이어야 한다. 기업인이 추구해야 할 것은 "개인의 좁은 야심"이 아니라, "주주·동료 근 로자·소비자·사회의 이익이고, 더 크게는 세계적으로 지속 가능한 경제· 사회·환경의 변영"이다.

이러한 내용의 경영대학원 졸업생들의 선서는 환영할 만한 것이라 하더라도, 문제는 이러한 선서의 현실적 효과다. 의술의 목적은 병든 사람의 치료다. 그러나 의료업도 그에 종사하는 사람의 생업이라는 측면이 있다. 요즘 와서는 의술의 목적이 병의 치료보다는 돈에 있다는 인상을 주는 경우도 적지 않다. 그러면서도 히포크라테스 선서가 무의미하지는 않다. 그것은 그 나름으로 의술 행위의 지침이 된다. 다만 의술은 그 본질이 인술(仁術)적인 성격을 가지고 있어서, 그러한 측면은 의술 행위의 모든 단계에서 즉각적으로 점검된다. 그와는 전혀 다른 성질의 경영 행위에 경영학도의 윤리 선서가 똑같은 효과를 가질 수 있으리라고 기대할 수는 없다. 그럼에도 불구하고 그것이 의미 없는 것이라고 할 수는 없다. 그런대로 그것은 경영인의 마음속에서 처신의 한 준거가 될 수 있다. 지금 기업과 사회 윤리의 관계는 어느 때보다도 매서운 검증의 대상이 되어 있다. 따라서 선서에서 밝혀진 윤리 강령은 오늘의 현실에서 하나의 힘으로 작용할 가능성이 있다고 할 수 있다.

구미 여러 나라에서 국가 보조를 받은 금융 업체와 거대 기업들이 다시 거액의 보너스를 지급하기 시작했다. 이것이 국민과 정부의 반발에 부딪히는 것은 너무나 자연스러운 일이다. 최근 그 대표적인 표현은 영국에서 일어나고 있는 움직임이다. 논의를 자극한 것은 컴퍼스(Compass)라는 단체에서 내놓은 '고보수위원회(High Pay Commission)' 설치 제안이다. 이것은 최저 임금 보장을 위한 공공 정책 기구인 '저보수위원회(Low Pay Commission)'에 맞먹는, 고액 보수 관할 기구를 제안하는 것이다. 목적은 최근 경제 위기의 원인이 되었던 금융 기관의 과도한 고액 보수는 물론 보수(報酬) 체제 전반의 사회적 불균형을 바로잡자는 것이다. 오늘날 영국 100대 기업의 최고 경영자의 연간 소득 평균은 주 40시간 노동의 최저 임금 근로자의 226년간의 임금에 해당한다. 정부는 산하 공공 기구의 예산 집행이나 보수 체계에서 도덕적 모범이 되어야 한다. 고보수위원회는 보수 비율의 조정, 보너스 세금제 등과 같은 구체적 정책과 시행 방안을 검토하여 보수 체계를 조정하고, 궁극적으로 '모든 국민을 위하여 더욱 지속 가능하고, 평등하고, 안정된 경제적 미래를 보장하는 현실 변화'를 가져오는 데 도움을 줄 수 있다. 이러한 제안을 내놓은 컴퍼스는 좌파 민주주의를 표방한다. 그러나 컴퍼스의 제안은 노동조합, 학계 그리고 노동당, 자유민주당, 보수당 등 당파를 초월하여 역점과 열도의 차이는 있지만 넓은 호응을 불러일으키고 있다. 현 집권당 노동당에 대하여 야당의 입장에 있는 보수당의 재무상 후보 조지 오스본이 이 제안에 반응하여 거액의 보너스에 반대 의사를 표명한 것과 같은 것은 그 초당적 호소력을 나타낸 것이라고 할 수 있다.

되풀이하건대 이번의 금융 경제 위기는 정치와 경제에 대한 새로운 평가를 자극했다. 물론 구미의 여러 나라들에서 나오는 새로운 생각과 방안들이 사정이 다를 수밖에 없는 한국에 그대로 적용될 수는 없다. 그러나 위기에 대처하는 여러 방안들은 우리 사정을 생각하는 데에도 참고가 되지 않을 수 없다.

국제 정치를 힘의 대결이라는 관점에서만 보려는 국제 정치론이 있다. 이에 대하여 근년에는 연성(軟性)의 힘, 소프트파워도 그에 못지않게 중요하다는 관점들이 등장했다. 경제는 경제의 법칙으로 움직인다. 그러나 그것을 더 크게 테두리 짓고 있는 것은 사회 윤리이다. 그리고 이것은 반드시 경제와 별개의 것으로 현실에 작용하는 것이 아니다. 서두에서 말한 하버드 경영학 석사 선서에 표현된 윤리 의식은 사람 본성의 깊이에 들어 있는 요구이다. 새로운 역사의 전환점에서 그것이 새로 부상하고 확인되었을 뿐이다. 사회 전체에 대한 공동체적이고 윤리적인 고려는 인간사의 모든 면에서 소프트파워로 작용한다. 경제를 경제로만 보거나 모든 것을 힘의 대결이라는 관점에서만 보는 게 우리의 정치 판도이다. 그러나 이러한 내적인 요구에 귀 기울이고 그것을 북돋는 것이, 참으로 살 만한 사회를 만들어 가는 데 중요한 힘을 살려 내는 일이다.

(2009년 8월 27일)

숲이 우거진 언덕에 머무는 꾀꼬리

민생 안정이란 말은 동양에서 정치의 근본을 설명하는 데 가장 많이 쓰이는 낱말일 것이다. 반드시 이 말이 사용되지 않는 경우에도 백성의 삶의 안정이 모든 정치적 과제의 핵심이라는 것은 제자백가의 시대에 시작하여 오늘날까지도 되풀이되는 정치 명제다. 민생 안정이란 경제, 정치, 풍속, 정신의 안정 ─사람이 사는 데에 필요한 삶의 질서의 모든 것을 포함한다. 그러면서 그것은 구체적인 것에 근거해야 한다. 이 구체적인 것이 더 크고 추상적인 의미에서의 정치 질서와 삶의 질서의 바탕이 되는 것이다.

한자 성어에 안거낙업(安居樂業)이라는 말이 있다. 이것은 백성에게 중요한 것은 어떤 큰 정치나 재리의 계략보다 편안하게 거주하면서 생업에 즐겁게 종사하는 일이라는 사실을 밝히는 것이다. 원전을 보면 여기의 '거주한다'는 말의 앞뒤 맥락에는 음식과 의복이 나온다. 그것으로 미루어 거주는 더 구체적으로는 인간 생활의 기본 조건으로서의 의식주(衣食住)의 주─즉 집을 말한다고 좁혀서 생각할 수 있다.

삶의 기본 조건 가운데 주거 문제는 다른 조건들에 비하여 긴급성이 덜

한 것이라는 인상을 줄 수 있다. 당장에 먹고 마시는 것이 급하고, 다른 한편으로 추위에 체온을 유지하는 일 그리고 사람이 근본적으로 가지고 있는 수치심을 생각하면, 의복은 조금 더 긴급한 요구라 할 수 있다. 그러나 집은 사람의 삶에서 의식(衣食)의 긴급성과는 다른, 그러나 어쩌면 더 근원적인 의미를 가지고 있다. 생명 유지의 긴급성을 넘어선 다음, 사람은 그 문제를 조금 더 넓고 지속적인 관점에서 해결할 수 있는 조건을 찾는다. 이것은 사람의 본능에 속한다. 이 조건의 하나는 안주(安住)의 중심으로서의 집이고, 또 다른 하나는 삶의 여러 조건들을 지속적인 것이 되게 할 수 있는 생업이다. 사람이 사는 것은 한순간이나 하루가 아니다. 일생을 안정되게 살지는 못할지라도 한동안은 지속적인 삶을 살 것으로 생각하는 것이 사람이다. 그리고 그 삶이 안정감을 주는 물리적·사회적 환경 속에서 지속되기를 기대한다. 그 중심이 주거 그리고 생업이다. 이러한 기대를 꿰뚫고 있는 것은, 달리 말하면 인간 생존의 원초적 축을 이루는 시간과 공간이다. 공간과 시간의 안정은 추상적이면서도 아주 구체적인 인간 실존의 요구이다. 안거낙업은 먹고 사는 일의 기본 조건을 이 기본 축의 좌표에 맞추어서 요약한다.

정부는 민생 안정을 그 기본 시책의 지침으로 삼으면서, 반값 주택을 공급하겠다고 한다. 앞에서 말한 바와 같이, 안거낙업은 민생 안정의 기본이고 전통 사상에서나 오늘날에나 변함 없는 사람의 삶의 기본이다. 반값의 집을 공급하는 것은 서민 생활의 기초를 닦는 일이다. 그러나 이 반값 아파트에 대하여 회의와 우려를 표현하는 사람들이 적지 않은 것도 부정할 수 없다. 정치에서 좋은 의도가 반드시 좋은 결과를 가져오는 것이 아니라는 것을 잘 보여 주는 것이 지금까지의 주택 건설 그리고 국토 개발 경과이다. 우려가 나오는 것은 당연하다. 우려의 하나는 새 아파트 기획이 다시 부동산 가격을 높이고 투기를 불러올지 모른다는 것이고, 다른 하나는 환경 훼

손이다. 대책을 마련하기는 할 것이다. 정부는 세금 인상, 전매 금지 등 기타 규제를 통하여 투기를 방지하려고 할 것이다. 그러나 주택이 부동산이 되고 동산이 되고, 재산 증식의 방편이 된 세상에서 단기적으로는 몰라도 장기적으로 가능할지 의문이다. 가능하다고 하더라도 새 아파트의 가격 억제는 다른 주택과의 가격 불균형으로 인하여 새 아파트 지역을 빈민가로 떨어지게 할 가능성이 있다. 아파트 건축에 선행하여 해제하게 될 그린벨트의 문제는 이미 환경 단체의 반대에 부딪히고 있다. 정부는 해제될 그린벨트는 이미 그린벨트로서의 의미를 상실한 지역이 될 것이라고 말한 바 있다. 이 주장은 엄격한 조사에 의하여 뒷받침되는 것이라야 할 것이다. 이 이외에도 대처해야 할 문제들이 많을 것이나, 여기에 대하여 필자는 좋은 제안을 할 만한 준비가 되어 있지 않다. 다만 환경과 관련해서 새로운 아파트가 참으로 환경 친화적인 것이 되기를 바란다는 희망을 표현하고 싶을 뿐이다. 환경 친화적 건축과 개발에는 녹지대 보존 이상의 연구가 있어야 한다. 새로 짓는 아파트를 여러 의미에서 모범적 건축이 되게 하는 데에는, 환경 의식이 높아지고 있는 지금에는 참조할 만한 것이 많을 것이다. 독일과 오스트리아에서는 인공 에너지의 사용 없이 사계절 동안 일정한 온도를 유지하는 '수동 주택(Passivhaus)'이라고 불리는 녹색 건축이 개발되고 있다. 또 달리는 실내 디자인에 식수(植樹) 공간을 도입하여 쾌적한 작업과 생활의 환경을 조성하는 설계 등도 시험되고 있다.(미국에서 그렇게 설계된 공장에서는 생산성이 높아지고 이직률이 떨어진다는 보고가 있다.) 물론 이러한 녹색 건축 기술이 어떻게 저렴하게 적용될 수 있는가는 새로이 연구되어야 할 과제일 것이다.

직접적으로 기술적인 문제를 떠나서 중요한 것은 새로 지을 아파트들이 동네 또는 공동체를 구성할 수 있도록 설계되는 것이다. 공동체란 생업, 교육, 보건, 일상적 필요의 해결, 사회관계 등 여러 기능으로 구성된다. 이것들을 위한 시설에 대한 고려는 공동체 성립의 가장 중요한 준비가 될 것이다. 주거들의 공간적 구조만으로도 공동체의 활성화에 큰 역할을 한다. 원인을 다 밝혀내는 것은 얽히고설킨 사회적 회로를 풀어내는 일이 되겠지만, 안정된 주거가 부동산 시장의 상품이 되는 것은 주민이 자신의 주거와 동네에 대한 사랑 또는 친화감을 발전시키지 못한다는 사실과 관계된다. 상품 시장을 넘어서 삶의 안정을 생각한다면, 다시 한 번 주거가 삶의 터전이라는 상식을 회복해야 한다. 이때 주거란 집을 넘어 삶이 뿌리내려야 하는 크고 작은 환경 그리고 땅 전체와의 유기적 일체성을 의미한다.

앞에서 우리는 안거가 생존의 기본 축으로서의 공간에 이어져 있다고 말했다. 이것은 지극히 유기적 성격을 가진 공간이다. 『대학(大學)』에는 사회 윤리를 국토와 주민의 친화에 묶어서 말하는 부분이 있다. 나라의 모든 것이 선(善)에 바탕해야 한다는 '지지선(止至善)'이라는 항목은 『시경(詩經)』에서 시구 둘을 인용하는 것으로 시작한다. 하나는 "경기(京畿)의 땅 천리여, 백성이 머무는 곳이로세"이고 그다음 것은 "지저귀는 꾀꼬리여, 언덕 우거진 숲에 머물렀구나"이다. 공자는 이 둘을 하나로 하여, 사람도 "머무름에 있어 그 머무르는 곳을 아나니, 사람으로서 어찌 새만도 못할 수 있겠는가"라고 평한다. 사람이 정치와 국토에 안주하는 것은 마치 꾀꼬리가 숲이 있는 언덕에 사는 것처럼 자연스러운 친화감이 있어서 그렇게 한다는 것이다. 물론 이 부분의 제1차적인 의도는 선정(善政)을 비유적으로 설명하려는 것이다. 그러나 감추어져 있는 뜻은 자연과 땅과 윤리가 모두 하나가 되어야 좋은 정치가 가능하게 된다는 것이라 할 수 있다. 서민의 거주를 위한 아파트 건축에 지나치게 거창한 기대를 걸 수는 없지만, 이제 주택 건설, 국토 개발에 있어 존재의 깊은 이치, 그러면서 당연한 상식을 사회에 되돌려 놓아야 할 것을 연구해야 하는 때가 되지 않았나 한다.

(2009년 9월 10일)

통일과 이성적 정치 문화

올해는 베를린 장벽이 허물어진 지 20년이 되는 해이고 11월 9일은 그 기념일이다. 이와 관련하여 얼마 전 고려대학교 평화연구소에서는 '베를린 장벽 붕괴 20년과 한반도 통일에 주는 교훈'이라는 주제의 심포지엄이 열렸다. 한국의 여러 학자들과 외국인 학자 12명이 참가했는데, 독일 정부도 후원한 이 회의에 참석한 외국인 학자들 대부분이 독일에서 왔다. 2차 대전과 냉전의 결과로 분단되었던 독일이 통일된 직후 한국인들은 비슷한 통일에 대한 희망에 부풀어 있었지만, 그것은 아직까지 실현되지 않고 있다. 그러나 독일에서 배울 것은 아직도 많이 있다고 할 수 있다. 그에 대한 기존 연구도 적지 않지만, 이번 회의는 그것을 다시 확인해 주는 것이었다.

독일을 보고 우리가 부러워하는 것은 통일이면서, 또 그것이 유혈 없는 평화 통일이었다는 것이다. 독일의 경우를 보며 통일 비용을 걱정하는 경우들이 있다. 그런데 정작 걱정해야 할 것은 내적 균열과 유혈의 비용일지 모른다. 배워야 할 것은 어떻게 이러한 대가를 피할 수 있는가 하는 것이다.

독일의 통일은, 포츠담 대학의 베른트 슈퇴버(Bernd Stöver) 교수의 말로는 "역사적 우연"이었다. 그러나 이번의 독일 측 발표에서 느낀 것은 통일을 향한 지극히 조용한 준비들이 있었다는 것이다. 그 기본은, 큰 관점에서 현실을 주시하면서 격정보다는 침착한 마음으로, 얼핏 보기에는 거꾸로 가는 듯한 과정의 모순도 견디어 내는 이성적인 정치 문화이다.

이번 회의에서 자유 베를린 대학의 베르너 페니히 교수는 단계적 접근의 중요성을 강조했다. 빌리 브란트 총리가 자신의 정책을 설명하면서, "접근을 통한 변화", "작은 발걸음의 정치"를 말한 것도 이러한 단계적 준비를 말한 것이다. 물론 브란트 총리는 이것을 통일 전략으로 내세우지는 아니했다. 그러나 그것이 궁극적으로 통일에 도움이 된 것이다. 페니히 교수가 말하는 첫 단계는 "정상화"이다. 이것은 적대 관계를 자연스러운 이웃의 관계로 바꾸는 변화이다. 정상화를 위해서는 어느 한쪽이 역사적 정통성이나 사회적 이상을 대표한다는, '단독 대표권 주장'이 없어져야 한다. 역설적인 것은 정상화가 반통일의 효과를 낳을 수도 있다는 것이다. 정상화 후에, "통일이 그렇게 절실하게 필요한 것인가"라는 질문이 나올 수 있기 때문이다. 그러면서 그것은 오히려 통일을 가능하게 하는 심리적 준비가 될 수 있다. 통일을 바라지 않는 사람들의 두려움을 줄이고, 다른 한편으로 통일에 대해 강한 의지를 가진 사람들의, '자신만의 방식으로 통일하여야 한다.'라는 강박감을 풀 수 있기 때문이다. 세대 교체는 이러한 유연화를 자연스러운 것이 되게 한다. '개인적인 동기 때문에 재통일을 이루고자 하는 압력'이 약화되면서, 동시에 '협상하려는 의지가 강화'될 수 있기 때문이다. 조금 더 객관적이고 초연한 마음이 준비되는 것이다.

이러한 단계적 진행의 모형은 독일의 사례에서 도출한 것이다. 유연한 정책의 이니셔티브를 취한 것은 서독이었지만, 이미 그에 유리한 조건이 동서독에 존재했다고 할 수 있다. 동서독 간에 인적 교류와 교통은 완전히 단절된 것이 아니었다. 두 독일 사이에는 정보들이 비교적 자유롭게 유통되고 있었다.

동독에서는 공산당원을 포함하여 동독의 TV 프로보다는 서독의 오락 프로와 뉴스를 시청하는 사람이 많았다. 동독 정부는 여론 조사 기구를 가지고 국민 여론을 조사하면서 정책을 조정하고 있었다. 베를린 장벽이 무너지기 시작한 것은 동독 국민들의 압력으로 인한 것이었다. 동독 최후의 총리 로타어 데메지에르는 자유 선거에 의하여 선출되었고, 서독에서와 마찬가지로 동독에도 존재했던 기독교민주연합(CDU) 소속이었다. 통일이 법적으로 공식화된 것은 통일 조약을 통해서다. 페니히 교수가 말하듯이 "독일에서는 '구' 독일민주공화국(DDR)과 연방공화국이 아니라, 데메지에르 총리 아래서 민주화된 새로운 DDR가 독일 연방에 합쳐진 것이다."

'민주화된 새로운 DDR'란 DDR에 민주화가 필요했다는 말이지만, 민주화는 이미 예비되어 있었다고 할 수 있다. 적어도 동독에도 현실 합리성의 문화는 존재했다고 할 수 있다. 민주주의가 다원적 토의와 합의의 절차에 동의하는 것이라고 한다면, 현실 속에서 스스로의 행동을 조정하는 합리성은 민주주의 문화의 핵심이 된다. 이것 없이는 민주주의는 사회 제도의 구성 원리가 될 수 없다. 통일의 방법으로는, 무력 통일, 흡수 통일, 합의 통일 등이 말하여지지만, 선거를 통하여 정부를 새로 구성하는 것도 말할 수 있다. 그런데 단순한 형식으로서의 민주주의 선거는 자기만이 정당하다는 세력들의 혈투에 의하여 사회 분열의 심화만을 가져오는 것이 될 수 있다. 예멘은 1990년에 분단되었던 남북의 합의로 평화 통일을 이룰 수 있었지만, 1994년에는 내전이 터지고, 무력 진압에 의한 재통일이 있어야 했다.

평화 통일에 합리적 민주주의가 중요하다는 것은, 통일에 수반된 법률 행위에서도 볼 수 있다. 공식적 독일 통일은 통일 협정으로 이루어졌다. 그것에 선행해서 화폐, 경제, 사회에 관한 국가 협약이 있었고, 그 후에는 몇 번의 헌법 개정 그리고 총선거와 정부 구성이 있었다.

뮌헨 대학의 게르하르트 리터(Gerhard A. Ritter) 교수는, 통일의 절차가 바르게 진행되는 데에 정치적·행정적·법률적 능력의 기여가 컸다는 것을 지적한다. 절차적 조처의 중요성은 통일 이후에도 볼 수 있다. 통일 이후 사회 안정을 위해서, 사회 국가로서의 서독의 제도와 기구 — 기초 생활 보장, 실업 보험, 노동 그리고 사회에 관한 수많은 법과 집행 기구가 동독으로 이식되어야 했다. 놀라운 것은 공산주의 국가인 동독에서 노령, 상해, 사망에 대한 대책이나 미취업에 대한 사회 보장 등이 불완전하고, 특권층과 일반 국민 사이에 불평등이 심했다는 사실이다. 통일 이후에 이러한 것들은 서독의 수준에 맞추어 정비되었다.

페니히 교수는 햇볕 정책을 조심스러운 단계적 진행을 겨냥하는 '장기 전략'으로 평가한다. 그러나 그 소득이 미미하다는 것을 인정한다. 그는 주 원인이 북한이 정상화의 정책을 수용하는 것 같으면서도, 형식상으로만 그렇고 내용적으로는 이를 받아들일 생각이 없다는 데에서 찾는다. 이러한 상황에서 무엇을 할 수 있는가? 페니히 교수는 여기에 답하는 대신, 컬럼비아 대학의 새뮤얼 S. 김 교수의 말 — 한국에서 통일은 "'신성한' 민족적 의무"가 되어 있지만, "덜 하는 것이 더 하는 것일 수 있다."라는 김 교수의 말을 아시아적 지혜라고 말한다. 그러면서 여기에 "참으로 하나라면, 결국은 하나가 되어 가게 마련"이라는 브란트 총리의 말을 덧붙인다.

그래도 변화하는 통일의 기회를 지켜보면서 우선 할 수 있는 최소한, 그러면서 기초적인 일은 민주주의의 기반으로써 현실적 이성을 다져 가는 일일 것이다. 얼마 전 많은 나라의 신문, TV는 주먹다짐하는 국회 모습을 한국적 민주주의의 상징으로서 크게 보여 주었다. 지금 우리 민주주의는 이 단계에 머물러 있다고 할 수밖에 없다. 통일이 다가온다고 할 때, 이러한 정치 문화는 그 대가를 한없이 크게 하는 요인이 될 것이다.

(2009년 9월 24일)

사회 체제 속의 심리 인자들

　그간 독일의 《프랑크푸르터 알게마이네》는 자본주의의 미래에 관한 글들을 연재물로 싣고 있었는데, 최근에 실린 글은 상당한 논쟁과 주목의 대상이 되었다. 그것은 관계된 두 필자 페터 슬로터다이크와 악셀 호네트가 독일 학계에 널리 알려진 철학자들이기 때문이기도 할 것이다.

　이 두 교수의 글들이 주제 '자본주의의 미래'를 크게 밝혀 주는 것이라고 할 수는 없다. 한 논평자는, 이 논쟁에 관계된 철학자들의 글들은 경제를 말하면서 경제를 뺀 것들이어서, 그중의 한 주장은 자의적인 환상이고, 다른 주장은 경제 파탄의 제안일 뿐이라고 말했다. 필자의 생각으로는 이 논쟁의 글들은 적어도 사회 제도에 작용하는 심리적 요인의 중요성을 새삼스럽게 되돌아보게 하는 의의를 갖는 것이 아닌가 한다. 사회 제도의 문제는 단순히 제도의 문제가 아니고 심리, 심성 그리고 윤리의 문제이기도 하다. 그런데 현대 정치 사회 사상은 대체로 사람의 마음은 물질과 제도를 뒤따를 뿐이라고 생각한다. 그러나 삶의 질의 결정적 요인의 하나는 심리이고 윤리이다. 이러한 주제들은 한국과 같은 사회의 과제를 생각하는 데에서도 중요한 주제가 아니 될 수 없다.

논쟁의 발단은 페터 슬로터다이크 교수의 자본주의론이다. 사람들을 놀라게 한 것은 진보주의자라고 할 수도 있는 슬로터다이크 교수가 극렬한 언어로 자본주의를 옹호하고 나선 것이다. 그에 의하면, 루소로부터 마르크스 그리고 레닌에 이르기까지 자본주의 비판은 자산가와 자본가들의 자산이 도둑질의 합법화라는 주장에 근거한다. 자연을 선점유하고 지대를 요구하고 노동자가 창조한 잉여 가치를 강제 수용하는 일 모두가 그 예가 된다. 그러나 슬로터다이크 교수는 이것은 19세기까지의 체제를 말하는 것이고, 오늘에 해당되는 것이 아니라고 한다. 기업가나 노동자나 다 같이 생산적 가치 창조에 참여하고 있는 것이 오늘의 경제이다.(금융 위기에서 드러났듯이, 사회적·대립적 양극이 있다면, 그것은 금융 대출자와 차용자인데, 이 대결에서 사업가와 노동자는 같은 편에 서 있다고 슬로터다이크 교수는 말한다.) 오늘날에 와서 생산된 잉여 가치를 강탈해 가는 것은, 어떤 경우 소득의 반 이상을 세금으로 거두어 가는 국가이다. 세금은 부패한 정부 관리들의 몫이 되기도 하고, (선진국의 경우) 사회 복지 비용으로 지출되기도 한다. 이렇게 보면 복지 국가는 '도둑 정치 체제'라고 부를 수 있다.

이러한 주장을 담은 슬로터다이크 교수의 논설이 발표된 몇 달 후인 지난 9월 25일 악셀 호네트 교수는 《차이트》에 이것을 반박하는 장편의 글을 발표했다. 프랑크푸르트 학파를 계승하는 유명한 철학 교수인 그가 분개한 것은 이해할 만하다. 그 반박문이 나온 것은 총선 직전이었는데, 총선에서 사회민주당을 돕겠다는 생각도 호네트 교수의 마음에 있었는지 모른다. 슬로터다이크의 복지 국가 비방은 비스마르크의 위로부터의 개혁 그리고 영국과 프랑스에서의 피나는 노동 운동이 얻어 낸 역사적 과실을 뒤집어엎자는 것이다. 슬로터다이크의 정치론에서 중요한 것은 심리적 동기로서의 원한과 분노와 시기심이다. 자본가 계급이 생산적인 계급이 되었음에도 불구하고 자본가의 부의 축적을 절도 행위의 결과라고 하는 것은 이러한 부정적 심리 작용으로 인한 것이라고 그는 생각한다. 그러나 호네트 교수에 의하면 것은 사회 국가가 실현하고자 하는 평등과 정의의 사회 이상을 바르게 이해하는 것이 아니다. 사회 국가는 정치적으로나 도덕적으로나 정당한 원리 —— 엄숙한 이성의 명령을 현실 속에 구현하고자 하는 노력이며, 미움이나 시기심과 같은 부정적인 심리에서 나오는 이념이 아니다. 슬로터다이크는 역사와 현실의 천박한 이해로부터 출발하여 실업자 구제나 고용 확대에 대한 넋두리를 그만두라고 하고, 역사의 업적인 사회 국가의 정책을 포기하라고 한다. 그는 잘사는 사람들에 의한 납세 거부 투쟁을 주장한다. 이것을 요약하여 표현한 것이 그의 논설 제목 '베푸는 손의 혁명'이다.

호네트 교수의 논평에 대하여 총선일인 지난달 27일자《프랑크푸르터 알게마이네》는 슬로터다이크 교수의 반박 논설을 게재했다. 호네트 교수의 어조를 두고 슬로터다이크 교수는 "금융가들의 탐욕에 법적인 한계를 정하기 어려운 만큼이나 불행한 철학 교수의 마음에 농축되는 독(毒)에도 한계를 부여하기 어렵다."라고 말한다. 그는 호네트 교수와는 정식으로 논쟁을 벌일 생각이 없다고 한다. 그러면서도 자신의 주장을 다시 설명한다. 그중에서 가장 중요한 것은 사회 국가의 폐지가 그의 목표가 아니라는 것이다. 그가 원하는 것은 사회의 심리적 동력학을 재조정하는 것이다. 오늘날 사회를 움직이고 있는 것은 탐욕이다. 그리고 여기에서 생겨나는 것을 다시 빼앗아 오는 것이 사회 국가이다. 그런데 부자가 국가에 빼앗기는 돈을 기증하는 것이 되게 한다면 어떻게 될 것인가? 결과는 같겠지만, 사회 행동의 표준은 크게 바뀌고, 사회는 탐욕의 문화가 아니라 긍지의 문화로 이행하게 될 것이다. 거기에서 베푸는 일은, 십계명(十誡命)에 추가하여 '열한 번째의 계명'이 될 것이다. 그러한 문화의 전제하에서 과세 제도에 대한 사실적 검토가 가능해지고, 체제의 간소화가 이루어질 수 있을 것이다. 그리고 작은 정부가 실현될 것이다. '베푸는 손의 혁명'은 이러한 대전환을 지칭하는 것이다.

이러한 그의 설명을 듣고 나면 슬로터다이크 교수의 주장은 부자의 자산을 옹호하는 것이라기보다는, 사회 국가의 이상을 더 밝은 심리적 토대 위에 놓으려는 것이라는 생각을 하게 된다. 문제는 그 현실성이다. 축재(蓄財)의 성격에 대한 해석도 그렇지만, 어느 세상에 그런 제안이 현실이 될 수 있는 것일까? 그러나 황당하게 들리긴 해도, 슬로터다이크 교수의 사고(思考)의 실험은 해 볼 만한 것이라 할 수 있다. 심각해야 할 사회 정책에 대한 사고가 농담이 되어 가는 것 그리고 슬로터다이크 교수의 사고 실험이 이러한 위험을 가지고 있는 것 — 호네트 교수가 이것을 경고한 것은 정당하다 아니할 수 없다. 그러나 그것은 다른 한편으로 가벼우면서도 심각한 의미가 있다. 얻어 내는 결과가 사회 정의라고 하더라도 어두운 심리적 동력에 의하여 움직이는 사회가 진정으로 인간적인 사회가 될 수는 없다.

그런데 '긍지'가 참으로 인간적인 사회를 위한 심리적 동력이 될 수 있는 것일까? 지난주 한국 사회학회에서는 행복을 주제로 한 심포지엄이 있었다. 오늘의 행복 이외에, 전통 사상에서의 행복론도 거론된 자리에서, 유승무 교수의 발표는 탐진치(貪瞋癡) — 욕심과 노여움과 어리석음에 대한 불교의 가르침을 언급했다. 불교의 수행은 이것을 극복하자는 것이다. 수신이나 수양의 이념은 다른 동양 사상에서도 중요하다. 이것이 말하는 것은 자기를 내세우는 것이 아니라 그것을 이겨 내는 것이 모든 것의 근본이라는 것이다.

서구에도 자기 수련의 이념이 없는 것은 아니지만, 슬로터다이크 교수는 지나치게 현실주의적인 오늘의 서구적 사고의 관행을 그대로 받아들인다. 긍지(Stolz)는 쉽게 자만심과 공격적인 심리로 이어질 수 있다. 베풂이 자기 확대가 아니라 자기 극복으로 이어질 때, 자아는 참된 자아가 되고 사회는 밝고 맑은 곳이 된다. 그러나 슬로터다이크의 생각이 시사하는 것은, 사회의 깊은 곳에 밝은 심리와 윤리가 작용하고 있는 사회가 좋은 사회라는 사실이다.

(2009년 10월 8일)

국토 개조 사업과 위기의 민주주의

정운찬 총리가 행정 복합 도시 계획의 수정 가능성을 언급한 다음 그에 대한 논의가 일고 찬반 의견의 대립이 격화되고 있다. 다른 한편으로는 이명박 대통령이 제안했던 운하 건설 계획을 수정한 4대 강 정비 계획도 예산 등이 밝혀지고 그 집행을 위한 절차가 취해짐에 따라 다시 찬반 논의를 불러일으키고 있다.

보통 사람으로서는 이러한 거대 국토 계획을 두고 어느 쪽인가 입장을 택하고 찬반을 정하는 일은 심히 어려운 일이다. 팽팽하게 맞서 있는 견해는 다 그 나름대로 장단점을 가지고 있는 것으로 보인다. 4대 강 사업은 전통적으로 국토 관리의 근본으로 생각되었던 치산치수 사업이라고 할 수 있다. 정부는 이를 경제적으로도 중요한 이익을 가져올 수 있는 사업으로 평가한다. 더 구체적으로 그것은, 경제 위기에 처하여 고용 확대를 위한 손쉬운 공공 사업으로 간주될 것이다. 그러나 이 계획이 가져올 수 있는 환경 파괴가 큰 우려의 대상이 되는 것도 당연하다. 얼른 보기에 삶의 편의를 증진하는 일이 더 큰 의미에서 삶의 조건의 악화와 질의 저하를 가져오는 일이 되는 것은 비일비재하다. 특히 자연환경에 관계될 때 그러하다. 세계적으로 강을 정비하고 댐을 쌓고 하는 일들이 큰 저항에 부딪히고 있는 것은 우리가 다 아는 일이다. 또 4대 강 정비에 드는 경비를 생각할 때, 그 경비를 더욱 사회적 의미를 가진 사업에 써야 한다는 견해도 무시할 수 없다. 고용 확대라는 케인스적인 처방도 생태계 보호와 사회 정책의 손익 계산의 총계 속에서 고려되어야 한다.

세종시의 문제는 여러 가지 면에서 4대 강 정비와 비교할 수 없는 엄청난 계획 — 나라의 존재 방식을 바꾸어 놓는 계획이다. 그러나 어떻게 보면 문제는 4대 강의 경우보다 간단하게 생각할 수도 있다. 그렇다는 것은 이해득실보다 합칠 필요가 없는 복합적 요소들을 하나로 합쳐 놓은 것이 문제라고 할 수 있기 때문이다. 지역의 균형 발전이라는 목표를 부정적으로 보는 사람은 별로 없을 것이다. 그런데 지역 발전과 수도 이전 또는 정부 부처의 이전 사이에 필연적인 인과 관계가 있는 것일까? 지방의 발전에 정부 부처 이전이 필수라면, 다른 지방의 경우에도 정부 부처의 이전이 있어야 하는 것일까? 그러나 문제가 되는 것은 지역 발전이 아니라 이 계획의 정치적인 결과이다. 대통령은 서울에, 총리는 세종시에, 한 곳에는 6개 부처, 다른 한 곳에는 9개 부처를 두는 형식으로 정부가 제대로 기능할 수 있을까?(177개의 공공 기관도 널리 지방에 분산한다고 한다.) 또 행정부가 이렇게 흩어진 데다가 국회는 서울에 남아 있게 될 터인데, 과연 괜찮은 것일까? 교통과 통신의 발달로 인하여, 그래도 정부가 제대로 움직일 것이라는 생각이 있는 것은 사실이다.

그러나 이러한 체제의 정부는 우리의 경험에도 없고, 세계적으로도 흔한 것이 아니다. 그러한 정부 체제가 기능하는 데에는 많은 시행착오를 각오한 긴 학습의 기간이 있어야 할 것이다. 정부 기구를 분산하는 것이 나쁜 아이디어가 아닐지는 모르지만, 이 미지의 실험을 두고 정부와 정치의 해체를 두려워하고, 지역 발전의 목표와 새로운 정부 체제의 실험을 분리해 보고자 하는 것은 너무나 자연스럽다 할 것이다.

물론 지금 시점에서 이것이 간단한 일일 수는 없다. 이미 정해지고 추진된 일에는 투자된 자금과 노력만이 아니라 투자된 수많은 삶이 있다. 그것을 다시 고치는 것은 새로운 계획만큼 사람의 삶을 뒤흔드는 것이 된다. 4대강 사업이 고용 창출의 의미를 가지고 있다면, 행정 복합 도시 건설도 그러한 의미를 갖는다. 투자된 기대와 이해를 어떻게 처리하느냐 하는 것은 간단한 문제가 아니다. 일본에서는 하토야마 유키오 정권이 등장한 후, 자민당 정부의 토건주의에 종지부를 찍기 위하여 군마 현(群馬縣)의 얌바 댐을 비롯하여 여러 토목 공사들을 취소하겠다는 계획을 발표했지만, 주민들의 반발에 부딪혀 그러한 당초의 정책을 재고할 것이라고 전한다. 한번 시작한 것은 되돌리기가 쉽지 않다.

그간 우리나라는 수많은 국토 개발 계획을 만들고 집행해 왔다. 그것은 대체로 당국자들의 일방적인 결정에 의하여 이루어지는 것이었으나, 국민들이 그것을 그대로 수용해 온 것은 정치 권력의 비민주성으로 인한 것이기도 하지만, 그것이 근대 사회의 하부 구조를 만들어 내는 데에 필요한 작업인 것으로 이해했기 때문이었을 것이다. 이제 그러한 개발 계획에 대한 반성이 생기고 저항이 이는 것은 그 필요가 쉽게 납득할 수 없는 단계에 이른 때문이지 않나 한다. 국토 계획이 없을 수는 없지만, 그것은 조금 더 신중하고 장기적인 안목을 가진 것이어야 마땅하다. 《한겨레》의 정석구 논설위원은, 400여 페이지의 정부 4대 강 계획 백서를 살펴본 후, 4대 강의 정비 사업을 긍정적으로 본다고 하더라도 그것을 2~3년의 단기간에 끝내려 할 것이 아니라 단계적으로 접근하는 것이 좋을 것이라고 제안했다.(《한겨레》 10월 16일자 칼럼)

그런데 문제는 우리의 정치 풍토가 합리적인 협의의 과정을 허용하지 않는다는 것이다. 사실 필자는 이 글에서 앞의 계획들의 찬반을 평가하려는 것이 아니라 일어나고 있는 찬반을 조정할 수 있는 기제가 우리 사회에 결여되어 있다는 점을 지적하려 했다. 어떤 사안에 대해서도 획일적인 지지를 쉽게 기대할 수는 없다. 그와 관련하여 우선 중요한 것은 전문가의 검토일 것이다.

그러나 현실의 복잡한 요인들과 힘들이 작용하는 맥락에서, 모든 작용과 부작용, 결과의 파급 효과를 예측하기는 극히 어려운 일이다. 미래를 위한 선택은 언제나 모험을 의미한다. 그리고 단순히 주어진 과제의 기술적인 문제를 넘어 중요한 것은 과제 자체의 경중에 대한 평가를 결정하는, 삶과 사회 그리고 정치에 대한 이해 — 간단히 말하여 세계관이다. 그러나 상호 이해와 설득이 가능하다는 것을 전제하지 않고서는 하나의 정치 과정에 참여하는 것 자체가 무의미하다. 찬반이 일정하지 않을 때, 결론을 끌어내는 방법의 하나가 민주적 절차이다.

물론 이 경우 민주적 절차는 전문적인 견해를 충분히 참고하고 서로 상의할 수 있는 것이어야 한다. 오늘의 대의 민주주의 체제하에서 제도적으로 이러한 숙고와 절충과 선택의 과정을 매개하는 것은, 예외적인 경우가 없지 않다고 하겠지만, 국회이고 정부이고 또 언론이다.

그러나 찬반의 대결이 있는 사안을 그러한 과정으로 해결할 수 있을 것으로 기대할 수 없는 것이 오늘의 분위기인 것이다. 찬반은 숙고와 절충이 아니라 바로 정치적 대결이 되고 정치 투쟁이 된다. 반드시 정치의 이해관계 또는 파당적 관점으로만 판단할 수 없는 것이 4대 강 정비나 세종시 문제일 텐데, 이에 대한 찬반은 예외 없이 여야 좌우의 경계로 갈라진다. 그리고 그것은 정치 투쟁으로 치닫는다. 이러한 사례는 한둘이 아니다. 그것은 진정한 민주주의 정치 문화의 발전을 바라는 사람들에게 절망을 안겨 주기에 충분하다. 민주주의의 위기가 더러 말하여지지만, 합리적 논의의 공간을 허용하지 않는 정치 풍토야말로 민주주의가 위기에 처해 있다는 증거라고 할 것이다. 그렇기는 하나 어떤 문제에 찬반의 논의가 존재하는 것은, 그것이 어떤 것이든지 간에 더 합리적이고 공공성을 가진 논의의 관습이 다시 태어나는 하나의 단계라고 낙관적으로 생각하는 것도 불가능한 것은 아니다.

(2009년 10월 22일)

정치적 정열 그리고 삶의 현실

한 달 전 이 칼럼에서 독일에서의 정치 철학 논쟁을 소개한 바 있다. 이 논쟁은 아직도 계속되어 찬반이 교차되고 있다. 논쟁의 핵심은 독일에서 사회 국가라고 부르는 복지 국가의 존재 방식의 문제이다. 슬로터다이크 교수가 사회 국가의 근본적 변화 가능성을 말하며 화두를 열었다. 그가 사회 국가를 부정하는 것은 아니지만, 그에 대한 회의(懷疑)도 복지 국가가 만들어 놓은 공간에서 벌이는 놀이라고 할 수 있기 때문에, 찬반의 어느 쪽이나 논의 전체가 이 공간의 여유로 인하여 가능해지는 것으로 볼 수 있다. 우리에게 이 논쟁은 그 자체로 부러울 수밖에 없는 사치로 보인다. 그렇다고 이것을 다시 살펴보는 것은 반드시 이 문제를 되새기려는 것보다, 이 논쟁의 여러 관점들에 비치는 정치 행동의 의미를 우리 자신을 위하여 음미해 보자는 것이다.

되풀이하건대 슬로터다이크 교수가 시사한 것은 복지 비용을 세금이 아니라 기부로 충당하는 제도를 만들면 어떨까 하는 것이었다. 이에 대하여 이것은 복지 국가를 전복하려는 어리석고 위험한 제안이라는 것이 프랑크푸르트 대학의 호네트 교수의 반박이었다. 미학자 칼 하인츠 보러 교수는 다시 이를 반박하고 나섰다. 그의 글에 담긴 적지 않은 분노는 프랑크푸르트 사회 철학자들이 보여 주는 '우둔한 성실성' 그리고 '좌파 순응주의' 때문이다. 그는 니체적인 활력 — 진부하고 일상적인 것을 넘어 높은 가치를 향하여 도약하는 투쟁의 삶을 좋아한다. 프랑크푸르트 철학자들이 혐오하는 불평등은 그러한 삶에서 자연스러운 부작용의 하나이다. 정치에서의 권력 투쟁도 당연하다. 정치 없는 삶은 있을 수 없다. 그러니 자유는 평등보다 중요한 것이다. 그런데 좌파 순응주의는 도덕적 정당성, 보편성, 철학을 내세우면서, 삶의 방식으로 "파시스트적인 것보다는 따분한 것"을 선택한다.

보러 교수는 이런 협소한 도덕주의에 대조하여 시인 하인리히 하이네의 정치적 태도를 든다. 하이네가 좋아한 정치 구호는 프랑스 혁명의 지도자 루이 앙투안 드 생쥐스트의 말, "빵은 인민의 권리"라는 말이었다. 그러면서도 그는 평등과 자유 사이에 존재하는 본래적인 긴장과 갈등을 잘 알고 있었다. 프랑크푸르트의 철학자들이 잊어버린 것은 이것이다. 그런데 하이네를 예로 드는 것을 보면, 프랑크푸르트식 사회 민주주의에 반대하지만 보러 교수가 반드시 우파 보수주의를 지지하는 것인지 어쩐지는 분명치 않다.《프랑크푸르터 알게마이네》문화부의 파트릭 바너스(Patrick Bahners)가 이 글을 평하면서 밝히고 있는 것은 하이네가 열렬한 민중주의자였다는 사실이다.

하이네에 있어서 생쥐스트의 "인민의 빵에 대한 권리"는 "인간의 신성한 권리"가 되고, 쟁취해야 하는 것은 "인간의 인간으로서의 권리"가 아니라 "인간의 신적(神的)인 권리"가 된다. 이 권리에 기초한 나라는 "모두가 똑같이 영웅이고 똑같이 성스러우며, 똑같이 지복 속에 있는 신들의 민주 체제이다." 부자가 빵을 나누어 주는 것이 슬로터다이크의 베풂의 사회 국가라고 하면, 거기에서 "부자가 주는 빵은 입에 쓰고, 자유를 손상할 것이다. 빵은 좋고 …… 당연한 권리에 의하여 인민의 것이다." 빵은 일한 만큼 나누어 갖는 것이 아니다. "행복과 성과가 일한 만큼에 비례해야 한다는 것은 하이네의 생각에 들어갈 수가 없었다. 신들은 일을 하지 않는다."

하이네는 그의 만년의 신문 기고에서, 그것이 반드시 이성에 따르는 것이 아니라고 생각하면서도, 빵의 권리에서 나오는 혁명의 논리에 사로잡히고 그것이 불러일으키는 정열에 휩쓸리게 된다는 것을 말했다. 보러 교수의 하이네 언급이, 앞에서 말한 바과 같이 그 혁명적 정열을 옹호하기 위한 것인지 어쩐지는 분명치 않다. 그가 옹호하는 것이 무엇이든지 간에, 우리는 삶의 정열이 여러 가지로 ─ 기업가의 의욕 또는 혁명적 상상력의 비상(飛翔)으로 ─ 여러 다른 정치 지향으로 표현될 수 있다는 것에 주목할 수 있을 뿐이다.

그러면서 동시에 우리는 그것이 따분한 일상성으로부터의 해방을 약속하는 것일지 모르지만, 삶의 질서를 송두리째 파괴할 수 있다는 것을 생각지 않을 수 없다. 앞에 언급한 기고에서 하이네는 공산주의 혁명의 도래를 예언하면서 그 철권 아래 모든 예술 ─ 대리석상과 꽃밭과 시가 파괴될 수 있다는 데 대하여 우려를 표명했다. 하이네에게 전형적인 혁명의 인간은, 앞에서 본 바와 같이 생쥐스트였다. 생쥐스트는 많은 사람에게 정치와 삶의 착잡한 관계를 밝혀 주는 가장 대표적인 인물이라고 할 수 있다. 그에게서 정치는 전적인 선의(善意)와 유토피아적 열망으로 시작된다.

그러나 그것은 정치가 논리와 정열의 과정에서 ─ 그것은 극히 엄격한 금욕적인 것이었지만 ─ 완전히 그 반대의 것이 된다. 이것이 카뮈의 『반항하는 인간』이 보여 주는 생쥐스트이다. 생쥐스트는 인민이 빵의 권리를 향수하고 자연의 순진무구한 덕성에 의하여 살 수 있게 하는 정치 체제를 원했다. 그것을 위해서는 사회의 혁명적 변화가 있어야 한다. 그리고 이에 장해가 되는 자들은 가차 없이 제거되어야 한다. 이렇게 하여 공포 정치와 단두대가 등장한다. 이것은 다수의 번영을 위하여 소수를 희생하기 위한 것이다. 생쥐스트의 계산은 아니지만, 단두대에서 사라져야 할 사람의 수는 '27만 3000명'이다. 정치의 아이러니는 생쥐스트 자신도 이 단두대의 이슬로 사라지게 한다.

카뮈의 생각으로는 불의에 저항하는 것은 당연한 일이지만, 그것으로 논리를 만들고 철학을 만드는 것은 잘못이다. 인생의 참의미는 추상적 계획에 있는 것이 아니라, 구체적인 삶 — 김화영 교수가 요약하는 바로는 "행복의 욕구, 살고 사랑하고자 하는 열정 그리고 태양, 바다, 우정, 연민" — 이러한 것들에 있다. 물론 사회와 역사도 중요하다. 그러나 그것은 자연 속의 존재로서의 인간과 일정한 관계가 있어야 한다. 카뮈는 이것을 어린 시절의 체험에 옮겨서 "가난이 나에게 불행이었던 것은 한 번도 없다. 빛이 그 부(富)를 그 위에 뿌려 주는 것이었다."라고 썼다. 가난이라는 사회적 조건과 태양이라는 자연 조건 사이에 놓인 것이 그의 삶이었다.

한국 사회에 넘치는 것이 정치적 정열이다. 문제가 많은 사회에 있어서 이것은 당연하다. 그러나 모든 작은 문제에까지도 이념과 당파적 정열이 동원되는 것이 옳은 일인가? 그러다 보면 사람의 구체적인 삶의 현실이 시계에서 보이지 않게 된다. 나의 아이디어와 정열이 풀어야 할 우리의 현실의 문제보다 중요한 것이다. 보러 교수는 프랑크푸르트 철학자들이 추상적인 개념을 추구하다가 사실의 사실성을 잃어버렸다고 말한다. 반드시 맞는 판단이라고 할 수는 없지만, 추상적 이념의 추구 그리고 그에 이어져 있는 정열이 현실과 동떨어지게 되는 것도 사실이다. 정치적 이념과 정열이 범람한 가운데 정치에 대한 냉소적 태도가 커져 가는 것은 자연스러운 일이다.

(2009년 11월 5일)

레비스트로스와 제3 휴머니즘

가족의 의사로 며칠이 지난 다음에야 알려지게 되었지만, 지난달 30일 클로드 레비스트로스가 타계했다. 그는 20세기 서양의 인류학계 그리고 더 일반적으로 사상계의 대학자였고, 우리 학계에도 적지 않은 영향을 주었다. 구조주의 창시자의 한 사람으로 알려졌던 그에 대한 관심이 시간과 더불어 줄어드는 것은 별수 없는 일이다. 유행의 시대에서 그의 생각에 시비를 걸던 '구조주의 이후 사조(post-structuralism)'까지도 상당히 퇴조했다. 그러나 20세기를 생각하고 세계와 우리의 오늘과 내일을 생각하는 데 있어서 레비스트로스는 중요한 문제들을 상기시켜 주는 사상가임에 틀림없다.

19세기로부터 또는 더 소급하여 17세기로부터 세계사의 주역은 서양이었다. 이것은 좋은 일에서나 나쁜 일에서나 그러했으므로 반드시 긍정적인 일이라고만은 할 수 없는 일이다. 그러나 좋고 나쁨에 관계없이 그 영향으로 비서양 사회들도 서양을 기준으로 하여 자신들의 현재를 평가하고 비슷한 발전을 도모해야 한다는 압력을 피하기 어려웠다. 이제 그 압력이 조금 줄어든 것은 국제적인 세력 중심의 이동으로 인한 것이지만, 반제국주의 사상의 성장도 여기에 한몫했다고 할 수 있을 것이다. 그리고 레비스트로스의 사상적 기여도 적지 않다고 할 수 있다. 서양 중심주의에 대한 그의 비판은 군사력이나 경제력의 팽창과 침해의 부당성을 말하거나 서양 세력에 밀리고 눌리는 사회들도 서양과 같은 자주성과 경제적 번영을 누릴 수 있어야 한다는 것만 주장한 것이 아니었다. 그의 사상의 핵심은 인간의 사회적 삶을 보는 가치 기준을 바꾸어 놓으려 했다는 데 있다.

오랜 기간의 역사를 하나의 흐름으로 파악하려 할 때 지배적인 관점이 되어 온 것은 발전 사관이었다. 사회는 여러 발전의 단계를 거쳐 후진 상태로부터 선진의 상태로 나아가고, 세계의 여러 사회들은 이 발전의 일직선상에 배열되어 평가될 수 있다는 것이다. 발전 사관은 서양 근대 사상의 소산이지만 화이(華夷), 문명과 야만 등을 대립시켜 보아 온 동양의 역사관에도 비슷한 것이 있었다. 레비스트로스의 구조주의는 모든 사회는, 미개인가 문명된 것인가에 관계없이 일정한 구조적 전체성을 가지고 있다고 본다. 그리하여 독립된 사회는 삶의 문제에 대한 해결 방안을 그 나름으로 포괄하고 있는 유기적 구조이다. 서로 다른 사회들은 문제 해결의 여러 다른 모형들을 나타낸다. 이러한 자기 충족적 구조로서의 사회들을, 차이가 있다고 보는 것이 아니라 미개와 문명의 척도로 구별하여 줄을 세우는 것은 정당한 일일 수 없다.(여기에 함축된 반진보주의는 당초에 마르크스주의의 영향을 받았던 레비스트로스를 마르크스주의로부터 갈라놓는 이론적 분기점이 되었다.)

그러나 실제에 있어서 레비스트로스의 공감은, 적어도 사회를 삶의 문제 해결을 위한 기계로 볼 때, 발전 사관이 말하는 문명 사회보다는 원시 사회를 향한다. 문명 사회가 발전해 온 사회라면, 비문명 사회의 특징은 발전하지 않는 데 있다. 비문명 사회는 그 나름대로 충분한 문제 해결의 구조를 발전시켜 가지고 있기 때문에 발전을 거부하는 것이다. ── 레비스트로스는 이렇게 생각한다.

인류학의 범위를 넘어 레비스트로스를 유명하게 한 첫 저서는 『슬픈 열대』(1955)이다. 그것은, 이 책이 인류학적인 관찰에 더하여 철학적인 성찰과 문학적인 서사를 담고 있는 저서였기 때문이기도 했지만, 주장의 설득력 때문이었다고 할 것이다. 브라질 아마존 지역의 원주민 사회에 대한 관찰과 분석이 책의 주된 내용이지만, 주조(主調)가 되어 있는 것은 책의 서정적인 제목에 시사되어 있다. 서구 사회에 대한 비판적 저항감을 가지고 있던 그는, 아마존의 원시 부족을 연구하러 갔을 때, 원시 사회에 대한 루소적 동경을 가지고 있었던 것으로 보인다. 그러나 현실은 반드시 그의 기대에 맞아 들어가는 것이 아니었다. 그는, 현실로서의 원시 사회는 참모습의 원시 사회가 아니고 서구 문명에 의하여 내몰리고 황폐화되고 지리멸렬된 사회라는 결론을 내렸다. "저개발은 개발의 산물"이라는 종속 이론의 주장을 미리 실감한 것이다. 그 깨달음이 그가 찾아간 열대를 "슬픈" 곳으로 보이게 한 것이다.

그가 체험한 열대는 그러했지만, 그의 인류학 연구는 결국 원시 사회가 잃어버린 낙원이었다는 것을 확인해 주었다. 풍요가 경제 발전의 결과라는 것은 현대인의 착각이다. 원시 사회야말로 풍요한 사회였다. 사람들은 하루에 2시간 내지 4시간을 일했다. 생산성의 제한은 자연과의 조화를 보장하여 주었다. 그들은 일하고 남는 시간은 종교, 몽상, 예술, 의례에 바쳤다. 화목한 공동체의 모든 결정은 만장일치로 이루어졌다. 질병은 거의 없었다. 그것은 생활 단위가 수십에서 수백 명 인구의 소규모 공동체였기 때문이다.(본격적인 농경이 없던 이들 원시 사회에서 농경의 시작과 더불어 말라리아가 퍼지기 시작했다.) 인간관계를 간접화하는 문자가 없었다.(『슬픈 열대』에는 문자와 더불어 지위와 권력의 경쟁이 시작되는 현상에 대한 관찰이 있다.)

이러한 원시 사회의 모습은 현대 문명에 대한 레비스트로스의 생각에서 중요한 기준이 된다. 그렇다고 현대의 대규모 사회에서 소규모 원시 사회의 이상을 실현할 수 없다는 것을 그가 모르는 것은 아니었다. 역사의 시간을 되돌리는 것은 불가능한 일이다. 그는 비판적이면서도 자신이 서구의 지적 전통 안에 있다는 것을 잘 알고 있었다. 한국을 방문한 지 5년 후인 1986년 일본에서 인류학과 세계의 미래에 대해 강연하면서, 그는 인류학이 제3의 휴머니즘이 될 수 있다고 말했다. 첫 번째 휴머니즘은 르네상스 시대의 인문주의이다. 두 번째 휴머니즘은 19세기 이후 이문화(異文化)로 눈을 돌리기 시작했던 유럽의 부르주아 휴머니즘이다. 이들 인문주의는 보편적 인간성 수용을 지향했지만 특권 계급과 특권적 사회에서 나온 것으로서 전쟁, 빈곤, 기아, 자연 자원 남용, 환경 파괴, 자연미의 파괴 ─ 이러한 현대 사회의 재난들을 막아 낼 수 없었다. 제3 휴머니즘은 인간 문명 전부에 대해 눈을 돌리고 차이들을 존중하면서 여러 문화에서 발견되는 인간 문제에 대한 해결책들을 겸허한 자세로 참조하고자 하는, 인간적 선의와 각성을 대표한다. 특히 배워야 할 것은 비문명 사회의 지혜이다. 그 사회들은 "생산된 부(富)를 사회적·도의적 가치로 전환하는 원리들을 가지고 있었다. 노동을 통한 개인의 자기실현, 친족과 이웃 간의 상호 존경, 사람의 도의적·사회적 위엄, 인간과 자연 그리고 초자연의 조화를 가능하게 했다."

그런데 이러한 것들은 따로따로 존재하는 작은 사회에서 실현될 수 있는 가치들이었다. 그러나 그도 인정하다시피 사회가 다른 사회와의 교류를 통하여 배우고 발전하는 것도 사실이다. 또 오늘날 인류가 함께 하나의 세계 문화를 향하여 나아가고 있는 것도 역사의 흐름이다. 원시 사회의 인간적 가치가 재현될 수 있는 것일까? 그것은 시지프스의 노역이 될 것이다. 그러나 인간적 가치에 주의하고 그것을 포용할 구조의 투명성을 지키려는 노력 ─ 이것이 없이는 사람의 삶은 살 만한 것이 되지 못할 것이다.

(2009년 11월 19일)

사회 유용성의 기준과 공론

초고속 경제 번영을 바라는 모든 나라 사람들이 선망의 대상으로 삼았던 두바이가 파산 위기에 처하게 되었다는 보도가 있었다. 이 보도가 있기 직전, 《뉴욕 타임스》에는 노벨 경제학상 수상자인 폴 크루그먼의 칼럼이 실려 있었다. 요지는 중과세로 단기 금융 투기 거래를 억제해야 한다는 것이었다. 이런 조처에 대하여 영국의 고든 브라운 총리를 비롯하여 유럽 연합(EU)의 여러 지도자가 이에 찬동하는 의사를 가지고 있다고 한다. 중과세의 정당성은, 금융 투기가 전적으로 '사회적 유용성'을 가지고 있지 않다는 사실에 근거한다. 이것은 또 다른 노벨 경제학상 수상자인 제임스 토빈(James Tobin) 교수가 1970년대부터 주장한 이론인데, 그 타당성은 근년의 경제 위기로 증명되었다고 크루그먼은 말한다. 두바이 사태는 다시 한 번 그 타당성을 증명해 보인 것이다.

크루그먼은 경제의 사회적 영향을 중시하고 경제에 대한 정부의 적극적 개입을 옹호하기는 하지만, 근본적으로 자유주의 경제학자이다. 투기 금융에 대한 크루그먼의 의견은 자유주의 경제에서의 자유로운 경제 활동도 궁극적으로는 사회에 대한 유용성에 의하여 정당화된다는 것을 확인하는 것이다. 개인적으로나 집단적으로나 경제 활동은 사회 전체 관점에서 사회적 유용성에 따라 평가되어야 한다.

요즘 우리 정치에서 논란의 중심이 되고 공론의 공간을 휘몰아 가고 있는 것은 정부가 내놓은 4대 강 정비 계획과 세종시 개발 수정 계획안이다. 걱정스러운 것은 이러한 논란의 쟁점이 무엇인지가 분명치 않다는 것이다. 일반 시민이 받는 인상은 주로 당파적 이익이나 잘못 파악된 집단 이익이 이러한 논란에 나오는 주장들을 강경 일변도가 되게 하고 있다는 것이다. 요즘 우리 공론계의 풍습은 크고 작은 비중이야 어떤 것이든 사안이 있으면, 그것을 국론 분열이 분명해질 때까지 최대한으로 밀고 나가자는 것이다. 금융 문제에서 그러해야 하는 것처럼 국가 정책이 논의 대상이 된다면, 기준이 되어야 할 것은 사회적 유용성이어야 한다. 이 유용성의 관점에서 사람들은 장단점을 이해할 수 있어야 한다. 또 그 기준으로 정책의 세부를 검토하게 됨에 따라 의견의 차이가 일어나고 정책에 대한 재검토가 이루어지고 의견의 조정이 필요해지는 것이 공론의 정상적인 과정이다.

물론 사회적 유용성이라고 해도 그것 자체가 관점에 따라 여러 가지로 다른 것이 될 수 있다. 그러나 그 차이가 전적으로 협의의 범위를 넘어갈 정도로 다른 것일 수 없는 것이 지금의 사정이 아닐까 한다. 우선 생각할 수 있는 것은 경제적 유용성이다. 오늘날 정책 수립자들은 경제 성장의 필요나 압력을 외면할 수 없을 것이다. 경제적 평가는 다시 사회적 유용성의 기준에 맞아 들어가야 한다. 정책은 성장에 못지않게 사회의 전반적 발전 ── 빈부 격차의 해소, 사회적 배분과 균형의 확보에 기여한다는 점에 수렴되는 것이라야 할 것이다.

사회 문제와 경제 문제를 이어서 생각하는 관점에서 보면 더 직접적으로 실업과 고용의 문제를 해결하는 데 어떤 기여가 있을 수 있느냐도 쟁점이 될 것이다. 고용의 문제는 자본주의 경제 체제에서 완전한 해결이 있을 수 없는 문제라고 할 수 있다. 한 대책은 사회 안전망의 보강이다. 지금 논란의 대상이 되어 있는 신도시 개발과 토목 개발의 계획이 고용 문제에 어떻게 연결되는 것인가는 고려의 대상이 되지 않을 수 없을 것이다. 그것은 오늘의 경제와 사회의 위기적 성격을 긴급한 것으로 본다는 전제하에서 그러하다. 긴급하다고 해도 다른 대체 방안이 없을 것인가가 논의될 수 있을 것이다. 이것은 다시 제안된 사업들이 그 자체로서 유용한 사업인가 하는 평가에 관계되어 일어나는 문제이다.

그 자체로 유용한 경우 그것은 일석이조의 효과를 갖는 것일 것이고, 그렇지 않다고 하는 경우 그것은 추진되어서는 아니 될 사업들이 될 것이다. 또 평가는 궁극적으로 경제적·사회적 유용성을 단기적으로 생각해야 하느냐 장기적으로 생각해야 하느냐 하는 데에 따라서 달라질 것이다. 장기적인 관점에서 가장 중요한 고려 사항은, 모든 토목 공사는 국토와 환경 조건을 크게 바꾸어 놓는 일이기 때문에 국토 환경의 문제가 될 것이다. 말할 것도 없이 현지 주민이나 전문가가 아니고는 실감과 전문적 지식을 가지고 현안의 거대 토목 공사들을 바르게 평가할 수는 없을 것이다. 다만 많은 사람들이 이제는 그러한 거대 사업들을 서둘러 강행할 단계는 지나지 않았는가 하는 느낌을 가지고 있고, 토목 사업 일반에 대한 피로감을 가지고 있는 것은 사실일 것이다. 그러면서도 이러한 사업들이 있을 수 있는 발상인 것도 틀림이 없다.

합리적으로 가장 쉽게 납득할 수 있는 것은 환경 오염의 가능성을 걱정하는 의견들이다. 환경 문제가 가장 신중하게 고려되어야 할 문제라는 것은 말할 필요도 없다. 그러나 정비 작업과 더불어 환경 대책을 철저하게 보강할 수 없는 것은 아닐 것이라는 생각도 든다. 세종시의 경우 문제는 비교적 분명하다고 할 수 있다. 정부 기구들의 분산이 국가 기능 전체를 마비되게 하거나 비능률에 빠지게 할 가능성이 있는 것은 너무나 분명하다. 지방 발전에 중앙 정부 기구들의 이전이 필요하다는 것도 설득력이 없다. 계획 변경에 따라 그동안 부풀었던 기대와 진행된 계획과 관련하여 피해 보상 조처가 있어야 한다는 것은 당연하다. 그러나 이 보상이 또 다른 과대한 토목 공사를 의미한다면, 그것은 건전한 일이라고 할 수 없다.

경부선 철도가 건설될 때, 공주 유지들의 반대로 경부선은 공주가 아니라 대전을 향하게 되었다고 한다. 그 배경에 있는 생각은 풍수설이었다고 하는데, 풍수설은 전래의 환경주의 철학이다. 어떤 경우에나 참다운 발전은 내재하는 잠재력을 열어 놓는 발전이라야 한다. 중앙 권력은 밖으로부터 계획을 들이밀 것이 아니라 안에서 나오는 유기적 발전을 도와야 한다. 세종시는 약속한 것이기 때문에 신의를 지키라는 주장이 있다. 중요한 것은 선거 때의 즉흥적 약속보다는 나라의 현실과 장래를 위한 깊고 먼 고려이다. 앞으로의 득표 계산에서 불이익이 분명함에도 불구하고 선거 중의 약속을 변경한다면, 적어도 그것은 심각한 고려의 대상이 되어야 마땅하다.

다시 한 번 걱정스러운 것은 무조건 경화되어 가는 정치 논쟁들이다. 찬반의 많은 논의에서 우리는 미래에 대한 길고 넓은 비전을 느끼지 못한다. 현안이 되어 있는 사업들에 대하여 사회적 유용성의 기준에서 따지고 드는 합리적 검토도 별로 보지 못한다. 그러한 논의와 검토가 있다고 하여도 그것은 대립과 분파 작용 속에 흡수되어 버리는 것이 지금의 풍토이다. 많은 사람들이 이러한 논의에 참여하는 것을 꺼리는 것은 자연스럽다. 그것은 공론 공간의 투명성을 흐리는 것을 거드는 일에 불과하기 때문이다. 필자가 이러한 문제를 거론하는 것도, 부질없음을 알면서 《경향신문》으로부터 칼럼 종료의 통보를 받고, 이것이 마지막 기회이기에 답답한 심정을 토로하는 것일 뿐이다. (2009년 12월 3일)

김우창

1936년 전라남도 함평 출생. 서울대학교 문리과대학 정치학과에 입학해 영문학과로 전과했다. 미국 오하이오 웨슬리언대학교를 거쳐 코넬대학교에서 영문학 석사 학위를, 하버드대학교에서 미국 문명사 박사 학위를 취득했다. 서울대학교 영문학과 전임강사, 고려대학교 영문학과 교수와 이화여자대학교 학술원 석좌교수를 지냈으며《세계의 문학》편집위원,《비평》편집인이었다. 현재 고려대학교 명예교수, 대한민국예술원 회원으로 있다.

저서로『궁핍한 시대의 시인』(1977),『지상의 척도』(1981),『심미적 이성의 탐구』(1992),『풍경과 마음』(2002),『자유와 인간적인 삶』(2007),『정의와 정의의 조건』(2008),『깊은 마음의 생태학』(2014) 등이 있으며, 역서『가을에 부처』(1976),『미메시스』(공역, 1987),『나, 후안 데 파레하』(2008) 등과 대담집『세 개의 동그라미』(2008) 등이 있다. 서울문화예술평론상, 팔봉비평문학상, 대산문학상, 금호학술상, 고려대학술상, 한국백상출판문화상 저작상, 인촌상, 경암학술상을 수상했고, 2003년 녹조근정훈장을 받았다.

김우창 전집 16

시대의 흐름과 성찰 1

1판 1쇄 찍음 2016년 8월 12일
1판 1쇄 펴냄 2016년 8월 26일

지은이 김우창
발행인 박근섭·박상준
펴낸곳 (주)민음사

출판등록 1966. 5. 19. 제16-490호
주소   서울시 강남구 도산대로 1길 62(신사동)
             강남출판문화센터 5층 (우편번호 06027)
대표전화 515-2000 | 팩시밀리 515-2007
홈페이지 www.minumsa.com

ISBN 978-89-374-5556-8 (04800)
ISBN 978-89-374-5540-7 (세트)